十三年"子归"沥血

染红了上百个人物故事

上百万字巨著

载不动

乡愁、诗，与远方……

——舒 婷

子归城

ZIGUI CHENG

第四部

石刻千秋

刘岸 著

读者出版传媒股份有限公司

敦煌文艺出版社

图书在版编目（ＣＩＰ）数据

子归城. 石刻千秋 / 刘岸著. -- 兰州 ： 敦煌文艺
出版社，2021.4
ISBN 978-7-5468-2031-6

Ⅰ. ①子… Ⅱ. ①刘… Ⅲ. ①长篇小说－中国－当代
Ⅳ. ①I247.5

中国版本图书馆CIP数据核字（2021）第 071288 号

子归城·石刻千秋

刘 岸 著

策　　划：杨继军
责任编辑：张明钰
装帧设计：马吉庆

敦煌文艺出版社出版、发行

地址：（730030）兰州市城关区曹家巷 1 号新闻出版大厦

邮箱：dunhuangwenyi1958@163.com

0931－8152173（编辑部）

0931－8773112　0931－8120135（发行部）

兰州新华印刷厂印刷

开本　710毫米×1020毫米　1/16　印张　30.5　插页1　字数　502千

2021 年 7 月第 1 版　2021 年 7 月第 1 次印刷

ISBN 978－7－5468－2031－6

定价：65.00 元

目录
CONTENTS

子归城
石刻千秋

卷 首 语

在一个秋风萧瑟的夜晚，紫泉子的远处响起了哭泣般的呼啸声，它从黑暗里骤然逼近，挟着细腻的沙砾，从房顶上一掠而过，发出砂轮打磨你牙齿的声音。

一个孩子终于忍不住缩进了祖母的怀抱："奶奶，风要把房顶揭掉吗？"

"不，风沙只是磨掉房子的一层皮。"

一个人被层层扒皮的想象，使孩子莫可名状的恐惧从此变得真实而具体。

多少年来，我常常会从床上无梦而醒，看着曙光从钟宅湾的海上随风而至，浸入我的寓所、我的身躯……曙光无论苍白还是殷红，都能驱散灰暗，晕出穹顶、四壁、家具，映出那个受惊的男孩——我看见他躺在北方的黑夜中，瞪着一双恐惧的眼睛，望着模糊不清的顶棚，直到天明、风息。

那男孩就是我，上个世纪的我。

上个世纪的我，躺在祖母的土炕上，倾听浩荡长风掠过屋顶的啸声，心胆俱裂。这种恐惧几乎伴随了我整个童年和少年时期……

第一章

诸葛县长

第一节

1

现在是丁巳年春，二月，主角诸葛白县长。

诸葛白，这个被罗伯特·琼斯轻描淡写地称之为"一名随员"的人，其实是最不该被轻描淡写的。因为他不仅是斩杀金丁、马麟的策划者和执行者，还是所有后果的承担者和终结者。

诸葛白的到来，弥漫着一股孔明伐魏，不计功名的悲凉感……

半个世纪后，我一页一页抚平诸葛白的札记《北丝路记考》，看到了许多惊心动魄的独白："都督喜走险棋，令张一德以三十余人，监护千人之哥萨克，只一锦囊妙计护身。令我孤身赴任，云：边境戡乱，无兵可调。"

"古城事急，不如此又将如何？吾死不足惜，只恐有负黎民、都督厚望。""吾之入城，如瞎马临渊，孤车履冰……城中人事，最需慎之又慎者当为契阔夫部众，若稍有闪失，其必为脱缰之野马，难以收拾，贻害无穷。"

"契阔夫部有千人之众，与之周旋，成则古城安宁可保，败则吾将与之同归于尽。届时黎民百姓，或将生灵涂炭，血流漂杵……"

这说明诸葛白是十分清醒地走进这场历史悲剧的，他知道在子归城的历史舞台上，将上演什么。

但他还是走上了这个舞台，孤独而悲凉地唱出了一个中国传统文人的最后绝响。

2

传说，受命于危难之时的诸葛县长是在一疙瘩黑云的陪伴下，单枪匹马闯入了老北城的。——都说他和契阔夫刀剑相搏，大战了一百多个回合，最后达成了哥萨克人撤军北上的协议。

诸葛县长对此次谈判讳莫如深。古城子人说，他得到了"天助"，那团黑云在春天的电闪雷鸣中本该化成一场淅淅沥沥的雨，但西伯利亚的一股寒流骤然而至，漆黑的夜晚于是被银色的风霜覆盖，使长期受忧郁症折磨，又牙疼发作的契阔夫异常悲观失望，整夜都陷在颓废不堪的情绪中不能自拔；也有人说，那天他们刀光剑影争吵得非常激烈，契阔夫按捺不住，提出决斗，结果两人在落霜的野地里都冻得瑟瑟发抖，刀法剑技都没法正常发挥，只好厮打成了全世界最肮脏的形象后，重新坐到了谈判桌前。

——遗憾，此系误传！查阅县志及《云过斋文牍》《北丝路记考》等资料，我敢肯定：那晚夕古城子没下过雨，一滴嗒雨也没下过！所谓的一疙瘩黑云化作春雨，其实发生在翌日——第二天寒潮骤然带来了一场罕见的雨夹雪，古城车马店的老板娘驼二婶就是那天被冻死的。她的死就是明证，县志上有记载。

至于为何会有这种误传，我想可能跟子归城干旱太久、人们对春雨的期盼太深有关，那年冬天是个暖冬，雪少风多。春天一来，残雪就没了，天天刮的都是干风冷风。好不容易有了场降水，人们自然下意识地把它的时间夸大拉长了，甚至还说这是诸葛白带来的一场春雨。

当然，不管怎么说，诸葛白在这晚夕的登台亮相，应该赢得一片喝彩。可当时全城百姓正在沉睡中，后来的历史似乎也就在流过这一细节时沉睡了。"新任县长当天就和哥萨克人达成了协议。次日，哥萨克人退兵了。"《丝路风烟》上就是这么记叙的。没有怀疑，也没有赞扬。

我查阅《北丝路记考》，诸葛白对这一细节的记叙也非常简约："二月廿二日晚，和哥萨克中校契阔夫谈判。天明，哥萨克人撤围，北去阿山。"他也没说自己是靠什么让不可一世的契阔夫退兵远去的！

有一度，我对此颇为困惑。

我曾写过一部叫《青铜剑》的小说，里面描写过诸葛白的寝室，说墙上挂着一幅立轴，上书"剑胆琴心"四个字。也就是说，我毫不怀疑诸葛白具有中国传统文人的这种素养和胆略。我也相信他会提剑格斗，同时，他也有这方面的技能训练。

可我们知道诸葛白随身带的那柄青铜剑，系古剑，主要是健身用的。就是说，他的剑术绝没达到能和契阔夫比武的程度。对此，我们只要想象一下天亮头顶上的那个十字疤，就会明白。

"因为他是诸葛亮的后代么。"在我的孩提时代，天亮爷爷这样说。

当时，我恍然大悟。成人之后，当然是啼笑皆非。

紫泉子人都希望我写一部关于子归城的书，可是他们却无意间给我制造了许多陷阱，这件事儿就是其中之一。

多年以后我才知道，其实事情很简单：当时彼得格勒发生了"二月革命"，契阔夫本就决定火速回国勤王了。——这事儿我在伊万到来时，已经给您详细描述了。

至此，您可能也发现了：所谓诸葛白单枪匹马闯敌营的壮举，显然是有周密计划的。这个计划，早在绥来时杨增青都督和诸葛白就策划好了。他俩都知道，俄国发生了革命，故而他们出了一着险棋，要以诸葛白的生命为赌注，和契阔夫赌一把。

杨增青都督喜走险棋，肯定是这一计划的创造者。

杨增青，总给我一种老道的感觉。我不知道身为棋子的诸葛白当时或者后来有没有这种感觉。

3

杨都督杯酒之间诛杀子归城县长金丁、靖安团长马麟，事情震惊丝路，传说历久弥新。

我年轻时曾经在古丝路多次漫游，听到金、马之死的传说离奇古怪，惊悚吊诡。奇怪的是，传说都和罗伯特·琼斯的记述相仿，把事情讲述得极具偶然性。对于诸葛白，则多强调他独闯敌营，借助寒冷的天气，战胜了契阔夫。说契阔夫的马刀是钢铁的，在寒霜之夜，白光闪闪，出手的来龙去脉，一望便知。而诸葛白的古剑是青铜的，不结冰，不泛光，在黑云遮蔽的月光下，神出鬼没，来去无踪。结果，诸葛白就打赢了。

据此，我就写了《青铜剑》这篇小说。但我知道，上述刀剑之说，纯属无稽之谈。

我在写《青铜剑》时做过大量采访，我发现，无论是官方史料，还是民间传说，对丁巳春那个早晨发生的一件事，都漠然地忽略了，那就是诸葛白的就职典礼。

这件事其实挺重要，不该被忽略。现在我来给你说说这件事。

诸葛白的就职典礼可能是世界上最奇特和最具阴谋意味的典礼。

典礼的地点，就在县衙门口。观众只有一个人，就是木匠兼更夫郝大头。

当时，诸葛白从老北城回来，打着哈欠让土豪劣绅（是富豪士绅，我乱叫惯了）们认捐了粮草后，就解放了他们。之后他就找来郝大头，对他说："老郝啊，我认识你。你原来是木匠。"

郝大头急忙点头："是，是。后来金县长——金丁让我打更。"

"他们说，城里有人想闹事儿，有人要逃跑。咱衙门的文书就跑了。你没想过跑吧？"

"我……一个打更的，跑啥？我等我儿子回来哩。"

诸葛白听了这话，笑了，说："辛苦你啊，现在去告谕全城！就说新县长诸葛白已经举行了就职典礼。县长在典礼上说了：一，所有认捐的商户，必须在今日已时（九时）前把粮草送到县衙大门口；二，对于金丁、马麟的旧下属，或曾与之勾结者，只要不再作奸犯科，既往不咎；三，士农工商，各安其事。不得造谣生事。就这三点，快去！"

郝大头本以为他把金丁叫成"金县长"，诸葛白会生气，没想到人家根本没计较，就放心地叫上徒弟陶七，敲着锣满街开始吆喝："新县长诸葛白举行就职典礼了！县长发布告谕：一，所有认捐的商户……"

如此，诸葛白就完成了他的就职典礼。

看到这里，您可能会发笑：这算是就职典礼吗？事实上，上百年来，真的没人考究过这件事情，更没人意识到这是一个空城计式的阴谋。

如果您还记得，杨增青在那晚的酒宴上告别时说过的一句话："明天还有你们新县长的就职典礼。"您就会意识到，这个阴谋是杨增青和诸葛白事先商量好的。

我相信您在读了这句话后，一定会和古城子人一样，以为杨增青提前告辞，是准备参加次日诸葛白的就职典礼。其实，杨增青的这句话很巧妙，他让人觉得他要参加明天的就职典礼。可仔细分析这句话，您会发现，他并没有说自己要参加典礼。即便有史官在侧，后人也不能说他撒谎骗人。

而当晚，诸葛白和契阔夫艰难谈判或者大战一百多回合时，就是这样通告契阔夫的：金丁、马麟已被斩杀，现在城里杨将军在坐镇指挥，委派我来和您及您的骑士们谈判。

此时，刚刚投奔过来的杨干头，被热西丁、老白俄等人误解，关押在马厩，根本见不上契阔夫。而皮斯特尔、巴克洛夫两人因为都听到了杨增青的这句话，无意中成了事情的旁证者。

一切如您所知，诸葛白对唯一的观众郝大头说就职典礼一事时，杨增青已经乘着驼二爷的马车轿快到绥来了。

当然，还有更不可告人的原因：那就是诸葛白当时需要借助杨增青的威权，震慑官民。让他们以为杨增青就在城里，得赶紧老老实实交粮草。同时也震慑那些对斩杀金丁、马麟心怀不满，想要闹事作乱的人。

子归城

第二节

1

早年间的许多人是站在城墙上目睹马刀兵撤围的。当时，风云变幻了一夜的天空出现了短暂的清丽风格。天狼星在黎明中升起，猩红的，貌美如花。但昙花一现，迅速在清晓的阳光中隐退。天气乍暖还寒，阳光惨白而冰凉。

早饭后，马刀兵在红胡子雅霍甫的墓地胡乱打了一排枪，草草祭奠了他后，就在东门外放了警戒。

诸葛白看见了乱坟岗子上的袅袅青烟，怕双方擦枪走火。命令马福山、神拳杨带着靖安兵和团练，严防死守城垣，不许人马进出。自己则带着瓦刀脸等几个车户，赶着粮草马车，又去了马刀兵营地老北城。

之后，枪声停止，马刀兵开始撤离了。

2

马刀兵都戴着高大的黑皮帽子，不在乎清晨嗖嗖的冷风。他们纵马狂奔，翻腾起的浮土，弄得城外一片沙土罡冒。后来烟尘落定，人们发现，马刀兵已拔寨启程，在官道上走得很远了。

马刀兵的这次撤离，留给子归城人最深的印象是一个醉汉的歌声（这醉汉应该是老白俄）：

> 我的钦察汗国马呀，
>
> 我们走吧，出发！
>
> 按恺撒皇的命令，
>
> 让铁蹄踏碎敌人的城乡，
>
> 在刀尖上闯荡哥萨克的名声。

我的钦察汗国马呀，

我们走吧，回家！

再不走，你吃过的青草就要黄了，

再不走，我心爱的姑娘就要老了。

……

马刀兵都是天才的歌手，他们的队伍已在天边了，那醉汉的歌声却还余音袅袅，在漠野上不绝如缕，像风一样把一种独特的荒凉刮进人的心中。

马刀兵的歌声把半城人都唱傻了，其中还有三个男人偷偷流了泪。他们是神拳杨掌柜、木匠郝大头，还有受了一夜惊吓的二锅头。

神拳杨没听完歌，就去找驼二婶了。驼二婶呆傻了，让他心疼。

郝木匠是边听歌边抹泪，后来城门一开，他就第一个冲出城去，跑到乱坟岗子，给老婆烧香上坟，还自打耳光。说自己肉头，弄得老婆死了，儿子丢了……

二锅头听完了歌，回到酒坊，就提了一把杀猪刀，去找赵银儿了。他发誓说：不管赵银儿和谁在一起，他都要把她抢回来。抢不回来，他就不回来了。

可坊间看到的情形是：二锅头发疯般找了一阵子赵银儿，确认赵银儿是失踪了，或者远走高飞了后，就自己悄悄回了酒坊。该干啥干啥，像没事儿人一样。

而他的那把杀猪刀，却把马弁丁三吓跑了。

3

接下来的主角还是诸葛白。

诸葛白是在马刀兵的歌声消失后回城的。当时，他出现了幻听。马刀兵躁起的尘烟已经消失，可他却始终听到半空里有歌声回荡。后来，他拍了下脑门，发现回荡在空中的是一种金石撞击的叮当声，像是有人在拿钢钎凿击石板。

当时天上挂着明亮的太阳，白晃晃的。他仰望长空，想要弄清金石声的来源，忽然阳光中就飘舞起了冷霜，闪着光，越来越多。风，骤然有了呼啸声……

倒春寒的前锋就在此时抵达了子归城——您查《古城图志》就知道，丁巳年的

子 归 城

春天，子归城经历过一次可怕的倒春寒。一天之内，气温骤降至零度以下。而且伴随着这股猛烈的西伯利亚寒流，子归城出现了一次特别不正常的降水。那是一场罕见的雨夹雪，午后开始，傍晚时便雨雪霏霏，漫天皆白。到了子夜时，地上就结了冰。

倒春寒的前锋抵达子归城时。虽然阳光冰凉，冷风嗖嗖。但人们只是觉得春天的天，小孩子的脸，说变就变。春寒料峭，几天就过去了。没人想到两个时辰后，会有恐怖的雨夹雪降临。所以诸葛白进城的步伐很从容，人们看他的眼神也很专注。

全城人目睹诸葛县长骑着一匹并不威猛的瘦马，形影相吊地走来。像看到了一个神迹突然降临，全都鸦雀无声。

天边的太阳尘外孤标，眼前的古道上西风瘦马，骑者怀抱青铜古剑，在若隐若现的霜花中踽踽独行……这图景，多少都让诸葛白的存在有种虚幻感。后来有人看到了诸葛白和他的坐骑后面拖着长长的影子，才叫了一声："真的哎！"

鬼无影。老年间的人信鬼神，都知道鬼是没影子的。

看上去既无关公之威，又无张飞之勇的诸葛白就这么一人一骑，让马刀兵退了？人们对此既困惑又敬佩。

最先迎接诸葛白的是站立在城门外侧列队致敬的靖安团官兵。他们在马福山的带领下，迎着冷风寒霜，向新长官致敬。

诸葛白却一脸疲惫地对马福山说："你给兄弟们下令放假。家在城中的，放假五天，家在城外的，放假七天。"

马福山高声下令。

官兵们尚未回过神，诸葛白已走过队伍，到了城门下。

在城门口欢迎新县长的，自然是子归城的富豪士绅——天气骤冷，他们的笑容有些僵硬，不真实。诸葛白看见了他们，脸上浮出的笑影也虚幻，他点了点头说："感谢大家捐献粮草，了结了兵乱。我看各商会会长都在吧？我得说个事：从今天起，各商号都要开张做买卖。再关门闭户，那可就是不给我诸葛白脸面了。"

富豪士绅们当然是点头称是，一片赞扬。有认识诸葛白的就跑过来套近乎。

诸葛白就背负古剑，跳下马来，跟人寒暄："这古城子石匠多吗？"这时候，他不仅听到了金石声，还听到耳畔有童谣隐约在唱：雨，雨！大大地下！蒸下的馍馍车轱辘大……

"多——也不多。城里有条打石街。"有人说。

"怪不得有叮叮当当的声音……"诸葛白若有所思，又上了马，朝城墙上下的草民们一招手，声音洪亮地说："大家可知道？民以食为天！"

草民们愚钝，全被新县长的这句话给问懵了。半天回过神来，才愚不可及地点头："知道，食为天嘛。"

"咱这古城子号称丝路旱码头，大家说，该以啥为食？"

众人更愚不可及，连点头都不会了。

"买卖。"终于有人醒过味儿来，可再抬头看时，却见新县长一人一骑，已进入拐子街，朝县衙走去了。

众人面面相觑，全糊涂了。边揩鼻涕边讨论，不明白新县长这些没头没脑的话是啥意思。

第三节

1

诸葛白回到县衙，刚坐下，葱头就来了。天冷，他的脸冻得像猴腚，头上却顶着一团热白气。

"花朝惨案"时，葱头受刘天亮和杨修之命，奔赴绥来状告原县长金丁和靖安团长官马麟，汇报子归城危机，结果一去不回。这和葱头聪明过人有关。简单地说，葱头见到杨增青、诸葛白等人后，立刻得到了他们的信任和器重。因此，当杨增青忽然莅临子归城，诛杀金丁、马麟时，葱头跟了过来。杨增青连夜西去，作为亲信马倌，葱头自然也跟着上了路。这就是说，不出意外的话，葱头会跟着杨增青，去迪化，成为一名亲兵，娶妻生子，吃喝不愁，甚至会混个一官半职也说不定。

可意外偏偏发生了。

杨增青走到绥水驿路口，忽然一拍脑门，发现自己忘了一件极重要的事情——杨修！他咋把杨修忘了！熟悉杨增青的人都知道，他对保密工作是慎之又慎的。甚至就在他八年后中弹身亡时，省府机要室的钥匙还挂在他的腰间。而平时，他对办理机密函电的人员要求也是严之又严的，情急时常会对泄密者当机立断杀人灭口。

当时，杨增青就在马车上写了一份密札，让葱头火速赶回子归城，亲手交给诸葛白。葱头人聪明，但不识字，看不懂密札上写的啥。但他知道兹事体大，不敢怠慢。就一人单骑，连夜兼程返回了子归城。那时，马刀兵已经撤走。葱头听城门口草民说，新县长刚进城。就直奔县衙，把密札交给了诸葛白。

密札内容很简单，就是令诸葛白从速销毁这段时间的往来密电，秘密处死杨修，杀人灭口。在杨增青看来，杨修不管是真疯假疯，他都知道了太多的机密[m]。

诸葛白看了密札后，长叹一声，就在房间里转了起来。转得葱头心慌，就试探着问："县长，这事儿……有麻烦？"

诸葛白摇了摇头，反问葱头："都督对你说啥了？"

葱头如实回答："说是要让你杀一个人，立即执行。"

诸葛白问葱头："你知道都督让我杀谁么？"

葱头说："不知道。"

诸葛白说："这人就是为保卫子归城立下汗马功劳的杨修啊！"

葱头大惑不解："一个勺子（傻子，白痴），都督杀他做甚？"

诸葛白说："因为杨修知道太多太多机密。"

葱头一听，大惊失色，当即就跪倒在诸葛白面前："县长哇，求求你，让我留

---

[m] 链接 杨增青当天的日记中有这样的记载，说干任何事情都要"天地不能测其机，鬼神不能窥其秘，不动声色，事乃从容而理"。他还说"藏器于身，尚有使人闻见之时；藏器于心，则神鬼不能测其机，天地不能窥其奥矣"。

在古城子里，给你当差也行，回酒坊也成。"

诸葛白惊讶："你这是干什么？"

葱头说："杨修知道太多都督的机密，就要被杀。我不是也知道了好些秘密么？——我不想死。"

诸葛白感叹："葱头者，聪明之头也。可你不回去给都督复命吗？"

葱头说："当时走得急，都督没叮咛让我回去。你发电报过去复命不就行了么？就说我也勺掉了。"

诸葛白笑了笑说："你能受得了杨修之苦？"

葱头听了这话，吓得发抖，急忙说："县长救我。你就说我死掉了还不行么？我回酒坊去，就当我的小伙计，再不出门……"

"你就留在我身边当差吧。"诸葛白斟酌再三，说。

葱头高兴得像个猴子，急忙生炉子架火，里外打扫，安顿诸葛白坐到了热炕上，又端了热茶递上，嘴里还絮叨："变天了，冷啊！县长别冻坏了身子。"

诸葛白看葱头拍马屁的尿样子，也笑了，呷了一口茶，就让葱头去侧房歇息，"赶了一夜的路嘛。"

可葱头说他不累。说要给县长去买吃的，还要去刘家酒坊买壶好酒给县长御寒暖身子。

诸葛白就给了葱头两块银圆，"买两壶。给杨修也送一壶去。"

葱头蹦子嘎子地走了。

葱头不知道诸葛县长把他留在身边也是出于保密的考虑。诸葛白不想杀杨修，又怕杨增青知道他抗命不遵，最好的办法只能是把葱头留在身边，封住这个活口。

这说明葱头还是不如诸葛白聪明。读过书的人和没读过书的人就是不一样。

2

杨修被软禁在靖安营，诸葛白知道，但装不知道。

照理说，杨修是子归城的大功臣。长期以来，他置个人生死于度外，深入虎穴，在靖安团装疯卖傻当卧底，历经非人的磨难，使杨增青对敌情洞若观火。甚至就在谢苗诺夫、诸葛白前往子归城的前夕，他还及时密报了张一德的不幸遭遇……但理应受到尊敬和爱戴的杨修，直到杨增青诛杀金、马二人一天后，依然被关在二院电报室边上的禁闭室，连外面发生了什么事儿都不清楚。

直到葱头回来，给杨修送了酒，放出禁闭室，换了间套房，他才知道金丁、马麟已被诛杀，马刀兵也撤走了。他欣喜若狂，认为自己终于可以重见天日，享受荣华富贵了。他在被软禁的二院里把自己洗得干干净净，换了整洁的衣服，头发梳得溜光，皮鞋擦得锃亮，就等着杨增青来给自己加官晋级，提拔授勋。可等来的消息却是：杨增青早走了，而且关于他，没留下任何话。

他想杨增青走了，诸葛白在，杨都督肯定给诸葛白留了手谕、奖状、赏银之类的东西。

可两天了，诸葛白杳无音讯。一问，说是在忙大事儿，顾不上过来。杨修火气就上来了，在屋子里砸桌子摔板凳，冲出院子要去找诸葛白。

哨兵阻拦，反被他扇了耳光，下了枪。

他端着枪朝天放了三枪。

这一下诸葛白坐不住了，急死忙活地赶过来，一进院子，就朝杨修作揖，连声道歉："杨先生息怒，请放下枪说话！兄弟初来乍到，百废待举，忙乱中没顾上拜访先生……"

这一下轮着杨修发傻了，他本就是诸葛白的弟子辈下属，哪受得起这等礼遇？就迷迷糊糊地问："县长，你是不是也以为我真的疯了？"

诸葛白故作惊讶地说："难道你没疯？没疯就好，没疯就好。"

说着便将杨修推进屋里，关了门，严肃命令："杨修，你还得装疯！"

杨修把手里的枪往地上一摔，蹲到地上捂脸就哭："马麟不是死了么，金丁也死了！马刀兵又走了，咋还要让我装疯？"

诸葛白搂住杨修肩膀，动情地说："兄弟，本县也是无奈。"说着便把都督手谕拿出来给杨修看。

杨修一看，不哭了，目光傻傻地看着诸葛白说："县长哇，我跟了你这么多年，你要杀我？"

诸葛白说："我能杀你吗？我要杀你还让你装疯干啥！"

杨修就又哭了，说让他装疯还不如让他死呢，"受不了呀县长，你不知道，我装疯卖傻，遭的那份罪。老婆让杨干头抢了不说，他还……"

杨修把自己装疯，杨干头怎么用大烟水酷刑折磨他，拿酒灌他，逼他吃屎喝尿的情形讲了一遍。诸葛白忍不住眼泪都下来了。

3

诸葛白让杨修继续装疯。杨修提了个条件：要杀掉杨干头。诸葛白说："我来了，古城子就得是个有王法的地方。杨干头欺男霸女，按律该抓。是死是活，审了才能定。"就派人去抓杨干头。

可杨干头早已经跑了，投奔了马刀兵。

杨修不服气，追到杨干头家，看到如花似玉的凤娇，百感交集。可就在这时，凤娇的儿子苦豆豆跑到他跟前说："我爹跑了，你当我爹吧？"

杨修看到孩子长得酷似杨干头，怒火陡升，打了苦豆豆一耳光。柔顺的凤娇却搂住孩子，冲他大喊大叫。

两人不欢而散。回来后，杨修喝醉了，吐了一地。

诸葛白看着不行，思考良久说：

"要不这样，你先到花花沟避几天，替我把放假回去的武丁那几个老兵痞盯一盯，看看他们能搞啥名堂？顺便也摸一摸那里烟客子的情况。我下一步要禁烟。大烟不止，丝路不宁。等这儿风头过了，看是你出关东归么还是怎么着，咱再商议。"

杨修就一路流着泪去了花花沟，按诸葛白的安排住在马福山的一个亲戚家。

杨修走后，诸葛白就带着葱头到靖安团二院，销毁了电报室的所有密电。

之后，诸葛白亲自调试电台，给省府发了份电文，说罪犯杨修日前已畏罪潜逃，去向不明。本县正派人暗中稽查追捕。

子归城

第四节

1

丁巳年春季涅槃河流域河水干枯，久旱无雨。诸葛白上任翌日，子归城下了雨夹雪，一直持续到了次日清晨。天降雨雪，官民自然心喜。可因为是金、马被诛的次日，又冻死了驼二婶那样的孽张（令人怜悯之意）人，一城人就心虚，觉得天人感应，可能冤杀了好人。故而这场雨夹雪让人心情复杂，都不愿多提。后来还有人故意混淆视听，假装日子长了，记不清了，把这场雨雪说成是诸葛白上任的当天天降喜雨。

但这日子刘家后人记得很清楚，二月二十三日，因为期间发生的事儿让他们自豪：诸葛白上任伊始，发布"巳时（九时）交粮草"的死命令时，许多人都抱着观望和对峙的心态。可坐在轮椅上的钟爷却出人意料地吼着叫着，让把酒坊上好的苜蓿草和粮料拉到了县衙门口。还派人去招呼曹大拿、葛老板以及福建八行的四大姓：赶紧送粮草！让马刀兵走人，快走人！

众人不解，就请教。

钟爷说："你们没看见吗？要变天了！寒流要来了，要冻死人了！雨雪一来，马刀兵就走不成了！他们要走不成，你们还过日子、做买卖不？"

当时，天还没变冷。旭日东升，闪烁的星光正在暗淡。天狼星虽然红得像一朵罂粟花，可也就是昙花一现，便消失了。谁也没看出有变天的征兆。

不过，一个将近八十岁的老人都这么说了，还带头了，其他人还能怎么样？

结果，一顿饭工夫，县衙前就集中了十三马车的粮草。

而过了中午，气温骤降，雨雪霏霏。晚上，驼二婶就冻死了。据此，有人说钟爷也是个神人，与他是否八十岁无关。

当然，还有一种说法，是说神人相通。就在钟爷嚷嚷着要大家交粮草时，也是神人的杨增青派人传令了，说：天狼星红得瘆人，像血。这是天兆灾象，要变天！

城中官民，务须速备粮草，欢送哥萨克，以免遗留后患！

许多人害怕杨都督，就心不甘情不愿地交了粮草。但在心里咒骂，还私自妄议。结果，马刀兵走后，中午就北风骤起，变天了。大天白日，太阳还在，城内外就寒风刺骨，出现了霜冻。到了当日黄昏，随着西伯利亚的一股高强寒流南下，子归城气温骤降到零度以下，还形成了一场奇特的"降水"——雨夹雪。许多人才惊呼："杨都督是神人！"不敢再骂了。

这种说法，刘家人也认可，但就没那么自豪了。

2

很快，大家就知道了，诸葛白在城门口的高声设问，毫不怪异，更不荒诞。他是要城里的豪绅耆老、庶民百姓都明白：要振兴买卖，开门营业。

翌日清晨，雨雪刚停。诸葛白就带着马福山，顶着寒风，真的挨家挨户检查起了各商号的营业情况，并对几家犹豫不决要不要开张的店铺进行了必要的处罚。之后，子归城城门通宵大开，行商坐贾以及官道上的人马也就渐渐多了起来。

振兴买卖是诸葛白就职后实施的新政。

为此，驼二婶就被追封成了买卖人的楷模。

前面说过，丁巳年春天的那场倒春寒，史上罕见。超低气温，高强寒流，苍茫浩大的雨夹雪一下子就让整个大牧川千里冰封，万里雨雪。亲历者都说，古城子六月飞雪、八月冰雹的事儿都有过，但春天来寒流，冷成那样，从来没见过。

驼二婶就是在这场雨夹雪中被冻死的。

当然，作为一个正常人，谁也不会被冻死。

驼二婶的傻儿子被皮斯特尔打死后，一夜之间，驼二婶头发全部花白，人也张张呆呆，成了个老太太。

驼二婶成了老太太，手脚不再麻利，说话言不由衷，词不达意。来了客人也经常走神，渐渐的车马店的生意就清淡了。

驼二婶不明就里，总以为是骆驼客们看不见她的车马店。就把幌子做得更大，旗杆竖得更高，上面还挂了一串红灯笼。每天黄昏，她就站在旗杆下面，等骆驼客。

子 归 城

有些时候她还会爬到房顶上去，朝城外张望，看是否有驼队来临。

瓦西里看她这个样子，就好言相劝："老板娘，这阵子兵荒马乱，没客人。"

驼二婶却急了："乌鸦嘴！胡说啥呢你！你去看城外的大路，两头连着海，通天下哩，天下多少人呐！"

瓦西里是个一根筋，还要劝。结果驼二婶火了："你知道个啥？那城外的官道，几百年的大路，哪天断过人？再胡扯，你走人！"

瓦西里还是个犟板筋，倔。听了这话，一生气，真辞工回家了。

寒流来袭那阵儿，子归城因为战事，边贸停止，丝路中断，已经百业萧条，商旅绝迹了。可驼二婶不明就里，看倒春寒来了，就赶紧把各个房间烧得热热乎乎，洋油灯点得亮亮堂堂，等着骆驼客们打尖住店。那时候，因为黑沟煤窑没了，没有煤炭可用，只能烧前县长金丁伐木剩下的碎木头和捡来的残枝败叶。要想把一间房子烧暖和不容易，要用好多木柴。可驼二婶为了揽客，不吝惜财物。

黄昏，雨夹雪漫天飞舞。驼二婶在门厅里枯坐，看不见一个马帮骆驼客入店打尖，就絮叨："风大哩，还下雨下雪哩，人都看不见车马店哩……"说着说着，看到傍晚来临，便拄着根木棍儿，慢腾腾地出了车马店。

"天冷着哩，车马店里暖和着呢。该住店快住下！年轻人仗着身子骨好，在这种天气里，还在路上乱逛，要落下病哩……"

街上冷风嗖嗖，风中飘着雨水、雪花。驼二婶就这么絮叨着，出了北门。她总觉得是骆驼客们看不见她的车马店，就出了城去迎客。

当年，林则徐修涅槃河水利工程，在博望渡修过一个凉亭，后来亭子被风刮没了，但基石还在。过往行人常常就在上面歇脚。

驼二婶害怕骆驼客们迷路，找不到车马店。就站在基石上等人迎客，嘴里絮叨："今儿怪了，咋就没客人来呢？"

雨雪越来越大。起初落到地上，也就湿一层地皮。后来，天寒地冻，山河皆白，冰雪覆盖的涅槃河流域连狼的影子都看不到了。

驼二婶站不住，就坐到了基石上。坐了一晚上，全身湿透，后来渐渐地就不絮叨了……

天明，有赶早的马帮过来，看到驼二婶坐在没了亭子的基石上，像一尊冰雕，一动不动，死了。

3

驼二婶之死，让许多人感伤不已。葱头帮着收拾遗物时，一个儿娃子家，还偷偷落了泪。诸葛县长更为此还下了一道禁令：以后古城子遇上倒春寒，要关城门。不能让人随便到城外野地里冻死。更夫打更，每更都要喊：春寒料峭，小心冻伤。

还有一些骆驼客到县衙吵吵着要给驼二婶立牌坊。

诸葛白说：那牌坊都是贞节烈女牌坊，这驼二婶咋立？

骆驼客们都是黑肚子，议论了半天，觉得驼二婶确实算不上贞妇，也算不上烈女。

诸葛县长就说，驼二婶生前丧子，死后无人。大家要是都有这个心思，那摔盆子抬棺材的事儿是不是就有劳各位了？

骆驼客们听了，倒不犹豫，都说："该哩，我们该哩。"

后来他们真的就给驼二婶抬棺材，摔盆子，当了回孝子。

4

神拳杨出钱操办了驼二婶的丧葬事宜。他没哭，只是偷偷把那个扁口铜卤放进了驼二婶棺材里，还说："下辈子咱俩再见面，就认这个信物。"

神拳杨曾经几次想把驼二婶接到自己府上，但驼二婶不干。后来他派武二去帮驼二婶打理车马店。没想到这武二不尽职，让驼二婶出了意外。神拳杨很生气，就让武二当孝子，披麻戴孝，给驼二婶守了三天灵。

驼二婶死后，诸葛白亲自主持了她的丧葬礼。之后，她的车马店就被官方封了。

子归城有这讲究，无主的产业谁也不动，要给人家留着。一旦过些年人家的亲朋好友子侄晚辈来了，说不定还要用呢。就像合富洋行的石头楼，老板死了，希卡散了，但古城子人谁都不去动人家的房院。这一点，即便是小偷饿死鬼，也都守这规矩。盗亦有道，说的就是这类规矩。

这个规矩据说是张骞那会儿传下来的。说张骞去乌孙国，途经博望渡，把个啥东西落在了渡口上。二十年后，他持节归汉，途经博望渡，看到自己的那件东西已经锈迹斑斑，但没人动过。就口占了两句诗，赞扬此风。后来这就成了当地的风俗讲究。

驼二婶之死，最初人都说是她听说驼二爷来了又走了，就跑到城外去追，结果遇上雨夹雪，冻死了。但诸葛县长反感这个说法，下令"不许胡说"。他还写了"商家楷模"四个大字，弄成一面锦旗，挂在了车马店的旗杆上。

那旗杆很高，锦旗挂在上面，地上有风没风，它都呼啦呼啦地飘着响着。店前过往行人，包括小偷，都不进去，更不动店里店外的一砖一瓦。但大家也就从此记住了驼二婶是怎么死的。那个关于驼二婶去追驼二爷，被冻死在路上的谣言也就销声匿迹了。

5

一个连贞节牌坊都立不成的女人，却被县长树成了商家楷模。消息不胫而走，当天就沿着丝绸长路迅速传颂。一些行商坐贾、小商小贩闻讯也就携金带银，收拾车马货物，一拨一拨开始涌向了子归城。

武丁连长当然也很快知道了消息。

当初，诛杀金、马的新闻传遍全城后，好人坏人都恐惧不安。武连长就暗通七个外地客，四处拉拢军警、兵痞，做了反叛的准备。他扬言，兔子急了也会咬人，何况他戎马一生，出生入死，没怕过谁。他还要挟猴子、小陈醋、何大傻等抓捕队成员，要听他号令，共同起事。而这些人也都紧张兮兮，要么躲在家中，准备跟随武连长负隅顽抗，要么收拾细软，准备伺机逃跑。甚至连县衙的打杂衙役也感到惶恐不安，暗中探听诸葛白的底细。

诸葛白敏锐地意识到了这一点，不但让郝大头宣布他已就职，还发布了约法三章的"就职演说"。结果，猴子带头跑，外地客跟着跑，抓捕队一下就跑散了。武连长还想联络旧部，诸葛白却又下了官兵放假的命令。

官兵都兴高采烈地各奔东西，武连长什么也做不了，只得也回了花花沟老家。

武连长"被放假"后心里一直不安，担心诸葛白追究他当抓捕队长的事儿。在家猫了几天，一听诸葛白忙的是驼二婶这种商家楷模的事，就认定诸葛白不过一介书生，只能搞经济，不敢玩刀枪。于是便招呼了四处的老兄弟，让赶在七天假日的当口回子归城。

武连长不知道，这时诸葛白已把杨修派到了花花沟。杨修听到消息，当天就托人把信儿带到了子归城。

倒春寒过后，气温骤然回升，经了雨雪浇灌的涅槃河流域顿时春暖花开，马兰花遍地开放，罂粟花迎风摇曳。那些听了武连长召唤、度假归来的官兵们春风得意马蹄疾，觉得兆头不错。可到了营区却发现，靖安团没了，变成了靖安营。原来城里的老兄弟们有的回家了，有的改了行。留下的那些年轻力壮的儿娃子，都成了自己的班长、排长。再干，太窝囊。不干吧，又不甘心。

有人不满，就想利用手中的枪杆子闹事。武连长趁机就纠集了些老兵痞，想搞兵变，逼走诸葛白。可一伙子人刚想出门联络旧部，就发现自己根本没法成事——马福山带着近百个精壮轻骑兵，个个钢枪快刀，高头大马，正在门口操练。

大家心里明白，马福山带的这伙人，明曰操练，实际上是在向他们耀武扬威。武连长一看，心里先就泄了气，嘴上却装硬气，问手下一个贼大鬼排长："马福山这狗日的，是弄啥哩？"

那排长却垂头丧气地说："我看这古城子没啥待头了。原先咱兄弟是天天在通海楼、聚宝街、梦春院里吃喝嫖赌，还有银子花。如今这新来的县长，听说要停了聚宝街、关了梦春院，咱还有啥乐子？"

大家一听，也都说："就是，不球给他干了！回家，他不是还给遣散银子么？"

武连长还想说什么，可大家都悄不蔫儿地放下枪，溜了。

于是，城里唯一的一场兵变中途夭折。

另外还有一些人，也都由于种种原因，或者自动解甲归田，或者被遣散回家了。当然，还有约三分之一的人，或自己积极竞聘上岗，或被诸葛白挽留，成了靖安营或警局的骨干。

诸葛白利用放假，成功完成了对靖安团的整编。同时，他还利用寒流肆虐、大家都禁足或休假，对子归城军政进行调整，形成了新的权力结构：神拳杨依旧任团练总练，山西王、曹大拿任副总练，总指挥由诸葛白自己担任。警局没了张一德，局长的位子空着，诸葛白没扩充警察，却在下面成立了一个民兵联防队，瓦西里任队长，归他调遣。靖安团降格成了靖安营，马福山当营长。其实，叫团也好，营也好，也就两个多连的兵力，诸葛白对此还进行精简整编，最后留下的也就一个多连，可以理解为一个加强连。

这些，在《北丝路记考》中都有详细记载，说明诸葛白对此很得意。

不过，他得意了没两天，新的麻烦就来了——那些在他的感召下跑到子归城的行商坐贾，忽然怨气冲天，赶着成群的骡马故意走街串巷，四处游走，一下子就把他逼到了涅槃河畔。

子归城最聪明的人王二傻子说，那阵子，诸葛县长站在河边，连跳河寻死的心都有了。

第二章

河　殇

第一节

1

此刻，经历了"莫兰蒂"台风的厦门岛风雨如磐，有钢琴声从大雨滂沱中隐约传来，如泣如诉。

我想讲述一条河流的故事。

我之所以在前面没有讲述一条河流的故事，是因为我是一个小说家，不能像一个地理学家那样去细细地研究一条河。我得让我的故事一环扣一环地往下进行，否则我会没有读者。

现在，诸葛白为了振兴经济，把驼二婶树成了榜样。消息传开后，熙熙攘攘的商贾车马却把他逼到了河边……

故事到此，我想即便不合作文章法，我也必须要讲那条河了。

那条河叫涅槃河。

涅槃河是从半截沟流出来的雪水河，名字很怪。从前我以为是某个少数民族的发音转译，但最近林子非告诉我说：不是转译，它就是涅槃再生的意思。

子归城

2

涅槃河古代叫什么？无从考证。反正在商周时期，它就孕育出了一个叫古城郭的城邑，按清人庄梓对《穆天子传》的考证，说该城邑是"乡野间阡陌交通，鸡犬相闻，人神共舞，祭坛祀舍"，后来城被一场大洪水淹毁了，人也亡了。再后来，它又是涅槃城堡群的母亲河，繁荣昌盛了几百年后，被西夏人的四万铁骑踏成了一片牧地。再后来，八百金妻和八百军户就在河东岸建起了子归城。

涅槃河有据可查的断流，始于甲寅年。这事儿，许多紫泉子人亲眼所见。

那年，惊蛰地震，暴风肆虐。何坨子放火、煤窑塌方，大南山里山崩地裂，涅槃河道就堰塞了，但它的微微余波还缓缓流淌。沉浸在恐惧和丧失亲人、牲畜、财物的巨大悲痛中的人们，就没意识到河里的流水已经是涅槃河最后的绝唱了。后来，河水不再流淌，在河床的低洼处，形成一片一片的水洼。秋风掠过水洼，在河床里像埙一样发出呜呜的声音。有人就说，是冤鬼从山里出来了，在哭。

多数人是在来年春天，才真正意识到涅槃河不对劲的。往年的春天，河冰化冻，山洪暴发，涅槃河水在靠山的地方甚至会溢出河堤，形成余水乱流。但乙卯年间，直到四月了，河里还是一点动静都没有。

山里的雪水没来，河道里只是几片积雪融化形成的水洼。

河里没水，受冲击最大的首先是林公渠畔那些鳞次栉比的小作坊。比如擀毡的、磨面的，造纸的等，这些作坊都是依赖河水为动力生产的。到了四月，料都备齐了，河里没水，开不了工，心里就急。一急，有人就骑了马，去老龙口，甚至要进半截沟去看看上游到底出了啥问题，水咋了？大家知道，当时子归城人刚经历过火烧煤窑、血洗洋行等事件，还心有余悸。而且到处还盛传着冤鬼作乱、占山抢水的谣言。所以去看水的人，忐忑不安地往山里走了一阵儿，也就无功而返，带回来更坏的消息：老沟口干了！一线天没水！雪山峡子也没水！

人们就望着白雪皑皑的雪山纳闷：今年的雪水都到哪里去了？

到了五月，河里依然没水。许多作坊主人，无计可施，就陆陆续续离开子归城，各奔前程了。

对涅槃河水干涸有着切肤之痛的还是城外那些户儿家。

户儿家耕田放牧，到了时节没水，一年就没收成，得逃荒要饭。户儿家们自然着急，急得像婆娘难产一样，隔三岔五就跑到半截沟去看。生死攸关的事，户儿家们就得往山沟的老里面去看。往往是看了水的人一回来，山里有冤鬼的谣言就会生动一回，也就有一批人跟着他摇头叹息，背井离乡。再有一个人回来，又有一批人跟着他逃荒要饭。

还有一些不信鬼神的人，则跑到县衙里去诉苦。

子归城的人和这些户儿家一比，就是城里人了。城里人对大自然的变化本来就麻木，而衙门里的人，就更是城里人中的城里人，对户儿家反映的问题也就更加麻木和不耐烦："河里没水，你找我有鸟用？总不成让我给你尿一泡？"

上访的户儿家一想，是呀，尿一百泡也没用，尿水哪能种粮食！想来想去，也就只剩下一条路：背井离乡，逃荒要饭。

3

到了乙卯年秋天，城里的人才发现，自家井里的水，成了坛子里的醋，舀一勺少一勺了。井深了，水浅了，有几口井还干了。

这时，就有聪明人出来说话：井水越来越少，是因为涅槃河干了，水井断了水源。

河水干了，丝路上的商旅少了，这都不是好事。至此，人们对苍天兆示的不祥征兆才开始真正关注。越关注，就越觉得不祥的阴影挥之不去，各种似有灭顶之灾的异象也越想越多：

春夏之交，洪水没来，却来了沙尘暴，刮得天昏地暗。风停之后，人们发现，大街小巷到处是锈迹斑斑的古钱币。天上掉麻钱，大家高兴坏了，白天晚上不敢睡觉，等着掉金币。可金币没掉下来，好多人都得了红眼病——因为怕金币下来，自己看不见，有些人就一连几天不敢合眼。实在熬不住，就用小木棍撑着上下眼皮。结果骚毛子黄风来了，夹着风沙，人没法闭眼，就得了沙眼。整天地流眼泪，流得个个都成了红眼病。

为此，医官孟长寿让全城人出动，挖涅槃河畔的马兰花根茎，和着骆驼粪熬药汁，直到马兰花的根茎都快被挖完了，才制止住了红眼病的蔓延。后来才知道，那些麻钱是北边的一场黑风暴把沙漠里一个国王的墓给刮开了。这个千年前的小王国当时挺繁荣，所以有那么多给国王陪葬的钱币刮到了子归城。

还有，阳光灿烂的八月，一个好端端的日子，河床里却忽然发出了坝的呜呜声，接着城外就蝗虫般飞来了满天的驴粪蛋。胡天八月即飞雪，可八月飞驴粪蛋也太过分了吧？而且它们还没完没了，落了足有三个时辰。人们看着有黄有绿，有黑有白的驴粪蛋，起初以为是麻雀，后来看它们在阳光下反射着美丽的彩光，以为是珍宝，就呼朋唤友地跑出来迎接。结果有人被驴粪蛋砸得抱头鼠窜吱哇乱叫，有人被驴粪蛋滑倒，蹭了一嘴脸的驴粪……

更骇人的是，这些从天而降的驴粪蛋，硕大，结实，色彩各异，与驴粪的本质不同。大家议论纷纷后便谣言四起人心惶惶，都说这是天马之物，是冤鬼招来了天马。天马行空，将会马踏古城子，像当年西夏兵灭城一样。后来是一位智者做了田野调查，才揭示出奥秘：原来它们是野驴的，不知从哪里被旋风刮到了子归城。

还有，秋天时，一个放羊的老汉，在山里被冤鬼缠身，迷了路，掉进冰窟窿里淹死了。可第二天人们却在西戈壁上发现了他的尸体。那时，他的羊还在山里呢。还有，有家人挖井，挖出了一口棺材，一打开，里面飞出了成千上万只蝙蝠。它们一飞上天，就化成了罂粟花瓣，有黑有红，满天飘荡……

本来种种不祥之兆，已经使许多人灰心丧气，想要离去。可冬天到了，初雪一来，天气骤然间不再旱得让人心慌。许多水井干枯的人家，也发现忽然有了盼头，冬天来了，冤鬼会被冻死，那春天还会远吗？那时候子归城的人御寒能力强，不怕冬天。冬天有雪，人们就不会为缺水而忙碌了。而到了来年春天，冬天的雪就会化成水……

城里的人，在这种合乎逻辑的希望当中，心理上逐步安静了许多。

4

到了丙辰年春天，涅槃河果然来水了。

虽然仅仅三个月后就又断流了，但当年的雨水多。城里的井水也都充沛。城外的户儿家呢，种麦子的当然是瞎了，歉收。还有人被迫逃荒要饭。但撒豆子、种高粱玉米的，也还都有所收获。沙枣梁子上的钱家，要不是因为梁子上没树了，挡不住风，高粱玉米的穗子被刮掉了许多，当年的高粱玉米甚至都可以称之为是丰收了。

年景如此，城里的人又稍稍有些安慰：看来咱这里是要靠天吃饭哩。

可到了丁巳年的春天，涅槃河又没水了。

"看来，这涅槃河是分大年小年哩！大年来水，小年没水。"懂风水的这么说，大家也就跟着信了。

第二节

1

就在人们对涅槃河的干枯习以为常，要承受这个不良现状的时候，有个外地人来了，冲着一城人喊了一嗓子："大家可知道？民以食为天！"

这个人就是诸葛白。

诸葛白说他一到古城子，就听到了一种奇异的叮当声，像是有人在用榔头敲打钢钎，凿击石头。可仔细一听，却又是一个虚幻的童声：雨，雨！大大地下！蒸下的馍馍车轱辘大……

后来，诸葛白还说，他在梦里，被叮当声惊醒，还听到那个童声余音绕梁……

诸葛白认为童声是在提醒他要发展经济，让百姓"蒸下的馍馍车轱辘大"。所以他不但把驼二婶树成"商界楷模"，大肆宣传。还在调整了干部、整编了靖安团后，下令：城门日夜开放；马市、人市、杂货市的交易受警察保护；官家、军警等吃公家饭的，必须让出街道两边用房，以作店铺……与此同时，他还不断颁布训令政令，制定措施，鼓吹子归城新的发展机遇已经到来，欢迎八方来客、四海乡亲，投资兴业，做生意，跑买卖。

子 归 城

丝路商贾甚至货郎、游商、牲口贩子们见此情形，也都麻溜行动，争先恐后地想来抢政策红利。

可大批的骆驼、成群的骡马来了是要饮水的。原先，来往于子归城的行商坐贾是赶了骆驼、骡马理直气壮地来到河边，一声令下，想饮多少就饮多少。现在不行了，河里那些水洼里的水，没几天，就被牲口喝干了。后来的大批骆驼骡马要饮水，得向居民掏钱，买人家的井水。还要排队，一上午，饮不了几群牲口。商旅们就开始诉苦，抱怨，指责投资环境太差。脾气大肝火旺的就赶着牲口乱跑街巷，故意在县衙、拐子街附近找涝坝、水井，让牲口饮水休息，拉屎拉尿……

结果，大批骡马的饮水问题就把诸葛白逼到了河边。

那个春天，人们时常能看到诸葛县长站在河边，望着涅槃河干枯的河床，一站就是几个时辰。

子在川上曰：逝者如斯夫。能在河边一站就是几个时辰的人，都不是一般人。

所以就有聪明人跑到河边去探究："县长，站这儿看啥呢？"

"看影子。"

"影子？"那人看看天上的太阳，又看看干枯的河床，一脸困惑。

"我在河边，看不到自己的影子。你能看到吗？"

"看不到。"

那天乌云沉沉，没太阳。

诸葛白用手指了指干裂的河滩。

那人是子归城第一聪明人，立刻明白了："县长是说人在河里的倒影吧？那没有！山里闹鬼，河干了嘛。没水就看不到人的倒影。"那人自作聪明地说。

"是啊，没水的河边，谁也看不见自己的影子。"诸葛白望着雪山深处说。

那人叫王二傻子，就是调查出野驴粪蛋的那位智者。诸葛白的话让他又聪明了许多。当天，他就定制了几辆独轮水车，雇了人推着，满街卖水了。

2

紫泉子的老人都说，那阵子，诸葛白在河畔把自己站成了一棵树。

其实，诸葛白没把自己站成一棵树，他在河边把自己站成了一个哲人。

我说的哲人，就是明白人。诸葛白成了明白人，就带着葱头走进了刘家酒坊。

钟爷在捐献粮草上带了头，还神奇地感应到了雨夹雪的降临。诸葛白就想听钟爷说说大旱之年缺水咋办。

诸葛白给钟爷说，他一来，就在清晨的曙光中，看到了河滩上满是澄板土，因为干旱日久，龟裂着不规则的缝隙。像黑色的闪电，惊出了他脊背上的冷汗。

钟爷听了这话，一声不吭，把夹在《商君书》里的一张纸递给了他。

诸葛白接过来一看，却是钟爷写的四句诗偈：

天狼在北，

黑飙于南。

烽火老阳，

沙漫荒城。

诸葛白心中一惊，脸都白了："钟老！您这意思是？"

"何坨子放火，金丁伐木。人心不古，利欲熏心。苍天能不震怒？古城子在劫难逃了！"钟爷长叹一声，望着天边，入定一般，再无声息。

诸葛白不知道钟爷此时又进入了颠懂梦境，看他若有所思状，便想起了民间传说山里有许多被烧死塌死的冤鬼，就想认真就此问题与他讨论一二。结果却引发了钟爷一连串颠三倒四的惊悚之言：古城子下面的古王国，有无数的魔鬼幽灵，它们马上就要从河滩里钻出来，铺天盖地地淹没古城子，等等。

钟爷耸人听闻的话把黄二胆儿等都吓得够呛，云朵就急忙打岔，说些无关紧要的话："我家的酿酒坊也受了倒春寒的祸害。我怕冻坏了酒糟子，还给工房里生了火，让狗剩、尕娃子日夜守着。可还是冻坏了两窖的酒糟子……唉。家里没个男人掌柜的，就是不行啊。刘天亮这个贼大鬼，都十六天了，生死不明……"

话题一转到天亮身上，钟爷的眼珠子就慢慢活泛了。接下来说的话虽语无伦次，但诸葛白还是听明白了："老人家是说要我到山里去看看？看看河的源头？"

"当年修渠，恩公林大人就进山……看过水头。"钟爷回到了现实，说话就有些含糊。

"好。高山仰止，景行行止。诸葛不才，也定当学习先贤，进山看水。"诸葛白颔首称是。他是不怕鬼，也不信鬼的。

诸葛白辞别钟爷，回到县衙，就让葱头贴了张布告，寻找刘天亮[1]。

然后，他把钟爷的诗偈端正地抄进了《北丝路记考》。虽然它现在也遭受了"莫兰蒂"台风的侵蚀，看上去水渍斑斑。但它工整的笔画，依然能让我感受到百年前诸葛白的虔诚和仔细……

3

都说，诸葛白离开酒坊，就站在干涸的涅槃河畔，哭了。哭过之后，第二天他就带着两三个人，进山去看水源了。他说："涅槃河，得浴火重生啊！城里有个老人，天天盼着呢。"

我看了诸葛白的《北丝路记考》，发现诸葛白这话是带着杨修等人进山看水时说的。

大家都说的话，不一定可靠。

4

杨修是搭了一辆奔丧的牛车，擅自跑回县衙的。

杨修说他在马福山的亲戚马福海家住了没几天，就碰上了熟人。有古城子的骆驼客潘四，还有烟客子何大傻等等。杨修还说自从他通风报信了老兵痞武丁连长回子归城的事后，就觉得不安全。马福海不但贩烟还是个好客的赌徒，家里人来人往，有躲债的，拉皮条的，做假药的，等等。他怕有人会认出他来。

诸葛白望着苍茫夜色，略一思索，就想起来了。马福山是说过，他这个亲戚是

---

[1] 链接 诸葛白张榜寻找天亮这事儿，我在前面已有叙述。当时黄二胆儿正巧来酒坊，他给诸葛白提了这一要求。

有这些毛病。

和杨修比，马福山算是投诚有功人员（也可能是卧底），诸葛白比较注意政策，就不追究。而对杨修则不一样，"看来你就是个没自由的命。"诸葛白说着话拿出了二院的钥匙。

杨修急忙喊："别让我去那里。我东归！回老家。"

"东归？老婆凤娇不要了？"诸葛白问。

杨修说不出话来。

诸葛白说："你还是放心不下凤娇嘛！还东归？骗谁呢？"

杨修说："学生错了。"

诸葛白就教育杨修："你待在古城子。你、我、葱头三个人中就得有一个人死。懂吗？"

杨修愕然。

"杨都督有令在此，你还活在古城子，怎么理解？要么是我抗命不遵，要么是葱头没传都督令，都是死罪吧？"

"我……我逃跑，行不行？"

"逃？准备咋逃？是带凤娇还是不带？要是带，不如我今晚就让葱头去把他们母子接过来，跟你一块住下，仔细谋划收拾。"

"不！"杨修尖叫了一声。

"那咋办？老实在院子里装疯卖傻地躲着？"

杨修的脸成了只蔫茄子，他看着满眼风烟的夜空，足足有半袋烟工夫，说了句："人生天地间，渺渺一沙鸥。"就一声不吭进了二院。

"既然进去了，就老实待着！以后跟省府的电台联系，就由你负责。记住！要以我的名义，就当这个世界没你。"诸葛白跟进去说。

"学生记住了。"杨修脸像只苦瓜，木然地说。

"噢，对了。今天是闰二月初一吧？"

"是。今年是蛇年，多一个闰二月。"

"二月二，龙抬头。是个好日子。你早点儿睡！明天跟我进山，看水。"

"进山？看水？"杨修的脸上开出了迎春花。

诸葛白却不搭腔，亲自锁了院门，把钥匙交给葱头，让他以后负责杨修的饮食起居。

第三节

1

诸葛白带着杨修、葱头，在山里跑了四天，没碰上鬼。但勘察的结果令人沮丧：涅槃河改道了！进入了黑沟煤窑的地下暗河。

这事对于子归城而言无异于天塌地陷。好在当时意识到这一点的只有诸葛白一人。他从山梁上下来，对杨修、葱头说："完了！没水了。涅槃河断流了！"

杨修葱头听了，当时就唉声叹气："断流了？那今年就没水了？"

"没了！肯定没了。"诸葛白说着就打马回返。

这二人于是赶紧策马追随诸葛白，根本顾不上再上山看一眼涅槃河为何断流。

涅槃河断流了，没水了。就成了当时和后来的结论。

在此我必须强调一下，这个结论体现了诸葛白的智慧，在当时起到了稳定人心的作用。它说出了涅槃河没水的事实，但却用断流掩盖了产生这一现象的原因——涅槃河没水的真实原因是过了将近一个世纪后，才由林子非研究并发现的。

林子非跑到涅槃河流域考察，目的不纯，居心叵测，令人反感。但也有值得肯定之处，比如，我们长期以为涅槃河在甲寅年的夏天遭遇大风天，又遭遇了黑沟煤窑的塌方，后来就断流了。但这个结论始终不能解释其后的两三年里涅槃河又来过几次水的现象。

而百年之后，林子非的考察则证明涅槃河断流的情况是这样的：何坨子为给女儿双喜复仇，火烧黑沟煤窑。大火烧了几天几夜，最终导致黑沟山体垮塌，当年夏天涅槃河就断流了。但当时形成了堰塞湖，堰塞湖聚集了一个秋天又一个春天的水，最终迫使河流改道，黑沟山体再次垮塌，水进入了西戈壁的地下河，同时堰塞湖也垮塌了，部分河水沿故道流入了涅槃河，使整个夏天和秋天涅槃河都充盈着水。而到了第三年，也就是丁巳年，涅槃河在春天融化下来了部分残余的雪水后，堰塞湖便彻底干了，涅槃河从此也就干涸了。

林子非的这个发现，拨开了萦绕在涅槃河上的百年迷雾，功绩不可抹杀。

您可能已经意识到了，我在这里反复絮叨河水改道和断流，其实就是想告诉您，这二者是有区别的：河水改道，意味着一条大河永远干涸。而断流，则意味着上游冰川、雪冠融水不足，导致中下游干旱缺水。而一旦发源地的冰川、雪冠融化出足够的水量，则大河两岸会重新复兴，草长莺飞，万物复生。

对此，百年前的诸葛白肯定也意识到了，所以从山里看水回来，他一路上心情沉重。离子归城越近，脸色越难看。

2

诸葛白不愿把自己的担忧告诉杨修和葱头，一路上只能自己在心里盘算：看来往来商旅的车马饮水，是指望不上涅槃河了！咋办？只能是打井取水。嗯，还得挖几个涝坝，大群的牲口围在井边上肯定不是个事儿。这事儿不小，算是个大工程呢！得让人都动起来才行。有钱出钱，没钱出工……

诸葛白感到压力山大，脸色就沉重、难看。

一向很会察言观色的葱头，这回却把诸葛白的脸色看错了。他看到诸葛白到了南门外山梁上，勒马驻足不动了。在他前方，有一群人正从乱坟岗子上过来。

葱头以为诸葛白肯定是嫌这伙人挡道了，烦，就跑过去想轰那伙人让开道儿。

诸葛白见状，对杨修说："拉住！"

诸葛白是让杨修拉住葱头。没想到杨修没拉葱头，相反，自己倒跑过去，拉住了那伙人中的一位老者。结果，一下子就跟人家撕扯了起来。

那伙人是上坟的，心情也都不好。见状也就撸袖子伸拳头，聚成了个大半圆，围着杨修、葱头嚷嚷着喷起了唾沫星子。

诸葛白急忙骑马过去，喝止了杨修、葱头，朝那伙人挥手，让他们走人。

那伙人里已经有人转身要走了，却有人试探地小声喊了声："冤！"

诸葛白纳罕，就瞪眼看那人。那人却是金丁遗孀，她一看诸葛白瞪眼，急忙缩了头，躲避。人群中却又此起彼伏地喊起了冤。最后形成了挺大的一个声音，"冤枉！就是冤枉啊。"

3

诸葛白一问，才知道这二十多人，是为金丁喊冤的。

诸葛白纳闷，咋还有人为金丁喊冤？便下马，就地升堂。一问才知道：这二十多人，除八九个金丁家的亲属外，多是城里的士绅耆老。大家都承认金丁当县长贪污腐化丧权辱国，罪不可赦。但觉得金丁不该杀，因为他是个好木匠。

大家都说，金丁给拐子街设计的店铺门头，虽然耗时费工，浪费不少木料，但毕竟华丽气派，堪称经典。这几日大家奉新县长指示，振兴工商业，才发现前一阵子闹兵祸，加上金丁被杀，许多人怕被牵连，偷偷把自家门头拆毁了，结果好好的一条坊街，被烧、毁、拆得面目全非。更要紧的是，这满城找不到一个像金丁那么手艺好的木匠。大家费劲巴力，也没法修复金丁给自己设计制造的门头。这就使大家不能不怀念金丁，觉得这个金木匠，杀可惜了。

人群里甚至还有福建八行的赖掌柜、黑老陈。他们和金丁的老婆是同乡，趁机就说：古城子里是不该有金丁这样的县长，但也不该杀掉一个这么好的木匠。您看，为了修球形地牢，他把圆周率都算到了3.1415926，这多费脑子啊！连鲁班当年都没做到……

黑老陈和金丁老婆都是闽北人，乡情更近。更是转着弯地暗示说：金丁一死，就来了雨夹雪，有人说是老天怨怒呢……

诸葛白一听案由，遐想了一下子归城那些华丽的店铺门头和圆滑的球形地牢，也觉得金丁是个好木匠。可人死如灯灭，多说无益。就对大家说："可惜人死不能复生，现在大家给金丁喊冤，没有啥意义呀。"

人群里就有闽籍老者站出来说："金丁有罪，其家人有冤，不能不诉。金家在半截沟有良田百亩，现在被乱民抢占。金家后人何以为生？我等草民知道，诸葛县长上任古城子，遵规守矩，不带妻儿家小，独居县衙大堂内的一间侧室。又因知道县衙后院住着金家遗孀老小，故至今并未踏进后院半步。期间虽有衙役想要驱赶金家妻小，也均被县长制止了。可见县长是克己奉公、明镜高悬的青天大老爷……"

这老者显然颇通奉迎之术，一番话说得诸葛白里外舒坦，就施礼客气："金丁有罪，但其财产无罪。县衙后院既有金家财物，又有金家妻小，诸葛如此，亦是依法遵礼，耆老不必谬赞！"

老者趁机便说：县长垂范在先，可刁民作恶在后啊！他们不仅哄抢金家田产，还不许其家人为金丁择吉地祥土，造坟祭奠。扬言要把已在乱坟岗子上草草掩埋的金丁，当千古罪人，开棺鞭尸……

"金丁伐木，贻害千秋！其罪昭昭，路人皆知。不过，古城子不能没了王法。法网恢恢，不能乱来！"诸葛白说着便指示杨修，回衙门后，就写一则告示，告谕全城：禁止哄抢金家城外田产，违者重罚；容许其家人在城外买块好地，为金丁造坟，按一个好木匠的规格进行祭奠。

众人听了，立即盛赞诸葛白。金丁的妻妾更是跪倒在地，口呼青天大老爷，叩头如捣蒜地称谢。

诸葛白见状，也就亲自扶起金丁的妻妾们，嘘寒问暖。知道了她们打算安葬了金丁后，就变卖城外的一百多亩良田，回福建老家。他还热情洋溢地推荐她们去找钱老三，让他从中帮忙，实现回乡愿望[j]。

4

诸葛白是被金家的亲友、乡党们簇拥着进城的，这伙人还当街盛赞诸葛白是包公转世，海瑞再生。

那天正好子归城有庙会，城里的豪贵士绅和外来的阔商巨富借此相聚，在通四海酒楼商榷牲口饮水等事宜。大家听到街上人声鼎沸，凭窗一望，见是县长回来

[j] 链接　诸葛白做梦也不会想到，金丁的原配妻子，几天后卖了良田，葬金丁于不为人知处后，回到福建老家，烧惑族人把杨增青在崇安老家的祖坟挖掉了。此事让杨增青抱恨终生，自谓无颜见天地君亲师。后来他死后，就没敢回乡安葬。

了，便都急吼吼奔出来，把诸葛白又拥簇到了通四海酒楼，要求聆听县长训话。

诸葛白就假装诚实地说："我刚从山里回来。那些乡下户儿家的说法都是胡扯！什么黑沟煤窑烧死的塌死的冤鬼，哪儿有？还说冤鬼把涅槃河的龙头纠缠住了，弄得涅槃河没水。更是鬼话！谝传子的！不过，这都闰二月了，搁往年就是三月了。唉，山里还没个冰雪的响动。我看今年涅槃河的水是指望不上了，今年是要断流了！"

大家一听都有些慌，就相互喊着肃静肃静，听县长对牲口饮水问题做指示。

诸葛白就说："只有打井、挖涝坝。"

大家就都异口同声地拥护，"就是啊！县长说得对！自古的法子就是如此。我们想的也是打井、挖涝坝。"

甚至有些外地的商旅也积极表态，要出资出力，打井、挖涝坝。

诸葛白没想到事情如此顺利，还赢得了一片赞誉。他心里虽然沉重，但眉头已经舒展了许多。饭后回到县衙，就沏了一壶大红袍，边滋滋地喝着，边听葱头汇报把杨修又关进二院的情形。末了，还大发感慨："杨修这人，做事不知收敛。就该关进二院，磨磨他的性子。你看，他今天就差点儿和金家亲友闹出事端。"

葱头急忙说："这事是小人糊涂，惹出来的。责任在我，不在杨先生——不过，要没这桩事儿，谁知道您是青天大老爷啊！您还就手把打井的事儿也理顺了，办了一桩大事情呀！"

这话让诸葛白听了舒坦，竟然就笑了："你这个葱头啊，就是嘴甜会说话。唉——像金丁这样的人，尚有冤屈。那大狱里，还不知有多少案子……"话说到这里，他猛然一惊，"这阵子真是忙糊涂了！怎么忘了查狱问案？"

葱头听了也一拍脑门，骂自己该死，忘了提醒县长大人。

众所周知，历代官吏，上任之初，总是要视察监狱，重审犯人。该放的放，该赦免的赦免，以示恩威。诸葛白上任后忙，就对着案卷，把犯人们逐个调出，过了遍堂，也是该放的放，该赦的赦，做了对人问案，但没顾上去大牢里现场查狱问案。这就可能产生纰漏：万一某个犯人，没案卷，又没在号簿上登记，即便是个冤假错案，也会被遗漏。

当时，诸葛白想到了这儿，就顾不上让人去找狱吏，自己匆匆忙忙带上葱头和两个衙役，出了县衙后门。

诸葛白来到金丁的球形监狱，一个个查看罪犯，追问案由，审理案件。

他万万没想到，杳无音信的天亮，居然就那么意外地出现在了他的眼前，还真成了万一中的那个"一"。

5

如您所知，天亮一直想用自己的那颗牙实现越狱的企图。这当然很不容易。熬过了许多艰难而漫长的日子后，他年轻而坚硬的一枚门牙，成了一个椭圆形的珠子。

天亮想把它砸开，利用新的断裂口上的骨锋。可，圆形监狱里找不到一个坚硬的石头。

天亮就只有眼望着窗外看风肆虐的天，期盼飞沙走石中能有一枚尖锐的石子掉下来。

可丁巳年一开春就干旱多风，风却不大，还不能飞沙走石。进入闰二月，虽然起了一场大风，子归城外飞沙走石，城里却还是沙尘弥漫，风中的悬浮物都细腻得很，除了沙土就是些枯枝败叶、质地轻盈的垃圾。——我曾在丝路口岸阿拉山口目睹过一座砖砌的建筑被大风剥蚀的惨状，墙面像被斧砍刀削一般，嶙峋峥嵘地面对着你。大风不是磨秃了砖的凸面，而是挖削着它，削出了一道道月牙形的锐刃，锋芒毕露，望之胆寒。诸葛白在他的《北丝路记考》中对子归城的城墙也有类似的记载，这就说明子归城的城墙和城内的建筑对阻挡风势作用明显，同时也说明浩浩长风在城里只能扬沙弥尘，不能轻易地飞沙走石，刮得石子满天飞。

得不到一枚尖锐的石子，天亮急得就像在灼热的沙漠上找不到一个阴凉地洞的蜥蜴，满地乱转。转了不知道多少个圆圈或者半圆后，他陷入了天旋地转中，觉得地中央的马桶到了天上，地牢口却在脚下。这种状况让他发生错觉后，他尝试着往地中央的牢口上吐了口唾沫，结果它们全落到了自己脸上。天亮不服气，就更使劲地吐，吐着吐着，牢口上忽然出现了一个人头：前奔骷后马勺，长脖细颈，青亮的头皮上一个盖盖头。乍一看，就是一根晃悠的大葱头……

天亮吓了一跳：马桶里咋长出了这么大一根葱啊？

葱头趴在牢口上就哭："东家啊，你咋在这儿哩？可把我们找苦了！"

葱头一哭，天亮清醒了，看出这不是马桶里长出了一根奇形怪状的大葱，而是牢口上有了个人头，这人在对他哭。

"你……是葱头？"天亮疑惑地问。

葱头忙不迭地说："是啊是啊，我是葱头。东家，你咋让关到这里来了？"

此时，天亮看到牢口上又出现了一张晃动的瘦长脸，这脸天亮看着也面熟，可在牢里被关了那么多日子，天亮的思维已经迟钝了，想了半天也想不起来这人是谁。就犹犹豫豫地说："我杀了巴索夫，来投案。张一德就把我关到这达不管了……"

葱头急切地对诸葛白说："县长，这就是俺东家。"

县长？天亮纳罕：金丁咋长成这样了？

"杀敌有功，无罪开释！"那个瘦长脸站起来，一挥手，声音洪亮地说罢，他身后的衙役们便忙不迭地开始起吊大木塞子，往下放吊人的大柳条筐。

天亮猛然想起这个瘦长脸就是诸葛白："诸葛先生，你咋来了？"他说着就两腿一软，瘫坐到了地上。

他忽然觉得肚子饿极了。

此时，天亮在暗无天日的地牢里，已经三个多礼拜了。

第四节

1

有一场台风正在登陆汕头，那里离厦门很近。

厦门在下雨。有人在风雨中弹钢琴，《致爱丽丝》。

我站在楼下，望着石砌的墙面，物我两忘，出神入化。

我家楼下的墙面是用不规则的随形石片砌就的，它们在雨水的冲刷下，越来越清晰，越来越立体……

琴声悠扬。我怅然欲涕。

我看到了一片龟裂的澄板土，它们在干枯的河滩上，龇牙咧嘴，触目惊心地伸向远方。偶尔会有一条蜥蜴跳出来，朝我张望一下，迅速跳进裂隙之中，躲避炎热的骄阳。

2

事实上，在诸葛白与阔商豪绅开会，商议打井挖涝坝之前，像黄二胆儿那种家里牲畜多的人就开始自行打井了。他们在自家院里打不出水，就跑出来乱打。还有人把街边上也打出了许多干枯的井洞。

诸葛白在河边站成了哲人，明白了许多事情，自然也就明白这种各自为战、盲目挖井的办法不是办法。必须组织起来，聘请打井专家，对那些井水旺盛的人家进行分析，找出规律，然后打井挖涝坝。

诸葛白成了哲人，当然明白大海航行靠舵手，干事情靠的是带头人。他对子归城各阶层、各街区的民众进行分析后认为：林公渠畔的那些小作坊主、小手工业者们，被河水干枯折磨得最苦，损失最大。他们是最肯拿出钱来解决用水问题的。而且，他们都紧靠河边，在这一带打井，最容易出水。可他们都不是豪贵富商，没人听到他在通四海酒楼的动员，他必须亲自去找个领头羊。

于是，他就带着葱头再次走进了刘家酒坊。

天亮不在。说是去花花沟寻独眼龙去了。

诸葛白见钟爷在木轮椅上睡觉，不便打搅，只得退出了西院。因为天亮出狱而喜形于色的云朵见诸葛白要走，就拿了壶好酒硬往他怀里塞，还给他宽心："打井抗旱，是好事儿啊！按说这种事儿，要掌柜的做主。可天亮这个犟板筋可能要明天才能回来！——我就做个主吧，捐！刘家酒坊有钱没钱，就冲着县长您捞出天亮的恩德，咱也要带头捐钱！雇人！给公家打井！"

云朵说着还把手镯、耳环摘了下来，递给葱头，说是先让县衙拿去救急。其他银两，等天亮回来再捐。

"主要是要让大家统一规划，听指挥。这就得钟老先生说话。"诸葛白急忙强调。

"行！我给爷爷说。"云朵爽快地答应了。

3

打井抗旱，钟爷咋说的，史无记载。反正林公渠畔的小业主们一听神人钟爷说了话，还带了头，当天就全动了起来。很快，拐子街上的各家各户也被感染，都听从规划，有条不紊地开始淘井、挖井，有些还修起了涝坝。

出人意料的是，城外打井的第一天，地里没出水，却挖出了林拐子。

林拐子那天黄昏被两个马刀兵塞进岳王庙的地窖后，赖黄脸跑了，他就处在了没人管理的状态。翌日清晨，马刀兵走后，林拐子更没人管了。他的嗓子都喊破了，也没人理他。郭瞎子耳背，又不常到地窖这边来。

林拐子命大，雨夹雪那天，地窖里冬暖夏凉，很暖和。驼二婶都冻死了，他一个没人管饭的人居然一点没事。就是感冒又重了，昏昏欲睡，声音嘶哑，说不出话来。

倒春寒过去后，郭瞎子去地窖里取菜，发现林拐子已奄奄一息，半死不活。

郭瞎子把林拐子从地窖里弄出来，只给了半碗羊肉汤，林拐子就像一条冻僵的蛇一下缓了过来。而他知道马刀兵走了，合富洋行也没人管了后，顿时精神倍增，抓了个白杨木棍拄着，一瘸一拐就直接去了马寡妇家。

马寡妇有花痴病，这时候已说不清跟谁跑了。林拐子鸠占鹊巢，本拟休养几天，可一看合富洋行面貌依旧，疯狗犹在。就只得抓紧时间，开始昼夜加班，继续偷偷挖密道。他一直在努力，想挖个密道通到合富洋行地下室。这样，他就能够躲开那些疯狗的袭击，神不知鬼不觉地盗走羊脂玉枕等财宝。

马寡妇家离林公渠近，诸葛白想在渠边挖个大涝坝，让邮驿站和进城的牲口饮水方便。公家干事儿，阵势大，打井挖涝坝同时开工，结果就把林拐子的密道震塌了。林拐子啥声都没顾上发出，人就被埋掉了。

人家有条不紊地挖了半个时辰的涝坝，后来挖出的土太多了，没处放，就往刚刚塌陷的洞坑里倒。却在坑里发现了一只鞋，捡起来一看，邮差艾山江就说这是林拐子的，他认识。人家以为那洞坑是个地窖，就怀疑，地窖塌了，会不会埋住人？

于是，大家开始小心挖土，注意异物。不久，就发现了埋在土里的一个裤脚，一拽，就拽出了一只人的脚。再拽，就拽出了林拐子。

林拐子被挖出来时，人已经昏死过去了，看上去人不人鬼不鬼。后来是艾山江的老婆把林拐子放在炕上，又灌奶茶又搓洗，弄了大半天，林拐子才变得像个人了。

4

林拐子一缓过劲儿来，知道自己暴露了，就四下里打听赖黄脸、赵银儿的下落。可这两个人，都失踪了，人间蒸发了。林拐子不信，但就是一点线索也找不到……

林拐子为了找赵银儿和赖黄脸，去过酒坊。云朵把赵银儿失踪前一晚上的情形一五一十地给林拐子说了。据说，林拐子当时还哭了，眼泪汪汪的，但也没多说什么。

林拐子回来后，也学诸葛县长，写了个寻人启事，贴在东门门洞里，寻找赵银儿和赖黄脸。

可过往官民都以为林拐子要找这对男女寻仇，有信息没信息的全都噤若寒蝉，不告诉他一丁点儿信息。

林拐子无奈，只好装成伤了心的样子，不再为人代书，缩在马寡妇家，偷偷地继续挖密道。

5

挖密道很辛苦。林拐子刚被活埋过，伤了身上的元气，一干活儿就累，一累就唉声叹气。那天他坐在地上正叹气，突然看见诸葛白从院门前走过——他个儿高，马寡妇家的院墙又矮，林拐子一眼就看见了。他想这人是个书生，没官气，作风朴实，好糊弄。就扔了挖土工具，跑到院外想搭讪。可诸葛白刚从施工现场过来，好像是肚子饿了，大踏步走进了老李杂碎汤店。

林拐子一看这是个机会。就回去擦了把脸，换了套干净衣服，出门，追到了老李杂碎汤店。

林拐子知道公家挖涝坝，差点儿压死他，欠他的。就落落大方地坐到诸葛白对面，开门见山地说：马刀兵总来打古城子，是因为合富洋行。

诸葛白停下筷子，让他说详细点。

林拐子就说：合富洋行的雅霍甫是契阔夫的亲舅舅。

诸葛白看了一眼窗外的石头楼，说：那又怎样？人不是早死了吗？

林拐子说：可阴魂不散，那石头楼里，有人有鬼，有疯狗。

诸葛白说：那又怎样？

林拐子说：应该清查呀，他们都是老毛子，相互勾结里应外合。

诸葛白说：我咋没发现？全城还没一个人这么说。

"那也应该好好彻查。"

诸葛白说：私人财产神圣不可侵犯。古城子以前没王法，我来了，这儿就得是个讲王法的地方。

"您过来上任的时候，那石头楼已经是无主的房子了。该彻底铲除查清。收归公有，以资打井抗旱。"

诸葛白说：人没了不意味着人家的产权没了。就像驼二婶的车马店，按规矩就得给人家留着。古城子以后得讲王法。

林拐子就提醒诸葛白：商鞅立法，最后自己逃秦时，反受其祸。没令牌，住不了店，出不了城。最后被车裂……

诸葛白却还是那句话："那又怎样？"说着就低头喝起了杂碎汤。

林拐子本来是想借诸葛白之手，把合富院子里的疯狗以及神秘莫测的阴魂怪鬼都整明白肃清了，方便自己以后偷摸着进出，伺机盗走羊脂玉枕。见诸葛白一口一个"那又怎样"，自己没浑水摸鱼的机会，就心里骂着"老子这是遇上了一个书呆子"，悻悻告辞，回去继续挖密道。

从后来的情况看，林拐子可能就是在这次去找诸葛白的时候，告诉了诸葛白，他目睹了皮斯特尔用炸子打爆了傻子三宝的脑袋。

林拐子在饭馆里给诸葛白说这种事儿，当然没法完全保密。店里的老板娘小乔本来就是古城子一朵花，身边总有男人围着，她本身嘴又不是很严。

神拳杨知道了这事后，让人把林拐子找到家里，好酒好菜，边吃边喝边聊。林拐子就一五一十地讲了当时的情形。

瓦西里知道这事，也很生气，追到马寡妇家，把林拐子吼出来，一把揪住，责问：你当时为啥不出来作证？

其实，皮斯特尔自辩清白的时候，林拐子在场。但他对瓦西里一瞪三角眼，说：老子我没看见过！

瓦西里很生气。

林拐子又说：赖黄脸是不是当年跟你一块在黑沟煤窑干过？你知道他的下落吗？

瓦西里摇头。

林拐子说：你不告诉我赖黄脸的下落，我就不告诉你谁杀了傻子三宝。

瓦西里真不知道赖黄脸的下落。

林拐子也就真不告诉他谁杀了三宝。

6

我的la号很寂寞，除了"闲敲棋子蹦出的人"，没什么粉丝。想想林子非和莫菲设局也是好心，我就放开了"闲敲棋子蹦出的人"的阅读权限，允许他看我的la号。

没想到林子非实名出来后，说话一下子更放肆了（他自从知道了和我平辈儿那年起，说话就越来越逐年放肆）：

"嗨，好久不见！你还写了不少嘛。"林子非带着笑嘻嘻的鬼脸，伸着红舌头跳上我的屏幕，好像从来就没发生过我限制他权限这件事儿。

一放你出来就想捣乱吗？你闲敲棋子可以，别在丝路上闲逛，更别在涅槃河故道晃悠。小心蹦出个警察抓你！

——谢谢，你想多了！那种事儿不会再发生。我就是你小说的一个粉丝，或许是唯一的粉丝。作为粉丝我想说……

请讲。

——哈，也没啥。就是想问问：你不是说要告诉读者有关一条河流的故事吗？可你现在，把一个有趣的话题，转到了打井上，又跑题了！

我怎么跑题了？涅槃河的故事，已经结束了。

——结束了？

是的，结束了。从这一年开始，涅槃河就再没来过水。后来，风沙埋没了它。再后来，历史关于它的记录也没了。

——这……那你就要讲打井的故事？

是。

——那你讲打井就讲打井。怎么又扯到了林闽嘉先生身上？

打井挖出了林拐子！这是当时的大新闻，不写能行吗？

——行，书是你写的，这事你定。可你能保证打井的故事好看吗？

我说过打井的故事好看吗？打井没故事。就是一些人按照县长的组织，出钱打了几口井，有的出水了，有的没出水。

——然后呢？

没有然后。

——那就又要拿我爷爷开涮？

你爷爷是谁？

——你啥意思啊？脑子真糊涂了？我听说，"莫兰蒂"过后，你们都喝了一种防瘟疫的药，它现在才发挥作用？

我一生气，想把林子非拉黑。可忽然想起林拐子确实是林子非的"爷爷"，只是我写作时总是忘记这一点。我犹豫着再回到对话界面，发现林子非还在指责我的脑子，说我老了，糊涂了……

　　我彻底生气，坚决把林子非拉黑了！不过，他的意见我还是接受了，此时讲林拐子或者打井抗旱似乎是有些为时过早，还是说天亮爷爷吧，他在此时的故事极具传奇色彩，值得从头细说。

第三章

赎

第一节

1

天亮出了地牢，是一路摔着跟头回到酒坊的。他在形状奇特光线幽暗的地牢染上了天旋地转坐卧不宁的失重症，不会在平坦的路面上走步了。

虽然有葱头一路搀扶，他还是摔了若干跟头，才学会正常迈步。

到了院门口，他又不会抬腿过门槛了。葱头要帮他，可他性急，重心朝前一膀子就撞开了门——这当然得摔一个更大的跟头。

作为老板，一跟头从外面摔进院子里，还是连滚带爬，不光是有失体面，简直就是狼狈。为此，他恼羞成怒地趴在地上就糊里糊涂地喊了一嗓子："把这个倒灶（倒霉的）门槛给我砍了！"

他喊完了抬头再看，院子里空寂寂的，一个人也没有。

闰二月的季风刚停，风吹云散，阳光无遮无拦地照耀着他的酒坊。被火烧过的酒坊已今非昔比，风沙把所有的墙壁都刮去了一层，露出和了荞麦皮的黄泥。原先动不动就野草葳蕤蜂蝶翩翩的院落，如今已颓废得不见一片绿叶，仿佛一个被遗弃百年的老村舍，充满了大写意的赭墨山水味道。

"咋？酒坊咋这样啦？人呢？人都到哪儿去了？唉！"天亮拾起一根棍子，拄着，走进西院。

云朵正对着太阳在看刘新坤的小马甲，那里面有她缝进去的《如匠酒经》。天亮猛然出现，吓她一跳。

"你，你回来了？"云朵干涩的脸上骤然绽放出各种表情，由惊愕而狂喜，由狂喜而忧戚。

天亮望着云朵，一时语塞，他慢慢向云朵走去。

当他走到神情恍如梦中的云朵身边时，云朵忽然大放悲声："你，还知道回来呀！你咋没让马踏车轧枪打死……你，你还知道回来？"说着就扑进天亮怀抱，又哭又叫，连捶带打。

葱头见此，急忙扭头走了。老年间有道德的人，看见别人拥抱都要回避。子曰：非礼勿视。

2

云朵苦撑到今天，被天亮的一个亲吻就化成了水。

但化成了水的女人并非没有知觉。云朵感觉到了天亮的亲吻在某个方面不对劲，她推开天亮一看，立刻叫了起来："你这是咋啦？牙呢？"

天亮说："在牢里一急，碰掉了。"

云朵垂头丧气地摆手："难看死了！你咋能把门牙给碰掉啊？"

"难看么？"天亮在这方面很迟钝。

"还不难看吗？跟个龙头一样。赶紧洗了吃饭，吃完了上街上镶个牙！"

可天亮还一个劲儿地追问酒坊咋成这样了，遭了啥灾。

"没啥！回头给你细说。你先把这褂子换上。"

云朵正给天亮换上衣，酒坊的几个伙计闻讯出来，见了，有点儿不知进退。天亮却叫住了他们："躲啥呢？其他的人呢？唉！二锅头呢？独眼龙呢？"

"没，没人了。大哥独眼龙找你去了！其他伙计有的回家了，有的怕领不上工钱，到人市上打零工去了！"

"啥？那给马四海的酒咋说？咦？备齐没？人家还要一百条篓新酒哩！"

天亮一口气嚷了半天，没人应声。云朵便打岔："一回来不说人，先说酒。人重要还是酒重要？"

天亮这才又追问："那二锅头呢？"

有人回话："不知道。可能去找丝绸店的女裁缝了，也可能去要钱哩。"

"这个贼驴日的，把他给我找回来！"

一个伙计慌慌地走了。天亮又嚷着让人马上去找独眼龙。说今年立秋前要备齐马四海的新酒，得烧一百多锅呢，没他不行。

云朵却拉住天亮："行了，看看爷，就去洗澡吧！脏得像鬼一样。"

3

钟爷的情形让人无从琢磨。

他的下肢已经瘫痪，坐在木轮椅里，凝然若塑，但目光却炯炯有神地看墙根一组枯萎了的牵牛花。天亮和他打招呼，他也是一副灵魂出窍神游天外的神情，自说自话："大旱之年，何以调养？商鞅愚民，咎由自取，车裂于市，秦人不怜……世误商君，秦政暴虐。苍天震怒，缘何以救？山川崩裂，大厦将倾……"

天亮还没完全找回平衡感，头晕，听不懂——其实正常人也听不懂，就问钟爷："爷，你说的啥？"

钟爷说："山河改道，沧海桑田，人间巨变，这是道呀。人力岂能改变？当年庚子台风，毁我家园，钟姓一族，流离失所……"

天亮听懂了些，就想和他喧个慌，循循善诱一下。可钟爷的脑子忽然更颠懂了，高声说起了"天塌了，地陷了，子归城里子不归"之类的话语。

天亮无奈，进屋去看儿子刘新坤——又差点儿摔跟头——刘新坤在钟爷的炕上睡得正香。他只得退出西院，去洗澡。

天亮洗脏了三大桶水，同时也洗轻了眩晕感。等换了干净衣服出来，云朵已经做好了热气腾腾的猪肉酸白菜拌面。天亮一连吃了三大碗，才抬起头，听云朵和众伙计给他讲这段时间酒坊发生的变故。

4

把酒坊的股份做成股票，分到每个人手里，确实是赵银儿的主意。

当初，赵银儿让二锅头做这件事儿，显然是考虑到将来古城子的男人们会为酒发生争斗，她提前埋了个伏笔。

后来她突然失踪，她和二锅头之间的阴谋到底如何？旁人便无从知晓了。

但即便她的阴谋中途夭折，这件事所产生的后患，依然足以颠覆刘家酒坊。

酒坊"失火"时，二锅头就在工棚宿舍里诱骗独眼龙，说这酒坊，遭了这样的火灾，年底定然没红可分，到时候大家可能还得背债呢。

独眼龙一听背债就脑子昏了，急急地问为啥。

二锅头说："你忘了？当初我那二百五十两银子，是赵银儿的款子啊，后来不是做成了咱手里的股子票吗？"

独眼龙一听，就收拾起了包袱，说他要去找天亮。

二锅头说："你就是想躲债嘛！你背着股子票跑哪儿不还是背着债？这么着吧，你把股子票转给我。有债没债，你兄弟我都担着。我跟赵银儿的关系你也知道，就算我欠她的债，她能把我咋着？"

独眼龙就从包袱里拿出了股子票，可要给二锅头时却幡然憬悟："我把股子票给了你，加上你自己的，你不就成酒坊最大股东了？那三弟天亮咋当掌柜的？不行！老子给了谁也不转给你。"

二锅头嘿嘿笑："酒坊都烧成这样了，这古城子里还有谁要这股子票？我看除了山西王当年在酒坊上栽了跟头，可能为了争个面子，还能给你低价收了。其他人，鸟都不鸟你！"

"老子就给山西王！"

独眼龙说到做到，出门就奔了山西会馆。

山西王一看股子票，当即就让钱老三、瓦刀脸装作去看热闹，暗中评估了一番酒坊的损失后，就一手钱一手货，收购了独眼龙的股子票。

从此，山西王就成了酒坊的一大股东，和二锅头联手，能推举掌柜的。

对天亮来说，事情很严重。可他蒙在鼓里，还喊："这老大咋回事？咹？！他上哪儿找我去了？"

众人说，独眼龙和二锅头吵架了，一气之下，就跑去跟山西王借了车马，说是去找你。可人们只看到他坐着漂亮的大马车，威风凛凛地出了东门，之后就下落不明了。

众人正这么说着，出去找二锅头的伙计跑回来了，说二锅头在聚宝街耍钱，看门的不让进。

"不让进？！"天亮一怒之下，提了根毛绳要奔聚宝街，可刚迈步就差点儿摔倒。

云朵一把拉住了他："你干啥？"

"我把贼猕一绳子捆回来！"

"行了。你看你跟头马趴站都站不稳哩，还捆人哩！快回屋子躺一阵子去！——我让人把他叫回来就行了。"

5

天亮头一挨枕头，就睡得天昏地暗。再睁眼，二锅头已圪蹴在炕头下，早回来了。

二锅头有备而来。一见天亮醒了，就拉住他的手痛说革命家史。说他担心天亮，焦心如焚，人都瘦了三斤半。说他为了酒坊，到处求爷爷告奶奶，见人就当孙子，简直就成了古城子人的公共孙子。

天亮起初被二锅头弄得有些感动，后来二锅头话说得太夸张，天亮就又恢复了愤怒："你个贼猕，扯皮撂谎！酒坊有啥事值得你四处求爷爷告奶奶？咹！别以为我不知道，你和赵银儿憋了甚坏……"

"兄弟哎，赵银儿早没了！跑哪儿了都没人知道。——你不知道，自打酒坊没了你，独眼龙这猕就没笼头了！又雇人又雇车，说是去找你，其实谁球知道他干啥去了！如今他连酒坊的股份都卖给了山西王！"

"哎？有这事？！你可不兴胡说！"这时候天亮已经不晕了，恢复了判断力。

"我要胡说，出门让车压死马踏死雷劈死！我见过那股子票，看得真真的，是独眼龙的。"

这回天亮是真耐不住性子了，提了毛绳就要去捆独眼龙。

"你上哪找他？他早不在城里了！"

"那他在哪？"

"不知道啊！他一欠了账就东躲西藏。"

"哎？山西王在吗？"

第二节

1

癸丑年夏，山西王砸刘家酒坊惹了一身臊，却让姚麻子占了便宜。自此伊始，先是合富洋行、姚麻子戗码头、开赌场，后是汪妈给洋人投怀送抱，企图摆脱控制，最后又发生了弑父冤案、会馆内乱等等，一系列的倒霉事儿连续不断，让山西王颜面尽失，不得不辞职让贤，远走阿山……

在外人看来，山西王是垮了，成缩头乌龟了。其实，他并未消沉。在一高人指点下，他开始"深挖洞，广积粮，不称霸"，学会了韬光养晦。

那位高人是这样指点山西王的，她把山西王叫到屋檐下，指着一排椽子说："你看吧，看明白了告诉我。"

山西王在屋檐下站了大半天，就悟出来了：出头的椽子先烂。

那位高人又拿了个秤砣，挂到了那根烂了头的椽子下面，让山西王再看。

山西王这回看了三天，才明白了：凡事得权衡利弊，注重实惠。

高人说：对了一半。你再看。

山西王又看了三天，却看不出什么了。

高人说：权衡利弊是为了避风险，取实惠。可这根椽子不出头能挂住秤砣么？

山西王恍然大悟：您是说该出头时还得出头。

高人说：对。不过，那得看清亮了。

这位高人就是山西王的母亲。

察罕通古事件后，山西王在高人母亲的指点下去阿山"援科"。临别，母亲说：以后大事听听七闺女的。

山西王愕然。

母亲说：她跟了我十年，我教了她十年。

山西王就不再愕然，凡事和七闺女商量。后来，他从阿山回来，母亲寿终正寝。他也就真听七闺女的话，回到了山西人的本性中，做人做事不再张扬跋扈，而是注重实际。很快，他就依靠从可可托海带过来的几个老弟兄，悄悄完成了内部改革，弃武艺，进钢枪，精练人马，整顿理门，把山西会馆打造成了一个文武兼备、工商结合的综合体，不显山不露水地具备了近代化武装实力。

回到山西人的天性中，山西王办事就从容不迫了许多。

合富洋行灰飞烟灭，姚麻子死于非命，本来都是他报仇雪恨、立腕扬威的机会。可他在那根挂了秤砣的椽子下面站了许久后，就只是悄悄收回了对梦春院的保护权，一点没去趁火打劫合富洋行和珠宝店。马刀兵来了，他在屋檐下看了半天那只铁秤砣，决定抗击。但他还是没做最出头的那根椽子，他把总练的位子让给了神拳杨。

买独眼龙的股子票这事儿，他根本没谋划 [h]，是碰上的。他收了股子票，才知道二锅头有想和他联手的意思，但他没置可否。他想先等等刘天亮的准确消息再说。他不想乘人之危，落下被人诟病的把柄。

果然，才半个月，天亮就带着两坛子老陈酒，出现了。

2

那阵子，山西王正在装修二楼神厅——里面供奉的南海老佛是理门中人的偶像

---

[h] 链接 他忘了家里还有个七闺女，她有没有策划，山西王不知道。

和精神指引。山西会馆有两眼水井，水都很旺。所以山西王在通四海酒楼听了诸葛白的抗旱动员后，并不在意，回来后依旧在楼上看神厅的施工图纸。

就在这时，天亮来叩门了。

山西王正忙，就想让身边的瓦刀脸去应付一下。七闺女却拦住瓦刀脸，对他说："这个尕阎王，是个吃软不吃硬的货。他还在咱爹的事儿上给你做过证人。你还是下楼去见一下人。我这边让人去找二锅头。"

"找那个狍货干啥？"

"二锅头和咱的股子加起来，能罢免酒坊掌柜的。"

"咋？你想当掌柜的？为这酒坊，当初惹了一身臊，现在还臭着哩！"

七闺女笑了："我能当掌柜的吗？我就是想给你托个底，问问二锅头，这尕阎王找咱，是想干啥？"

"有啥好问的？！他来不就是想收回独眼龙的股子票嘛。"

"哦，你心里清楚，那就不问了——不过这人是个愣头青。你亲自下楼迎一下，给足他面子，免得说话呛起来。"

七闺女这话在理。山西王就放下图纸，亲自出厅下堂迎接天亮。还咋咋呼呼地吆喝下人备酒席，说天亮刚从大狱里出来，得给他接风压惊。

天亮不好意思，连连摆手。说自己吃过了。还把嘴里的酒气哈出来，给山西王说，自己刚喝过，不能再喝不能再喝。

而这工夫，七闺女却已叫过心腹下人，让火速去找二锅头了。

3

山西王见天亮豁着牙，就笑："跟狗县长金丁一样嘛！"再一问缘故，就装心疼，拍着天亮肩膀，一边说"苦了兄弟啦"，一边就喊着让下人上茶上好茶，请天亮正堂里说话。

天亮怕被山西王弄得说不成话，放下酒坛子，略一寒暄叙旧，就单刀直入地问独眼龙的下落。

山西王说："不知道。前一阵子他跑来求我收了股子票，又要借车马。说是要去找你，我能不给借？可谁知道这小子一去不回呀，我正疑心他是不是骗了老子呢。"

天亮说："我大哥不是那种人，一定是有事耽搁了。"

山西王却主动说："我听说独眼龙欠了一个安集延商人的债，人家怕打仗，要收了账回去。他就来找我，要卖股子还债。老哥看你酒坊红火，也想入个股，就收了！"

天亮急忙说："哪里红火呀，我差点儿没死在大牢里！咳，看我大难没死的分上，您老帮帮我，把我大哥的股子票再转给我！咳？还有车、马的费用，都算我头上……"

山西王淡淡地说："有这规矩吗？钱老三是中保人，你得问问他呀！"

天亮知道这是坏买卖规矩的事儿，就赔着笑脸说："钱老三是个啥么？连鼻子都没有！只要您同意，我赶着您定的日子，借高利贷，也把账给您还上！"

山西王说："天亮兄弟，这哪成？我能逼着你还账？只是独眼龙这么干可不成！他得来给我个说法。"

天亮说："这不明摆着吗，咳？我大哥下落不明，要是他一辈子都不回来，那这股子，不就归您了？"

山西王笑笑地说："天亮兄弟，这不行吗？当初你落难时，还帮我作证哩！如今你酒坊兴旺，就不让我沾光？再说，老哥哥又不白要你的，就是入个股子，年底分个红利，难道兄弟还不愿意？"

几句话，说得天亮无言以对，想翻脸，人家却是笑笑的，伸手不打笑脸人。天亮碰了这软钉子，发不成火，只得嘴里说着："咳，不是这么说，不是这么说，咳。"讪讪告退。

山西王却拦住他，真假难辨地非要喝酒。说天亮大难不死，他这个当哥哥的心里高兴。兄弟既然把酒都带了，不管咋样，都要一醉方休。

天亮略一思索，心想：山西王肯定知道独眼龙下落。借人车马，能不问去哪里吗？就动了心眼儿，想把山西王喝高，套出独眼龙的去向。于是便就落座，一边说着自己在地牢里久了，身上还真有些亏酒。一边就开坛倒酒，和山西王喝了起来。

没想到喝了半宿酒，酒量惊人的天亮猜拳总输，没套出独眼龙的去向，自己却喝多了。反倒被山西王套出了许多话。

这时候，七闺女已经找来二锅头，给他摊过牌了。

4

月明星稀。

天亮从山西会馆打着酒嗝出来，夜风一吹，清醒许多。这才想起自己喝了半天酒，最终也没打听出独眼龙的下落，白忙乎了。天亮觉得窝囊，气没处撒，就把愤怒又转嫁到了独眼龙身上，指着天风中摇摆不定的月亮大骂："独眼龙，你个贼驴日的，老子一绳子捆了你！"

"是呀，一绳子捆了他！"迎面过来个醉鬼，听了天亮的话也兴奋地叫嚷起来了。

天亮定眼一看，是杨修。

杨修也是醉的，杨修没法不醉。子归城里，最有理由酩酊大醉的人就是杨修。

天亮不管怎么说，是被当作杀敌英雄放出地牢的，可以堂而皇之地在大街上走，随便骂娘，随便喝酒。全城人还都因为他是一个"儿子娃娃"，对他敬仰三分，礼让七分。

杨修则不同，直到现在，他还是个没自由的人，只能夜里偷着出来。去半截沟看水，杨修本以为就此将获得自由，没想到诸葛白回来又把他锁进了二院。还说就要磨磨他的性子，以免再惹祸误事儿。

杨修知道自己公开露面，他和诸葛白、葱头三人中必有一人获罪。但他憋屈，又不放心凤娇。就在二院里憋到天黑，看出门都得打灯笼了，便偷偷翻墙逃出，去凤娇的住处守望。

结果凤娇出来倒洗澡水，发现了他，就拉他进屋。他牛×，不但拒绝，还打了凤娇一个耳光。

打过之后他又伤心，就跑进酒馆喝酒，和外来的货郎、膏药贩子嬉戏胡闹——

这时候的杨修不缺钱，一挥手，还主动请这些小商小贩喝大酒。结果，人家没醉，他倒把自己喝醉了。

醉了的人总是不愿意承认自己醉了，所以杨修一见天亮，就嘲笑天亮醉了，居然要和月亮比酒量，"你的那点量，还想和月亮比。李白都比不过，让月亮给喝死了！"

天亮已酒醒大半，他知道杨修是装疯，就把他拉到黑地里，问杨修是不是见过独眼龙。

杨修逞能，说："咋没见？他不就在胡寡妇家给人家看烟花么？戴个破草帽，假装不认识我。我也假装不认识他。哈哈。"

"那这胡寡妇是谁？"

杨修嘻嘻哈哈地说："这人你都不知道。花花沟里有名的骚女人呀，嫁个男人姓胡，她也就跟着姓胡了。这寡妇风流着哪，谁不知道？花花沟南坡，有三棵老杨树，杨树下面就是胡寡妇的房院。我给你说吧，这寡妇本来姓韩，后来嫁个棉花匠姓胡……"

第二天，天亮就提着根牦牛绳子，骑着邮驿站的伊犁汗血马去了花花沟。

而看护杨修的哨兵则被诸葛白开了军籍，回半截沟种地去了。

第三节

1

天亮跑到花花沟找独眼龙，遇上了土匪，这事儿传得很快。可传到绥来阿廖沙耳朵里，却成了刘天亮去花花沟找烟客子借钱，被土匪绑了，要一千五百两银子赎身。

阿廖沙知道找烟客子借钱，比借高利贷还厉害。若再被土匪绑了，就更要命。便急了，在诊所里团团转。

那年秋天，阿廖沙目睹天亮带人在绥来县城要饭乞讨，他不知道那是天亮的商业计谋，还躲在诊所不敢露面，为拿不出钱来帮助天亮而羞愧。可很快，他从林拐子那里知道了，就在心里骂天亮无耻，不厚道。后来他又听说天亮涉嫌杀人，被抓了。再后来又听说酒坊被烧。再后来他又听说天亮人被放出来了，可酒坊的股子被人弄走了……

阿廖沙转了一百多圈，还是坐不住，觉得自己必须出手相救。

"古城子不能没有酒呀！"他对妻子娜塔莎说。

娜塔莎认为这个理由不能成立。她讨厌酒鬼。

"我不能看着自己的救命恩人磨盘子压手而不管呀！——虽然他有些贪财无耻。"阿廖沙又说。

娜塔莎认为这个理由成立。

"可是，你除了诊所一无所有……"娜塔莎说。

"对呀，诊所……"阿廖沙若有所思，围着诊所转了一圈又一圈，还是苦无良策。最后长叹一声，把诊所卖给了一个前来看病的臭皮匠。所得一千六百五十五两银子，他只留了一百五十五两，其他的全装进了一个褡裢中。

当时，尤其卡正好在绥来。尤其卡是皮货商，他在达坂城、阜康的山里收了皮子往子归城运时，听说了马刀兵在围城，就把皮子运到了绥来坐地售卖。后来，他听说马刀兵走了，就准备回子归城。

阿廖沙是合富洋行的前医生，他俩以前认识，只是素无交情。

阿廖沙把褡裢交给尤其卡，说里面是他送给刘天亮的银锭，救急用的，请帮忙尽快带到。

同时，阿廖沙给了尤其卡一个十两的银锭作为酬谢。

尤其卡听说有急用，到了古城子后人不下鞍，马不停蹄就到了酒坊。

那时候，天亮已经把独眼龙抓到了山西会馆。

2

天亮一绳子把独眼龙捆回来，是正午过后。许多打井的人都扔了工具，追着看他俩那副滑稽的模样：出狱不久的天亮，黑瘦矮小，豁着个门牙，却骑着一匹趾高气扬的伊犁汗血马。马尾上拴着根毛绳，毛绳上拴着独眼龙。独眼龙的腰上又拴着根绳，绳子牵着另一匹伊犁汗血高头大马。

此时的独眼龙被女人滋养得高大白胖，红光满面。任谁也不敢相信这是个落难中的人。

独眼龙当初去寻找天亮时，不知为何就认定了天亮是被人打断了腿，走不回来了。所以他借了山西王的马车，说要把天亮拉回来。他还雇了两个安西车户，说人命关天，两个车户要倒班驾车，星夜赶路。

可是他不走运，刚到木垒驿，就被一伙声称只反贪官、不反皇帝的强人抢劫了。他们认定高大富态还坐着马车的独眼龙，是杨增青从省府带过来的官员。独眼龙反复强调：他走的是当年跟天亮去镇西府讨饭的路线，往东走的；杨增青回迪化，是往西去的，他俩毫无关系。但一群强人里没个明白人，他们不但劫走了所有的钱粮物品，还把独眼龙和两个车户都绑到了山边的树上。说一个官员用两个车户，太他妈腐败了！

半夜里大风呼啸，两个车户解开绳子，跟着那伙强人跑了。独眼龙这才想起两个车户和那伙强人都是安西口音。他就大喊大骂，说自己中了安西人的奸计。当年红胡子没把安西人都杀掉，是个错误。

独眼龙叫骂了一晚上，天明，自己磨断了绳子。可他借着喷薄而出的朝阳，抬眼一看就傻了：沙平线上，正不断涌现着饿狼的身影。它们悲怆地号叫着，呈扇形，正向他围拢过来。

独眼龙寡喊着逃出树林子，漫山遍野地瞎跑。后来就跑到了胡寡妇的烟花地里。再后来，就成了胡寡妇的短工……

独眼龙遭此劫难，本应憔悴萎靡。可他有艳福，原先花花沟的那个小寡妇楚香，听说了独眼龙的事后，拿了把剪刀，找上门来，扬言要把胡寡妇的嘴剪成兔子嘴。结果她却打不过胡寡妇，只得屈就，做了胡寡妇的干妹妹。自此，两个寡妇便日夜算计，天天在独眼龙面前争宠。你煲汤，她炖肉。时间不长，独眼龙就被养得更加外强中干，高大白胖，像个大地主。

相形之下，刚从地牢里出来的天亮，黑瘦矮小，可怜兮兮还少个门牙，一副穷骨头被狗咬的寒碜样，更像个叫花子。

可天亮就是这副模样，把独眼龙从两个寡妇手里抢出，一绳子捆到了山西会馆。

3

天亮和独眼龙走进山西会馆，许多人也就跟了进去。——子归城里，啥时候都有一堆遛逛锤子在闲逛、溜达。而那些新来的外乡人，进城后吆喝买卖，在通衢街巷中游走，见啥都新鲜，看见有人被牵着进了山西会馆，自然一窝蜂跟了进去。还有几家正打井挖涝坝的人，一看势头，仿佛有戏，也就忙里偷闲，挤进了院子。最后，是城里的一些士绅，闻听后也抱着看热闹的心态，装作劝架的样子跑去了。

到的人太多，事情的过程就一直在紫泉子众说纷纭，莫衷一是。加上会馆当时正装修神厅，格局本身就乱。

我小时候，曾听说天亮爷爷为了收回酒坊股子，拿刀剜掉过腿上的一块肉。但当我看到天亮爷爷腿上那处极可怕的疤痕时，他却断然否认，说："甭听他们胡说，哪那么轻省！"

可满街都是胡说者，我从没见过他冲出去否认。嗯，有几回他还跟着他们自嘲自黑。

胡说者的说法很多，有说天亮爷爷和山西王打赌，赢了，就赎回了酒坊。还有说，天亮爷爷没赢，输了，他耍赖，剜下了腿上的一块肉，非要赎股子。惹得山西王发怒，开枪了。结果，打瞎了独眼龙的一只眼。还有的说，是独眼龙挖出了自己的一只眼，换回了酒坊的股子。

您知道，我写了三十九年《子归城》，还没写出来。原因很多，其中之一就是我们紫泉子人，没人能完整地讲一个故事，他们都喜欢夸张渲染自己看到的局部片段。结果你把一件事情一梳理就会发现，不是前后矛盾就是有头没尾，时空关系根本不对。就比如说现在这事儿吧，我发现每个胡说者其实都没胡说，他们都生动准确地描述了他们所看到的那一面。但围观者太多，相互拥堵，视角所限，谁也没办法完整地目睹故事发展变化的全貌更不可能句句听清当事人的对话。而天亮爷爷又觉得这事儿有点丢人，不愿多说。结果弄得我童年时心里就装满了诸多细节，真实而生动，可就是对整个事情的全貌，一头雾水。

这种情况一直持续到了天亮爷爷去世，一个具有全能视角的人忽然出现，我才有幸知道了事情的全过程。

这个人当时居高临下地俯视了事件的始终。

这个人就是木匠郝大头。

第四节

1

郝大头的出现具有偶然性。

天亮爷爷是一不留神从毛驴上摔下来，脑溢血，溘然辞世于紫泉子的。那时候云朵奶奶才六十多岁，但她觉得天亮爷爷没了，她也会不久于人世，就嚷着要给自己做个花棺材。于是，就有木匠来登门揽活。领头的姓鲁，自称是鲁班的第七十二代孙，说他师傅当年在古城子的手艺和金县长能有一拼。

"鲁班的孙子，还让别人教手艺？"云朵奶奶一生气，就把这伙木匠赶走了。

结果到了下午，郝大头亲自登门造访，说那几个木匠真的是他的徒弟。

云朵奶奶不好意思，就给郝大头备了酒席。

郝大头喝多了，一下没了窝囊样，对着众徒弟神吹海侃，讲了天亮爷爷当年赎回酒坊股子的事情。

那是我第一次见郝大头，也是最后一次见他。在此之后三个月，他就谢世了。云朵奶奶说，大头郝木匠把一辈子的欠债都还清了！又把一辈子的话都说完了。人没心气了，就入土了。

的确，当时郝大头已经老得不成样子了。坐在炕桌前，要背靠着被子，要不人就会倒过去。吃菜也要别人帮着夹，否则就弄不到嘴里。但就是这样，他还是倔强地坚持讲述，谁也拦不住。

郝大头说事发时他和徒弟陶七就在山西王的神厅。神厅又叫佛厅，在二楼上，高。当时，他们在给神厅雕梁画栋翻修屋檐。他站得高，看得远，一切他都看得真真的。

郝大头当过更夫，嘴上有功夫。脑子是否清楚不知道，但讲话还是有逻辑的。

"那时候刘天亮刚从大牢出来，黑瘦黑瘦的，个子也小。嗓门却牛吼一样，大得很！云朵那时候水灵灵的，古城子有名的一朵花么。也不知道咋的，她就把刘天亮给看上了……"郝木匠说到云朵总是啧啧地咂嘴，摇头，好像人间最匪夷所思的事莫过于此似的。

郝木匠的讲述略显浮夸，但不乏细节，不由人不信。

按郝木匠的描述，当时的情形是这样的：

出狱的天亮像个愤怒的酋长，一手牵着毛绳（毛绳上拴着独眼龙），另一只手还挂着个木棍（可能是他走路还有些找不到重心）。他的身后、左右站满了人，可他一拽绳子就把独眼龙从人堆里拽了出来。

"你说！"天亮大概拽独眼龙的时候用劲狠了点，那绳子当时就从独眼龙的手腕上滑脱了。独眼龙倒自觉，一边一圈一圈地收绳子，一边低着头交代了一遍自己从被劫到被天亮捆回来的整个过程。

天亮不耐烦，一把将独眼龙推到山西王跟前："你给人家说，股子咋办？"

独眼龙急了，就喊了山西王一声"叔"，说酒坊的股子票他不转了，要赎回来。

中保人钱老三马上表示了反对。说："这叫单方面反悔买卖。坏规矩。古城子多少年了，还没听说过这种事儿！"

山西王却把股子票往八仙桌上一拍，黑着脸对独眼龙说："我山西王不乘人之危夺人所爱。可你拿啥来赎这股本呢？"

"这……"独眼龙回答不上，就看天亮。求助。

山西王也就目光炯炯把眼珠子里的光打到了天亮脸上，咬着牙说："股子加上我的车、马，合银子一千四百两呢。现在既然人都来了，那就一手钱一手货吧！"

当时，二锅头正在城里招呼原酒坊伙计复工，他闻讯就带着几个伙计急死忙活地赶了过来。他们一听山西王这话，就都面面相觑。大家都知道，这阵子天亮入狱，酒坊入不敷出，连一百两银子都拿不出来。

"合金子呢？"天亮突然冒出了一句。

人群里早有是非者，显日能（能耐）地喊了一句："合金子八两四钱。"

天亮默然无语，抓过一条长凳，搁上右腿，猛然从腰间拔出一把英吉沙钢刀，倏地一挥，扎进大腿。

"啊——"随着一声野兽般嚎叫的停止，天亮剜下了自己的一块髀肉。

"称！"他吼着把那个血淋淋的东西举了起来——在子归城，许多输光了的赌徒就是靠这方法扳本的。子归城约定俗成的法律承认它和同等重量的黄金等价。

一院子人目瞪口呆。

"称呀！"天亮疼得龇牙咧嘴，又吼。

在子归城，永远不缺度量衡。立刻有人拿出了称金小秤。

"八两一钱！"有人唱了秤。

"八两一钱不够！"有人大叫了起来。——在子归城还有一条约定俗成的法律，割肉必须一次给够，不能分两次，怕双方斤斤计较。

天亮差点气昏过去。

——很抱歉，我在这里不知不觉地陷入了紫泉子胡说者的虚构情节中。小说虽说是一种虚构文体，但我在这里不想虚构，也不想采纳胡说者的虚构。紫泉子人虚构的情节太多啦，多得像我家窗外大海里的鱼，许多真实的情节都被它淹没了。现在既然有一个真实的目击者，我们为什么不听听他的呢？

按照郝大头的说法，当时天亮的确是拿出了一把钢刀，要割自己腿上的肉，但他的行为迅速被钱老三喝止住了："慢着！卖家还没说话呢！"他捂着鼻罩大声说。

的确，按古城子的规矩，"割肉秤金"的基本前提是：卖家提出。

可当时山西王并没有提出要让天亮或者独眼龙"割肉秤金"。钱老三是买卖场上的老江湖，懂这规矩。

全院子的人便都齐刷刷地望山西王，等他发话。

山西王盯着出头的椽子上的那个秤砣，一语不发。

2

之后的故事开始一波三折，惊心动魄。

典当行的掌柜神拳杨说话了："山西王，天亮兄弟这事确实做得没规矩。但好歹他也是在马刀兵攻城时，舍命出来顶门子的儿子娃娃！要不你就给他个面子？应了这事儿？钱，我给先垫上。"

山西王面无表情地对神拳杨一摆手，对天亮说："强扭的瓜不甜。既然兄弟不愿意我入你酒坊的股子。君子不乘人之危，今儿我就把赔钱的生意做到底。我不要股子，也不要钱，就看杨掌柜的面子，给你一个空手套白狼的机会——我听说你有弹子张清的功夫？"

山西王说着让人端出自己的盒子枪 [h]，拿起来，一甩手"啪啪啪"三枪，把神厅外面的飞檐打出了三个弹孔（郝大头说他当时就在屋檐上，吓得差点儿掉下来。其实他是吓瘫在了上面，掉下来的是裤裆里的尿）[I]。

然后，他让人把地上的三个弹壳捡起来，交给天亮，悠悠地说："三投三中，咱们两清，你拿了股子票抬腿走人。"

---

[h] 链接　这是毛瑟公司1896年推出的一款手枪，因其枪套是一个木制的盒子，所以在中国称为"盒子炮"或"匣子枪"。据统计，从问世到停产，毛瑟公司共生产了一百余万支这种手枪，多数销往中国，而中国的仿制量更是几倍于此。

您知道的，山西王经历了一些挫折和失败后，就放弃练武，改为偷偷购置热兵器了。这支毛瑟匣子枪就是他新近购置的，他在这时候拿出它来，显然有想要显示武力的意思。但他真的不走运，他擦枪走火，打瞎了独眼龙，连可可托海的几个老兄弟都觉得他太轻狂了，自找麻烦。

[I] 链接　林拐子给我说过，当时郝大头在房梁上，他不可能看清院子里发生的事儿。再加上山西王的三枪就打在房檐上，郝大头早都被吓傻了，后来的情节是他臆想出来的。

对此，我以为可以聊备一说。子归城的事情在紫泉子是门学问，如果有哪个紫泉子人的后代以为不然，只要他比林拐子闽嘉先生更有学问，我愿意改变自己的观点。

　　神拳杨趁机就说："山西王，你可别后悔。这兄弟从小在陇西放羊，打了十几年头羊！"

　　"哪能啊？天亮兄弟帮我在大堂上证过清白，这情儿我不敢忘哩！"山西王佯装潇洒地大笑，"来吧，兄弟！是骡子是马拉出来遛遛。"

　　天亮目沸口赤双眼滴血。

　　机会确实是机会，但天亮没抓住。他被桌上的股子票弄得过于激动。他双眼充血心贪婪，手还有点抖，结果三发两中。

　　人群一片哗然。黄二胆儿甚至说了一句难听话：这脸没露成，把裤裆的屎露出来了嘛！[s]

　　山西王假装遗憾地摇摇头，抓起八仙桌上的股子票，扔给了管家。

　　"请回吧！天亮兄弟。"山西王做了个送客的手势，就退膛擦枪。——郝大头说，在古城子虽然有割肉抵债的俗律，但这种做法通常含有"以武力相威胁"的味道，所以债主一般是不高兴的。

　　山西王做得有礼有节，谁也挑不出毛病。连神拳杨都没法替天亮说话了。

　　天亮像一坨新鲜牛屎，软软地瘫坐到了地上。

　　可意料不到的事就在这一刻发生了。

　　郝大头说：事后山西王把那只倒霉的盒子枪扔进炉中化成了铁水。

　　但当时山西王对它珍爱至极，完全是带着炫耀才当着众人的面掏出一块绸绢，有滋有味地揩拭盒子枪的。可悲的是，就在此时，它毫无道理地爆响一声，射出了一粒子弹。

　　更可悲的是，这粒子弹匪夷所思地飞进了独眼龙的右眼——天道不公！那只眼睛早年就被瓦斯烧毁了视网膜，这下更是彻底瞎了。

　　据说，独眼龙当时痛得满地打滚，像戏台上的武生打斗。

---

　　[s] 链接　黄二胆儿的这句话是脱口而出的。表达了他对刘天亮由敬佩到失望的转变。可能那一瞬间，他还可惜过自己的猪头和羊腿送错人了。

事情在一刻钟内传遍了全城。因为二锅头带着人招摇过市，大喊大叫，像抓通缉犯似的到处乱窜，寻找郎中。

郎中孟长寿刚给独眼龙扎上一条绷带，他就拒绝就医了。他当着半城父老的面和山西王讨价：“山西王，你赔不了我的眼，我的眼……没得说，你和我兄弟再来一把。输了，我这一只眼算白瞎。赢了，把酒坊的股子票还给我兄弟！”

慌乱的山西王听了这话，也就慢慢稳住了神。他舒了口气，在众人一片啧啧声中，一边赞叹独眼龙好义气，一边换了支长枪，对着厅堂近处一乌龙立柱，打了三枪（郝大头这时候吓出了什么，他没说）。

如果天亮一生真有丢人现眼的事的话，我想就是这回。山西王有意出让，只打了一根两丈外的立柱。可天亮心慌意乱，三发一中，把独眼龙的眼睛输给了山西王。

“日他先人呀！”天亮声嘶力竭，抢过一把木工利斧，就要剁自己的手。

二锅头一个鱼跃，按住了天亮。

没过半袋烟工夫，天亮如梦方醒，望着黑压压的人群惭愧地一咧嘴，站起来扶起独眼龙：“哥，咱们走！怪兄弟丢人现眼……”

“慢！”正当天亮转身欲走，一个脆亮的声音从天而降，明眸皓齿的云朵来了，“就这？完了？”

“咹？就……这……”天亮望着梦一样出现的云朵，傻不兮兮，一脸懵逼。

3

云朵的忽然出现，导致事情峰回路转，紫泉子好些人都知道。对此，云朵奶奶也没有异议，后来还给我补充过许多细节。就是说，这是真的。

郝大头说云朵是带着布鲁特商人尤其卡匆匆赶到山西会馆的。尤其卡身上背着个褡裢，里面是阿廖沙给天亮的钱。这就不太真了。说它不太真，是因为我个人认为：尤其卡是个大商人，不可能替云朵背褡裢。而天亮爷爷也说，那天头脑发昏，情绪激动，根本没注意是谁背来的褡裢。云朵奶奶也说过：当时，她着急，就随便从酒坊叫了个伙计，背着褡裢来的，是谁她也忘了。

我想，郝大头在这里的叙述让人不敢相信也是事出有因：他在山西王往房上打了两次枪后，就吓瘫了，根本抬不起头看院子里的事儿。而陶七虽然没尿裤子，但也一直趴在屋檐上抖个不停……

后来云朵出现，气氛缓和，师徒二人才哆哆嗦嗦地从房顶上爬了下去。

当然，郝大头由此就失去了全能视角，和院子里的那些围观者一样了，甚至还不如他们——他因为尿湿了裤子，不敢往人多的地方去，就趴在墙头上眺望。

事实上，郝大头在云朵奶奶家把故事讲到这里，也就迷迷糊糊地睡着了。是真睡，还是装睡，我弄不清楚。

好在接下来的事情，紫泉子许多人都知道。

第五节

1

云朵一来，春暖花开。要是海子[z]在我身边，他准会这么说。

事情的确如此。

当时院子还飘散着硝烟味儿，云朵边挥手驱赶硝烟，边对山西王说：王会长，按说我们得叫您叔呢。我们是开小本作坊的，叫您叔，有高攀之嫌，不敢呢！

一句话就把山西王说软乎了，他把独眼龙打瞎了，正没办法下台，就连连摆手："大侄女，可不敢这么说啊。叔也是想跟着刘大掌柜的入个股子，年底了分个红。没想到事情弄成了这样……"说着拿眼看独眼龙。

云朵说："叔啊！您说啥呢？是我们先毁约的。该向您道歉。不过呢，我大哥的眼睛恐怕这辈子就算瞎掉了！"

山西王说："人还在，人没事就好。"

---

[z] 链接　您懂的，海子是个诗人，比我会写诗。他去世后，诗名远扬。我在二十六楼上写作，每次抬眼望海，总会想起海子的诗：我有一所房子，面朝大海，春暖花开。

钱老三赶紧插话："就是，就是。人没事。"

云朵说，"我们做晚辈的，有事没事的总不能找叔的不是吧？您看这样行不行？我大哥的事就在这儿翻篇了，过去了！不知道您前面说的话，还作不作数？"

山西王说："你说的是我说的哪个话呀？"

云朵说："我听说您刚才说了，交上钱，就赎回股子？"

山西王说："这咋能不作数哩？作数！"

云朵就转身，从尤其卡身上接过了褡裢。"叔，这一褡裢银子，只多不少，您看行吗？"

山西王大喜过望，急忙说："咋不行？行！就按大侄女说的办。"

山西王说着抓过褡裢，掂了掂，说："多了。这么着，这银子我只收八百两，那多出来的六百两嘛，"他转脸看着孟长寿，说："这六百两我留给云朵的独眼大哥治病看眼，你看够不够？不够，花多少，再来我柜上支取。"

孟长寿说："我看了，这娃的眼再花多少钱也治不好了。嗯，瞎了！按治个瞎眼说，六百两，富富有余。"

神拳杨说话了："云朵仁义啊！在咱古城子，得理就得饶人哩。"

云朵点头，看天亮。

天亮就扶住独眼龙，刚想问话。独眼龙却急不可耐了，冲天亮连连摆手："给他们说，行行。就这么定了。只要股子票能拿回来就行。"

二锅头就抢在天亮前面，高声说："我大哥说了，行！"

云朵却向山西王拱手作揖，又补了一句："谢谢叔！这事儿就算两清咯，我大哥以后不找后账。"

二锅头也连连附和："对对！这事儿，咱不讹人。不能么！"

山西王是真有点感动了，拱手对众人说："看见了吧？还是我大侄女呀，仁义！厚道！"

2

独眼龙爷爷命大，山西王枪走火，那颗子弹往右偏一点儿，就会从他的鼻梁进入脑袋；往左偏一点，又会击中眼窝，从他的太阳穴贯穿而出，这两种结果都是独眼龙爷爷将一命呜呼。可那颗子弹长了眼，擦着独眼龙爷爷的鼻梁，打掉了他的半个眼球儿后，在他的右眉骨上钻个小洞飞走了……

不过这创伤看上去很可怕，是个尖锐的长条形。子归城里瞎眼或者独眼的人不止三四位，但"独眼龙"这个和龙有关的称呼却专属于我的独眼龙爷爷，这可能就与他的疮疤很可怕，让人过目不忘有关吧。

县医官孟长寿郎中的金创药膏也很厉害，敷上去当即就止住了血。半个时辰后人就不再疼得吱哇乱叫了，一个时辰后独眼龙就昏然入睡了。

安顿好了独眼龙后，天亮才有时间问尤其卡（也可能是尤其卡听说酒坊出事了后，自己来了）："阿廖沙的这笔钱是咋回事？他咋知道我正坐蜡（为难）着哩？"这笔钱对天亮来说是从天而降的救命钱，"这个绥来的阿廖沙，就是当年合富的那个医生吧？他现在是个瘸子？"

尤其卡说："就是合富的那个。是个瘸子。"但他和阿廖沙并不熟，说不清那笔钱是怎么回事。

"他也没有多说啊！只说让我尽快把钱送来。"尤其卡说。

天亮想起阿廖沙的那只脚是自己给他铡掉的，心里就有些不安，"唉，这贼驴日的，倒是有良心。等我手头宽裕了，这钱我得还给他。"

说过之后就把剩余银两交给云朵，说留着买粮料。

云朵不放心，追问尤其卡："阿廖沙就没放下啥话？"

尤其卡说："也没啥要紧的话。他倒是托我给带句话，但那句话绕脑子得很。你等一下，让我慢慢背一下。"

尤其卡汉语不好，想了半天，才把那句话背出来。

阿廖沙托尤其卡给天亮带的话是：医生是救人命的，酒是救人生的。背井离乡的人不能没有酒。

天亮听了这话，皱着眉头想了半天，对云朵说："你把这话给我写下！这狗日的阿廖沙，说的话咋比咱爷说的还难懂。"

后来波斯商人墨兰迪来酒坊喝酒，看了这句话，说："这跟我们波斯圣人说的话是一个意思。你要把它挂到墙上。"

天亮一听，跟圣人说的话差不多，就想让钟爷给写下来，钟爷不写。他就让人去找了字画店老板辛四爷，花了三两银子，写好装裱成框，真挂到了墙上。那墙上，原本有钟爷的《丙辰劝雪》诗。

云朵心细，觉得就这么句话，还托人从绥来带过来，有些蹊跷。就提醒天亮："有空时，你去绥来看看这个阿廖沙！他这些年到底咋回事儿？"

"咹？就是，就是。有空是得去一趟。"天亮连连点头。他对阿廖沙的瘸腿也不放心，想看看。

3

天亮坐了回大牢，又害得独眼龙瞎了只眼，人就没那么张狂了。收回股子票后，鉴于历经战火的古城子人口锐减，他就听云朵的话，不再扩大酿酒规模，先忙完马四海的订货再说。为此，他从闰二月到三月，都忙着转让东门外的粮料收购场、售酒铺子。还对内整顿酒坊，赶着酿烧三花酒；对外支援抗旱打井。诸葛白打井挖涝坝，他捐了钱，自己却没打井。他说："烧酒行当，不是走量的，没那么多车马来。酒坊东西院里都有井，够用。"

他的这些做法获得了云朵及伙计们的赞扬，说这才像个掌柜的样子。可他像样了没一阵儿，三月刚过，就突发奇想要祭祀榆树窝子的老白榆，还执拗地忙起了准备工作。结果，答应云朵要去绥来看看阿廖沙的事儿，他就抽不出身，让跟三去了。

跟三当年跟绥来丐帮打过架，有仇人。可天亮一忙忘了这茬儿，跟三又爱面子，不肯提醒天亮，怕天亮骂他尿。结果跟三跑到绥来，就没敢怎么在街面上晃悠，而是在靠近县衙的一个车马店里住了一宿，就急急忙忙地跑回来了。

不过，消息他还是打听到了：阿廖沙卖了诊所后，就带了全家，回俄罗斯了。

"回俄罗斯了？"天亮和云朵听了这消息，都有点吃惊。但仔细一分析，也觉得对。当年阿廖沙就说，想要回国去嘛。

云朵还想再问些细节，可跟三回答不上来了——他没敢四处细打听。

"去俄罗斯了。这么大事儿，尤其卡来送钱的时候，他咋没让捎句话呢？"云朵说。

天亮见云朵很疑惑的样子，就说，"这阿廖沙，可能是怕说了我们不要他的钱。你放心！将来碰上人了，这钱我还给他。"

"是得还。"云朵叹着气说。

这天，天亮可能受了阿廖沙归国的刺激，他套了辆毛驴车，拉了几坛子老陈酒，连夜去雀仁庄子，把酒送给了小螳螂。

第四章
禁与罚

第一节

1

　　我在前面没有讲天亮去绑独眼龙的时候遇上了土匪，这是小说叙事的需要。我现在要讲天亮遇上土匪的事，也是小说叙事的需要。你想吧，我前面讲天亮去花花沟绑独眼龙，遇上了土匪，并由此知道了张一德的下落，是不是属于节外生枝，不合作文章法？而现在，天亮已重整旗鼓，召回伙计，恢复生产，把酒坊搞得风生水起，我还不告诉你他遭遇了土匪这件事儿，是不是也有点儿不合作文章法？

　　天亮遭遇土匪这事儿当时古城子人知道的不多，但在绥来却是头条新闻，半城人都知道。这跟酒坊那个失踪的伙计夵夵有关，也跟盗马贼猴子有关。

　　夵夵是绥来人，一直嫌酒坊的活重，干着累。发生"花朝惨案"时，他碰上了个绥来车户，就乘便跑回了绥来。

　　可他爹嫌他是个闲锤子，放着古城子酒坊的技术活儿不干，成天遛逛，只会在家混闲饭。

　　那天夵夵被说烦了，就背了行囊，答应回刘家酒坊。可他不情不愿地刚走过绥水驿，就碰上了盗马贼猴子。

猴子在金丁、马麟被斩后，逃到了木垒驿。可他盗马贼的名声太大太坏，连小螳螂都不要他。猴子衣食无着，只能在街上给人相马打杂，饥一顿饱一顿。后来他听说绥来地面上平静了，就搭了一辆过路的马车回绥来。到了绥水驿，正巧就碰上了枭枭。

猴子在木垒驿给人相马打杂，自然知道小螳螂劫了天亮的两匹伊犁汗血马这事儿。他一听枭枭是被老爹逼着要去酒坊打工，就笑了，说：你东家都让土匪绑了，你去打个球的工呢！之后就添油加醋胡吹乱侃了一个天亮被绑架的生动故事。

枭枭听了就求猴子："你帮我去给我爹说说，我就不去古城子了。"

猴子说："那你得请老子喝个酒！"

枭枭就请了。没想到，猴子有酒助兴，更加神吹海侃，一下把路人都吸引到了酒馆。结果天亮被绑架的惊悚故事当时就不胫而走，传遍了半个绥来城。更没想到的是，后来猴子喝多了，打了人。

被打的正是枭枭。打破了头，流了满脸的血，被送到了阿廖沙的诊所。

阿廖沙听了事情原委，再一追问，知道打人者就是看见了伊犁汗血马的盗马贼，被打者是刘家酒坊的伙计。阿廖沙当晚就失眠了。翌日，再听了几拨人的传言，就卖了诊所，把银子托付给尤其卡，走人了。

枭枭扎着绷带回家后，他爹很心疼，说："你东家既然出事了，那你就别去了！马上要春耕了，就在家帮着翻地干活！"

这是枭枭始料未及的。春耕翻地，比在酒坊干活累。枭枭很后悔。

天亮遭遇土匪的事儿传到子归城比较晚，知道的人也少。最先知道的人是谁，不可考。反正二锅头是从七闺女那里知道的。二锅头前晚夕刚拒绝和七闺女联手，但知道了天亮被绑架后，就反悔了。当即向七闺女表态：刘天亮若是三天后不回来，他就和她联手，推举新的酒坊掌柜的。

二锅头没把天亮被劫的事儿告诉云朵。云朵是天亮回来后才知道的，她很后怕。

2

张一德之死，是刘天亮藏在心里的秘密，他藏了好多年不愿意跟人说。但事隔百年，我不能不跟您说，这也事关作文章法。

天亮知道张一德的死因，与他被土匪劫了有关。而他被劫，又与他骑了两匹伊犁汗血马有关。这事儿听上去绕得有点远，但是真的，我没有虚构。

天亮性子急，晚上从杨修嘴里知道了独眼龙的下落后，天一亮就急着要到马市上租两匹马去绑独眼龙。正巧葱头慌慌张张跑来求天亮，求他保密，不能给人说杨修在古城子。

天亮问原因，葱头撒了个谎，说有仇家要杀杨修。

"把他家的！"天亮一听，就答应了葱头，"我说这做甚？老子正事还忙不过来呢。"

葱头一听天亮说的正事就是要租马去花花沟，就讨好出主意："你都见杨修了，就借邮驿站的马嘛！伊犁大宛马，汗血宝马。现在马麟没了，杨干头跑了。杨修是站长，说了算！"

邮驿站的马好，丝路有名。其实也不是大宛马，而是与大宛马有某种血缘关系的那拉提高头大马。就像鸡血石值钱了，各地就把许多带了血丝红斑的石头也叫鸡血石。刻不了章子，就加个产地定语，比如九龙江鸡血石，涅槃河鸡血石。这种高头大马出力流汗多了，脖子上也泛红光。据此，它就被叫成了伊犁汗血，或者干脆就叫伊犁汗血宝马。有些老百姓不明就里，就以为是大宛马。

不过，伊犁汗血马，确比一般的马优良，跑得快，耐力又好。还个儿高，健壮，威风。跑在路上，有官家气派，一般的小土匪不敢劫道皮蹭。所以杨都督设置邮驿站时就规定：各地邮驿站，不管有没有电台，都要配备伊犁汗血马。

子归城的邮驿站在靖安团。过去，马麟、杨干头怕站里的马跑出去密报消息，控制得很严。所以杨修虽然挂名站长，其实连养马的马号都进不去。现在，马麟死了，杨干头逃了。杨修又是诸葛白的弟子门生，情况当然就不一样了……

天亮一听葱头说的有道理，就问葱头："一张嘴，空口就借，能成？"

葱头说："现在杨修天天在二院里喝酒，闹脾气。我看给上一两条篓酒就能成。"

天亮就给了葱头四条篓酒。——他考虑回来时要带着独眼龙，得两匹马。

杨修那时还没彻底酒醒，一挥手，就让艾山江牵了两匹伊犁汗血马出来，交给了天亮。艾山江听话，嘴还严。

3

邮驿站的马名不虚传，平时艾山江喂养得又好，当然跑得快。天擦黑时，天亮就跑到了雀仁庄子。

去花花沟，先得经过雀仁庄子。

雀仁庄子在蒲类河畔，闰二月，其实就是阳春三月的天气。河边芳草青青，杨柳依依。是马都想喝一口那里的水，吃几嘴那里的草。

天亮正在河边饮马，忽然枪声大作。有人从野湖里窜出来，大喊："把马留下！"

天亮知道是土匪来抢马了，急忙翻身上马，想狂奔。他在"名妓奇案"时有类似的经历，没慌神。

可就在这时，他身后忽然一声呼哨，山坡后又冲出了几匹杂毛马，马上的人大呼小叫。天亮回头一看，身边的官道上也已经有了几个人，端着土枪朝他咋咋呼呼。天亮知道他被劫匪包围了[m]，他出神地看了一阵眼前的人、马、枪，发现是小螳螂的人马，就乐了。他把毛瑟枪朝地上一扔，就横着膀子过去，喊了起来：

"就这等劣马，唉？还拉了这么多年杆子，也好意思？"

劫匪大概也没想到天亮会冒出这个问题，沉默了半天，才有一个人搭了腔："那依兄弟的意思，我们该咋办才好？"声音明显有些自惭形秽，有些底气不足。

搭腔的正是土匪头子小螳螂。

---

[m] 链接　天亮爷爷后来说过，他一看是土匪，就后悔了。到木垒驿，不算远，骑匹马，大半天工夫就能到。当初，弄粮料风波时，他带着独眼龙徒步还走过。可这次让葱头弄得鬼迷心窍，偏偏就借了邮驿站的汗血宝马。这马本来就名贵，扎眼，骑着它到土匪窝子，这不是自找苦吃，引火烧身吗？

小螳螂姓郭，原本是个贩牛的，生得面黑体宽。后来迷上了螳螂拳，越练越黑瘦。越黑瘦越像螳螂，就有了个绰号"小螳螂"。

小螳螂有武艺，也有了江湖上的诨号，觉得英雄无用武之地不行，就自己拉杆子当了土匪。

那年头土匪多，并不是谁一拉杆子就能一呼百应。小螳螂会武，才有三十多个好武的泼皮无赖和乞丐称他师傅，跟着他在荒山野岭流窜抢劫。可小螳螂无谋，所以当了多年的土匪，连个寨子都没有，只是一股窜匪，这让他也苦恼。现在听了天亮的话，以为遇上了高人，说话就有了些许期待。

"我这马，汗血宝马，就卖给你吧！干啥就得像个干啥的样子，唉？"

小螳螂哈哈大笑，没想到天亮给出的是这么个主意。就一声呼啸，让喽啰们把天亮和他的两匹伊犁汗血骏马赶进了山沟。

4

一个遭抢劫的人，居然提出要把自己的货卖给抢劫者，这在小螳螂多年的土匪生涯中闻所未闻。据此，小螳螂认定天亮是个有趣而又有勇气的人。

雀仁庄子一带也是小螳螂的根据地，他没寨子，但有几个相对固定的据点——也就是对他比较友好的户儿家。他把天亮带到一个户儿家后，就逼人家宰了一只羊，杀了三只鸡，开了两坛烧酒，给天亮摆酒设宴。

一个过去赶车的，碰上一个过去贩牛的，能发生什么事？当然是一见如故。

酒过三巡，两人自然是谈起了各自的身世。相近的经历加上相似的为人，使他们没过一会儿就以兄弟相称了。惺惺惜惺惺，贩牛的赞赏赶车的。因此当天亮讲到自己杀了巴索夫，让张一德关进了地牢后，小螳螂一拍大腿，乐了："兄弟，敢杀马刀兵，儿子娃娃呀！来！哥哥敬你一碗。"一碗酒下肚，小螳螂又说"兄弟想不到吧？张一德关你大牢，你这冤仇哥哥给你报了。缘啊，真是缘啊！"

说着便叫进来一个小土匪头目："快！把你一绳子捆来警察局长的事，给咱兄弟谝（说）一下！"

这喽啰头目天亮认识，正是忝老汉。

子归城

1

我十岁那年，赶上自然灾害，饿。有一天，天亮爷爷对我说："走！咱到古城子寻些吃的去。"之后，就套了车，载着我，走了好几天，到了一片人造的林带。人家不让过，说是种树的地方，树刚种上怕糟践了。天亮爷爷说了好多好话，我们才进去。后来，天渐渐黑了，爷爷说："行，咱就先歇歇。"

那地方沙土细腻，躺着很舒服，很温暖。

第二天清晨醒来，我发现天亮爷爷就坐在一个高台上，望着一块地方，出神。

我过去，他叹了口气说，"这就是县衙的老号子。你看烧成啥了？当年关过警局的张局长。人没烧死，却跑到雀仁庄子，让土匪打死了……"

我看到在一堆沙土中露着一面烧焦的黑墙，像是一孔窑。

"行了，走吧，这人是将门虎子呢。他大（叔叔）在丝路上名声大得很。没想到，张家生了这么个囊狮，挨不上几扁担，临死还当了个饿死鬼！"

从此我就觉得一个人临死还是饿死鬼，是天下最可怕的事情。

现在想来，天亮爷爷当年说的那个人应该就是张一德。天亮爷爷是唯一知道张一德之死细节的人。但他一直不愿细说。在他看来，张一德死得窝囊，不像个儿子娃娃。但当年卜者害他，是张一德放了他，他就不愿意说张一德死得窝囊，要给张一德保留一点面子。所以，谁问他，他都说："让土匪孱老汉打死了，落在土匪手里那能有个好？"

至于怎么打的，他一直不说。

2

谁都知道，孱老汉并不是个老汉，他是个只有三十多岁的大烟鬼。抽大烟抽得成天咳嗽，直不起腰。那身子也被海洛因榨干了，像个狗尸，干缩的四肢像鸡爪羊蹄。

可就是这个棺材瓢子一般的孱老汉，声称他抓住了年富力强的张一德，还亲手把他打死了！

对此，天亮惊诧而困惑。

那天晚上，孕老汉讲述张一德的最后结局时，一刻不停地在咳嗽，声音像从破风箱里发出的，天亮记得很清楚。

3

按孕老汉的说法，他是在雀仁庄子一个户儿家的井台边遇到张一德的。这就是说，张一德逃出子归城后，是想回东边的巴里坤老家。

孕老汉说，当时张一德蓬头垢面，浑身泥土，脚上还少一只鞋子。他都差点没认出那人就是张一德。

当时孕老汉急中生智，大喝一声："张一德！"

正在井台边就着半桶水喝水的张一德，听到喊声，惊慌地抬起了头。

于是，孕老汉冲上去，一边说着"嗨！你还认识我吗"，一边对着张一德就是一顿拳打脚踢，把张一德打倒在了井台边上。之后，孕老汉就解下井绳，把张一德捆到了小螳螂那里。

天亮很诧异，就孕老汉这副小身板儿，还打倒张一德？捆张一德？

但孕老汉言之凿凿，说他把张一德看得真真的。当初张一德让人打了他三十大板，每打一下，他都要看一眼张一德，把张一德的样子记得真真的。

小螳螂也补充说，那人确实就是张一德。冬天的时候，他带人到子归城外的草料行偷了几匹马，就是这个张一德带了警察穷追不舍，把他的兄弟们追得落荒而逃，四散逃命的。他后来过了半个月才把大家收拢到一处。

4

您知道的，小螳螂被马刀兵打散的那年，烟鬼孕老汉没处可去，躲到子归城后，饿，偷了驼二婶家的一只鸡，结果被瓦西里抓住，让骆驼客们暴揍一顿后，又送到了警局。当时的警察局长张一德，把孕老汉打了三十大板，赶出了子归城。

这种事在子归城乃至整个北丝路上，稀松平常，司空见惯。

张一德不会想到，在他处理过的众多犯罪案件中，一个烟鬼会因为挨了三十大板，对他耿耿于怀，没齿不忘。

因此，当张一德有一天在井台边被这个烟鬼打倒在地，质问"你还认识我吗"时，张一德只能老实诚恳地摇了摇头。

也许正因为张一德的摇头，激起了尕老汉的满腔怒火。打了人，还记不住人！谁不生气？他当即就又给了张一德一拳，然后把他押到了小螳螂跟前。

小螳螂在这件事上显出了一个首领的气度，他对张一德说："尕老汉是我的兄弟。我兄弟偷了只鸡，你就打了他三十大板！他心里一直窝火得很。你说咋办？"

张一德垂头丧气，一语不发。

小螳螂就替他做了主："这样吧，让我兄弟打你三十大板，扯平。"

这时候的尕老汉已经吸足了大烟，有精神。不由分说，让人把张一德按到个长条凳上，举起一根扁担，抡圆了就打。

出人意料的是，才打到第七板，张一德一声没吭就昏死过去了。

尕老汉拎来一桶凉水，把张一德激醒后，还要打。

这时的小螳螂，忽然想起了自古警匪一家的古语，觉得或许有一天他和张一德会有合作，现在把事弄过头了不好。就摆了摆手，说："这人不经打！别打死了。给他吃顿饭，让走吧。"

尕老汉说："才打了七扁担，凑个整数吧！"说着，没等小螳螂表态，就又举起扁担，狠狠地打了三下。

这三扁担，打出了张一德的一口血。

张一德吐了一口血后，被拖下去，扔到了一个磨坊边上。小螳螂还让人给他身边放了一碗高粱米饭。

令人匪夷所思的是，张一德居然那么不经打。翌日早上，人们发现，张一德竟然一命呜呼，死了。那碗高粱米饭，他原封未动。

5

那个晚上，天亮本来心情很好。他和小螳螂一见如故，谈得花好月圆。小螳螂视他为兄弟，不但不抢他的伊犁汗血马了，还给他表演了让他赏心悦目的螳螂拳。

最后还郑重承诺，天亮在木垒驿再遇上了事儿，他要出面帮助。天亮则一拍胸脯，主动提出要送小螳螂几坛子好酒[j]。

可后来，天亮听了孕老汉的叙述，心里就怪怪的，有一种说不清道不明的难受。而且，很难受。他原本是有点儿恨张一德的，张一德把他关进地牢，让他失去英雄亮相的机会，还让他在牢里没人管，受了那么多的罪。可知道张一德死了后，他又难受，毕竟张一德没害他，是个好人，不该死。更不该死在孕老汉这种人手里！甚至，当时他就差点儿冲着小螳螂脱口而出：可惜呀！这张局长死得冤，死得亏！咋死不行，死在个烟鬼手里？太窝囊了！

那天，天亮借着一盏油灯，把前短工孕老汉从头到脚，看了一遍又一遍，直到把他的形象完全刻在脑海中才作罢。但就是这样，他还是终生没能理解大烟鬼，觉得这号人是天下最不可捉摸的一种人，他居然有力气能打死张局长？！

据考证，农民领袖李自成最终是在逃亡的路上，被一个乡野村夫给擒住后，割了首级的。

一代枭雄最终是那么的不堪一击，死在了一个村夫手上。这事儿，天亮并不知道。因为不知道，他对子归城的警察局长，居然没挨过一个大烟鬼的十扁担就困惑不解，疑窦重重。

小螳螂给他说，张一德死后，他们就把他扔到了洪沟里，喂了野狗。

天亮有一刻就产生了想下洪沟去看一眼的念头，但他犹豫了一下，没给小螳螂说出自己的想法。

没人知道，张一德之死到底给天亮的心里种下了什么，是隐痛？还是鄙夷？反正从此之后，他是绝口不提曾被张一德关过地牢这件事。而且在别人评说张一德时，他也缄口不言，连哎都不哎。

---

[j] 链接　如您所知，这几坛子酒，天亮爷爷后来是真送了。由此他老人家也就给自己留下了终生污点。"勾结土匪"在当时就不是个好名声，后来解放了，紫泉子搞"一打三反"运动。有人揭发，天亮爷爷就被迫反复交代其中的细节。这也就是张一德之死，他老人家心里不愿意给人说，可紫泉子人后来都知道的原因。

结果，张一德的下落就被拖到了诸葛白禁烟时才被人们发现。

张一德之死的具体情况就是如此。这事儿天亮爷爷后来给组织上反复交代过，有文字笔录，不会错的。

第三节

1

丁巳年是蛇年，有闰月，天气很极端。倒春寒一过，忽如一夜春风来，暖风就吹开了大牧川的花草。原野上绿草苍苍，芦荻飘飘。河滩上马兰花遍地开放，罂粟花迎风摇曳。可人们高兴了没几天，天气就骤然酷热。而且像股市恶补缺口一样，以加速度的方式，越来越热。

闰二月，正是冬小麦出苗的时候，可前一年是暖冬，地上没雪，化不出水，麦苗就出得参差不齐，稀稀拉拉。

到了三月，天更热，地上热得冒干土，天上骄阳似火，没一朵云。不仅冬小麦瞎了，连马兰草、罂粟花也枯蔫了。

谁都知道，再这么下去，丁巳年必将大旱。

2

打井抗旱，第一天挖出了林拐子和几个干窟窿，没见水。后来的几天，林公渠一带出水了，可其他地方打出的还多是干窟窿井。诸葛白便召集了蒙学堂堂主张元培、智者王二傻子、私塾名师吕秀才以及罗伯特·琼斯等十多个有学问有知识有经验有见识的"专家"开会，研究水脉。得出的结论是：要在涅槃河两岸打井才不会出干窟窿。诸葛白就把人按城区往河滩上吆喝。可在河滩上打井挖涝坝，又不是自家用，许多人就真不积极，假积极的又说没钱。诸葛白只得率先垂范，成天耗在河边的大太阳下，还把衙役们也都吆喝了去[q]。可效果依然不明显，尤其是那些家里

---

[q] 链接　这也就是天亮他们在山西会馆闹着赎股子票，动静那么大，现场却始终没来一个衙役的原因，当时衙役们都在河滩上，县衙都闭门不办公了。

井有水的，总找天热、生意忙等等托词，不来。

诸葛白不悦，郁闷。在河滩上摇头，喟叹，看天。看着看着，看到了一串大雁飞过长空，随即天上传出了一个童声：

雨，雨！大大地下！

蒸下的馍馍车轱辘大……

诸葛白记得初到古城子，他就听到过这个奇怪的童声，有时还伴着叮叮当当的敲击声。后来在驼二婶葬礼上，他也听到了这童音，他当时还问过郝大头："你听到啥声音了没？"

郝大头揪住自己的耳朵，听了半天，说："没啊。"

他就没当回事儿。

现在，他想把它当回事儿了，就指着天边的大雁，问众人："嗯，你们听到啥声音没有？"

众人一脸莫名其妙，全都说："啥声音也没有啊。"

诸葛白就摇头，喟叹，看天。说那个童声就在天上么。

之后，他就对众人说：谁说跟我来的是春雨？我到古城子时，跟我来的是这个童谣。

大家就屏息静气地听，可还是说没听到。甚至连打井积极分子黄二胆儿都摇头叹息，说他啥球也听不见，看不见。

可诸葛白不管这些，说他听见了老天爷的话，让他祭祀呢。当天他就大张旗鼓地在博望渡祭奠涅槃河神，又烧香又献祭。还请字画店老板辛四爷画了个东海龙王图，挂在祭杆上随风招摇。

祭神是大事，城里的豪绅百姓不敢不来。

众人一来，就站了一河滩，乌泱乌泱的。祭奠完毕，诸葛白就宣布奉天承运，抗旱打井。大家人都去了，就不好意思马上回，只得留下来打井挖涝坝。

一连三天，诸葛白天天祭奠。众人无奈，只得照他的意思办：有钱的，留下钱走人。没钱的，留下人干活。

到了第四天，一些男人就躲了，把家里的老幼妇孺派来顶数。

诸葛白不悦，但也只能继续祭祀。正祭祀，半截沟飘出了一朵白云，诸葛白一下就愣住了（他愣得张嘴结舌，像是真的），一动不动地看着那朵白云飘过头顶后，就扯着嗓子大喊："雨，雨！大大地下！蒸下的馍馍车轱辘大。都听见了吧？云上的童子在喊，大家都听见了吧？"

没人听见。

但祭神是非常神圣的事，大家没听见也不敢大声回答。只是相互偷偷嘀咕：这河神咋只感应县长，不启示咱们呢？

恰在这时，天上打出了一串春雷，惊得许多人仰望苍穹。

"这回还没听见吗？"诸葛白涨红了脸，大喊一声，笑了。

王二傻子便跳出来，当众解读："看！打雷了吧？天人感应呢。还不懂吗？人家是县长，天上的神童当然冲他喊嘛。喊啥？喊水嘛！水是财，没水你吃啥车轱辘大的馒头？"

可惜，雷鸣过后，那团云又飘进了大南山中。

良久之后，诸葛白却正色道："春雷响，云水到。这云来了，又走了！大家想想，为啥？因为打井抗旱，有人偷奸耍滑，心不诚嘛！"

人们这才想起整个春季天上都没打过一次雷，飘过一朵云。

"是啊，心诚则灵，心不诚这天还要旱呢！"王二傻子等几个最早的顿悟者嚷嚷着，便双膝一软，跪拜起了天地……

自此，古城子人开始醒悟，不但给公家捐钱、出力，在河边打井，挖涝坝。还开始积极地在自家院里淘井、挖井。一些没有水井的人家，也因为邻居变吝啬了，不让随便担水，不得不花了大价钱打井。

3

前面说过，古城子人是城里人，城里人对自然的感觉是很迟钝的。自然界的事情如果被城里人感觉到了，那往往事情就已严重得不好收拾了。醒悟后的古城子人知道了要诚心诚意地抗旱后，便都花钱雇人打井，可打出的井多是干窟窿，没水。偶尔也有出水的，然后高兴了没几天，左邻右舍就跑来抗议，说你打了井，可我们家的井却没水了。为此就出了多起民事纠纷，头破血流不说，还有几户人家为此伤筋断骨，差点儿出人命。

诸葛白于是陷入了这些民事纠纷，忙得烦躁不安。有几次就抓了人，投进了地牢。还张贴布告说：凡阻碍他人打井者，入大狱，罚款。

西城蒙学堂的堂主张元培老先生，是古城子的大学问家，很少抛头露面，招惹是非，但听说这事儿后，就跑到河滩诘问："县长！你是想把古城子弄成迪化城吗？这人是靠地养活的。地乃人之母，子吸母乳，当有度。不可无限索取！"

"可你看这天！热成这样，又没雨，怕是还要旱呢。"诸葛白擦着满脸的汗泥，说。

张元培说："一方水土养一方人。涅槃河水情若此，切不可无度掘取啊！"

大萝卜罗伯特·琼斯也是诸葛白叫来的专家，听了张元培的话，也说："张老先生的意思是说，涅槃河没水了，地下水就这么多。它养活不了更多的人。你要是把地下水都挖出来，想养活迪化城那么多的人，将来这里就没水了。"

诸葛白听了，很惊讶，"今年大旱，大家都想多打点儿井……"

没想到他话音刚落，河滩上就跪倒了一片人，"县长啊！我们没想多打井！你没看张家打了井，隔壁老王家的井水就干了！要是河滩上都打了井，城里的井可就要干了！"

这下，诸葛白愣住了，望着一地的跪伏者，不知说啥好。

"朱子曰：存天理，灭人欲。人之欲，如壑，难填。这事真不能由着性子乱干！再干就过度，就成灾了。"

诸葛白知道，张元培这话是在指责自己。他心里不爽，但还是让葱头去扯掉了城头上的布告。并宣布打井挖涝坝一事已取得阶段性胜利，各处尽快收尾竣工。以后未经批准，不可再随意乱挖乱掘。同时，还悄悄把关进地牢里的那几个人也放了。

子 归 城

这是丁巳年三月底的事儿，《北丝路记考》上有记载。

4

诸葛白是信朱子的，知道人该节制欲望。他坚信：烟、赌、娼都是背天理的无度人欲，有百害而无一利，该禁。所以从河滩上一回来，他就下了禁烟令。

当年林则徐途经子归城也大力倡导禁烟，还认真做县令的思想工作，真的就在水北门的涝坝里搞了一次小规模的销烟活动。结果古城子里的烟土贩子们还没咋样，木垒驿就快马来报：花花沟有成千上万的烟客烟农，群情激愤，带着各类农具器械，要来围攻县城……

后来罗伯特·琼斯来了，他采取的办法是：破坏罂粟花籽，破坏烟花种子。所以每有新官上任，他就会去推销这一策略，虽说收效甚微，但多年坚持不懈。

那天，诸葛白听了张元培的话，扯了布告回城，罗伯特·琼斯就一路跟着。到了县衙，依然故我，大讲罂粟之害，推销他的特殊烟种。

罗伯特·琼斯的特殊烟种，最初的灵感来自他叔叔的经历。他在印度的时候，有一次，他的叔叔查理·琼斯坐在茶树庄园里，给他讲过：当年他卖茶籽，鼓浪屿的林茗（林拐子的父亲）偷偷把茶籽炒熟了卖给他，使他多年种植的茶叶颗粒无收。

罗伯特如法炮制，把炒熟的罂粟籽送给古城子烟民。但当年秋天他就差点儿被烟民打死。他不得不关起门来，梦想着发明一种当年能够开花结果，第二年勉强凑合，第三年便无法繁殖的大烟种子，这样别人就很难追责。但他没叔叔那么幸运，这件事做起来相当困难。而且由于他声誉不佳，不得不常常跑到偏僻的山区和戈壁里，偷着进行种植和试验。

后来，他培植出了梦想中的种子。

涅槃河流域的水土，与木垒河的花花沟等处大体相同。可罗伯特·琼斯总是通过各种手段，勾结官方，用强迫或者偷偷置换的办法，使人家的烟花种子出现逆淘汰，导致歉收亏本。久而久之，本地的烟花种植也就问津者稀少，形成了多年不盛的局面……

不言而喻，除了花花沟，大牧川别的地方都烟花不盛。这里面就有罗伯特·琼斯的一份功劳。

那天，罗伯特·琼斯和诸葛白一拍即合。

但诸葛白认为，罗伯特·琼斯的方法不够光明磊落。堂堂正正的事儿，为什么不堂堂正正地办？于是，直接下了禁烟令。当然，这本来就是他的新政之一，他谋划了很久。

罗伯特·琼斯因此失去了卖假罂粟种子的机会，只能倒卖西药。这让他略感失落。

5

诸葛白一夜之间查封烟馆，还抓了一些烟客花客。其中便有花客何大傻，被拘后就闪闪烁烁地透露：张一德局长是在雀仁庄子被土匪打死的。

马福山对张一德下落不明一直耿耿于怀，听了花客何大傻的话，立刻主动请缨，去花花沟剿匪、禁烟了。

6

诸葛白没料到马福山带兵走后，城里空虚，骚乱就来了。

先是有人抗拒，不交鸦片，还打伤了执法警察。后来是有人藏匿、贩卖鸦片，被抓进地牢后，其中就有瘾君子，毒瘾发作，绝食绝水，以头撞墙，竟至死亡。

此事立刻引起了烟民们的骚动与愤怒，他们公开走上街头抗议示威，最后形成了围攻县衙的态势。

您知道，那阵子气温暴升，热得老头老太都往地窖里躲，绵羊见了剃头匠就咩咩叫，哀求给它剪羊毛。诸葛白特别怕热，还长年穿长袍衬裤，葱头就把县衙里防火的水缸，搬进厅堂，让诸葛白每天一回来，就能宽衣解带，洗澡解热。几天后，诸葛白就上了瘾，钻在水缸里不想出来。葱头就在水缸上面搭了半块面板，水里放了块石墩子，让诸葛白就坐在水缸里办公。

那天，诸葛白正坐在水缸里办公。听到差役来报群众围了县衙，急忙穿条内裤，套了马褂，出去了解情况。结果由于衣冠不整，暴露了在水缸里办公的秘密。

子 归 城

黄大牙就在烟民中故意煽动，说县长把人关在地牢里，活活热死了！自己却躲在水缸里，又凉快又舒服……

愤怒的烟民便动手放火，点着了县衙大门，幸亏救火及时，才没酿成火灾。

事发当日，诸葛白就命令瓦西里带领民兵联防队，日夜巡视，抓捕纵火滋事者。

但是恶性事件还是不断，最严重的是原靖安团一伙失业旧官兵，借口执行禁烟令，哄抢了黄大牙的烟馆。黄大牙不服，告到县衙。诸葛白说："大烟违禁，理应收缴。但烟馆的大烟属于黄大牙个人资产，他人哄抢，属于犯罪。"就把那伙人抓了几个，有钱的罚款，没钱的鞭刑。不料，那几个人也不服，说黄大牙煽动放火没治罪，却抓了他们，没天理。出去后就到烟馆干起了杀人放火的勾当。

您或许知道，马麟在马刀兵火烧洋行前后，收容了大批旧兵痞和社会流氓，他们被马麟充实到靖安团，通常都担任着班排长的职务。这些人和在靖安团当兵吃粮的户儿家人不同，户儿家的人，在被诸葛白进行军队改革重新整编后，虽然也有闹事的，但大多数都因为有家有室有田有地，虽心怀不满，却不敢过分。马放南山刀枪入库后，或下地干活或上街卖菜，成了士农工商中的一分子。马麟收容的这些人和旧兵痞，则是光棍一条，无牵无挂，被诸葛白精简后，生活没着落，自然借故闹事。加上还有人暗中藏有刀枪，抢劫盗窃不成，就杀人放火，寻衅滋事……其中最有组织最轰动的就是退役连长武丁听说几个旧兵痞哄抢烟馆被治罪后，就带着他们在大风起兮云飞扬、飞沙走石满城郭的一天中午，冲进黄大牙的烟馆，杀死一名小伙计和两个门卫，烧毁了烟馆。

全城哗然。连烟民们都觉得事情闹大了，开始四处躲藏。

诸葛白知道黄大牙甲寅年秋天卖过大萝卜琼斯的假烟花种子，导致一些人倾家荡产。这事儿烟民们耿耿于怀。所以武丁就借烧毁黄大牙的烟馆，笼络人心，蛊惑民众，滋事闹事。但他还是愤怒了，开了杀戒，把武丁和三个在烟馆放火、杀人的兵痞戴了高帽子游街后，拉到乱坟岗子上斩首示众了。

之后，他又天天抓参与纵火、滋事、暗杀活动的兵痞、流氓。有血债的就在城外的乱坟岗子上枪决，没血债的就关进地牢。

那些天，清晨的乱坟岗子上隔三岔五就会传来处决人的枪声，把城里的许多人吓得睡不好觉。

7

读《北丝路记考》可知，诸葛白禁大烟，确实是早有此心，大萝卜琼斯推销罂粟种子，不过是促成他下决心的导火索。

在《北丝路记考》中，他写道："城中人众，十有三四，皆与大烟有染。花花沟更甚，近乎家家罂粟，户户贩烟。此物不禁，祸国殃民。"明明知道人家以此为生，他还要禁，而且还打算"今春禁烟，务须定严酷之律，重典之刑，从重从速"。

众所周知，历史上大牧川但凡禁烟，每每激起民变，甚至有上万人抗拒官府的事发生。故而这里的大烟屡禁不止。诸葛白在子归城里的喧哗与骚动将临之际，竟然还要"从重从速"地禁烟，岂不是引火烧身，要亲自点烧火山口么？

对此，诸葛白似乎也有警觉，故而那阵子，他走哪里总让葱头背杆枪，跟着。

事实上，局面如此动荡，倒真出乎诸葛白意料。所以他带着葱头走着走着，就走进了刘家酒坊——他想听听神人钟爷的看法。

正巧那天是于文迪的忌日，钟爷在焚香浅唱《无衣》："岂曰无衣？与子同裳……"

诸葛白深受感染，又会曲调，就跟而和之："王于兴师，修我甲兵，与子偕行。"边唱还边给于文迪上了炷香。

两人一和一唱，反复吟诵了三遍，祭奠完毕。诸葛白看钟爷情绪饱满，精神正常。就跟钟爷聊起了近日禁烟城内外出现的咄咄怪事，并请教钟爷：当年林则徐林大人禁大烟，何以古城子里没起祸乱？

不想，钟爷听着听着眼神明显地就飘忽不定了。后来干脆挥手打断诸葛白的叙述，从香案的小抽屉里取出了一张黄表纸，给了诸葛白。

诸葛白一看，却是一纸禁采禁伐令：种树者，奖。伐树者罚。掘河坝毁道渠者，罚。滥开矿窑者，坐牢。

诸葛白深以为是，"这金丁伐木，源于无知愚昧，必将贻害将来。城中官民是得记住这深刻教训！"说着便把黄表纸递给葱头，让他速去找杨修，誊抄十份，盖上县衙大印，张贴于各城门内外。

葱头走后，诸葛白边喝茶边跟钟爷叙话："前一阵子打井挖涝坝，县衙银库就没钱，为了行商往来的车马饮水，大家在河滩上打井挖涝坝，靠的都是士绅百姓捐助的银两。这禁采禁伐令发出去，罚好说。奖励种树者，可能一时半会儿还没钱办理呢。"

诸葛白正说着，钟爷却忽然发病了，一转眼就把诸葛白当成了金丁："天作孽犹可恕，人作孽不可活啊！你当县长的带头伐树，罪不可赦啊！"钟爷说着就抡起拐杖，朝诸葛白打了过去。

众人大惊，怕伤着诸葛白，急忙上来按住了钟爷的轮椅。

钟爷就举着拐杖指天，口中念念有词，"官家伐木，自毁古城。罪人，千古罪人啊！暴秦无道，天怨人怒。河枯水竭，赤地千里……"

第四节

1

禁采禁伐令颁布后，百姓反应倒是积极。有几户靠贩烟为生的城中老户儿家 [L] 还跑来询问："我们想以后就种树呢。布告上说种树，给奖银子呢。到底是奖多少呀？在自家院子种，也给银子吗？"

诸葛白就又补发了个树木奖罚令：自兹起，凡我城中居民，无论官民，均需家家种树，户户禁砍伐。种活一树，赏银一两。有盗伐林木者，轻则罚款，重则入狱。

[L] 链接 老户儿家和户儿家不同。户儿家是指居住在村庄的富裕农民，他们大多人丁兴旺，有房有地。而老户儿家则是许多城市居民的自称。某某城的老户儿家，其含义通常是指这户人家祖宗几代都是某某城的居民，祖上就是城镇户口。

诸葛白知道衙门里现在没钱，就动了个心眼，说是"种活一树，赏银一两"，时间上自己就有了宽限。百姓们倒是不计较，觉得自己给自己种树，官家还给银子，好事啊。一些人就不顾酷暑，顶着毒日头，真在自己房前屋后的空地上种起了树。

诸葛白很得意，就又偷偷坐进县衙的大水缸里，思谋是不是让那些个犯了禁烟令的家伙，拿银子赎罪？以便到时候奖励这些乐意种树的黎民百姓。

这天，诸葛白正思谋奖励种树的事儿，罗伯特·琼斯又来拜访了，推销他的西药人丹，说是能防暑避暑。诸葛白心情好，就让葱头唤他进来。

大萝卜琼斯进来，看到县长在水缸里，脸就红了。

诸葛白问他有什么事。

琼斯一点都不客气地说："县长大人，请穿好衣服和我谈话。"

诸葛白讪笑着说："天太热了，没办法！"

"诸葛县长认为，天热，大家就能像进了梦春院一样，一丝不挂吗？"大萝卜琼斯不满地说罢，转身就出去了。

葱头看见诸葛白被琼斯弄得干咧嘴说不出话来，就赶紧过来溜沟子解围："这帮老毛子，都这球毛病。"

"你懂个屁！你也出去！"诸葛白忽然冲葱头吼了一嗓子。

诸葛白穿好衣服，走进大堂，见大萝卜琼斯已经气哼哼地走了。而俄国侨民瓦西里就坐在大堂，等着给他汇报联防队的工作，就气哼哼地给瓦西里下了命令：

"即日起禁止嫖娼卖淫。就从梦春院开始！"

瓦西里是联防队长，禁娼当然归他管。据此也有人说，发生这件事的主人公一开始就是瓦西里。葱头看见了，当时瓦西里坐在大堂里气哼哼的，见了县长也不起立打招呼。我想这也有道理，瓦西里当年是黑沟煤窑的矿警，成天监督一帮赤身裸体的煤黑子，心理上肯定有了阴影。黑沟暴动时，他不是就斥责过天亮吗？"快回去穿上衣服！再不要弄精沟子断贼那种事儿！"这说明瓦西里对别人精沟子裸体真的很生气。

不过，罗伯特·琼斯在他的回忆录里，也记载过新县长诸葛白上任不久，他去找过诸葛白推销西药。并且还说那阵子天太热，新县长是躲在大水缸里办公的。但他没说曾要求县长穿好衣服跟他谈话。

总之，诸葛白下令禁娼，与这两个外国侨民里的其中一位有关。起因是那位对县长坐在水缸里接见他不满，抗议了，要求尊重。至于主人公到底是谁，我想并不重要吧？

2

我在前面说过，丁巳年春天，马福山去花花沟后，子归城里出现了剧烈而短暂的喧哗与骚动。烟民抗拒、闹事、围攻县衙，旧兵痞哄抢、杀人、放火，等等。一波未平，一波又起。

而喧哗与骚动达到高潮，则是因为诸葛白下了禁娼令，关闭了梦春院。

相传，警察关闭梦春院的当天，许多外商就撤资带货走人了。老鸨汪妈怒不可遏，跑到县衙大堂前撒泼打滚，哭天嚎地。梦春院的多数妓女也都抛头露面，走上街头，公开挑逗前来阻止她们的警察，主动搂抱亲吻还摸人家的羞处……

一些遛逛锤子下三滥，也乘机跟着起哄，嬉闹。

谢三娃举了个警棍，想吓唬这帮骚货狗男女。没想到他们却手挽手，昂首挺胸做大义凛然状。谢三娃真想打，却被他二叔的四大爷夺下警棍，当众扒了裤子，打红了屁股。还教训他说：你个贼锤子，懂个啥？那做生意跑买卖的，到了古城子，连个梦春院都去不成，你让人家咋快活？不快活，谁来做买卖？

从此，警察、衙役们一看有三五成群的男女游逛喊口号，就躲，怕被摸羞处扒裤子打屁股。

谢三娃二叔的四大爷是贩猪羊肉的，土豪。他的观点集中反映和代表了外商及本城土豪劣绅的看法及不满。

骆驼行的年轻老板黄二胆儿，他本来跟着诸葛白打井挖涝坝，很积极的。可一听诸葛白下了禁娼令，气性就随着荷尔蒙陡升，把自家的公鸡叫成诸葛白，拿了两把板斧，满院子追着剁。好在此人是个屁胆子，不嫖娼更没胆儿，气性过了就没事儿了，不敢真的去剁诸葛白。

可像盐商严济生，喜欢拥妓吟诗的辛四爷这类人，也都满腹牢骚，一腔怨恨，认为他们在古城子的生活跌到了至暗时刻。这就很糟糕。他们可是古城子的老户儿家，祖上不是盐妻就是军户，根子深，人脉广，还老谋深算，一旦搞起事儿来就是灾难性的。

还有商会，它们是富豪阔商的权益组织，在子归城举足轻重。可它们对此也普遍充满着反感和不满情绪。事实上，一些商会就明确地给县衙递请愿书反对。还有一些更过分，它们暗中出钱出人，组织引车卖浆的草民及贩夫走卒，游行抗议，呼喊口号，说什么无烟产业，环保快活，无端被禁，不合人性。等等。

甚至连许多中产阶级和普通民众也怨声载道，成群结队地表达反感了。比如锁匠刘亮程啦，铁匠麻子孙啦，他们都或多或少、或明或暗地心怀不满，造谣诽谤新县长。至于像烟馆前老板黄大牙、混混儿马三六、拉骆驼贩大烟的潘四这种人，则因为禁烟没了发财的机会，正怨声载道，一看梦春院又没了，自己没处吃喝玩乐，就觉得人生失去了意义，就想搞无政府主义，搞反社会的活动……

众所周知，这个阶层是社会的稳定层，他们一不满，社会就动荡。

诸葛白当然恼火焦虑，就找瓦西里商议办法。瓦西里是矿警出身，维持治安有经验。他眯起眼看了看天上的毒日头，就劝诸葛白："这帮贼猁货不嫌热，就让他们上街闹去吧。闹不了两天，自己就躲到阴凉处去了。这日头，烤不焦他们，也得给他们脱层皮！"

诸葛白一想，对呀！这天气，没人给钱，谁愿意上街遭这份罪？就让流氓成性的金主们撒钱去吧！看他们有多少钱！这么一想，他就摊开纸墨，气定神闲地写起了《北丝路记考》。

不料，当晚大南山却起了风。一夜山风过后，气温骤降，城里城外一下就凉快了。街上的闹事者不减反增。

诸葛白仰天喟叹：您这是黑白不分呀！

但怨天没用，只能尤人。诸葛白就一边骂瓦西里是个乌鸦嘴，一边紧急思考新

子 归 城

的维稳策略。

3

历史在关键时刻往往是紧凑且紧张的，就像一首凝练的诗。

一个世纪后，我在研究子归城这段历史时，心中依然充满困惑：当时的诸葛白已经年届四十，进入了人生的成熟期，可他怎么会无视自己已经成了惊涛骇浪中的一只飘摇不定的小船这个事实，干出那么多岌岌可危的事呢？

您可能已经意识到了，在这个历史关头，诸葛白几乎没了有力的支持者。马福山带兵走后，他本来还有团练可用。可本应是诸葛白中坚力量的神拳杨总练，其形象此时却变得模糊不清了。坦言之，不管后来的史家怎么积极评价神拳杨，我还是要说，当时杨记典当行在执行禁令方面起了不良作用，并且典当行的武二还冒天下之大不韪，顶风作案，结果被诸葛白抓到了球形监狱。

而副总练曹大拿虽对金丁长期不满，但毕竟沾亲带故。金丁被斩后，他便托病（说嘴歪是大疾）在家，深居简出。一来避嫌，怕被金丁的罪孽牵连。二来暗中观察诸葛白，研判这个孔明后人让他当副总练，是不是在给他下套儿？

如此状态的副总练当然就是个天天假装夜宴的韩熙载，不干正事儿了。

而另一个副总练山西王，则更危险。他刚重新收上梦春院的保护费，一看又要失去收入，就忍不住了，跑到县衙，和诸葛白拍桌子瞪眼睛，说他从阿山"援科"回来那年，诸葛白就明里暗里地查他，跟他过不去。现在马麟、金丁都完了，诸葛白就想整他。诸葛白封梦春院是个借口，其实就是不想让他收那点儿保护费嘛。

两人闹得不欢而散。山西王临走还撂下了狠话，说他会馆里一伙子人呢，就靠收保护费过活，诸葛白砸他们的饭碗，小心把人逼急了，他们起来砸诸葛白这县太爷的交椅！

团练的三个头目如此，靖安兵的精锐又不在，联防队员许多本身就是闹事者，诸葛白想维稳，靠谁呢？想想都头疼。

事情很明显，禁娼令一下，诸葛白几乎就成了众矢之的，子归城里明里暗里到处都是抗拒和反对他的人。

一腔赤诚的诸葛白一不留神，就把自己送到了火山口上。

幸亏——或者说更不幸的是，在这个节骨眼上，历史忽然走向了另一个方向。

历史没法不走向另一个方向，因为契阔夫带着哥萨克人突然回来了。

哥萨克人从离开子归城到回来，有人说是九十天，刘壮志说不止，起码九十多天将近一百天，还说这是诸葛白的"百日新政"，不容篡改。我认为一个学者研究这种事儿很无聊，没多大意义。因为如果不是在这段时间里子归城发生那么多的事，一般人可能也只会记得哥萨克人走的那天，有醉鬼曾唱过迷人的歌谣，谁会在意哥萨克离开的准确时间？再说了，九十天和百日能有多大区别？

契阔夫让人吃惊地出现在子归城人的视野中，一切都在情理之中却又在意料之外。

一场有着相当理论根据的火山爆发还在酝酿中，就被哥萨克人的铁蹄踏碎了。这一切都是因为时间的缘故，百日或者九十天，即便是秦二世也不能闹得民怨沸腾，陈胜起义。

第五章

不期而遇

据说，八百军士悼念岳将军的那根车辕木，后来长成了一棵胡杨树，早年穿越沙漠的人还见过。不过，到了清末民初，那里已经寸草不生，只剩下"一棵树"这么个地名了。

一棵树这个地名名气很大，当地文献提到它，普遍都不打引号。

——《"一带一路"国家风物志·新编卷》

第一节

1

子归城北部的沙漠，俗称北沙窝，里面曾经有一条绿色长廊，分割着通古特和准噶尔克两大沙漠。据考，党项人西征，西夏将军率领大军就是沿这条长廊穿过沙漠，踏平涅槃城后，进入伊犁河谷的阿力麻里城的。但到了清末民初，两大沙漠已经完全合拢，绿色长廊不复存在，成了"将军戈壁"，而留在其中的遗迹，就只有烽火台、一棵树和破城子三处了。

2

契阔夫带着马刀兵走到一棵树的时候，遇到了几个长年在丝路上奔波的骆驼客和蒙古商人。有树的地方就有水，他们在一棵树挖出了水。

他们在契阔夫军刀的威逼下，战战兢兢，一五一十地报告了他们在库伦、科布多看到的情形：在库伦，叛军对白军进行了毁灭性的打击，高尔察克将军的队伍垮了，将军本人逃到科布多后，试图越过边境，但叛军的骑兵像闪电一样快地追杀过来了，高尔察克将军被迫自杀身亡。他们几个人，不敢再回蒙古，就准备越过沙漠，去北丝路。

契阔夫不愿意相信这个事实，用左轮手枪威逼着几个人，让他们轮流叙述，直到这一过程被补充得绘声绘色无懈可击后，契阔夫才一言不发，走到那棵干枯的胡杨下，看了看。突然就在众目睽睽之下，坐在地上抱着头，发出了大风掠过胡杨林那样的哭声。

众人被长官的哭声感动了，几个士兵便在杨干头[y]的烧惑（蛊惑）下，要将蒙古商人和骆驼客杀掉。但契阔夫站起来，下了命令："不！让他们带路，去破城子！"

大家面面相觑：这不是找死吗？

作为谋士的皮斯特尔本该说点什么才对，但他看到契阔夫眼睛红肿，泪流满面，就不敢再作声了。

"中校，您是说，我们要去科布多和叛军打仗吗？"谢尔盖诺夫忍不住发问。

结果，暴怒的契阔夫连踢带打地开除了谢尔盖诺夫的军籍。

"谢尔盖诺夫，你是个懦夫！快脱了军装滚回去吧！去给伊万报告，说你在这里都看到了什么！听到了什么！告诉他，像你这种苟且偷生的家伙回来了。而我们真正的哥萨克，将勇往直前，保卫沙皇！"他愤怒得有点语无伦次，却滔滔不绝。

谢尔盖诺夫脱了军装走的时候，狼狈不堪。沙漠里没其他人，他只好扒了一个蒙古商人的袍子。他还给那具尸体上放了些银币，挖了个沙坑，把他下葬了。

契阔夫看见谢尔盖诺夫往商人的遗体上放银币，就鄙夷撇嘴："谢尔盖诺夫先生，您除了钱，什么都不认识。"

---

[y] 链接　杨干头在金丁、马麟被诛杀的那个晚上投奔马刀兵的时候，没想到契阔夫第二天就会拔营回国。他不想去俄罗斯，也不想去科布多。他后悔不迭，想当逃兵，还总想念他那个叫苦豆豆的儿子。

谢尔盖诺夫说："不！我认识血。'花朝惨案'，我看到了那个琴师的血。它喷在我的脸上，很烫！还有，我看到您的马刀闪耀着荣誉的光芒，可在它下面，一地的血在滋滋作响，皮留克的狗叫声经久不息，他在说：我雇来的六个人，全都没啦……现在，您又想让哥萨克的血洒在异国他乡，洒在这片跟大家毫无关系的沙场上——哥萨克已经在中亚、在河中、在图尔盖流了太多太多的血，他们不能再流血了！"谢尔盖诺夫也激动了，说话也有些东拉西扯，语无伦次。他说，自己这次回来，每到夜晚就能看到双喜的坟墓上有磷火，是蓝色的灵火在飘曳。它们天天飘进他的梦里，在他的心头燃烧，让他夜不能寐……他还说，傻子三宝驾云升天，他听到了上帝的声音。上帝说：你们要禁止屠杀，爱好和平……

最后，他对契阔夫坚定地说："它们已经遮住了我的双眼，我早就看不见钱了！"

契阔夫被谢尔盖诺夫弄得有些迷茫了，他瞪着一双诧异的蓝眼睛，看着谢尔盖诺夫边手舞足蹈地滔滔不绝，边在沙丘间跌跌撞撞地远去。忽然，他抽出马刀，狠狠地扎入沙壤，吼了一句："穿袍子的商人，很可恶！"

他说这话时，脸上的疤痕曲扭成了S形。

3

破城子在沙漠的北部边缘，离科布多不到一百里地。

马刀兵走了七天，人困马乏地进入这个废墟城后，得到的第一个消息是：叛军已经占领了科布多，封锁了边境。

契阔夫下令：打过去！沙皇和皇后在等着我们。

可当天，让他震惊的消息就传来了：沙皇退位了！已经在诏书上签字。接着就是"尼古拉二世在退位诏书上指定将皇位传给皇弟米哈伊尔大公"。

之后的消息是：米哈伊尔大公宣布拒绝登基。

契阔夫是见过沙皇的，他泪流满面，说："他们全是沙皇的叛徒！"他站在破土城墙上，赌咒发誓，号召哥萨克骑兵们，跟着他去复辟罗曼诺夫王朝……

可是科布多的叛军居然先行发兵，把他们最终打回了破城子。双方由此形成胶着状态的对峙。

之后的消息越来越糟糕：对面的军区宣布易帜，要派兵过境。

更多的说法是沙皇下落不明，拒绝复位。

还有，新疆当局也放弃了中立，从阿山派了军队要进剿哥萨克。

契阔夫简直气疯了，在长达半个月的时间里，对着那几个向导乱砍乱杀。说他们把他带进了敌人的陷阱。

第二节

1

为赎回股子票，独眼龙瞎了右眼。他不知是居功自傲，还是脑子受了伤害，反正脾气见长，人也彻底成了一根筋。做事专一、固执，谁的话也听不进去。他眼睛上的纱布刚去掉，就刚愎自用地自任了酒大师（连二锅头都阻拦不住），还专横跋扈地把所有程序的关键处全都垄断单干，逼得别人只能给他打下手。

独眼龙声称他要酿出"勺娃子酒"，把谁都能喝勺掉。

结果，别人还没勺掉，他先魔怔了，日夜不息，不吃不睡地钻在工房里，说他马上就要酿出天下第一美酒了。

天亮在工房陪了一天一夜，尝了几回酒头后，也相信要出美酒了。就跑出去，买了几炷高香，还把林则徐的牌位也抱进了工房，要烧高香祭拜仓颉之类的酒神仙，祈求勺娃子酒大获成功。

可他刚把香点着，独眼龙就跳将起来，冲他大吼大叫（注意！我没打引号。就是说：大意如此）：你要干什么？阶级敌人搞破坏吗？哪有在工房里点火冒烟的？想把酒糟子废掉吗？

天亮自知理亏，抱了高香、牌位边往外走边絮叨："就是要祭拜呢，不拜哪有好酒嘛！"

之后他就在院子里点了香，磕头礼拜。结果被云朵又奚落了一番："你拜啥呢？这是林则徐林大人的牌位，你是拜酒还是拜他呀？他是酒神爷吗？爱喝酒吗？"

天亮一脸茫然，他连林则徐是谁的祖宗都不很清楚。

2

天亮不抽大烟，不嫖娼。招的酒工啥毛病都有，就没这类毛病。所以诸葛白的新政禁令闹得满城风雨、骚乱不已，却未波及酒坊。大家还是埋头各自干活，赶烧马四海的三花酒。

天亮看涅槃河水干了，林公渠沿岸的手工作坊，都使用了畜力。自己的酒坊缺牲口，就借口看高粱苞米的长势，跑到沙枣梁子后山，找老钱，想把他家的那头毛驴买过来磨粮料。

结果他看到老钱一家跪在地头上祈雨。

老钱告诉他："都立夏了，再不下雨，今年的高粱苞米就要绝收。咱的酒坊到时候可就没料了！"

天亮听了心急如焚，突然就想起郭瞎子跟他说过：满城买卖凋敝，唯有你孤岛独荣，原因何在？因为金丁伐树，把榆树窝子都砍伐尽了。可是呦，有棵树依然尚在！那棵树，就是你的庇护菩萨啊。

那一刻，天亮就有了醍醐灌顶的感觉。看天，看地，都觉得提精神。

买了老钱的毛驴，从沙枣梁子回来，天亮把毛驴拴到木槽上，反身就对大家说："咱酒坊到今天不容易。我不在，你们又经历了那么多难事儿。现在我回来了，大事就不能撂着不管！"

大家就问是啥大事。

天亮说："榆树窝子的大白榆树，是神树，是咱酒坊的菩萨，要祭呢。"

狗剩、跟三、孬娃子都偷偷笑，还油嘴滑舌地说："掌柜的看得远。"

"远个屁！"独眼龙火了，"我的勺娃子酒，就要成了，没工夫去！"

二锅头也反对，给云朵说天亮蹲大牢把脑子蹲坏了。

云朵就去摸天亮的脑袋，认定没发烧，就问："嗨，你是让天气热昏头了？还是跟爷爷一样，颠懂了？"

这句话反倒提醒了天亮，他就跑去找钟爷，说要祭奠老白榆树。

没想到，钟爷态度明朗地支持。

钟爷说："是要祭奠哩！记住……是棵树，就要敬呢，还要浇水！当年岳将军征讨苍狼王，就有一棵树庇护着，这才有八百壮士，走出黑风暴。这事儿，在岳王庙里有勒石刻记着呢。"

钟爷还说当年张骞来到博望渡，能够说服当地苍狼部落，就是因为手中的使节，成了一棵榆树……钟爷还说金丁伐树，亵渎神灵，天地已经震怒了。天地震怒，会山崩地裂，赤地千里。要祭树，赶紧祭！树是神……当年，钟宅村人，不敬天地，心无感恩。结果，就遭遇了庚子年的台风海啸，顷刻间，村毁人亡。他还说，他跟着恩公林大人初到古城子时，城在树窝子里，涅槃河碧波荡漾，古牧地上能养马，沙枣梁子绿草连天，能放羊……

天亮不知道钟爷是大白天在说梦话，还理直气壮地冲大家叫嚷："你看咋的？爷都说要祭树哩！爷都说要让我去祭奠哩！咹？"

"祭奠？也得把牙先镶上！"云朵看天亮又要一意孤行，知道拦不住，就喊。

老年间镶牙都是金牙，花钱不少。天亮舍不得，一直拖着。可这回他却听了云朵的话，跑到街上找了个拔牙的游医，镶了牙。不过还是舍不得钱，把个野猪的獠牙磨了磨，镶上去了。

云朵再找不上茬，只得由着天亮忙活祭奠的事儿。

3

其实，钟爷给天亮说了啥，他自己并不清楚。

您知道，钟爷对外部世界的感知是不准确的。他不知道天亮在说什么，但听到说是要祭奠一棵树时，就神思恍惚，脑海里开始了对绿色事物的排列组合……

他先是看到了幼年时家门口的那棵荫森森的大榕树，树下拴着母亲的小舢板。海边人家的规矩：女人不能驾船出海。但他家父兄从军，没有成年男丁。母亲只能带着姐姐在浅海处捕鱼捉蟹，维持生计。村人恼怒，竟然在母亲出海之时，没有一人告诫她台风即将来临……母亲和姐姐一去不归后，他看到汪洋之中，母亲的那蓝花头巾像一串牵牛花，湿答答地挂在大榕树的树冠上……

后来，他就看到了四格格的苦瓜。

四格格种出的苦瓜像翡翠，很绿。又像黄连，很苦。四格格不见蒙坤，但年年送苦瓜、送海娜花。就是提醒蒙坤：我们是一根藤上的瓜，只不过我现在是一只苦瓜……后来蒙坤吃苦瓜就上了瘾，他的家人也染指甲染得积习难改。钟爷家和蒙坤家就有了几十年的安详、和平。

绿色世界的排列组合是随机的，无序的。钟爷看到涅槃河两岸的青青杨柳瞬间就成了官道上的那些歪脖子树。它们连绵不断，一直伸向嘉峪关、玉门关，直到遥远的海边……而蓝色的大海被他凝望久了，也会动起来，波涛汹涌地迎面而来，越过他，流向黄色的沙漠。而蓝色的海和黄色的沙，就在他的眼皮子底下调配相融，生出酽酽的绿色。

奇怪的是，每当他看到这些的时候，窗外就会淅淅沥沥地下雨，而他的鸽子就会迎风飞翔，发出悠扬的哨音。而他，也就会无知无觉地被屋外单调的雨声催入梦乡。只不过事后所有人又证明：除了见到一朵黑云或者一团白雾飘进城里，谁也没见过下雨。

只有三次，人们承认下雨了，一次是冷雨，夹着雪花，结果，驼二婶死了；另一次是热雨，烫伤了几个孩子，还泡塌了一个鸡窝；还有一次也是热雨，什么结果也没有——那是整个春夏仅有的三场雨。钟爷为此时常困惑迷惘：没有雨，爬满墙头的那些牵牛花是怎么生长的呢？

于是，他常常会坐在墙根下，拨弄那些牵牛花，弄得满手绿汁。

那天，就在他摆弄那些牵牛花时，天亮来给他说想要去榆树窝子，祭奠老白榆。他没理解天亮在说什么，但他知道天亮在说树，就想起了幼年时的大榕树，想起了沙枣梁子上的大柳树，想起了将军戈壁上的一棵树。于是，他就给天亮嘱咐：树，没水要死。要记住，认识的树，都有故事。要祭奠，要浇水。要不它们会像牵牛花一样，一辈子在梦里缠着你。

他是这样想的，但说成了啥样，他一无所知。后来他想起了天亮是在说榆树窝子。那地方他去过，是当年和阿古柏匪军打仗的时候。他记得当时阿古柏的匪兵从一疙瘩一疙瘩的榆树窝子里窜出来，追得他们无路可逃，只能爬上大树躲藏……

第三节

1

进入农历四月后，破城子一带粮草搜刮殆尽，对峙难以为继。契阔夫决定孤注一掷，奇袭科布多，冲过边境去。

契阔夫的马鞭子一划拉，就把当时在场的皮斯特尔、巴克洛夫、杨干头，还有那几个倒霉的蒙古商人以及旁边的十来个马刀兵划拉到了他的身后。

他们成了先锋突击队，跟着契阔夫一路向北，走到日落黄昏，才终于明白：这个疯子中校要进行自杀式突击。

"皮二爷，您得跟中校说说呀！咱再这么走下去……"杨干头发现皮斯特尔想要逃跑，就拽住他的衣袖，急得像一只猫头鹰那样尖着声叫了半句。

杨干头自从在那个晚上果断地打死两个哨兵（其中一个还是他八竿子打不着九杆子能够上的亲戚），投奔马刀兵后[q]，就成了丧家犬。既丢了谈判代表的身份，又没有起起武夫的孔武有力，子归城赫赫有名的大管家，就成了马刀兵里的一介伙夫。在契阔夫看来，杨干头已经是百无一用，只能去炊事班。因为他还是中国人，中国人在契阔夫看来都是做菜高手。

"粮草都要没了。不走，我们等死吗？"皮斯特尔半真半假地说。

"您不是看到了吗？对面那么多兵，挡着呢，谁也跑不过去。他们就是想把我们困死在沙漠里啊！"

---

[q] 链接　我前面说过，加入哥萨克很奇怪的，它不问出身，不问信仰，就问恨不恨犹太人？当时，杨干头连犹太人见都没见过，却假装慷慨激昂地骂了一句："我祖宗八代，都恨犹太人！"结果他就成了库班哥萨克的一员，追随契阔夫了。

子 归 城

"一个人也过不去?"皮斯特尔不太相信。

"过不去啊,我在这挖过墓。我知道这儿的地形……"杨干头在这方面很有天赋,立刻像个优秀的小说家那样天花乱坠宝雨缤纷地一通瞎扯,把前方说得步步惊心,插翅难飞。

皮斯特尔不知不觉陷入了杨干头的叙事圈套,听得很投入。

杨干头看时机到了,就鼓动皮斯特尔:"皮二爷,您足智多谋。您说说,咱是不是现在就剩一条路,杀回古城子去,先把那儿占了,再图将来复辟?"

皮斯特尔心中忐忑,回头望着南边的湛蓝天空,面颊上泛起了红霞。

皮斯特尔比杨干头狡猾,定眼看着杨干头说:"干头先生,这事就看你了!"他知道杨干头在古城子有老婆,还有儿子。肯定是想回去的。

"看我?"

皮斯特尔指着沙漠的远方说:"中校相信,叛军的骑兵已经张开大网,以逸待劳等着我们去自投罗网。但他坚信奇袭能够突破这张大网。"他指了一下北边,"现在,假如有一具尸体,能够证明阿山的军队已经到达这里。他们派出了斥候,想要破坏或者侦查我们的水井……那么,面对两国军队,中校还会认为我们能冲出去吗?"

"可哪里有阿山军的尸体呢?"杨干头有些迷惑。

皮斯特尔的蓝眼睛像墓地上的萤火虫在黑夜中闪烁:"干头先生,阿山军不是和你们靖安兵穿同样的军装吗?你来投奔的时候,穿的什么?只不过他们多数是哈萨克人,或者蒙古人,腰里比你多一把马刀而已。"

杨干头恍然大悟,当初他跑到老北城之所以被审查了一夜,就是因为穿了套靖安兵的军装。后来他把这套军装藏到了包袱里,想的是给自己留个后手。

杨干头朝皮斯特尔竖起了大拇指,真心佩服他诡计多端。

杨干头在施展阴谋诡计方面也才华横溢。一时卧龙先生碰上了凤雏先生,妙计连环而出。

当晚,杨干头依计勒死了一个酒后熟睡的蒙古商人,给他换上了自己的军装,拖到了破城子唯一的苦水井边，立在了辘轳上。

而皮斯特尔则细心地给尸体挂上了佩刀，走出十几米开外，像射击三宝那样，换上汤姆弹，开枪了。

2

那口水井就在伙房后面，是被严密看管的。杨干头是伙夫，打水做饭，可以靠近。皮斯特尔是高级军官，有权靠近。可是一个阿山军的斥候，居然也潜进到了水井边……这就让马刀兵不能不震惊！大家相信，阿山军已经到了，很可能和科布多的叛军组成了联军。

库力·热西丁拎着这具阿山军的尸体，闯进了契阔夫的帐篷。他完全相信了皮斯特尔的话，认为阿山军在准备进攻。

契阔夫看了一眼那个被汤姆弹炸飞了半个脸的尸体，也昏头了，脸上的疤痕泛出了血光。他挥舞着手中的马刀，疯了一样，不间断地大喊大叫，开始砍剁那个斥候的尸体。

"完了，王朝完了，罗曼诺夫帝国……"最后，他停下来轻声说了一句，就提起鲜血淋漓的马刀，要刎颈自杀。

几个马刀兵急忙拉住他。他就干脆躺在地上，对着苍天大笑。

皮斯特尔看他笑够了，才小心翼翼地提醒：古城子是一座没有武力的空城，如果我们杀个回马枪，占领十字路口上的这座古城，就可能像当年的阿古柏将军一样，控制新疆，使之成为反对叛乱政权的基地。

"中校，您不是早就做好了这种准备吗？我敢向上帝发誓，我们埋在北沙窝的大炮是他们做梦也想不到的……"皮斯特尔很会说话，轻轻一点，就让契阔夫的眼里放出了多少有些自得的亮光。

像过去有过的情形一样，契阔夫在撤离子归城时，悄悄地把那些火炮、马麟送给他的土炮甚至几挺马克辛机枪都埋在了北沙窝中。这倒不是他早有打回子归城的打算，而是环境使然。契阔夫和他的部下都清楚，他们绝不可能携带那些沉重的火炮机枪穿越沙漠，当然更不可能把这些重武器交给敌人。

现在，经皮斯特尔一提醒，契阔夫甚至有点得意。

"叫杨干头来！"契阔夫坐了起来。

杨干头跟头绊子地来了。

巧舌如簧的杨干头没费多大劲，就让契阔夫坚定了这个信心：古城子根本没有武力，一击便成粉齑。

皮斯特尔则给他提供了有价值的计划：占据古城子，控制丝路核心地带，可以实现复辟。丝路南、中路都已衰落，唯有北道依然活跃。古城子是北道咽喉，扼制，靠拦路抢劫，收受路桥税费，就能养活万人以上军队。军事上，可以西取迪化，东进哈密，北上可以进入三区、俄罗斯、科布多。往南可以翻越干沟达坂，进入丝绸中路，抵达吐哈盆地……

清晨，迎着呼啸的漠风，走投无路的契阔夫擦干心中的泪，发出了回师古城子的命令。

3

回归之路也变得艰难异常。马刀兵赶上了沙漠里的风季，还赶上了不正常的暴热酷暑，只能昼伏夜行。

沙漠的风，五分钟就能让一个少年的心衰老，更何况契阔夫手下的马刀兵，早在颠沛流离和漫长的对峙中历尽沧桑身心疲惫，从心理到生理上都已经变得苍老。因此，什么不经历风雨怎么见彩虹之类的鬼话，根本不能打动他们的心。

只是因为沙漠的狂风，大家才不得不乌合在一起，不敢作鸟兽散。

契阔夫没能把部众的士气鼓起来，就只有拿那几个骆驼客和蒙古商人出气。一遇迷路、风暴，就拿骆驼客开刀祭旗。几天后，骆驼客和蒙古商人杀光了，契阔夫就只有拿杨干头出气。

此时的杨干头虽然凭着他的沙漠经验，获得了契阔夫赏识，成了随身谋士。可他绞尽脑汁，还是有三次未能躲过沙暴的袭击。而每一次袭击，都让契阔夫暴跳如雷，要暴击杨干头。

4

当年，西夏将士走出沙漠时斗志昂扬，当天就包围了涅槃城。数月后，他们屠城走人，吃上了阿力麻里的红苹果。

后来，追随岳将军的八百壮士九死一生退出沙漠，把"子归城"三个字刻在城门上后，也过上了安居乐业的生活。

可走了相同路线的契阔夫却没有这么幸运。大旱之年，天干物燥。当他和他的部队历经艰险，衣衫褴褛蓬头垢面地走出将军戈壁时，天气虽然没那么热了，可全军已是满面灰尘烟火色，两鬓苍苍十指黑。他们疲惫不堪地爬上烫土罡冒的烽火台，刚激动地看见榆树窝子隐约起伏的青色山峦，还没顾上扎营歇息，不理想的事情就发生了：他们在这里和一家子有理想的人遭遇了。

这家子有理想的人在祭奠他们实现理想的图腾时，意外地发现了马刀兵，他们先是大惊失色，而后就飞快地逃向了子归城。

这家子人就是刘家酒坊的刘天亮、云朵、二锅头等。

第四节

1

林子非是一粒蹦进我鞋壳的石子，难受，又没法忽视。

写长篇是个扛鼎彳亍的体力活，我双手举着重如周鼎的《子归城》，艰难跋涉，林子非却钻进我的鞋窠，硌得我难受。

本来，知道他在破解身世之谜后，我就主动断绝了和他的联系，可"莫兰蒂"台风来了，他又打电话，又假惺惺地给我祭文碑的图片，情真意切地劝我不能放弃《子归城》的写作……

我一写，就发现林子非这粒进入我鞋壳的石子，取不出来了。他借口怕我放弃写作，诱导莫菲劝我把稿子发上la号。然后，假扮粉丝"闲敲棋子蹦出的人"，天天看《子归城》的进展。看就看了，写了作品就是给人看的嘛。可他毛病多，不懂装懂，还提不靠谱的意见。提就提吧，我假装谦虚，他却蹬鼻子上脸，还说我的脑子坏了！

我把他拉黑后，他就犯贱，又留言，又发短信。

现在，他又觍着脸打来电话，说他发现祭文碑底座上有字，背面有图，"我和专家们讨论了，底座上刻的是'贞观年绘刻'，而不是'刻立'，那就说明当年这碑上应该是一幅图画。现在祭文碑背面，还隐约可见三条树状刻线……你想吧，如果这三条刻线能被证明是'贞观年绘刻'的，那它会不会就是一幅汉唐丝路图？你说，是不是当年涅槃城堡的军民，为了给丝路上的商旅指路，特意刻制的？"

"也许是河流图，也许是某个放羊娃随便乱刻上去的。"我没看到实物图片，但本能地想给他泼凉水，"涅槃城里的人是军人，又不是开驿站的。"

林子非果然被我噎到了，半天才说："那你看看我的微博吧。我拍了大量的照片，都在上面。上面的刻线真的很明显。"

其实，我也希望林子非的猜想能是真的，毕竟他为此付出了太多的艰辛。

但现实很骨感，且冰冷。

我从他的微博上找到祭文碑的那些图片，一眼就发现所谓的"贞观年绘刻"几个字，咋看都不对，像是"上三八"什么什么"刻"。字体也不对，歪歪扭扭，更像是石匠们的信手涂鸦。而所谓的"三条丝路"，其刻线更是模糊不清，甚至看不出人工痕迹，像是自然划痕。

我颇感失落，林子非显然走火入魔了，但他的猜想多么浪漫，多么富有诗意呀！可惜了。

其实，我心里也知道，所谓的祭文碑，说穿了就是琼斯院里的一块铺路石，是天亮用五条篓酒换来的，不可能带着浪漫或奇迹。

2

天亮虽然是黑肚子，但一听钟爷说岳王庙里有八百军户的石刻铭文，就懂了：祭祀要隆重，得有祭文，还得刻碑勒石。

刻碑就得有碑材，天亮就去了打石巷子。

黑老陈的表弟林石匠一听要刻祭文，就说：这得找石质细腻的料。涅槃河一带出的材料石质粗糙，刻字体大的墓碑行，做祭神的碑，不行。铜钱大的祭文字，也刻不成。

天亮问："那得啥料？"

林石匠说："青油石。就是剃头匠磨刀子的那种石头。"

天亮就和林石匠顶着大日头，在打石街上转悠。可材料不是粗了就是小了，天亮嘴里就骂开了："贼驴日的，找块石头这么难！"

有人就说了："古城子啥都不缺，就缺好石头。要不，洋人盖房子咋都从大南山里拉呢？"

林石匠一拍脑门儿，"我想起来了，拐子街上的大萝卜琼斯是洋人，他家铺台阶的石头，就有青油石，料都大。——那活儿当年就是我干的。"

天亮就跟着林石匠去了琼斯家。

林石匠一进院子就指着铺在路上的一块石板说："合适。"

天亮就问价。

大萝卜琼斯人高马大，怕热。躲在凉棚不出来，说："不卖。"

天亮就进去，说："这古城子里就没有不卖的东西。"

琼斯说："就是不卖。拿你的酒换。五条篓最好的酒。"

天亮握住大萝卜的手，要在袖子里讨价还价。

大萝卜不懂这个，一甩手，说："一口价，五条篓酒。"

天亮说："那行。"就让林石匠把罗伯特·琼斯院里的青油石撬出来，拿去打磨了。

3

我不想理睬林子非，但对祭文碑上的文字还是好奇。就选了一张最清晰的图片，打印出来，挂在墙上，敲字累了就看两眼。看了几回我就发现所谓的"贞观年绘刻"，其实是"上三八 下五十 缮刻"。据此，我判断它就是石匠们临时刻写的施工备忘，属技术术语。可能是涅槃城某个绅商官僚修缮府宅或者官衙时的勒石备料，后来因故没凿刻，闲置了。经了几世光阴，翻上地面，辗转到了罗伯特·琼斯和天亮爷爷手中……

这个发现让我有点儿沮丧，还心情暗淡，写作时就穿了件灰麻布睡衣。

4

刘家酒坊的祭文按理该钟爷来作，可钟爷时而清楚时而糊涂，没法弄。天亮把打磨好的无字碑拉回来，就看着它发愁。

云朵说："咱离开沙枣梁子的时候，你弄了一坛子井水，给咱爷沏茶。爷喝了后，不是神清气爽的吗？"

天亮听了恍然大悟："咱现在有好水，就缺顶级好茶了！"他说着，就毫不含糊地从柜上取了五两雪花银，找福建八行的赖水旺去了。

日过中天，天亮双手捧着一罐大红袍，乐颠颠地跑回来，说是全城顶级的，让钟爷过眼鉴赏。

钟爷摇了摇茶罐，掀开盖儿一闻，就吸着鼻子，闭上了眼。接着就喊："朵啊，给爷爷烧水！"

云朵急忙用炭火烧水，还拿出那套精美的德化白瓷茶具，精心沏泡。

钟爷用小盅趁热闭目啜茗，一道茶后，就睁开了眼，眸子闪闪发亮，"好茶！好茶！我孙子孝顺我啦。"

天亮趁机就端上了笔墨纸砚，说了祭祀原委。

"是得祭奠，得祭呀。天地君亲师，世间万物，有恩于我，就该感恩，就该祭奠。"钟爷说着就饱蘸笔墨，直接在茶桌上奋笔直书。写了几句，似乎感到不妥，这才喊着让云朵用湿布擦去，要重写。

云朵一看，爷爷并未糊涂，急忙就在茶桌上铺陈宣纸，用哄小孩的口吻诱导："写呢，写祭文哩！"

钟爷写了半个下午，泡了五道茶，一直神清气爽，情绪饱满。

祭文写完，他自己又吟诵了一遍，就回屋上炕，睡觉了。

云朵安顿爷爷睡下，才出来对天亮说："长了！"

"甚长了？"天亮是黑肚子，不懂。

"这么长的祭文，碑能刻下？"

"唉？"天亮再看那墨迹未干的文字，密密麻麻，写了三张三尺宣，也傻了："这咋办？"

"好在字体大小合适，涂改也不多。"

5

云朵从灶台里捡了根细炭木条，把钟爷的《祭祀文》圈点出了一百多字，让天亮拿去找林石匠刻碑。

云朵说："爷爷的原稿得留着，祭祀那天要念。"

后来，碑刻好后，天亮就把三张宣纸都拿了回来。——这也就是《祭祀文》后来有两个版本流传的原因。林子非不明就里，还以为他拍下的是唯一真迹。

祭文碑拉回来时，钟爷和颜悦色地扫了一眼，啥也没说，神情像是看别人的文字。这说明钟爷的脑子真是不行了，一会儿清醒，一会儿糊涂。

芒种日临近，一场漠风过后，气温忽然回归正常，没那么热了。天亮就想这天去榆树窝子。但老钱说："四月忙，忙芒种。这是下地的日子，连皇上这天都要种地。这天去祭祀，地里的庄稼要瞎。"

天亮就把日子选在了芒种的前一天，农历四月二十四。

虽然之前云朵、二锅头都动情地向天亮提了这样的问题：金丁大兴土木，听说把榆树窝子的树都快砍光了，那棵老白榆还能在吗？

但由于钟爷说了要祭奠老白榆，天亮就理直气壮地坚持。众人无奈，只得在二十四日这一天，套了一辆四匹马的大车，带了祭文碑和各种祭奠物品，四更起身，五更出发，去了榆树窝子。

这天皇历上写着：忌祭祀。他们没看皇历，结果就碰上了马刀兵。

子 归 城

第五节

1

契阔夫是一个身上还有着骑士时代遗风的人，不宣而战被他视为缺乏尊严的行为。因此，一开始他拒绝了杨干头偷袭子归城的建议。

"你们这种人，只会偷！"他傲慢地对杨干头说这句话的时候，轻蔑里甚至带着愤怒，以至于杨干头习惯性地赶紧捂住了屁股，怕动了肝火的契阔夫也会像马麟一样踹他的屁股。

但走到一棵树后，契阔夫发现：令人恐惧的黑风暴、不断的迷路、不给任何生命一点养分的沙漠，已把他和他的部队折磨得孱弱不堪，成了形同乞丐的一群乌合之众。

傲慢的契阔夫开始担心：等他的部队走出沙漠时会是什么样子？那时候，这些可怜的士兵们还有力量一举攻克古城子吗？

他不得不沮丧地把杨干头、皮斯特尔、巴克洛夫等人叫来，详细制定了偷袭古城子的计划：部队在黄昏时秘密进入榆树窝子，封锁消息。把部队里忠于帝国的汉人、蒙古人、夏尔巴人化装成小贩、乞丐、农民，混进城去。大部队则休整到当晚三更，挖出北沙窝里的火炮等重武器，秘密进抵城外。等拂晓城门开启时，城外的骑兵"乌拉"冲进，城里的细作们抢占各个城门等要点，里应外合，一举拿下全城……

计划是周密而详细的，然而天公不作美。沙尘暴使他们不断迷路，最终跌跌撞撞地走出沙漠时，比计划晚了一天多，大白天到了烽火台。

地利也不利。干旱的榆树窝子，不但没有鲜美的榆钱，甚至大半的树叶未老先衰，新叶未展开就已干渣渣的了。饥渴难当的一些士兵，只能把尚有几分绿色的榆叶硬往嘴里塞。用马刀砍开树皮，吸吮树干上的水汽解渴。

天时地利没占上，人和也出了问题。

正当契阔夫一面收拢残部，一面布置人马准备到官道上去劫掠来往行人以补充给养时，一股奇异的酒香隐隐约约飘了过来。

契阔夫和他的士兵们那一刻都不约而同地站了起来，像觅食的羚羊，引颈张望。

"酒！"一个嗜酒如命的马刀兵情不自禁地叫了起来。饥饿至极的人都是狗，对各种与粮食有关的味道都异常嗅觉灵敏——其实这时，那三个散发着酒香的坛子尚在二里地外。

"是，是烧酒的味道！"刚才还被契阔夫揪着脖领子，差点掐死的杨干头，这会儿也缓过了劲，蛮有把握地肯定那位士兵的判断。

酒香来自那棵外形华丽的大白榆。当时，天亮带着一家人正在祭奠。

契阔夫这时候碰上人，就意味着"人和"出了问题。

可他还没意识到。

"不要打枪！悄悄地过去！"契阔夫对身边的巴克洛夫下达了去捉人的命令后，自己也情不自禁地率先爬上马背，不断抽吸着鼻子，向酒香的来源处搜索前进了。

2

天亮爷爷在紫泉子时说过：事情过去了，再一想啊，芒种前一天出门是不对头。不看皇历就定日子，人都说，那叫前途未卜。

前途未卜，天亮还要五更出发。

当时，独眼龙正赤膊赤脚，大汗淋漓地在工房忙乎。天亮进去叫他，他瞪着通红的双眼，吼了一嗓子："勺娃子酒要成了，发酵的温度刚好！你们要走快走，我得看着！"

天亮见独眼龙如此狂躁，抓起一把酒醅子看了看，闻了闻，也有了一种特别的预感，就悄不蔫退了出来。他怕酒坊的惊世杰作出生时人手不够，耽误事儿。就叫狗剩留着，给独眼龙打下手。

祭祀是重大活动，独眼龙魔怔了，不能去。但钟爷是家长，天亮就恭恭敬敬请他去主持。

可钟爷也不去。还把刘新坤搂在怀里，也不让去。

祭文是钟爷写的，他却不去。天亮觉得钟爷的脑子又糊涂了，正想说什么，钟爷却幽幽地冒出了一句："外面有兵匪！"

我相信钟爷说这话时，眼里影影绰绰晃动的一定是阿古柏的官兵——谁能忘记爬上大树，躲避追杀的恐怖经历？

可当时众人皆惊。都把钟爷对历史的回忆当成了现实预言。钟爷是神人，这看法当时已经在子归城有所流传了。神人说外面有兵匪，谁不紧张？

天亮的脸当时就黑了。云朵一看就赶紧虚张声势地骂："刘天亮，你勺了吗？爷爷走不成路，在轮椅上呢，你让他咋去？"

天亮想说把轮椅抬到车上去。但一想这也确实有些荒唐，就恶声恶气地对一院子惊呆了的傻瓜们说："快去！把葱头叫上！葱头现在是官府的人，官府的人煞气重，啥鬼也不敢来。"

云朵急忙说："就是！爷爷出不了门，就在家带坤儿。有葱头一样的。"

大家去找葱头的工夫，天亮就把从何大傻手里买来的毛瑟枪藏到了车上，还让云朵把陶罐带上，也要祭。云朵听了钟爷说外面有兵匪的话，心里膈应，想着陶罐是迎儿留给大家的一个念想，怕出意外，就骗天亮说，火烧酒坊的时候，陶罐让烧掉了。

天亮一听，眼睛瞪得有牛蛋大，大吼着呵斥云朵。正在这时，葱头赶来了，一看天亮在发火，就急忙连劝带吆喝，招呼着大家上车，出门了。

3

正午时分，一伙人到了榆树窝子，远远地看见了那棵外形华丽的老白榆树。

顺便说一句，我所说的外形华丽，用的是现代艺术标准。就是说，这棵大白榆长得就像一段状若老人的根雕。正如庄子所说的樗，满是节瘤，不直不圆，在老年间的人看来，它毫无用途。故而在金丁大兴土木的年月里，它才能免于斧钺，留存到了有人来祭祀它的时候。

它树大根深，却赶上大旱年，一点儿也不茂盛，在干燥的夏风中枯叶簌簌作响。

天亮心诚，一见老白榆依然健在，扑过去纳头便拜。

云朵却坐在车上不动，说咋觉得东边隐约有人喊马叫，非让葱头爬到树上去看。

葱头在树上说：看见远处尘土飞扬。

钟爷的话在云朵耳边挥之不去，她就絮絮叨叨地说是不是遇上土匪了。

天亮不以为然，说这阵子哪天不起风？起风的地方哪有不尘土飞扬的！

说着就摆上祭品，把云朵拉下车，准备祭拜。

云朵心中的疑虑还是不能消失，就提醒天亮："我咋觉得不对劲哩，你听！有个丫头在哭哩，好像是迎儿！"

天亮听了听，啥动静也没有。就把云朵拉到自己身边跪下，指责："你咋啦？一早上就别扭。咳！——那迎儿是出家当尼姑了，还能变成鬼跑来哭？"

说着就督促众人，把三坛酒和一堆供品端端正正摆到白榆树下，点火焚香，举行祭拜。

4

二锅头是刘家酒坊里最有文化的，仪式开始，天亮主持，祭文当然就由二锅头念。

那祭文是写在硕大的三尺宣上的。二锅头心慌，拿了祭文，对天亮说："兄弟，我咋也、也觉得心里毛焦焦的！这年月兵荒马乱，还是小心点好……"

葱头就自告奋勇地说："掌柜的，要不我去看看？我也听的这风刮得怪怪的！"

"咳！"天亮听了这话，只得一边骂着贼驴日的，一边就让葱头提了自己的毛瑟枪，带了孬娃子，去看虚实。

"行了，开始！"天亮没等葱头和孬娃子走远，就宣布祭典开始。指挥大家三拜六叩，祭拜老白榆。随后，就示意二锅头高声朗读《祭祀文》。

《祭祀文》很神圣。又是钟爷手笔，自然立意高远，文辞华美：

子 归 城

浩浩乎平沙无垠，地阔天长，不知归路。忽有绿色入目，不见人踪，惟榆葱葱。人告余曰：此榆树窝子也。鸟飞不下，兽铤亡走。却常覆千秋雪，时有神风吹。

余闻夫齐魏徭戍，荆韩召募。万里奔走，连年暴露。沙草晨牧，河冰夜渡。寄身锋刃，苦闷谁诉。吾想夫北风振漠，商贾上路，寒风穿骨，惊沙入面。惊鸟休巢，征马蹄躅。更有耕农百工，为生活计，拖家带口，暴露于野。积雪没胫，坚冰在须。缯纩无温，坠指裂肤。

呜呼噫嘻！当此苦寒，无酒怎过？

鸟无声兮山寂寂，夜正长兮风淅淅，魂魄结兮天沉沉，鬼神聚兮云幂幂，日光寒兮草短，月色苦兮霜白，夫人生天地，伤心惨目，有如是邪！

呜呼噫嘻！人生当此苦境，无酒怎过？

乐哉幸哉，榆树窝子有神榆，苍老苗壮，化生佳酿，聊慰人间。

乐哉刘家佳酿，于风悲日曛之时，凛若霜晨之日，得君神谕，杜康护佑，历春夏秋冬，度风霜雨雪，于一夜之间，终成正果，名扬海内。

幸哉神榆，生而在野，不死为灵。卓然不朽，轩昂磊落。昭如日月，佑我苍生。

千秋万岁，呜呼神榆。今有古城晚生天亮，率族人，携众工，顿首再拜于君足下。敬献牺牲，祭君天恩。尚飨！

丁巳年四月拜立

遗憾的是二锅头这时候的嘴是歪的——他和墨兰迪丝绸店的女裁缝跑到一户人家的菜窖偷情，没想到地窖里忽然吹来一股阴风，只一下，就把他的嘴吹歪了。二锅头本来识字不多，又歪了嘴，再加上他和云朵有同样的疑虑，担心不测，就把祭文念得走风漏气，结结巴巴，前言不搭后语。而且二锅头心眼儿多，一遇上不认识的字就一声"呜呼"，把整行都跳过去不读。

天亮很恼火，爷爷书写时的状态，连他都感动。现在让二锅头念得一片呜呼噫嘻，啥也听不明白！他正要臭骂，尕娃子跟头绊子地跑了回来，远远地就压低了嗓音喊："掌柜的，掌柜的！那边有土匪，人马还不少！"

"妈者皮！这好端端的哪来的土匪？你看清了么，唉？"

尕娃子说他也没看清，葱头上前面打探去了，让自己回来先报个信儿。

二锅头一听，折起《祭祀文》往怀里一揣，就抢先跳上马车，歪着嘴寮喊着让大家快收拾东西回城。

"甚？慌甚哩！给我卸下一匹马来！我看看去。"

天亮话音刚落，那边葱头就上气不接下气地跑了回来："掌柜的！快，快逃命吧！马刀兵又来了！"

"扯皮摞谎！这青天白日的，哪来的马刀兵？你看清了？"天亮横着膀子，不服不满，伸脖子翘脚跟地朝葱头跑过来的方向张望，同时跟葱头要枪。

葱头怕开枪惹事儿，不给。"掌柜的快跑哇，我看得真真的！树窝子下面尽是马刀兵。不能开枪！一开枪，就把马刀兵都招来了！"

天亮这才有些慌，却还是舍不得那些供品，一面喊着收拾东西，一面就到供品前，一手抱只酒坛子，另一只手还要收拾那些供品。

云朵知道事情已经火烧眉毛了，就对天亮大喊："秦州呆，舍命不舍财！放下酒！要不人家闻着味儿就追来了。"接着，就又喊二锅头、葱头，"你们快把他拉上车，赶紧走！"

此时二锅头早已脸色煞白，只会一个劲地催尕娃子，"快赶车！"根本听不见云朵说话。只有葱头和跟三闻声而动，一个拉一个搡，硬是让天亮放下酒坛子，人也被推上了车。

"猪头，把猪头拿上！哎！"马车在二锅头的催促下，一启动猛不防就冲出去了有五米远。可天亮还在对跟三下命令。跟三就又急忙回身抱起猪头，紧跟在车后追了七八丈才连滚带爬上了车。

第六节

1

契阔夫的包围圈形成时，酒坊的人早已逃走了。

子归城

人去地空，老白榆下的供品还在。两个羊头，两只鸡，一副牛蹄筋，四个猪肘子，两筐苹果、梨、哈密瓜等水果，三篮子点了红点的面食贡尖，三坛子老窖酒，几只钉钯粗瓷碗。此外，还有财神赵公元帅的画像，几把焚香，一地的各种祭具和纸质的金银元宝。

那些不能吃的东西，在马刀兵眼里迅速被忽略了。他们乌拉一声，就像高尔基扑到了书上，扑到了鸡牛猪羊肉上——这是他们数天来见到的第一顿美食。

当然，他们不敢忘了先让长官契阔夫品尝。皮斯特尔、杨干头也就趁机各撕了个羊舌头或者鸡屁股大嚼。

马刀兵最钟情的当然还是那三坛子烧酒。这让他们差点打起来。

契阔夫和皮斯特尔不约而同地来到了酒坛子前。

一个马刀兵正往碗里倒酒，契阔夫揪住他的黄头发，一把将他摔到了一边。自己则端起桌上那碗酒，一饮而尽。他的脸上顿时出现了数天来没有过的陶醉神情，脸上的疤痕也柔和了许多。

皮斯特尔见此情形，哈喇子都流出来了。他故作惊讶地说："上帝呀，这个酒是多么的与众不同！"说着就拿起不知是哪个马刀兵刚喝了一口的一碗酒，猛猛地喝了一口，才说："这个酒，很像是古城子里的刘家酒！"

契阔夫一听，就拿眼睛看杨干头。杨干头趁机接过烧酒，就着皮斯特尔的哈喇子，一口气喝了个底朝天，假装认真咂砸巴着嘴："嗯，没错。正是刘家酒。只有他家的酒，才能这么回味无穷！"

契阔夫一听，拔出马刀，挥舞着下令："搜！"

马刀兵倒也令行禁止，闻风而动。立刻在枯槎架险、巨石当路的沙沟里拉网搜索。可忙乎半天，一无所获。这时候，皮斯特尔已经从车辙印上判断出供品的主人早逃之夭夭了，便提醒契阔夫："报告中校！我看这伙人已经发现了我们，逃亡了。"

契阔夫一把抓过杨干头，朝他脸上啐了口唾沫："你是一头蠢猪！"

之后就下令集合人马，杀向古城子。

杨干头心里骂：你他妈才是一头蠢猪，明明人都跑到古城子里去了，你还要去硬打。但他脸上却急忙换上笑容，边抹脸上的唾沫——这动作在古书上叫唾面自干——边点头哈腰地说："对对，长官说得对！"

皮斯特尔觉得都这时候了，不能让杨干头再忽悠领导，就一脚把杨干头踹开，对契阔夫说："中校，这几个人既然跑回了古城子，城里的人必然开始做抵抗的准备了。我们是不是先去沙漠里，挖出我们的大炮？"

契阔夫已经骑到了马上，听了这话傲慢地大笑："皮斯特尔先生，对付这些手无寸铁的中国人，我们还需要跑那么远的地方去挖大炮吗？难道你对哥萨克英勇的战斗精神还有怀疑吗？"

契阔夫嘴上这么说着，却挥手叫过巴克洛夫，让他当先锋，带支分队，去追逃跑的祭祀者。他十分清楚，偷袭计划撞上了古城子人，已经破产了。再去挖大炮，岂不是留出时间让人家做防御准备？兵贵神速，现在最重要的是抓住逃跑的报信人！

巴克洛夫带队出发后，契阔夫侧身抽刀，下达了简短的动员令：

"英勇的哥萨克骑士们！这些天来，上帝把我们扔进这荒无人烟的不毛之地，进行了炼狱般的考验。现在，他给了我们机会。古城子里有吃有喝有女人，为什么我们要待在这个鬼地方呢？哥萨克勇士们，收拾行装，跟我杀进古城子去！乌拉！"

"乌拉！"众人欢呼毕，开始整队集合，陆续出发。

2

按规程，祭祀的最后一项仪式是立碑祭奠。可碑还没卸下来，马刀兵就来了。天亮他们只得带着祭文碑跑。

榆树窝子的七沟八梁有枯槎有巨石，不是那么好跑的。大家发现车重跑不快，情急中二锅头就要把祭文碑推下去。

天亮大怒，"贼驴日的！你比碑重。"说着一把就把二锅头推下车，随即自己也跳了下去。跟三、葱头见状，也赶紧跳下车，或推车或跟着车跑。

子 归 城

没了几条汉子的车马轻省许多，上了官道后跑得很快。天亮看几个人跑得气喘吁吁，反而成了累赘。就让大家轮流坐车，歇缓着跟车跑。

车到古牧地后，一伙子仓皇奔逃的人才意识到后面并无追兵。就都陆续上车，惊魂甫定地朝后张望着，缓着车走，让马落落汗。天亮便开始发牢骚，指责云朵坐在车上，还把他的猪头丢了，浪费东西。

云朵却忽然喊了声：快看！马刀兵追上来了。

大家一看，果然官道东边，能看见人马腾起的尘烟。天亮一急，就喊赶车的孬娃子快马加鞭，自己又带头跳下了车。葱头、跟三见状，自然跟从，也跳下了车。

几个男人都跟车跑，累得呵喽气喘，可身后的烟尘还是越来越近。天亮忽然想起自己的毛瑟枪，就喊着要开枪。

可枪却没了，不知啥时候颠掉了。天亮就脏话连篇地骂葱头，要上车找枪。

就在这时，被追兵吓蒙了的孬娃子，慌不择路，把大车赶进了路边的沙窝子。天亮气得对孬娃子连打带骂。好在人着急时力气大，大家齐心协力，连抬带推，很快把车弄出来，上了官道。正要跑，却发现祭文碑滑落到了沙窝子。

大家着急着要跑，眼都直了，天亮却不顾死活地跑去要搬碑。

云朵急中生智，看到路边有个折断了的歪脖子树头，就喊着让天亮别顾石碑了，快把那个干树头拖过来，挂在马车上，跑！

此时，后面烟尘中的兵马已隐约可辨，甚至隐隐的马蹄声也能听到了。天亮急得冒汗，却又无奈，一跺脚，就丢下石碑，抓起树头拖上了官道。

大家七手八脚，没等树头拴好，就打马狂奔。这一跑，大道上顿时尘土飞扬，黄尘滚滚。那季节地气热，带着尘烟升腾，很快就遮住了半边天……

马刀兵震惊了，也吓坏了，以为骇人的沙尘暴又来了。有些人吓得掉头回跑，边跑边喊。巴克洛夫想勒马立足看一眼情况，坐骑却自己调转马头，跟着一众人马往回跑了……

后来，天亮一伙人都跑进了城，官道上依然灰尘滚滚，翻腾弥漫，经久不息。

直到尘埃落定，马刀兵才在杨干头的劝说下，相信那不是沙尘暴。可契阔夫却由此多心了，他下令停止前进，并向四周派出了斥候侦察兵……

3

刘氏家族中有个小忌讳，没事儿谁都不说车户的车技高低。天亮十几岁就当过车户，据说车技不错。但赶车愣劲大，多次翻车。这事就像今天的人开车总剐蹭一样，说出去丢人。所以当年刘家酒坊出外办事，天亮很少赶车当车户。

那天尕娃子把车赶进沙窝子后，天亮怒气冲天，一昏头，就忘了自己的过往宿命。拴好树头后，他就抢过马鞭，亲自赶起了大车。结果，刚到林公桥，他便把马车赶得在平路上旋立而起，车上的人就像簸箕里的豆子，全撒到地上后，大车又回弹过来，翻到了另一边。

这在当时算车祸。结果是：车上的二锅头扭了脖子，还错了骨；云朵一条胳膊受了皮外伤；葱头摔破了头；跟车跑的跟三擦破了脸；尕娃子和天亮没事；那辆大车因拖着树头，扭断了一根轴木，轮子滚到了野地里。

"快走！"天亮力气大，解开树头，一声呐喊，翻起马车，自己就当了轮子，单手抬起断车轴，往城门口跑。

那时已是午后，东门外游荡着一些草民，正在忙次日的芒种。有的倒卖种子、农具，有的在找雇工、耕牛。有的贩卖牲口，有的吆喝揽活。当然，也有人纯属饭后无聊，在货郎、小吃摊子以及补锅、箍桶、修鞋的匠人中瞎遛逛——芒种前夕，没人给钱让游行，他们只能闲遛逛。他们突然间看见远处黄尘滚滚席卷而来，都吃了一惊。接着看见尘烟弥漫中跑出一辆马车，一个矮壮汉子还单手抬着马车的断车轴在奔跑。他们先是惊诧，后来就哄然大笑，觉得这场面比游行喊口号反对禁娼还好看。

但众人的哄笑很快便被葱头的尖叫驱散了："笑？笑个球！马刀兵打来了！"

草民们一听，顿时神色大变。跟着天亮一行人问长问短，神色慌张。而天亮也就趁这工夫，进了城，撂下车，让别人抬着。自己坐到一眼老磨盘上，揉着手脚，大喘粗气："快！快关城门。葱头，快，快去找县长！"

他边说，还边惊魂未定地朝草民们挥手："快呀，上城！马刀兵来了……"

第六章

攻防战

会挽雕弓如满月，

西北望，射天狼。

——苏轼《江城子·密州出猎》

第一节

1

天亮抬着断车轴跑进城时，诸葛县长正为查封梦春院的事生气。

连日来城里各界头面人物纷至沓来，对他软硬兼施施加压力。先是长期韬光养晦的山西王一反常态，和他拍桌子瞪眼翻了脸。后来，他那几个可可托海的老弟兄，又来登门拜访，说什么山西王现在成天坐在挂着秤砣的房檐下磨刀霍霍，擦拭他的盒子枪……那帮徒子徒孙，天天嚷着要火烧县衙。他们几个人都老了，不想惹事，可现在很坐蜡（为难）……

诸葛白知道这是武力威胁，气得肝儿疼。但也知道这些穿着光板皮袄长大的牧羊人，头脑简单做事鲁莽，一言不合就造反闹事。他想起钱庄的葛老板没闹事捣乱，应该还是支持他的。便去找葛老板，想让他去劝劝山西山。

可这个子孙满堂的阔老板，居然急切切地对他说："黄台之瓜，何堪再摘。何堪再摘啊！"

诸葛白一听《黄台瓜辞》从一个钱商嘴里脱口化出，便料定葛老板背后必定有高人。再一看，葛家私塾里，吕秀才正领着娃娃们琅琅读书："人之初，性本善。性相近，习相远……"诸葛白见吕秀才偷眼看自己，不禁哑然失笑，就把吕秀才招过来，大谈章怀太子李贤，并乘其得意忘形之际，直接发问："先生也认为我这禁令，是在摘黄台之瓜吗？"

吕秀才唯唯诺诺，半天才说："古城子，瓜不多。"

诸葛白知道吕秀才这种人，代表着沉默的大多数。就不禁仰天喟叹，感慨这世道人心咋成了这样。

更让他始料未及的是，梦春院一关闭，往来商贾竟也真的锐减。这些人和烟民、赌徒、入境流民、难民不同，他们还真是做生意的。其中还有几个人为打井、挖涝坝捐过钱出过力。如今城里的、河边的新井新涝坝都已收尾竣工，见了水，可这帮酒色之徒却因为不能敞开怀地嫖娼，就牢骚满腹地走了。这让诸葛白既忧心又困惑，既愠怒又无奈。

这天上午，城里又有十多个商会联名上书，恳请重开妓院。说是往来商贾因为没有妓院消费娱乐，对来古城子谈生意做买卖越来越没兴趣。长此下去，城里的商贾们也只好弃城他去，另谋出路。

"这都是一帮啥人呀！"诸葛白看出这请愿书绵里藏针，充满威胁。气得把请愿书撕成碎片，还狠狠地踩了一脚。可转念一想，从请愿书的言辞来看，这帮奸商显然是有"言必行，行必果"的味道，这还真让他伤脑筋……

他泼烦又郁闷，葱头又不在，无以排解，就差了个衙役让把杨修叫来。

诸葛白在子归城是独身，杨修被关在二院，也是独自一人。诸葛白泼烦时，常会找杨修聊天，谈事，喝酒解烦。

2

出了杨修给天亮借马这事儿后，诸葛白撤了杨修的站长一职，还给他加了双岗，看管得更严了。

渴望自由心切的杨修，忍无可忍就学"花朝惨案"时的样子，打碎瓷瓶，把自己的脸画了个乱七八糟。葱头陪诸葛白去看望杨修。诸葛白在院里的石桌前坐下后，许久不见杨修。正纳闷，葱头却陪着一个人出来了。那人满脸疤痕，大胡子。一出屋，就把诸葛白吓了一跳。葱头在旁边，急忙喊："县长，你看像不像老秦？"

诸葛白对老秦是有印象的，觉得此人个头以及那张满是疤痕的脸，还有络腮胡子，确实像老秦。

那人摘掉假胡子，一说话，诸葛白认出来了，是杨修。

"你把脸弄成这样！以后咋弄嘛？"诸葛白痛心疾首地说。

"自由比脸重要。"杨修说。

诸葛白由此知道了杨修渴望自由的心情是多么迫切。

"是我自私了，就想着保自己的这条命。行了，杨修，你自由了！"诸葛白垂头丧气地摇了摇手，说。

但杨修却一拱手，说："谢谢县长。但我也不能为了自己的自由，搭上别人的命。你看这样行不行？我就在这二院里住着，但凡出去，就扮成老秦的模样。"

"算了！你一说话，还不是露馅？算了，就杨修吧。"诸葛白说。

"我不说话。"杨修坚定地说。

诸葛白慷慨激昂地说："为保我这条老命，让贤弟如此委屈，没必要！"

葱头就劝诸葛白："县长，杨修大哥已经把脸划拉成这样了，能装一阵，就装一阵吧。要不不划算呢，白整成这模样了。"

诸葛白连连叹着气说："行吧。不过，有空你还是去找找孟长寿，看能不能把疤痕弄得浅些，别这么吓人。"

从此，杨修自由了，只是但凡出门，都需打扮成老秦的模样。

衙役奉命叫来杨修，诸葛白一看杨修还是老秦的打扮，就说："就咱俩，不用装了。"说着要扯杨修的胡子。

杨修急忙护住，说："驴皮胶粘的。扯起来疼！"

"我看着别扭。"

"习惯就好了。刚粘上时，我自己也不习惯。"

诸葛白就叹口气说："是这，你以我的名义给都督发电。看他能不能派支军队过来，帮我下一步收缴枪支。这古城子有刀枪的人太多，近来又来了许多游商小贩，底细不明。一旦生变，后果不堪设想。"

杨修就提醒诸葛白："这阵儿城里乱。此事缓缓为好，先不急吧。"

诸葛白生气，就指了指脚下的碎纸，说了古城子里的商会大咖们对他禁娼不满，刚才又来了请愿书，那个山西王还威胁他——这家伙可是暗地里藏了不少的枪支……

杨修就给诸葛白出主意：县长与神拳杨交情深。他在商界也是一呼百应的人物。县长可以请他出面，说和各方，让大家顾全大局。

诸葛白听了，想起武二还在地牢，就摇头苦笑。末了，还是差杨修去请神拳杨。

杨修会做菜，笑着说："那就请老师出点儿银子，咱让人买些酒、菜，我主厨，请神拳杨来了，大家小酌几杯呗？"

诸葛白脸上难得展出了笑容，玩笑着说："以后别叫我老师，明摆着这是敲老师竹杠嘛！"话是这么说，却又挥手让杨修"快去，快去！请神拳杨去"。

杨修刚站起来，神拳杨却不请自到，随着衙役的一声通报，风尘仆仆地进来了。

"说曹操，曹操就到。是闻到肉香了？还是酒香了呀？"诸葛白说。

神拳杨板着脸说："啥香也没闻到，就是过来看看。"

"没事儿？"

"没事。"

神拳杨嘴上说没事，其实哪能真没事？众所周知，子归城是城摞城，城下不仅有涅槃城，更深处还有个古城郭。前一阵子打井抗旱，顺理成章就挖出了一些地下的旧古董老物件。这些东西，通常都会倒卖个一两手，流入古玩店、典当行。这本来就是多少年的潜规则，可诸葛白却说那里面好多是国家文物，不让倒卖。还找了个违令嫖娼的借口，把他家的武二抓了。这事儿本来他想装个大度，看诸葛白如何收场。可时不我待，这两天外商走得多，商会里许多人就找他吹胡子瞪眼，说这么下去，就没买卖了！会长再不管，那不如散了商会，各找靠山……

诸葛白看神拳杨的脸色，料想他是为武二的事儿来的，却故意说："那我正有事儿跟你说呢。"

神拳杨拱手，却无笑意，说："你是县长，有事尽管吩咐。"

诸葛白说："你神拳杨在古城子商界影响大，想请你出面，说服那些商会，顾全大局——"

神拳杨没等诸葛白把话说完，就冷着脸说："顾全什么大局？"

诸葛白一愣，说："当然是禁娼这事儿了。"

神拳杨一拱手，说："若是这事儿，我还真有话说。"

诸葛白没想到神拳杨居然也劝他重开梦春院。并滔滔不绝地说："这事就像人要拉屎撒尿一样，你连这都不让，人家憋着屎尿咋和你做生意？"

"他拉屎拉尿我自然不能管。可妓院这事有伤社会风化且不说，还让不少人家破人亡，不少良家妇女沦落红尘……"诸葛白越说越激动，正要开导神拳杨不可见利忘义。衙门外却滚出了一串呼号："县长啊，县长！不好啦！"

话音未落，葱头连滚带爬地闯进来，报告说马刀兵来了。

3

诸葛白看葱头的马勺脑袋上满是血迹，还缠一条破白布，以为是马刀兵打的，大吃一惊："啥？契阔夫不是走了吗？又哪来的马刀兵？"

"就是契阔夫那伙子人，又回来了。"

"啥？回来了？进城了吗？"诸葛白站起来就去抓青铜剑。

葱头追着说："那倒没有。人现在已经在官道上啦！追得紧哩。说话就杀过来了！"

"这马刀兵咋忽然就又来了呢？"诸葛白心存疑惑，就当地站住，追问葱头。

兄弟阋于墙，外御其侮。神拳杨一看就急了："快！县长先说眼前吧。"

诸葛白一时无措，就说了声："走！"提上青铜剑，领着众人疾步出县衙，上了大街。

杨修不是军人，却知道这时候该干啥，急忙对诸葛白说："县长，当务之急是赶紧关闭四面城门，让人都去守城！"

一句话提醒了诸葛白，就指着葱头说："好！你快去叫上联防队长瓦西里，让他叫人！还有，让人把典当行的武二记上二十大板，放了！让去守城。"

"县长，武二是团勇……"神拳杨说。

"对对，杨、杨总练，快快！您辛苦，赶紧招呼团练吧。"

"还有山西王，曹大拿，他们都是副总练。都该叫上。"杨修说。

"山西王？让他守南门。"诸葛白略一沉吟，说。

杨修知道诸葛白对山西王不放心，就提议："您写个手谕，我去给他说！"

诸葛白点头，就近拐进一家洋胰子店，顾不上打招呼，就抓过人家的笔墨纸砚，急匆匆写了个短札。

杨修带了短札，就跟神拳杨、葱头一道急急忙忙地跑了。

几个人走后，诸葛白的思路也到了正道儿上：城里没多少军力呀！靖安营多数都去了花花沟，除了警局里的几十个人，就是团练。加起来应该也没马刀兵的人多……

他紧张地思考着。出了洋胰子店，抬眼一看，见街上那些游手好闲的二流子，没事可干的泼皮无赖，一堆一窝地聚在新挖的涝坝边上议论马刀兵要来了的事。心中顿时一亮，就伸手指着一个模样顺眼的少年命令："你，快去！让老郝敲急锣，满城喊话：有刀有枪的都上城，准备打马刀兵！没刀没枪的，只要是儿子娃娃，敢跟马刀兵打仗，提把铁锨，拿块石头也行！"

古城子人好事乐斗，县长的话音刚落，昨天还怨声载道上街游行的泼皮无赖们先就欢呼起来了。那少年一兴奋，脚下一滑，还掉进了涝坝里。其他人见状，也不管他死活，都趁机抢先，蹦子嘎子地四下里跑着去找郝大头了。

很快，子归城大街小巷便响起了郝大头的吆喝声："城中的老少爷们听着！马刀兵来啦！县长有令：有刀有枪的都上城，准备打马刀兵！没刀没枪的，只要是儿子娃娃，敢跟马刀兵打仗，提把铁锹，拿块石头也行！"

4

"老秦！——你他妈是谁？"山西王没见过毁容后的杨修，吓了一小跳。

"我。"杨修说着扯掉了胡子。

"杨疯子？不！杨修先生。你把自己弄成这模样，是做甚？"

"一言难尽。"

"你不疯啊？"

"不疯。"

杨修说着递上了诸葛白的信札："王会长，这是诸葛县长给您的信，您亲启。"

山西王脸上的惊愕立刻变成了怒容："老秦，你他妈……不，杨修先生！——我他妈该咋叫你啊？"

"你要想让我活，就叫我老秦。想让我死，就叫我杨修。"

"咦？——"山西王困惑地盯着杨修的脸，看了几秒钟，就郑重其事地说，"老秦，对！老秦啊，这信上说马刀兵来了？是真的吗？"

"真的，说话就到城门口了。"

山西王就又看了一眼诸葛白的信札，说："杨——不，老秦。你不用想说客的词儿了！大路朝天，天下为公。这古城子是大家的，连丝路都是大家的。现在古城子要来马刀兵了，老子当然要管。但我不能听这个狗官县长的指挥。你们打你们的，我打我的。"

杨修说："愿闻其详。"

山西王说："古城子就东西南北四个门，老子的会馆离南门近。老子就守南门。"

杨修忽然想到水西门诸葛白没安排，就多了个心眼，说："那水西门？那边离您的醋坊也近……"

山西王说："就那个水洞子也能进来人？行了，也归老子管。"

"马刀兵可是说话就到了！还请王会长念及全城父老，速速点起人马，上城御敌。"

"不用废话！你走吧，老……秦。"山西王说着就转身下令："兄弟们！立马上南门。小陈醋！带上你的兄弟，去守水西门。"

小陈醋跟头绊子跑了出来，看见了杨修还点头示意。

小陈醋在马麟被杀的第二天，听信武丁连长的恐吓，觉得自己参加了暗杀杨增青的组织，罪责难逃，就跑了。跑到了镇西府吃喝嫖赌。

结果他很快就没钱了，又偷偷溜回来，跟他姐姐要钱。正巧被七闺女撞见，她就情真意切地劝：你们那事儿的风头都过去了，你看何大傻，人傻，不知道跑。现在不是好好的吗？家里现在一摊子事儿，前些天，酒坊的股子让人家赎回去了。昨天醋坊的大师傅又走了，现在上上下下一堆人，也没个领班的，全靠你姐夫一个人撑着。别走了！留下帮家里干事儿。

小陈醋愣，嘴上说头掉了不就碗大个疤，心里还是怕诸葛白追责。七闺女就掏出了一封信，让小陈醋看。却是她写给诸葛白的陈情表，替小陈醋求情的。上面有诸葛白的眉批：此人既然当时是靖安兵，军人以服从命令为天职。长官有令，兵士执行。无罪。

小陈醋和他姐姐看了信都很感动，从此就在山西会馆重操旧业，对七闺女言听计从，对山西王也不再违拗。

小陈醋咋咋呼呼带人去了水西门后，山西王也带人去了南门。

自此之后，古城子的防御基本就是这个格局了。山西王守南门、水西门，神拳杨、曹大拿等其他人守东门、北门。诸葛白统管全局。

5

杨修看着山西王的人马吼喊着，分两路出发后，就急匆匆回返。途中，他突然闻到了一股熟悉的带蒿草味儿的脂粉香气。侧目一看，就见凤娇领着苦豆豆，躲在院门后，正吃惊地朝外张望。她半开着院门，看见他，先是吃了一惊，下意识地关上了院门，接着却又开了门，似乎想要向他打听点什么。

"看什么？马刀兵来了！快滚回屋去，躲着！"杨修一急，差点儿就把这串话喊出来。但他知道，自己只要一张口，凤娇就会清楚他是杨修。于是他咬紧牙关，瞪着眼，冲着凤娇，狠狠地挥了挥手，表达了快回屋躲着的意思。

凤娇显然被他的凶相吓坏了，惊愕地看着他，愣了愣神，随后急忙关上院门，上了门闩，拉起孩子，跑进了屋中。

杨修看着凤娇跑进屋中，一股酸楚的气流从胃里升腾到了嗓子眼。他觉得喉咙瞬间拥堵，似乎要哽咽了。

良久之后，杨修被赫嘈嘈跑来跑去的男女们惊醒，朝着县衙木然前行。不久，他就看到诸葛白从中门跑过来，冲着刘天亮和几个酒坊的伙计喊叫，让他们快上南门！

杨修等天亮一伙人走后，跑过去，向诸葛白汇报了山西王的情况。

诸葛白感慨万千，说：西出阳关无懦夫。这人咋说也是个明事理讲大义的人呢！南门水西门虽说易守难攻，马刀兵轻易不会去。但山西王单独守，恐怕人少不够吧？这样，你回二院去，让靖安营做饭的、养马的，也都拿上枪，去南门，帮着山西王守城门！

"那我呢？"

"你，你是会打枪啊，还是会耍刀？——你的事很简单，去二院赶紧给杨都督发报！就说，马刀兵今天来攻城了。"

"然后呢？"

"然后你就守着电台，等都督的回电。记住，没有都督的回电，你不许离开电台半步！耽误了事儿，你就去'三国'里见曹操吧！记住了？"

"记住了！"

第二节

1

子归城人盛赞天亮的行为，就学他，也当轮子，七手八脚地把大车抬回酒坊后，就围着天亮，问马刀兵咋回事儿。

天亮急了："快！都上城去，马刀兵说话就来了！"

大家顿悟，才跑了。

天亮惦记着独眼龙的酒，就吩咐云朵："快！收拾那些现银、账册，埋了！唉？还有《如匠酒经》，藏好。不行了也埋。"

同时让二锅头指挥大伙赶紧收拾东西，收拾车，该埋的埋，该藏的藏。

云朵想说啥，可这时候钟爷出来了，问咋回事儿。她就忙着哄钟爷和儿子去了。

天亮推开工房门，看见独眼龙赤身裸体，只穿着一条裤衩，浑身是汗。刚要说马刀兵来了，那独眼龙却抓起身边的木叉，对着他就冲了过来："出去！酒醅子要上锅了。出去啊！"

独眼龙双眼血红，像要吃人。

天亮慌忙退出工房。

"这贼狄这是咋着了？"他左顾右盼，想问个明白。

那边独眼龙却咣的一声，把工房门反锁上了。

"老大要出酒了，他谁也不让进去。"二锅头诡异地说。

"这贼驴日的，疯了！"天亮说着，就听到了街上已经有了县衙差役们的叫喊声："老少爷们儿，县长说了，是儿子娃娃的，有枪的拿枪，没枪没刀的，拿个石头瓦块也成。马刀兵来了，都守城去啊！"

天亮这才想起他的毛瑟枪。急忙又查看了一遍马车，还是没找到枪。"贼驴日的，都是这马刀兵，该打！"他这样骂着，就又心疼起了丢掉的祭文碑，心里的恓惶就变成了愤怒。

他骂着，就四处找起了能做兵器的家什。

几个伙计，见此情形，也都抄起铁锨、钢叉，蹦子嘎子要上城去。

只有二锅头拉住天亮的手，谄媚地笑："兄弟！我脖子断了，错骨了……"二锅头经了一场惊吓，歪嘴却好了许多，可能也是吓的。

子归城

"扯皮撂谎！脖子断了能说话？"天亮说着看到孬娃子也积极踊跃，就喊："给我老老实实待着！"接着就指着几个伙计吩咐："听二哥的话。赶紧的，干活！藏的埋的，快着点。咦？！"

天亮说着看见地上有个坎土曼，急忙冲过去，提起来，指着眼前的伙计大喊："听着！你们都得学大哥，干活！哪个贼驴日的，敢出这酒坊一步，老子就扒了他的皮抽了他的筋！咦？"

他说着便提起坎土曼，要出院门。

没指到的人兴高采烈，跟着天亮就要出门。

云朵心慌，拉住天亮："坊里一摊子事，你得留着。让伙计们去就行了。"

"你做甚？咦——我是甲长哩。"天亮一边吵一边朝院外张望。

街上人声鼎沸，乱糟糟的，都在嚷要打仗了。

"我是甲长哩。"天亮对云朵再次强调。意思他是个领导，得带头上城墙。

云朵说："你手下不都是些好勇乐祸的主儿嘛，不缺人！"

"我是甲长么！"他觉得这个理由很充分，就继续夸大："你让留下的人都老老实实干活，该挖地窖的挖地窖，该埋东西的埋东西。独眼龙的酒快成了，得有人！快快，我走了，马刀兵要来了！"

天亮带人出来，跑到中门，正好撞上诸葛白。他在招呼人们上城。见了天亮，就喊："快带你的人，去南门。跟着山西王守城。"

天亮想也没想，带着狗剩等人就去了南门。

2

诸葛白上到城东门，看见城上城下，都是草民攒动的人头。城门只关了一道，城外的人在大声嚷嚷着不让关城门。

诸葛白问葱头和瓦西里怎么回事？回答说：外乡来的那些阔商小贩，有的闻风而逃了，剩下的都麻溜躲进了城。现在还在城外的都是东门、北门外的业主、商家还有老户儿家。他们有的不相信马刀兵会来，有的舍不得家中财物，不肯进城躲避，却又担心马刀兵真的来了，无处藏身，所以嚷嚷着不让关城门。

诸葛白这才想起应该派探子把事情探个清楚。于是，就让总练神拳杨挑选了十个精壮小伙，个个骑快马，分成三拨，前往榆树窝子方向探听虚实。自己则让人打开城门，亲自劝说那些住在城外的人家：不管马刀兵真来假来，小心没大错。大家还是收拾东西，到城里躲躲为好。

城外的人家见县长这么说，多数也就收拾了家中破烂，进城躲避。麻缠的是那些店铺老板，小商小贩，担心自己的种子、农具等货物进城后没地儿放置，被人哄抢，不敢进城。诸葛白就让瓦西里在拐子街口划了块地，让那些业主们临时放货。同时县里派衙役日夜看守，有人盗抢，一律重办。如此这般，城外却还有人家，怕自家在城外的财物被偷被盗，坚决不肯进城。

诸葛白无奈，也就下令关闭城门。

城门刚闭，第一拨探子便来报：马刀兵人马众多，数不清人头。现在已经离城三四里地了！

这一下，城墙上的人便朝着那些不肯进城的老户儿家叫嚷，让他们赶紧进城躲避。城外的人，多数也稳不住神，纷纷涌到了城门下。

诸葛白就叫人又大开城门，放了这些人进来。正要关闭城门，第二拨探子来报：马刀兵喝聋震道！离城不到两里地了。

这下，城外的人不用催，就哭哭啼啼地闹着进城。

讨厌的正是这最后的一群人，大包小包，牵猪带羊。有的还推车抱锅，一时堵得城门水泄不通。诸葛白听第三波探子在城下大喊："马刀兵离城不到一里地了！"可他们自己却进不了城。诸葛白急了，让瓦西里带人下去，连推带打，让这些人扔了财物，只身进城。

瓦西里下去，挥舞马刀，砍伤了一头猪、一头羊，还朝天开了一枪，才算是把县长的命令执行下去。而这时，城上的人也都清楚地看见了远处一股股的尘土飞扬、翻卷弥漫了。

城门刚关，马刀兵到了城下。诸葛白急忙下令，让落下了第二道城门——大闸门。

子归城

第三节

1

东门打得人喊马叫，狼烟鬼窜，南门却无战事。

看不见一兵一卒，天亮就着急。山西王似乎早有预料，早早让人搬了把太师椅，他坐在上面，旁边还放了茶几，上面摆了茶具、果盘，他边喝茶边嗑瓜子，还跟天亮聊天，反复说他打瞎独眼龙的眼、天亮赎回股子票的事儿。

天亮心急如焚，一边摆手说着，"都过去了，都过去了！咳，过去了。"一边提醒山西王，"东门上不知道打得咋样了？"

山西王说："不是已经派人去看了吗？"正说着，狗剩跑回来了，上气不接下气地报告：马刀兵凶得很！已经把东门北门围上了。要诸葛县长放他们进城。县长不让，马刀兵就开了枪。现在东门外都是马刀兵，一拨一拨地在冲！

天亮一听，说声"我看看去！"站起来就要走，山西王却一把拉住他，说："诸葛白不是让你来监督我的吗？你一走，我投了敌咋办？"

天亮摇了摇头，长叹一口气："你咋这么想嘛？我是在街上碰上县长，他让我来帮着守南门的……没说啥呀！咳？"

两人正纠缠，瓦刀脸从垛口过来了，一脸落荒而逃的慌张："行了，你们二位都在。我管不了！跟三要打人呢，喊着叫你去呢！"

"我？"天亮手指指着自己的鼻子，说。

"对！就你。他吼着要见你呢。"

"贼驴日的！"天亮跑过去，却原来是跟三要下城墙去东门，瓦刀脸不让，说上面说了，让他们守南门。跟三不愿意，就要动手打瓦刀脸。天亮听了就冲跟三吼喊了一顿，让他老实守着，不许乱跑。跟三却指着自己的脸，说："我有仇哩。马刀兵把我的脸弄成这样，我得报仇咧！"

天亮看跟三用个大毛巾包着脸上的伤，额头上还贴着块狗皮膏药，就骂："你狗日的这脸，弄成这样又咋了？我看还好看些呢！——把他家的，脸上蹭破点皮，流上点血，唉？你就弄成这样，给谁装神弄鬼咧？"

"好看些？"跟三瞪着一双迷惑的眼，伸出脸让天亮端详。天亮就连骂带教训，那意思就是说：就你这张难看的脸，毁容就等于美容了。

跟三无言以对，就背靠城墙，认了守南门的命。但明显的还是有些不服气。

天亮骂完跟三，转身要走，却发现几个伙计，也都蹦子嘎子地要跟着他上东门去。

天亮就又指着狗剩等人吩咐："你们是守南门的！赶紧的，干活！不许胡跑。唉？"

跟三就假装不明白，阴阳怪气地说："到底是干活呢？还是打仗呢？"

天亮说："等着，该打再打！"

狗剩还是惦记着东门打仗的事，弱弱地问天亮："掌柜的，马刀兵在东门哩。咱还不知道是啥阵势呢就要跑吗？！"

天亮知道狗剩这是想自己出去看看东门打仗，就声嘶力竭地下了死命令："谁说要跑了？唉？你们都给我听着！谁也不许下去！"

"那就不看看东门城外了？"还有伙计不甘心。

"谁说不看？"

他说着便提起坎土曼，在众人的一片无奈的叹息和惊讶声中，下了南门。

2

天亮跑到东门楼子时，马刀兵的攻城战已经打了好一阵儿了。

中国古代圣贤说过：兵贵神速。战机稍纵即逝。

上个世纪的伟人毛泽东也说过：不打无准备之仗。

可惜在丁巳之夏，不懂汉文又早生了些年的契阔夫无缘阅读和聆听他们的教诲。自然而然，他就要在军事上犯错误。

契阔夫犯的首先是古代兵家大忌，这和心眼有关。他先是缺心眼，贻误了战机。天亮他们已经扔了祭品，在官道上狂奔了，他还在榆树窝子拉网搜索，没想到先把官道口占住，断敌逃路。其次，他还是缺心眼儿，耽误了时间。他的先锋马队误把云朵弄出的滚滚尘土当沙尘暴，吓得掉头往回跑。他就没想过这可能是个兵家诡计，还下了不许乱跑的命令。三是他不该动心眼时，又动了心眼——他疑心尘烟蔽日是有大部队在运动，他怕中埋伏被包围，就下令停止前进，派人侦察。后来，可以前进了，他还是疑心重重，瞻前顾后，没敢长驱直入，直接攻城。

——这些都耽误了时间。

契阔夫心眼不够，贻误了战机，一急，就又犯了现代兵家大忌：打了无准备之仗。

这和心眼无关，和面子有关。

他发现没有伏兵也没有包围圈后，想都不想，就下了最后通牒，说他和他的部队已经饿得除了石头什么都想吃了。要求诸葛白大开城门，迎接他进城吃喝。

诸葛白说：吃可以。但需刀枪缴械，原地待着，等人送吃喝。

契阔夫大怒，说：我没有缴械投降的习惯！

诸葛白也大怒，说：我也没有白送人吃喝的习惯！

诸葛白的拒绝让契阔夫太没面子。于是，他顾不上让疲惫不堪的部众人吃一口饭、马嚼一口草，就恼怒地下了攻城命令。

马刀兵肯定也是饿坏了，急着想进城吃点什么。所以，契阔夫的马刀一挥，他们就大喊乌拉，从三面涌到了城下——上个世纪初的攻坚战就是这个打法，无所谓阵地编成、分队协同以及组织指挥、战术实施等玩意儿。一般全是咚咚咚乱打一阵火炮，而后骑兵冲击，杀声震天，前仆后继涌到城下。城墙被炸开了就往里冲，没炸开就闹哄哄地下马成了步兵，架设云梯，四面爬城。不分主攻助攻，火力掩护，一二梯队等，全凭个人勇气，哪里爬上去哪里就是突破口，哪边得了便宜哪里就是突破地段。若是攻击不成被打退，也不远遁，只消某个军官甚至是士兵发一声喊（喊声须有煽动性），回身一马当先地冲，大家就又乱纷纷再次进攻。如此，往往便像波涌一般一潮未平一潮又起，冲击呐喊和溃败惨嚎，此起彼伏忽左忽右，一次不成两次，两次不成三次，只要当天的大炮轰过，那攻击便拉锯般无限重复。直到天昏地暗，落日西沉。原野上尸横如枕，血流漂杵。双方才各自收拾残余人马，疲惫不堪地回营休息。过一两日，再打炮开战。

然而，那天的马刀兵实在是太仓促了，甚至连这个最简单最一般的攻坚战程序都没顾上，骑兵就呼啦一下冲到了城下。

可没经过炮轰的城墙不可能出现缺口，他们的战马虽然踏得尘烟滚滚，风起云涌，却没有冲击方向；一些勇敢的士兵下马攻城，可没云梯，无用武之地，只得再翻身上马，舞马逗枪，狮吼虎叫……

这样的战斗进程就连诸葛白都暗自庆幸：苍天助我。

天亮爬上城楼时，实际上马刀兵发动的第二波攻城战已经接近尾声。和首次攻击一样，这次攻城的实质也只是一种武力威慑和恫吓。马刀兵呼喊着、叫嚣着，催动铁骑，在城墙下狼奔豕突，搅得狼烟鬼窜，尘土飞扬。其阵势如钱塘涌潮，天山雪崩，倒也把城上的一些草民吓得屁滚尿流、胆战心惊。可在攻城上他们却没多少手段，除了吼喊着威胁官兵打开城门，否则城破之时玉石俱焚外，就是冲到城门下拿枪打城门，刀砍城门。

金丁设计的城门用的都是百年老榆，牢不可摧。

马刀兵没办法，就用上了中国最古老的战术，把城外最粗的一根木头——岳王庙前庭的敬香立柱给拆了下来，二十多个人抱着，用它来撞城门。这招本来挺管用——马刀兵用火力压制住了城上的持枪者，草民们也都吓得不敢抬头，只能提心吊胆地感受着城门楼子被撞得乱颤。可马刀兵用错了木头，他们不该拆庙里的木头——那庙里供奉的乃是武圣人岳王爷，拆他庙里的敬香柱就是亵渎神灵，这就惹翻了那些有信仰的老头老太太。一个七十四岁的老太太知道了那根木头的来历后，就气得乱颤，朝那些抱头缩肩圪蹴在箭垛下躲子弹的草民们振臂高呼了一嗓子：

"狗日的，把岳王爷的庙都给拆了！裆里带把的儿子娃娃们，快站起来！打呀！"

子归城的草民们一向把裆里的把儿看得很重要，事关此处，也就顾不得命了。呼啦一下，东门楼子上大半数的草民就吼喊着站了起来。一顿砖头瓦块，砸得城下一片鬼哭狼嚎。等手疾眼快的几个马刀兵抱头鼠窜到安全地带回头一看，那东门下竟像遭了地震一般，瓦砾成堆，尸横狼藉。死者多是血肉模糊，面目全非。伤者更是惨叫不止，努力想从瓦砾堆里爬出来。可城上乱石如蝗，漫天飞舞……

只这一下，马刀兵就蔫了。本来就是疲惫之师，远途奔袭，到了城下，连口气也没喘，就又要攻城，一攻又是一个多时辰。精疲力竭的马刀兵烦了，有人干脆就不听将令，躲到个犄角旮旯睡起了觉。更多的则东跑西窜，在老户儿家的院里房间翻腾着找吃的。

契阔夫听了杨干头的建议，下令把城外的老户儿家都抓起来当人质，想以此逼迫城里的人就范，起码也得给他们点吃喝。可搞了半天，却只抓来了一个聋子、一个瘸子、一对年纪比契阔夫爷爷还大的老头老太太。

契阔夫问怎么回事：刚才我们来的时候这里不是还有一些人在东奔西跑吗？怎么就抓了这么几个废物？

巴克洛夫回答说：那些人多数都跑掉了，剩下的都是守财奴，宁死不来，怕自己家的东西被抢被盗。还有两户人家有枪，他们躲在屋子里，扬言谁要进他们的店铺院子，他们就开枪。

"那为什么不把他们消灭掉？"

巴克洛夫答："多数的士兵都去寻找食物了，认真执行命令的不多！"

契阔夫亲自出马，带了人跑到岳王庙一带，想抓住几个胆大不听军令的家伙杀一儆百。可刚出门，就碰上了老白俄。老白俄正吃着个白面馒头，一看见他，就主动凑上前来，敬礼报告说："中校，这样打下去没有结果。士兵们需要的是补充体力，休养生息。中校，看在上帝的分上，求求您，让大家吃点饭，休息一下吧！？"

契阔夫这才想起是到了吃饭的时候了。就改了主意，对巴克洛夫下了命令："停止进攻，埋锅造饭。"

3

肉搏战没有发生，天亮提着坎土曼，无用武之地。他爬上东门楼子，连城下是啥阵势都没看清，只是跟着众人稀里糊涂，扔了一顿石头瓦块，战斗就结束了。

葱头领着庶民们在为胜利而欢呼雀跃，弹冠相庆。

天亮拥有极高的战斗热情，却没发挥上，这让他沮丧中有些羞愧。

他只能艳羡地东打听西打听，听别人讲述马刀兵的轻狂骚情，群众的勇猛善战。尤其是讲老太太的故事时，天亮还有幸看了一眼那个老太太，竟是个只有狗娃子大小，瘦得像根梭梭柴，一股风就能吹下城去的小老太太。

"就是她一喊叫，让大家一顿砖头瓦块把马刀兵打得鬼哭狼嚎，再也不敢到城门跟前来……"众人赞扬着说。

天亮简直要把肠子都悔青了，早知是这样，在榆树窝子就该和马刀兵打一仗再跑啊。

暮色苍茫。天亮努力眺望城外的老户儿家舍区，影影绰绰看见马刀兵点着一堆堆的篝火，在烧火做饭——他们轻松地就把城外人家的粮食、锅灶全抢了——隐隐约约，天亮还能闻到那里有肉汤的感人香味在飘摇。

身后，神拳杨咋呼着让人安静，听诸葛县长训话："老少爷们，他们吃饭，咱们也得吃饭！我看这样，有枪的留下，就在城上吃饭。其他人都各回各家，吃了饭再听招呼！"

听了这话，就有泼皮无赖叫嚷："县长大人，跟着你守了半天城！不管顿饭呀？"

诸葛白也不生气，倒是笑笑地说："今天事情来得及，没准备。明天起，大家编队，该哪队值班了，就可以吃公饭！"

庶民们噢了几声，大部分就散入街巷，各回各家，吃饭去了。

"就不打了？这马刀兵也不打了？唉？！"天亮疑惑地问身边的一个汉子。那汉子却是个女扮男装的女人——墨兰迪店铺的女裁缝，二锅头的相好。她摘了无檐帽，拍拍土，夹在腋下，梳理了一下满头秀发，指着城门下面说："来？他们还敢来吗？"说罢从怀里掏出个白纱巾，往头上一戴，扭着屁股走下了城。

天亮顺女裁缝手指的方向往城下一看，也抽了口气：那些砖头瓦块间，还能听见马刀兵伤员细弱的呻吟声。有个人还伸着胳膊，一晃一晃地求救。

一想到自己还不如二锅头的相好有作为，天亮就觉得没脸到诸葛白、神拳杨他们跟前晃悠。他就扛了坎土曼，闷闷不乐地跟在那些回家的草民群众身后，往回走。

4

天亮回到酒坊时，狗剩、跟三、孬娃子等已回来了。天亮一进来，大家就七嘴八舌异口同声地问："东门上打得咋样？"

"不打了，让吃饭哩。"天亮说了这么一句，就开始喝神断鬼地四下检查：该埋的东西埋了没有，该挖的地窖挖好了没有。——二锅头的相好女裁缝让他觉得脸上无光，他就想找二锅头的茬儿。

可大家把该做的事儿都做了，找不到茬儿。天亮看着二锅头，忽然发现他还不如女裁缝，连城上都没上去。心里就有了五十步笑百步的得意，问二锅头的语气也和缓了许多："今天啥日子？"

"明天是芒种。"二锅头歪着头回答后，发现天亮脸色还可以，就追问："东门到底打成啥样了？咋回事嘛？说一说么。"

"唉，芒种。嗯，芒种……我看见那个女裁缝啦……"天亮念叨着就独自去伙房吃饭了。

大家面面相觑。

那天云朵手上有伤，就没和面，馏了一锅馒头，炒了猪肉酸白菜。她见天亮脏得像个土猴，也不洗手，抓了馒头就吃。就一边絮叨着："人都臭了！吃了后就洗个澡啊！"就出去打水。

可等她提了两桶水回来，却发现天亮一手捏着馒头，一手举着筷子，睡着了。

"啥嘛？非要去祭奠，看把自己弄成啥了？"云朵心疼天亮，推了几把推不醒，就烧了水，拿毛巾给天亮擦脸擦身子……

天亮呼呼大睡。

正巧，二锅头歪着脖子进来，见了，就摇头，"这一天，是把老三这贼狲累日塌（累坏）了！让睡。"

云朵就给二锅头说："二哥，大哥今天可能又是一天没吃，那工房又不让女人进。你去看看，能叫来就叫来一块吃饭。"

二锅头歪着脖子说，"行。要不等酒成了，这狗日的也垮掉了。"说着要走，却听到躺在炕上的天亮，突然说了句："酒成了？"说着就坐了起来，"我得去看看。"边说边就端了菜，一手捏了两个馒头，迷迷糊糊进了工房。

至此，天亮再没出来。

事隔多年，云朵奶奶还对童年的我感慨过："当时，他进去的时候我还没注意。等洗完碗，收完锅台，出伙房我才听见，那工房里的呼噜声，喝聋震道，打雷一样，房顶都抖着呢！唉，我一辈子也没听过你爷那样子打呼噜，那真是把人累极了……后来，两个时辰过去了，那呼噜声，就一直没停过。把全酒坊的人都弄害怕了，怕他再醒不过来。你二锅头爷爷就叫了两个伙计，硬是推门进去了。我从门缝一看，你爷就歪躺在酒糟子上，一手捏着筷子，在睡呢。我让人把他从工房里弄出来，才发现，他嘴里含着半个馒头，没咽下去，怪不得呼噜声那么大！"

吊诡的是，独眼龙对天亮的呼噜声闻所未闻的样子。直到二锅头他们进去，他依然红着两只眼，在捣鼓酒醋子……

天亮的这一觉，睡了两个时辰。

而就在这两个时辰里，东门内外，上演了让子归城人终生难忘的悲剧。注意，我说的是悲剧，没说是戏剧。也就是说，我要用庄重肃穆的笔调描述当晚发生在东门外的故事。而这个故事，对天亮来说，终生都有一种不真实的梦幻感，这是不是与他大睡两个时辰，睡眼惺忪地就赶到了东门有关，不得而知。

第四节

1

应该说，发生在一百年前那个傍晚的悲剧源于交战双方的互不理解。

子 归 城

在古城子人看来，马刀兵两次攻城，毫无结果，天又黑了，他们就该罢兵休战，撤到远远的什么地方去。我相信抱有这种想法的人很多，不但是多半的草民，连诸葛白也这样认识。否则，他就不会轻率地让群众都各回各家去吃饭了。可是，契阔夫却认为自己长途奔袭，累得要死，已经到了城下，却打不进城去，太丢人。他怎么也得争回来点面子。故而，马刀兵在饭后略事休整，就发动了新一轮攻击。

当时已是傍晚，夕烟暧霾，苍茫暮色笼盖着大地。天边，天狼星已经开始闪烁。子归城一带，天地昏黄，燥风扑面。城上的刀枪隐约闪现。

马刀兵点起火把，把城外的那些残留的老户儿家集合起来，也有十二三个人，五花大绑，推到城门前，要求县长大开城门，放他们进去。否则，他们就每隔五分钟，杀一个人质。

这一招儿搁在今天非同小可，可以惊动国家总统。可在一百年前，就算不上什么。在古城子人眼里，契阔夫的这一行径，等同无赖。那时的人没有人质概念。

在他们看来，这些城外被抓住的人，都是活该自找。当时城上主要是神拳杨的团练，他们中有些人和城外的这些人有点或亲或友的关系。可他们中更多的是对那些被五花大绑者的厉声训斥：

"叫你们进城，你们不听！这下好了吧？看吧！不听老人言，吃亏在眼前！"

城下的人，也觉得理亏，就垂头丧气地说："怪谁哩？自找的……"

马刀兵一生气，就真的动手杀人了——其实他们生不生气都会杀人。

神拳杨问诸葛白："这咋办？"

诸葛白看了看城下已经被砍掉了三个脑袋的男女，无奈地说："咋办？总不能为了这几个老户儿家，就放马刀兵进来祸害全城的百姓吧？"

神拳杨说："那就算球子了，打？"

诸葛白点了点头说："打吧！"

神拳杨就下达了"打"的命令。

焦大等团勇都知道打的意思，就不分青红皂白，连人质带马刀兵一起打起来！

这一下，马刀兵大吃一惊。随后，就丢盔弃甲地四散开了。而那些个老户儿家们也就因此没被杀绝，倒是有几个人侥幸活了下来，四散奔逃了。

好半天，马刀兵才组织起新一轮进攻。这次他们成功地进行了火力压制。

应该说明的是，那年月，马刀兵已经用上了手榴弹，只是制造粗糙、简单。因为用的是黑炸药，所以手榴弹个头挺大，威力却不大。但即便是这样的东西，在马刀兵的装备中，也数量有限。对子归城人来说，就更是稀罕。

这就决定了马刀兵的火力压制，最主要的还是靠毛瑟枪（当时他们的重机枪还在北沙窝的沙土里埋着呢）。毛瑟枪比当今的步兵武器射程远一倍，马刀兵爬在城外老户儿家的屋顶上，谁在城墙上露头就瞄准谁的脑袋打。谁有那么多的脑袋？在这上面，马刀兵比子归城人就日能得多，他们公开警告说：谁敢露头就打谁！

起初也还有人不在乎，骚情着强出头。结果，一会儿工夫，就连全城公认的小头李鬼也不敢伸头了。李鬼的脑袋大家都说只有拳头大，可他本人当时硬是哭着喊着说大家平时搞错了，他的脑袋其实比一个拳头大，坚决地不肯伸头。

压制住城上的人，马刀兵就敢冲到城墙下。但也不敢离城墙太近，因为太近，城上的人就可以躲在箭垛后面，不露头，朝城外扔石头砖头，那个抛物线砸上了谁谁也受不了——常有石臼、石墩子从天而降。

马刀兵不敢离得太近，沉重的手榴弹就不容易扔到城上，劲小了就扔到了城墙上，劲大了又往往就飞过城墙落到了城里。对城上守军杀伤不大。

马刀兵很恼火，在城下咆哮、奔跑、谩骂。可正像鲁迅先生说的，谩骂代替不了战斗。他们的战马嘶鸣，军刀闪耀，冲锋队左突右击，如波涛汹涌，可没法进城。

后来马刀兵也累了、乏了，渐渐停止了色厉内荏的徒劳进攻。有些还解鞍下马，就地歇息起来了。

这时候天已全黑，那些屋顶上的马刀兵看不清准星、缺口，也就停止了射击。

小头李鬼等几个头小脸盘子也小的人就率先探出了脑袋。一看，马刀兵们竟然都在地上歇息，小头李鬼就壮着胆子骂了一句："马刀兵，贼马匪！日你妈的！你咋不打哩？"随后就有更多的人探出头来，跟着骂。

子归城

马刀兵倒不是不在乎，他们也认真地打了几枪，可天太黑，准星缺口对不好，打不着人，就放弃了。

城上的人骂得更起劲了。

骂了一会儿，有人发现了问题：这马刀兵不打不撤，这到底是要干啥呀？

疑问很快被提到了神拳杨那里。神拳杨就和诸葛白商议：看样子这马刀兵是不打算撤兵了，咋办？

"打！"这回诸葛白回答得很干脆。

城上的人就又打，这一打，马刀兵火了。不久，契阔夫亲自带着人马冲到了城门前，扬言再不开城门，就要火烧子归城。

城上的人回应了他一顿枪，其中有一发子弹，还把契阔夫的帽子给打穿了。

契阔夫怒发冲冠，扔了帽子，下令士兵们四下里放火。

合该出事。按分工，神拳杨和他的团勇守东门，瓦西里带着一些警察和训练过的联防队员守北门，诸葛白自然是总负责。但战斗一开始马刀兵就主攻东门，县长就和神拳杨一直在一起。不巧的是，诸葛白下达了"打"的命令后，东门一带打得挺热闹，北门却没一点动静。粮行的曹大拿自马刀兵来后，看出诸葛白是真诚地让自己当副总练，就有了主人翁精神，此时便投桃报李地提醒诸葛白："北门咋没动静？瓦西里可是原来合富洋行的矿警，这洋行和马刀兵是一个裤裆里的两个蛋哩。"

诸葛白是知道瓦西里和洋行有特殊关系的，但他不认为瓦西里和马刀兵有啥特别的关系。可巧葱头跑来："县长，我在北门上看见山西王的小舅子小陈醋了……"

"咋啦？"诸葛白问。

曹大拿歪着嘴对他说："那狗日的，参加过你们来时的暗杀活动……"

"不是。"葱头急忙说："他是负责守水西门的。那边没事儿，他就跑这边看热闹来了！"

"这咋能行？快！得让他带人回去。"诸葛白这么说着，心里先不踏实了，就带了葱头等几个人，去北门找小陈醋了。

恰好就在这时，马刀兵在东门一带放起了火。

2

马刀兵在杀人放火方面历来轻车熟路，一栋房子，从哪儿放火得力、顺手、省心，他们只要打眼一瞧就能找到，连手搭凉棚都不用。所以契阔夫一下达放火的命令，霎时间，东门外的大火就烧得东门城楼上的人吱哇乱叫痛心疾首捶胸顿足。

您要知道，跟在团勇身后守城的群众里有许多家就在东门或北门外，他们看到自己的店铺家院霎时间烈火熊熊，哪能不痛心疾首？赖水旺掌柜眼看自己的茶店即将化为灰烬，甚至扯着神拳杨的衣襟下跪，哀求他想办法制止马刀兵放火。而神拳杨也心如刀绞，他在金丁被斩后，响应诸葛白的号召，在东门外官道边上刚购置了一院房子，做典当行的分店铺子。他的想法是为了来往官道上的人方便，不用多费周折进城典当东西。典当业是带官方色彩的生意，庭院讲究。否则，营业执照都成问题。因此，神拳杨把他倒卖文物的现款全搭了上去。可现在，他清清楚楚明明白白地看着自己的典当铺火光冲天，把天狼星的光芒都遮蔽了……

恰在神拳杨心如刀绞、怒气冲天的时候，皮斯特尔不合时宜地出现了。他是和杨干头一道奉契阔夫的命令，给城里人下达最后通牒的：子归城的城民们，契阔夫中校给你们发出了最后通牒，如果你们继续顽抗，这里将化成一片灰烬！

皮斯特尔下通牒时，扭着屁股，姿态可恶。谁看着都想抽他耳光。

更可恶的是：皮斯特尔还抓了个小男孩做挡箭牌。他一手揪住男孩的头发，一手举着火把……

这情形，让神拳杨一下子又看到了皮斯特尔枪杀三宝时的情形[t]。

仇人相见，分外眼红。神拳杨在看见皮斯特尔的同时，眼珠子里就滴血了。他的眼前像爆炸一样，一个炸点接着一个炸点地闪现出扫帚星之夜的动态图景……

---

[t] 链接　您还记得皮斯特尔枪杀驼二婶傻儿子那天，他碰上过一个退休的老妓女吗？这个老妓女名叫陈之花，她那天也在城墙上。有人说当时冲过来煽动神拳杨的就是这个陈之花，她是小男孩的姑表四姨。

子 归 城

突然，沸腾的热血让他脑中出现了空白，他一下子忘了所有人的叮咛，从身边一个草民手里抢过一把杀猪长刀，一手举着枪，一手提着大刀，就对群众发出了号召：

"儿子娃娃们！打开城门，冲出去，杀马刀兵啊！"之后自己就身先士卒，带头从城楼上跑了下去。

神拳杨这一嗓子，发自肺腑，撕心裂肺，像一团莽撞有力的火焰，从灶膛的烟囱里喷出来，振聋发聩。城墙上许多人便不由自主地跟着他边跑边呼喊："杀啊！杀马刀兵呀！"

人群像一条黑色的洪流，从城墙上汹涌而下，吼开两道城门，奔腾而出……

战斗的结果不言而喻，当草民们大开东门冲出来的时候，马刀兵确实吓了一跳。仓皇之中，皮斯特尔来不及上马，就拽着一个士兵的马尾巴逃命。甚至连巴克洛夫都滚鞍上马，逃到了官道一带。

草民们没费吹灰之力，一鼓作气，就冲进了烈火熊熊的居民区。

遗憾的是，没组织没纪律的草民，一冲进庭院店铺的街巷，就成了一盘散沙。那些东门外的老户儿家，冲锋的目标甚至是自己的家院。一到家院门口，忙活的竟然是提水扬沙、灭火保家。

契阔夫笑了，命令部众掉转马头，冲杀过去。

马刀兵拍马挥刀，高喊乌拉，开始了对草民们的全面围剿……

肉搏战是不可避免的，可充满战斗激情的草民，几乎没人能在战斗技能上和马刀兵抗衡。结果可想而知，大约两袋烟的工夫，这批冲出去的铁流就被马刀兵的铁骑踏碎了。

神拳杨本人则在混战中被骑兵的战马一蹄子踢倒，胸口从此留下了一个怪异的烙印[y]。

---

[y] 链接　实情是，神拳杨抓住了皮斯特尔，不过他抓住的是皮斯特尔的帽子。皮斯特尔在车马店能瞬间就脱掉衣服，金蝉脱壳，对付一个帽子当然不成问题。不过这次他是在脱帽的瞬间，用胳膊肘顶了神拳杨胸口一下，神拳杨从此就落了病：裆里的"牛黄"跑到了心脏边上，疼起来让他满地打滚。

3

据悉，跟着总练神拳杨冲出东门的军民有八百多人，最终狼狈逃回来的不足三百人。而对惨败负有直接责任的神拳杨则在混战一开始，就被马蹄子踢倒，当时缩成一团，喘不上来气。是他的伙计焦大，从死人堆里把他拽出来，背回了城里。

应该说明的是，冲锋陷阵的人，并非全部死于马刀兵的马刀下，有些人是亡命而逃了。因为城楼上的曹大拿、王二麻子等人，看见形势不对，不管三七二十一，就落下了大闸门。

当时，正有几百人朝东门城洞里奔窜，城门没法关上，曹大拿就让黄二胆儿和李鬼扔下了一个硕大的土雷，一声爆炸，炸倒了十来个人。下面的人吓得一愣，都目瞪口呆地看城楼上，不知发生了啥事。而就在这时，曹大拿亲自落下了东门的大闸门。

去冲锋陷阵却大败而归的业余战士们，见此情形，只能大骂着城上的狗日的都是些狼心狗肺的东西。有的愤怒地直接向城上开枪，有的转身仓皇奔窜，亡命茫茫黑夜。

马刀兵见此情形，也都狂呼怪叫着，开始收拢队伍，放缓脚步，形成了对数百人的半包围态势，并逐步压缩这个准包围圈。

闻讯赶来的诸葛白见此情形，就在城墙上大喊："王八蛋！打开闸门！"

曹大拿回应了一句什么，就不知躲到哪里了。他是歪嘴子，说话人不容易听清楚。

其他人有听了县长的话，想去开大闸门的，也有和曹大拿持同样观点，坚决不让的。结果，大家争争吵吵手忙脚乱，大闸门提升开了，城门却不知道被一伙啥人关上了。为此，众人互相推搡对骂，乱成了一团。

就在这时，林公桥方向突然枪声大作，接着便冲出一队人马，对着东门直冲过来。

像狼群里冲进来了几只不知是啥的猛兽，马刀兵不明就里，不知道背后降下了啥天兵天将，乱糟糟地正要相互打探询问。那支队伍，却像一把尖刀，冲了过来。马刀兵不自觉地便让开了一条扇形道路。而后，便有些发呆地看着这支人数不多，战斗力也并不怎么强的小分队朝着东门疾驰过去。没人发一声号令，进行夹击尾击。

城上的人也懵了，无声地看着那支队伍过来。直到后来才有人大喊了一声："马福山！是马福山回来了！"

这时候无需诸葛白下达命令，被撞斜了的城门吱呀吱呀地就开了。城外数百人也就乘机跟着马福山蜂拥而入。

马刀兵中有几个勇士，明白过来后，乌拉一声，也冲了过来。可惜，几百人相互拥挤着朝城门涌，谁也没法躲避他们挥舞的军刀。四五个马刀兵，就这么着被拥挤的人流挤没了。先是人马被挤倒，后来就一个不剩地被人踩踏而死。

后面的追随者见此情形，也都勒住了马缰绳，目瞪口呆地看着人们朝着城门蜂拥而入。而契阔夫到达后，见此情形，干脆下达了停止进城追击的命令。他也怕自己手下的勇士被这群亡命的群众给挤没了。

这个晚上，在神拳杨眼里是红色的。火是红的，血是红的，还有大家看他的眼神，也是红的。

"杨总练！你回来啦？别人呢？"神拳杨记得很清楚，那天晚上，有个浑身是血的人，朝他问了这么一句，就一挺身子，死了。

这句话，导致神拳杨胸口上的伤痕，成了不治之症。

那个浑身是血的人，模样和驼二婶一模一样，她后来在神拳杨的梦里多次出现。

4

有证据表明，东门外的悲剧上演时，酒坊有人听到了郝大头的敲锣声。狗剩就跑到工房门口，大声地喊："掌柜的，马刀兵打得厉害呢！郝大头又敲锣了，让大家都去守城。"

但天亮昏睡不醒。魔怔了的独眼龙，充耳不闻。

"让睡！"云朵心疼天亮，制止了狗剩的喊叫。

后来跟三又听到了陶七的叫喊声，就又去工房喊叫。情况依然如故。这次是二锅头说了："让睡。别喊！"同时，他还做主同意了跟三带着狗剩，一哄而起，提了各种工具去了东门……

再后来是大家把天亮弄出工房后，他醒了，迷迷糊糊地望着大家发呆。这时，院门外一阵叮铃咣啷的响声，接着便是一个带着哭腔的声音，杀猪般地过来了："掌柜的，掌柜的啊，不得了啦！"

"贼驴日的，弄啥嘞？"迷蒙中的天亮被喧哗声惊醒，很生气地站了起来。

他看到，跟三失魂落魄的脸，像白皮瓜。正连滚带爬的朝自己滚过来，边滚边挥手："掌柜的，不得了了，马刀兵开杀戒了！杀人，放火，一地的血沫子呀！"

天亮一听，顺手提了把铁叉，横着膀子就出了院门。

5

天亮赶到东门时，城门已经关闭。马福山带来的靖安兵也上了城。

东门外，火光映红了半边天。

神拳杨领导的这场战斗，惨败。但也使契阔夫放弃了在城外宿营的打算，他已经感受到了古城子人的亡命精神，他怕自己的队伍休整时，再发生这种自杀式攻击。就听从皮斯特尔的建议，留了支警戒分队，主力连夜撤军，到北沙窝去挖埋藏的火炮和重武器了……

天亮看到东门里森严壁垒，城外诸葛白正指挥喊叫着人们在救火，抬尸体。城外烈火熊熊，哭声阵阵。

天亮想出城看看，但被李鬼挡住了。李鬼晃动着只有拳头大的小脑袋说："刘掌柜，县长有令，严格盘查进出行人。"

天亮知道自己是甲长，无论如何不该属于被严格盘查的人。但古城的第一次血战他就缺席，甚至连马刀兵退走他都没有看到。他浑身不自在，没脸争执，就乖乖地退回来，独自上了东门城楼。

东门城外哭声一片，抬尸埋葬的人，脚步匆忙。人影在黑夜里映着火光，像纸幡，闪烁不定，忽长忽短，满地飞舞……

"刘掌柜，县长有令！闲人不得上城！"有人突然冲天亮又说了这么一句。天亮一看，是警察谢三娃，他有一张极丑陋的脸。

天亮觉得自己不该属于"闲人"，可他没脸争执，就喃喃地说："我，我，咹？……"

天亮看到有个洋人就站在城楼上，望着远方，一动不动。那张脸在阴影中显得惨白，蓝眼珠子闪着红光。——那是给他卖过祭文碑材的罗伯特·琼斯，人称大萝卜琼斯。

他想问问大萝卜琼斯：马刀兵到底咋样了。可一想自己逃命时，连祭文碑都丢了。就觉得连罗伯特·琼斯他也没脸见了，便乖乖地退下东门城楼，怅然若失地看着城外忙碌的群众。

他看到一个人正在跟钱老三说什么。钱老三像猫头鹰一样叫了一声，随后赶紧用双手去捂自己的鼻罩。

天亮不知道一个没鼻子的人，还总忘不了去捂鼻子，到底几个意思？是掩饰没鼻子呢，还是提醒别人注意他没鼻子？

"马刀兵走了，走了？"天亮自言自语地念叨着，他想不通，今天是个甚日子呀？他咋啥都赶不上。他抬头看天，天狼星的芒角红得像烟花。

突然，东门城楼上一阵骚乱，随后，两三个尖厉的声音不约而同地划破夜空：

"哎哟！狗日的！真跳下去了？"

"行啊，孕老汉，儿子娃娃嘛！"

"咋了？"钱老三没听清楚，问天亮。

天亮也不明就里，但他不顾羞臊，转身就跑上了城门楼子。

这天晚上，一切在天亮的眼里都充满了虚幻感。只有一件事儿是坚实可信的：他又从钱老三手里花高价买了杆毛瑟枪，十盒子弹，有两百发。

第七章
芒种战事

第一节

1

"莫兰蒂"台风带给我的不幸是逐步显现的，先是手写的《北丝路记考》，还有林拐子的老皇历，字迹变得模糊。我努力抢救，但它们还是断线散页了。而现在——眼前这些图书，《丝路风烟》啦，《穆天子传汇校集释》啦，《云过斋文牍》啦，它们都是洋纸印刷品，在台风天被雨水打湿后，我小心翼翼地把它们摆在客厅的沙发上，想晾干。但湿气太重，它们已经粘连、卷折，发霉了。

最先发出腐朽气味儿的是刘壮志的《丝路风烟》。它大概已经不能忍受被粘在一起的板结状况，不但带着灰褐色斑点，还发出了朽木腐烂的霉味。我只能在阳台上，一页一页地把它揭开，晾晒，一不小心它们就会被揭烂。

这个过程当然很虐心，更虐心的是，我在残页上看到了这样一段文字：

张一德，巴里坤人。曾是牧区教师，会哈萨克语。30多岁，浓眉大眼，却脸阔耳小，应非吉相，不长寿。所谓溺水而亡的伊吾县县长之子。他溺水夭折是个计谋，他是独子，母

子归城

亲为了保他的命，怕人杀他，故施此计。

但他最终还是被花花沟的土匪杀了。那年他到花花沟去禁烟，被当地土匪小头目尕老汉抓住，生生用扁担打得皮开肉绽，五脏俱裂，当日身亡。

其叔父张虎青乃是丝绸北道上闻名遐迩的风云人物，听此噩耗，悲愤交加。当即便派了一支骑兵队伍，前往花花沟，剿灭了尕老汉的土匪武装。并将尕老汉捉到镇西府，从三丈高的城门楼子上推下去摔死，算是就地正法了……

刘壮志作为西部学者，著作等身，却总是有失严谨。这让我觉得很奇怪，他是怎么混成著名学者的？连学术圈外的人都知道：尕老汉是被马福山从雀仁庄子抓回来后，在子归城宣判死刑的。这事儿就在众目睽睽的大庭广众下发生，怎么可以随心所欲发挥想象，说是从镇西府的城门楼子上推下去的呢？

尕老汉之死的情形是这样的：

当时，马刀兵主力已经退走了。城外的熊熊烈火已逐步化作弥漫的硝烟，城里城外的哭声，寻找亲人的呼唤声，此起彼伏。东门城楼上气氛凝重。子归城的头面人物正在祭奠当日亡灵。有烧香的，有祭天的。诸葛白正在写挽联：

惨兮同袍成冤魂，
拔剑四顾吞声哭。

挽联写好后，葛老板高声念了一遍。墨迹未干，诸葛白就在城垛上，点燃一根曲曲板，把挽幛烧成灰，用手扒拉着洒向了城外。城外，烈火熊熊。有几只饿狼，在远远地张望着。它们的影子在火光中闪烁不定。

祭奠结束后，诸葛白问马福山："这个尕老汉呢？现如今在哪里？"

马福山左右看了看，喃喃地说："人是抓住了，捆在马上，一路带回来的。刚才在林公桥边上，和马刀兵乱打，忘了他。"

"嗨，那人还不趁乱就跑了啊？"盐商严济生说。

"就是。便宜这狗日的了！"

葛老板、曹大拿就轮番指责马福山："你这也是个糊涂蛋！到了那时候，要拼命哩。还不一枪先把尕老汉崩了，再冲阵嘛！你看看，把人从雀仁庄子带过来，一路多远？到这儿，让跑了，啥事儿嘛？"

众人正在愤愤不平，一个人却站出来高叫了一声："我没走，我在这儿呢！"

尕老汉目光炯炯，跳出人群，站到了一块空地上。

诸葛白便审问："你是不是杀了警局局长张一德？"

尕老汉承认是。说他没想到张一德连十扁担都挨不住。

诸葛白就宣布了尕老汉死刑，让他自己选择死法。

尕老汉看一眼城下，对诸葛白说："让我自己选死法也行。先得让我抽一口吧？"

黄大牙、黄二胆儿便跟着吵吵："对！人都要死了嘛。让抽一口，抽一口。"这两人在反对禁娼上三观一致，就结了友谊。

诸葛白指着尕老汉说："这阵子正打仗，上哪儿给你弄大烟去？"

黄大牙说："有，有有！等着啊！"说罢就放趟子下城，跑了。

他再回来就给尕老汉拿了烟枪带了鸦片。

此时，忽然窜来了一伙马刀兵，跑到城下逶巡不定，可能是来找同伴尸体的。诸葛白当然没心思管尕老汉了，他赶紧探出身子观察，想看清楚这伙马刀兵要干啥。

尕老汉很舒服地抽了几口，看见城下正有一骑马张望的马刀兵，就突然一扔烟枪，对着诸葛白、黄大牙拱手作揖说了声："谢谢啊！"便一纵身跳下了城墙，正好压在这个骑马的马刀兵身上。

马刀兵其余官兵，大惊失色，顾不上同伴，狼狈逃窜……

尕老汉之死的情形就是如此，我没有虚构，这是真的，大家都知道。

2

"莫兰蒂"台风也打湿了林拐子的老皇历。奇怪的是，它字迹漫漶，却没有发霉，只弥漫出了一股淡淡的骚臭味儿。这种气味与1972年弥漫在厦门岛上空的恶臭不同。那时厦门人围海造田，筼筜湖成了一潭死水，终日散发着臭鱼烂虾的腥臭味儿。林拐子的老皇历发出的臭味比较爽利，隐含着羊膻气儿。

翻阅林拐子的老皇历，我发现这个整天打密道的人认真记载了马刀兵到来的那个日子：农历丁巳年四月廿四，芒种前夕。

关于这一天，皇历上面赫然写着："宜忌：动土，祭祀，祈福。"

我坐在阳台上，边翻皇历边晒太阳。医生说我的脚需要补钙，要多晒太阳。

天亮没看皇历，就去榆树窝子祭祀老白榆，这在殷商时期叫前途未卜，凶险难料，根本不可能得到祈福。而林拐子在这一天还动土挖密道，也犯了忌，运气当然不好。这一天的皇历上林拐子潦草地写了一行字：马刀兵忽至，城外尸相枕。地洞塌。

"地洞塌"这三个字很重要。说明别人打仗的时候林拐子就是在挖密道，也说明他的密道还没挖到合富洋行地下室，就发生了塌方。

林拐子皇历的下一页，是丁巳年的芒种。林拐子一字未著。可能在忙着清理密道里的塌方土吧。

3

在古城子人看来，孕老汉的死，非常儿子娃娃。

据此，有人便说，这一下马刀兵知道我们的血气血性了吧，他们还敢再来吗? 哼!

这种自信像一种良好可怕的传染病迅速传遍了整个子归城。

只有诸葛白没被传染，头脑依然清醒。开战伊始，他就命令杨修守在电台边，吃喝拉撒都不许离开二院。可是等来的却是"坚守数日，贼兵自退"的无用答复。

这天晚上，诸葛白让杨修歇息，自己亲自给杨都督发了一份电文：贼寇势大，明日或将攻城。余必以杀身成仁之决心，守土保民。

杨都督深夜才回电："固守待援，已函告镇西出兵救援。"诸葛白阅电后，就跑到东城门上守望，一夜没睡。

翌日，镇西援兵未至，马刀兵却来了，而且是拉着大炮来的。

他们架好炮后，立马就轰掉了城东门的一片飞檐。从此，隆隆的炮声开始响彻子归城。

那天是芒种。芒种就是"忙"种，农忙进入高潮的一个节气。百年前的中国还是个农业社会，农村一忙，士农工商都得跟着忙。这么忙的时候，马刀兵还跑来攻城，谁不生气？

第二节

1

现在是2016年的秋天，电视上专家们在讨论一场叫"鲇鱼"的台风。一般在这个季节，台风季应该已经过去。但今年很奇怪，深秋，又有一场台风要来，而且窗外在淅淅沥沥地下雨。我的脚酸痛得厉害，说明第17号台风"鲇鱼"真的会来。

我听到了一声悠远的汽笛声，它来自海上，可我看不到一片风帆。钟宅湾的灯塔在雨中若隐若现地闪着红光，让我总想起天狼星。古书上说，天狼星是红色的。但现在的天狼星，发散着白光，还芒角尖锐。

我发现林拐子的老皇历上有海水苦涩的咸味。

2

当年的八百军户和八百金妻修子归城时，是想着自己回不去了，得住一辈子，就把城修得离河近，便于耕作。阿古柏作乱时，来子归城逃难的人没想着要住一辈子，所以新城就修得离官道近，便于上路还乡。

但不管是回不去的人还是跑来避难的人，都把城修得很坚固。回不去的人认为，住一辈子呢，不把城修结实了不行。来避难的人则知道阿古柏大炮的厉害，城墙不坚固，抗不住炮轰。所以子归城是北丝路经济带上的第一坚城。

子归城的城墙坚固，这一点马刀兵是后来才意识到的。

3

芒种那天，骄阳似火。

子 归 城

因为听说这一天有公饭，城上来的人特别多。诸葛白就让马福山把军民编了队，让靖安兵当骨干，训练他们舞刀弄枪。

中午，一个卖臭豆腐的小贩，听说东门城上练兵，端了碗凉皮子，边吃边兴致勃勃地跑上城看热闹。刚上去，突然几声枪响，小贩还没反应过来，饭碗就被流弹击中，"当啷"一声碎在了地上。这小贩脑子反应快，愣了一下，挓挲着手就大喊："马刀兵来了！"

城内外顿时大哗，百姓四散，鸡狗乱跳，守军赶紧关上了城门。

芒种之战自此拉开了帷幕。

当时天亮正在酒坊翻酒糟子——独眼龙魔怔了，认定了他的惊世美酒勺娃子即将临产，除了天亮，他谁也不让进醅房。天亮隔窗听见院里狗剩、孬娃子在喊马刀兵来了！城上在编队。就扔了木锨，提上新买的毛瑟枪，冲出来把院门一锁，挡住其他伙计出门，自己放趟子跑到了东门城墙上。

但他还是去晚了，连个小队长也没捞上。

"我，我是甲长！"天亮从人群里挤出来高声呼喊。他这叫急中生智，两三年了，他还没公开用过这个头衔。

"噢，甲长……"诸葛白见是天亮，就朝他招手，"南门那边……"

"我，我还有枪。哎？！"天亮急忙挤出人群，举了举手中的毛瑟枪。

"有枪有啥了不起的，我们没枪，也打了半天马刀兵了。"人群中有人不忿，摇头撇嘴，成心捣乱。

"我，我有力气……能抬着车跑！驷马大车……"

这下没人吭气了。昨天发生的事儿，人们记忆犹新，都佩服。

"哦，好好。轰动全城嘛，一人抵个车轮子……"诸葛白思索了一下，就不问南门的事儿，给了天亮一个管事的差事：负责东门楼子里的大闸门升降机关。

这是个力气活，诸葛白分配了五个人做这事。天亮算是个伍长。

天亮暗自下决心：这回咱爷们得露脸。

可一阵震耳欲聋的炮轰之后，五个人全吓得跑了出来。一发炮弹在飞檐上爆炸后，西边的斗拱就开始吱吱嘎嘎响个没完，大家都怕被塌死。

瓦西里职业道德感强，看见天亮他们跑了出来，就愤怒地指责他们缺乏纪律性，应该坚守岗位。可天亮不理他，跳着脚直接冲到了城垛口。

4

马刀兵打了一通炮，就大喊乌拉，涌到了东门城墙下。

天亮胆大，但也被这阵势吓出了一身冷汗。

"马刀兵到城跟前了，快打呀！"他仓促间胡乱开了一枪。再看左右，一时就目瞪口呆了：刚被炮弹的冲击波震得晕头转向的草民群众，全乱了。有人抱头鼠窜，有人蹲到箭垛下，闭眼捂耳，死活不肯起来。而在他们身边，缺胳膊断腿的，在哎哟呻唤。头破血流的，在哭爷叫妈。只有死了的，很尊严地不吭不哈。

城墙上，炮弹炸起的尘烟依稀弥漫着。天亮看见诸葛白正挣扎着从一堆泥土中往外爬——他身子颀长，手、脸都出来了，下半身还在土里。天亮想过去帮他一把。刚跑了没几步，就被脚下的一个尸体绊倒了。他侧身一看，死者竟是昨天那个极具号召力的老太太。她好像是被炮弹震死的，只有狗娃子一样大小的身体完好无损，嘴角鼻孔却全是血……

瓦西里好像又气疯了，他不知是用哪国语言骂骂咧咧地跑来跑去，随手捡到什么，就往下扔，根本不看城下的目标。

天亮把诸葛白从土堆里拽出来。诸葛白看见天亮手里的枪，就急切地指城下，意思让他快打。

天亮以为诸葛白已经说不出话来了，没想到，他刚转过身，就听到诸葛白声音洪亮地喊了起来："乡亲们，古城存亡，在此一举。大家快起来，打呀！"

天亮听了这话，就急忙探头往下看。看了一会儿，他也喊了起来："嗨，快起来，打呀！马刀兵上不了城，没戏啦！"

气势汹汹、舞马长枪的马刀兵冲到城下竟不战自乱。他们团团乱转，不知道该朝哪攻击。

子归城的城墙太厚了，炮击之后，竟然没形成一个缺口，马队没有了冲击方向。契阔夫的部队又是流寇，没有也不会使用云梯一类的攻城器械。

他们只能骑在马上，团团乱转。

可刚经过昨天实战锻炼的草民，已被炮火吓蒙了。任凭诸葛白和天亮寡喊，就是没人肯动弹。

天亮急了，跑过去，揪住一个人的头发让他往下看。又顺便把双手捂耳蹲在地上的一个人踢了一脚："快起来！"

谁知那人一起来，竟冲天亮嚷了一句："球，有啥打头？他们光打炮！没意思，这有啥意思！"说着就扛起自家的大铡镰，气昂昂地要下城。天亮认识这人，绰号麻子孙，铁匠，给他做过甄。还把曹大拿的嘴气歪了。

麻子孙的话，立刻感染了一个后生，他把手上的老铳枪一扔，拍了拍身上的土，挑衅地冲天亮一挥手，头都不回地跟到了大铡镰的后面。那神情像是在抗议：有人在游戏中耍赖，没劲，我们不玩了。

"乡亲们，马刀兵没炮弹了，大家别怕，快起来，打呀！"诸葛白突然尖着嗓子喊了一声。

这一声无比管用。一些吓破了胆的草民，也有了胆子。他们抬头一看，天上没炮弹，侧耳一听，地上没炮声，就大胆站起来，越来越多地参与了抵抗。

闹情绪的麻子孙听了这话，脸上多云转晴，扔掉大铡镰，推开后生，拾起他的枪，又到了垛口前。

那后生急了："那是我的枪！"

麻子孙天天打铁，有劲，人又横，竟一胳膊肘把后生捣在了地上："谁让你把枪扔掉的？——拿我的铡镰刀吧！"说罢，就不理后生，只管边打边喊："儿子娃娃们！不怕死的快打呀，头掉了不就是碗大的疤，二十年后又是一条好汉！"

麻子孙满脸麻子，可嗓门挺大，喊的词儿也有感染力。一时间连跑下城的那些人也纷纷上了城。

哥萨克骑兵的第一拨冲击在庶民们凌乱不堪的反击下，溃退了。

督战的库力·热西丁恼羞成怒，乌拉一声，拔出马刀，带头冲了过来。

虽然溃退的骑兵跟着库力·热西丁，霎时间就又冲到了城下。但葱头引来了马福山，马福山带来的人是经过了训练的靖安兵，足有五十多号人，他们一上城，一下就顶住了马刀兵的冲锋。

有了靖安兵指导的群众不再胆怯。他们的抗击一次比一次从容、有序。后来还有一些草民越打越兴奋了：这多好啊，居高临下，想打枪打枪，想扔石头扔石头。

子归城的城墙成了赤壁崖岸，浪涛般扑过来的马刀兵，虽然惊涛拍岸卷起千堆雪，可结果都是无功而返。如是者三，契阔夫停止了进攻。

此时已是午后，诸葛白一看，庶民们居然在战斗的同时，把城上的伤亡人员都抬了下去，就赞扬了一通人民群众真是伟大一类的话，然后就让葱头去通知通海楼的陈胖子，一人三个馒头一份菜，衙门出钱，赶紧做饭。

有公饭吃，草民们一片欢呼。

小头李鬼就站在城头上，挑衅地朝城外喊："哎，打不打了？不打说一声，爷爷就吃饭啦！"

谁也没料到，小头李鬼喊了没几嗓子，就喊来了一阵炮轰。

这次，契阔夫亲自督战，马刀兵把打炮的重点放在了城门上。

5

显然，这次契阔夫进行了精心的战斗部署。在迫击炮吊射东门楼子的同时，他没有指挥骑兵冲锋，而是把马麟送给他的土炮推到了离城门只有一百来米的一堆废墟上。

土炮是直射炮，目标城门。

土炮轰门，声音并不震耳欲聋，但却沉闷有力。像一个思想家，深沉而有震撼力。

第一炮响过之后，还有人满不在乎，炮弹撞过门后，看看自己毫发无损，就得意地对马刀兵挑衅地做下流动作。他们被刚才的胜利鼓舞得有些忘乎所以。

三炮之后，第一道城门洞开，其中一扇还断裂，脱落了。有人紧张了，开始左顾右盼。

左顾右盼是一种传染病，有人开了头，大家也就下意识地跟着环顾左右，注意身边。这一注意，才发现情况不妙，第二道城门是闸门，炮弹打在上面，震得人脚下发麻，整个城楼子好像都在抖。

"他妈的，县长骗人！"麻子孙骂了一声。

立刻有人响应："就是，狗县长，你不是说马刀兵的炮弹打完了吗？"

土炮像鼓槌，撞击着每个人的心。谁都担心，这么打下去，城楼子要塌。

"骂有球用！打呀，唉？打放炮的！"天亮冲麻子孙喊了这么一声后，有同感的人就慌里慌张地开始了射击。

他们乱打一气，没打上炮手，却惹恼了契阔夫，他一挥马刀，指挥迫击炮手们掉转炮口，轰击城上的军民。也就十几发炮弹过后，城上又乱了，按说草民们经过了两天实战锻炼，理应稳重些才是，可大炮一来，他们又没了素质：有人哭爹叫妈，有人抱头鼠窜。那个曾追随过麻子孙逃跑主义路线的后生，还在匆忙中，一脚踏空，从城墙上掉下去，摔断了脖子。他家是开染坊的，出殡时，往城墙上挂了十八匹白绫子布。

当时，城上溃不成军，诸葛白就大喊："临阵脱逃，军法处置！"

可草民们听不懂这么文雅的词儿。再说，诸葛白的命令也有问题，草民们又不是军人，军法不军法的和他们有什么关系。

马福山大概也明白这一点，所以挥舞着一把大马刀，胡喊乱叫，对谁也不敢下手。

这时候麻子孙的嗓门虽大，却喊不出声音了。他让炸飞的一块木头击中了人中，人没昏过去，上下唇却肿得成了猪嘴，一点声音也发不出来了。

麻子孙的脸给天亮的印象很深，像个裂开嘴的干石榴。

半个时辰后，第二道城门被打出一个大洞，那颗滚烫的实心铁弹，还砸伤了混混儿马三六的脚。

"县长，大闸门破了，咋办？"锁匠刘亮程出于职业习惯，最着急这件事儿。

诸葛白还没想出主意，从北门跑过来的曹大拿却歪着嘴大喊了一句："兵来将挡，水来土掩。要有定力！"

那些从城上逃下来的人觉得有理，立刻镇静许多，回转身准备做点军事动作。

可一想，这话跟没说一样。大家还是不知道该咋办。

诸葛白看一大堆人站在城下，无所作为，就急忙大喊："马刀兵进来，大家都活不成，赶紧打呀！"

天亮听了这话，就几乎是连滚带爬地下了城楼，招呼着众人回身，朝着大闸门射击。

可城门口并没有马刀兵。相反，倒是这射击，把大闸门打糟了，无数的弹洞加速了闸门的溃烂。

两分钟后，先后就有两发炮弹，把闸门打出了一个更大的洞。锁匠刘亮程看出闸门上根本就没锁栓，蹲在地上便哭了起来。

天亮透过那个方桌大的窟窿，清晰地看见了马刀兵的马队粗暴地冲过来了，急得头顶上的十字疤充血，就喊："咳！堵城门，快堵城门！"说着自己就朝闸门扑了过去。

焦大已经瞄准了，要开枪。被天亮挡住了，就大骂天亮，让他躲开，别碍事。

就在这时，天亮看见，第一个耀武扬威冲过来的小个子马刀兵，突然尖叫一声，从马上消失了。随后跟进的其他马刀兵也个个像被点了穴位，先是目瞪口呆地仰视，接着座下的马就不由自主地后退起来。

城上骤然响起了一片欢呼声。天亮抬头定眼一看，城墙上那个被人欢呼的英雄，正是自己的仇人孟托。

乌梁海人孟托口沸目赤，边骂着"不是人，炸我的馕坑"，边挥舞着一根长杆的套马索，上面套着小个子马刀兵——耀武扬威的他，这会儿成了一尾鲇鱼，被吊在套马索上晃来晃去。长长的小黑胡子在空中抖抖索索，像两片雄鹰的羽毛。

小个子马刀兵成了钓鱼竿上的一条鱼，并没死，他还在半空中喊叫着。

这幅幽默的图景，不但让城上的人笑得前仰后合，甚至把进攻的马刀兵也逗笑了。

这一刻，孟托像个魔术大师，以精彩的表演，使双方都忘记了攻防射击。

第八章

仇人

第一节

1

子归城啥时候有了个要杀天亮的人，这事儿得从头说。

按云朵奶奶的回忆，在粮料风波过去后不久，有一天，她和天亮去给钟爷抓药。进孟记诊所时，恰好有个可门进出的巨大壮汉出来。那人满脸创疤，眉目不清。他看见天亮，吃了一惊，而后就把毡帽往下一拉，遮住半边大丑脸，走了。而天亮就站在诊所前，出神地看那巨人的背影。

云朵觉得奇怪，问了好几声，天亮才意味深长地说："这是我的一个仇人。"

这话搁在当代，含义并不明确。但在老年间，它却是一个人给自己最亲近的人所能说出的最重要的话之一，意思非常清楚：如果有一天我或者他不明不白地死了，凶手很可能就是他或者我。

事关生死，云朵不能不紧张。

天亮却满不在乎地说："没事。他跟我说了，他要想出一个让我死得很难看的法子，才会杀我。"

云朵更紧张，劝天亮冤家宜解不宜结，应该找这个人谈谈。

天亮却轻蔑地一甩手说："就他那个笨脑袋，咳？一辈子也想不出我的死法。"说着就把云朵推进诊所，找孟长寿抓药。

那天是个艳阳天，诊所的墙根下铺满了晾晒的药材。天亮一门心思地和孟长寿谈他的药酒和钟爷的病，而云朵的眼前却始终浮动一副凄惨的图景：天亮躺在成堆的药材上，浑身是血。

自此，云朵便高度关注起了这个巨型汉子。一关注才发现，这个丑脸大汉，居然也常来酒坊喝酒。

酒客们都叫他孟托。云朵想跟他搭讪，以求化解矛盾。天亮在她的追问下，被迫告诉了她孟托就是那个卖了粮料又吐唾沫的乌梁海汉子。她觉得这事不大，可以化解。

可孟托不理她的茬。

有一天，孟托喝多了，云朵就悄悄跟到了他的住处。他的住处狭小简陋，在一个毡匠的院子边上，离打石街不远。云朵记得他那房子，原先是毡匠放牛羊毛皮的工棚。孟托在门口搭了棚子，垒了个锅灶，一个人住在那里。

后来云朵就常常假装逛街，暗中观察乌梁海大汉孟托的动静。有一天，云朵发现孟托拿一把锋利的牛耳刀，把一张牛皮割成了细细的皮条，然后满脸仇恨地在编皮绳。云朵从孟托的脸上看出了某种不祥，她觉得这个杀手要行动了，就急急忙忙跑回酒坊，要求天亮出去躲一躲。

天亮还是满不在乎："他在那个狗窝里，想了半年了，咳，也没想出来。难道最近一下变聪明了？"

云朵无奈，就把天亮的毛瑟枪放到他的枕头旁，让他随时防备着点。

2

其实孟托的脑子并不笨，他就是太讲究了，总想不能便宜了仇人，要给天亮一个难堪又不落俗套的死法。众所周知，子归城历史上是个缺王法的地方，死人很普遍。在这里要想出一个不落俗套的死法，不容易。孟托想出过上百种方案，可一考察，就发现和前人有雷同，有抄袭嫌疑，经不起"查重"。这让孟托很苦恼，常常想得脑仁子疼。

孟托之所以想得脑仁子疼，却还坚持要想一个让天亮难堪的死法，是因为天亮给他的羞辱太灾难深重了。

汉人的圣贤说过：士可杀，不可辱。这说明汉人的圣贤意识到了本民族缺乏这种精神，要教育汉人懂这个道理。而游牧民族的圣贤们，就没说过类似的话，因为他们不缺乏这种精神。

孟托知道，自己背着众粮料贩子，以一两银子二十四斤的价格把粮料卖给天亮，已是背叛行为，不光彩。可天亮还耍心眼，搞诡计。等他走到街上了，又打枪又威胁，不但把事张扬开了，还逼他当众求饶，蒙受奇耻大辱。耻辱，莫过于此。

他木想自己这辈子在人面前再也抬不起头了，好在家乡远在阿山乌梁海，就想回去悄悄放牧，了此一生算了。不料，当他进入阿山草原的第一个帐篷时，主人听说他从古城子来，就问起了这件事。孟托臊得满脸通红，恨不得自己把脸皮撕下来。

后来他已经走到自家毡房前了，却更加害怕了：进门怎么跟妻儿说这事呢？

他躲在一个山坳里，点了一堆火，想了一夜，越想越臊。最后一头栽进了篝火里……

翌日，孟托返身踏上了前往子归城的不归路。

他的脸已经被篝火烧得面目全非。一路上，几乎没人敢接纳这个狰狞的面目。但这个怪物却顽强地爬过雪山，走过大漠，一步步游荡到子归城，悄悄潜伏了下来。

他很快就想到了天亮的死法：用套马索勒死他。子归城里还没人是这样死的。可是如何让天亮蒙羞却是一件难心事。他知道天亮是个儿子娃娃，死也不会向他求饶。他就想到了酒，他想把天亮灌醉，让他不明不白地当街给自己跪下。

然而他失败了，天亮的酒量比他还大。

"你是条汉子，但想酒后杀我这样的人，脑子太笨。"天亮挠着头上的十字疤痕，一字一句地说。

那时候他已经醉得一塌糊涂，情不自禁地就给天亮诉起了衷肠。他告诉天亮，为了报仇，他吃了多少苦，受了多少罪。现在他每天还对着水缸看自己丑陋的面容，看着看着就想放声悲哭。他还告诉天亮说，自己的妻子是多么美丽，儿子多么可爱，可是现在他们却永远不认识他了。

他说得天亮眼圈都红了，悲悯地保证说："行了兄弟，以后你在我这儿喝酒，账都记在我头上。咹？"

但他很自觉，天亮给他免费，他也不常去刘家酒坊。并且还告诫天亮："我喝不了你多少酒。等我杀了你后，我就会永远离开古城子。"

天亮说："我看你脑子笨。不着急，慢慢想，我这儿有的是酒。"

冬天来临后，孟托望着满天飞雪，想出了一个绝妙主意：把天亮勒死后，剥了皮，赤条条挂在野外，让寒风吹，冰雪冻，最后再让秃鹫叼了他的肉，野狼啃了他的骨头。至于天亮的人皮，他也想好了主意，把它风干，熟透，请邻居皮匠给自己做成一双马靴，他就踩着天亮的人皮，一步一个脚印，唱着呼麦返回故乡。

不过，孟托知道要羞辱天亮，就要让大家都看到天亮一丝不挂的丢人样子。可咋样才能让人都来看呢？这又成了他的难题。

正月里过大年，全城人家都放爆竹。茶店的赖掌柜带了伙计，从桃花树顶梢的丫杈上吊下一挂鞭炮，有两三丈长。炸响后，东门外大人小孩争相观睹，一片喝彩。孟托灵光一闪，就把那枝丫杈深深刻在了脑海中。他决计勒死天亮后，就吊在那个丫杈上，脖子上也搭一挂几丈长的鞭炮。点燃后，让全城人在爆竹声中跑来围观庆祝……

这个精彩之至的主意让他兴奋不已，当天他就背了套马索，爬到了刘家酒坊门外的旱柳树上，等着天亮出来，甩套捕杀。可天公不作美，中午刚过，忽起大风，接着便是大雪纷飞，风搅雪还夹着冰雹。他攀附的那根树杈也被大风刮断，把他从树上摔了下来。他只好顶着风雪回到小屋，苦苦等待。

翌日，风停雪住。他踏着厚厚的积雪再次出发去套捕天亮，可一出门就看到一群孩子拖着个树丫杈在雪上彳亍，说是拖回家烧火。

他觉得那个树丫杈似曾相识，跑到东门外一看，桃花树顶梢的那个丫杈果然没了。有人说是被风刮断了，有人说是被雪压折了……

他彻底蒙了，为天亮的遗体没处悬挂而痛苦。

孟托的计划再次成了泡影，他很伤心。那天他喝得大醉，还哭了。

从此，他又陷入了无比痛苦的苦思冥想之中。

"花朝惨案"发生后，他又想出了一个主意：把天亮勒死后，割了男根，赤条条挂在城门楼子上。这样连天亮的后代提及此事，都会羞愧得难以启齿。他认为一个男人被人割了男根，就和宫里的太监一样，不是男人了。一个男人不是男人了，当然是对他最大的侮辱。至于割下来的男根嘛，他又用了两天两夜的工夫，也想好了办法：把它送给梦春院的妓女们，让她们把玩去吧。

巧的是，他正为实施新计划忙得不亦乐乎时，天亮路过看见了，就站在门口，无声地看他编皮绳、磨牛耳刀。他知道天亮看出了名堂，就问："看清楚了吗？你的死法是这样的……"

由于兴奋，乌梁海汉子孟托不无炫耀地给天亮详细讲述了他的新方案。

天亮心不在焉地听完，却火了："我把你个贼驴日的！听上去我死得也太惨了吧？还要把我的东西送给妓女，这为甚哩？"

这倒把孟托问住了，他想了半天，回答不上来。

天亮看他回答不上，就大度地一摆手："算了，我看你这个笨脑子，没个十天半月也想不出来。这样吧，我也没工夫等你了，我给你五十两银票，算那车粮料的钱。我们的事就算扯平，行不行？咹？"

"不行！"孟托高叫一声，断然拒绝，"为了整死你，我吃了多少苦，受了多少罪？你看我这张脸……"

"那你说，咋样才行？"

"咋样都不行。只有我杀了你才行。"

天亮一脸悲悯地看着孟托，深深地叹了口气："唉，你个贼驴日的，这种脑子，还想报仇？——咹，你来不及了么。"天亮指了指地上的皮绳，转身摇着头走了。此时他已经有了一个为迎儿复仇的完整方案。

地上的皮绳只编了一米多长，显然用它把天亮吊到城门楼上，短了些。

孟托怕再出意外，就日夜加班，编好了皮绳，有三丈长。

那天天明鸡叫，他出门一看，天气晴好，没风没雨，就兴冲冲直奔刘家酒坊。不料，刚到街口，就听人说，有个叫巴索夫的马刀兵，被人割了裤裆里的玩意儿，吊在城门楼子上了。

孟托叫了一声"长生天呀"，当时就瘫坐在了大街上。

孟托万万没有想到，天亮竟然先下手为强，剽窃了他的杀人方案。

这一打击对孟托来说太沉重了，他想出一个方案来，多不容易啊！现在又废了！

整整一天一夜，他不吃不喝，呆呆地坐在小黑屋里，手里拿着那把明晃晃的牛耳刀，目光呆滞地望着房梁上的皮绳，一动不动。

几天后，孟托的神志有所恢复，他咽不下这口窝囊气，跑到酒坊去质问天亮，可天亮已经被契阔夫吊到了城门上。

他的方案再次被剽窃！

"你们有脑子却不舍得用，专门偷我脑子里的东西！牲口嘛！"孟托气得脑仁子疼，疼得痛不欲生。

后来，他就带了套马杆，想把天亮从城门上套上来，先绑到自己的门柱上，再慢慢想办法。可他刚出门，就听说天亮跑了。

孟托不忿，听说马刀兵是去沙枣梁子追刘天亮了，也就收拾了行囊，去了沙枣梁子。如您所知，当时天亮已被张一德秘密关进了球形监狱。孟托去城外找人是缘木求鱼，当然找不着。

幸运的是，就在孟托找遍了沙枣梁子的沟沟坎坎，因看不见天亮的一丝踪迹而快要发疯时，他碰到了王二傻子。这个号称古城子最聪明的人，因为天亮搞粮料风波，连他都骗过去了，心里不服。就主动给孟托的脑子开窍："你这是瞎子点灯——白费蜡！懂吗？你该守株待兔！"

孟托听不懂。王二傻子弹了弹他的脑门，听出里面全是水，就叹气："你听不懂，就按我说的办吧。就回古城子等着！别乱跑。刘天亮是个舍命不舍财的家伙，他不会丢下酒坊那一大摊子的。早晚会回来！"

后来的事实果然应验了王二傻子的话，天亮从子归城的地牢里冒了出来，还弄出了绑独眼龙、赎酒坊股子票等新闻。

这时的孟托已在王二傻子的指导下，有了一个烤全羊式的方案：他在门前垒了个大馕坑，准备头朝下，把天亮塞进馕坑里，活活烤死。还要在天亮吱吱啦啦流油冒烟时，再撒上孜然、辣面子、咸盐，再喷上几口烈性刘家酒……但在这个新方案里，怎么才能做到不落俗套地羞辱天亮，他还是没想好。为此，他寝食难安，围绕着馕坑，急得像热锅上的蚂蚁，转了一圈又一圈。

可马刀兵却无意中把这个全部心智都放在天亮身上的杀手惹火了。

起因很简单，正当他围着馕坑苦思冥想的时候，一发小炮弹不偏不倚地钻进了馕坑，嘭的一声，把孟托视为杰作的馕坑炸飞了。

孟托惊愕之余，怒不可遏："牲口，你们太不是人了！这不是一般的馕坑，为了它，我的脑仁子都想疼了！你们却把它给炸掉了，太不是人了！"

他狂呼乱叫着，提上长套马杆，就冲上了城楼。

正巧，小个子马刀兵舞马长枪地冲过来，孟托一甩套马杆，小个子马刀兵就成了钓鱼竿上的一条鱼。

3

我的天，大家都光顾笑了，就没人想一想，城门洞开，第二道大闸门也烂了！马刀兵的马队一声乌拉，不就冲进来了吗？

即便是孟托一竿子钓住了小个子马刀兵，谁又来钓第二个、第三个冲锋的马刀兵呢？

我第一次发现这个问题，是在紫泉子。我十五岁才离开紫泉子，这就是说，我一说"我在紫泉子"，就意味着时光倒退，我又回到了孩提时代。

当时我倒吸了一口冷气——一个孩子能替大人倒吸了一口冷气，不容易。我记得那是一个夏天的正午。

可惜，那时候唯一的当事人天亮爷爷已经去世。他的遗孀云朵奶奶，好像从来没想过这个问题，她一愣之后，点了一下我的额头："勺娃，过去的事了，还管这干啥？"

我固执地想把这事问清楚，结果问了几个人后，他们不但不为自己的无知惭愧，反而目光怪异地讨论起了我。好像我是那个忧天的杞人，变成一个小孩子混进了紫泉子。

傲慢的大人从来不会在意一个孩子的问题。我相信，他们中间是有人知道这个问题的，可他们懒得理我。

后来，我在一个不合适的场合再次发问，一个大人不耐烦地结束了我的追问："能咋着？把城门堵上了呗！大人说话的时候，娃娃别插嘴！"

说话的人正是后来要求我写子归城的父亲。那年我十岁，听了父亲的话，感觉找到了问题的终极答案，就遵从他的警诫，闭了嘴，兴致盎然地听大人们讲自家先人当年把小头李鬼家的棺材堵到门洞里的故事。

4

人都说金丁是个好木工，精通力学。东门第一道门是对开的，省力，所以造得沉重而坚固。第二道门是闸门，要靠起重机械升降，所以较轻较薄。

但金丁也有失误。他把门闩造得太精巧了，嵌在门框上，三炮之后，雕花门闩就断了，一扇门框也断了，第一道城门洞开……

大闸门被打出大洞后，清醒了的马刀兵又开始了新的轰击。这一次，大家甚至对大闸门的可靠性都有了无可置疑的担忧。有人扛了两根圆木，支到了闸门下，但第二发炮弹炸响后，人们还是忧心忡忡，毕竟它比城门的板材要薄。

"小头李鬼家有口棺材。"汪妈[w]不知从哪里出来，边嗑瓜子，边说了一声。汪妈自从失业后，就成了一个嗑瓜子的高手，成天在城门一带转悠，嗑得瓜子皮满

---

[w] 链接　汪妈的梦春院被诸葛县长查封后，她和她的妓女们就满街游走，成了遛逛女人，戳是捣非，挑拨离间，甚至连钱老三的生意她们都戗行。

天飞。

"不，不，那是我爷的寿棺呀！"李鬼吓得哆嗦。

但众人不理他的哀告，一部分人挡住他，一部分人放趟子跑进棺材铺，把他爷的寿棺抬来了。

棺材不大不小，刚好从闸门的破洞推进去，堵住了大洞。

"这个办法好！牢牢的。"众人兴高采烈。

只有小头李鬼磕头作揖，念念叨叨地祈祷："马刀兵呀马刀爷，别再打炮了。这是我爷的寿棺，打坏了，我爷非把我的腿打断不可……"小头李鬼的父亲去世得早，他从小跟着爷爷做棺材，感情深。

"行了。吃瓜子吧。"汪妈说着，塞给了小头李鬼一把瓜子。小头李鬼前些天上过街，反对过禁娼令，所以她对他有好感。

汪妈的瓜子很灵，小头李鬼一嗑就闭上了嘴。

5

百年之后，我坐在电脑前写《子归城》，才发现我孩提时的问题，只是被父亲给屏蔽了，其实它一直存在着。

都说城门堵上了，可谁堵的？从当时情形来看，有可能是天亮，因为他已经进了门洞；也有可能是李鬼，因为接下来的故事，就是关于他的；还有可能会是曹大拿吆喝了一帮人干的，因为当时只有他的头脑是最清醒理智的；还有可能是马福山，他最有军人素质，又正在朝门外射击……

还有，给我说"城门堵了"的人，是我父亲。他又不是当时的亲历者，他的话可信吗？他是听谁说的呢？

最后，我还怀疑，那口堵大闸门的棺材，不一定是李鬼家的。很有可能就是海黑子姨太太的那口楠木棺材。因为在紫泉子的时候，我听过云朵奶奶数落天亮爷爷："你就是个秦州呆。连死人的棺材，你都想赚钱呢……"

天亮爷爷很生气，说："那口楠木棺材本身就生了虫，我给海黑子的女人新做的那口棺材，还是松木的，不生虫！"

"人算不如天算。你把人家的楠木棺材淘换下来，可是最后咋样？不是还是堵了城门？！"

云朵奶奶和天亮爷爷的这段对话，我经常回味。感觉应当这样理解：天亮爷爷搞了个调包计，弄来一口松木棺材把海黑子的姨太太入殓了。而他换下来的楠木棺材呢，后来又让人抬去堵了城门。

我查遍了所有资料，没有发现在子归城大战期间，还有第二口棺材被拿来堵城门。在残存的《北丝路记考》里，也没有与此有关的只言片语。这让我更加觉得两位老人的对话很珍贵，需要正确理解。

1983年3月，我回了一趟紫泉子。当年的孩子已经成了大人，而且是个好作家，有资格和他们深入讨论这个问题。可当年的大人们，都尴尬地冲我咧嘴挠头——他们中间的历史亲历者，全都陆续谢世了。

他们稀里糊涂地打发了一个孩子，结果把自己的历史也稀里糊涂地打发了。

第二节

1

刘家酒坊或者小头李鬼家的棺材堵住了东城门后，马刀兵就打炮，打烂了棺材突出的大头。可草民们往里面填了沙土，沙土流了一地，成了小土堆。马刀兵再打炮，效果就差了许多。而土炮的炮弹似乎也真没有了。他们只得埋锅造饭，饭后再开始组织新的进攻。

这回马刀兵改变了战术，他们兵分三路，用炮火压制住城上的抵抗者，然后推出三个堆满柴草的大车，准备各自冲入门洞后点火烧城门。

东门城楼上有向下浇水的长方形孔道。当马刀兵借炮火掩护，把柴草车推进门洞试图点火时，意外出现了——王二傻子急中生智，解开裤子就向下撒尿，边尿还边喊。结果，一呼百应，众人都开始撒尿。众人抬柴火焰高，众人撒尿水量大。马刀兵冒着尿雨，刚把棺材点着，燃起火焰，上面的尿水就浇了下来——群众争先恐后，人挤人地比赛撒尿……

第一拨火攻就这么失败了。

后来，契阔夫组织了第二波火烧闸门行动。可是晚了，西城老户辛四爷、张元培带着伙计和学生娃娃来了，他们挑担抱桶，给城楼上运来了水。

结果是，门洞的火没着起来，棺材前的沙土被和成了泥，后来过多的泥水还从门洞流出来，把三个炮弹炸成的大土坑都灌满了，形成了三个城门前的旱地水塘，使日后马刀兵攻击城门变得更加举步维艰。

马刀兵推向南门的柴草车，无功而返。不，是半途而废。不说你也知道，子归城的地势是南高北低，从东北角往南边推大车，本来就费力气。那年天又大旱，烫土罡冒。加上那一带多是虚土，又有凸凹不平的乱坟岗子等，平时骑马上去都很费劲。推车上去，历史上还没人成功过。巴克洛夫等十几个马刀兵，只把车推出去了一百多米，便实在不耐烦了，扔了大车，想骑马过去。可山西王不等他们拐过城墙角就先激动地又打枪又呐喊。巴克洛夫一看人家早有准备，还人多势众激情四射，就带队回返到了攻击东门的队伍中。

2

推着柴草车火烧北门的热西丁比较顺利。乌拉一个冲锋，就把点燃的柴草车推到了北门口。问题是北门是三孔的，中间最大的一孔只能进一辆毛驴车。马刀兵推了辆大马车，进不去，火就在城门口燃烧……

马福山、天亮等人看着北门烈火熊熊，跑去支援。一看到瓦西里、黄二胆儿就喊："快！灭火撒尿！撒尿灭火！"

北门上的黄二胆儿对天亮已没了崇敬，就跟着瓦西里骂了起来："说得轻松，你尿一泡我看看！"

天亮听了，就要冲过去表演一下，结果被狗剩一把拉住："掌柜的，尿不成！"

天亮一看，几个和他一样准备撒尿的人，都捂着裤裆，神态尴尬。原来这天刮着小北风，火在城墙外烧得轰轰响，想要灭火得迎风撒尿。除了个别精壮小伙，其他的绝大多数人根本做不到。

天亮仔细一看，北门将士的裤裆都是湿的，原来他们早试过了。迎风躲在墙垛边，朝外撒尿。结果尿水洒了自己一身，甚至有人还弄到了脸上……

热西丁等人也被城上军民搞出的滑稽剧弄得忍俊不禁，捧腹大笑。城上葛老板、严济生等几个上了年岁的人，也就自惭形秽，一边嘴里唠叨着"老了，老了"，一边就坐在了地上，垂头丧气，满脸羞臊。

还是汪妈比较懂男人，跳出来高喊："尿不出去，怕啥？反正裤子都湿了，就再尿湿些，扔到火上去！"

湿布灭火，确是古城子人常用的方法。大家连声赞同："对对，不就是一车火吗？"说着便按照汪妈的话脱裤子，准备尿尿。这时才有人发现，汪妈是个女人，便不满地尖叫："你、你咋在这儿？你是个女人，快滚！"

"我是梦春院的汪妈！老鸨。啥男人没见过？"汪妈直着嗓子喊，声音充满了职业自豪感。

但还是有人嗫嚅着说："这个不合适。汪妈，你待在这儿我尿不出来！"

葛老板就过去拍着汪妈的肩膀，说："你真的是个女人。快下去，招呼些人，弄水上来就行啊！"

"毛病！"汪妈朝众男人啐口唾沫，走了。

3

汪妈走后，大家又为到底该把谁的裤子尿湿，争论了好一会儿，最后公推了二十个北门上的人。谁让他们把自己的裤子已经尿湿了呢？

于是二十条湿裤子被扔了下去，一阵臊气难闻后，火没灭。

还是典当行的王二麻子（也可能是阿富汗商人拉罗沙尔）聪明，觉得这个办法太浪费资源，就把孟托叫来，又公推出十条湿裤子，拴到孟托的套马杆上，让孟托把尿湿的裤子舞动起来，抽打烈火，火才渐渐地熄灭了。

孟托把尿湿的裤子舞得像摩天轮一般，开始还赢得了热西丁等人的热烈鼓掌。后来他们发现情况不对，就开始朝城上射击，谁露头打谁。

孟托是舞裤子的，不能像其他人那样，躲到垛口后面。不幸就被马刀兵打中了左眼。

他一声不吭地捂住眼睛蹲到了地上……

大家都忙着打仗，除了狗剩，没人顾得上孟托。他就那么一声不吭地、用巨大的手掌使劲按着眼睛里涌出来的血。

马刀兵不知道这个情况，还招呼着跑到东门，去推第二批柴草车。

这次他们聪明了，没再推大马车，而是推了几辆小驴车来。显然，他们是准备把柴草车推到中间的门洞里去烧城门。

大家都意识到了情况的危机，又连喊带叫地找孟托。天亮离得近，伸手拉孟托。正好拉开了孟托捂眼睛的那只手，唰的一下，孟托手掌、眼窝里的血竟然全涌出来，瞬间就染红了天亮一条胳膊半个肩……

好在这时候汪妈带着一些妇女，拿着盛满水的坛坛罐罐锅碗瓢勺到了城墙上，大家也就踏实了，不再寡喊孟托，只接过了水，严阵以待。等着马刀兵放火后，泼水灭火。

"这不是办法！咋能等着人家跑到跟前放火呢？"郝大头突然出现了。

郝大头带着二十多个联防队员，他们都抬着门板、床板、橱窗护板。

4

原来郝大头从马刀兵来的第一天起，就日夜不息地带着徒弟，把一些废旧的门板、窗户板做成了"拒马[m]"。它们上面钉满了几寸长的钉子和削尖了的红柳尖刺，形成了像鹿砦又像角马的尖锐障碍物。

---

[m] 链接　拒马是一种移动式筑城障碍物。因古代用其防御骑兵而得名。夏商周三代便有了早期拒马，即将木柱交叉固定成架子，架子上镶嵌带刃、刺。

中国古代兵书《六韬·虎韬》中就有用拒马布阵设营的记载。兵书上说："步兵与车、骑兵作战，必须凭据丘陵、险要地形列阵，如无险要可资利用，就令我士卒制作行马、木蒺藜作为屏障。"《卫公兵法·攻守战具》上也说："拒马枪，可以塞城中门巷要路，人马不得奔驰。"

据我考证，郝木匠的拒马不是典型意义上的拒马，但效果甚好。可以三块搭建起来，形成三角形拒马。也可以单片铺在地上，形成片状拒马。

库力·热西丁已经准备好了柴草车，正要冲锋，城墙上噗啦噗啦地扔下了十几件郝木匠的杰作。热西丁凝视了一下，发现那不过是一些阻碍前进的障碍物，便命令：轻骑兵率先冲上去！清理掉这些障碍物。其他人准备推车冲进城门放火。

有三个年轻的轻骑兵不知轻重，打马扬鞭，率先冲到了拒马上。最前面的那匹小黄马，前蹄子踩到铁钉后，正好刺中涌泉穴。它惨叫一声，蹦得三丈高，把骑手摔了下来。骑手至少被六个尖钉同时刺中，疼得哎哟呻唤。另两个的遭遇也大体相同，其中一个轻骑兵的屁股被刺中，他满地打滚，结果又把脑袋撞到了更尖锐的一个大木钉上，于是他发出的惨叫声响裂长空……

热西丁不服气，策马挥刀冲过来。却不料他的马蹄子踩到了郝木匠制作的门板机关上，那个门板完全遵从力学跷跷板原理，迎面就朝库力·热西丁翻了过来。幸亏他出刀利索，硬是用刀尖顶住了那块砸过来的门板。

热西丁吓出一身冷汗。虽然毫发无损，但也就退到射程以外，一屁股坐到地上，望着北门一脸迷惘。最后他发现无计可施，停止了进攻。

"啊，这是金钟罩啊！"有人狂喜地喊了一声。大家不约而同地开始赞美郝大头，说他聪明，脑袋简直就和爱因斯坦一样——原话失传，反正就是这个意思，说头大的人就是聪明，王二傻子的头就大。

郝大头人厚道，老老实实地承认说，这叫拒马，夏商周时期就有了。他就是改进了一下，改成板式的了。这样马刀兵的骑兵过来，轻易就拖不走了。

至此，人们忽然发现了一招制敌的绝妙武器，于是家家户户自觉行动，开始连夜制造"郝氏金钟罩"。有些人甚至连自己家院的橱窗、门槛乃至地面上都插上了尖锐的铁钉木刺。其情形，仿佛一夜之间城里长出了许多巨大的仙人刺。以至于后来许多丧家犬、流浪猫在街上溜达，都要小心翼翼瞻前顾后，怕被刺伤刺死，丢了性命。

第九章

勺娃子酒"古城春"

第一节

1

现在是2016年，深秋季节。超强台风"鲇鱼"，在吕宋岛肆虐八小时后，早上七时左右移入南海东北部，维持西北偏西前进方向，直指珠江口东面沿岸。

受台风影响，厦门暴雨如注。我的脚酸痛难忍，在暴雨中写作，谁的心情都不会好。而写这样的内容，心情当然更不好：此刻，有十几个人，从水西门爬进了子归城。

我在写作时会随心情不同，穿不同颜色的衣服，这您知道。现在我穿了件忧郁的黑风衣，应该很像个牧师。牧师心情不好，就感受不到上帝的恩露。我看自己敲上去的字，就像一队模糊不清的魑魅魍魉在跑，它们跑进一闪一闪的屏幕中，就像在灰白色的火焰中跳舞……

我写道：

时间是四更左右。人物：十三个身材瘦小的马刀兵。领头的是杨干头。

您应该记得，我在前面说过，包括俏红在内，有好几个人都曾经从水西门进出过子归城，这种事儿的发生和水西门的结构有关。

当年林则徐林大人，修建涅槃河水利工程，考虑的是农业灌溉和城里经济发展的需要。西、北两个水门就修得都很宽大、通畅。后来，钟则林钟爷重修子归城，考虑的是抵抗阿古柏匪军，就把门改小了，还仿造了泉州洛阳桥的结构，做了一头大一头小的隔挡以及铁栅栏，一般人很难进出。当时水西门内外树木葳蕤，盘根错节，人们只能看到杂草灌木中有水流出，几乎看不到来源。但后来金丁伐木，加上干旱，水西门已经草木荒衰，稀疏开朗，有了通行可能。

可山西王布置防务时，忽略了这一点，只派了小陈醋带人防守。

小陈醋在山西会馆负责醋坊。所带人马，也就是十几个醋坊工人，算是团勇。他们在子归城都有家有口。开战伊始，水西门毫无战事，连个马刀兵影子都见不着。小陈醋跑到北门看热闹，还被诸葛县长骂了一顿。回来后心里不爽，就把团勇分成三班倒，在水西门站岗放哨。到了晚上，小陈醋一犯在镇西府染上的毛病，就跑到梦春院下岗妓女开的暗门子，寻花问柳，寄宿过夜。而轮班的团勇——醋坊工人，见此情形，也都天一擦黑，就借口家里的狗丢了，鸡飞了，要回去寻找，陆续开溜，一去不回。

这一情况后来被马刀兵发现，报告给了契阔夫。契阔夫就让杨干头去侦察。杨干头想念他儿子和凤娇，进城心切。看都没看，就说情况属实。

水西门外，由于涅槃河长年冲刷，河床宽阔又陡峭。被河流切割出的三角地带，狭长又土质松软，天然就是个屏障。骑兵难以展开，步兵展开又完全处于城上火力打击范围内，而且还离水西门有一定距离。这也是攻守双方都对水西门不关注的主要原因。

于是，一向讲究堂堂之阵的契阔夫，便在杨干头和皮斯特尔的烧惑下，同意了他们的计策：选派一些身材瘦小精干的马刀兵，乔装打扮，从河床干裂的水西门偷偷爬进去，以为内应，拂晓时打开城门，内外夹攻古城子。

皮斯特尔坏，此时又坑杨干头。他给契阔夫进言：杨干头，头干身子也干，不要说水西门，就是个老鼠洞都能爬进爬出。再说他还是古城子人，进城熟门熟路，应该当小头目，率领其他十二位勇士，组成十三人敢死队，荣立军功。契阔夫把杨干头的干头捏了捏，认可了皮斯特尔的观点。杨干头就倒霉地两个马刀兵看护着当了小头目。

杨干头想让别人打头阵，他跟着大部队进城，不想当这个头目。皮斯特尔怕杨干头逃跑，就给杨干头的脖子和腰上各拴了根小绳子，让两个马刀兵拽着，像遛狗一样把他牵到了水西门。

被迫当头目的杨干头，在皮斯特尔的逼迫下，钻进了水西门。而皮斯特尔则让人搬了些烂树根、大石头，悄悄堵住门洞口后，狞笑着带人溜回了老北城。

2

杨干头从水西门爬进城后，战战兢兢，直冒冷汗，随时都想脱队逃跑。

可是十三人一路摸到东门附近，居然就没有遇上一个盘查询问者。事情顺利得连杨干头都暗自吃惊。别人给他解开身上的绳子后，他看天色已近拂晓，不敢再耽误，就胡乱下了道命令：所有人都去东门，偷偷打开城门，让大部队进来。

之后，他就躲到一个角落，看动静。

马刀兵们去了不久，回来报告说：搞不成，门倒是能接近。可是一口大棺材顶着呢，里面全是沙土。

杨干头知道，这伙瘦小的马刀兵既没有力气，也没有时间去搬开填满沙土的大棺材。可眼看东方欲曦，再不动手，就来不及了。杨干头便敷衍着又乱下了个命令：把人分成两拨，一拨人去东门，放火烧城门烧棺材。另一伙人去北门，杀人放火打开城门。而他呢？下完命令后就躲进一家人的驴圈里，爬在驴屁股后面，继续看动静。

3

现在是丁巳年农历四月底的一个拂晓，杨干头等人潜入城中后，先在东门放火，趁军民混乱、救援东门之际，用炸药包手榴弹炸开了北门……

城外的马刀兵高喊着乌拉，蜂拥而至。

北门门洞窄小，骑马难以通过。一向不肯下马作战的马刀兵，这次在热西丁的带领下，全部跳下鞍子，牵马进城，然后再上马冲杀。

进入城中的马刀兵，兵分两路，一路冲向东门，砸烂棺材，抬起大闸门，迎接主力进城；一路直冲县衙，意在捣毁指挥中心。这两条道路，正好都在拐子街上交叉。于是，拐子街上杀声喊声哭声枪声马蹄声混成一片。

就在拐子街上硝烟四起，鏖战正酣之时，独眼龙却跑出来报喜："勺娃子酒，成了！"

这事儿相当出人意料，给子归城人留下的印象极深。

<h2 style="text-align:center">4</h2>

如您所知，独眼龙成了独眼后就闭门不出，一心扑到了酿酒上。他在酷热难耐的烧焙房，大胆进行一"清"到底（即原料清蒸，辅料清蒸，清蒸配醅，清蒸流酒）的试验，并因此走火入魔，陷入了昏天黑地的颠妄状态。那天，他单眼红肿浑身疖子爬出焙房，一边絮叨着"我琢磨，你也该生了"，一边就把食指伸进酒液之中，想要勾兑什么。忽然他愣了一下，接着就急切地把手指放进嘴里吮唼，再接着便中风般狂呼起来："成啦！钟爷！咱的酒成啦！咱的勺娃子酒，成啦！"

之后，独眼龙就欢天喜地地跑出去给古城子人报喜，结果莫名其妙地殉身了。

独眼龙死得一目了然，悲壮惨烈，就像他的长相一样。

独眼龙之死，把半城人都感动了。

马刀兵破开东门后，都忙着拿棺材板支撑抬起的大闸门，二杆子花客何大傻却冲出来抢枪[q]，结果包括他在内的二十多人被踏成了肉酱或者烧成了焦炭。深知存亡在此一举的子归城人扛着事先钉了铁钉的门板等拒马，四处设障阻截马队。战

---

[q] 链接　何大傻自从给天亮卖枪获暴利后，对倒卖枪支就很上瘾。他参加抓捕队就是因为马麟给发枪。后来诸葛白把他找来秘密审讯，又关了半个多月，他才把马麟给他的枪交了出来。可出狱之后，他听说天亮去榆树窝子祭祀，丢了枪。就跑到榆树窝子，想把枪找回来，再卖给天亮。这天，他是刚从榆树窝子回来，没找到枪，正郁闷。忽然看到城门洞开，蜂拥而入的马刀兵挤在大闸门下，一片忙乱。一个马刀兵帮不上忙，就跑到墙角抽烟。他就错以为趁乱抢劫，不会引人注目。结果，枪是抢到了，但那个马刀兵追喊得厉害。他一急，想横穿拐子街。结果被奔腾而至的马队撞到，随后就不知有多少只铁蹄，踏着他的身躯，奔向了战场。而他也由此被踏入了拐子街的黄土之中……

子 归 城

斗打得是那样激烈，连诸葛县长浑身都挂满了与敌人肉搏的血花肉末。但马刀兵还是步步进逼，在中午时占领了合富洋行的石头楼，并在上面架起了一挺灌水的机关枪，掩护马队开始冲击县衙。

忽然，人高马大的独眼龙不知从哪冒了出来，抱着一坛子酒，见人就报喜："成了！勺娃子酒成了！"

马刀兵听不懂他在喊什么，有个军官嫌他讨厌，一枪托把他打翻在地，忙着带队打仗去了。可他的马队刚过，独眼龙就从尘土飞扬中站了起来——他顺手抓了个燃烧的松木棍子当火把，就那么一手举着火把，一手怀抱酒坛，小姑娘似的高喊着"烧啊烧——"（也有人说喊的是"勺娃子——"），雀跃着追起了马刀兵骑兵。

他在焙房窝得太久，奔跑功能失衡，又被山西王打瞎一只眼，就总把方向弄偏。先是撞上了一家牛丸店的街铺门面，被碰得头破血流后又摔到了一块钉尖锋利的门板上。当他从可怕的铁钉中拔出身体，却又冲向了街旁的大槐树——这是拐子街上的一棵死树，它在金丁当县长时就死了，成了半截子空心柴火。但人们也给它砸上了铁钉，做成了固定拒马……

有一回，大家以为他必死无疑——他被一具尸体绊得凌空飞起，平落到了两块门板拒马上。可他最终还是摇晃着往四面八方喷射细小血柱的身体，举着火把，抱着酒坛子，扑到了马刀兵的马蹄下。

可惜他死得太早，没等到木质街垒路障呼呼起火，就轰然倒地，正巧压灭了酒精引起的蓝色火焰。

子归城至少有三千老少妇孺目睹了这一惨剧。独眼龙被烧得曲扭翻滚，骨骼嘎巴作响，一瞬间就成了一团耀眼的火球……

惨矣同胞为国殇，

拔剑砍地吞声哭。

千年古城留芳茔，

碧血黄沙吊斯人。

据说就在诸葛县长悲愤地呐喊出这首悼亡诗时，子归城三千父老乡亲，操着菜刀斧头、钉钯铁锨，一字一顿地呼喊着"苍天无眼！"走向敌阵。至少有一百人阵亡，但他们把敌人赶出了城。

5

独眼龙酿出的一代名酒勺娃子，后来被命名为勺娃子特曲"古城春"。

"古城春"在独眼龙全权负责不久便蔚然问世，证明了他毫无疑问是该归入酿酒天才之列的。

然而，一代天骄独眼龙，却在辉煌灿烂的"古城春"问世那天，一不留神壮烈殉国了。这件事儿让天亮爷爷好久都缓不过神，觉得不真实。

"唔，那勺娃子神酒！里面有我大哥的精血魂灵儿啊。"天亮爷爷至死都喜欢这样说，每次说都满脸虔诚，目光会迷醉在追忆和幻想之中。

独眼龙是死在街上的，众目睽睽，有目共睹。可天亮就是觉得不真实。

当时他正在涝坝里和两个马刀兵肉搏[b]，他没看到独眼龙英勇就义的场面。后来，几乎全城的人都呼喊着，从四面八方涌向拐子街为独眼龙复仇时，他依然不相信独眼龙真的会死，他想着独眼龙至少在奄奄一息地等着见他一面。后来全城收复，很多人都在城墙上欢呼马刀兵撞上了野驴，被踩踏得乱七八糟时，他一身污泥地跑到拐子街上，在横七竖八的尸体间找独眼龙，却从一片异臭的血腥味中隐隐地闻到了一缕芳香，之后，他就无知无觉浑浑噩噩地跟着那缕香气回到了酒坊。他觉得独眼龙一直在酒坊。

暮色昏蒙。天亮看见墙边的那些海娜花一日间就开得鲜艳明媚，枯萎的叶子

---

[b] 链接　这个新挖的涝坝位于合富洋行附近。诸葛白挖它是为了解决一些进城外商的牲口饮水问题，但这个选址显然很有问题。先是它一施工，就整塌了林拐子的密道，把人家还差点塌死。后来城外野驴奔腾，大地为之震颤，别处都好好的，这儿的坝底却一下子严重渗漏，一夜间就剩了一池子泥汤。当时，天亮和一个马刀兵厮打着滚进去后，另一个马刀兵试图帮助战友，就跳了进去。结果三人全被稀泥浑水弄得面目全非，分不清彼此。两个马刀兵还产生误会，都把对方当天亮，互殴了好一阵子。再后来，这个涝坝当然是干涸了。干涸之前，里面长出了出污泥而不染的罂粟花，但还没结苞就干死了。

又绿意盎然，他的心就开始狂跳悸躁，预感到独眼龙的精气神已经散入了它们体内……

果然，他在西院看到了独眼龙，他被云朵用一块被单盖着，蜷缩在一块门板上。周围站了一圈又一圈酒工，一共三圈。他们都像成熟的向日葵，低着头。

他扒开众人，听到了一个酒工的声音："咱大哥就是死在勺娃子酒上的。"

他看到独眼龙的身边摆了一圈勺娃子酒，它们用特殊的黄色酒坛子装着，个个反射着刺目的光。那光芒一瞬间就刺疼了他的眼睛，让他流下了辛辣的泪水。

从此，他就相信：勺娃子酒是独眼龙的脱胎再生，里面有独眼龙的精气神。它们不会消失，更不会无影无踪。

第二节

1

拍马屁往往都有好结果，但躲在驴屁股后面呢？那结果就不一定了。驴爱尥蹶子，就是感到屁股后面不安全时，喜欢用后腿蹄子，自卫反击。

杨干头看到战果辉煌，情不自禁兴奋地发出惊叹。结果驴就感觉到了不安全，尥起了蹶子。杨干头醒悟过来，躲避不及，就被驴踢到了脑袋。驴蹄子对干头，硬碰硬，干对干，自然要迸出火花。只不过那火花是在杨干头的脑袋和眼睛里。他的眼前骤然迸射出了五彩金星，绽放起了鞭炮焰火。那一刻，杨干头惨叫一声，只觉得天旋地转，脑海里电闪雷鸣，之后就一头栽倒在地上了。

后来干头皮开肉绽，杨干头才渐渐清醒过来。不过他的半边脑袋肿得像馒头发酵，迅速延伸扩展到了半边脸，以至于有只眼睛都被煊肿的眼皮挤兑得找不见瞳孔了。

在接下来的战斗中，杨干头当然什么也做不了，只能捂着半边脑袋半边脸，鼻喇涎水、泗横流地抽泣。神智是一半清醒一半醉，一会儿清醒一会儿迷糊。

干头肿成了肉头，谁也做不成事情。

当然，这不是杨干头在这场战斗中无所作为的主要原因。

主要原因是他后来晕晕乎乎地想起了他的儿子苦豆豆，他就偷着溜掉了。

2

杨干头一只眼连瞳孔都看不到，走路当然摇摇晃晃，常常要摔倒的样子。但就是这样，他还是找到了自己的家门。

狡兔三窟。杨干头被马麟放出大牢时，房无一间地无一垄，就住在靖安营。杨修家也在靖安营，杨干头看到了杨修的老婆凤娇，便找了个机会连人带房都霸占了。凤娇是从迪化来的，杨干头不放心，便在聚宝街的一个背巷子里，霸占了狱友一套很豪华的院落，把凤娇放了进去。后来他又顺手在梦春院旁边弄了一院房，都基本没花钱。

我拿着诸葛白的手绘甲、乙图反复研究比对，怎么都确定不了杨干头家的具体位置。后来我发现了他的用意：他在聚宝街有房，那里有他的一些江湖兄弟，都是和他一块倒腾文物、挖墓刨坟的。他在这里转手倒腾个东西方便。他趁着梦春院几经易手的机会，把梦春院旁边的一个小院落也盘了下来，这里与靖安营隔河相望，可以防止杨修来捣乱。房子的来源和用意如此，房址当然要隐蔽些才好。

当然，这是我的猜测。也许一切只是偶然，杨干头或许只是顺手牵羊，霸占了两套房子而已，用意并没那么深刻。

我说杨干头"溜掉"了，似乎也不准确。他去找儿子苦豆豆，为了安全，还是带了两个马刀兵的，不能算"偷着溜掉"。这两人原来都是合富洋行的希卡——别人他也叫不动，人家不会理视他。

他在梦春院的那处院落找到了妻儿。可是，凤娇搂着孩子，坚决不开门。杨干头就喊："再不开门，老子烧房子。"

那女人在里面应声说："烧吧！我没想活。"

两个希卡把柴火已经堆到了房门前，听了这话，就看杨干头。杨干头就做了点火的手势。那两个人早等得不耐烦，就点着了火，上马走了。

杨干头在外面喊："快开门！再不开门，老子烧死你们！"

那女人在里面说:"烧吧,连你儿子一块烧死!"

扬干头气得干头上冒火,却也无奈。眼看房子屋檐就要着火,儿子在里面大哭,凤娇却一声不吭。他只得自己抓起一个簸箕,扬沙灭火,累得屁淌。

火苗子还没完全熄灭,出去的两个希卡就骑着马又跑来了,喊杨干头快跑!说独眼龙死了!古城子人疯了,全出来拼命了!

杨干头侧耳一听,满城都是喊杀声,吓得急忙爬上马背,仓皇逃跑。

3

马刀兵很不幸,刚被赶出城就遭遇了野驴的袭击。

《古城图志》记载:丁巳年初夏,子归城激战正酣,忽然成千上万的野驴奔腾而至,阻断交战三小时。

天亮亲眼所见,当时马刀兵骑兵被冲撞得人仰马翻,个个都像海上的独木舟遇上了台风,在波涛汹涌中忽隐忽现……传说,被撞伤碰残,踩踏而死者竟然多达二十多人。

很容易想象,当时,子归城外四海翻腾云水怒,五洲震荡风雷激。干燥缺水的官道上,野驴奔腾,尘土飞扬。天地为之震撼,沙霾由此弥漫……

子归城人都相信遇上野驴是恶兆,纷纷躲避。

果然野驴遁后,横亘在子归城上空的那道黑云就开锅似的不断翻滚气泡,后来竟降下了一场热沙土,还烫伤了几个乖孩子——调皮的孩子都躲了。

4

野驴的出现是马刀兵的不幸,但也是幸运。野驴撞死踏伤了他们二十多号人,他们也撞死撞伤了一二十头野驴。同时,他们还受此启发,不断地开枪射杀。结果,便有成片的野驴倒在了官道上。

饥饿的马刀兵一下有了充足的肉食。热西丁兴奋之余,当即就逼着杨干头给他做起了烤驴肝,并鉴定说:味道鲜美,营养丰富。——这可能跟杨干头往上面吐了唾沫有关,他肿了头,还被逼着干活,心里愤怒,就偷偷往驴肝上吐唾沫。

第三节

1

现在是2016年10月。超强台风"鲇鱼"正在珠江口东面沿岸肆虐。

受台风影响，厦门岛淹没在一片苍茫的风雨中。我在风雨天写作，心绪不宁。一想到"莫兰蒂"台风的肆虐情形，我就心慌气短。怕新换的枪形窗锁出问题，第一幕的枪再次打响。怕硬盘突然崩溃，怕电脑线短路起火……为此，我专门弄了两个新U盘，做物理备份。

我写作一旦心神不宁时，就干两件事儿：要么到书画室去胡涂乱抹，要么乱翻资料。

现在，我已经写了五遍杜甫的《茅屋为秋风所破歌》，弄得书画室遍地字纸翻飞。可还是心烦意乱，只得回到写作桌前乱翻资料。

翻阅《丝路文史·13》，我发现在丁巳年初夏，许多人由于战争都在逃离子归城，只有一个人例外，他像一只古怪的鸵鸟，与逃亡的队伍逆行着来到了子归城。

这个人就是谢尔盖诺夫。

此刻，谢尔盖诺夫的样子让我想起我画过的一副杜甫画像：所有人都在大风中抱头鼠窜，只有他站在高处，迎风高喊："安得广厦千万间，大庇天下寒士俱欢颜……"

谢尔盖诺夫几乎是追随着野驴的蹄子来到古牧地的。野驴带来的尘埃刚刚落地，他就出现在了官道上。

与在沙漠里被契阔夫赶走时的狼狈完全不同，谢尔盖诺夫回到迪化寻找伊万时，顺便进入买卖圈子寻亲访友，结果就被滋养复活，再次打通了任督二脉，不但没了花朝节被喷了一脸血后的那种傻呆神情，而且恢复了精明能干，又像个买卖人了。

谢尔盖诺夫高，瘦，腿长，很显眼。可当时哥萨克还都沉浸在野驴带来的震撼

子 归 城

和惊魂甫定中，甚至连一些跟他熟悉的人看他的目光都很陌生。

谢尔盖诺夫和几个从前的战友打招呼，没得到热情反馈，就去了岳王庙。

契阔夫在吃驴肝肺。他本来已经恼羞成怒，想要枪毙几个带头从城里溃退出来的士兵了。可是热西丁给他送来了香喷喷的炭烤驴肝肺，他吃了没几口，就心情大好。因为他发现，天上掉了馅饼，他和他的士兵突然间就有了吃不完的肉食。如此一来，他就可以对古城子实施长期围困……

谢尔盖诺夫进门，让契阔夫略感惊讶，就伸手做了个请坐的姿势。谢尔盖诺夫很大方，坐下后就放肆地推开了桌上的野驴肉，掏出了一瓶沙皇喜欢喝的伏特加。

契阔夫没计较谢尔盖诺夫的粗鲁，沙皇喜欢的他都喜欢，就打开伏特加，边喝边听谢尔盖诺夫汇报：前领事伊万已经失业了，国内新政权正在通缉他，他现在什么也做不了。

契阔夫说："等我拿下了古城子，他就有事做了。"

谢尔盖诺夫说："伊万说了，没有沙皇，他什么也不会做。"

契阔夫笑了，说："这是政治。你是个商人，不懂。——好了，既然如此，你回去吧！哥萨克的队伍里早就没有你了。"

谢尔盖诺夫说："这个话你在一棵树时就说过，我的确已经不是哥萨克了，但我不能离开这里。"

契阔夫说："为什么？"

"因为这里正在打仗。"

契阔夫故作惊讶地说："你们安集延人都是追着巴扎跑的人，你怎么追着打仗的地方跑呀？"

谢尔盖诺夫说："我就是来给你说，古城子是巴扎，不是打仗的地方。你不应该在巴扎上打仗。"

契阔夫说："我也不想打仗，但我和我的士兵们没处可去。"

谢尔盖诺夫说："既然来到了巴扎，就应该做买卖呀。"

契阔夫不高兴了："住口！我们是哥萨克。天生的战斗者，不是唯利是图的商人！"

谢尔盖诺夫就听话地闭了嘴，听契阔夫踌躇满志的说教，说上帝现在给了他充足的食物，他的勇士们可以长期围困古城子，直到全城人出来投降……

"是啊，这个野驴肉真香！可是天太热了，需要想办法把它储存起来才好。否则它们会很快腐烂，变成垃圾。"谢尔盖诺夫弱弱地说。

契阔夫一听，态度马上转变了："嗯，我很欣赏你的聪明。来！聪明人，请把你的想法告诉我。"

谢尔盖诺夫告诉契阔夫说：办法只有一个，那就是跟城里人做笔交易，用野驴肉换一些食盐来。只有盐能保证这些美味的肉食不会腐烂。

契阔夫恍然，点头，请谢尔盖诺夫去办这件事情。

谢尔盖诺夫说：我非常愿意为您效劳。但您得保证不再对他们发动进攻，至少这段时间不攻击。否则傻瓜都不会给您食盐。

契阔夫知道自己的部队连遭古城子人和野驴重创，一时难以发动有效攻击，就点头答应了。

于是，谢尔盖诺夫单人匹马来到城下，大喊大叫说他是和平使者，已经成功劝说契阔夫停止了攻城行动。现在他想和城里的人谈一笔和平交易。

2

一听谢尔盖诺夫的和平交易是拿食盐换野驴肉，盐商严济生迫不及待地就喊了一嗓子："这个行！可你们咋保证不再攻城哩？"

严济生有肺病，平时说话都不敢大声，怕肺里咳出血。他这么振聋发聩地喊出一嗓子不容易，故而连诸葛白都不好意思阻拦。

谢尔盖诺夫说："只要你们肯换食盐，哥萨克就不会攻城。我保证。"

"光保证不行，得立个字据！"

谢尔盖诺夫就写了个字据：换盐期间，哥萨克不攻城。

诸葛白看了字据，感觉哪儿不对劲儿，就追问谢尔盖诺夫："那换盐之后呢？"

谢尔盖诺夫信心十足地说：先实现停火吧。之后我还有更好地让双方实现停战的计划，最后达到双方和平共处的目的。

诸葛白看谢尔盖诺夫两边穿梭，精诚可嘉，就再没言语。而严济生却多了个心眼，故意不一次性把盐换够，而是分期分批地换，拖延时间。反正腌肉，要多次反复撒盐。

自此，哥萨克便真的不再攻城，而是在老北城天天煮肉，烤肉，变着法儿地吃野驴肉。

那段时间，老北城的上空，日夜飘荡着野驴的肉香。

而子归城上空，则因为酿出了勺娃子酒，也时时飘曳出美酒的芳香。

3

契阔夫发现野驴很神奇，自从它们成千上万的奔腾而过后，古城子人挖在涅槃河畔的七眼水井就干掉了四眼，三个饮水涝坝干掉了两个。而老北城只有两眼水井——破城子的艰辛对峙，使他对缺水的痛苦刻骨铭心。发现水源有限后，他就派了轻骑兵去巡查监管那三眼水井和唯一的涝坝，怕被破坏。

没想到他这一无奈之举，当天却有了意外收获：一群粮贩子，十多辆车，人马需要饮水，不得不自投罗网，集聚到了河滩的涝坝边。结果皮斯特尔给了他们不到二十头的野驴肉，就扣留了十几车粮料，而且双方都声称：这是以物换物的公平贸易。此事发生后，契阔夫立刻派重兵严密看管涝坝和水井，还在博望渡设了哨卡。结果第二天的事实便证明：不仅是粮食，还有草料、咸盐等日用品，只要是来往于丝路官道，他都可以拿野驴肉当货币，轻松获得。因为那些不明战况，或者知道战况却已经走在路上的马帮、驼队，在几百公里的古道上找不到水源，只能来此乞水，接受掠夺式贸易。

契阔夫很得意，召开高级干部会议，要求大家严格执行既定方针。"这样我们就会一天天好起来，敌人一天天烂下去，最终古城子人就得投降。"

谢尔盖诺夫知道后就给热西丁、巴克洛夫等人偷偷说：我们现在的日子确是日子越来越好过了，美中不足的就是缺一样东西：酒！

两人一听这个字，口水就条件反射地流出来了。他们顾不上多想，就跑去找契阔夫，强烈要求以野驴肉换酒。

契阔夫就把谢尔盖诺夫叫来，让他去办这个事情。

谢尔盖诺夫先把哥萨克人目前的状况夸得天花乱坠宝雨缤飞，而后提出说，这个烧酒交易，和做一次食盐生意不一样。我们哥萨克人是天天要喝酒的，这就需要双方签订一个停战协议。

契阔夫心想，反正我现在是要困城，不是攻城。就同意了。

4

在酒肉交易期间哥萨克人不逾越官道，不打击官道上的平民；古城子人不持枪出城，大家以东门外的广大地区为非军事区。

《北丝路记考》上明确记载，这就是谢尔盖诺夫带来的协议。

诸葛白看了，没讨价还价，就答应了野驴肉换酒的交易。

可天亮不答应，拒绝向马刀兵售酒。他也学会了马刀兵的那一套，说独眼龙死得冤，至今魂儿都不散。要求惩办凶手。

诸葛白带了曹大拿等人去找他，他就坐在独眼龙的棺材前，拿着一壶酒边喝边说："我大哥就死在勺娃子酒上哩。勺娃子酒里有我大哥的精血魂儿呢。不惩办凶手，哝？我不能让马刀兵喝它！"

诸葛白说：你大哥之死，半城人都看见了，感天地，泣鬼神。可他是为了保卫古城子，被火烧死的，又不是哪个马刀兵开了枪或者拿刀砍了他，你让人家咋交出凶手？

天亮无言以对，说：反正我不能给他们卖酒。

诸葛白说，那我给他们卖酒你管不着吧？

天亮翻着白眼说：管不着。

诸葛白又说：那我要跟你买酒，你不能不给我卖吧？

天亮说：那当然要卖。

"做买卖要一视同仁，童叟无欺。那古城子里别人跟你买酒，你也不能不给卖吧？"

天亮又无言以对，但也明白了诸葛白的意思，叫了起来："勺娃子酒里，真的有我大哥的精血魂儿！唉？"

曹大拿嘴歪，脑子却灵光，说："谁让你卖勺娃子酒了？你那酒坊里最差的酒叫啥？把那酒卖了不就行了。"

天亮一想，最差的三锅头烧酒，都是二锅头烧的，和独眼龙没关系。但他还是不答应，要求惩办凶手。

诸葛白就劝他："你这么犟下去，你大哥独眼龙就出不了城，下不了葬，你对得起他吗？"

天亮围着独眼龙的棺材转了三圈半，脑子就转清醒了，答应了别人可以把三锅头酒卖给马刀兵。

从此，勺娃子酒就成了特供酒，只有城里的人能喝上，城外的马刀兵只能喝三锅头酒。

而且由于天亮不肯把埋在地窖的陈酒拿出来，城里人又馋酒，三锅头也喝，城外的马刀兵能喝到的三锅头酒也就数量有限了。

不过，即便如此，子归城上空飘荡出的酒肉香气，也掩盖了战火的苦难和死亡的气息。

5

停战当天，诸葛白就利用以盐换肉的短暂和平时间，组织人力，偷偷开始抢修城门，巩固城防了。

受棺材堵东门的启发，他让郝木匠带人给东门、北门各做一个防御塞子。这个用青砖和白灰构成的大塞子将放置在数块大木板上，木板下安装十几个小木轮，形状像个大蜈蚣。一有战事，只要把这个大塞子推入城门，抽掉轮轴，门洞便会被直接封死。

诸葛白劝天亮同意野驴肉换酒，进行酒肉贸易，目的就是想争取时间，抓紧做出"大蜈蚣"。

北门大蜈蚣快做好那天，正巧是端午节。谢尔盖诺夫带着三车野驴肉，来到北门城外，嚷着要进城。说是节日期间，哥萨克主动让利，换驴头的送驴蹄子，不光是烧酒、粽子、年糕也能换驴肉。诸葛白不想让谢尔盖诺夫看到大蜈蚣，便让葱头找典当行的神拳杨，让他设法将谢尔盖诺夫挡在城外进行交易。神拳杨便叫来王二麻子面授机宜，让他去办这件事儿。

不料，神拳杨和王二麻子说话，被里屋的儿子杨耳听到了，他怀里揣了把牛耳刀，偷偷去了北门外。

王二麻子走后，神拳杨正给葱头感慨独眼龙的牺牲，叹息自己的"牛黄"跑到了心口上，武二慌慌张张地跑来报告："杨耳少爷不见了。"

神拳杨没心思管这事儿，说了句："派人找找。"便转脸要给葱头说话，——就在那一瞬间，他突然一拍大腿叫了声："快，去北门外。把这小子抓回来！"

神拳杨当时还在病中，胸口疼闷，天天喝中药，出门只能坐轿子。典当行的人备好轿子，抬上神拳杨赶到北门时，事情已经发生了。

6

杨耳在北门外找到谢尔盖诺夫，脸上表情平静地问：你叫谢什么懦夫，没错吧？

谢尔盖诺夫还有点不高兴：是谢尔盖诺夫。记住！娃娃要有礼貌。我不叫懦夫！

杨耳说：你知道我是谁吗？

谢尔盖诺夫说：不知道，你是谁？

杨耳说：我是神拳杨公义的儿子杨耳。

谢尔盖诺夫说：这很重要吗？你以为你是巴扎，我一定要记住你吗？

杨耳说：你记不记住我，我不管。我只管要给我叔报仇！

你叔是谁？

张福。

杨耳说着便从怀里掏出牛耳刀，闪电般朝谢尔盖诺夫刺了过去。

子归城

谢尔盖诺夫本能地一跳，那一刀就正好戳到了他的裆部。——杨耳人小个矮，谢尔盖诺夫个儿高，再一跳，杨耳也只能刺到他的裆部。

谢尔盖诺夫完全没有料到，他会遭遇如此突如其来的一刀，太突然了！

他当时惨叫一声，捂住裆部就在地上打滚。——那部位，不要说被刺一刀，就是踢一脚，打一拳也会疼得人抽筋。

杨耳拔出刀，还要再刺。可神拳杨带着葱头等人赶到了。焦大、武二吼喊着各自捏住了杨耳的一条胳膊。

"放开我，你们弄疼我了！"

焦大、武二一着急，劲儿确实使得大了点，真的差点把这个羸弱少年的骨头捏断。

杨耳乱踢乱蹬着，被焦大、武二拎着凌空架到了神拳杨的轿子跟前。

周围还有人朝杨耳喊："儿子娃娃！是个儿子娃娃！"

神拳杨知道男人那部位挨上一刀，比长了牛黄疼得多。从轿子里出来，就扇了杨耳一个耳光，还想再扇。可周围的人已围住了他，连劝带指责，说不该打娃娃。神拳杨只得狠狠地骂杨耳："孽子！狗日的你给我记住：冤冤相报何时了？咱们杨家天下无敌，跟谁都没仇。"

神拳杨的这句话，杨耳是否听进去了不得而知，反正谢尔盖诺夫肯定听进去了。他后来不仅没追究这事儿，还在多年后，每当人们说到老谢同志的这一遭遇时，总是一脸诚恳地说："唉，娃娃么，懂啥？就知道我砍了他叔，让人刨了双喜的坟……咱有这事么，还能跟娃娃计较？不能么！"

谢尔盖诺夫的这一认识和说法，为他日后赢得了足够的尊重。但当时他疼得在地上折跟头，根本说不成话，自然也就没人尊重他。——有人还小声说了句："报应！"

谢尔盖诺夫是在被人放进神拳杨的轿子后，才说出话来的。他抖着手，指着一个过路人说："这个和平买卖，我全权委托你了。"之后就被抬走了。

那个过路人就是钱老三。

葱头记得谢尔盖诺夫当时疼得浑身淌汗，眼泪都出来了。

这事儿听着像个插曲，其实它比插曲重要。不过，我先说到这里吧！

7

马刀兵只能喝上三锅头酒，契阔夫不满意，就对安葬独眼龙做了限制：人员只能是酒坊老板和职工，时间不许超过一个时辰。

天亮怒不可遏，又要横膀子。云朵就拉着他的胳膊，讲了半天要听诸葛县长的话，让人入土为安，否则，对不起大哥独眼龙，对不起他的勺娃子酒等等连劝带骂的话。

诸葛白、曹大拿也都劝天亮：壮士独眼龙之死引发过一城人的怒火，把马刀兵都赶出城去了。契阔夫心有余悸，做些限制，可以理解啊。

天亮无言以对，只得带了众酒工，抬棺出城上了乱坟岗子。

独眼龙的葬礼只有酒坊的人参加，天亮当然是主祭。在祭天祭地的洒酒过程中，他的手背上沾上了数滴勺娃子酒，他就下意识地抬手吮了一口。之后，他就愣了。愣了几秒钟后，便激动地冲云朵说了一句："快！让葱头抱一坛子去，给县长。"

在城上瞭望葬礼的诸葛县长尝过新酒后，给天亮赠了一副对子："血泪酿成刘家酒，一尊饮罢古城春"，那"血泪"二字指的便是独眼龙之死。天亮心有灵犀，从此便把勺娃子酒取名"古城春"。

"古城春"的问世真的意味着某种祥和——不管怎么说，马刀兵没有违约打仗攻城。于是，一些人甚至连被围困的窘迫都暂时忘记，把全部热情投入到了饮酒的欢乐之中。

人们都说勺娃子酒"古城春"具有北方白酒的典型风格：清芬甘润，酸、苦、辣、香五味俱全，各味谐调而不出头。即酸而不涩，甜而不腻，苦而不粘，辣不刺喉，香不刺鼻，久而弥芳。

天亮在这巨大的成功面前起初还懵头懵脑，反应迟钝。后来在二锅头等人的开导和吆喝下，他就茅塞顿开，立刻选择了一系列正确做法：他宴请了城中著名酒客和一批文人墨客，给"古城春"写赞辞做鉴评。还搜集了一批容量极小的瓷瓶，装酒封盖后向远走他乡的人低价出售或干脆赠送。他把跟马四海喝空的黄铜簪花酒壶（土耳其匠人埃尔安已经早走了）装上"古城春"，送给远去伊犁、迪化、兰州、西安、福州等七个地方的阔人，使他的酒名远播四方……

为了博得官方的信任和认可，他还夸大其词，诱使诸葛县长在向杨都督报告战况时，强调"哥萨克人嗜酒如命，幸有刘氏酿出美酒'古城春'，匪兵为得此美酒，已接受调停，不言战。孤城危局暂得缓和"。

据说，这一显然不大对头的电文就是诸葛县长被天亮灌得酩酊大醉后，亲自给杨增青都督拍发的。

更糟糕的是他还让杨修给杨都督发了个"酒鉴"：

"古城刘氏，近酿出奇酒勺娃子，又名'古城春'，遐迩闻名。此酒属麸曲清香型白酒，酒度六十有八，色清味醇，状若山露，汤而不薄，厚而不浊，甘而不哕，辛而不螫。夏清暑，冬御寒。能止呕泻，除湿解毒。有健胃、祛劳、活血、焕神之功效。"

好在这"酒鉴"是蒙学堂的张元培老先生写的，署了名。杨都督给知识分子面子，才没追究，只讥讽诸葛白："以酒制敌，技高一筹。城防不固，何以醉生？惟梦死耳。"

吓得诸葛白冷汗浃背，连夜带着葱头奔赴各个城门，查看施工进展。

第四节

1

那段光阴平静而艰难。

由于行商坐贾的逃遁和外贸被城外的马刀兵"垄断"，城里的日子变得令人沮丧。于是，有人便找借口，冒险出城，开始逃亡了。

古城子人多是丝路上的买卖人，祖上留下的规矩，按老话说就是：买卖比天高，诚信比地大。老话还说：事关买卖，水火不问。还有，老话还说：说好的买卖打好的钉。

老话就是规矩。

停战伊始，许多人便撒谎说，谈好的买卖得去做了，趁机就走了。这些人包括波斯商人墨兰迪（他留了个管家和女裁缝守店面），开杂耍园子的朱头三，字画店老板辛四爷，等等。

这伙人的先驱，是英国人罗伯特·琼斯和福建八行的赖水旺掌柜。

罗伯特·琼斯在子归城被人叫作大萝卜，人缘很差，备受非议和蔑视。但他却断断续续、若有若无地一住多年，就是他发现城里有许多人祖上来自福建八闽诸地，尤其是武夷山区，甚至有人见过他的叔叔查理·琼斯。他乡遇故知，总有亲切感。因此他在多次倒卖伪劣烟花种子，搞得人家颗粒无收、家破人亡时，总有一些与他有情感联系的福建人，从中斡旋，避免了让他吃官司，付赔偿。

神拳杨带人出城杀敌惨败时，罗伯特·琼斯就想离开子归城了。只是接下来的日子腥风血雨，战斗不止，他不想冒枪林弹雨的风险。

福建八行的茶店掌柜赖水旺，在交战之初，就带了银票、房地产契约和一些金银细软，携家带口第一时间跑进了城里。可他没想到，八百多人惨败的悲剧发生后，马刀兵当晚就放火，烧掉了他的店铺。他多年的家业，落了个白花花一片大地真干净。而茶店里的伙计阿贵阿财，也由此下落不明。

顷刻间一穷二白倾家荡产的赖掌柜，痛不欲生，成天唉声叹气。别人在城墙上打仗，他却在城垛上，失神地呆望自己已成灰烬的茶店。

没了财产，侄子赖黄脸也失踪了，赖掌柜没啥可惦记的了，就想离开这个梦碎一地的伤心之城。

他本来寄宿在同乡黑老陈家里，住了几天，颇觉不便，就租了罗伯特·琼斯院里的三间房，全家人在里边凑合。停战后，他对罗伯特·琼斯说："我想走了！回武夷山。你不是说过想去那里吗？"

罗伯特·琼斯一听就兴奋了："好！等这个仗打完了，我就跟你去。我要去找陈三妹,我要去看看我叔叔说的那个光头和尚。"

罗伯特·琼斯的叔叔查理·福琼,曾经乔装打扮,在中国的江浙福建一带活动。他在深入武夷山时,化装成一个中国的北方官员,获得过星村一个叫陈三妹的女子的爱情,还得到过一个和尚的帮助。结果他不但获得了优良的茶叶种子和树苗以及相关的红茶绿茶制造工艺,还带走了八个熟练技工,在印度和斯里兰卡成功种植了中国茶叶。改变了中国独家垄断茶叶的世界格局。后来一位美国人,为他写了一本传记,内容离奇古怪,但让他获得了偷茶大盗或者植物猎人的称号。这件事一直让罗伯特·琼斯耿耿于怀,既羡慕又嫉妒,常说要去武夷山考察叔叔查理的事迹。

赖掌柜说:"现在停战了。你是洋人,马刀兵不会把你咋着。"

罗伯特·琼斯这才想起自己的身份,就卖了院子,带着赖掌柜一家出城,去了武夷山。

他们是静悄悄地走的。

赖掌柜把自己的房地产贱卖给了黑老陈,罗伯特·琼斯则把自己的房院卖给了山西王。

2

陈胖子也把自己的"通四海酒楼"卖给了山西王。

"通四海酒楼"俗称通海楼,虽然只有三层,但有高耸的人字形大屋顶,比合富洋行的石头楼看上去还要高大厚重(它建在土丘上,基层相当宽大),可以说是城里最为精致华丽的一幢建筑,白天晚上都透着一种中西合璧的豪华气。在子归城酒店业名气很大。

通海楼老板陈胖子离开子归城时,专门摆了宴席,请各界名流,跟大家告别。许多人不去,说:古城子正遭兵灾匪患着呢。这时候离开,不悄悄溜走,还大张旗鼓,不臊吗?这个脸面我不能给!

天亮就是持此观点的代表人物。

陈胖子设宴,还想喝"古城春"。但天亮说,这酒是古城子人喝的,不对外。

陈胖子听了,臊得脸通红。就拿三锅头酒,自己把自己喝醉了。

其实陈胖子在大家打仗时，表现还是可以的。轮到他家做公饭，不仅炒菜放肉，动辄还免费给军民送几大锅洋芋汤。他就是没上过城没打过仗，又明着要走，弄得没了脸面。

陈胖子是带着一家老小十多口人走的。走的时候，抱走了祖宗牌位。他的祖宗是犯禁海令的金妻，当年来的时候，怀里抱的是妈祖神像。

3

钱老三也准备走，甚至连老婆孩子都送出了城。

那天，钱老三刚送走家人，就遇上了杨耳刺伤谢尔盖诺夫的事。

当时他就是个打酱油的路人。但情急中的谢尔盖诺夫指着他，委托了酒肉买卖。

钱老三知道这和他的职业有关——他是跑街的，即便他没鼻子了。

虽然在交战双方之间撮合这项买卖有生命危险，但钱老三知道有风险才会有暴利。由于天亮不肯做酒肉买卖。仅同意各家在他的酒坊买酒，去和马刀兵以物换物，换取野驴肉。钱老三机灵，知道大家都不想跟马刀兵打交道，便以谢尔盖诺夫授权为由，垄断包办了这项买卖。大家就都成了跟他做白酒生意和驴肉买卖……

钱老三自然赚得盆满钵满，还获得了马刀兵的好感。——有一天，热西丁和皮斯特尔就给他钱，让他去找汪妈，说马刀兵希望她能出城，把梦春院开到老北城去。

钱老三赚钱赚得得意忘形，就兴致勃勃地去拉皮条。结果汪妈和伉儿俪儿朝他又撒瓜子又吐唾沫："呸呸呸！老娘卖身不卖国！"

伉儿俪儿还教育他：饿死事小，失节事大。这马刀兵是跑到咱家门口杀人放火的，不能给他们拉皮条！

但妓女的话哪能听？钱老三依然故我，准备继续拉皮条。

可就在这时，城外发生了俏红"黑虎掏心"夜袭老北城的突发事件。盛怒之下的契阔夫下令围攻城池。

子归城战火重燃，烽烟再起。

钱老三愁苦不堪痛不欲生。他守着大批的金银元宝，却出不了城。——子归城军民众志成城，死守着城门，誓死不开。

关于新的子归城保卫战，我在后面将要详细叙述。现在我想把钱老三的故事给您后话前叙，提前讲完。您可能已经发现了，在我的小说《子归城》里，钱老三这种人物无关紧要，但在当年的古城子买卖人中间，钱老三却是不可或缺的，他的故事后来在紫泉子也长期被人津津乐道。

保卫战突然打响后，钱老三出不了城，当然不甘心。已经没了鼻子的钱老三不想再没了性命，就跑去找诸葛白，要求缒城而出。

诸葛白同意。但城外的马刀兵闻讯便发出口头通缉令：只要看见没鼻子的人，人人皆可将其碎尸万段。

因为热西丁和皮斯特尔都认定钱老三拿了钱不办事，没把梦春院开到老北城，是诈骗行为。

钱老三又惊又吓，又气又羞。没办法，只能独自在家里喝酒，吃野驴肉。

结果他就自己把自己吃死了。具体说法有三：

一是说他郁闷难耐，狂喝"古城春"，喝得鼻孔喷酒，不省人事。之后一醉不起，酒醉而死。

二是说他气得在家里吃野驴肉，吃呀吃呀，吃了一大堆后，渴得要命，就打了桶井水喝。结果井水下肚，野驴肉发了，钱老三就被活活撑死了。

三是说钱老三在家又吃野驴肉又喝酒，最后渴了，打了桶井水，一口气喝了三大碗。结果驴肉发了，撑破了他的胃。他在酒醉中，腹内大出血，死了。

三种说法大同小异，没有本质区别。后来的紫泉子人也没有谁愿意研究钱老三之死。当时的古城子人都重大义，轻生死。大家觉得钱老三在野驴肉换美酒这事上做自己的生意，无可厚非。但在大敌当前，大义当前，还去牟取暴利，这就让人有些看不起了。

因此对于钱老三的事儿，后人也就很少提及。大家只是总结出一条经验：野驴肉那东西，不能多吃！吃多了更不能喝井水，否则人会被撑死。

钱老三的事儿就是如此，当然这都是后话。

第十章
夏日悲歌

第一节

1

从后来的情况看，俏红在"花朝惨案"发生时，确实是混进了纷乱的人群中。他有舞台功夫，逃窜起来比别人更轻捷更有技巧。他又利用了桃花树和部分地形地物，自然三窜两跳就逃离了屠杀现场。之后，他扔掉累赘的戏装，抓了几把黄土，抹到脸上，盖住了戏剧油彩，跑在逃亡的路上就和一个老百姓没了区别。

他一口气跑出去了十多里地。

那地方正是黑沟路口。山风呼啸，野狼哀号，听不到屠杀声。

他两腿一软，趴到一块黑煤石上哭了半宿。被泪水打湿的煤石，散发出了隐约的硫黄臭。

天明，有个放羊的牧人从山上下来，认出了他，就问他："黑沟煤矿已经塌了几年了，那些人死了可能都转世成了新生灵。你怎么现在才跑来哭啊？"

俏红哭得更凶，说自己不是为这个哭。

牧人就问他为什么哭？

俏红就说了花朝节发生的事。那个牧人就纳罕："那你不去找你的那些师兄师妹，跑到这儿哭什么？"

一句话问得俏红羞愧难当，当天他就一摇一晃地走回了子归城。

2

俏红把自己的脸上涂上了些牛屎马尿，从死人的身上扒了件衣服，把自己弄得像个乞丐，想在马刀兵眼皮子底下悄悄游荡，给殉难的师兄师妹们收尸。可他碰上的第一个活人就告诉他：戏班子散了。死了的戏子，郭瞎子都给收了尸。

郭瞎子是岳王庙的看守人，非僧非道，成天在黑房子里雕石头。他给戏班子的人收尸，让俏红不由得想起了师傅常说的一句话："我师傅，是个半瞎子。好嗓子，可上不了台面。"

那人还告诉俏红：郭瞎子把人都埋在北门外的废涝坝滩上。

俏红就想去看看师傅和师兄师弟师姐师妹们的坟地。

俏红在废墟瓦砾中向北迂回，刚出一个巷子，迎面看见官道上涌出了马刀兵的大队人马。他灵巧，一个鹞子翻身跳到了巷道中的一个小院。

糟糕的是小院里的三个马刀兵正忙着脱一个小媳妇的裤子。俏红从天而降几乎就落到了一个马刀兵的头上。大家都愣了，几秒钟后，俏红最先反应过来，他夺门欲逃。

他的行为显然提醒了别人。一个马刀兵迎面给了他一掌，他仰面而倒，但动作缓慢。身后的那个马刀兵不失时机，一枪托砸到了他的腰眼上。这一下，他的嘴中骤然喷出了一口鲜血。身体就又向前倒。那个被他喷了一脸血的马刀兵心里不平衡，愤怒地又踢了他一马靴。这一下，正中他的裆部。

俏红一声没吭，瘫倒在地。

这工夫，小媳妇不失时机地逃了出去。三个马刀兵见状，大喊一声，扔下俏红追了出去。

小媳妇的结局不得而知，相传她是城外一个董姓皮匠的媳妇，刚刚成亲三个月。这个皮匠曾经在海黑子家当过做鞋的学徒，还给天亮剃过头。

3

那天晚上的月亮在一百个人的眼里是一百个样子，但在俏红的眼里却没个样子，因为他一直昏死在那个院子里。

翌日拂晓，他被人当作一具尸体拖出了董皮匠的院子——没人注意他的身上为何没有刀痕弹洞这种小问题，死的人太多了。

人们给他在涝坝滩上挖了个浅浅的坑，可埋他的第一锨土刚落到身上，他就醒了："我，我是俏红……"

女人们总是更心疼戏子，有两个妇女甚至看见风流倜傥的俏红成了这副孽张模样，还抽抽搭搭落了泪。

后来这两个妇女就跑到官道上，哀求逃难的有钱人，把俏红带到了老轮台。

俏红到了老轮台后的情况不可考。我小时候依稀听一个老太太说过："把俏红带到老轮台的是一家塔塔尔人，他们原本是子归城里卖烤包子的。惨案发生后，他们就套了一辆驴车去了老轮台。先在那里卖烤馕，后来就在汉唐路上开了车马店。老太太说，俏红在塔塔尔人家里把身子养好后，就做了倒插门女婿。跟塔塔尔人的女儿生儿育女，在汉唐古道的车马店迎来送往，赚钱过日子……"

这个老太太夫家姓钱，不知是不是钱老三或者沙枣梁子老钱家的人？

但不管她是哪个钱家的人，钱老太太的话都不可信。因为在诸葛白的《北丝路记考》里有过一个记载，说俏红曾向诸葛县长"泣告"，那个马刀兵一脚踢得他从此不能"人道"。若情况属实，他怎么娶塔塔尔人的女儿呀？

还有一个事实：俏红后来是死在北门外的，这事众目睽睽，不可否认。

显而易见，钱老太太的说法是错的，我之所以记录在此，一是因为按小说的要求一个人物的来龙去脉要清楚，我不知道这段时间俏红在干什么，只能把钱老太太的话当一个线索，让您去判断。二是因为我还有一个猜想：我怀疑俏红也许真的娶过什么女人，否则他怎么知道自己不能"人道"呢？我还进一步的猜想，俏红在丁巳年夏天突然出现，应该是和这不能"人道"有关的，因为不能"人道"让他蒙受了一个男人最大的耻辱，而这耻辱又来自马刀兵，他当然要复仇。

子归城

照此说来，俏红不管是在汉唐古道还是在什么地方，他一听到马刀兵又来了，就昼夜兼程地赶来复仇也在情理之中了。

这是我的猜想。

4

俏红自惨案发生后就无影无踪，就在人们淡忘了对他的记忆时，他却忽然出现在了县衙堂下，泣告正在秉烛夜读兵法的诸葛县长：他与马刀兵不共戴天。至今大仇未报，愧对师傅，愧对难兄难弟师姐师妹。今与众弟子誓约复仇，已暗查匪徒多日，对敌酋了如指掌。惟望县长大人能赐给足量炸药火枪，俏红誓愿肝脑涂地，组成敢死队，斩敌酋，取首级，毁其炮，炸其营，烧其辎重……

那时候，诸葛白已经宵读兵书夜带刀，感到了某种不祥和不安。他发现谢尔盖诺夫自被杨耳刺伤后，人就不见了踪影。都说当时把他送到了孟长寿的诊疗所。可孟长寿说，谢尔盖诺夫那伤女人们没法护理，所以给了他些金疮药膏，就让来换野驴肉的两个马刀兵把他抬走了。诸葛白差人去老北城问，得到的回答却是：他受伤后就再没来过老北城。

谢尔盖诺夫的情况让诸葛白颇感疑惑，他带了几个人上城墙上转了两圈，把城内外看了看，就发现这个谢尔盖诺夫用野驴肉换三锅头酒带来的和平相当危险：契阔夫不战不和，可实际上却把子归城围住了，使之成了一座孤城！

本来马刀兵是一支没有后勤补给的疲惫之师，没法和他长期对峙。可契阔夫重兵控制了他在涅槃河畔刚打出的水井、挖出的涝坝。又派岗哨，设警戒线，出动轻骑兵昼夜巡逻，牢牢控制了城外的官道。如此，马刀兵就不但可以抢劫丝路商旅，或强迫他们以物换物，以获得后勤补给，还在战略上取得了主动权。进可攻子归城，退可守老北城。想走，又可北上阿山、可可托海、科布多，西去绥来、迪化，东征镇西、哈密……

更让他不安的是马刀兵还抓了许多民夫，不仅在老北城上建高台，筑炮楼，补城墙，做简易的城门，还把劳动现场扩大到了城外。有几次他就发现北门外的废涝坝一带，出现了被挖过的新土。似乎是马刀兵也想挖新的水井或者涝坝，在探水脉。他计算了一下，河边有三眼水井一个涝坝，老北城里还有两眼水井，马刀兵现有人数不足千人，按说人马饮水，足够啊！

兵者，诡道也。诸葛白意识到了荡漾在和平气氛中的诡异气息，就派人缒城而出，偷偷侦查。可一无所获，斥候们啥也看不出来。一切都正常得不正常，他就又读兵书又看剑，想从中悟出点兵家诡道。

就在这时，葱头神秘地把俏红带来了。

诸葛白听了俏红的泣诉之后，又看了他所绘的马刀兵驻防图，就兴奋了。立刻让葱头请来了神拳杨，开门见山地说："杨总练，你看这马刀兵跟我们还能相安无事多久？那些野驴肉虽多，但天气炎热，就算盐腌着，又能放多少天？再者，那个立字据的谢尔盖诺夫也不见了好些天了。我看现在的态势，里面有名堂！"

神拳杨说："按说谢尔盖诺夫被孽子杨耳刺伤，躲在哪里养伤，也能说得过去。可老北城也说没见他，这就有些奇怪！嗯，我让兵勇们去打探过，马刀兵在博望渡、林公桥上都有哨兵，专门拦截往来商客，做交易，拿野驴肉换了许多的粮草。还有鸡呀狗的，他们也是连抢带买……"

诸葛白说："不光是鸡狗，我看他们连猫都在收。这是准备过日子了吗？"

杨掌柜说："那肯定不是。老北城靠路的城墙本来早就倒塌了，可马刀兵却在那儿建造高台，像是烽火台？——我看不光是哨兵瞭望，他们是要把那两门土炮架上高台，炮轰古城子呢！"

诸葛白说：就是说，双方终将一战？

那时候神拳杨正读圣贤书，就捻着长寿眉断然说了一句：然也！不可避免。马刀兵不是想困死我们，就是想等高台建起来，炮打古城子。所以，这个立字据的谢尔盖诺夫就不见人影子了！明摆着是躲了。

诸葛白说：与其坐等挨打，不如先下手为强。

神拳杨点头说：然也。

杨耳刺伤谢尔盖诺夫这事儿，我之所以说听着像个插曲，其实它比插曲重要，原因就在于谢尔盖诺夫因此失踪，导致了诸葛白和神拳杨在对敌情的判断上出现失误，最终做出了一个错误决定。

当时，诸葛白就唤出了侧房里的俏红，引荐给了神拳杨："杨总练可认识此人否？"

神拳杨当然认识，急忙作揖，说了一堆客气话。

诸葛白说："俏红老板如今是死士。"

俏红就激情澎湃地谈了他的"黑虎掏心"计划，说他和郭瞎子在窝棚里谈了一天两夜，对契阔夫的兵力部署了如指掌，对指挥部所在地岳王庙的情况了然于心。此番前去，定能剖敌腹，挖匪心。

神拳杨听了，拍手叫好。随后就让张富贵从典当行里挑了武二等几个儿子娃娃加入了俏红的敢死队。

后来，天亮也稀里糊涂地加入了。

5

天亮其实一直不明白俏红的"黑虎掏心"到底是咋个搞法，只知道按那个方案，俏红带人会宰了契阔夫，还会宰了杀琴师的库力·热西丁，还有神拳杨的仇人皮斯特尔也会被宰，顺带着还会把杨干头也宰了——这狗日的该宰，他要不把马刀兵引进城，大哥独眼龙咋会死？同时，俏红的敢死队还会炸掉那个谁看了都不能安心睡觉的高台碉堡——它上面要是架了炮，看谁家不顺眼，就能打谁家院子。总之，按俏红的办法"黑虎掏心"，那该宰的人就都会被宰，老北城也会被炸得火光冲天，鬼哭狼嚎，苍烟四起，兵荒马乱……

天亮不知道这么庞大厉害的方案，俏红他们十几个人到底准备咋干，但想到独眼龙死得那么悲惨可惜，还缺乏真实感，就积极加入了。

记得我七八岁时，兵团《军垦报》的记者曾就此事采访过天亮爷爷："你们当年折腾了半宿，到底干了些啥呀？"

天亮爷爷老老实实地说："我甚也不知道。俏红把炸药都装进酒篓子里，满满装了一驴车，唉……让我假装送酒，把车赶到老北城。他有轻功，就贴在车下面。我进去后，到了岳王庙门口，没敢进。唉，和俏红卸下酒篓子，他说让我走。他们的人就躲在岳王庙的地窖里，会来拿。谁球知道，我车马还没出城，后头就爆炸开了。咳，我想跑，还没咋着呢，西城口上一伙子马刀兵就冲过来了，一路乱砍乱砸。幸亏我钻到车下边，没让发现。咳，后来我抽冷子，拆了榆木车杠子，逢人就乱抢乱打，才稀里糊涂地跑出来……"

"那神拳杨又是怎么回事呢？"记者不甘心。

天亮爷爷说，"这我更不知道哩。按说他是在老北城西门外接应人的。可折腾了半宿，甚人也没接上，咳，倒是让人家热西丁带了一伙骑兵，给打惨了。按说，张富贵拼了命，能把他救出来。可神拳杨当时犯了心绞痛，蜷缩在地上折跟头，上不了马。人就让抓住了……后来人就说么，神拳杨去'黑虎掏心'没掏上，反倒把自己的心让人家掏掉了。"

天亮爷爷一问三不知，记者很失望，从此再没找过他。

第二节

1

由于当年的敢死队员非死即亡，活下命的只有天亮、张富贵、武二。他们又都算不上是敢死队员。天亮就是个送酒的，张富贵、武二也都是跟着神拳杨接应人的。他们均属外围边缘人，不知道黑虎掏心的核心计划。结果，这件事儿就随着那位记者的消失，再也无人问津了。

百年之后，我查《北丝路记考》，发现诸葛白的叙述更简洁："是夜，俏红带人闯入酋营，炸毁敌大炮一门，炸毁碉堡一座。是役，俏红、杨公义等八位死士，英勇捐躯。"

黑虎掏心计划，到底是怎样的？诸葛白一字未提。

您可能已经猜到了，几十年前那位记者没弄清楚的事儿，时至今日我更没法弄清楚。在此，我只能告诉您一些当时大家都看到的情形。

那天傍晚，人们饭后正呼朋唤友，准备打个麻将，玩个牌九啥的。突然就发现

子 归 城

城外爆声四起，火光四射，映红了半边天。大家就都跑到城上瞭望。一看却是老北城被炸了，隔一会儿就爆响一声，闪出一片火光，窜出一股浓烟。弄得里面火苗子一窜一窜的，动辄还火星子乱冒。

最早到的人，影影绰绰看到刘天亮抢着一根粗大的车杠子，寡喊着从官道上跑了过来。后面是一群骑马的马刀兵挥舞着闪亮的马刀在追击。马福山等几个靖安兵就开了枪，那几个马刀兵也就退了回去。

之后到的人，看到那个高台碉楼在一声爆炸的火光和巨响中，被迅速弥漫而起的尘烟埋没。后来，烟尘散去，高台碉堡就缺了半拉，成了一个半圆的残垣断壁。之后，听到的便是老北城里的厮杀声，惨叫声，尖啸声……

再后来到的人，就看到诸葛白指挥着几个靖安兵，在起吊闸门。而马福山则带了另一群靖安兵蹲守在闸门下面。那闸门只开了半人高，说是能让外面的人连滚带爬地进来，骑兵进不来。

可等了小半宿，爬进来的总共只有三个人，刘天亮、张富贵、武二。

大家都不明白发生了啥事，只能左顾右盼，相互打听。

后来，诸葛白就下令让彻底关了城门[m]。又让葱头叫来了几个头头脑脑土豪劣绅（当年的群众背地里就是这么叫城里的那些阔人的），开了个碰头会。然后就呼喊着让大家四散开来守城，准备打仗。

可马刀兵没来攻城，想打也没仗打。

那天的轰隆声爆炸声，春雷般响了半宿。大家看焰火一般，以为它会来个高潮。可没有，它由激烈而稀疏，由强而弱。到了黎明过后，就彻底停息，再没动静了。

老北城，像沉入深海的船，再无消息。有些人熬不住黎明前的黑暗，实在困倦，就蜷缩在城墙上睡了。还有些人，声称肚子饿，要回家吃些东西，回去后就解

---

[m] 链接 资料显示：这时候木匠郝大头已经给东门换上了新的大闸门，但第一道城门尚未修复装配。原因是城里已没有那么巨大完整的木板了。郝大头就用碎木板拼出了两扇大门，诸葛白怕不结实，正让麻子孙在铁匠铺里用铁条箍固，尚未完工。

衣宽带，睡到了自家大炕上。

2

俏红、张富贵带着"敢死队"秘密出城后，诸葛白便食宿在城上，翘首张望，期待佳音。傍晚的爆炸开始后，他欣喜之余，强压住想饮酒赋诗的激昂情绪，喊了马福山、葱头等人，盯着老北城的轰隆声和火光，目不转睛地看。

诸葛白越看越沮丧。后来刘天亮、武二、张富贵三人陆续爬进城后，他仔细询问了三人各自的情况，便发自肺腑地仰天喟叹了一句："诸葛白，你真是个大白痴啊！"他这样骂着自己，就狠狠地擂击起了城墙。等到葱头抱住他的胳臂时，拳头已经皮破血流。

马福山跑来看他的伤口，被他一把推开："快！赶紧调集靖安兵！紧急上城戒备。准备打仗！"

马福山走后，诸葛白让葱头给自己包扎了伤口，就走上城门楼子，一边瞭望老北城，一边不断地派人去喊曹大拿、葛老板、瓦西里、甚至黄二胆儿。让他们赶快组织团勇、人马，备好拒马、水、粮食，准备打仗。

一切安排妥当，已是黎明时分，老北城也平静了。面对沉沉的黑暗，他突然感到无比困倦，就趴在城垛上，闭上了眼。可就在那一瞬间，他无意中看到了猩红的天狼星，心中一惊：这时候了，天狼星怎么还在天上？

也就是这一惊，把他吓醒了：咋把南门、水西门忘了？上次马刀兵就是从水西门爬进来的！他这么一想，就禁不住喊："来人！"

葱头在他身边的垛墙根圪蹴着打瞌睡。听到喊声，应声而起。他就命令："快！快去找山西王！找小陈醋！说马刀兵要攻城了！让他们赶紧准备，务必守好南门、水西门！"

葱头走后，天已泛白。诸葛白看了一遍东门北门的防务，觉得差强人意，就想歇息一下。可还是放心不下南门、水西门，刚坐下，想闭一下眼，却又恍然间看到了血红的天狼星。于是，他令马福山严密监视老北城，不可大意。自己带了两个靖安兵，直奔山西会馆，亲自去找山西王了。

3

山西会馆正忙乱。一部分人已经上了城门，还有些人正在取枪领子弹，吆喝着站队集合。显然，葱头把话传到了。

诸葛白看一个人面熟，瓦刀脸特征明显，就叫住，想问他山西王在哪儿。

睡眼惺忪的瓦刀脸却嘴快，先发问了："县长！俏红他们没戏了？"

诸葛白含含糊糊地应了一声："没了。"

瓦刀脸就骂了起来："我就知道俏红干球不成个事儿！自古以来戏子误国！"

诸葛白摆手制止住瓦刀脸，刚想问山西王在哪儿，身后突然就响起了激烈的枪炮声，在清晨格外惊心动魄。诸葛白转身一看，东北方的股股黑烟已经从枪炮声中升了起来……

"马刀兵来了！告诉王会长、小陈醋！让他们集合人马，死守南门、水西门！"诸葛白给瓦刀脸指示完毕，返身走了没几步，就看到马福山策马扬鞭，急死忙活地朝自己飞奔而来。

"县长！马刀兵在北门！他们抓了人，里面有俏红。"马福山人还没从马背上跳下来，就上气不接下气地报告。

第三节

1

北门[b]，门洞矮小，不便进出。又因与"背"字谐音，城内官民平时都不爱

---

[b] 链接　子归城的北门其实离官道最近，但平时官民由此进出的却不多。一是林则徐当年在北门外修了一个涝坝，往来商旅，牛马骆驼都在那里饮水，人走起来得小心。后来涝坝干了、废了，可人已经习惯了。二是由此进城后，横亘在前的就是林公渠，大家挤在那里过桥，不方便。三是钟爷当年为了抗击阿古柏，把北门分割修成了三洞进出的小门洞，防止大车大马进入。并且还挖断北门通往官道的道路，在那里种了些杂树，以便拴绊马索，阻碍交通。四是有人曾写错城门，写成了"背门"，大家忌讳，怕走背字儿，就都不愿意走北门。后来又有一任县长于文迪，不明就里，从北门走马上任。后来他真被杀了，百姓更加忌讳。

走。北门外又有涝坝、杂树、枯木，城门内有林公渠横亘阻隔，故易守难攻，兵家多不争取。

但那天，契阔夫却把北门当成了突破口。

诸葛白上了城，还没到北门，就看到了俏红等人被押解着，在向北门彳亍而行。

马刀兵把俏红的两个师兄弟、福建八行前老板庄德义的伙计阿福、混混儿钱八等五六个人[r]反剪双手，串连成一排，推搡到北门外的废涝坝上之后，从中推出了浑身血污的俏红。他被五花大绑着，身后是一群背着条篓的马刀兵，周围跟着成群结队的马刀兵官兵。

"俏红，你咋回事啊？"诸葛县长到了北门，看清俏红浑身血污，大吃一惊，接着便怅然欲涕。

"县长，我们太性急了！"俏红仰天闭目，喟然长叹。

他们的确是太性急了，按计划他们是要等俏红把炸药藏进岳王庙地窖，夜深人静时，各自去领了炸药后，先杀几个头领，然后再去炸大炮，炸高台碉堡，炸马群，炸营房……可这伙打了多年舞台假仗的人，费尽心机乔装打扮，借着卖狗送鸡陆续潜入老北城后，一见俏红拉了装满炸药的酒篓子进来，知道要打真仗了，竟激动得不能自已。他们不约而同一拥而上，争抢酒篓子。而后一人带头，点燃药捻子，众人就吼声如雷地扑向了高台上的巨大土炮……有三个人完成了任务，与抱住的两门土炮同归于尽，两人在奔跑中自毁身亡，五人没点燃药捻子，就把自己当成炮弹投向了敌阵。结果，三人被俘，其中就有俏红，他手掌中弹被打穿，疼疯了，缩成一团时被解下了酒篓子……

契阔夫被偷袭气得浑身冒火。连夜肃清残敌后，他只给了马刀兵半个时辰吃饭

---

[r] 链接　有证据表明，当天开战之后，契阔夫嫌阿福、钱八等几个俘虏麻烦，就让皮斯特尔去把他们处理了。皮斯特尔就让杨干头带了几个马刀兵，把人押到河滩上枪毙。可杨干头一看河滩上的三口水井又干了一口，就让马刀兵把几个俘虏全推进干窟窿井里，活埋了。

后，就命令他们倾巢出动，攻打城池。

这回，皮斯特尔不失时机地献了妙计：利用俏红等几个俘虏，把装满炸药的酒篓子，再巧妙地奉还给古城子人……

风萧萧兮易水寒，壮士一去兮不复还。

但悲壮的氛围并不一定感染所有人。

被推到阵前的阿福就没被感染，他显然被吓勺掉了，看见诸葛县长和俏红对话，忽然就发疯般地狂喊乱叫，要往城门洞里冲。弄得那几个俘虏也东倒西歪，站立不稳。库力·热西丁看不下去，抽出马刀，大喊一声，手起刀落，就把阿福砍倒在地上。阿福捂着汩汩流血的后腰，一个劲儿地在地上抽搐，却自此再无声息了。

"投降吧，否则你们都是这种下场！"库力·热西丁砍得性起，顺手把刀逼到俏红眼前，一挥手，就一刀砍掉了俏红的鼻了。

城上顿时哗然，群情激愤。大家怒吼着，咒骂着，此起彼伏地打起了枪。马刀兵官兵见状，一边急忙往俘虏们的身后躲藏，一边举枪还击。就在这时，俏红却大吼一声，喷着鼻血，唱起了《霸王别姬》：

　　别虞姬，乌江滚滚泪滚滚。

　　别虞姬，天不助我可奈何……

俏红一唱，城上的人都愣了，停止了怒骂、打枪，只盯着俏红看。马刀兵趁机缓缓后退。

一个马刀兵大概觉得大家都往后退，集体行动，俏红却不动，这不合适，就跑过去拽他。却不料，俏红停止歌唱，一扭头就从嘴里喷出了一口血，直扑他的嘴脸……

　　我是个蒸不烂、煮不熟、捶不扁、炒不爆、响珰珰一粒铜豌豆，

　　……

你便是落了我牙、歪了我嘴、瘸了我腿、折了我手，尚兀自不肯休。

则除是阎王亲自唤，神鬼自来勾。

否则哪！我才不向烟花路儿上走！

俏红不管那个马刀兵气得发抖，把长长的毛瑟枪已经对到了他脑门上，依然急急如律令地唱出了一段儿西皮流水。

巴克洛夫见那个马刀兵要开枪，知道这与上级的指示精神相悖，就大步流星地上前，挥起马刀拨开毛瑟枪，把马刀再次搁到了俏红的面颊上。

"再唱，你就没耳朵了！"他说着便把马刀抬高了三寸，留出了向下砍削的必要距离。

这时，天亮突然出现，跳上城垛口，呐喊了起来。

2

炸营失败的天亮跑回酒坊时，满头满脸的血，只有一口牙雪白。云朵吓得差点儿晕过去，他也以为自己是遍体鳞伤命悬一线。可查了半天才知道，那都是别人的血，自己不过是头上受了一点皮外伤。就难为情地咧了咧嘴，换了身衣裳，骗云朵说："县长找我问事儿哩。"一趟子跑到了城墙上。

天亮上到城墙上，正好一眼看见俏红要被割耳朵，就急了，跳上城垛大喊："别动手！别动手，哎，让唱！让唱！"

那天天亮身上其实也不全是别人的血，他的头被打烂了，当时头上绷着个白洋布条子，上面还在渗着血。

巴克洛夫一看是天亮，大概想起了"吃人家的嘴软"这句老话。觉得这段时间天天喝刘家的酒，这点儿面子都不给，说不过去。再加上天亮头上绷着白布条子，上面还有一摊血迹，天然有种慷慨悲歌的壮士风采，让巴克洛夫多少有些敬佩和感慨，他就停止了动作。

子 归 城

城上的草民麻子孙[s]、黄大牙等人趁机跟着喊："就是。别动，别动。让唱！""俏红，来一段，来一段空城计。"

俏红闻言，真的就唱起了空城计：

我正在城楼观山景，

耳听得城外乱纷纷。

旌旗招展空翻影，

却原来是司马发来的兵……

草民欢声雷动，为俏红喝彩点赞。

马刀兵不懂戏，俏红身边的巴克洛夫看一眼俏红，再看一眼城上的军民，不明就里，一副傻相。

叭勾儿——突然一声枪响，一颗子弹头打中了俏红。从后脖颈入，前喉咙出。

俏红脑袋一歪，立刻停止歌唱。接着脑袋带动全身，直挺挺地朝左倒了过去。巴克洛夫被这突发事件弄得有点懵，见俏红直挺挺地倒过来，急忙扶住，小心翼翼地放到了地上。

他再站起身来，朝后张望时，马刀兵人群中传出了一个雄浑的声音：

"契阔夫中校有令！大家要立刻严肃起来！这是在打仗，不是在唱戏。我们是职业军人，不能把自己混同为城里的那些普通老百姓！更不能以玩游戏的态度对待战斗！这个人炸了我们的火炮，是对我们的侮辱！大家要保持愤怒！现在中校命令我们，立刻准备！他们再不投降，就向北门发起冲锋！"

突如其来的一枪把城上的军民也弄懵了几秒钟。

"咳，俏红死了？"天亮看着俏红躺倒后再没动，有点不敢相信，问身边的瓦

---

[s] 链接 麻子孙思维古怪，是古城子的另类勺料子。这人脑子真的是打铁打坏了，很有问题。城门还没箍好，听到枪声，他就丢下手里的活儿，抓起那杆抢来的枪，跑到城上来了。为此，诸葛白骂他不知轻重。他还不服气，说："马刀兵都要进城了，还箍城门有啥用？"

西里。瓦西里却突然叫了起来："不对呀，他们打冷枪！"

"打冷枪？是呀，他们打冷枪了！"草民们听了瓦西里的话一传十、十传十一地就嚷了起来，甚至连条篓铺老板罗阿满都怒不可遏："日他大爷呀！哪有这种的？打冷枪！算他妈什么儿子娃娃？"

铁匠麻子孙更是把手头的长枪朝马刀兵示威性地连举三下，砰的一声扔到地上，嘴里不干不净地骂着："你们他妈的打冷枪，算球啥哥萨克？"边说边往城下走。

但军民们这回没受他的影响。他们刚打了几天仗，就懂得计较战争规则了，打冷枪的无赖行为让他们觉得是可忍，孰不可忍。于是不管三七二十一四七二十八，就连喊带叫地朝马刀兵开枪射击。

这下乱了！马刀兵正要组织进攻，草民们却抢在他们前面先开了火。他们被迫后退了一、二百米……

不过，俘虏身后的七八个身背酒篓子的马刀兵，却趁乱打马飞奔到北门下，扔下酒篓子，点了一把火，绝尘而去。

3

谁也没想到，马刀兵扔下的酒篓子，里面装的不是酒而是炸药——天亮应该想到那是他拉去的炸药条篓。可当时他啥也没想，还满腔仇恨地瞄着一个马刀兵，扣动扳机……

结果，那些堆在门洞中的酒篓子爆炸了，伴随着一串巨响和迅速弥漫的黑烟尘土，北门城门洞子被炸塌了。

皮斯特尔一看自己的计谋成功，乐得拈出脖子上的金钥匙亲吻了半天。

新的战斗开始了。

东西两边的军民们一看北门塌了，还把几个团勇塌死在了里面，便潮涌过来，又打枪又扔石头瓦块。还打死了二三个马刀兵，三四匹军马。而塌陷的地方，形成坡形山口，最初涌进的四五个马刀兵，在被消灭之后，许多草民便扛着郝大头做的钉耙门板床板窗户板，爬上了坡口，迅速在豁口处形成了犬牙交错的障碍壁垒……

子归城

多年后，忆及此事，天亮爷爷总是不无遗憾：他被裹在涌动的人潮中，空有一支漂亮的毛瑟枪，始终无法伺机发射。后来，他蹚过血泊，爬上一堆尸体，举枪向近在咫尺的一个马刀兵射击时，却发现那只毛瑟枪不知何时早打完了子弹。

4

那天，契阔夫发动的冲击共计六次，战斗历时七小时，双方死亡均过半百。天亮等十几个城中军民，还趁乱搞过一次小型反冲击，想抢回俏红尸体。可不知为何，他无影无踪，死活找不到。当时的民间说法是：俏红升天了。

残阳如血、暮霭四起时，天亮他们防守北门的那一支人马全部累得瘫软在地，大汗淋漓。浑身散发着落水狗的气味……

诸葛白过来，看见天亮他们几十条汉子横七竖八地沿着城墙一溜躺倒，在尸体和血泊之中，映着青的天光、红的夕阳、黑的云霭，显得十分悲壮（悲壮的另一原因还在于篝火初起的原野上，飘荡着一个奇怪的萨克斯管的乐音。黄昏风疾，清角吹寒，暮霭大地苍山隐约，更平添一分寂寥和清冷）。

目睹此情此景，想到俏红之死，诸葛白大为感动，大为惭愧，亦大为愤怒，当即口占古风一首，向省府求援：

芒种接战苦，孤城日渐危。

裹疮犹出战，饮血更登陴。

不厌黄尘起，但惊天地昏。

日久无援军，心计欲何施？

史载，这首诗被当作告急电当天发往省府后，得到了杨都督在古城大战期间最狠的一份回电：

真有龙城飞将在，胡马焉能度阴山？

所有的史书都说：这是因为当时杨增青正被边境上的溃军骚乱和难民潮涌弄得焦头烂额无暇他顾。

而诸葛白在看了这封回电后，潸然泪下。随即就让葱头去邮驿站挑了一匹伊犁汗血马，同时还给了葱头一份盖了大印的封漆密件，让他速去镇西府请求援兵。

"镇西府若无援兵相救，古城子危在旦夕！"他同时交给葱头的还有三根金条，"我不管你用啥手段，能把援兵请来，救了全城军民，就是天大的功劳。"

葱头掂量着手中的三根金条，本来还有些怕，想说"我贿赂了那边的长官，就多知道了一个秘密……"可看诸葛白一脸肃穆，就啥也没敢说，点点头，把金条装进怀中，从南门偷偷溜出城，借着暮色，躲躲闪闪，绕到乱坟岗子后坡，星夜赶往镇西府了。

第四节

1

当日傍晚，鏖战结束，医官孟长寿主动请缨要出城去。他说他要收殓俏红和其他死者的遗体遗骸，还要救治伤员。

诸葛白看着城外，说："这尸横遍野的。咋收殓？"他知道开战以来，孟长寿的中医诊所已变成了诊疗所，还开了两家分所，请了十来个女人帮忙，可就是这样也还是救治不过来伤残者。

孟长寿说："伤者得救啊。——县长，你前一阵子禁烟，收了不少鸦片吧？"

诸葛白说："是。咋了？"

孟长寿就告诉他说：伤的人太多了，你得把那些鸦片给我，给伤残人员止疼。要不，这伤残者日夜哭嚎，惨不忍闻不说，你这当县太爷的，觉都睡不成。

诸葛白就让马福山把衙门的鸦片给了孟长寿。

但那天晚上，城外一直鬼哭狼嚎，也不知道从哪里来了那么多饥饿的胡狼，它们居然顾不上怕火了，成群结队地在死者横卧的漠野上仰天长啸，四处奔窜……

子归城

孟长寿没法出城，就坐在城墙上，长吁短叹。见了城下的人，不管是马刀兵还是啥人，就扔鸦片膏子，让人家给伤者止疼。那一夜，黑暗的天地间，胡狼绿莹莹瘆人的眼睛四处闪烁，多得像天上的星星一样。还有人说，那天的天狼星也是绿的，光辉落在人身上，起鸡皮疙瘩。

第二天，胡狼散尽，人们发现，所有的尸体都被啃噬殆尽，留在野地里的只有分不清敌我的一堆堆白生生的骸骨。而山里却又来了成群的秃鹫，远远地蹲在乱坟岗子的坟头上，随时过来飞旋一番，叫声骇人。

孟长寿泪流满面，泪湿前襟。诸葛白就劝他："医者治病不治命。死者盈野，你咋弄？从胡狼、野狗、秃鹫嘴里叼吗？就当天葬了吧。"

从此，默认死者"天葬"就成了子归城人的潜规则。而俏红则有了一段新神话，说他天葬之后，就升上九霄云天，成了天宫里的神仙，专司天籁之音……

第三天，马刀兵放弃了攻打北门，也没有再发动惊涛拍岸般的攻城战。清晓的阳光普照大地后，他们列队上马，举着寒光闪烁的钢刀，默然不语地，一队一队走到了东门城下。

这回即便是古城子里最轻薄的泼皮无赖勺料子，也没了挑衅、辱骂对方的激情。双方就那么对视了足有一刻钟，马刀兵的队伍缓慢散开，从中推出了一个人。

2

城上的人大吃一惊，推出来的竟然是神拳杨公义。

神拳杨一直对八百人随他出城，惨遭屠戮愧疚不已。听了俏红的"黑虎掏心"计划，就主动请缨，带人配合，想为冤魂烈士报仇。结果，俏红行动失败，他也就壮志未酬，并成了俘虏[v]。

张富贵看见神拳杨，扑通跪倒在城墙上，趴在地上就哭诉："掌柜的！我对不起你呀……"

---

[v] 链接　后人对神拳杨有个评价，说他是命中注定总是得跟知识分子类型的竖子合作——张一德是教师，俏红是戏子，都是通些笔墨的知识分子。结果都很凄惨。

神拳杨淡然一笑："不怪你！是我自己心口疼，实在站不起来。"他说着，一眼看见了孟长寿，就打趣地说："你看我这可怜的小身板，这是咋着嘞？到这时候，它倒不疼了。"说着还自己用拳头捶了捶胸口。

孟长寿想笑，却笑不出来："你是武林中人，按说就一马蹄子，伤不了根本。我给你喝了那么多服汤药，不见好转。这会儿倒好了？"

神拳杨摇了摇头说："哪里是一马蹄子？是皮斯特尔这贼杂种，给了我一肘子！"

"啥？你是习武之人？经不住他一肘子？"曹大拿和刘天亮不约而同地叫了起来。

"习武之人？大家知道我习的啥武啊？"

"咏春拳呀！"城上齐声喊。

神拳杨哈哈大笑，冲着城上一拱手说："咏春拳？我又不是永春人，哪里会什么咏春拳呢？说实话，对不起诸位了！对不起啦，骗了大家半辈子。"

"那你每天天麻麻亮就闻鸡起舞，练的啥功夫呀？"

"我是天不亮就起床，但谁见过我的招式？我是舞着布帕子，糊弄人呢。"

诸葛白愕然说："神拳杨！那，你这是啥意思？"

"老话说，人之将死，其言也善，鸟之将死，其鸣也哀。我给诸位老少爷们说句实话吧，我啥功夫也不会！只是咱这丝路两头连着海，通天下呢。在这儿混，没点江湖名声，没法弄啊……"

神拳杨一番话说得城上噤若寒蝉，不知道该对他吐槽还是点赞。

3

神拳杨是被马刀兵装进骆驼肚子里捂死的。

他们杀了一匹骆驼，剖腹后，把神拳杨五花大绑塞进去，让城外的董皮匠缝好，硬是把人捂死了。

城墙上的许多人亲眼所见了东门外的这幕惨剧。

起初，神拳杨还在骆驼肚子里翻滚、闹腾，发出野狗交配时的那种叫声。甚至他还奇迹般地把一只手从骆驼肛门里伸了出来，像蛇信子那样一伸一伸。

到了中午时，他就不动了。之后的时间里，人们只是看着死骆驼在燥热的空气中慢慢干瘪……后来就有了传说，说他被人救了出来。再后来，他就有了多种活法和死法……

紫泉子的人都说，神拳杨先是从骆驼肛门里伸出了手，后来就伸出了头。于是，大家唤来接生婆柳氏，把他像新生儿那样弄了出来。

但百年后有伙人科考——林子非等人，在城门外的涝坝里挖出了一具骆驼的尸骨，肚子里是一具完整的人骨。他们鉴定说：是一个成年男人。

这说明神拳杨就是这样死的。

子归城人大约觉得当时没有舍命救人，羞愧难当。多年后就撒谎了，编了N个神拳杨重获新生的谎言。

而城外的董皮匠自此消失了。有人说他媳妇疯了，跑丢了，他去找媳妇了。有人说他被马刀兵带回岳王庙后，他看见了郭瞎子雕刻的那块大石头，就一头撞死在了石头上。郭瞎子是个半瞎子，也不知道他看没看到董皮匠撞死。

4

神拳杨之死，《北丝路记考》有记载："俏红被剐后，余在通四海酒楼闻听神拳杨被缝入骆驼腹内，窒息而死。其时贼寇已进城。神拳杨与俏红皆尸骨无踪。"

历史的关键时刻，诸葛白怎么跑到通四海酒楼去了？《北丝路记考》只有几个字："时山西王家祭亡父王寿山。"《丝路风烟》上倒说得详细，大体是说，诸葛白对俏红被剐很内疚，看到神拳杨被俘，就冲马刀兵喊："叫契阔夫来，谈！"

草民们听了也都跟着喊。可喊了半天，马刀兵无人应答。这时守北门的葛老板来了，说老北城西门外有马刀兵异动。诸葛白就带了马福山跑去看，却是些军马在歇息，没人。大家就又放心地商议起了搭救神拳杨的事儿。

葛老板建议让山西王去讲和。因为大家都和马刀兵打出了血海深仇，就南门的山西王还没打，他去合适。

这时曹大拿跑来了，诸葛白问他东门情况。曹大拿歪着嘴说：没事了。马刀兵在杀骆驼，可能是要准备中午饭了。

诸葛白问他救人的办法。曹大拿也说山西王去谈合适，"不过，今天是他爹忌日。这狗狍在装孝子，搞家祭哩。"曹大拿说。

诸葛白听了，说声"这才正好！"就吩咐葛老板、马福山守好东、北两门，自己带了曹大拿直奔山西会馆……

《丝路风烟》的记载就是如此，符合历史真实。这说明刘壮志治学也有严谨的时候。

第五节

1

秋雨连绵，是个很普通的词儿，我第一次深切感悟它是在读高尔基的《童年》时。那时候我上小学四年级，坐在秋天的荒草滩上读《童年》，读到"秋雨连绵"时，我看了一眼淡烟衰草天地远的紫泉子，不知为什么，我哭了……

当时我只有九岁，很容易被感动。现在，我已经六十多岁了，很难被打动，还讨厌高尔基。

可现在，面对厦门的这个深秋，除了"秋雨连绵"，我还是找不到别的词儿来概括和描写。——自"莫兰蒂"台风过后干燥了一阵子的厦门，仿佛在补课，台风"鲇鱼"刚刚过去，新的台风就又要来了：台湾气象部门发布通告，今年第20号台风"茉娜"已在上午8时生成，目前距台湾两千八百公里。22日、23日将影响台湾及我国东南沿海天气。

台风降临的频率如此之快，还没完没了，让人应接不暇，真的就像秋雨连绵。

2

林子非在秋雨绵绵中给我打来了电话。

我从他的语气中听出了轻狂和喜悦，就想搂头给他浇盆冷水，我告诉他说：我研究了，祭文碑上的所谓"贞观年绘刻"，其实是"上三八 下五十 缮刻"几个字。

就是石匠刻写的施工备忘术语。而所谓的"三条丝路"线，其刻线模糊不清，像是自然划痕，顶多也就是某个放羊娃无聊时信手涂鸦。

没想到他不以为意："你和社科院的那些专家们怎么都一样啊？不过他们还不如你，他们连'上三八 下五十 缮刻'几个字都没认出来。"接着他就话锋一转，说他从当地百姓家买了一块床板，有一百多年了……

他说这些话时，听不出有丝毫尴尬，仿佛我从来没拉黑过他似的。

"嘻，这回你没法否认我的成果！这是个金丝楠木的大匾额，金丝楠木啊！上面还有'杨记典当行'五个大字，鎏金烫银的。显然是杨公义典当行的招牌。——你微信加我，我给你发图片。怎么样？啊？"

能怎么样呢？我正在写神拳杨公义。当然想看看他的金字招牌了。

林子非既像进入我鞋壳的一粒石子，取不出来，又像我身上的赘肉，甩不掉。

我从黑名单里解放了林子非，让他发来了典当行招牌的图片资料。

3

神拳杨是在接应袭击老北城的俏红时，陷入了混战而被俘的。

马刀兵把他放在一匹骆驼肚子里，很有创意和生命感，还无意中折射出了某种生命哲学的意味。

但张富贵不这么看。

张富贵看着神拳杨在骆驼肚子里挣扎，忍无可忍，就嘬喊着要跑下城去解救。马福山怕出事，命令人先把张富贵捆了，拉下城墙。可张富贵虽被五花大绑，却满地翻滚，对人连踢带打，弄不住。天亮力气大，走过去，抓住捆绳就把张富贵提了起来。

"富贵叔！先下去，咱再想办法救人！"

天亮把张富贵从城墙上提下来，正碰上神拳杨的妻儿。其妻陈氏抱着女儿玲儿，披头散发地跑过来哭诉。说杨耳丢了！神拳杨一出事儿，杨家就没人管了！

天亮怕她知道了神拳杨被塞进骆驼肚子会闹得更凶。就信誓旦旦地保证说："婶子，杨掌柜是我的恩人，我肯定要想法子救。你们先回去，先回去找儿子！"

天亮虽不敢说是一诺千金的人，但光天化日，话说了出去，自然也就吆喝了酒坊的跟三、狗剩等，想法救人。

他起先想让孟托出马，用套马索把神拳杨吊上城来。

这个办法看上去很好，但马刀兵把神拳杨缝在骆驼肚子里，得连人带骆驼吊上来，哪有那么结实的套马杆？加上孟托受伤，应该也没有那样大的力气。天亮就想先射杀看守骆驼的马刀兵，再抢人。

二锅头不以为然，说马刀兵爱喝酒，就弄两罐毒酒吊到城下去，扔那儿。马刀兵看守闻见了酒香一定去喝，喝了必死。死了，我们就开城门去把人弄走。

天亮大怒，说："你个歪嘴子！安的啥心？想毁我刘家酒的名声？"

其实，那时候二锅头的嘴已经不歪了，只是脖子还疼，挺不起头，就歪着头又说：岳王庙的郭瞎子给契阔夫烧过炕。现在天热，不用烧炕了，郭瞎子就被撵出来，住在河滩窝棚里。他进出老北城，马刀兵不管。不如等天黑，你们去河边找郭瞎子，说不定他知道晚上关神拳杨的地方。那大家就趁着天黑，冲进去，把人劫走！

二锅头祭祀回来后借口养伤，在墨兰迪的女裁缝家睡了好几天。女裁缝的男人是丝绸店的账房，跟墨兰迪走后，女裁缝全城就只剩了一个亲人，就是舅姥爷郭瞎子。这事儿天亮知道。

天亮相信二锅头说的是实情，想想也是个办法，就趁马福山去安排公饭的空儿，又把张富贵悄悄叫上城，让在人堆里藏好，等天黑后去窝棚找郭瞎子，然后劫人。

张富贵看神拳杨在骆驼肚子里挣扎的动静越来越小，心里急，说等不到天黑，他东家就会闷死了，闹着要马上出城去劫人。正闹着，城里却骤然出现了无数带着火焰的鸡狗猫鼠，满天飞舞，到处奔窜。

之后，马刀兵就从地下冒了出来。

第十一章

陷落

第一节

1

焦光烂天，刚过中午的太阳更毒辣。

眼看着死骆驼的皮在慢慢收缩，肚子里的人渐渐没了动静。张富贵抓天亮的手就抖了起来："尕阎王，刘掌柜！不能再等了，再等人就没气了！"

"那你说咋办？"

"吊起城门，冲出去抢人！"张富贵说。

天亮也觉得神拳杨生死已在一线，晚上去劫人，弄回来可能是尸体。再看马刀兵，他们也怕热，两人躲在桃花树荫下，三人躲在福建八行屋檐下，还有两人摘了帽子边扇风，边擦汗。

"那就求一下马福山，让开城门。咱冲出去，抢人！"

天亮话音刚落，张富贵就跳起来，冲到马福山跟前，把刀架到了人家脖子上："开城门！我们要救人。"

马福山把脖子挺得离刀更近些说："球的话！少跟我来这套。开城门，那要县长说了算！"

"咹？那县长呢？"

"去山西会馆了。和山西王商量救人的事呢。"

天亮急忙把张富贵的刀抢下，对马福山说："老哥，现在找不上县长呀。你看，骆驼肚子里已经没动静了。咹？再不抢，人就死在里面了！"

"没县长的话，谁敢开城门？那是杀头的罪。"

"现在的人头，还有值钱的吗？俏红连个真名实姓都没留下，人就没了……"

马福山擦了把脸上的汗，一跺脚说，"开城门行！城门一开，我数十声，你们能不能把人抢回来我不管，就关城门！"

"十声？这时间哪儿够！"王二麻子叫了起来。

"就十声。"

"十声就十声！老子力气大，冲出去，抱着那个骆驼脖子。你们四个人各抓一条腿，放趄子就往回跑，回来再剥肚子救人！"天亮说。

"行！"张富贵、跟三、焦大、武二齐声喊。

马福山是军人，决心一下，立即安排：他叫来几个身强力壮的靖安兵，让天亮教会他们升降大闸门的要领，候着。天亮再带张富贵、狗剩等人，悄悄到城门洞子里，也候着。他组织射手，瞄准七个马刀兵，一声令下，射手齐射，打倒七个马刀兵。管闸门的听到枪声，立即起吊闸门。天亮等人等闸门一开，立刻冲出去，砍断绳索，拖上死骆驼就往回跑。他随即高声报数，十声一到，就关闸门。

一切准备妥当，天亮也教会了几个靖安兵升降闸门的方法，出了城门楼子，正要带着张富贵等人下城墙，却见林公桥方向出现了马刀兵队伍。人马越来越多，行动不紧不慢。

"掌柜的，咋办？"跟三脸色骤变，寡叫了起来。

"还咋办？快去开闸门，抢人啊！"天亮一把将跟三推进城门楼子，大喊一声，再不管马福山如何阻拦，带头冲下城墙，挥舞着手里的大刀，就喊着让跟三快升起大闸门。

就在这时，突然一阵鸡飞狗跳，像是谁家的火墙，被一脚蹬塌了，炕洞里的火苗子火星子，骤然四处飞舞……

"咋回事？哎？"天亮愕然回首，忽见一团火苗向自己直扑过来，便顺手一刀。拍过之后才发现，那是一只鸡。鸡的尾巴上带着火捻子，哧哧作响，冒着火苗。

天亮定眼再一看，到处飞舞的不仅有鸡，还有四处奔窜的狗、猫，甚至老鼠，个个尾巴上都带着火油捻子。它们四处乱飞乱蹦乱跳。所到之处，不是一片惊呼就是火星四溅，火苗乱窜。也就三五分钟吧，东门一带，便烟火四起，像是个放烟花爆竹的场所了……

2

诸葛白汲取杨干头带人从水西门爬入的教训，利用和平停战时间，把子归城的水西门泥封了，南门也只留了半扇门。他还暗中整修北门、东门，把两个大蜈蚣塞子藏在拐子街口一家人的院里，秘密看守，随时准备推出来堵塞这两个城门。

可他没想到对方也在利用和平时间，抢占先手。杨干头想他儿子苦豆豆，就在停战伊始，献上了一个盗墓贼的计策：挖地道进入子归城。契阔夫闻言大喜，当即下令马刀兵抓了二十多个民夫，让他们立刻日夜不息地从北门水道秘密挖洞。该地段河床，多是沙土地，城外又是废涝坝，土质松软，好挖。

契阔夫在密道即将挖通时，在东门外推出神拳杨，吸引子归城人的注意力；还把神拳杨塞进骆驼肚子里，上演了让全城人虐心的一幕。

地道挖通后，杨干头让先放入了许多狗呀，猫呀鸡呀，给它们尾巴上拴上火油捻子，点燃后放进来。结果这些小动物进来以后，满城乱窜。有些鸡甚至还飞上人家房顶，引发全城四处起火，烽烟滚滚……

本来马福山是追着跟三要帮着他开大闸门的。可跟三人愣，竟然一膀子把他撞出来，反扣了楼门。他正要拔枪发作，突然看见城内鸡飞狗跳，火苗乱蹿，也懵圈了，急忙跑到内墙边上往下看。

按说，他在城墙上，应该站得高看得远，能判断出形势的诡异性。但他懵圈了，一转身，看到身边发愣的军民，有的还端着碗在吃饭，就下了个错误的命令："都看球啥？快救火！"

子归城人不分贵贱，见火就救，本是习俗。可城墙上的人，负有坚守城池的使命，就有些犹豫。听了马福山的命令，自然呼呼啦啦蜂拥而下，投入到了轰轰烈烈的救火行动中。——很多人面对突然出现的吊诡烟火，不做深思，还兴高采烈地满街追狗抓鸡，相互取闹逗乐……

3

鸡狗引起的火点，此伏彼起，越来越多，越来越大。

地道里的马刀兵趁机进城，拿梯子撑住大闸门，东门外的骑兵一拥而入。

诸葛白的大蜈蚣完全没派上用场。

后来救火的天亮和马福山撞了个满怀，两人才不约而同地发出疑问：不对呀？好像有问题呀，哪来的这些火？

可问题发现得太晚了！就在两人四下张望时，大批的马刀兵已从水北门地下钻出来，成群结队了。

他们源源不断地从地下冒出来，出来后分成三股，一股直冲东门，一股上城墙，另一股站成一排，向拐子街上救火的人，开枪恐吓。

此时马福山才明白过来，救火不是第一位的。他朝身边的人乱喊着："快拿枪！快！快拿刀。"边说边就开了几枪。

可他身边的靖安兵和团勇，很多人根本就赤手空拳，没枪没刀。他们是跑下来救火的，把刀枪都扔在了城墙上。

天亮也没枪，只有一把刀，还是别人的。就只能跟着马福山身边的人，依靠有限的几支枪，恫吓性地开枪射击，边打边退。

而城墙上的葛老板、黄二胆儿等人，一看城门洞开，哥萨克骑兵蜂拥而入，根本就没抵抗，乖乖举起了双手……

战斗的陡然升级是因为木匠郝大头出现了。

他从一家店铺出来，扛着一个窗户板做的拒马，迎面与一个哥萨克骑兵相撞，拒马顿时扎到了真马身上。哥萨克骑兵从马上摔下来，暴跳如雷，就跟郝大头扭打到了一起。

第二节

1

郝大头是古城抗战期间最特殊的一个人物，除了敲锣、做拒马，他极少上城垣，更不参战。子归城人崇尚儿子娃娃，郝大头显然不是。他缺乏抗击强寇的血性，也没有毁家纾难的精神。但紫泉子人，每每说到郝大头，还说这是个好人。

郝大头的前史很悲惨，这您知道。他的后史也不怎样，"花朝惨案"时，他唯一的儿子郝娃子，在马刀兵的追击下，吐血而死，这您也知道——虽然他不知道。不过一个人命苦，也不能一苦到底。到了子归城抗战时，他的命运似乎好了一些。

那阵子，仗打得凶，死的人多。由于城外的树木被金丁砍伐殆尽，没新木材，更没大料，各家各户死了人，就得用贮藏的板子做棺材。而没贮藏的人家，就得拆旧门板、床板、大家具什么的，拼板子做棺材。这就需要有精巧的榫卯手艺，小头李鬼家做不了，只能找木匠。后来到了人们得拆桌子、柜子来拼棺材的时候，小头李鬼家就基本没了生意，而郝大头的木匠铺则一下成了棺材铺，日夜加班还供不应求。

战争期间，百业不兴，只有棺材铺生意兴隆。郝大头很快便有了积蓄，这很自然。

有了积蓄，郝大头就把债主的名号、所欠银两刻在一块桃木板上，隔些天就取下来看看。看攒的银两够还谁的钱了，就上门去还债。谁的还了，就回来在谁的名号下刻上一朵莲花。

到了芒种之战时，城里的债主名号下都已刻上了莲花，剩下的就是外逃的债主了。他就又去买了许多大小不等的陶罐，都是带盖的，在上面写上债主的名号，放进银两，再放上一个木牌，上面端端正正地刻上债主名号，所欠银两及应付利息。

把罐子盖上盖儿，用石蜡封好，抱到债主离开前的原住址上，选个地点埋好……

所以，那一阵儿，大家都忙着打仗，郝大头却总抱着些陶罐四处转悠，忙着埋罐子。

郝大头干这件事儿很细心。他怕自己将来找不着债主，就给每个债主都做了个精致的小牌子，上面刻着还钱多少，埋藏于何处。

郝大头还做了一个结实的木匣子，能把这些牌子整整齐齐地码放在里面，打成包袱，有事儿了，背上肩就走。

2

那天，郝大头应该就是去给人还钱的——可能就是给布鲁特人尤其卡还钱，因为他就是从尤其卡旗下的一家商铺出来的。可是他出来时为何扛着个拒马？这就是个谜，紫泉子人谁也说不清楚。

当时他的徒弟陶七就在外边，陶七跟着郝大头，越跟越没出息，性子也越来越像郝大头，很肉头。他看到郝大头和那个马刀兵扭打在一起，顺着拐子街翻滚了几十米，彼此还不放手。就急了，满大街地喊："叔叔大爷们，哥哥弟弟们！救人呀，我师傅要让人家打死了！"

他沿着拐子街乱喊乱跑，人在哥萨克骑兵的马蹄子下面窜来窜去，就是想不到动手去帮郝大头。

有一刻，陶七跑得离天亮很近了，天亮看在眼里，气在心头。就把手中的刀，朝陶七奋力扔过去，大喊："陶七！你个囊狮！没血性的东西。快去帮你师傅！"

陶七拿起大刀，却又扔掉，哆哆嗦嗦地回应："我师傅不让我杀人！"

天亮气得后槽牙都要倒了，就抢身边武二的枪，要去帮郝大头。可是武二死活不干。两人正拉扯，街巷突然旋风般飞出一匹大宛马，马上的汉子精瘦有力，他挥舞缰绳，"驾！驾！"地几声厉叫，居然就穿过哥萨克骑兵队伍，径直过去，一弯腰把郝大头拎了起来。之后又"驾"的一声，就在大家惊异的目光中，拎着郝大头，消失到了通海楼方向。

这人就是布鲁特商人尤其卡，他的精湛骑术，后来被紫泉子人津津乐道了至少两代人。

3

尤其卡的突然出现，犹如惊鸿一现，在哥萨克骑兵看来无疑是能把人鼻子气歪的炫技挑衅。当时就有人怒目圆睁，大吼一声：他妈的！——大意如此——双腿一夹，追了过去；还有人仰天长啸，一甩马鞭，追了过去；后来是库力·热西丁，朝后大喊一声乌拉，纵马扬鞭，带着大队马刀兵追了过去……

结果，按部署是要打过中门、攻击县衙的马刀兵主力，一拨接一拨地都冲向了通海楼。而按部就班去攻打县衙的人就剩了像老白饿那样成熟理智的哥萨克。他们时而激烈时而和缓地和马福山、天亮、张富贵等军民进行巷战、街垒战，一步步向中门、县衙逼近。

有趣的是，尤其卡的炫技也刺激了其他人。天亮受其鼓舞，就和张富贵、狗剩商议，想要抢一匹好马，也旋风般骑着冲出东门，把神拳杨从骆驼肚子里掏出来，拎到马上，朝随便什么地方扬长而去。而马福山有一刻见通海楼那边打得人仰马翻，异常热闹，也想弄匹马，纵马驰骋前去增援。

幸亏诸葛白及时出现，理智地大声喊："守住中门，就守住了古城子！古城存亡，在此一举。"

大家才又认清了战斗的重点重心所在，继续原地抵抗。

第三节

1

通海楼在山西会馆北边。山西王从陈胖子手里盘过它，原因之一就是它在山西会馆边上，离得近。

通海楼虽然是大屋顶，显得高。透着中西合璧的土豪气，但本质上是一个土木结构的歇山顶建筑物，主体还是生土夯筑的。只是陈胖子很懂中国人爱面子的心理，门楼上"通四海酒楼"的大招牌，用的是海南黄花梨，两边的对联"生意兴隆通四海，财源滚滚达三江"用的则是金丝楠木，招牌又大又厚重。一层明明就是夯土墙，但勒脚、角碑、石础却用白石青石来装饰，图案图像大部分是虎脚造型、麒麟、喜鹊、马踏祥云、狮子戏球。外围又有木质骑楼，可以上楼下廊。骑楼下廊，遮阳又防雨，既是店面的外廊，又是室内外的过渡空间。走在骑楼下，自在闲适，温馨亲近，脚无沙尘，清洁整齐，透着莫名的贴心和关怀。骑楼又有女儿靠长椅，生活气息浓郁，成为品茗、聊天、纳凉、会客、交流信息、晚间凉眠的好地方。

骑楼外的木柱上，还镶嵌有圆形铁环，以供客人往来系骡马之用。

二楼砖墙是属于实砌砖墙，其特点是"红砖白石双坡曲，出砖入石燕尾脊"，即"出砖入石"，把砖与石两种不同材料混砌，造成一种装饰美感。而石头的表面与红砖的表面又产生质地的对比。石块作为面、点，而砖缝作为线，青石、红砖加上一些装饰性的边线图案。在阳光照射下，这些色彩能与周围环境形成一种互动关系，响亮又和谐。

山墙也是泥塑作浅浮雕呈对称式，腰线有红砖、有白石、有青石影雕。

窗牖虽是泥构窗，却与石构窗、瓷构窗特点相同。木质窗柱以一种圆雕形式出现，雕有动物花卉、常见戏曲人物。

二楼上又有檐边，都是些浮雕形式，用木雕彩绘山水人物、三国故事。

总之，通海楼具有一种暴发户式的浮夸和世俗的华美感，天然具有一种亲和力和烟火气，谁来了都想吃想喝。

不过，陈胖子的菜做的不辣不酸不咸，没有火爆劲儿。子归城人觉得像温吞水，多少影响了生意兴隆。

山西王接过了通海楼，就在里面卖山西刀削面、陕西油泼面、新疆大盘鸡、四川大火锅，生意很红火。当然，这也和山西王天天免费送爆炒驴肝肺有关。

2

诸葛白是在马刀兵从地下钻出来时离开的通海楼。

诸葛县长不计前嫌，亲自带人登门祭奠亡父。山西王当然不能失礼，祭奠仪式完毕，就特意把诸葛白、曹大拿请进通海楼，沏茶让座，拱手致谢，并备了酒菜和

子归城

爆炒驴肝肺。

可诸葛白着急，慌不择言，一张口就把山西王气得差点跳起来。

诸葛白说：事到如今，大家都跟马刀兵有了血海深仇。我就想劳您大驾，亲自出马，跟马刀兵谈谈。就算不放人，也先保住神拳杨一条命再说。

山西王听了这话就不舒服，说：听县长这意思，是说我和马刀兵无冤无仇？

诸葛白急忙说：现如今不是就南门上的人，还没跟马刀兵刀枪见血吗？这就好沟通。

山西王的腮痣一下红了，灰毛乱抖：咋？这不是想给我扣通敌的帽子吧？当初我从阿山回来，县长就查我，想给我扣这帽子。没扣上，后来就说我通可可托海的骑匪……

诸葛白有口难辩，一时不知如何作答。曹大拿急忙说：不是不是！王会长你这就误会了，误会了。之后便掰开了揉碎了桩桩件件地给山西王解释。

诸葛白看日过中天，担心东门出事，就打断曹大拿话头，再说搭救神拳杨的正题。并笼统地表扬山西王精忠报国，守城有功。

不料，山西王却不耐烦，慨然陈词说：古城兴亡，匹夫有责。南门、水西门的防守，鄙人自会尽忠尽责，县长无需啰唆。但这与马刀兵媾和的事情，非鄙人所长。鄙人也担不起通敌之罪！还是请县长另请高明吧！

曹大拿傻了，愣了半晌，才打圆场：嗨，我看你酒菜都备上了。要不，咱先吃着喝着再说？

可尴尬至极的诸葛白已知多说无益，急着要拱手告辞了。

山西王可能也觉得自己话说重了，正要跟曹大拿说什么，小陈醋却失急慌忙地跑上来了，报告说：神拳杨被人家缝到了骆驼肚子里。

"啥？"诸葛白腾地站了起来，慌忙追问，"人咋样了？"

小陈醋说："已经没动静了，死了吧。"

诸葛白听了，两腿一软，颓然坐到椅子上，眼圈就红了。

紧接着，东北门一带枪声大作，有人隐约在喊：起火了！马刀兵进城了。

诸葛白才恍然惊醒。但他啥也没说，也不招呼曹大拿，就疾步下楼，走了。

3

山西王在通海楼上坐得高，看得远。他看见中门一带火苗子乱窜，判断定是马刀兵又搞了新的进攻方式。便让人去吆喝会馆的武装人员，马上拿刀拿枪，到酒楼院子里集合。

可人马还没集合齐整，有几只带火的小动物就鸡飞狗跳地到了酒楼跟前。接着马刀兵冲了过来，而且，越来越多。

山西王看到酒楼的一个伙计跑出去想要招呼什么。一出院门，就被一枪打倒在地。山西王就怒了，朝马刀兵喊："你们干甚？"

结果，他迅速招来了乒乒乓乓的一顿射弹。

仗就这么打起来了。

这仗打得山西王很心疼。通海楼的院墙本来就是土坯搭的镂空花墙，单薄又不高，就是起个装饰作用的样子货。愤怒的马刀兵几脚踏翻院墙后，就在院子和骑楼间，纵马驰骋。又扔手榴弹，又放火。

山西王急了，下令冷屃（使劲）地打。

山西会馆的人枪械好，火力猛，就这也打了好一阵，马刀兵才退出了院子。但也没走人，还围在院墙一带，朝酒楼射击投弹。

半小时后，通海楼外表华丽的雕梁画栋，飞檐走壁，就被打得稀里哗啦，千疮百孔了。

好在通海楼主体是土木结构，尤其是地基、一楼夯土厚，马刀兵冲不到跟前，也就拿酒楼没有太多办法。

不幸的是，就在山西会馆的人，对酒楼的堡垒功能信心倍增时，一只拖着火油捻子的老鼠，串进了酒楼。先在一楼散厅、包间引出了几个火点，没有形成燃点后，它又窜进了伙房，上蹿下跳，最终点燃了伙房油缸。

4

富丽堂皇的通四海酒楼，最终就毁于一只老鼠引发的火灾。

子归城

那天，子归城除了县衙、水西门、南门西城墙构成的西南角落，全城几乎都烈火熊熊，黑烟滚滚。通海楼虽是其中最壮观最惊心动魄的，但却不是最惨烈、最悲催的。因为酒楼起火后，里面的人大多及时撤到了山西会馆。

最催人泪下的是从中门到东门一段的拐子街，街道两边的商铺几乎全部过火。宾努的暹罗大米被烧掉了十多马车，他后来含泪离开了子归城。墨兰迪库藏的丝绸地毯全烧没了不说，十多间铺面，也都烧成了残垣断壁。

还有城中央的梦春院也房倒屋塌，本来已经从良、正在里面做着女红针线的优儿、俪儿被困楼中，一个窒息而死，另一个下落不明。古城子一代名娼显妓，双双香消玉殒，令黄二胆儿、刘亮程等许多男人扼腕叹息，看花溅泪，见鸟惊心[k]。

令人扼腕叹息的还有驼二婶的车马店，因为无人看管，被烧成了一片瓦砾。虽然没死人，可"商界楷模"的锦旗在旗杆上才挂了没多久，就被烧成了一片片祭祀的幡儿，随风而逝了。

合富洋行的旧楼因为是石头的，院墙又厚又高，鸡鸭猫狗一类，飞不进去，或许飞进去了也被疯狗吃掉或咬死了，没起火。但它旁边的郝记棺材铺，却被烧得一干二净。好在也没死人——当时，郝大头随着尤其卡已经逃走了。但他的徒弟陶七，却在拐子街上被困火海，最终烧得连个人影都没留下。

此外，福建八行的黑老陈家，王二麻子的油坊，肺痨子严济生的盐行等，在这场大火中，大多没有死人，但都损失惨重。比如福建八行的黑老陈家、庄阿财家，几乎所有的茶叶全被烧光，不得不泪洒古城，回了老家。

不过最让天亮虐心刺肺的还是神拳杨家。

5

神拳杨家的悲剧在《古城图志》等多个文献里都有记载。

---

[k] 链接　梦春院的老鸨汪妈也是子归城最著名的媒婆，她从一个嫖客嘴里听过优俪这个词后，超级喜欢，就给许多妓女都取这个艺名。每当有叫优儿、俪儿的妓女走了，丢了，死了，赎身了，她就会把别的妓女改名叫优儿、俪儿。因此梦春院直到最后被关闭查封，都还有妓女叫优儿、俪儿。外面的人搞不清楚，还以为优儿、俪儿是梦春院两个永远不死的头牌。

当时，马刀兵已突进到了中门，天亮等人守在由门板桌椅构成的街垒边浴血奋战，正做气壮山河的抵抗。突然一个丹凤眼柳叶眉的女人，抱着女儿，领着儿子来了。她苦苦哀求焦大、武二，要救神拳杨。那时候，王二麻子、张富贵均去向不明。

天亮一看，那人正是神拳杨的正妻陈氏，当时就臊得想把脸塞到裤裆里。

"婶子，你赶紧带着娃娃回去吧！说好的，我们去救杨掌柜。这不仗打得停不下，出不了东门嘛！"天亮说。

"就是。你看前面，又是马刀兵的骑兵，又是这么大的火，人过不去嘛！"焦大、武二也说。

那女人却淡然地看了天亮一眼——这一眼，如泣如诉，让天亮如临深渊，越想越怕……

此时，刚好契阔夫出现，诸葛白喊着"擒贼擒王"，带头向契阔夫开了一枪。天亮也就跟着日妈咒先人地骂着，拉扳机，上子弹，准备开枪。

后来某一刻，他感觉到了某种异样，定眼再看，发现许多人都没动作，在看前方。

前方，小脚女人陈氏，一手牵着儿子杨文登，一手抱着女儿玲儿，扭着小脚，迎着契阔夫，一步一步往前走。

"嗨！婶子，那不行！"天亮喊着，下意识地从街垒后面跳了出来。

武二被惊醒，也跟着焦急地喊："回来！"

"子曰——"焦大嗓门大，这一声吼，倒是把陈氏震住了，她停下了脚步。

四周一片静寂，大家都万分期待地等着聆听孔圣人的话。

可孔子说了那么多关于仁义礼智信的话，焦大平时就没记住几句，这时候哪能想得出来？他结结巴巴，大张着嘴，急得双手朝天挓挲着，还摇摆，可就是发不出一个音。

陈氏半天听不到圣人的声音，就又扭着腰肢，轻摆丰臀，头也不回地继续走。

"我要去找我男人。"她走到契阔夫身边时，小脚没停，坦然地说了这么一句，就过去了。

契阔夫看着小脚陈氏，扭着脖子，像行注目礼般目睹她穿过了马刀兵的队伍，竟然毫无动作，一句话也没说。

天亮发现，小脚女人陈氏是对着冲天大火走过去的。天亮还看见，当母子三人将要接近大火的时候，杨文登沟子坠下不想走，可他的母亲紧紧拽着他的手。

也许是映红半边天、高达几丈的红色火焰让杨文登恐惧，也许是火焰的炙热高温，让他难以忍受。总之，他回过头，竭力挣扎着朝后面伸了伸手。

"婶子回来！那是杨掌柜的血脉！"天亮血脉贲张，抓起身边一把大刀，不顾一切地冲了过去。

马刀兵高度紧张，端枪举刀。契阔夫看着天亮冲过自己身边，依然没有下达任何命令。

"快回来！放手！放开娃娃！呔——"天亮的这一声吼，堪比当年在黑沟煤窑追二锅头时的那一声。小脚女人陈氏肩膀抖了一下，杨文登趁机挣脱束缚，跑过来，抱住了天亮的腿。

也就在那一刻，那女人悄然走进了红色的火光之中。

"婶子！赶紧回来！"天亮大喊着。

可小脚女人突然就没了。消失得无影无踪。

奇怪的是，她和她怀里的玲儿，至死都没有发出任何声响。在天亮眼里，这对母女，就像一团雪，倏地就融入了红色的火海之中。

"说好的，是我去救杨掌柜的嘛！"天亮扔掉大刀，一屁股坐到地上，啪啪打了自己两个耳光。自此之后，天亮一想到陈氏看他的那一眼就不寒而栗。天亮觉得那一眼，分明透着对他诺言和人品的不信任。他受不了这个，怎么也受不了。

6

天亮刚打完自己耳光，通海楼就垮塌了。

通海楼是饭馆，油腻，在子归城最具烟火气。烧出的滚滚黑烟也就最雄宏浓烈。通海楼又最华丽，雕梁画栋，出砖入石。那些钩心斗角的飞檐走壁，木刻雕花，烧起来也最积极踊跃，迫不及待。有风没风，都呼呼作响。加上它又有很多石雕瓦片，时时爆裂飞溅。因此，通海楼的燃烧，光芒四射，色彩斑斓。而且由于伴随着不时的爆裂声以及随着爆裂飞溅出的各种火星木炭和闪耀的火花，看上去流光溢彩，蔚为壮观……

通海楼的最后覆灭是因为生土结构的一楼夯土完全被烧酥了，撑不住二楼出砖入石的沉重结构，倏地一下就坍塌了。那情形很像天亮看见陈氏走入火中后，双腿一软，坐到地上的状态。

通海楼坍塌时，有大漠孤烟的意境。它产生了一团灰黄色尘烟，像一枚轻盈的巨大蘑菇，袅袅升空。有一刻，它甚至让亮丽的日光火光都黯然失色了。

尘埃落尽之后，天亮惊讶地看到：钟爷突兀地出现了。他坐在木轮车上，尘外孤标，样子像从蘑菇云尘里降下来的。

7

行文至此，我得给哥萨克骑兵刀一个特写。

哥萨克骑兵刀俗称马刀，是世界八大名刀之一，谁被这样的刀击中都没有好结果。

刘壮志在他的著作中介绍过哥萨克骑兵刀：传统的哥萨克骑兵刀长约90厘米，采用中亚铁矿石冶炼出的精钢打制。厚背宽刃，橡树叶状刀尖，占据整体宽度2/3的深弧血槽，刀身拥有优美却又凶悍的弧度，鹰头般的包铜手柄，重心靠后。标准的哥萨克骑兵刀握把无护手，重心靠后便于激烈运动中挥舞、转刀，哥萨克骑士传统的劈砍技巧就是利用重心弧形劈砍。重心靠后还便于在骑乘冲击直截对手时的刀身平稳不晃动。

刘壮志还说：标准的哥萨克骑兵刀没有护手，带护手的都是后装或者定做的握把。为了使刀的整体重心靠后和稳定，有些哥萨克骑兵刀的"鹰头包"是整体铸造或是罐铅的，这样做的附带好处是当对手距离骑士很近，并拉拽骑士时，够分量的握把底部能轻易地敲昏对手甚至打裂对手的头。

那天，天亮就是被这样一把可能灌铅的骑兵刀刀柄打晕了。

子 归 城

当时天亮看见钟爷出现，急了，大喊着："爷！你咋跑出来了？快回快回！"就转身往回跑。

可是，杨文登吓坏了，抱着他的腿，嘤嘤啼哭。

契阔夫允许天亮过来救陈氏，却不容许他过去救钟爷。他挥了挥手，于是两三个哥萨克骑兵就策马扬鞭冲向了天亮。

不巧的是其中一个黑胡子马刀兵，大约受尤其卡炫技救郝大头的刺激太深，照猫画虎，也复制了一遍尤其卡的炫技过程。——他把杨文登抢过去拎在手里时，还把天亮也顺势拖倒了。

天亮倒地后顺手抓起了刚刚扔掉的大刀——多年后，天亮爷爷给我说过，那把大刀正是当年他砍破金丁衙门大鼓的那把刀，他坚守中门时发现杨修扛着它，就特意要过来，放到了身边。那把刀严格地说是把仪仗刀，太大，太重了，并不适合当武器作战。杨修扛着它，谁看了都觉得滑稽。

但天亮力气大，从地上抓起那把大刀，乱喊乱叫着就抡圆了转了三圈，朝黑胡子马刀兵甩了出去。

大刀没砍上黑胡子马刀兵，但铁质的长刀柄打中了他。他惨叫一声，居然神奇地跌落到了旁边的胭脂铺里，把脸整得红白相间，粉红鲜嫩，像舞台上的妙龄花旦。

那一刻天亮终生难忘，他并没有看到闪光的刀片飞向了哪里，但看到一匹被砍了头颈的黑马，挟着鲜血的红雨，腾空而起，越过两道路障，飞扑到他面前，抽搐而死。

刹那间，天亮周身的血液由红变紫由紫变青由青变黑，最后凝结成了冰冷的硬壳。巴索夫的大黑马终于再次出现，使天亮感到了某种不祥。他无知无觉但绝对疯狂地窜到大黑马跟前——他看到安然长眠的大黑马身旁，杨文登像只小狗在嘤嘤泣哭。

他伸手去抓杨文登，却突觉后脑勺上像遭了雷击，嗡的一声，他就趴倒在地，昏死过去了。

第十二章

山河失色

第一节

1

莫菲来找我，说她要跟海丝梦的金丝边眼镜去北京。那里要开"一带一路"会议，几十个国家的元首都要来。他们要去看看。

见我一脸愕然或者茫然，她笑了，说："刘老师，别想歪了。我们就是结伴去北京旅游，看看会议盛况。没别的。不用吃惊哦。"

我只能假装不吃惊。其实我很吃惊，金丝边眼镜是林子非的儿子，这事儿莫菲知道吗？

莫菲又告诉我说：金丝边眼镜在中关村有好多同学。她想把我的硬盘带去，看能不能找家高科技公司把数据恢复出来。

我给她硬盘的一瞬间，忽然发现它的形状像钟宅村的功德碑，只不过是个微型版。

我手抖了一下，感到了一种神秘的力量。我在钟宅湾写作，总会想起钟爷。我发现，硬盘是个非常重的东西，就像一个人的乡愁。

子归城

我在钟爷的乡愁里写钟爷，不能乱来。阿发给我来过电话，说：福州来人鉴定了，说功德碑是钟氏祠堂的一块私碑，应该留在村里。

我就想去看看。

2

钟宅村已经从"莫兰蒂"台风中涅槃重生，恢复了形貌，甚至还拓宽了道路，在清理了废墟的路旁新建了商铺。阿发老板就和人合租了其中的一间，收售旧货。他看见了我，就主动做起了向导。他对他的新生意，显然很满意。

村口的大坑，已经被填埋。阿发说，那个坑看似不大，实际上拉了足有十几车土才填起来。

那棵倾斜歪倒的大榕树，也被重新栽了起来。

阿发做人活泛，已经跟村民们熟得火热，他带我去村委会时，还和村长亲切拥抱——两个男人间拥抱，在百年前的子归城，不可想象。可现在很流行。

村长告诉我说，福州来的专家对那个大坑进行了鉴定，说是"8·23"炮战时挖防空洞形成的，里面不可能有古建筑的遗迹……

我望着洗刷一新黑黝黝的功德碑，有些诧异：在我们这个红土岩构成的岛上，他们是从哪儿搞来这么质地优良的黑石材的呢？它黑亮得就像电脑硬盘的外壳。

村长是个大学生，很聪明，马上看出了我对大坑不感兴趣。"老师！您上次说想查查村里过去有没有一个叫钟则林或者钟阳明的人，我们查了，没查到。不过，福州的专家说了，庚子年也就是1840年，有一场特大台风正面袭击了我们这一带。我们村的房屋建筑基本都垮了，海啸带来的海水淹没了半个村子！那场台风在历史上有记录呢，叫庚子风灾。专家说，过了一年多，逃难的村民回来，重修祠堂时就立了这块碑。您看，这碑上还刻着落款：道光二十二年，也就是1842年。"

我抚摸着功德碑上的刻字，暗自感慨：刘岸啊，你笨得真是只配写小说了！1842年，钟爷正好是八岁。往前推两年就是庚子年，他老人家正好是六岁啊！你早看到了道光二十二年的落款，可怎么就没想到呢？

现在，我相信钟爷列传上说他"幼而聪颖，博闻强识"，所言不虚了。

村长还说，现在姓钟的人家不多了，但还是有一个钟姓老人听他父亲说过，庚子年大台风来的时候，死了许多人。其中就有一对偷偷出海打鱼的母女……

村长问我，想不想去拜访一下这位老人。

我谢绝了。

在我看来，钟宅村的黑功德碑就是他们的一块硬盘。我给它再次拍照后，就告别村长和阿发，回家，坐到了电脑前。

我写作有个毛病，不把人物的来龙去脉搞清楚，心里不踏实。现在我虽然怅然忧伤，但确定了钟爷的"来处"，再写他的"去处"，心里就踏实多了。

3

丁巳年，钟爷八十三岁。

钟爷在生命的最后阶段，成天都在白日梦游，而且越来越深地陷入了对世界的无知无感状态。一城的枪声炮声，他充耳不闻，看什么都恍如隔世，要么呈现着飘忽不定的白色迷雾，要么便是连绵起伏的黄色；要么是梦幻般的绿色，在湿漉漉的雨中浮现。而且，在这样的梦幻世界里，他不仅听不到声音，也没有触觉、味觉，感受不到现实的尖锐。

但全城起火时，他看到了拱形的苍穹中火焰四处燃烧，感受到了烈火的血腥和灼热。他从浑噩的状态中醒来，就发现自己被烈火包围了。他看到自己变成了何坨子，在烈火中，噼啪作响。而他的灵魂则随着身边的鸽子，飞来飞去，还发出悦耳的哨音。

后来房子倒了，腾起一股尘烟，他看何坨子埋在了烈火中。而他却奇怪地置身事外，被一条长长的绳子捆绑在一张太师椅上，无法动弹。他使劲挣扎，想要脱开那一道一道缠绕他的绳索。后来，他猛然发现那绑在椅子上的人不是自己，而是蒙乾。他看到蒙乾为了解开绳索，向后仰躺，不断仰躺，最后就连人带椅子一块摔倒在地。而他的双手也就由此够上了灶上的曲曲板，他急切地使劲划着曲曲板，试图用它的火焰烧断绳索……

火，终于烧起来了。蒙乾的后背上也燃起了呼呼的火苗，烧得他惨叫不已，满地翻滚。他显然后悔了，前翻后滚，试图压灭火焰。但是舞动的火星火苗却点燃了蚊帐、地毯，它们暗火不断地冒出袅袅青烟。后来，这些烟雾变成滚滚浓烟，蒙乾的影子就看不到了。

一切都灰飞烟灭，成了烈火和浓烟。他却悬浮在空中，看见何坨子平静地在烈火中自焚，看见蒙乾在烈火里狰狞地呐喊、痛苦地挣扎……后来蒙乾窒息了，像一截腐朽的树根，噼啪作响地在烈火中燃烧，发出阵阵油脂的香味。

他有些恍惚。不明白为什么何坨子——还有蒙乾，都要在烈火中结束自己的生命。他不想葬身火海，就推动着木轮椅，逃离火海。

他跑得很快，越跑越快，一会儿就飞了起来。他的鸽子在欢呼着他的轻盈和速度。

后来，他被一些巨大的刺耳的声音震落到了地上。环顾四周，才发现自己坐在大街上。眼前是弥漫的黄沙和奔跑的马刀兵，还有与他们交战的古城子人。

他不明白火灾已经来了，他们为何还要打仗？便大声呼喊："吥，你们都听着！"

4

自迎儿出走后，钟爷的双腿就不会动弹了，表皮还不断发霉。行动只能靠木轮椅。为此，云朵让人砍掉了钟爷房间的门槛，让他进出房屋如履平地。

天亮出狱那天被院门槛摔了一跤，就索性把门槛锯掉了。子归城大火时，他去救神拳杨，人没救成，自己也被困在了街上。云朵见四面大火，怕酒坊也着火，就催着二锅头、孟托及酒工，往地窖里藏酒、埋酒……

大家都被人间的琐屑俗事儿纠缠，无暇他顾。只有钟爷超然地洞悉天地变化，古城风云。结果，奇迹就发生了：钟爷带着林则徐的牌位，领着他的那些鸽子，自己转动木轮椅，到了中门火线。

当时，马福山的靖安兵已经顶不住马刀兵的进攻，他拉着诸葛白退到了县衙里。庶民们有的跟到了县衙，有的不甘心，还在街头巷尾、残垣断壁间，做不成规模的顽抗。

钟爷穿着二锅头给他做的那套宝石蓝缎子寿衣，色彩明度很高。通海楼的尘烟一落定，交战双方就都看到了木轮椅上的钟爷。

"呔！你们都听着：这古城子要毁了！临死前你们都听我说几句！"他几乎是用尽了全身的力气，想要一字一顿地说点什么，可是，话到嘴边，却成了歌唱：

岂曰无衣？与子同袍。

王于兴师，修我戈矛，与子同仇。

岂曰无衣？与子同泽。

王于兴师，修我矛戟，与子偕作。

……

隐隐地，从县衙的某处残垣断壁中，传出了诸葛白的伴唱，时隐时现，时断时续。

哥萨克是个热爱歌舞的群体，他们第一次听到这么高古质朴的歌声，闻所未闻，不禁停止了战斗，看着钟爷，还试图跟随着唱个和声啥的。至少有人跟着打起了节拍。

可惜，钟爷在歌声中再次颠懂了，无知无觉地进入了梦幻世界。

"塞外苦寒，冰天雪地……"他听到恩公林大人在他耳边似有似无地说。他看见戈壁无垠，大漠孤烟，恩公坐在车上，叫他背诵《诗经·无衣》：岂曰无衣？与子同袍。他就钻在恩公的大皮氅里，听他讲述什么是"袍泽"，什么是兄弟……

之后，恩公指着天边说："那是一棵树。张骞的手杖长成的树，两千年了。"

可他什么也没有看到。

后来，无数个日月光阴里，他都盯着天边，想看到那棵树。

可他看到的是一个银白的世界，在这个世界里，他总是会看到殷红的血，像缤纷的落英，随处飘荡。

再后来，恩公领着他，走进了一片绿色的世界——他们走在天山脚下的绿洲

子 归 城

上，走了一个村庄又一个村庄，最终走进了古城子。

恩公告诉他："古城子是城摞城。现在城外的大路，还两头连着海，通天下呢。"

恩公的话，总让他想起家乡。那是个绿色的渔村，也是个他永远不想再去看一眼的世界。——庚子年，父兄牺牲后，村民们把他们孤儿寡母赶到了最低洼的海边蜗居，还向母亲隐瞒了台风要来的消息。结果，一切都成了梦魇。台风过后的小渔村成了一片死寂的世界。遍地是水，天空灰白。只有他家门口的那棵大榕树，还从水里伸出巨大的树冠，向天地间荡漾出浓浓的绿色——它上面挂着母亲的蓝花头巾……

几十年后，就在这幅噩梦般的图景开始在他心中褪色、淡薄，他也认为自己行将就木的生命就要回归自然时，让他惊心动魄的噩梦再次出现了：有一天，他发现绿色的涅槃河，一夜之间，抛弃了她养育的古城子，朝着大火熊熊的黑沟，奔腾而去。

他仰首睁目，两行清泪潸然而下："大灾大难呀，血光之灾呀，灭顶之灾呀！"

然而，令他愤慨而忧虑的是：众人昏昏，浑然不觉。大难临头的种种怪异现象就在身边日日发生，可人们熟视无睹充耳不闻，无论他怎样讲述，他们都全然不信，不是吃惊地一愣，怪异地看他一眼，匆匆逃开，就是茫然回顾，一副莫名其妙的情态，仿佛这是天方夜谭。

天亮也像个睁眼瞎子，什么都看不见，还自以为是地说："咱有马有车。随时能走，爷！不怕。"

他一怒之下，就让天亮把他推到院墙下，用木棍激动地指着城墙缝中的那些牵牛花说："你看，古城子是不是行将就木？大难临头？"

那些墙缝中的牵牛花，已全部死亡。墙根下，只有海娜花褐色的茎叶在风中冷冷地抖瑟。他采下院里唯一的一朵开放的海娜花，让天亮默认这个事实：道光年间的庚子灾祸要在古城子重现了！全城的生灵都将在腥风血雨中萎缩、枯黄，随风飘荡。

后来到了一个明媚的白云天，他蓦然发现：原先院中那排槎枒沧桑、彼此交叉形成拱顶形的海娜花叶簇，竟一夜之间不翼而飞。

天亮冥顽不化死不开窍，竟说那海娜花是诱导他病症的罪魁，乘夜暗偷偷让伙计们把它们全搬走送人了。

海娜花荡然无存的空地儿呈现着一派含义神秘高深莫测的荒漠景象，他陡然感到一阵眩晕："天灾人祸，近在眼前。庚子之灾，无可避免！"他弃杖于地，仰天悲叹。

5

契阔夫显然感到了事情的荒诞：歌者睡着了。

"什么意思？这是唱歌吗？有这种音乐吗？"他大声追问。

"没有。人老了，颠懂了。"停止了战斗的子归城人大声回答。

契阔夫感到被戏弄了，拔出了战刀。

马刀兵们也就叫了起来："怎么？我们是在等奇迹吗？这个老头儿已经老得连唱歌的力气都没有了！难道他穿出这么怪异的衣服，就会是可以跟上帝沟通的牧师吗？他已经老得经不起一场风暴了！"

的确，在生命的最后这段时间，钟爷已老得让人胆战心惊。但他还是被叫嚣声吵醒，睁开了眼睛，张开了嘴："咱这里，两头连着海，通天下哩！"

马刀兵又愣了，看着他，出现了短暂的宁静。

钟爷一字一顿地吼着说：当年，有八百户金妻从海边过来，又有八百位军户从沙漠过来。他们违而不反，和而不同，在这里建起了古城子。今天，你们过来了，为何不能像当年的八百先人一样，大家共谋发展，和合共进，再建新城呢？

马刀兵们听懂了，捂着肚子大笑起来："他说，让我们跟他建一座城？！哈哈！"

"嗯嗯，你们看见海了吗？百川归海，有容乃大。你们又杀又打，苍天震怒。"

马刀兵们打起了口哨："哈哈，他说，天怒了。"

钟爷急了，大吼："你们到底要死多少人，流多少血，才能明白这个道理：靠杀人放火流血打仗是解决不了问题的。知道和合二字吗？不同者可以和，和则活，合则生……"

契阔夫听不下去了，说："哥萨克人生来就是为战斗而生的，我们过的就是刀尖上舔血，为荣誉而战的生活！"

钟爷说："人在进步，世界在向前。哥萨克，早晚会消亡。"

"什么？你是说我们都会死绝了吗？"热西丁听懂了，高喊一声，拔出马刀，就要纵马向前。

"站着！库力·热西丁！"契阔夫喝止住了热西丁，又一挥手示意众马刀兵都放下手中的枪。然后对他们说："这是个有脑子的人。留下他的脑袋，让它慢慢去思考人类的未来吧！现在，我们的任务是：占领古城子！"

乌拉！马刀兵一阵欢呼，越过钟爷，向县衙冲去了。

钟爷依然在吼着说：你们知道城外的官道叫啥嘛？叫阳关道！它两头连着海，通天下哪！你们放着阳关大道不走，却要在这杀人放火！？苍天已经震怒了！天地怒，则山川崩，江河枯。山河不在，则人尽失，烟火灭……

他怀里抱着恩公林大人的牌位，显然是抱定了必死的决心。

但他的人和声音，很快就被突如其来的沙尘暴淹没了。

第二节

1

丁巳年夏天的这场沙尘暴在《古城图志》上被记载为"从天而降。若天塌地陷，史无前例"。

它是随着一场惊天动地的大风暴骤然出现的，瞬间风力达到过飓风级别。

它后来被气象学界永久记载并研究。多数的研究者都说它突如其来。但也有人认为，其实它有兆示。我们紫泉子人就认为神人钟爷早就对这场飓风级的沙尘暴进行过预言和警告：

天狼生于北，
黑飙肆于南。
老阳烽火时，
胡沙漫荒城。

老阳者，夏日也。钟爷的这首五言古风作于丁巳年春，显然具有预言性质。

钟爷还有四言偈诗一首，也能证明他预言了"胡沙漫荒城"的时间：

天狼在北，黑飙于南。
烽火老阳，沙漫荒城。

这首偈诗在《北丝路记考》中也能查到，时间更早。

钟爷的预言以及对大风暴的恐惧让我们紫泉子人至少心惊胆寒了两代人。

2

丁巳之夏的这场沙尘暴的确前所未有史无前例，连老户儿家的先人都没见过。它带来的沙尘弥漫数百公里，宛若海啸。它遮天蔽日地席卷而来后，烧焦半条街的燎原大火就被窒息，子归城也就湮没进了伸手不见五指的昏暗之中……

毋庸讳言，这场沙尘暴让紫泉子人都落下了一个毛病，一说到它，就会下意识地抬头看天或张望北方，怕类似的噩梦会忽然再现。

丁巳年的沙尘暴是从北沙窝那边过来的。

它最初出现，是天边一条暗色的带状条纹，接着便迅速膨胀扩大，让人恍惚间觉得沙平线上杀出了一支古游牧部落，前呼后拥地冲杀而来。人马越来越多，越来越密。后来它变成了一道波澜排浪，以极快的加速度开始上升。再后来，它就变成

子 归 城

了黄河壶口，翻卷着黑褐色的瀑布和金黄色的浪花。把苍穹迅速泾渭分明地分成了两块，上面是白云漂浮的湛蓝天空，下面是迅速膨胀演变的褐色帷幕……

褐色帷幕似乎只是快速扩大、升高，并不急于向您逼近。待到它高耸入云，遮天蔽日时，您才会发现身边已经狂风大作，飞沙走石了！

沙尘暴抵达子归城时，城内的大火回光返照，表现得相当恐怖：中门的火龙甚至都扑到了县衙。满城火苗乱蹿，火星四溅。许多燃烧的椽子檩子，丁零哐啷地在街道上乱滚。那些轻盈的草木物件，草编的篓子啦，竹制的灯笼啦，还有油纸雨伞，割草的筐，装菜的篮子，不管是否燃烧，都漫天飞舞。比先前马刀兵放出的那些鸡狗猫鼠，更肆无忌惮地到处引燃火点。但是，沙尘暴的主体是强劲而有力的漫天飞舞的沙土，不仅遮天蔽日，弥漫乾坤，还有许多质量沉重的飞沙走石，后来就和PM2.5及其雾霾切割身份，划清界限，慢慢降落下来，陆续扑灭了各个火点。待到沙尘暴的主体掠过后，风力减弱，更多的沙土自主降落，很快便把全城的大火窒息灭亡了。

云朵就是在这个恐怖的时期发现钟爷不在的。她最先还尖叫着，拉着孟托，冲向各个犄角旮旯，大喊："爷——爷——你在哪儿？"

后来，她就人让酒工们三四个人一组，手拉着手，冲出了酒坊。

3

丁巳年的沙尘暴猛烈而短暂。

沙尘过后，灰烟弥漫的子归城，笼罩在霾的世界中，如坠深渊，天昏地暗，尘雾如晦，暗无天日。

……在全部的感觉只剩下昏头涨脑灵魂出窍之后，不知过了多久，天亮迷离恍惚的感觉中有了潮湿感。他试着蠕动了一下身体才睁开眼：的确，是下雨了。漆黑的天空电闪雷鸣，映得缕缕落沙恍若闪闪的金条，而稀薄的雨珠却细腻而纤巧，显得飘忽不定。

但暴风停了，只有些零星的风，时断时续拖拖拉拉地还在刮。天亮慢慢爬起来，抖落一身沙土，茫然四顾。此刻他已清楚地知道战斗停止了。

"回家！"当这个有些忧伤的念头升上心头时，天亮深刻领悟了当年八百金妻和八百军户的恐惧：人不能没有栖身之地。

"回，就是，回家！"他自己鼓励着自己，走了两步，拾起一根焦黑的木棍，一步一步移动着往酒坊走。

可实际情况是：他像一个孤魂，踏着柔软的细沙，身不由己地四处飘荡、漫游。后来，当他漫游了足够长的时间后，雨住雷歇，透过漫漫沙帐，南方渐显出了一团微弱的淡晕。这时天亮才意识到：古城子没有下雨，那些给他带来潮湿感的所谓雨点，其实是他头上流注的血，与细腻的沙土融合凝结时产生的紧缩感。——这不能怪天亮，一个人的脑袋，在短短几天里先是被不明物体击打出血，现在又被鹰头刀柄击打出血，甚至还打成轻微脑震荡，造成昏厥。搁谁头上，谁还能保持正常的感知能力？！

天亮木然彳亍，在已经没有流弹横飞的街上走了一会儿，才发觉自己鼻酸眼热，双腿打战。他凄然回首，看见通海楼仿佛成了一座墓茔，若隐若现地燃烧着磷火般蓝幽幽的火焰。

这时候他又想起了那个走进烈火的小脚女人陈氏，想起了抱着他大腿啼哭的杨文登……

他猛然有了一种醍醐灌顶的瞬间清醒，"我咋啦？"他这么想着，就拄着木棍，停下了脚步。

他看到了两只白色的鸽子，落在他眼前的拒马上，咕咕叫着。后来它们比翼双飞，振翅而去。他想起钟爷说过，这种鸽子叫和平鸽。

他想起了这是钟爷的鸽子。

"爷……对！爷呢？"天亮猛然吓出了一身冷汗，他搓了一把自己脸上的血痂，四处张望。慢慢地，他想起了钟爷在烈火中闪烁不定的身影，耳畔还响起了铁蹄的奔腾声……

"爷？爷！爷——"天亮朝着和平鸽消失的方向，步履蹒跚地跑了过去。

这时的天亮，没有想起来他要去救神拳杨掌柜这件事儿。

子 归 城

这不能怪天亮，他的脑袋被那把灌了铅的马刀把柄打坏了，忘点儿什么，很正常。

4

死于风沙生于水，

涅槃梦断驿路边。

烽火连天城涅日，

家祭犹在胡沙中。

钟爷是神人，这是他生前写下的一首七言绝句，准确预言了自己的生前身后事。

天亮回到酒坊时，钟爷已经死了。他静静地坐在木轮椅上，仪态安详，怀里抱着林则徐的牌位。神情自若，像个睡熟的孩子。

他身上穿着二锅头给他做的寿衣。宝石蓝色，像海。

天亮抱着钟爷的腿，磕头痛哭时发现，钟爷已经像一块石头，凉了。

云朵他们是在中门外发现钟爷的。当时，她只是模糊地看到了一个伸向天空的手，在风中晃动，就立刻歇斯底里，哭天抹泪。酒坊的人，则立刻冲上前去，大呼小叫。

当时，沙尘暴笼罩的天地一片昏暗。大风已经吹翻了钟爷的木轮椅。

巨型人孟托情急之下，推起木轮椅就要跑。云朵立刻大喊大叫，怕把钟爷颠坏了。后来是大伙儿抬着木轮椅，顶着狂风，一步一趔趄地把钟爷抬回了酒坊。

云朵想让孟托把钟爷抱上炕。孟托发现钟爷双手死死地抓着林公牌位，关节已经僵硬了。

二锅头伸出一根指头，测了下钟爷的鼻息，对云朵说："咱爷，归天了。"

云朵就瘫坐到了地上，哭。

后来是刘新坤进来，在地上撒泼打滚地哭。

再后来，天亮回来，跪在地上哭。

第三节

1

如果您长久凝视一个人的耳郭，并且把它海量放大，把凸起的耳郭线理解为残垣断壁，你就能想象出飓风级沙尘暴过后的子归城模样了。当然，这还需要你有一双3D的眼睛。

沙尘暴过后的子归城像落了一场厚厚的黄色雪，尘埃覆盖全城，把那些被烧掉了屋顶门窗的废墟或者没烧掉屋顶门窗的残垣断壁都统一装饰成了焦黄色，并且使之显得圆润、光滑，像人体的鼻腔、耳郭……

2

钟爷瘦高，溘然辞世，关节很快就硬了，没法入殓。孟长寿给他按摩搓揉了半晚上，清晨才把关节活动开来，将人放进了棺材。

"天热，赶紧入土为安吧。"孟长寿说罢就走了。他很忙，诊疗所一处被大火烧了，另一处被风沙弄得房倒屋塌，还砸伤了人。

天亮的脑袋短期内被沉重打击两次后，有些不灵光，竟然就想着要去找一支有吹鼓手的丧葬队。结果，一出院门，就被人高声喝住了："投降！"

天亮抬头一看，废城墙的垛口上，站着几个马刀兵。他们不会说别的，就两个字：投降！

"投甚降？咹？"天亮一脸懵傻，还想争辩，那边却啪啪打起了枪。

自此，酒坊的人才发现，院门外成了火线。

3

马刀兵占了中门，控制了子归城四分之三的区域，就沿废城墙放了一条警戒线，封锁了林公渠北岸。又沿南十字至南城角，放了一条巡逻线。结果，县衙门就成了战线上的一个突出部。

诸葛白在这个突出部上，还是能洞悉全城的。知道了钟爷去世，他就带着马福山绕到林公渠南岸，翻墙进了酒坊。

诸葛白给钟爷写了挽联、挽幛。祭拜完毕，他忽然想起俏红、神拳杨可能已在城外被沙尘埋掉了，内心陡然一阵悲欣交集。悲的是亡者已逝，尸骨不明。欣的是两人好歹也算老天有眼，天葬入土了。

诸葛白心酸难受，起身后就对天亮说："天热，得赶紧入土为安。"

"可狗日的马刀兵就在门外站着呢！咋整呀？"二锅头说。

诸葛白听了也一筹莫展，只能仰天长叹。

这时的云朵已经化悲痛为焦虑，她看着门外说："天这么热，马刀兵也得给自己人收尸吧？"

诸葛白一听，立刻有了信心和主意，就命令马福山："你马上回去，让老秦（杨修）修书一封，派人送给契阔夫。建议双方停战，各自处理死者善后事宜。"

云朵却又拿出了一个信封，"这是……前些日子，爷爷嘱咐的。说是谁当县长给谁。"

诸葛白打开信封一看，却还是上次的那个禁采禁伐令：*种树者，奖。伐树者罚。掘河坝毁道渠者，罚。滥开矿窑者，坐牢。*

显然，钟爷生前写了不止一份。

诸葛白慨然欲涕："老人家临终，也没忘提醒后人这才是头等大事啊！"

这时，县衙那边又响起了枪声，马福山正要出去看情况。却有一个靖安兵爬上墙头报告：葱头回来了！

诸葛白一听，眸子就亮了。把钟爷的信往怀里一揣，顾不上多说话，急忙招呼马福山，搭了梯子翻过墙头，往县衙跑去了。

4

葱头是在城外盘桓良久，才混进城里来的。他不知咋弄的，把自己搞了一身猪粪，又浑身沾满了黄泥。像个从粪坑里捞出来的叫花子，臭气熏天。

诸葛白顾不上躲避葱头的粪臭，一进衙门看见葱头蹲在大院当庭，就赶紧屏退左右，低声问："援兵何时可到？"

葱头不语，从怀里掏出了三根金光闪闪的金条，捧给诸葛白。

诸葛白一把打掉金条，问："没援兵？咋回事？说话呀！"

葱头欲言又止，接着低声拉起了哭腔："县长，镇西府是空的，没兵。兼守备张虎青可能是冒牌的，他挂印东归后，新县长从迪化出发，还没走到绥来，就下落不明了。可能让土匪杀了，也可能让风沙卷走了，还可能自己跑了——"

"别扯那些可能！我问你，打听清楚了吗？镇西府的兵呢？"

"没有。没有兵。张虎青这些年，一直唱的都是空城计。那里的兵只有三十来个，已经都跑了。当地老百姓私下里都在说，这个张虎青，也是假的……"

诸葛白听了，闭目捶胸，龇牙咧嘴地吸了口冷气："天不助我呀！"

诸葛白说着，眼里不禁汪然出涕。其实对于镇西的"监县会"他是略知一二的，也知道杨都督还委任过镇西县长[x]。可他没想到这个镇西府在此之前就在唱空城计。

他背过身，挥挥手，意思是让葱头走。却又突然转过身，指着葱头说："张虎青是真是假，不可乱说！镇西府有兵没兵，更不可乱说！总之，你记住：你今天给我说的这些话，只有天知地知，你知我知。如果有第三个人知道，我就让人把你绑了，送到杨都督那里去！听清了？"

"听清了。"

"去吧！换衣服，吃点东西。"

这天晚上，诸念俱灰的诸葛白洗了个脸。之后，他就啥也不管，对窗外的战事不闻不问，点着猪油灯，亲拟了一道最新最完善的禁采禁伐令：

---

[x] 链接 这位县长很奇怪，未到任，就失踪了。心机很重的杨增青思忖再三，就没再委任县长。结果镇西府就成了一种民主内阁制，"监县会"主政，县境里不安宁，但也出不了大事。只是这种民主政治状态，予百姓有利，民众欢迎。可县里的市政建设，军警武备，便彻底荒弃了。故而，此时无论杨增青如何督促，"监县会"也一筹莫展，绝然派不出一兵一卒。

子归城

凡我城民，无分主客，植树活一，奖银五两。活二奖十，余类推。伐树者，一株罚牛，二株罚马，三株罚驼，四株入监。十株斩监候。纵火焚林，斩立决。滥开矿山，挖煤掘矿，罚没所有。致山崩河改道者，斩立决。掘坝毁渠者，斩监候。以上禁款，官民谨遵，违者必究，严惩无贷。

丁巳年五月子归县衙诸葛白立

写好后，他仔细吹干纸上的墨迹，装入一个锦盒，又写上"新县长亲启"几个字。然后烫漆，封好。又搬了交椅放到大案上，然后自己爬上去，把锦盒放到了"明镜高悬"大匾后面。

"谁当县长，给谁……"他从大案上下来，边拍手上的灰土，边自言自语地端详着大匾说。

诸葛白的语调里透着一种古怪的轻松感，仿佛一个老人交代完了后事。

5

天亮、二锅头等轮流爬到房顶上去看，发现马刀兵不但没少，反而有所增多。

天亮急了，提了毛瑟枪，要冲出去找契阔夫。二锅头——对，就是二锅头——却突然跳起来拦住天亮说：我去找契阔夫。

天亮说：你去顶屁用？你又不是死者家属。

二锅头说：我是咱爷最信任的人。我的裁缝手艺，除了赵银儿就是咱爷欣赏。如今咱爷是穿着我做的寿衣，我就得让他老人家体面的下葬！

天亮那时脑子有所恢复，能想起许多事儿了。就说，我还得顺便出城去找找杨掌柜。我给人家答应下的事不能不办！

二锅头就骗天亮说，杨掌柜和那匹骆驼早都葬身火海了。昨天东门外也起了大火，连那棵桃花树都烧掉了。这可是他亲眼所见。

二锅头一辈子总骗天亮，而天亮总莫名其妙地相信。

二锅头趁天亮的脑子还没转过弯，就从他手里夺过了毛瑟枪："你不能去！你去了一旦出事，咱爷下葬的时候，谁给摔孝盆子？"

天亮那时候脑子还在恢复阶段，不能思考太高级的问题，二锅头一个反诘句就把他问傻了。他木然地看着二锅头提了毛瑟枪，拉开院门，一闪身跑了。

二锅头出去，引来了一阵大呼小叫和枪声。但天亮跑到院门前，还是看到他一蹦一窜就不见了。

6

临近黄昏，二锅头音信皆无，大家又都急成了热锅上的蚂蚁。跟三还跑到丝绸店的女裁缝家看了看，也没人。这时，谢尔盖诺夫却突然挂着个文明棍来了。

全城好像有两个人马刀兵是默许给予自由的。一个是孟长寿，很多马刀兵认识他。他是郎中，两边的人都要救护。再一个就是谢尔盖诺夫了，他能给马刀兵带来美酒。

谢尔盖诺夫自从被杨耳刺伤后就再没露面。这一度让诸葛白他们相当困惑，并由此对敌情作出了错误判断。后来他们发现谢尔盖诺夫真的不在老北城后，就断定他失踪了或者离开了子归城地区，去了适合他养病疗伤的地方，比如木垒驿甚至更远的镇西府或者绥来、迪化。

但我以为未必。

据说，经历了飓风级沙尘暴后，全城的人不分男女老幼，全都灰头土脸。而那天，谢尔盖诺夫却是穿着一件笔挺的黑风衣，戴着英式礼帽，身上几乎纤尘不染。他的这身装束与酒坊的人格格不入，相当扎眼。据此我可以断定，谢尔盖诺夫根本没离开过子归城，否则他在城里出现，就应该是远道而来，灰尘满目，至少也应该风尘仆仆，怎么可能出沙尘而不染，一身干净整洁的装束出现在酒坊呢？

唯一的解释是：他可能就在合富洋行的黑石头楼里疗伤。黑石头楼那天没被火烧，沙尘暴也没刮倒黑石头楼。它很坚固。这您知道。

谢尔盖诺夫受到的待遇当然是不冷不热。诸葛白一类人关注谢尔盖诺夫的隐现出没，百姓们才不在乎呢。但即便如此，他还是给大家带来了希望：吊唁完钟爷后，他主动说：他知道诸葛白让人给契阔夫递了书信。他去找过契阔夫斡旋，但契阔夫没有答应。双方的要求，相差甚远。

　　云朵给谢尔盖诺夫说："爷爷下葬的事儿，我二哥去找契阔夫。快两个时辰了，啥音讯也没有……"

　　谢尔盖诺夫对二锅头的为人有所了解，听了云朵的话，就感慨：士为知己者死。二锅头是觉得遇上了知己钟爷啊！——注意，原话引用的是安集延谚语，翻译过来与这句古文的含义相当契合。

　　云朵就又抹泪了，说："我二哥……人不会出事吧？"

　　谢尔盖诺夫慷慨地以杖杵地，安慰云朵说：别哭！钟则林老先生，是我敬重的人。我现在就去找契阔夫中校！

第十三章

生死劫

第一节

1

二锅头提着毛瑟枪冲出酒坊时，样子很英勇。对废城墙上马刀兵的咋呼和打枪完全不理不睬，几个蹦子嘎子就蹿没影了。但跑到中门，远远看见一个面对八丈楼废墟撒尿的马刀兵，就举起双手，高高举着枪，喊："我投降，我投降！"跑到人家跟前缴了械。

遇上了子归城投降第一人，撒尿的马刀兵很高兴，就把二锅头带到了岳王庙。

契阔夫不愿进城，临时指挥部依然设在岳王庙。他喜欢飞檐上的那些罂粟花。

二锅头一见契阔夫，就套近乎：我是二锅头，你记得我吗？我给你送过酒。——治牙疼的药酒！好牙酒！

契阔夫对二锅头的问题没兴趣，但对治牙疼的酒感兴趣。

二锅头就套餐式讨好，说：我们酒坊的好牙酒又进行了优化提升，绝对好得不得了。我的嘴前两天歪了，脖子也扭了。你看，才喝了几回，现在酒到病除！

契阔夫笑了，指着二锅头说：你去拿。

子 归 城

二锅头满口答应着，点头哈腰，顺便就提出了请行个方便，让酒坊的钟爷出城下葬。人死为大，入土为安，云云。

"就是那个有脑子思考问题的老人吗？他死了？这很可惜，很可惜。"契阔夫拍了拍脸上的疤痕，说。

二锅头看气氛不错，趁机就提出：钟爷不是凡人。酒坊要抬棺出殡，到乱坟岗子上入土安葬，希望契官爷能保证送葬队伍的安全。

契阔夫看着二锅头，耐心地听他说完，才疑惑地发问：你是他的儿子吗？你像个癞皮狗。他怎么会有你这样一个儿子？

二锅头严肃地说：我不是他的儿子，但我跟他儿子一样，是他最欣赏的人。他穿着我做的寿衣，我就该保证他体体面面、风风光光地下葬。

契阔夫点点头说："嗯，这个逻辑，我要认真想一想。"说着便一挥手，让人把二锅头推出去，绑在拴马桩上，再也不理了。

经历了沙尘暴的袭击，契阔夫的脑子好像也出问题了。他的牙很疼，可是他忘了该让二锅头回去拿药酒止疼。

他就那么捂着红肿的腮帮子，坐在铜油灯前，又看了一遍诸葛白给他的信。而后把它扔到一边，陷入了深深的思考当中。

沙皇退位，对他的刺激太大了，简直颠覆了他的三观。因此在最初知道这个消息时，他陷入了疯狂。他想不通在莫斯科，在彼得堡，在中亚，在科布多，怎么突然出现了那么多沙皇的叛徒。他以为凭着自己一颗忠诚的心，凭着他的哥萨克军刀，那些叛徒们会闻风丧胆望风而逃。但经历了破城子的对峙，沙漠中的黑风暴，子归城的攻防战，尤其是亲历了这场超强沙尘暴后，他变得冷静理智了，他开始认真思考自己和自己的部众将何去何从。这样一想，他就想起了自己的父亲，想起了自己的母亲，想到了埋在古牧地里的雅霍甫舅舅……

他甚至还想到了遥远的希瓦汗国，撒马尔罕，想到了撒拉尔……那是些虽然悲喜交集，但充满人生激情的场景。

"哥萨克，我们是永远的哥萨克！"他这样想的时候就有些激动。本来，子归城久攻不下，他有些心灰意冷，开始对皮斯特尔、杨干头他们所说的以此为据点，抢劫丝路、建立基地、进行复辟的设想，有了怀疑。但昏天黑地的沙尘暴使他在彻底绝望之后，又有了对子归城的新审视和定位。他发现这是一个易守难攻的所在，既是丝绸北路的咽喉要塞，又是通往东亚和欧洲的丝路不夜城。更重要的是，他仔细回想了子归城所处的地理位置后，简直有些兴奋。这座城北临沙漠，南靠雪山。需要发展时，可以沿着东西两条通道扩张。穿过沙枣梁子或将军戈壁，又可以向富饶的阿尔泰、科布多进军……

超强沙尘暴还提示他，北边的大沙漠，就是天然的屏障。而南边的雪山，又可以给他提供庇护，一旦失利可以退入雪山高山草原带。

契阔夫认识到占领并长期控制子归城这样一块要地，即便付出一些艰辛和牺牲，也是完全值得的之后，就不禁暗自感叹：当年带八百骑兵到此的岳将军，真的是一位杰出的军事战略家！他应该受到尊重。

他这么一感叹，就想起了岳将军的塑像就在岳王庙里。他应该去正殿里拜谒一下，像中国人那样进一炷香。

想到这儿，他就站起来，想让人叫库力·热西丁等人来，随他去正殿。

不幸的是，二锅头一看他站起来了，居然就寡叫起来，喊热喊渴，还骂娘。说他脖子刚刚好，现在让绳子一勒，又疼开了。

这让契阔夫很恼火，他愤怒地拔出军刀，高高举起向二锅头走了过去。

二锅头吓得浑身打战，嘴唇哆嗦着又歪了，说话走风漏气："娘，娘——娘娘，呀——"

千钧一发，谢尔盖诺夫进来了。

2

谢尔盖诺夫冲上来，用文明棍挡住契阔夫的军刀，激动地说："契阔夫！契阔夫中校，尊敬的契阔夫先生！你不能杀这个人，嗯，不能！"

谢尔盖诺夫的出现让契阔夫很不高兴："谢尔盖诺夫，你又来了，是来找死的吗？"

谢尔盖诺夫说："你不能杀了这个人，他是来为一位老人求情的。那是个受人尊敬的老人，你应该让他的灵魂得到安息。"

"一个商人说出这种话来，真是让我吃惊。"契阔夫鄙夷地说完，转身进屋，坐了下来。谢尔盖诺夫随踵而至，坐到了他对面。

"谢尔盖诺夫！你来了也好。请你去告诉那个诸葛县长，他们必须放弃抵抗，跟我合作。"

"跟你合作？你还是想以此为基地，复辟罗曼诺夫王朝吗？我告诉你，这是中国人的地方，他们不会放弃，也不会跟你合作。我很奇怪，您为什么坚持要复辟呢？"

"没有沙皇，就没有我们哥萨克。"

"可您不是俄罗斯人呀！"

这句话让契阔夫一下跳了起来，"你说什么？你是在怀疑我对沙皇的忠诚吗？"

"不不！我绝不怀疑你对沙皇的忠诚，我只是说现在的俄罗斯不需要你了。"

这句话让契阔夫突然哽咽，他双手捂着脸，竟然啜泣起来……

后来，契阔夫站了起来，他决定：杀掉谢尔盖诺夫。因为他看到了自己像女人一样哭泣。

谢尔盖诺夫慌了怕了，急中生智，撒谎说："你不能杀我！两军交战，不斩来使。我是受了诸葛县长委任，作为特使，来和你谈判的。谈我们双方如何在这一片土地上，在这个干涸的涅槃河畔，在这个寄托着子孙希望的古城里，和平相处，互利共赢……"

契阔夫相信了谢尔盖诺夫，说："诸葛白他们必须投降，跟我合作。"

谢尔盖诺夫说："投降？这超出了诸葛县长给我的授权范围，这你应该跟他谈。"

"好！那你把他叫来！"

谢尔盖诺夫逃过一劫，急忙点头承诺。但他却没有逃离虎口，契阔夫让巴克洛夫、杨干头代表谢尔盖诺夫去县衙找诸葛白了。

3

杨干头给契阔夫献策从北门水道挖地道进城。是因为想进城找回儿子。计划成功后，他趁着城内一片混乱，就去找妻儿了。他看到自家的院子，满目疮痍，了无生机。进屋后，炕上没铺没盖，苇席子上只有一条磨刀石，下面压着一封凤娇留下的信。

　　杨鲍：

　　院里的井水干了，家里的粮也吃完了，我们要走了！一辈子都不会再见你！我猜想，你说不定还会来找你儿子，就给你留这封信，告诉你：你就祸害吧，小心古城子人，将来连你八辈祖宗的坟都要刨出来，挫骨扬灰！

杨干头一看落款日期，正是野驴出没那天，就抓住左邻右舍的几个人，一打听，确实有人看见那天凤娇带着苦豆豆，跟着人群哭哭啼啼出城了。

杨干头把家里各处搜腾了一番，发现啥值钱的都没有。便咬牙切齿，跺脚捶胸的大骂："这个狗日的女人！老子抓住你，碎尸万段！"

自此，杨干头杨鲍先生产生了离开子归城，找到凤娇并把她剁成肉块，再抢回儿子的念头。

当然，自此以后杨干头对攻占子归城也没了兴趣。他知道自己带人从水西门潜入，里应外合，成功破城。还献计献策，从北门水道挖地道进城，火烧全城。全城的人肯定对他恨之入骨。肯定有很多人[t]想要食自己的肉，寝自己的皮。便借口说自己头干，一到旱季，缺水，就更干。脑子里的水分少，跟脑子进水是一样的，一做事就糊涂，容易犯错。加上又被驴踢了，大脑被踢到了小脑的位置，大小两个脑

---

[t] 链接　杨干头觉得不安全，就躲在老北城兵营窝里，不肯露面。当时包括何坨子的朋友黄大牙，小头李鬼以及刘家酒坊的人，都认为杨干头两次带贼兵进城，缺德！还导致了独眼龙死亡。恨不得食其肉，寝其皮。杨干头感觉到了。

袋，挤一个空间，挤不下就打架。所以，脑子疼得厉害，需要躲在老北城养伤。

契阔夫和多数军官也认为，杨干头两次献计献策，亲力亲为，破城有功，休养一下理所当然。

如此，在古城发生战事的各个地点，人们就看不到杨干头的身影了。

但契阔夫现在忘了杨干头装病在床，哎哟呻唤。随便就下了命令：让杨干头和巴克洛夫去见诸葛白。

杨干头不敢不去。

4

杨干头心眼儿多，到了中门就不走了，朝衙门边的靖安兵喊话："问问你们县长！谢尔盖诺夫说，他是你们县长的特使。有这回事吗？"

当时葱头正在酒坊吊丧，诸葛白身边没人使唤，就对马福山说："辛苦你！去告诉他们，有这回事。"

马福山出去后，杨修就提醒诸葛白："县长，这个谢尔盖诺夫咋又冒出来了？从哪冒出来的？您啥时候让他当过特使？这里面恐怕有诈。"

诸葛白说："有诈没诈，听听再说。"

杨干头又让靖安兵回话：谢尔盖诺夫特使说，他和契阔夫中校谈不下去了，范围超出了他的权限，两人要请您过去直接谈。

诸葛白对马福山说："告诉他们，等着。本县太爷马上就去。"说着就整了整衣冠，提上青铜宝剑，要出门。

杨修急忙拦住："这就是个鸿门宴，凶多吉少嘛。谢尔盖诺夫早不出来，晚不出来……"

诸葛白说："就是鸿门宴也得去。"

不料，杨修却拿起一支长枪，先一步跑到衙门边，开始瞄向门外的杨干头。——杨干头的头闪着柔和的油光，像被人盘过的葫芦，很好瞄。

诸葛白拦住说："杨修啊，你这是要公报私仇啊！"

杨修说："此人甘为汉奸，趁夜潜入，与贼兵里应外合。又火烧古城子，罪不可赦，罪该万死！"

诸葛白说：你杀了杨干头，全城将再次陷入浴血拼杀之中，那得死多少人呢？！

杨修理亏词穷。但却摩拳擦掌，要跟着诸葛白去老北城："我现在是老秦，他看不出来的！"

诸葛白说："即便杨干头看不出来，但我看得出你杀心不止，必出祸乱。有你跟着，定会坏了我和平大局。"

诸葛白坚决不让杨修去，马福山就请缨，想要跟着去。

诸葛白笑着说："你以为你是樊哙呀？契阔夫这人，我打过交道，就得我一个人去。"

5

像春天上任那次一样，诸葛白还是只身前往马刀兵营地老北城。

关于这次谈判，当事人又是讳莫如深。诸葛白也没在《北丝路记考》中记一个字。

只有谢尔盖诺夫后来回忆说，诸葛白是提着青铜古剑去的。

这就导致了两人一见面就不太愉快。

契阔夫说："县长大人，你总是带把剑干什么？是来跟我决斗吗？"

诸葛白说："如果我们两个人的决斗，能够制止双方继续流血，我倒是愿意。"

契阔夫冷笑了一声，说："你的决斗条件是什么？"

诸葛白笑着说："我要赢了，你带着你的人，离开古城子。"

"输了呢？"契阔夫来了兴致。

"你取我性命。"

"不，你要输了，就跟我合作。"

"合作什么？"

"嗯，我们共同打到彼得格勒去！"

"这不可能！"诸葛白断然拒绝。

契阔夫愤然拔刀，诸葛白当然亮剑。咣当一声，刀剑相撞，碰出了一道火星。

但也就是在这一道火星之后，两人都不约而同地停止动作，像定格了一般，对视良久后，同时收了兵器，各自转身，进屋了。

6

谁也没料到，就这样一个兵戎相见的糟糕开局，最后，却有了一个挺好的结果。

双方达成协议：一、维持现状，各自收兵，休战三天。二、休战期间，双方各自料理伤员，处理死者后事，互不干涉。三、哥萨克人保证在自己的控制区域内，所有出殡者和自愿离开子归城的人员。生命安全、不受劫掠；子归城人保证，哥萨克人在自控区域内，购物买卖公平，找孟长寿等中西医治病疗伤，享受和城中人一样待遇。四、三日后双方是否再战，由双方领导届时协商确定。

当晚，随着诸葛白和二锅头回城，全城人就知道了这一消息。

诸葛白本想让更夫郝大头敲锣打鼓通知大家，但郝大头已经跟着尤其卡失踪了。诸葛白就写了条公告，让葱头去贴到县衙门外。

葱头拿着公告，一出县衙门就发现，许多百姓顶着沙霾，提着马灯，举着火把，就等着县衙公告呢。

第二节

1

因为休战，林公渠南岸的人一早就有来吊唁的，天亮觉得休战三天呢，时间够，就想搭丧棚、望乡台，做道场。

云朵不同意，急吼吼地要出殡。

"哎，你这是为甚呢？"

"嗯，嗯，"云朵心神不定地说："入土为安。天热。"

天亮嫌云朵耽误了他的排场，显不出自己的孝心。

云朵说："我就是觉得……心里不踏实。"

天亮说："有甚不踏实的？"

云朵说："你听鸽堂子里的鸽子，一晚上都叫得不停。"

这种莫名其妙的理由，与钟爷的语言如出一辙，但天亮竟然无言以对。他的脑震荡刚痊愈，还有点儿脑残。这也说明灌了铅的军刀柄就是厉害。

临近中午，拗不过云朵的天亮，率先顶了孝盆子，给钟爷出殡。

钟爷的这场出殡葬礼，全城瞩目。当时死人多，许多人能有棺材就不错了，钟爷备得早，扛出来的是一口上好木料的厚板大棺材，这就不能不引人注目。加上出殡时，诸葛白，葛老板，曹大拿，山西王，蒙学堂的张元培等，又亲自或派人前来参加吊唁，这场面就显得宏大。

二锅头在契阔夫那里一不小心，差点儿丢了命，被丝绸店女裁缝骂了一顿后，做事儿就谨慎细致了。他知道葬礼场面大，怕人以为棺椁里财宝多，将来盗墓。就在盖棺时故意搞得很张扬，让许多人都看清了陪葬：钟爷的恩公林则徐的牌位，他的文房用具及《商君书》等书籍，还有黎民百姓都有的、早不流通的大清铜钱以及很不值钱的玉石口衔等。

二锅头从榆树窝子逃回时，扭了脖子，伤了筋骨，但没丢钟爷的《祭祀文》。张元培老先生见二锅头要把《祭祀文》放入棺材陪葬，说则林兄存世墨宝不多，他想看上一眼。就伸手把三张三尺宣要过去拜读，也就半分钟，老先生便惊呼："绝世好文啊！古城弟子，自当学而时习之。"后来，他就真的把《祭祀文》带回蒙学堂，装裱上墙，当作范文，让孩子们日日朗诵抄写。这可能也就是《祭祀文》原稿毁于战火，原文却还进入了《古城图志》的原因。

当时，二锅头领着人盖棺封顶后，诸葛白就主持了启棺仪式。天亮、云朵等便领着葱头、狗剩等儿孙辈的人，匍匐在地，磕头哭丧，一拜再拜。

仪式完毕，丧葬队里的吹鼓手就吹奏起了喧闹的哀乐。领头哭丧的二锅头也拉开哭腔，迈步启动了队伍。酒坊的人自然是全都披麻戴孝，一路撒着纸钱纸幡儿，出东门，上古牧地坟场。

子 归 城

送葬的队伍出东门时，守门的马刀兵还抽出军刀，在巴克洛夫的带领下，给钟爷的大红棺材行了军礼。

拐子街上骤然观者如堵——起先都是在偷窥，偷窥的原因是：许多古城子人半夜就收拾好了车马细软，想出城。但他们对那个休战三天的协议不放心，怕一出城，遭马刀兵追杀，抢劫。所以当看见酒坊的出殡队伍安然出了东门，马刀兵还行军礼后，骚乱立刻开始了。人们大呼小叫，呼妻唤儿，赶马拉车，背着包包蛋蛋，从各个街巷角落院落跑出来，涌出了城垣……

流民一旦形成，队伍就络绎不绝。

梦春院的汪妈看不下去，就带着失业的伉儿、俪儿等妓女，站在东门口骂：这阵子逃跑的，算啥儿子娃娃？可惜了梦春院的女孩儿，让你们白抱了白生生的屁股粉嫩嫩的腿……

甚至她们还追着流民，堵在路上，骂逃跑的人都是些狼心狗肺，猪日的马下的骡子群里长大的，白喝了涅槃河的水，挣了古城子的钱！

她们还骂流民贪生怕死，见了马刀兵沟子就屎了，裆里的把儿成了面条，还不如送给女人们，和成面团，蒸个馍馍烙张饼……

许多人听了，就臊得把头往裤裆里塞。多数的人听了这话就回去了，比如骆驼行的少东家黄二胆儿，锁匠刘亮程等。

也有些人厚着脸皮，低头遮脸地走了。比如私塾名师吕秀才，打石街上的林石匠等等。总之，这类大家熟悉的名字挺多的，我都记不住。这就是为什么子归城抗战那么伟大的事儿，有些当事人却躲躲闪闪不愿意提及的原因，因为他们都是在汪妈和妓女们的骂声中离开子归城的。

还有一些著名人物，葛老板和他的账房齐胖子[q]啦，粮行掌柜曹大拿啦，铁匠麻子孙啦，虽然没被妓女们堵上骂，但正好是那一阵儿走的，心虚尴尬，也就不愿

---

[q] 链接　原古城珠宝行的管家齐胖子，在珠宝行灰飞烟灭后，去钱庄给葛老板当了账房。当得忠心耿耿，一丝不苟。后来和葛老板还成了儿女亲家。

意多说打仗的事儿。还有黄二胆儿，他是被妓女骂回去后，看着别人家走了，就又出城了。他当然更不愿意说打仗的事儿了。

2

钟爷的葬礼规格高，县太爷诸葛白一早就去了。还走在队伍前头，扶了棺。本来，诸葛白还备了一篇祭文，要在坟上念。可刚点上香，掏出祭文要念，警察谢三娃就急火火地追来报告：许多人要走。可是，梦春院的妓女们堵着不让走，骂得厉害。马刀兵不明白是咋回事，调兵过来要镇压，马福山就让靖安兵也过来了。马福山、谢尔盖诺夫怕引发双方流血冲突，都请县长快去哪！

天亮听了，就急忙招呼葱头牵马，送诸葛县长。

诸葛白便在坟地上给钟爷磕了三个头，提前祭拜后，让二锅头替他念祭文，自己匆匆赶往东门。

葱头不放心诸葛白，等谢三娃跪拜了钟爷后，两人一道也追着诸葛白，到了东门。

3

诸葛白一出现，东门的骚动就安静了许多。诸葛白骑在高头大马上，对骚动的局面洞若观火。他不等谢尔盖诺夫汇报完毕，就一声吆喝，把黄大牙从人群里叫了出来，警告：你开大烟馆，我一直还没顾上治你的罪。你让那女人把嘴闭上！要不，我就治你贩烟罪！

黄大牙就过去，抽了汪妈两个嘴巴子，汪妈便闭了嘴。

而站在福建八行门前的马刀兵，本来已经满脸怒气，肃然拔刀了。看了这情形，就都捧腹大笑，有人还冲黄大牙竖大拇指。

诸葛白见此情形，心安了许多。就让谢尔盖诺夫和马福山，一个负责安抚马刀兵，一个负责维持流民秩序。

后来，他又让葱头找来瓦西里，让他快组织城里的老弱病残，妇女儿童，也走。能走一拨是一拨。

这些人走，汪妈倒是不骂——可能也不敢骂了——还帮着扶老携幼。

一个基本的情况是，无论是被组织出去的还是自由盲流出去的，后来都陆续汇聚到了一个地方——紫泉子。

紫泉子，是我的出生地。

4

葛老板、齐胖子让人赶着十几辆大车，带着钱庄六七十口子人，走到城门口，看到了诸葛白，有些难为情。葛老板就下车过来站住，看着出城的人流在尘飘土扬中隐没，对诸葛白说："这火，把啥都烧秃了！"

火烧过的城，的确看上去秃头秃脑的，像让人盘过。诸葛白明白葛老板的意思，他是在说，这儿待不住了，这把火把整个城都烧荒了。

但他的父亲葛大爷，一个苍老的颤颤巍巍的老人，却停下车，对诸葛白强调："这是人祸，这是人造的罪孽！"

是风沙，也是人的罪恶。诸葛白心里说，但嘴上还是打拌汤[b]，说："就是，就是。走好，走好。"

葛老板却拉住诸葛白的手，要塞给他一张大额银票："好歹咱混了一场，这算个心意，收着吧！"

诸葛白笑了："城都荒了！我要钱还有啥用？"说着把银票还给了葛老板。

"唉，还不知道啥时候能再见面呢……总得留个念想吧？"葛老板说。

"念想？我倒是真有，"诸葛白说着从怀里掏出一张纸，却就是他写的禁采禁伐令，上面盖了县衙大印，"这是我想留给大伙儿的。大家出门，能念上一遍，再上路登程，我心里也就踏实了。"说着，便把禁采禁伐令交给马福山，让贴到东门上去，"这城里识字的人不多，你就给他们念念吧！"

马福山就过去，贴了禁采禁伐令，站在下面，大声念。

葛老板就带头，领着齐胖子及各家族人，跟着马福山一句一句地念，念完了，抹把泪，打马上路。

---

[b] 链接　当地方言，言不由衷地支吾，含糊应答。

由于要走的人多，络绎不绝。马福山就站在禁采禁伐令下，一遍又一遍地念，众人也就一句一句地大声跟读。

库力·热西丁不理解，冲上来，问是什么东西？

谢尔盖诺夫挡住他说："是好东西！县长要求城中居民，人可以走，但要把树留下，把水留下，把矿山留下。要不，他们走了，你们就啥也没了。"他说着便对几个马刀兵说，"你们说，是不是这样的意思？"

那几个马刀兵都曾经是合富洋行的希卡，会汉语，想了想也都说："意思是这样的。"

热西丁高兴了，还特意又派了几个马刀兵站在门口，流民出来，他们就用手指着禁采禁伐令，要求去跟着马福山诵读。

天干地旱，空气里沙尘又多。马福山念了一会儿，嗓子就哑了。葱头就让他小声念，自己大声重复。

第三节

1

远去的流民，像蚂蚁搬家似的走向沙平线尽头。在那里，太阳正沦陷在沙霾中，挣扎着放射光芒。整个天边仿佛在燃烧一场大火……

诸葛白看着人们离开，内心悲怆，神情恍惚。

有一刻他感觉到头顶上翙翙作响。抬头遥望，看到成群的鸽子，从他头顶上飞翔而去。——它们在钟爷的葬礼结束后，像突然受了惊吓，飞向了干沟。干沟里，遥远的雪山，在浑黄的尘霾之上，闪着银亮的白光。

满目忧愁却强装笑颜的诸葛白，站在城门口，很像孔子困厄陈蔡。

自从他到子归城，神拳杨就派了个老妈子，时常来打理他的衣食住行。现在，神拳杨死了，陈氏也死了，老妈子就走了。他只能和杨修、葱头搭伙吃饭。但洗洗涮涮，两个男人就管不好了。因此他的长袍，已经破了口，烂了洞，满是油垢。

他想起了孔子自黑的那句话：惶惶如丧家之犬。就觉得马刀兵看他，目光都怪异，像看看家狗。

他转身想躲避这让他不自在的目光，却正巧看到从街角转过来的曹大拿一家人。

曹大拿看见诸葛白，也不自在，想避开目光相对，又觉得不合适，就装爽快，歪着嘴大吼了一声"走咧"，算是跟他打了招呼，然后领着一家二三十口子人，七八辆车，浩浩荡荡去了东门。

诸葛白发现，曹大拿在城门洞里的灰尘阴影中，偷着看了他一眼。曹大拿的眼白很亮。

这时的诸葛白虽然感觉迟钝，但还是意识到了葛老板、曹大拿和自己邂逅时的尴尬和不自然，就决定远离东门。

诸葛白上马之后，突然感到了饥饿。于是他就在拐子街上策马逡巡，想找家饭馆吃点东西，还想一醉方休。

2

拐子街房倒屋塌，一片驼黄。首先映入诸葛白眼帘的竟然是一条乱窜的小花狗。它伸着细长的舌头，东跑西颠，嗅探食物。

小花狗的样子生动而鲜明。诸葛白自从看见它，就忽略了街上稀疏的人马，目光随着它四处游弋。他看到有些人走了，院门却敞开着，院子里的磨盘、石碾子还挂着套绳。一些商铺的货已经被拉走了，铺板却一丝不苟地上着，好像主人明天还要开张……有户人家，东西都装了车，要走的样子，可女主人还在给家养的一盆花浇水。有家卖猪肉的屠夫，人走了，院子里还放着一锅猪食，原先挂猪头的墙上，挂着一串苞谷……

通四海酒楼则成了一个巨大的高耸的垃圾堆，堆土中横七竖八地倒立着烧焦的椽子、檩子——还有鲜艳的桌布、窗帘儿，从堆土中露出破烂的片段，在微风中呼呼作响。

最让他感慨心酸的还是聚宝街。这个灯红酒绿的所在，已经被烧成了一条黝黑的巷子。想到过去这里上三教、下九流，卜昼卜夜地打麻将、推牌九、掷骰子，禁都禁不住，如今一风吹了，甚至里面那些专卖夜宵的小饭馆儿也都成了黑乎乎的残垣断壁，诸葛白忽然有种跌进黑沟煤窑废旧坑道的恐怖感。

诸葛白跟着小花狗在街上走了半天，看到多数饭馆不是人去房空，就是挂了歇业牌子。

最后，他看到了"老李杂碎汤"。一条街上，只有这里的炊烟依然生动。小花狗钻了进去，诸葛白也就拴了马，走了进去。

小花狗的主人是小乔。她看见诸葛白进来，就笑了。

诸葛白发现店柜上摆着一坛子黄亮的"古城春"。一问，小乔却说，不卖，不喝。是祭奠酿酒大师独眼龙的。

当初让独眼龙白吃白喝的老板娘小乔说这话时，眼神怪怪的。

小乔很年轻。老李家卖杂碎汤三代了，每代掌柜的女人都很年轻。

男人都喜欢在年轻女人的店里多坐一会儿。

"人都走了，你咋不走？"诸葛白问。

"走不成！老李缺一副胳膊腿。"小乔笑了一下说。

"把人抬到车上，就能走嘛！前一阵儿，开杂耍园子的朱头三，腰断了，就是躺在车上走的。"

"那是朱头三。我不走！"小乔说着突然冲诸葛白很妩媚地笑了一下，"我走了，你想吃碗杂碎汤，咋办？"

诸葛白也笑了。就在这时，他听到葱头在街面上大呼小叫："看见县长了没有？谁见县长了？"

小花狗闻声而动，窜出去，汪汪吠叫。

诸葛白就走出店门，站着看葱头，挥手。

诸葛白个儿高，葱头远远地就看见了。

葱头飞奔过来，说："县长！东门外，女人们又打起来了！打得人仰马翻。马福山他们管不住，马刀兵火了，又把马刀抽出来了，要砍人……"

3

原来曹大拿看见诸葛白后，心里尴尬，领着家人出了东门，就在城门口斜歪着嘴大声朗读禁采禁伐令：凡我城民，不分主客……

读过之后，他犹不尽兴，便挑衅地故意在马刀兵面前，张大歪嘴，土腔土调，高亢悲怆地唱：

骑大马嘛背长枪，

大姑娘马上驮哈哩嘛，

梦下的都在古城子里……

曹大拿是个歪嘴子，唱歌走风漏气，但他居然一嗓子就把许多人都唱哭了。

出了嘉峪关，

两眼泪不干。

往前看，石头滩。

往后看，鬼门关……

铁匠麻子孙和曹大拿有过节，他和几个泼皮无赖愣锤子，念过禁采禁伐令后，见曹大拿如此，不服不忿，也就故意在马刀兵面前，你一段我一段地唱了起来：

青线线，那个蓝线线，

蓝个莹莹的彩。

五谷子那个田苗子，

数上高粱高。

一十三省的女儿家，

唯有那个兰花花好。

......

他们这一唱，倒把伉儿、俪儿唱哭了。她们冲过去，拉住某些男人，不让走，还骂。

伉儿、俪儿等妓女这么一闹，就闹出了问题：许多女人，由此发现了自家男人在梦春院里的相好，发现她们不仅对自家男人情真意切，自家男人也看上去是藕断丝连，春梦不醒。有的就冲上去跟妓女们厮打，有的则在地上撒泼打滚，呼天抢地，喊着没法活了，要刀子绳子地上吊自戕……

东门外遍地浮土黄沙，又厚又虚。女人们这一闹，自然沙尘飞扬，人人灰头土面。像一群土猴打沙滩排球，前翻后滚，哎哟呻唤……

马刀兵开始还捧腹大笑，后来觉得太过分，就出来干预，想拉架。结果，有个别女人就掐人家的屁股，还挖了人家的脸。马刀兵火了，就学黄大牙的样子，打了一个女人耳光。结果，靖安兵和那些被女人撕扯的男人不干了，冲上去，就和马刀兵撕扯到了一块儿。

之后双方的殴打和谩骂，便时断时续，此起彼伏。

4

诸葛白赶到东门时，马刀兵已经打伤了几个古城子男人。两个靖安兵一个被打了个乌眼青，另一个被打掉了两颗门牙。马刀兵还绑了三个打架的男人，控制了谢尔盖诺夫——两个马刀兵，一边一个，抓住谢尔盖诺夫的两条胳膊，死死地箍住他，不让动弹。马福山身上也挨了一马鞭，但他还算冷静，没有下令开枪。只是让靖安兵们持枪对着马刀兵，要求他们放人。

马刀兵把捆住的男人和谢尔盖诺夫当人质，坚持不放，要靖安兵先退回城去。

梦春院的妓女们，则叉着腰大骂马刀兵。还有人烧惑靖安兵，说什么儿子娃娃，沟子不要尿之类的煽情话语。靖安兵们受不了妓女们张口闭口儿子娃娃的烧惑，眼看就要冲过去从马刀兵手里抢人了。

诸葛白急忙大喝一声："住手！"然后再次从人群里揪出了黄大牙，命令他，让汪妈把妓女们带回城里去。否则他就要把黄大牙和汪妈以及伉儿、俪儿，全关进地牢。

黄大牙只好不情不愿地又去打汪妈的耳光，让她把妓女们都领走，不许再出城。

之后，诸葛白开始高喊热西丁的名字。热西丁不在，巴克洛夫出来了。

两人谈不清楚，最后还是放了谢尔盖诺夫做翻译。你来我往，谈了将近半个时辰，马刀兵才放了人，退到了林公桥一带。

至此，东门附近便形成了这样一种格局：所有人出门，都不能在这里高歌乱吼，得排队去诵读禁采禁伐令。读完之后，可以抓把土，也可以撒泡尿，然后默然登程，顺路上官道。不得去道路两边的店铺人家，吃喝、攀亲问故、拉帮结伙。

诸葛白安定了东门后，就把马留给了葱头，说他要去吃那碗杂碎汤。有事，让他骑着马去"老李杂碎汤店"找他。

5

诸葛白吃了杂碎汤出来，已是午后。

他没料到，一出来，门外却是黑压压、静悄悄地站了一街的人。瓦西里和一个和尚一个道士，竟然组织了两千多人，要走了，等着跟他辞行。

诸葛白看着那些神色各异的男女老少，想要慷慨激昂地说点什么，却突然就哽咽了，半晌才挥手闭眼，摇着脑袋，说了句："走！快走。就此别过！"

瓦西里还想说什么，诸葛白却有忍不住泪水的感觉，就冲他和一僧一道急忙挥手："走！快走！出城时，别忘了禁采禁伐令，要读要念！要大声……"

瓦西里就一转身，朝一街道的人，转述了诸葛白的命令："走！快走！"

一街道的人于是转身，跟着一僧一道，朝东门外逶迤而行。

孟长寿领着陈之花等几个大姑娘小媳妇，在东门口架了口大锅，熬药茶，过往行人一人一碗。他说这样的天气上路，容易中暑。就用白菊花、海娜花根、藿香熬了汤，给上路的人免费饮用。

诸葛白看两千多人中许多人都喝了汤，出城踏上了流落他乡的漫漫长路，就走过去，招呼孟长寿："您老辛苦了！看人走得差不多了，您也收拾收拾走吧。老轮台那边有人接应。"

孟长寿很惊讶，怼了诸葛白一句："我是郎中，早年间就是县上的医官！这时候走人，羞也不羞？"

"嗯，"诸葛白说，"这仗谁也说不上是打还是不打。能走还是走吧。"

孟长寿就瞪起了眼："你是看不起我咋的？你看这城里天天死人、伤人，我能走吗？"

诸葛白想想觉得也对。城里天天死人伤人，没个郎中不行。再者，这城里交战双方倒是没谁想取孟长寿性命。也就不再说什么了。

据说，这天出城的人川流不息，有上万人。弄得马刀兵官兵都烦了，未等到亥时闭门戒严，就留了几个岗哨盘剥流民财富，其他人回老北城睡觉去了。

6

诸葛白不露声色地礼送每一批人出城，有时脸上还会绽出微笑，跟人闲聊几句。

后来黄二胆儿过来了，黄二胆儿因为被骂回去过，现在出来，就有些不好意思，便主动劝诸葛白也走。诸葛白笑笑地说："我是县长。"

黄二胆儿说："县城里没人了，你还咋当县长？"

诸葛白不语，侧耳听城门口马福山的声音：

凡我城民，无分主客，植树活一，奖银五两。活二奖十，余类推。伐树者，一株罚牛，二株罚马，三株罚驼，四株入监……

听了一会儿，他才对黄二胆儿说："没人了，我也是县长！"说着拍了拍身上的土，拽了拽衣襟，倒背起手，迈着八字步，一清嗓子唱道：

我站在城楼观山景，

子归城

耳听得城外乱纷纷。

……

他唱着唱着，就走进了苍茫暮色中的一个废驴圈——就是杨干头被驴踢过的那个驴圈。

这时候，城门口的声音还在尘霾中飘曳：凡我城民，无分主客……

诸葛白爬到驴槽上，偷偷地哭了。哭得抽抽搭搭，像个孩子。

7

诸葛白没法不哭。

自契阔夫的马刀兵兵临城下起，他就让杨修给省城频繁发电，请求援兵。而杨都督只给他回过几份电报，中心意思都是"固守待援，贼兵自退"。

百年之后，我在二十六楼上眺望大海，想象诸葛白躲在废驴圈暗自哭泣，也不禁扼腕叹息：苦啊！这个诸葛亮的后人真是生不逢时，他应该知道，当时在新疆漫长的边防线上，天天都有各路溃军越境而来。新疆有限的省兵，捉襟见肘，根本没法抵挡。查《云过斋文牍》就知道，就在诸葛白哭的时候，杨都督也正为手中无兵御敌于国门之外，而急得团团乱转、口内生疮……

情况如斯，杨都督能怎么办？只能是把"镇西援兵"当成大饼，反复画给诸葛白充饥。

子归城军民，每战必见县长站在东门城头，组织军民，顽强奋战。他们不知道诸葛白躬守东门，另有心思。东门是子归城向东瞭望的最近处，也是全城最高处。实际上，无论是在激战之时还是战斗的间隙，诸葛白都会有一只耳朵一只眼，在听着看着东边的动静。巴望镇西府的援兵，能像马福山从花花沟飞奔而至一样，从天而降，解救子归城军民于危难之中。

他等着盼着，等得眼珠子都黄了，盼得心都凉了。可是东边的官道上，始终没来一兵一卒！

万般无奈，他竟私自挪用县库仅剩的三根金条，让葱头去镇西府行贿，以期那边发兵救援。在他看来，镇西府的张虎青将军在丝路上声名显赫，知人善任。即便辞职东归，其旧部官兵也会明白，古城失守，早晚殃及镇西。故而于公于私，他们都不能见死不救，看着子归城沦落敌手，遗留大患。

可他万万没想到张虎青（实为海黑子），在镇西府竟然唱了两年空城计，那里根本没有援兵可派。

葱头回来之后，诸葛白万念俱灰，只能再次把子归城的生存希望寄托在杨增青身上。为此，他孤注一掷，不管不顾地天天让杨修往迪化发报，声称子归城危在旦夕，再无援兵相救，必将城毁人亡。

他把这种电文，发了一遍又一遍，直到大风暴到来那天——那天，大火没有烧掉电台，但沙尘暴遮蔽了电磁波，电台没信号。

诸葛白不甘心，还让杨修一遍又一遍地发报，希望能够跟迪化省府恢复联系。最后，杨修颤抖着身子，对他说："县长，电台没电了！备用电池也没有了。"

诸葛白一听，抓起电台，胡乱摆弄一番。然后，打了自己一个耳光，拉开门，就跑进了黑漆漆的暗夜之中。

那天诸葛白不知在哪里喝得酩酊大醉，被杨修他们从林公渠的河床上背回县衙后，昏睡到第二天中午才起来。幸亏那天马刀兵没发动进攻。

当然，这都是前些天的事儿。

现在诸葛白趴在驴槽上，想起这些事儿，哭得很伤心。

一匹流浪的小毛驴儿，听见了他的哭声，以为是同类，跑来看。一看是个人，还哭那么大声，心里不服，就使劲叫了几声。结果自惭声愧，羞答答地退了出去。

这时候，刘家酒坊的送葬队伍回城了。队伍里，云朵还在哭，抽抽搭搭地哭。还有几个哭丧的，顺路回家，也在陪着号哭。小毛驴一看，就随便叫了两声，发现比他们的声音大多了，就昂然地跟上了这支队伍。

子归城

第四节

1

下葬封土、堆坟成型后，大家围着新墓地，烧香祭拜行大礼，做最后的告别。

那些一直萦绕在钟爷墓地上空、无声飞翔的和平鸽，突然呈扇形飞向了干沟。云朵刹那间心塞泪奔，就哭瘫到地上，站不起来了。

天亮酬谢了丧葬队，吹鼓手，抬棺送行以及随行送葬悼唁亡灵的亲朋故旧后，酒坊的人又最后一次三拜九叩，辞别钟爷。要回城了，云朵却依然瘫在地上，腿软得站不起来。

披麻戴孝的孝子贤孙是不能坐车坐轿的。天亮没办法，就把云朵背回了酒坊。

此时已经日暮黄昏，大家都饥肠辘辘，天亮拿出勺娃子酒"古城春"，正要酬谢大家，城里却又响起了枪声。而且，越来越响。后来，马蹄声也越来越近了。

那时大家打仗已经打习惯了，听到突然而起的枪声，操刀拿枪，就冲出了院门。

天亮一看，县衙那边已经有了哥萨克骑兵的影子，正挥刀舞枪，连呼带叫地朝县衙又打枪，又扔手榴弹。天亮本想领着酒工们冲过去，跟三机灵，喊了一声："废城墙上没人！"

天亮一看，原来马刀兵放警戒的废城墙上一个兵也没有。只有北岸几家作坊里跑出来了几个拿刀带枪的伙计，站在城墙头上，朝县衙瞭望。天亮就大喊，"快上城墙！"

"对！先把废城墙占住。让马刀兵过不来！"大家积极响应，踊跃上墙。

"是儿子娃娃，今天我们就起个誓，坚决把这儿守住，看马刀兵能咋的！"不知谁这么喊了一声，大家也就嗷嗷叫着，表达了誓死坚守的决心。至于那个"誓"是怎么个起法，却就没人计较了。——事实上，当时那人（据查，此人可能是罗阿满）很有煽动性地喊过后，可能觉得太冒失，不符合他低调的性格，就没好意思再伸头。结果，他都不出来领誓，别人当然也就没法发誓。

后来，守在自家作坊门口和墙头上的人越来越多。大家也都觉得既然来了，也就相当于发了誓，至少是认同了那个"誓"，思想也就被誓言的内涵和外延框住了，抱定了"坚决把这儿守住，看马刀兵能咋的！"的决心。

也只有到了这时候，大家才开始互相打探："咋回事？不是说休战三天吗？刚一天，咋就又打起来了？""这狗日的马刀兵，真是脸上长狗毛的，说翻脸就翻脸……"

"嗯啊，他翻脸咱们也翻脸！他妈的，不就是命一条吗？老子今天杀一个够本，杀两个，还赚一个！"

可这天晚上老天爷没给他们拿命做买卖的机会。一晚上，县衙方向枪声时断时续，打得挺热闹。但林公渠两岸的小作坊，却好像被扔到了一边，只是在作坊的小手工业者们刚发过誓时，来过几个散兵游勇。他们可能是来抢酒，或者打仗找错了方向。而小手工业者们又恰好稀里糊涂地在废城墙根子和自家院门间，形成了一个槽形的口袋阵，那拨人过来后，立刻遭到了两面夹击。最后是丢了一具尸体，还死了两匹马，狼狈逃窜了。

拂晓时，也来了一拨马刀兵，遭遇相同，只是没死人，也跑了。

后来，枪声渐渐稀落下来，坚守了一夜的天亮等小业主，颇为纳闷。天亮去中门方向打探消息，方知马刀兵已占了南门，而且把山西会馆、靖安营驻地和县衙分割开了。至此，人们才发现事情很糟糕：古城子的四面城墙及城门均被马刀兵占了，原来所拥有的四分之一区域，即林公渠以南的西城地区，不仅被压缩成了一个三角形，马刀兵还从此居高临下，谁敢跑出三角地带骚情就能开枪打谁。

大家正在老城墙根子凑成一堆唉声叹气，突然，北边就打来了一阵枪弹，而且是连发的，嘟嘟声不断。打得城墙根上烫土罡冒，还把罗阿满的帽子也打飞了。大家吓得屁滚尿流，连滚带爬地躲到城墙根下，再偷眼一看，心里就叫起了苦！马刀兵又在合富洋行的石头楼上架了挺机枪，扫射北岸，也是居高临下。

2

马刀兵再次翻脸的原因，是谢尔盖诺夫告诉大家的。他拄着拐杖，在县衙门口大喊大叫，指责诸葛白和古城子人失信无道，辜负了他的一腔热血和好心。衙门里有人反驳："你哪里有一腔热血？听说是别人的。"谢尔盖诺夫说："那别人的热血就能辜负么？"

那人就不吭声了。谢尔盖诺夫就继续有理霸道地骂。

他说，皮斯特尔是乖张！但他好好地进城购物，结果让古城子人暗害了。这事儿干得太没意思，丢脸！失信无道，形同无赖。

契阔夫对此更恼火，说诸葛白是个没有教养的流氓。哥萨克不能这么让人当猴耍，他要屠城。

子归城人不服气，说我们都是儿了娃娃，放屁砸坑，吐口唾沫能打钉，说休战三天就休战三天，不会干暗算人的事。

话是这么说，可心里都底气不足，出了这种事儿，丢诚信，没面子啊。大家便暗中查访。一查就发现，害皮斯特尔的人是个瘸子。那时候，子归城里瘸子已经不多了，大家一想就明白了，在几个瘸子中间，可能干这种事的人，只有林闽嘉林拐子。

大家就满城找林拐子，一找，还真找着了。可是林拐子说：皮斯特尔不是他杀的，皮斯特尔是让疯狗给吃掉的。

第五节

1

重回子归城后，皮斯特尔发现人们已经知道是他杀了驼二婶的傻儿子三宝，他骗不了人了。尤其是有一天，他看到了少年杨耳，杨耳一闪即逝，但仇恨的目光阴森可怖。自此，皮斯特尔的行动就变得十分谨慎了，到哪儿都骗几个马刀兵跟在身边。挖地道进城，放猫放狗，全城大火，攻打通海楼，他都紧紧跟随在契阔夫身边，绝不单独行动，突出冒进。他怕会有仇人不顾死活，像杨耳对待谢尔盖诺夫那样，冲上来复仇。

他在子归城里的仇人，连他自己都觉得不可预测。或许一只待宰的羔羊或者撒尿的狗都会冲上来，向他寻仇。

但钟爷出殡那天他实在是按捺不住内心的冲动了：他发现瓦西里在四处吆喝着组织人出城！瓦西里是他重点防范的对象之一，这家伙手里提根大木棒子，四处转悠，扬言见了他一定要打碎他的脑袋。瓦西里还仗着俄国侨民身份，两次跑到老北城，跟哨兵吵架，嚷嚷着要给契阔夫控告他。说有确凿证据证明，是他杀了驼二婶的傻儿子三宝。幸亏哨兵脑子都是一根筋，没让进去。

当时，他在老北城的哨楼上，看着瓦西里带着一支长长的队伍，上了官道。立刻兴奋地跳起来，公开进城了。——他知道当初诬陷他的绝非驼二婶一人，所以一有机会就想进城查访罪魁祸首。

皮斯特尔骗马刀兵们说：梦春院的妓女们失业了，都做了暗门子，咱们到街上转转看看啊？

立时便有七八个马刀兵跟着他进了城。但他没告诉马刀兵，暗门子上都挂着一只绣花鞋。结果一路上，马刀兵们一看到有女人出没的院子，或者闻到了脂粉气，就以为是暗门子，悄悄溜进去了。最后到了马寡妇家院子前，皮斯特尔的身边只剩了一个马刀兵——这个马刀兵系文艺青年，是个小资产阶级出身的诗人。您或许知道，他性情孤傲，眼光挑剔，一身的小布尔乔亚情调，故而就有点洁身自好，绝不将就的毛病。因此才会跟着皮斯特尔，无聊地一直走到了马寡妇家门前[m]。

寡妇门前是非多，这话一点不假。本来皮斯特尔看身边只有小资诗人一个哥萨克了，安全系数太低，想打退堂鼓。可就在这时，他发现了一个重大异常：当时子归城已遍地黄沙灰土，苍苍茫茫，像是戈壁沙漠。可马寡妇的院子里却出现了一堆

---

[m] 链接 马寡妇本是一个镖师的女人。镖师押车出事后，丢了性命，她也受了刺激，头脑逐日呆傻，最后成了勺子，还得了花痴。到了这时候，她已经收拾了细软，把院子扔给林拐子，跟着一个弹被褥的棉花匠，勺头勺脑地四处浪荡去了。

子 归 城

黄褐色的新土，它们与驼黄色的、干燥的环境格格不入，截然不同，十分抢眼。皮斯特尔就招呼了小资诗人，从墙头上翻了进去——马寡妇为了男人们翻墙头方便，把院墙修得很低——皮斯特尔一进去就发现了异常的原因：有人在挖地洞。黑咕隆咚的地洞里隐隐的还有挖土掘地的声音。

皮斯特尔兴奋得光头锃光瓦亮。他探头一看，鼻子抽了抽，就闻到了地洞里的诡异气氛，那气氛中含着一股热烘烘的阴谋味道。

皮斯特尔就和小资诗人蹲在洞口，耐心等待。

后来他就看到，一个盛满生土的柳条筐，被一点一点推了出来。接着他就看到林拐子像屎壳郎滚粪球那样，双脚轮流蹬着那个土筐，一步一步倒退着爬了出来……

皮斯特尔情不自禁地笑起来了，笑得眼睛里都出了泪水。

2

您或许注意到了，无论子归城在经历怎样的天灾人祸，您都看不到林拐子的身影。

事实上在丁巳年的整个春夏，无论是神拳杨逆袭惨败，还是全城抗战，以及大火燎城、沙暴忽降等，林拐子都不闻不问，一门心思只做一件事：挖密道。

林拐子在这件事情上做的是那样痴迷投入，就像个陷入癫狂创作状态的艺术家。比如像凡·高，又比如像现在的我，就有点儿停不下笔，顾不上其他事情。

林拐子陷入这样的癫狂痴迷是因为：通向合富洋行石头楼地下室的密道，快要挖通了！应该还有一丈多远，他就能呼吸到石头楼里的空气了。曙光就在前面，他停不下来，就像我的《子归城》写到现在，已经接近尾声，我不想也没办法让它停下来，只想废寝忘食一鼓作气，直奔最后一章最后一节，敲上那个圆圆的句号——当然也有可能是省略号。

陷入痴迷状态的林拐子，当然体察不到洞口上有两个人正在守株待兔。

"你好啊！"皮斯特尔看到林拐子倒退着出来，半天也不抬头，只大口地喘气，就把嘴贴到他耳朵上，轻轻说了这么一句。

林拐子吓得肝胆俱裂，像只蛤蟆那样蹦了起来。

皮斯特尔的问候太突然了，就像您的后背上爬了一条蛇，突然把头伸到了你眼前——比一个晴空霹雳还吓人。好在林拐子没有心脏病，否则吓死过去应属必然。

"你在干什么呢？"皮斯特尔问。

林拐子还没从惊吓中清醒过来，看着皮斯特尔，像看着蛇信子，说不出话。他嘴角鼻翼上涕泗横流，三角眼像独目鱼的一样，大睁着，却一动不会动。

皮斯特尔戴着眼镜儿，眼神就好。林拐子的秃头上已经没几根头发了，他还三指一捏，就揪住了一撮，"我相信你不是在偷鸡摸狗，你是在做一桩大买卖！"

皮斯特尔说着把那撮头发一揪，林拐子就跟着做了个引体向上的动作。他抽搐了一下灰白的嘴唇，想说什么但没说出来。

皮斯特尔不耐烦了："我知道你这个人命很大。当初把你扔在黑沟的矿井里，你没死。后来把你扔在岳王庙的地窖里，倒春寒啊，车马店的那个老女人都冻死了，你还没死。你有九条命，他们都这么说。好吧，既然你不说，我只好把你埋进这个洞里，看你的第九条命能不能帮助你。"

皮斯特尔说着给了林拐子一脚，接着又是一脚，接着两脚加三脚，最终把林拐子踢进了地洞里，随手拿起一筐土，倒了下去。

小资诗人喊了声好，抓起一个空筐，也扣进去半筐土，朝洞口倒了进去。

小资诗人在干这件事上很卖力，因为他的脑海中当时蹦出了诗：

他们把我埋入了温暖的地下，

我要向他们致谢。

我知道待到春天，山花烂漫时，

我会破土而出，生根开花结果……

沉默的林拐子在里面突然开始寡叫："皮二爷，皮二爷！饶了我吧，你这是要活埋我呀。你要把我活埋了，天大的一笔财富可就没了！"

皮斯特尔笑了："你知道啊？你要是怕活埋，那你就说吧。"说着还真停止了手上的动作。

小资诗人听不懂汉语，还被自己创造的诗的意象弄得有些激动，停不下手里的动作。

林拐子急了，像屎壳郎那样，边往后退着挣扎，边喊：你，你等一下！你等一下，听我说，你这不是在审美，是在杀人。杀一个无辜的人，一个九死一生的人！军爷啊，你是英俊少年呢，你有善良的心。你是英勇善良的哥萨克，还有文艺范儿，一看就是咱们文化人……

林拐子边挣扎边说了一大堆胡乱赞美的话。小资诗人是在中亚动乱时加入哥萨克的，他首次到中国，应该听不懂几句汉语。因此，林拐子的一大堆赞美里面哪句话他听懂了并被打动了，不得而知。反正他也停止了动作。

林拐子脱险了，就赶紧坦白交代：我就是想挖个地洞，钻到合富洋行的石头楼。

"钻到哪里？"皮斯特尔假装没听清。

"石头楼的地下室。"

"干什么？"

林拐子故作神秘地看了小资诗人一眼，做欲言又止状。皮斯特尔也是生意场上的人，知道做生意买卖双方都不想让第三者知道的规矩，就对林拐子说："他听不懂，你快说。"

林拐子故意低声说："地下室里有秘密财宝。"

"什么财宝？"

林拐子说：是个羊脂雕花玉枕。它放在一个金盒子里，金盒子外面有个银盒子，银盒子外面有个铜盒子，铜盒子外面还有个铁盒子。我现在做了个木箱子，想要把那个雕花玉枕连铁盒子一块装进去，运到遥远的家乡。再从那里走海路，倒卖到东南亚的皇宫王室去……

皮斯特尔听说过合富洋行有一个雕花玉枕，他以为那是红胡子编出来的童话，没想到竟然真的就在石头楼里。

"你确定这个羊脂玉枕存在吗？你看到过它吗？"

林拐子白多黑少的三角眼突然活泛起来，他赌咒发誓说：他在折腾铁老鼠的时候，看到过它。装它的铁盒子就在地下室。

林拐子看到过雕花羊脂玉枕，它在小阁楼和铁窗子之间的隔墙里。但他却给皮斯特尔强调说是在地下室。

"它是什么样子的？我是说那个雕花羊脂玉枕。"

林拐子就详细地描述了雕花玉枕的大小特征，同时还讲出了红胡子的秘密：他为了掩人耳目，就故意弄了打碎羊脂玉枕的骗局，制造了何坨子老婆撒拉尔的冤案，目的是借此转移人们的视线，掩盖雕花玉枕的存在。

皮斯特尔越听越激动，他是熟悉石头楼格局的人，林拐子的描述使他确信，林拐子没有撒谎。他的血沸腾了，他已经按捺不住内心的狂喜了，但还是非常理智地发现了一个问题，他问林拐子："石头楼里已经没人了，你为什么不翻墙进去，还要在这里辛苦地挖地洞？"

林拐子下意识地眼含恐惧，想要说：那院子里有狗，一大群狗。

但他想起了皮留克，就没说。他转着三角眼，在紧张思考的时候，皮斯特尔可能也想起了皮留克，突然问："听说那院子里有疯狗是不是？"

林拐子下意识地就想做这样的表演，他想扑通跪在地上说：皮二爷，我从小就怕狗，一见狗腿肚子就抽筋儿，迈不动腿。再说，一群狗呢，有好几只呢！我又不像你们，我又没钱，我要有钱，买上几斤肉扔给它们……

但他马上否决了这个方案。他想到了更简单的，就说："疯狗？我不知道。我让它们咬过……"说着拉起裤管，让两人都看到了自己的疤痕。

皮斯特尔对那个疤痕的来历深信不疑，又问："那你为什么不翻墙进去？还要在这里挖地洞？"

林拐子做欲言又止状，吞吞吐吐地对皮斯特尔说：谢尔盖诺夫在里面住着呢，那群狗就是他养的。疯狗的说法可能就是他造出来的。他可能已经悄悄地占了合富洋行的遗产——他是柳芭的老情人嘛。他怕别人染指。我要是直接进去，肯定是个死。

小资诗人这时似乎看出了些端倪，皮斯特尔就急忙对他说："这个瘸子说，合富洋行的院子里，埋了许多金银财宝。"

小资诗人自作聪明地说："这么大的洋行，里面肯定有财宝。"

诗人总是容易激动，一听有财宝，就满院子找铁锹说要去挖。

皮斯特尔眼珠子一转，有了主意，对小资诗人说：洋行那么大院子，就算我们三个人，挖到什么时候才能挖出财宝来？这样，刘家酒坊那个老头儿正在出殡，你去把那些给他挖墓坑的人叫来，让他们来挖。

小资诗人兴高采烈地就要走，皮斯特尔又叫住他说："你要不露声色，悄悄地把那伙人带到这里来。——我在这里看着这个瘸子，不能让他跑了。他知道财宝的位置。好了，快去！"

小资诗人走后，皮斯特尔拔出了手枪，此时他已经觉得林拐子多余了。

林拐子早有准备，故作紧张地说："你不能打死我！地下室那么大，那么多房间，没有我，你是找不到雕花羊脂玉枕的。"

皮斯特尔醒悟，淡然一笑说："我是想告诉你，现在是该咱们俩上阵，去把那个铁盒子装到你的木箱子里的时候了。"

林拐子舒了口气，故作为难地说："谢尔盖诺夫占着那楼呢……"

"他已经不是哥萨克了！再说，他现在也不在。他在岳王庙苦口婆心地劝契阔夫停战呢。"皮斯特尔说着就要推林拐子出门。

林拐子急忙说："就这么去吗？洋行墙高门厚，咋进去嘛？"

皮斯特尔摸了摸自己胸口上的金十字架，说："走进去。"

这回是林拐子懵圈了，为了探明皮斯特尔的用意，他一路上故意说东说西地絮叨："疯狗，那是谁都咬的。谢尔盖诺夫就住在洋行，他怎么不怕被狗咬？"

合富洋行大门紧闭，门锁都生了锈。但大门上的小门，门锁至少从外观上看，没有锈死迹象。皮斯特尔笑了："神保佑啊！"他说着从脖领里掏出了黄金十字架，放在嘴唇上，激动地吻了一下。

一般人都认为那是一个十字架，实际上，它是一把黄金钥匙，能打开合富洋行大门上的小门。

皮斯特尔之所以长期把它带在身上，只是因为它是纯金的，成色很高，值钱。与信仰无关。

3

我曾在泉州打锡街上请教锡锁。锁匠和我探讨了很久，他们理解锡锁是一种外在的装饰。实际上在合富洋行的门上，就镶嵌着一把锡锁。它是子归城最著名的锁匠刘亮程制作的。钥匙是黄金打造。锡锁，看上去银光闪闪，所以在子归城，合富洋行的门有银锁金钥之称。钥匙黄金成色很足，外形乍一看像个十字架，皮斯特尔长年把它挂在脖子上，别人不注意，便以为他是个牧师或者神职人员，其实那是打开财富之门的一把金钥匙。三宝升天之夜，皮斯特尔之所以逃向洋行，就是因为他脖子上有这样一把金钥匙，能打开门。后来他把自己打扮成一个女人，穿着彩色碎花黑白条的衣服——样子像一匹母斑马——逃跑时，连绣花鞋都跑丢了，但脖子上依然挂着那把金钥匙。

真是有如神助。当皮斯特尔小心翼翼地把金钥匙插进锡锁后，他就感觉到了成功在望。锡锁内部和金钥匙一样，没有锈迹。

皮斯特尔顺利开锁后，一摆头，示意林拐子：进去。

林拐子早有预案，他扑通一声跪在地上，抱住皮斯特尔的腿就求饶："皮二爷，我从小就怕狗，一见狗，腿肚子就抽筋儿，迈不动腿！再说，一群狗呢，有好几只呢。我又不像你们，我又没钱，我要有钱，买上几斤肉扔给他们……"

盗宝是件秘密的工作，像林拐子这样哭嚷，闹出这么大响动，显然很不专业。皮斯特尔烦躁地用膝盖顶了一下林拐子的脸，低声威严地命令："起来！"

林拐子瘫在地上起不来。皮斯特尔无奈，就自己慢慢推开门，探进脑袋，想看看里面的动静。

可就在这一瞬间，林拐子闪电般弹跳而起，双手同时发力，朝皮斯特尔腰眼上猛力一击，就把皮斯特尔推进了院中。之后他敏捷地关上了小门。那一刻，院里发生了什么事，林拐子无从想象。但仅是凌厉的狗吠，低沉的扑击以及皮斯特尔细弱的哀鸣声和撕心裂肺的惨叫声，就把林拐子吓得心惊肉跳，全身战栗，很久拔不下门上的金钥匙。

后来是一位少年过来，盯着林拐子看了半天，才让他意识到拔钥匙毫无意义。

这个少年就是杨耳。杨耳自从父亲神拳杨死后，就怀揣一把牛耳刀，日夜追查皮斯特尔。但他还是来晚了。

"他死了吗？"杨耳问林拐子。

林拐子说不出话来，只是使劲点头。

杨耳就把林拐子的手从门锁处拨开，趴在门缝朝里看。

至此，林拐子才清醒过来，他哆嗦着站起来，跟头绊子地跑了。

4

那些吃人肉的疯狗，一瞬间就把皮斯特尔吃成了一副白骨头架子。这事儿是黄昏后才被人们发现的。

小资诗人带着掘墓人来到马寡妇家院子，没见皮斯特尔和林拐子。就又跑到合富洋行大门前，依然没见两人踪影。他听到院子里有成群的狗在激烈地奔窜，还发出低沉的喘气声，间杂着细微的哀鸣声，就猛烈捶击大门。得不到回应后，他又跑回马寡妇院子，趴在墙头上查看。他发现院子里的那些新土没了，地洞口也没了，院子里覆盖着厚厚的干燥黄土。他看了看天，又看了看地，怀疑一切都是梦，就回去写了一首诗：

> 白天，我做了一个梦，
>
> 梦见无数的金银财宝，
>
> 像雪花般纷飞。
>
> 梦醒之后，我看到一切平静如初，
>
> 只有一群疯狗，

在我的灵魂里奔跑。

到了黄昏时，皮斯特尔失踪的消息不胫而走，他就把自己的梦告诉了契阔夫。

契阔夫带着巴克洛夫、老白俄、杨干头等人来到合富洋行时，洋行大门上的小门敞开着。契阔夫走进去看到的情形惨不忍睹：那些健硕的牧羊犬已经全部死了，它们躺在不同的位置，有着不同的姿势，有些甚至还七窍出血。还有一只死不瞑目的，脸上挂着蒙娜丽莎似的神秘微笑……

契阔夫看到院子中央，散乱地躺着一具人的白骨头架子。皮斯特尔的皮靴，还有被撕成几片的衣裤，就在白骨头架子旁边一片狼藉地扔着。让他百思不得其解的是：皮斯特尔的金边眼镜扔在几丈开外，居然完好无损，映射着夕阳如血的光晕。

皮斯特尔眨眼间就悲惨地成了一副白骨头架子，这种太快的生命变化，让契阔夫不能接受。

"谋杀！这是赤裸裸的谋杀！"他对着小资诗人咆哮过后，就转身下达了命令：立刻发起全面进攻，占领全城！

传说，那些疯狗在吃了皮斯特尔的皮肉后，当天就陆续死亡了。据此，紫泉子人都坚信：皮斯特尔的血有毒，肉也有毒。

当然，这是后话。

5

谢尔盖诺夫裆部有伤，挂着拐杖，走得慢。闻听皮斯特尔被杀后，先在县衙指责了一通诸葛白和古城子人。然后他赶到合富洋行，洋行已被马刀兵封锁警戒。机枪也架到了黑石头楼上。他垂头丧气地想要做点什么，忽然看到了杨耳坐在马寡妇家墙根下，面无表情地看着这边。他意识到了某种不祥，就冲过去，抓住了杨耳："皮斯特尔是你杀的吗？"

杨耳摇头。

可谢尔盖诺夫看到了杨耳怀中的牛耳刀，"皮斯特尔不是你杀的吗？"

"不是！"杨耳看着他，说。

他看出了杨耳的坚定和诚信，就松了口气，又问："那是谁杀的？"

"去问狗。"

谢尔盖诺夫无奈，就劝杨耳：皮斯特尔已经死了。你的父母、妹妹也都死了。你要是想杀我，就应该先把你失踪的弟弟杨文登找到。否则你杀了我，哥萨克就会杀了你，你们杨家就断后了。

杨耳听了这话，站起来就走了。从此这个少年就开始四处游荡，去寻找弟弟杨文登了。

谢尔盖诺夫看着杨耳走后，转身拄着拐想去洋行。突然，他看到石头楼上的机枪开始射击了，声音惊心动魄。就捶胸顿足地咒骂着，一瘸一拐地找契阔夫去了。

第十四章

蛇年飓风

天塌了，地陷了！

子归城里子不归。

　　　　　　　——童谣

第一节

1

林拐子考虑到杨耳在场，就没撒谎。但他在给大家讲皮斯特尔的最后下场时，没说雕花羊脂玉枕的事，也没说皮斯特尔是他推进合富洋行院子的。他只说：皮斯特尔抓住了他，逼他说出了洋行有疯狗的秘密。皮斯特尔自己好奇，就开门进去了，结果就被疯狗吃掉了。

大家听林拐子这么一说，再看林拐子的那副鬼一样的穷酸落魄样儿，也生气了："就这么个棺材瓢子的身板，有力气杀皮斯特尔？扯淡嘛！"

至此，古城子人又义愤填膺了：皮斯特尔是多坏的一个人啊，既然他是被狗吃掉的，那与我们做人的信义何干？马刀兵这是找茬想杀人呢。那好，那我们就以血对血，以命抵命，拼个鱼死网破你死我活算球！

契阔夫当然也生气。他断定古城子人背信弃义，刚刚承诺休战三天，转眼就开始谋杀。他断然拒绝了谢尔盖诺夫的建议——此人建议他跟诸葛白交涉，抓出谋杀皮斯特尔的凶手，双方组成法庭，对嫌疑人进行审判。如果嫌疑人确系谋杀，就立即枪决；如果皮斯特尔是误入洋行，被疯狗虐食吃了，那就将嫌疑人当庭无罪释放。

契阔夫一听还有将嫌疑人无罪释放的可能，立刻对谢尔盖诺夫咆哮："我对谋杀皮斯特尔的嫌疑人没有兴趣！我的要求只有一个：全城的人必须缴械投降，接受我的领导和管理！"

谢尔盖诺夫说，严惩凶手是法律的基本精神。

契阔夫说："现在找出这个嫌疑人或者审判这个嫌疑人是没有意义的。我最后再说一遍：我要的是他们集体投降，归顺于我。"

谢尔盖诺夫说："可这是没有可能的啊。"

契阔夫狂笑着说："英勇的哥萨克，就是要完成不可能完成的任务！"随后，他就又下令把机枪架设到了全城的制高点——合富洋行石头楼的楼顶上。那是一挺马克沁机枪，灌水的，四下里扫射起来，像射灯，照到哪里哪里弹雨横飞。

2

马刀兵一夜之间占领南门，控制水西门，把抵抗者分别压缩到了一大一小两片区域，看上去全城已经基本陷落，胜券在握，大局已定。这显然助长了契阔夫的骄横跋扈。他拒绝了谢尔盖诺夫的所有调停方案，直接就给诸葛白送来了最后通牒：二十四小时内，所有人必须放下武器，缴械投降。逾期之后，他将踏破城池，屠城三日。

诸葛白呐喊着把契阔夫的通牒给抵抗者们做了宣告。结果，像焦大、武二等一些本来准备出城远去的人，反而卸下行李，开始磨刀霍霍，决心与马刀兵拼死一战。

甚至像盐商严济生、锁匠刘亮程等人也开始毁家纾难。严济生在自家门上贴出悬赏公告：有愿意与马刀兵马匪骑匪毛子兵拼死一搏者，来鄙舍领取现银一两，有杀敌一人者，赏银十两。刘亮程则公开承诺：谁杀敌身亡，他就给谁送一枚银质的长命百岁锁。

而跟诸葛白有过节的山西王，也跑到通海楼的废墟上，挂着拐子振臂高呼：

"有愿意杀敌者，本人发给枪支弹药。有愿意随我杀敌者，本馆管吃管住，还发枪给银子！"这回，山西王一次就发出去了两百多条枪。——这让诸葛白想起来都后怕。幸亏没惹翻这家伙，否则他若反了，后果不堪设想。

二十四小时后，契阔夫发现，他的最后通牒给自己带来的只有惊愕和沮丧：他没有等来一个投降者。相反，每个院落和房舍都成了堡垒。仗，越打越胶着。同时，诸葛白还发布大赦令，把地牢监狱里的所有轻、重罪犯都放了出来。结果，就连涉嫌谋杀于文迪的干腿子那种重刑犯也都蹦子嘎子地跳出来，拿着刀枪，四处流窜，骚扰袭击哥萨克骑兵……

刘壮志在他的著作中对此做的总结是：此种状况的出现，完全是因为哥萨克人不了解子归城历史文化的缘故。

此言不虚。

去过子归城的人都知道这是座商业城，全城四分之三处都是商贸区，居民生活区多在衙门以南。而林公渠南岸的西城地区，住的则是老住户。老住户俗称老户儿家，老先人不是违犯禁海令的金妻，就是当年的追剿兵军户。他们多数祖上的血性未泯，又在城里住了几辈子了，对根居地子归城有感情，不会轻言放弃。而东城被压缩的区域主要是山西会馆和靖安营。山西王早就厉兵秣马，购置钢枪，其人员战斗力相对较强。而靖安兵，多在自己营区抵抗，熟门熟路，地形地貌熟悉，作战意志当然顽强。

此外，全城的抵抗者，最后都被压缩到了这两片区域，他们自始至终就有坚强的意志和抵抗精神。

结果，看上去唾手可得的胜利，变成了马刀兵难以吞下的苦果。

二十四小时过后，屠城根本无法实施，因为他们不但未能占领全城，而且每前进一步，都在付出血的代价。

首先是，马刀兵的骑兵在这里完全没有了野战优势。西城区的老户儿家，家家毗邻，户户深宅。所有的街巷都曲里拐弯，狭窄多变，宛若迷宫。骑兵深陷其中，不但没办法冲杀驰骋，还进退失据，彼此不能相顾。转来绕去，个个成了活靶子，常常被窗户里马槽边射出的子弹击中。

还有些地方完全莫名其妙，马刀兵在里面冲杀半天，发现只是兜了个圈子，又回到了原地。

最让马刀兵束手无策的，是这里的居民寸土必争，神出鬼没，又很会利用地形，明明一个抵抗者，已经弹尽粮绝，你纵马追过去，他却一翻身，跳进了一家院子。你要冲进这家院落时，却发现院门很小，骑马进入，碰头打脑，滑稽可笑，还会被院门后面的人打闷棍。

其次是，这里的居民家家户户，齐心协力，都爱浴血奋战。且全都多子多孙，往往是一个院落，冲进去三个马刀兵，就会有三十个男女老少从不同的房间和角落冲出来。冲出去的人多了，往往其他院落的人便会从墙头房顶上围过来，打枪扔石头，折腾完就跑。

最后一点是最让马刀兵恼火的，便是马刀兵的骑兵刀，几乎没办法发挥作用。狭窄的街巷，使得砍杀、穿刺的动作都不能得到充分发挥。明明一个抵抗者在那里，你冲刺过去，他却突然一猫身钻进了狗洞旱厕，让你的战刀刺到了坚硬的夯土院墙上。一个抵抗者开枪打中了你的帽子，你怒吼着砍杀过去。却发现刀还没有砍下，便撞上了另一家人房檐上的椽子檩子。

而这里的老户儿居民呢，打仗又完全不懂套路，没个正形，不走正规路线。刀枪镖子，石头瓦块，甚至弹弓一起上。他们大多是以逸待劳，守株待兔。在你最尴尬时，往往就会有一只粪叉飞过来，或者一只梭镖戳过来，甚至于头顶上会突然砸下来一个盛满了屎尿的瓦罐。或者不知道从什么方向就会冒出一个弹弓，猝不及防地射出小石子，打中你的鼻子、眼睛或者耳朵。不要人命，但让你很尴尬，很没面子，很疼痛，还会流血。

这种打法，当然日益加重着马刀兵对巷战的厌恶情绪。

经过了几天巷战，马刀兵除了把张元培的蒙学堂烧了以外，其他收效甚微。契阔夫受这事儿启发，决定故伎重施，还用杨干头的搞法，命令士兵们到各家各户去抢劫猪狗牛羊，鸡鸭猫兔。准备给它们续上火捻子，纵火烧西城。

可就在一切都在紧张进行时，契阔夫突然死了。

3

契阔夫之死和王二傻子有点儿关系。

王二傻子是子归城第一智者，天旱缺水，他就做了几个独轮车，雇人满街卖水。古城子人祖祖辈辈没见过这种事，不习惯。背地里就议论，就骂。说自古只见过给牲口卖水的，没见过给人还卖水喝的。结果，王二傻子的人缘就不好了。

王二傻子聪明，知道自己丢了人缘口碑，以后在子归城混就没意思了，就想走人。可满城的人都在抗战，汪妈还曾堵在城门口骂。王二傻子是个要脸面的人，就一直犹豫，不好意思走。到了他听说契阔夫要故伎重演、火烧西城时，他知道此时不走，便没活路。可他还知道此时若走，会被人极端鄙视，一定会有人在背后打黑枪。他就从大萝卜琼斯家院子里撬了块石板，背在身上，一步一挪地往城外走。心想，有人背后打黑枪，也只能打在石板上，伤不着他。

可他背的那块石板太大了，很重。地上的沙子又厚，走起来艰难，总打滑。他背着石板一步一挪，颤颤巍巍，刚走到拐子街边的涝坝前，脚下一滑，朝前一个趔趄，就一头栽倒了。那石板带着惯性，往前一倾，再落下，就把他的头和上半身重重地砸进了沙子里。他连吭都没吭一声，就七窍出血，死了。

那个涝坝是诸葛白让人新挖的。大风暴降临时，涝坝被暴风吹干后，又积满了黄沙土。土虚，沙子厚。王二傻子被砸进去，整个身子就看不见了。

后来有人路过，看到沙子里埋着一块石板，石板下露着两只脚，就掀开石板，想救人。一看，王二傻子的脑袋都板结在沙子里了，黑黑的，像个烙焦的锅盔。

路人就叹息：这人啊，是吃啥补啥，用啥伤啥。王二傻子生前脑子太聪明了！所以临死，让石板压碎了脑袋。

这个路人感慨良久后就走了，而听感慨的人里有个人却没走。他站在那里，心潮起伏，无法平静。

这个人就是谢尔盖诺夫。

那地方离合富洋行近。当时，谢尔盖诺夫正要去黑石头楼。他听了路人的感慨后，盯着王二傻子的尸体，左看右看，越看越觉得惨不忍睹。就去黑石头楼把这惨不忍睹的情形给柳芭做了绘声绘色的描绘。

柳芭听了就掀掉盖头，指着自己的脸，问谢尔盖诺夫：比这还惨吗？

谢尔盖诺夫说：惨多了！惨一百倍。

柳芭就盖上了盖头说：我亲爱的谢尔盖诺夫，请您把契阔夫请来吧。

谢尔盖诺夫奉命行事。结果，契阔夫就灰飞烟灭了。

是的，灰飞烟灭。

第二节

1

契阔夫之死是《子归城》的重大叙事转折点，也是子归城里最扑朔迷离的离奇事件。

事件发生在合富洋行的石头楼里，对此无人质疑。问题是死者和致其死者，几乎同时灰飞烟灭，人间蒸发，没留下任何遗迹遗物。这就让我叙述这件事时，总有点忐忑，下笔很是犹疑不定。——一旦将来有个人跳出来说：NO！我在丁巳年夏天之后在某某处见过契阔夫！或者某年某月某地某时，有个老太太站出来说，我就是当年的柳芭，还拿出了证据，那可怎么办呢？

1972年夏天，我在厦门学戏剧《龙江颂》的舞美，就怀着这种不安，请教了林拐子这问题。林拐子带着一种怀揣天下最大秘密的倨傲，笑而不语。为此我请他吃海蛎煎、秋刀鱼，还喝了酒。他才告诉我说：这件事，是我亲眼所见。两个人都被烧成烟了。不会再蹦出来个老太太。

我说：可是，当时是谢尔盖诺夫把契阔夫请到黑石头楼的。他后来也说只听到了枪声，看到了大火，没见到两个人……

林拐子一挥手，笑了起来："谢尔盖诺夫？不就是谢二盖吗？他当然看不到了！他是把契阔夫带上楼了，之后他不就下楼了吗？人家在楼上谈话，他待着干啥？他那种小角色，只能在院门口站岗把风啊！嘻嘻。"

林拐子说的没错，谢尔盖诺夫——后来的谢二盖，的确不能算是这一离奇事件的直接目击者。林拐子才是真正的目击者，当时他就在石头楼的地下室。

那天，林拐子终于挖通了地下密道，但是石头楼地下室的浓重气味，扑面而来，几乎把他弄晕了。那是死尸腐烂多年后的恶臭气体，有毒了。他曾经被扔到过黑沟煤窑的废矿井里，知道毒气的厉害，就以洪荒之力，赶紧倒退着从地洞里出来了。可毒气跑得快，他还是被熏迷糊了。林拐子再醒来，跑到院子透气，就看到契阔夫、谢尔盖诺夫、热西丁等十余个马刀兵正在走向合富洋行。

他们径直走到合富洋行大门前，除了契阔夫，其他人都滚鞍下马，拔刀出鞘，森然而立。契阔夫下马后，就在谢尔盖诺夫的引导下，从小门大踏步地走了进去……

林拐子见状，顾不上毒气是否散尽，急忙钻进地洞，一口气爬到了石头楼的地下室。

于是，林拐子就听到和看到了一切。

下面我按林拐子的叙述，再加上谢尔盖诺夫的描述，帮您想象一下当时的情形：

小阁楼里窗帘紧闭，至少有十只燃烧的蜡烛照耀着房间。

一个女人头上蒙着黑丝巾盖头，和契阔夫相对而坐。他们中间隔着一个精致的欧式圆桌。圆桌上，放着一个银盘，银盘里放着一把金灿灿的钥匙。

女人拿起那把金灿灿的钥匙，声音幽幽地说："您停止吧！皮斯特尔不是被人谋害的，他是自己进来被狗咬死的。——这是他开门的金钥匙。"

契阔夫笑了，说："这我知道，柳芭！这事与你无关。"

女人长长地叹了口气说："沙皇没了……"

契阔夫说："这我也知道。"

柳芭又说："您知道吗？古城子最聪明的人王二傻子死了。死在街头，死得很惨！"

契阔夫说；"王二傻子？听名字就不像个聪明人。"

柳芭看着那把金钥匙，神思幽幽地说："外面天天在死人。一地一地的血沫子，滋滋地响……我夜里都睡不着。"

契阔夫说："我也睡不着。但没办法。"

柳芭说："撤兵吧，您。"

契阔夫说："抱歉。撤不了。"

柳芭说："您知道撒拉尔吗？希瓦汗国的，撒马尔罕的。"

契阔夫惊愕地说："你，你说什么？你不是雅霍甫舅舅的女儿吗？"

柳芭依然幽幽地说："我怎么可能是红胡子的女儿呢？您搞错了，长期以来您都搞错了！这个秘密有二十年了吧？岁月的灰尘在人心里落得太厚了，稍不注意，它们就会在人心灵里飞扬尘土，弄得乌烟瘴气。我不想旧事重提，让您的心灵也尘土飞扬。"

契阔夫惊得跳了起来："撒拉尔？你的声音让我想起撒拉尔！你，你是撒拉尔的……"

"我是她女儿，也是您女儿。——您撤军吧！"

"女儿？！撒拉尔……我永远忘不了她！她现在在哪里？"契阔夫问。

"她死了。您下令，撤军。"

"她死了？——我不能下令。我们没处去。"

柳芭就拿出一把枪，对着契阔夫："您应该退兵。父亲！"

"女儿。"契阔夫想掀开黑纱看一看柳芭，但被柳芭挡开了，"您退兵！"

契阔夫目光满是欣赏地看了一会儿柳芭，笑了。他伸手抓住枪口，对准自己的额头："女儿，你会打枪吗？敢吗？"

柳芭真的开枪了。

硝烟散去。柳芭泪流满面，她心疼地对地上的契阔夫絮叨："你个傻瓜，我练了好长时间……你这个傻瓜，还让我开枪……"

她的眼泪，像断线的珠子，一滴一滴地落到契阔夫苍白的脸上，再汇集到脸上刀痕的沟槽里，流向发际……

那刀痕，是撒拉尔的父亲留给契阔夫的。

2

柳芭一边絮叨着契阔夫是傻瓜，一边就把契阔夫拖到沙发上，像活人那样扶坐好。然后打开衣柜，从里面取了一袭雪白的婚纱裙，用它轻轻地、小心翼翼地、一点一点地揩拭契阔夫额头上的弹孔流出来的鲜血。后来那个裙子被染成了红色，契阔夫头上的血也开始凝固，不再流淌。她又拿来了一个丝绸手帕，继续揩拭契阔夫脸上的血迹。甚至还用纤纤素手，把契阔夫上翘的胡子认真地修理，装饰了一番。然后用一根长长的衣竿，哆哆嗦嗦地捅咕天花板上那个巨大的洋油大吊灯。终于，喔啷一声，它掉了下来，砸在了木圆桌上。与此同时，洋油四溅，有几滴穿越烛光，立刻变成了幽蓝的火苗，溅射落到了地上。地上的洋油"嘭"的一声，迅速开始燃烧……

柳芭对这一切无动于衷。她只是跪倒在地上，喃喃地说着："对不起！父亲。父亲，对不起……"一边整理着契阔夫的骑兵军装以及裤脚、皮靴。

地上的火，引燃了四面的橱柜后，满脸是汗的柳芭才坐到沙发上，抬起胳膊，擦了把脸上的汗，停止了哭泣。

她就那么静静地坐着，像个修女一样，看着四周烈火熊熊，迅速吞没了她和父亲契阔夫。

至死，柳芭都没发出一声惨叫。只是在烈火把她的身体烧得曲扭时，她才发出了娇嗔般的细弱呻吟。

3

石头楼的枪声响过之后，所有人都认为，契阔夫枪杀了柳芭。

谢尔盖诺夫在惊愕之余，立刻大喊大叫，一边诅咒着契阔夫，一边拄着手杖，想往石头楼里冲。热西丁和另一个马刀兵迅速抓住了他。魁梧的热西丁只用一只手，就把谢尔盖诺夫扭翻在地，让人把他捆了起来。

热西丁和其他的马刀兵，就那样一动不动地站在院门口，等待着契阔夫从石头楼里走出来。

但契阔夫最终没走出来。一楼门厅的双开门突然爆裂后，他们看到的是火舌狰狞中，一股浓烈的黑烟窜出——小阁楼的洋油在流向木楼梯、流向一楼的过程中，实际上就是一道蜿蜒的火龙，旋转着迅速把经过的一切都烧出了刺鼻的黑油烟。

热西丁等人意识到意外发生后，也曾试图冲进石头楼救人。但一楼门口火舌猛烈，三四米外就烤得他们手脸炙疼，还带着怪异的猛烈气浪，根本没法靠近。

他们也曾大喊大叫过，但很快他们也就明白：在古城子，没有人会来帮助他们救火。

他们就那么先惊愕后疑惑地看着烈火逐步上升，随着窗户玻璃的爆裂，火龙伸向楼外，随风蔓延。

当楼顶上被火焰包围的机枪手绝望地朝天胡乱射击一番，哭喊着从楼顶上跳下时，甚至连热西丁都感觉到了灾难即将发生，石头楼随时可能倒塌。

但他们谁也不敢离开。在他们看来，契阔夫那就是一尊神，他很可能在下一秒钟就会从火焰中突然出现。

果然。有个人从火焰中奔跑而出了，他们都赶紧欢呼，以表忠心。

但那个人不是契阔夫，而是一瘸一拐的林拐子。

4

小阁楼的枪声响起时，林拐子正好在二楼。

林拐子在地下室像只猫头鹰那样缩了很久，听不到小阁楼上的动静，才蹑手蹑脚地准备爬上去偷窥。可他刚刚爬到二楼，枪声便猝然而起。

林拐子吓得缩在楼梯角落，头上直冒冷汗。

在他看来，愤怒的契阔夫马上就会破门而出，皮靴声随即在他头顶上橐橐响起。

可最终皮鞋声没有响起，契阔夫也没有下来。

就在林拐子慢慢从幽暗的角落里探出头，向上窥探时，一排烈火的浪花汹涌而至……

林拐子缩在二楼楼梯角落，看着身边炽热的火流，像熔化的、奔腾的岩浆。所到之处，烟火骤起。一楼还发出了各种噼里啪啦的爆裂声。

林拐子上不得下不得，进退维谷，只能瑟瑟发抖。

后来，烈火烧穿了楼层地板，一阵灰飞烟灭后，林拐子发现自己还活着。而且眼前就有通红的熔液像乳胶一样淅淅沥沥地在滴落。当它们落到地上之后，慢慢变凉，便显出了金色银色的金属本色。

完了，一切都完了！一想到羊脂玉的雕花玉枕此刻已成了一包石灰后，林拐子就痛心疾首，哭泣不已。

林拐子哭了多久，没人知道。1972年，当我向他询问这个细节时，他坦诚地说："当时只是觉得世界天塌地陷，自己万劫不复，根本不知道自己接下来做了什么。"

——林拐子说这话时，用左手指着我的鼻子，他的那只手，只有大拇指和小拇指两根指头！

按照林拐子的说法，当黑石头楼起火时，他亲眼所见了装雕花玉枕的金匣子、银匣子，全都化成了闪亮的银水、闪光的金水从楼上流下来。

有一刻他忍不住下意识地伸手去接。结果伸出的那只手，其食指中指无名指瞬间便化成了一缕青烟。

林拐子疼得嗷嗷乱叫，完全顾不得从自己的地下密道逃走，而是号叫着从二楼上翻滚下来，直接从一楼跑进了光天化日的院子。

那一刻，马刀兵看到的应该是一个带火的哪吒，撞开院门，逃出了合富洋行。

5

有两三个马刀兵看到林拐子从楼里逃出来，先是吓了一跳。后来觉得好玩，便骑马追捕这个瘸子……

林拐子号哭着逃进了孟长寿的中医诊疗所[v]。它在废城墙根下。

---

[v] 链接　战争期间，孟长寿的诊疗所由一处变成了三处，两处分所都有房院，各自能收纳二三十个伤员。唯有这个由中药铺子升格的诊疗主所却连院子都没有，只有几间老房子。医官孟长寿甚至就在废城墙的旧窑洞里坐诊。

子归城

林拐子逃进诊疗所后，两三个马刀兵面面相觑，面对门上大大的红十字[z]，有些束手无策。他们知道孟长寿是医生，交战双方的伤病员他都救治。纵马闯入，有失礼节。

但林拐子的沿街惨号，引出了街上不少人，那些人指指点点议论纷纷，让两三个马刀兵觉得不敢闯入，很没面子。于是滚鞍下马，就要拍门呼叫。

房门却哗啦一声打开了，孟长寿昂然而出，立于门前："你们要干啥？这是诊疗所，不得在此撒野！"

孟长寿民国前是古城子医训科医官。红脸膛，眸子闪闪发光，讲话中气十足。长得不像华佗扁鹊，却与左宗棠的画像颇为相似，只是苍髯白须比左大人更多更长一些。

当时孟长寿气得细眼圆睁，白须上翘，威风凛凛。两三个马刀兵见此架势，有些胆怯了："我，我们是来抓人。他是个，瘸子，不！拐子……"

"什么瘸子拐子？进了我诊疗所，便是病人！伤员重地，不能擅自闯入。这是你们契阔夫中校下过的命令，你们不知道吗？"孟长寿声若洪钟，寸步不让。

两三个马刀兵就用生硬的汉语表白：我们抓的是一个纵火犯，合富洋行的石头楼可能就是他放的火。而且，这个瘸子或者拐子，跑得飞快！可能不是个真的瘸子或者拐子，因此也就不能是一个真的伤员病人。

孟长寿大义凛然绝不让步，强调：是不是真瘸子真拐子，医生说了算！你们说了不算！

孟长寿出于职业道德，死活不让马刀兵进入诊疗所。

双方正在僵持争吵之际，乾坤却骤然变色！天地间像挂出了一道帷幕，顿时山河失色，万物惊悚。著名的丁巳年大飓风来了！

史载：丁巳年北丝路上的这场飓风是20世纪中国北方最大的一场陆地飓风。它

---

[z] 链接 孟长寿的中药铺原来挂的一副对联：但愿世间人无病，宁可架上药生尘。横批：天下平安。此时变成诊疗所了，忙不过来，也就跟国际接轨，画了个大红十字，没对联了。

时断时续地刮了数天数夜，把千百吨的黄沙尘土挪到了人类的家园。

丁巳年是蛇年，这年的这场风进入史册后被赋予了一个简洁的名字：蛇年飓风。

第三节

1

我想我是见过孟长寿爷爷的，至少是见过他遗骸的。

我十岁那年，正逢三年困难时期，天亮爷爷就套了毛驴车，带着我沿涅槃河故道去"魔鬼城""刨食"[p]。那时候，那一带已经拉上了铁丝网，封沙育林，禁止偷伐偷猎者进入。我和天亮爷爷昼伏夜行，半夜时到了魔鬼城。当时，正逢大风迷人眼。天亮爷爷就把我裹进一条毡子里，让早早睡觉。我一觉醒来，风停了。就在我睡觉的上方，大风刮塌了一块城垛，刮走了一层虚土，夯土的城墙上赫然露出了一副男人的骨架，他的右手好像举着一把菜刀类的东西，左手则平直地指向左方。

当时我还小，不知道害怕，问天亮爷爷：这是个人吗？

"怕是孟医官么。"天亮爷爷说。

"啥是个医官？"

天亮爷爷没有回答我，而是掏出自己身上的散白酒，一边朝骸骨的脚下沙土上撒了一些，一边絮絮叨叨："来，喝上几口！你是个好人哪，活着的时候，救过多少人的命啊。你是积了阴德了！紫泉子人，有个病啊灾啊的，到现在都还念叨你

---

[p] 链接　"刨食"这个说法肯定来自农民对自己种地的职业的自嘲自黑。那时候紫泉子人饿急了，就会有人冒着私闯植树禁区、要被抓去坐班房的危险，悄悄跑到魔鬼城（子归城遗址）淘捡器物，拿回来换成钱，或者直接换成食物，以度饥荒。这事大家心照不宣。但不是被饿急了，也很少有人去。因为一去就要偷越几十公里长、几公里宽的植树禁区，还要不被当地的兵团巡逻队发现，很不容易。1950年，罗将军下的命令很严苛：有人敢伐一棵树，一定要抓起来关班房。无故闲人进入其中，没有特别正当理由，是无法平安回来的。

哩……"

那天，天亮爷爷把那具骸骨的骨殖，重新做了埋葬。还在上面插了个牌子，他不识几个字，肯定不会写孟长寿的名字。所以他在那牌子上画了一个陶罐——现在我敢断定，天亮爷爷当时其实是画了一个药罐子，想代表郎中医生。

天亮爷爷画图的水平很差。

现在，我坐在二十六层的家中，回想"莫兰蒂"袭击厦门时树倒路断、海浪滔天的情形，越来越相信紫泉子人的说法：孟长寿，好人哪，他是在黑沙暴来的时候，一下子被风沙埋掉的。他省事儿，也不麻烦人。沙子打到城墙上，落下来，就把他埋了。

孟长寿，是蛇年飓风降临时，子归城最早的牺牲者。

2

合富洋行的黑石头楼在烈火中轰然倒塌后，很快就被仿佛天崩地裂的蛇年飓风埋葬了。

关于蛇年飓风，我在写学术著作《动荡的亚细亚》时做过研究：丁巳年的那场超级大飓风，在中亚近百年的历史上前所未有。它可能孕育于中亚腹地，在天山北部沙漠形成超强气流。所到之处摧枯拉朽，风尘弥漫，有时竟达几百公里长，几十公里宽……

飓风形成的大风暴，当地人称黑风暴，又称黑沙暴。它像把巨大无朋的扫帚，哗啦一下，掠过山川河流，苍茫大地。城乡阡陌、万物生灵于是闻风而动，在这激烈而急速的掠扫中，骤然颤抖、翻滚，乃至分崩离析，魂飞魄散……与此同时，天地间会激荡起刺耳的哨声，蓝天白云会骤然变得昏天黑地，大地深处会滚动出狼烟灰土。路上的老人会跌倒在地，家里的孩子会滚下了土炕。惊恐万状的牛羊，会四散逃亡，横尸荒野。还有，山河会失色，草木会横飞。你东摇西晃的避难所根居地会房倒屋塌，隔壁老王会和你的亲朋好友一样，或死或残或者下落不明，成为你挥之不去的梦魇。

更让人痛不欲生的是这横跨天空的大扫帚，并非一扫而过，通常它是略作停息，便再次挥扫。纵横捭阖，横扫天下，反复不断地蹂躏万物生灵。

历史的经验证明，一个能载入史册、青史留名的黑风暴往往要惊天地、泣鬼神地持续数日。直至万物一体，人鬼不分。一切都被当成尘埃和垃圾，扫入某个特定的犄角旮旯儿，或生或死，或存或亡……

我记得"莫兰蒂"台风到来时，厦门能看见灯火辉煌。后来大部分城市街区才停电断水，一片黑暗。而子归城的黑风暴莅临时，全城瞬间就进入了深更半夜。万物空蒙，朦胧中只能听到人喊马叫，鸡鸣狗吠。许多人提了马灯，也照不见什么，只能在昏蒙的黑暗中试着迈步探索……黑风暴不但抢走人们头顶的帽子、鼻梁上的眼镜，还会夺走人手里的马灯。马灯碰到硬物上，还引起过小火灾。不过那只是一瞬间，瞬间之后暴风就会把火苗子吹散到漫天沙土之中，变得无影无踪了。

百年来，史学界认定的基本事实是：蛇年飓风暴虐子归城时，当天就把全城搞得面目全非，家园荒芜。老北城本来就是弃城，北面迎风，残垣断壁几乎被夷平，完全成了废墟。东门城楼是子归城的标志性建筑，它垮塌后，土木不翼而飞，只留下了一圈石质基础。而坚固的东门城阙，也垮塌了一角，城门上方金丁亲自制作的木质匾龛也无影无踪，"子归城"没了！露出了石龛里的"古城驿"三个大字……

城内更是满目疮痍，几成废墟。所有人家的烟囱都倒了，没了。店铺的招牌、幌子、门楣满天飞舞。街上的独轮车驴车甚至大马车都被刮散了架，散落到了各个犄角旮旯和不相干的人家。咪哞乱叫的牲畜被刮到了街边的涝坝或者房顶。甚至还有一些锅碗瓢勺，飞到了半截沟和乱坟岗子……

一天一夜后，黑风暴才突然减弱了许多，甚至有一度人们还看到了太阳的光晕。

就在人们从废墟中站起来，想看看周围的一切成了啥样子时，飓风却又骤然而起，而且一连持续了三天三夜。这三天三夜，飓风带来的沙尘湮没了大半个老北城，几乎把它变成了一道连绵起伏的沙丘梁子。而子归城也成了沙漠中的一座孤城，弥漫着奄奄一息的气息。城内除了拐子街主街道、县衙门前等几处站不住沙子的地方外，几乎家家墙倒屋塌，黄沙入院进屋。南北城墙则成了两道长沙梁子，裸

子 归 城

露着已经被掩埋了门洞的城楼残迹……

三天后，黑风暴过去，人们不再是从废墟中站起来，而是从沙土里爬了出来。此时大家才不约而同地发现，他们赖以生存的家园没了，甚至他们连逃出古城子的道路都没有了——全城所有的城门都被黄沙堰塞，无法进出了。

3

黑风暴到来时，天亮正在房顶上遥望合富洋行的烈火[q]。——楼顶上马刀兵绝望的扫射，让他感到不安。他提了毛瑟枪，跑上自家房顶，想看看那里发生了什么。

当时天地间的光线已经变得忽隐忽现，时明时暗。天亮正在惊愕中困惑不安，忽然随着西北方暧疐云雾中闪出一道强烈的白光，他的耳畔骤然响起了天翻地覆的尖啸。接着，他就感觉自己被一股强力推搡起来，做了弧形运动——他在一种飞翔的状态中，似乎还看到被打得千疮百孔的东门城楼，整体拔地而起，凌空飞向东南二三十米的半空，却依然保持着原来的巍峨雄姿……

性格倔强的天亮在感觉到瞬间风力的巨大威力时，本来也有了迅速逃离房顶的念头。但看到自家的烟囱冒了股白烟就随风而逝，惊愕之余，还心有不甘，就犹豫了一下。也就在这一犹豫的瞬间，他便不翼而飞，被风刮走了。甚至于他连最后是被摔到了干河床上，还是撞到了谁家的山墙或者马棚上，都不知道。

像经历了一场可怖的核磁共振，在全部的感觉只剩下昏头昏脑灵魂出窍之后，不知过了多久，天亮才从昏迷中清醒过来，在迷离恍惚的感觉中有了宁静感，他试

---

[q] 链接　在整个子归城保卫战中，刘家酒坊所在的北岸区域始终没有成为主战场。天亮爷爷和谢二盖他们都解释说：这是因为马刀兵喜欢喝酒，他们不愿意在这里打仗，把酒坊毁了，大家都没酒喝。其实这是一种自黑自嘲的说法。我个人认为，一个根本的原因是，即便是马刀兵把抵抗者分割成了两大块，酒坊一带实际已经成了前沿，但惯于野战的马刀兵也知道这一带小作坊，都是院门向东，背靠河岸，彼此紧密相连，没有通道的。因此，他们的打击方向始终是冲过中门后，就由东向西攻击西城南岸。事实上，那里也是抵抗人数最多，抵抗意识最强的地方。或许在契阔夫看来，只要拿下西城南岸地区，北岸遗留的小作坊会不战而降。或许是西城南岸的顽强抵抗，吸引了马刀兵主力，他们无暇顾及酒坊一带，或许是在契阔夫的地图上，这里已经被划分成了占领区。

着蠕动了一下身体，知道自己还活着，就睁开了眼：的确是风停了。

他看到尘土飞扬的天空中电闪雷鸣，映着缕缕黄沙，像闪闪的金箔条，稀薄而飘忽不定。

后来雷电停息，天亮慢慢从黄沙中爬起来，想回酒坊。这时他才发现一切都变了，变得陌生而荒凉。在微弱的天光中，他看到熟悉的街道和房屋都没了，成了一片瓦砾，而整个古城子就像一个大垃圾场，还散发着一股刺鼻的、腐烂的尸臭味儿。

他觉得臭气难闻，氧气不足，呼吸有些困难，有窒息感。就想找个完整的房子躲一下，歇息一会儿。

可他走了不远的一段路后，便发现这个愿望根本不能实现，子归城已经没有一处完整的房子了。

找不到栖身之地的天亮，感到自己成了一个没了毛的孤鸿，在踏着柔软的细沙四处游荡。

后来当他漫游了足够长的时间后，他发现，南边的漫漫沙帐中渐渐吐出了一团微弱的天光。许多古怪的影子无声无息地从沙壤中长出来，像古生物的化石复活了一般，神情怪诞地四处游荡——而且全都互不干扰目光呆傻、胳膊忘记摆动地各自盲目彳亍。

整个黑暗期，只有一个活化石和天亮进行过一次对话：

"今儿个天狼星咋还不见升哩？"

"怕是到四更天哩吧。"

后来，沙雨变稀，天光渐显。天亮看见一个被沙尘埋住双腿的姑娘双手抓着破砖烂瓦狂乱地挥舞，大张着嘴仿佛在呼救，却一点声音都没有。他觉得她很像迎儿，就过去试图帮忙。不料满脸感激之色的姑娘却使劲朝他掷砖块，使他无法靠近。他就放弃营救工作，在阳光彻底复照万物时他彳亍到了酒坊。

云朵和二锅头他们像捕快看到了罪犯一样，呼喊着朝他冲了过来。

他无动于衷地向他们走过去。

期间，他数次回头，都看见那姑娘在冲他冷冷地笑。

4

林拐子确实是有九条命。1972年的夏天，厦门酷热难当，林拐子光着膀子，摇着大蒲扇，对我侃侃而谈时，我看到他层层叠叠的大肚腩上，连片的成串的黑紫色斑纹，我就相信了这一点。

有九条命的人，当然头脑也就比较冷静，遇事不慌。

林拐子虽然在突然而至的飓风中也吓得瑟瑟发抖，惊恐万状。但飓风的前锋一过，他便做出了逃离子归城的正确选择——要知道那时候他万念俱灰，一想到那些融化的金银和已成齑粉的羊脂雕花玉枕，他就有五雷轰顶、美梦破碎、开始怀疑人生的强烈感觉。他悲伤万分，泪水涟涟。但就是在这种状态下，他也很快就从巨大的痛苦和震惊中清醒过来，自己包扎了手上的创伤，像只鼹鼠那样，从沙尘弥漫的诊疗所窜了出来。

他不知道诊疗所的孟长寿以及其他人的死活，但他知道自己的死活：只有迅速逃离古城子才有活路。

那时候天地昏暗不明，他就在那种状态中摸索着到了东门附近。

东门城楼已经不翼而飞，没了踪迹，但东门依然存在。东门内外地形开阔，风大积沙少。可大闸门成了几爿残片，迟滞了风沙运动，结果流沙滞淤，城门洞被堵塞了。有几个提马灯、举火把的人，正在那里挣扎蠕动，可能是想挖个通道出去。

他看见有个妇女带着两个孩子，提着马灯，还举了个火把，在沙尘中寻找亲人。就冲上去，抢夺了那女人手中的马灯。那女人像个木偶一般，看都不看他一眼，继续举着火把，四下里摸索着翻检尸体……

林拐子提着马灯奔向北门后，发现北城墙已经成了半面沙坡，北门更是不复存在，只在沙坡上凸露着少半截门头。林拐子逃亡心切，一鼓作气，爬上大沙坡，从倒塌的北门城垛，跳下了城墙。严格地说，他是跌下了城墙。那时候北城墙还没成为沙梁子，迎风面风大，沙子停不住，有一大半墙是裸空的。林拐子不知道也看不清，三步并作两步，迎风怒跑，一脚踏空就跌了下去。

林拐子运气好，城墙的迎风面还有一小半已经积沙成坡，而且是浮土虚沙，柔软而有弹性。林拐子跌在上面，安然无恙，爬起来就跑。

可他没想到，刚上官道就碰上了两个王二麻子，被他们一纠缠，差点没躲过第二波黑风暴。

5

马刀兵挖的地道洞口也被风沙填上了。有些人聪明，知道这里的沙子少，土虚，挖起来轻松，就没费多大劲儿，从这里挖洞逃出了城。

典当行的王二麻子和开油坊的王二麻子，也是聪明人，跟着别人挖洞，逃出了城。可一出城，两个大脑缺氧的人就冲撞到了一块儿。

当时有人喊了一声："黑风暴又来了！王二麻子，快跑！"

两个王二麻子便同时跑了起来。油坊的王二麻子嫌典当行的王二麻子挡路，就扯住典当行的王二麻子说："人家是喊我。你，你跑啥？"

"明明是喊我。那人我认识。"结果两人便为名字的所有权问题，发生了争执，吵得你死我活。

油坊的王二麻子骂典当行的王二麻子说：你啥时候才到的古城子？你来古城子的时候，人家叫我王二麻子都多少年了？凡事都有个先来后到！

典当行的王二麻子说：这不是先来后到的事儿。王二麻子是个多么响亮的名号，你咋能配得上？你连下巴都让马刀兵打掉过，还让人家剁掉了手指头。对！你应该叫王断指……或者王断手。

这说法显然让油坊的王二麻子想起了老婆被辱事件，他由此大怒：好！老子今天就让你看看我有没有手？！说着就扯住了典当行的王二麻子，举起那只没了食指的拳头要打。

这时候刚从地牢放出来没几天的干腿子正从洞里钻出来，晕头转向地就跑到了两人中间。典当行的王二麻子立刻抓住他，让评理。

干腿子蹲了几年大狱，人就狡猾了，说：我这几年蹲大牢，都忘了你们谁是谁了，咋评？这事儿你们到官道上找人评嘛。

两人想想也对，便相互纠缠着跑到官道上，找路人评理。

干腿子趁机跑了。他腿干人瘦，跑得快。

官道上已经罡风骤起，半天看不见个人。后来两个王二麻子看到一个人提着马灯，从风中趔趄着跑出来，就一把抓住，要那人评理。

那人正是林拐子。林拐子正手疼得要命，急着赶路逃亡，没心思管这闲事儿。但两人好不容易抓住一个人，断然不肯放手。

林拐子忍着断指的剧痛，灵机一动，就说："你们俩猜拳！石头剪子布，谁赢名字归谁。"

两人于是就在官道上石头剪子布。林拐子趁机逃跑了。

第一次猜拳，典当行的王二麻子输了，就大喊着说："三拳两胜。喝酒都是三拳两胜，哪有一锤定音的。咋，你怕了，不敢？"

油坊的王二麻子不知是计，说："老子猜拳从来不输，还怕你个狗头军师！"

两人就又三拳两胜。结果却是油坊的王二麻子输了。他更加不服，要五拳三胜。再后来典当行的王二麻子又输了，便鄙夷地说："石头剪子布是小孩童游戏，这赢了算啥本事？有本事划大拳！"

"大拳就大拳。老子还怕你？"油坊的王二麻子非常嚣张，他少根手指，划大拳更具优势。于是两人就在大风里激动万分连吼带出拳，争得你死我活。连飓风骤起，两人都被吹翻在地，也全然不顾。后来飓风把两人刮得满天荡秋千，他们还相互扯着衣袖，在空中伸拳头出指头，"六六六呀，该谁喝呀？五魁首啊！该谁喝呀？"喊得不能自已。

最后是两人都被飓风抛起来，拍死在了北城墙上。

据目击者称，他们像两个一胖一瘦的蝴蝶标本。胖的拍死后一个劲儿地往下流油；瘦的拍死后，有好几节骨头，戳进了城墙中。

相传，两个王二麻子死后，北城墙就彻底被黑风暴埋掉了，成了一道大沙梁子，迎风面背风面都是沙子。

而两个王二麻子被埋到沙梁子下面后，他俩划拳到底谁输谁赢，也就成了千古之谜。

第四节

1

黑风暴的前锋刚过，杨修就开始粘胡子，说他要出去看看。

诸葛白知道他是惦记凤娇，就说："都啥时候了？现在古城子危在旦夕，还装啥老秦？不装了！从今天起，咱堂堂正正地做杨修！"

杨修听了，眼珠子一亮，昂然地抬起头，长啸一声："那我是杨修了！？"

但随后，他就冷静下来，又开始细心地粘胡子，冒充老秦。

2

黑风暴到来时，从沙漠古墓里飞出的一块青铜盾牌，长途滑翔到子归城，凌空劈杀下来，端正地打破一家人的窗户，飞了进去。当时那家的女人，正在房子里咒天骂地，说这个狗日的天，遭雷劈的！黑成这样！话音刚落，便被那块飞舞的盾牌削掉了脑袋。当时就把家里的孩子吓得目瞪口呆，不敢悲恸，更不敢骂天。

这个女人就是罗阿满的老婆。当时，罗阿满不在家。

开条篓铺的罗阿满去拐子街买猪油，被飓风卷到林公渠畔的一窝灌木丛中，像只鼹鼠，缩了不知多久。后来大风稍停，他才慢慢回到了条篓铺。

罗阿满回来后，意识到他的老婆孩子都被风沙掩埋了，就疯狂地挖沙子，期望能找到妻儿的活体。

他不屈不挠地干了一个上午，清理出一条甬道，并由此坐进了自己那间铺面里。从这个意义上讲，罗阿满是第一个重建家园的人。

可惜，他刚坐下，更厉害的第二波黑风暴就来了。

3

第二波黑风暴一下就把杨修的胡子扯掉了。

当时路过条篓铺的杨修，看到罗阿满像个疯子似的挖沙土，想起了临出衙门时，诸葛县长的叮咛："这是黑风暴，要埋城呢。见了人快喊着让收拾东西，赶紧走！留在这儿早晚要让沙子埋掉呢。"杨修就蹲下身劝罗阿满："别挖了！快收拾东西，走吧。"

罗阿满不吭气，继续挖。

杨修又劝："这时候挖，就算挖出金银财宝，又有啥用？"

罗阿满说："我挖人。"

杨修说："这时候挖出的人，能有活的吗？快收拾东西，走吧！"

这时，罗阿满已经挖出了甬道，坐进了铺面。他瞪着眼，好像要给杨修证明什么。

杨修看到不远处有个人在跟一头牛较力，想把它牵回家去。杨修就想过去劝那人收拾东西出城。可刚站起来，突然狂风大作，扯起了他的胡子。虽然杨修双手急忙去护，可是那胡子只一瞬间就像高尔基描写的海燕，闪电般不见了。

罗阿满看到，浊黄的沙尘，像海浪，忽地一下扑过来，杨修就忽地不见了，也像黑色的闪电。

4

三天三夜后，罗阿满的那间铺面成了废墟，在一个新诞生的沙丘上只露着一个墙角。人们看到就在墙角处，写着"条篓"二字的幌子却在神奇地飘扬。罗阿满还在房子下面，锲而不舍地刨沙挖人。

四天后，飓风真的过去了，子归城成了一片黄沙中的废城。满天过筛子般扬撒的沙土已把它覆盖了二尺多厚，是人都明白方兴未艾的沙雨将湮没古城。

蛇年飓风由北而来，掩埋了大半个老北城，把南北两道城墙变成了沙梁子，但同时也刮走了拐子街南北主街道和东门内外的浮土流沙。诸葛白一看，就吆喝着让人人动手，清理拐子街和东门淤沙，打通了一条出城通道。之后，就让杨修等人四处吆喝，督促人们赶紧离开子归城。

杨修催赶着拐子街上的一批人去城外时，看到罗阿满独自坐在高高的沙丘上，身边插着那面已经破烂不堪的幌子，就过去劝他：

"走吧，大家都走了！"

"古城子，没了？"罗阿满像是自言自语地说。

"没了，全没了。走吧，待着也没法活呀！"

罗阿满坠着屁股不走，轻声唱了起来：

城没了嘛人在哩，

人没了嘛我在哩……

风尘呛得他直咳嗽，他还是坚持着不依不饶地唱。

杨修长长地叹口气，就领着人走了。

又过了几天后，弥漫的沙尘渐渐远去，尘埃落定。人们依然听到一片死寂的废墟上有细若游丝的歌声飘曳：

城没了嘛人在哩，

人没了嘛我在哩……

罗阿满不是子归城的老户儿家，但他却把这里当成了自己的根居之地，至死不离。

第五节

1

三天三夜的沙暴狂风停歇那天，诸葛白认为飓风过去了，就骑了匹骆驼，昏昏沉沉地走到了街上。

黑风暴已经吹散了子归城昨日的繁华鼎盛，拥挤狭窄的拐子街变成了一节盲肠，骆驼都走得艰难。只有一些破朽的长枪、纸一样的羊皮从细沙中脱颖而出，任凭老鼠、野獾随意刨食。过去兴隆的集市，不少店铺连门窗上的胡杨木护板都上得完好无缺，个别房屋还残留着依稀可辨的货物：马鞍、瓷碗、劳动工具甚至铜便盆。然而，门轴早已断裂、不在，歪斜倒塌的墙壁正把窗棂挤成怪异的菱形……

拐子街满目凄凉，诸葛白心里难受，就调转骆驼，走到了西城的老户家居住区。

他看到被烈火焚毁、又被沙尘掩埋的蒙学堂，已经面目全非。有一些人正在那里要么哀叹家园被毁，要么在寻找亲人。他就跳下骆驼，走了过去。

蒙学堂院墙下遗体狼藉。让他震惊的是：几十具尸体竟没有一个蜷缩跪爬者，所有的人都直立而死，向上挖挚着手，或向前伸着握枪的手，脸上的表情异常恐怖。

有人从尸体间的沙子里刨出了一个立轴残卷，见他过来，就默然地递给了他。他展开，拂去沙尘，却见上面只剩了一行半字：浩浩乎平沙无垠，地阔天长，不知归路。诸葛白知道这是钟爷被烧毁的《祭祀文》残片，不禁唏嘘感慨，摇头四顾。

突然，就在一面山墙的角落里，他看到了一个清瘦干硬的老妇人，牙齿完全脱落的嘴扭曲成可怕的S形，正和一个体型修长的马刀兵血腥搏斗。她的一只瘦骨伶仃青筋暴突的手钢叉般深箝在敌人的腹中……

沉浸在恐惧和丧失亲人、牲畜、财物的巨大悲痛中的群众，看到县长，以为找到了主心骨，都懵头懵脑地问他咋办？

他不知该说什么，却下意识地指着老妇人的遗体，欲言又止，半晌无语。

别人告诉他：这是蒙学堂堂主张元培先生的夫人。当时，马刀兵已经冲进来了，但学堂里还有几个孩子没跑掉。她就朝着马刀兵扑过去了……

诸葛白听着，耳廓里就哄然响起了一片童声：天地玄黄，宇宙洪荒。日月盈昃，辰宿列张……

"天地玄黄，宇宙洪荒……"诸葛白随着童声喃喃自语，仰目看天。

天，像是回到了盘古开天辟地之时，日月星辰混然大现，一片混沌。

诸葛白无声地落泪了。

他一哭，许多人也跟着哭了。

"天热，得先让死者安息。"诸葛白自知失态，抹了泪说罢后，就双手合十，对着老妇人的遗体，慢慢匍匐在地，长跪祭拜。

后来，许多人也都过来默默地跪了下来。很久之后，诸葛白站起来，对大家说："都动手，把两个人分开！埋了。"

子归城掩埋、祭奠死者的活动，就自此开始，一连进行了几天。

2

蒙学堂建在城西南最僻静处。堂主、教书先生张元培深居简出，埋头教书。为人师表，惠及四邻。但契阔夫的最后通牒发出后，蒙学堂却成了城西南交战最激烈的地方，也是马刀兵放火焚烧最早的所在。许多老户儿家，为了孩子将来有读书的地方，在这里跟马刀兵进行了殊死的血战。许多人直到烈火焚身、风沙葬身之时，依然守在蒙学堂的残垣断壁间，寸土不让……

在诸葛白的记忆中，张元培老先生的遗体是在一堆被焚化的石头边找到的。那些石头原本是学堂的青石门坊，断裂后有的已被烧成了白色的粉齑，有的则熔化成了千奇百怪的形状。当人们扒开黄沙，试图完整移开几块巨大的石块时，一双手，一双像树根一样的黑手，突兀地伸到了大家眼前。在诸葛白看来，那是一双以控诉的姿势直指苍天的手。造型生动，意味深长。曾经，在河滩上，就是这双手伸到他眼前，逼他扯掉了城头上的打井布告。

诸葛白让人把张元培老先生挖出来，和夫人合葬在了原址上，埋得很深。他还让人把"蒙学堂"的石雕匾，当墓碑插在了上面。可里面的殉葬品只有一件：钟爷的《祭祀文》立轴残卷。

自此以后，诸葛白但凡看见残垣断壁或者被焚烧的石头，就犯恍惚。觉得有双手会从那里伸出来，栩栩如生，虽死犹生地在抗议。而且，它的抗议，一次比一次意味深长。

3

蛇年飓风过后，涅槃河流域似乎进入了乱风季。大风和旋风随机出现，无端发生，甚至还有陆地龙卷风。

旋风，是古城子人对小型龙卷风的俗称。大型的，大家还是要称之为龙卷风的。那阵子，能称之为龙卷风的旋风大概有七八个，其中给人留下深刻记忆的有两个。一个发生在早上，绳形，涡旋不大但猛烈。它自涅槃河闯入，一副困兽犹斗的样子，在拐子街上横冲直撞了大约十分钟后，消失到了老北城方向。它给予子归城的损失不大，虽然刮丢了几只鸡狗，几扇门窗，可它像个清道夫，把拐子街的流沙都刮到了街边的院落里。另一个陆地龙卷风发生在晚上，楔形，它风力强劲，在东门外飞旋着画了个半弧，把许多沙土抛到乱坟岗子上后，就从东门穿城而过，两三分钟后从水西门方向奔向了半截沟。

就是这场楔形龙卷风，带来了沙漠中的一只独木舟。

那只独木舟被龙卷风刮到涅槃河流域后，就再未远去，时常在子归城上空神出鬼没，时隐时现地漂浮。

它应该是个千年前的古独木舟，材质结实而轻盈。在旋风中，眼看着就要落下来，却又被吹上去，飘逝到九霄之中。就在人们感觉它已远走高飞时，它却又飘过来，在城池上空，转了一圈又一圈，像一架没办法降落的飞机。

这件事在诸葛白的《北丝路记考》中有详细记载。《北丝路记考》言简意赅，文字简洁，用的多是春秋笔法。可诸葛白对这只独木舟的出没却写得详尽而准确，甚至有点烦琐，与整个记考的文风大不相同，这让我一度颇为困惑。

诸葛先生在他的记考中，有时把这只独木舟称为诺亚方舟，有时又把它跟天狼星相提并论，视为不祥之兆。

此刻，是2016年的秋天。我画了一幅想象中的诸葛白画像。他怀抱古剑，站在没了城门楼子的城楼上，默默地看着一队队的流民走向天边。天边，有一只轻盈的独木舟。

我想把这幅画当成《北丝路记考》的插图，将来印刷出版。

4

现在，我们重回丁巳年的夏天。

诸葛白孤独地站在城墙上，在遥望东门内外隐约可辨的流民。

面对城下的流民图，他有一种如入梦境的不真实感。城下，马福山依然在读禁采禁伐令。他已经背下来了，不管有人没人，都只管闭了眼睛在背：

致山崩河改道者，斩立决。掘坝毁渠者，斩监候。以上禁款，官民谨遵，违者必究，严惩不贷……

而许多的流民，也被黄沙迷得睁不开眼，闭了眼睛在跟读。读过之后，才睁眼看一眼前方，迈步踏上流亡之路。

诸葛白看到，流民们走的时候，涅槃河已经成了一条大沙沟，他曾经费尽心机挖出的涝坝、打下的井，全都泯然无存，湮埋在了厚厚的黄沙之下。而天上依然是日月无光，落沙不断。

许多人是提着马灯走的，怕离城远了，天更黑，迷路。

诸葛白内心一片伤悲，他伸手接了些下落的细沙，慢慢摩挲："真是天要亡我等吗？"他想着就感到头脑晕胀，两行清泪也随即悄然而下。答案是不言而喻的，可他却愈想愈糊涂！

这时，葱头和马福山换了班。葱头背禁采禁伐令的声音有点结巴。

诸葛白就朝城下喊了一声马福山。他想让马福山去做件事儿：蒙学堂里有口井，有水。院里还有棵老榆树，烧黑了，应该没死。保护好那口井，树就能活。他想让马福山去把那口井盖上，免得被沙子埋了。

看见马福山要上到城墙上来了，诸葛白就背起青铜古剑来回踱步。他是要坚持到最后的，他希望别人明白这一点。

"县长，咋办呢？"马福山一见县长，竟像没有主心骨的孩子见了娘似的，咧嘴欲哭。

"啥咋办呢？"

"这，这风沙，你看把古城子弄成啥咧？"

子归城

　　"是啊，成啥了，成啥了？"诸葛白点头看着眼前的子归城——它像一个裸体的巨人，被砍成了几截，躺在那里；又像横七竖八的一堆千年胡杨；还像初春时残雪犹存的古河床……总之，在诸葛白眼里，子归城什么都像又什么都不像。

　　"县长，我们不走吧？"

　　这问话让诸葛白有些激动，他转身背手，仪态庄严地开始思索。约莫半袋烟工夫，诸葛县长终于追忆完了自己的人生，清理了各种私心杂念，完成了自我精神升华。

　　"看来成功已不可期，成仁已成定局！"诸葛白对马福山说。"有枪的留下，没枪的你就带他们逃难去吧！"诸葛白汪然出涕，给马福山下了命令。

　　马福山万没想到这项任务会落到自己头上。他拒绝了。

　　他说："我是军人，马刀兵就在眼跟前呢，我咋能走？不走！"

　　诸葛白听了，看了看远处沙丘连绵的老北城，一言不发。

　　马福山说："听说，山西会馆的人都跑了。"

　　"人去楼空啊！"诸葛白点了点头，一点儿都不吃惊地感慨了一句。就扭头看山西会馆的方向。那里沙霾弥漫，什么也看不见。"不知道山西会馆里有没有剩下枪支弹药？"

　　"那我去看看？"马福山说。

　　"我已经让杨修去了。"

　　就在这时，狂风骤起，诸葛白听到马福山惊叫了一声，"县长，快看！"

　　诸葛白顺着马福山手指的方向，看到了那个轻盈的独木舟，又从大南山里飘了出来。它缓缓旋转着，惨白的木头船体，在昏蒙的天地间，显得特别耀眼，明亮……

　　"这黑风又要来了。"马福山说。

　　"是啊，又要来了。我本来还想让你去把蒙学堂的那口井盖上。那院里还有棵老榆树……是张元培老先生种的吧？——现在不用了！看来苍天是下了决心，要天葬古城子了。覆巢之下，安有完卵？何况一口井，一棵树……"

"县长！这些天，您总惦记蒙学堂……"

"没办法！你还记得那堆石头吗？让火烧得快成石灰了。就在它旁边，有个死了的人，伸着一双像树根一样的黑手——那是张元培老先生的手……我这些天，总是恍惚，总能听到一堆娃娃在读《千字文》！——我觉得张老先生的那双手，像是临死了，还在大声控诉。你说，他要是在控诉，会说什么呢？"

"县长都不知道，我们哪能知道？——控诉咱们没把他的学堂守住吧？"

"不！他应该是控诉我们把古城子毁了。"

"啥？我们毁了古城子？明明是——"

"你，我，他——"诸葛白指了指老北城，"我们大家应该都有义务把这座城保护好，完整地交给子孙后代！可是，我们没做到！没做到啊！"

"听不懂。"马福山很伤脑筋地抠了抠头，一摆手做了个不说这个的动作。之后从怀里掏出了一壶酒，"这是刘家酒坊的勺娃子酒'古城春'，县长，喝一口？"

"风沙都刮成这样了，还喝酒？又没菜。"

"就，就着这风沙，喝酒。"

"呵，哈哈！也是，就着风沙，喝一壶好酒。"

明知厄运降临，已经无可避免。两个男人干脆就这么不急不缓地在城墙上喝起了酒。

这是丁巳年的盛夏。

第十五章

梦下的都在古城子

骑大马嘛，走阳关。

梦哈（下）的嘛，

都在古城子呢。

——丝路花儿

第一节

1

山西王是否知道通四海酒楼毁于一只带火的老鼠，不得而知。

当时，为通四海酒楼的大火而自怨自艾的山西王，望着早霞般灿烂如锦熊熊燃烧的大火，正痛苦地体验着惨不忍睹的滋味，以至于几乎忘记了眼前的交战。忽然，随着西北方沉沉云霭中闪出一道隐隐的白光，通四海酒楼倒塌了！

山西王看见气派的大屋顶和精致的楼廊，在突如其来的震颤中，一阵稀里哗啦，就分崩离析隐没进了苍烟烈火之中。伴随它的是楼体倒塌而翻腾出的滚滚烟尘，遮天蔽日。

在山西王烙满创伤的记忆中，那是一场真正的噩梦：骤然漆黑一团的天地间，飞舞出了呼呼作响的黑木炭和耀眼的星火。人们顷刻间就失魂落魄，目瞪口呆，像是受惊的野山羊。

而他则在酒楼倒塌时，倏地落入房倒屋塌的尘烟中，不知道是被石头还是木头还是土坯压断了腿，砸伤了腰，疼得瘫软在地，动弹不得。最后是被人用一个木梯子抬回了山西会馆。

之后的日子里，他就只能躺在炕上，听着屋外呼啸的风声，望着昼夜不熄的马灯，根据人们的汇报，指挥会馆的战斗和抵抗。

由于高人七闺女谋划，山西会馆早早挖了地道，主要的房屋之间相互通畅，所以组织抵抗十分有效。

2

钟爷下葬时，山西王的腰稍稍好了一些，能坐起来下炕了。但左脚踝骨像我的一样，粉碎性骨折。他出不了门，只能委托七闺女去参加钟爷的葬礼。

七闺女回来，给他描述了诸葛白正在组织和号召人撤离子归城的情形。

山西王说："是得走，这城里是呆不下人了。"

七闺女说："你说走，咱就走！我把人马车辆都备好了。家里的金银细软，也都收拾利索了。就等你发话，立马走人。"

山西王听了，望着七闺女，眼睛瞪得铜铃大，半晌，才说出一句话："这么大个家业，你啥时收拾好的？"

"通海楼塌了的时候，就开始忙乎哩。"

"先不急。现在不是正打仗呢吗？"

七闺女说，"它打它的仗，咱有地道，能钻出城去。不碍事。"

"出城了，去哪儿？"

"你不是在可可托海开过山立过堂嘛！正好可可托海的几个老兄弟就在这儿，咱就去可可托海。那儿天高皇帝远……"

山西王不吭气。半晌才说："我爹已经埋在乱坟岗子上哩！"

七闺女就劝："可你也得为这些跟了你多年的兄弟、徒弟们想想啊！还有你那几个刚从可可托海过来的老兄弟。你不能让人家人财两空，都死在这儿吧？"

山西王说："要走，你走。我不走！"

两人正说着，小陈醋来了，慌慌张张地报告："马刀兵又翻脸了！下了最后通牒：二十四小时内，所有人必须放下武器，缴械投降。逾期之后，他们将踏破城池，屠城三日。"

"狗日的！给我下通牒？！"山西王怒了，一怒就下了地。

3

没想到马刀兵一夜间几乎占了全城。把抵抗者分别压缩到了两点一片上。西南一角算一片，县衙和山西会馆算两个点。

山西王因为没咋打就丢了南门，心里不忿。这回更气了，就决心毁家纾难。他拜过南海老佛后，就让人把自己抬到通四海酒楼的废墟上，找一高处架起来，然后他一把推开两个架他的人，硬是靠一根拐杖撑起身体，振臂高呼：

"有愿与马刀兵拼死一搏者，可来鄙馆领取赏银、枪支弹药。愿在馆内共同御敌者，鄙人管吃管穿管住，肉管够，饭管饱，还管酒！"

这回，他一次就发出去了两百多条枪，三百多把大刀，一千八百多两银子，招募了死士二百多人。有些人甚至是扔了行李和车马，就地接过了他的火枪和银两……

山西会馆本来就是商馆兼武馆，墙高壁厚，房舍坚固。馆内理门弟子、武人云集。山西王又早就厉兵秣马，购置钢枪，武人加上钢枪，战力本就凶悍。而新加入者，多为死士，凡有马刀兵来攻，必然生死相搏，浴血奋战。以致最后山西会馆犹如孤岛，却仗着院子房大舍多，地下又有地道相通，抵抗作战意志顽强，竟然成了一片堡垒，难以攻破。马刀兵无奈，也就绕开山西会馆，顺势去较能发挥野战骑兵优势的西南角，冲锋厮杀了。

但当马刀兵采取了对山西会馆只围不打的战术后，七闺女的提醒也就成了大家的普遍担忧：

首先是，馆内的死伤者越来越多，伤者好说，死者则大成问题。山西会馆虽然院子大，但天天埋死人，早晚也会被死人占了，变成一片坟场。旧死人占了院子，新的死人将如何下葬？大热天若弃之不顾，则腐烂发臭，难以忍受，也有违理门规矩。

二是，山西王当初给馆外居民分发枪支过多，以致打了两天之后，馆内弹药就捉襟见肘，长期下去必然弹尽药绝。

三是，馆内骤然增加了许多人口，衣食住行皆成问题。长期下去，必然粮绝人散。

四是——这一点是七闺女把山西王、小陈醋等家人亲戚拉到一块，站在挂着秤砣的屋檐下含泪说的。她说：古城子眼瞅着要荒城了，再死守下去，死人不说，这家业可就全毁了。家业毁了不说，只怕大家都死无葬身之地，子孙无以自处。

最后这一条，打动了山西王的全部家人。可没打动山西王，他从一开始就没打算离开子归城。

但山西王看着七闺女声泪俱下的样子，还是叹了口气，下了道命令：都到大堂议事。

4

那时候已经天昏地暗。大家在大堂里开会，得提着马灯。

山西王坦言，大家都是理门兄弟，自己身为"领众"，不忍心让兄弟们抛尸荒城。会馆挖有地道，想出城的，可以从地道走。出城后，想东归的东归，不想的，可以去咱的老根据地可可托海。至于不想离开古城子的嘛——

他的话没说完，几个可可托海的老兄弟就站起来，拍着胸脯说：去可可托海！都是理门兄弟，我们这就去给大伙打前站！

山西王知道这几个穿皮袄的老兄弟跟他到古城子来，都是思谋发大财的。现在万事皆休，美梦已碎，自然灰心丧气，早想回家抱孙子搂老婆了。便顺水推舟，宣布散会，让大家速去准备。然后传令厨房准备酒席，给几个老兄弟饯行。

不料，这几个可可托海牧羊人却归心似箭。等不及准备酒席，就抱了酒、碗来，硬是在大堂仓促地跟山西王喝了辞行酒，摔碗出门，挟着行李卷儿策马扬鞭地跑了。

山西王呆坐在太师椅上，望着一地的碎酒碗愣了半天神儿，才发现自己手里还端着半碗酒。他摇头苦笑一声，喝干了酒，把碗轻轻放到了手边的桌案上。他想起自己当年从可可托海初到古城子，是何等心高气傲，雄心勃勃。但这些年下来，竟然坎坷不断，一个酒坊，就能让他栽了跟头。收个保护费，先后就有姚麻子、合富洋行、神拳杨、金丁等人，不是挑衅争利，就是作梗使坏。他几次欲展雄风，可不是误伤家父，就是打瞎别人，惹得官司缠身、江湖纷争。千辛万苦创立的会馆，看上去家大业大，颇有气象。其实，挣来的那点银钱也都养活了手下的徒子徒孙，家丁佣人。现如今，连他以为重情义没心机的几个放羊的老兄弟都不管不顾地弃他而去……

山西王正这么想着，突然，他发现全城像是猛地沉入了大海深处，一片黑暗。接着，他感到天地间像是起了海啸，四海翻腾五洲震荡。飓风呼啸而至，飞沙走石夹带着树枝断木，狂舞横飞。那枚秤砣也只是一晃，就沉重地砸到了沙地上。他听到房顶大梁吱嘎吱嘎地发出骤响，显然又一次的房倒屋塌即将来临。他下意识地撑起拐杖，拉开座椅，一蹦子跳进了地道。

就在那一瞬间，大堂垮塌了，地道口也被压塌了。

他躲过了重蹈酒楼倒塌时的覆辙，但人昏了过去。

这是一条秘密通道，只有七闺女和他知道。七闺女怕他在大堂或者二楼神厅主持议事时遭遇不测，就修了这条逃往卧室的密道。为此，七闺女还在里面备了食物和水、马灯、手枪等。可它的洞口在大堂垮塌的瞬间也塌陷了。

它应该还有两个洞口，一个在神厅，一个在卧室。

第二节

1

大堂是山西会馆的议事大厅，神厅则是理门家庙及师徒礼佛之地。它没有大堂大，但房高墙厚，是山西会馆最漂亮、最坚固，也是最高的建筑。它没有在飓风到来时变成一片废墟，但二楼上的房瓦和檩子大部分不翼而飞，甚至有些窗户和门也都没了踪影，在满院黄沙中显得格外怪异。

山西王在暴风到来时跳进密道，没被埋在废墟中。但他慌不择路，忘了自己是个膀大腰粗的黑胖子，伤脚先着地，结果巨大的体重就使他的骨头再次粉碎性断裂。他拖着伤腿，挣扎着爬了没多久，就昏过去了。

他在昏迷中不知晨昏昼夜，不知过了几天还是几年，醒来时发现，身边居然有微微的光亮。他看到自己的伤腿埋在细腻的黄沙土中。黄沙土止住了他腿上流出的血。他心想，老佛保佑我！仗肯定是打完了，风应该也停了。就开始慢慢地拨开黄沙，拖出自己的腿……

后来，他沿着光线的来源，往前爬，越爬越亮堂。

不久，他发现自己其实是爬到了神厅出口，就缓了缓气，爬了上去。

山西王上了神厅，正准备推开门出来时，看到了大院里七闺女在组织众人逃亡。

他的三姨太、四姨太还领着车户瓦刀脸问："姐姐，当家的还在里面埋着呢，不挖了吗？"

七闺女就问小陈醋："你们挖得咋样了？"

小陈醋点头哈腰地说："都挖着看了，没人啊。这么大的墟土，上哪儿找人去？"

七闺女就转过脸，对两个姨太太说："你看，找也找了，挖也挖了。没人啊！这才叫活不见人，死不见尸呢。"

两个姨太太追问："那咋办？"

七闺女说："弄个衣冠冢吧。就在这墟土堆上，将来大家也有个念想。"

山西王听到这儿就不想出来了。他看着大家弄衣冠冢，心里想：这七闺女到底是别人的原配！

他就又想起了当初刚来子归城，从何家院子把七闺女带出来的情形，那时候的七闺女丝毫看不出有高人迹象……可现在，他看着小陈醋那副乖巧的样子，就在心里暗叹：母亲真是高人！能培养出七闺女这种高人。

七闺女确是高人，她把人分成两拨。所有的妇女老幼都随身带了金银细软，从地道里走。却让瓦刀脸、小陈醋等一伙儿娃子，赶着大车，载着大行李公开出城，"碰上马刀兵敲诈，就把车上的东西给他们。人出城，车出城就行。"她吩咐，"上了官道，找个马刀兵看不见的地方，停下等女人娃娃来。"

之后她就安排女人娃娃们从地道出城后，躲着马刀兵，沿乱坟岗子往东走。到了官道上后，再上男人们赶出来的大车。

明修栈道，暗度陈仓啊。山西王心中暗自赞叹，如此，家里的女人娃娃金银细软就能安全出城，坐上大车远走高飞，还不引人注意。

山西王几乎是忘我地欣赏着七闺女的调度：妇孺老幼一拨一拨钻地道，男人们则大车小车，大马小驴，连骆驼带人，有条不紊地明着上路，离开会馆。

他看到车户瓦刀脸吆喝老婆孩子钻进地道后，启车前还双手拱拳，冲神厅这边深深地作了个揖。——他不知道瓦刀脸是在拜他，还是在拜南海老佛。

瓦刀脸是军户之后，对古城子有感情。也许他就是在拜先人留下的这个城吧。山西王这样想着，叹了口气。他看到七闺女拿了个大白纱做盖头，把上半身全蒙住，头也不回地一猫腰钻进了地道。——她不是古城子的老户儿家，是何坨子从外面娶来的，祖根儿不在这儿，对古城子没多少感情。

"夫妻本是同林鸟，风雨来时各自飞。"看着七闺女那一团白纱眨眼隐入地下，山西王想起了这句俗语，不禁有些伤感。此时，他陡然有了种顿悟般的疑窦：可可托海的几个老兄弟跑得这么匆忙，有些怪呀！是不是七闺女在背后策划着哩？说不定她早就安排好了？他这么一想，就摇着头粗粗地又叹起了气。

让他略感欣慰的是：七闺女带走了他的几个儿子和女儿。

这让他深感轻松。

山西王回过头，看到南海老佛的彩塑前，供奉着猪头牛肉、西瓜葡萄，还有馒头点心等各类供尖，脸上就浮出了一个淡淡的微笑，"这狗日的女人，还没忘了临走祭奠老佛。"他又感到了几分宽慰，就在楼上找了个木棒当拐棍，挂着，拜了老佛。之后，坐到了供桌前，就着几牙西瓜，开始吃喝。

理门中人，多是讲"理"不讲佛的。作为当家人，山西王更是"佛挂在嘴上，事办在手上"。供佛但不遵佛家规矩，平日行为，只以理门规矩为准则。所以山西王坐在观音菩萨像前吃喝，也属自然。

> 骑大马嘛，走阳关。
>
> 梦哈（下）的嘛，
>
> 都在古城子里……

后来，山西王不由自主地轻轻哼起了酸曲儿。当然，唱得有些伤感。

2

山西王吃饱喝足，还迷糊了一觉。醒来发现天色尚早，就拄上拐，想出神厅看看古城子成啥样了。

他艰难地推开房门，来到檐廊边，透过倒塌的房檐，眯起眼眺望。

有点儿意外，他从弥漫的风尘中看到了一个女人。街上的人影都像天空一样暗淡无光，昏昏蒙蒙。那女人却打扮得颇为亮丽光鲜，水红的丝绸衣裳，一身金银首饰。

山西王一眼就看出了那是姚夫人。

她扛着一把大刀，寻寻觅觅地朝山西会馆走来。

山西王摇头苦笑了一下。他看到远处天空里有一道铅灰色的风暴正在慢慢壮大。就喊了一声："把我的那套黄缎子马褂儿拿来！"

他觉得姚麻子的遗孀穿得这么讲究，自己从密道里爬出来，都没换身衣服，太邋里邋遢，没礼貌。

他知道会馆里是没啥人了，可他忘了，他的妻妾们也无影无踪了。

他喊了几声，只听到空荡荡的院子里自己的回音嗡嗡。就深深地叹了口气，回到神厅，想自己找一件体面的衣服穿上。

他看到了侧墙上的祖宗的牌位，忽然觉得这时候给祖宗磕个头比换件衣服重要，就走到神龛前，点上了香。

他一边磕头，一边等待女杀手的出现。

在噩梦里听过的脚步声很快就出现了，不紧不慢。——谁也不能指望那对三寸金莲走出多么花哨的步点。

山西王当初就有点后悔把神厅盖得太高，否则家父也不会死。现在他更后悔，因为那脚步声在木楼梯上响了很久，敲门声才响起来，依然是不紧不慢。

这时候的山西王忽然改了主意，觉得这么跪着，杀手进来，就得从背后下手，对杀手的名声不太好。就站起来，坐到了老佛边的太师椅上，才喊了声："进来。"

门虚掩着，姚夫人进来的时候，朝后看了一眼。

"没人。整个院子都空了。"山西王说。

姚夫人就扛着大刀径直朝山西王走了过去。脚步很轻盈。

"嗬，扛这么大刀呀！"山西王将了将黑络腮胡子，故作惊讶地说。

姚夫人听了山西王的话，有些不好意思，喃喃地说着："一时没找到凑手的东西。其实，扛着它，我也觉得累。"说着就坐到了山西王对面的太师椅上，把刀放到了脚下。

"本来想换件干净衣裳，可他们都走了，我找不着。"山西王抱歉地解释。

"你们这些犸男人都这样，衣来伸手饭来张口，啥都得人伺候。"

"老姚也这样吗？"

姚夫人拍了一下椅子扶手，有点激动："都这时候了，想想自己的事吧。"

山西王看了一眼门外，说："有啥想头？你看天边那阵势，让钟老爷子说着了，这古城子，快殁了……"

姚夫人看了一眼远处的漫漫黄尘，说："那我得快点。刀不能白磨。"说着伸手去抓刀。她大概磨了一夜的刀，有点累，手抓刀时痉挛得厉害。

山西王关切地说："我看夫人有些发抖，是不是有点害怕？要不喝点酒？我这儿有刘家酒坊的勺娃子'古城春'，说是把谁都能喝勺掉。"

姚夫人点了点头，说："你腿脚不便，就坐着吧。我自己来。"说着就按山西王的指点，去侧房搬了个酒坛子过来。并按山西王的要求，拿了两只碗，给自己和山西王各倒了一碗。

"好酒。"山西王呷了一口，赞叹。

"好啥？烧乎辣辣的。"

山西王笑了："女人都这样，喝啥酒都说是辣的。——喝酒能壮胆。"

姚夫人听了这话，就又给自己倒了一碗，一口喝了下去，说："确实，我觉得现在胆壮多了。"然后就提起身边的大刀，站了起来。

"等一下。"山西王说着，就从身上拔出一把英吉沙小刀，扔给了姚夫人："你拿那个，也太夸张了！"

姚夫人从地上拾起匕首，用拇指拭拭锋刃，有些迷惑地说："你能肯定我没找错人吧？"

山西王说："人倒是没找错。可也用不着这么夸张。"

"夸张？那我问你：当初你把我们家老姚头砍掉的时候，是不是用的这种大刀？"她说着就扔了匕首，拿起了大刀。

山西王无言以对。左腮上的黑痣有些发红，一撮灰毛更灰了。

姚夫人还喋喋不休："我一进门，你就在指责我的刀。咋啦？作为一个复仇者，我不该用同样的兵器吗？"

这话让上山西王一下怒不可遏："你的刀法能和我比吗？这刀砍头的时候，下手要稳、准、狠！你能做到吗？你练过这技术动作吗？"

姚夫人没练过，有点歉疚，嗫嚅着说："我一个妇道人家，哪知道这么多？要不你将就着点？"

山西王不干（注意，我没打引号）：不行！这是将就的事吗？不练就来砍人家脑袋，太过分了！你要是一刀下来，砍不到我脖子上，砍到我脸上或者肩膀上，那我成啥样子了？人一辈子就死这么一次，我也不想大操大办，铺张浪费。毕竟是非常时期，一切从简么。但你也不能这么稀里糊涂，一点儿不讲究吧？

姚夫人本来就没有自信，听了这话，更加心虚："那……你说咋办？"

山西王本想牛一把，不说。但看姚夫人一脸真诚求教的神情，快要急哭了的样子，觉得为难一个妇人没意思，就指着方桌腿说："你在这儿先砍一个，我看看！"

姚夫人就听话地砍了一刀。

那刀砍进木头后，她拔不出来了。

"看看，我说吧！连个桌腿子都砍不断，还想砍我的脖子？行了，换我的刀子吧！"山西王得意扬扬。

"杀个人咋这么麻烦呀！"姚夫人恼怒地从地上拣起匕首，指着山西王的鼻子，问："戳哪？"

"啥都问我！是你报仇还是我报仇？——下边！"山西王不满地说罢，闭了眼，不理姚夫人了。

山西王肚皮大，姚夫人比画了半天也确定不下来"下边"是哪里，又不好意思再问。就干脆一闭眼，糊里糊涂地朝下捅了一刀。

山西王惨叫了一声。

姚夫人睁眼一看，山西王正一手捂着肚子，一手愤怒地伸着两个手指，那意思分明是在骂她杀人太不负责任，捅得太不是地方。

她看到山西王的肚子里像是开了锅，从插刀的地方，不断往外翻腾红色的气泡。

她一边后退，一边嘟囔："这不怪我，你不能怪我！是你不说清楚的。我一个妇道人家，那知道下面是哪里……"说着，便退出门去，移动三寸金莲，往楼下跑。

她太紧张了，没下几个台阶，就一个趔趄摔倒，从木楼梯上叽里轱辘滚了下去。

山西王的楼梯确实修得太高，姚夫人从楼梯上滚下来后，差点儿就岔了气。她哎哟呻唤了半天想站起来，可腰疼得厉害，像是闪了，只能侧躺在地上。

这时候，她看到楼板的缝隙间出现了一滴滴殷红的血，它们先是形成一个豌豆形，后来就坠落下来，掉在地上的黄沙土上，缩成一个圆圆的小泥球。

这情形深深地触动了姚夫人，她怔怔地瞪着眼，数起了血滴：一、二、三、四……

她知道，人死了，就不流血了。可她都数到四百三十七滴了，那血还在滴。

"杀个人咋这么难呀！"她突然绝望地抱住头，放声痛哭起来了。

外面，狂风卷起的沙尘已经铺天盖地地落了下来。

3

丁巳年仲夏，有个复仇的女人，为了等待仇人的死亡，自己也被埋到了沙尘中。

山西王死在屋里，姚夫人死在屋外，离得太近了。后世就有了一种说法，说这对狗男女，为了长期偷情，共同谋杀了珠宝行的掌柜姚麻子。

第三节

1

凤娇在给杨干头留下了那封信后，就带着儿子，跑到山西会馆去当洗洗涮涮的佣人了。她的想法很简单，山西会馆有人有枪，马刀兵轻易打不进来，杨干头也就找不到她。

杨修扮成老秦，除了诸葛白、山西王、神拳杨、葱头等几个人知道，城里的绝大多数老百姓一无所知。只是觉得老秦自从马刀兵来了后，性格变了，变得不肯说话，身板子也不如以前硬朗了。但凤娇一到山西会馆的当天就发现了"老秦"的真面目。

对此，连凤娇也没想到。

那天，凤娇和苦豆豆刚刚安顿下来，为了讨好七闺女，凤娇就端了个盆，去院里打水，准备给七闺女烧盆热水烫脚，伺候她午睡。

路过东厢房时，她突然听到了一个熟悉的声音，静气一听，却是杨修的声音正在厢房里给山西王说事："眼下的和平，是盐、酒换野驴肉带来的和平，长久不了。哪天打起来，谁也说不准。所以请王会长务必不要松懈南门和水西门的把守。"那声音还说：杨干头进城，小陈醋罪责难逃。但诸葛县长看您老的面子，就没追究。等等。

凤娇听说过，诸葛县长和山西王有过节，县衙和山西会馆联络走动的只有老秦。她奇怪，咋是杨修的声音呢？于是，她在伺候七闺女午睡后，就假装扫院子，观察东厢房的动静。可东厢房出来的人，还真是满脸疤痕的大胡子老秦。

老秦看到她，似乎吃了一惊，但很快摸了摸胡子，快步走了。

凤娇看老秦后面再没人，就盯着老秦的背影看，越看越像杨修。后来她追到院门口，发现"老秦"又回头看了她一眼。而就是这一回头的动作，让凤娇一下认出来了"老秦"就是杨修。那一刻，她流下了泪。她不知道这个孽张杨修又遭了啥罪，脸成了那副样子……

杨修的苦命，使凤娇长期以来觉得自己就是下地狱，跟杨修比，也不能算命苦。这也是她和杨干头这几年能够勉强生活下来的主要原因。

2

杨修的疤瘌脸成了凤娇心中难以割舍的痛。她觉得诸葛白来了，古城子的天变了，杨修不该再受这份罪。为此，她找过孟长寿，还问过几个土郎中，如何修复一个人脸上的疤痕。甚至她还用刀割破手臂，拿土豆、姜片、西红柿进行涂抹试验，试图寻找到修复疤痕的方法。

可她始终没有机会，能把自己的试验所得送给杨修。

杨修自从那次发现她在山西会馆后，就再也没有来过山西会馆。

后来，杨干头挖地道火烧全城，仗又打起来后，兵荒马乱，山西会馆的人也都满街乱跑，凤娇便借机去寻找过几回杨修。一次是在靖安营门口，她躲在一个烧焦的柳树桩子后面。杨修从靖安营出来，她冲出来，忍不住喊了声："杨修！"

杨修一愣，随后就假装被风沙迷了眼，边揉眼，边返回了靖安营。

另一次则是她看到杨修乔装打扮成老秦，带着两个靖安兵，在挨家挨户地敲门。让大家收拾东西，抢在大风沙掩埋古城子前，赶紧走人。

她就守在衙门外的犄角旮旯，街边墙角，等杨修。

等到黄昏时，终于看到杨修朝自己这边走来了，便迎上去，泪眼婆娑地喊："杨修！"

没想到杨修却指着她，说："赶紧滚！留在这，没人给你收尸！"

凤娇回去后，哭了半宿，也就有了带着孩子远走他乡的念头。

3

七闺女在决定离开子归城的前两天，就陆续把凤娇等佣人都遣散了。凤娇不敢回她和杨干头的那个家，就在西城西南角找了个人家遗弃的院落，悄悄住了进去。——那时候，子归城大半的人都走了，空房院多。

听说山西会馆人去楼空后，凤娇心里不踏实，就想去看一眼。没想到，她就在山西会馆门口差点和杨修迎面相撞。

凤娇来到山西会馆时，会馆呈现着黄沙漫城、昔日的繁华一去不复返的荒凉感。凤娇看到会馆的大门半开着，就想去把门关上。到了门口，她看到一个穿得花枝招展的女人躺在院子里，禁不住就跑了过去。没想到那人却是姚夫人，已经死了。姚夫人脸煞白，上面还泛着霉斑。房檐上，有两只秃鹫静静地卧着。

凤娇吓坏了，转身尖叫着往回跑。跑出院门，又不甘心，回头想要关院门。就在这时，从院子里却跑出来了一个大胡子疤癞脸的男人。

两人差点儿迎面相撞，都吓了一跳。

"杨修……"

杨修看到凤娇惊慌的样子，便厉声问了一句："你咋跑这儿来了？"

凤娇回答不上来。

杨修朝后院里又看了一眼，转身就走。

凤娇边喊着杨修，便追了过去。

杨修转身，指着她，厉声呵斥："你干啥？快滚！"

她想告诉杨修，她有些办法，能够治疗他脸上的疤痕。

可是杨修不等她说话，便指着她说："你咋还不走？在等杨干头吗？"他把手中的毛瑟枪冲凤娇举了举，说："你不要等了，早晚我会杀了杨干头。你就等着当杨家的寡妇吧！"

凤娇露出一个浅浅的微笑说："就算是杨家的寡妇，我也是你这个杨家的寡妇。"

杨修听了一愣，似乎有些感动，声音柔和了许多："你赶紧带着那个孽种娃娃，快走吧！县长有令：城里公务人员的家眷都要带头，跟着艾山江去老轮台，那里有人接应。你就跟着去吧！——古城子早晚要被风沙埋了！"

杨修说罢，转身快步走了。

凤娇想追上去，告诉杨修她有治疤痕的方法。可发现风沙中又来了个人，是刘家酒坊的掌柜刘天亮。

他也进了山西会馆。

凤娇就没敢动。

第十六章
不走姑娘要老了

一条大路连着海，

再不走，姑娘老了。

再不走，古城子远了……

———丝路民歌

第一节

1

我记得很清楚，我硬盘上丢掉的五十多万字，就是在写到山西王之死时，被"莫兰蒂"台风突然袭击，从此再也找不回来的。

现在，我第二次长征，又把文字铺陈到了山西王之死，接下来，我该怎么办呢？是等莫菲在北京恢复硬盘的消息，还是继续长征？运气好的话，硬盘恢复，我可以重读一遍旧文，寻找一下当时的感觉——事实上，我对重写的这些文字并不满意，它缺少了最初的鲜活和逼真感，像个老学究写的文字。

可是，如果我重读旧稿，又和现在的感觉接续不上，该怎么办？

写作是一场精神自虐。我犹豫不决，就给莫菲打了电话。

莫菲告诉我说，她把我的硬盘交给了中关村一家电脑公司，但她很快就离开了北京，"北京的雾霾太大了！我过敏！眼睛奇痒，肿痛，流泪不止！没办法，我们就跑到了新疆。"

"新疆？"我突然想到金丝边眼镜是林子非的儿子。金丝边眼镜会不会带着莫菲去找他父亲呢？

"新疆？——那里也有沙尘暴。对眼睛不好吧？"我试探着说。

"不会。我们在可可托海，和牧羊人在一起。这里空气新鲜，山花烂漫。额尔齐斯河层林尽染，漫江碧透。对啦！还有牧羊人和养蜂女的故事，哀婉凄美，催人泪下。历经百年，依然有人传唱……"

莫菲还说等她眼睛好了，会去北京拿回我的硬盘。

可我从她的语气中已经听出来了：她根本不会去北京。她可能会以眼疾为名，在可可托海乃至整个阿山地区逗留很久。——您知道，恋爱中的女孩子靠不住。

我想，我不能再等莫菲的硬盘，只能按现在的感觉和思路，继续写作。

2

我画画有个习惯，从最近的物体开始画起。现在，我决定把这一方法运用到写作中——在子归城里，此刻离我最近的就是刘家酒坊。

刘家酒坊在飓风来临时，也发生了和罗阿满家类似的故事，只是没伤着人：葛记钱庄的招牌，也是突然凌空而至，飞进了酒坊的酒工宿舍，砸塌了火墙，弄得黑烟灰四处弥漫。住在里面的尕娃子和狗剩，从翻腾的黑烟黑灰中手舞足蹈地窜出，大喊爹妈。孟托跑出来看，只看见黑霾中两对白眼珠子白牙齿，在胡喊乱叫，看不到人。后来他俩挤进天亮房间，把大家都吓了一大跳，以为是风中的魔鬼进来了。两个人全像被墨汁染了一遍，浑身上下从头到脚黑得像是三好学生刷过的黑板。

当时发生的故事还有几件，不过我认为最不可忽视的应该是孟托。他是阿山乌梁海人，此刻，莫菲和她的恋人正在他家乡游山玩水呢。

3

酒坊好像天定的就该有个独眼龙。

孟托在北门上被打中左眼后，天亮把他背到了孟长寿的诊疗所——准确地说应该是连背带抬，因为他的右脚不知道何时也受伤了，没法走路。

天亮力气大，背得动孟托。但孟托块头实在太巨大了，天亮背起他，他的小腿及脚还都拖在地上——脚上还有伤。葱头只好跟在后边，双肩扛着他的两只脚。两个人就这样把孟托弄到诊疗所后，孟长寿迅速对他的伤势进行了判断和治疗。并态度明确地宣布：孟托的右脚是皮肉拉伤，但左眼瞎了。得住下，天天换药。

天亮就把他留到了诊疗所。

独眼龙牺牲后，天亮去看孟托。孟长寿一边摆弄着那些药草，一边说："人不用天天换药了。"

天亮说："那咋办？"

孟长寿说："有个地方躺着就行了，慢慢养吧。我这里地方小，人多。这人太大，占地方。"

天亮听了之后，可能觉得独眼龙就该属于酒坊。就连孟托的意见都不征询，直接把他背回了酒坊——这回是狗剩跟在后面，扛着孟托的双脚。

在仇人家养伤，孟托觉得耻辱，就屡屡想要自杀。他去马号，拴了个绳子套，想上吊，结果马号草棚被他拽翻了。他又想用菜刀自杀，结果被云朵抓住了手不放："这是我做饭的。这刀见了人血，以后我咋用？"

后来是痴呆了的钟爷，偶尔清醒，对孟托说："你是守城的英雄，丢啥人嘞？"

孟托脑子不够用，但还是被钟爷这句话刺激到了。他目光茫然地望了一会儿钟爷，眸子温和了许多。晚上还哼起了歌。

那时候，酒工们还沉浸在大哥独眼龙去世的忧伤之中，接受不了孟托唱歌。二锅头就带了狗剩、跟三，找天亮表达不满。

天亮却又横了膀子："悄悄！这是守城的儿子娃娃。哎！？命都差点儿丢了。"

有天晚上，诸葛白来找天亮，说双方正搞酒肉贸易，日子和平。他想趁机把城里的老弱病残、妇女儿童、鳏寡孤独都从南门撤到干沟去。诸葛白说天亮当年是从干沟过来的，有翻越干沟达坂的经验，就问天亮这想法能行否？

孟托听了，以为县长要让天亮走人，就伸手抓住天亮不放。那意思是说，不能让仇人刘天亮走！

孟托还是要报仇。

诸葛白了解了孟托的情况后，当即就给孟托写了幅字：守城光荣，浴血英雄。还让葱头拿到县衙盖了大印。

孟托不识汉字，但看了红色大印，还是有几分激动。他很认真地把题字藏到了怀里。不过看天亮的眼神依然满是仇恨。

俏红炸营那天，孟托又把自己收拾利索——他每次自杀前都要把自己穿戴整齐，手里拎着绳子套，推开了工房门。

天亮正喂马，见状，冲过去搂住了他后腰："哎——你他妈的别在我的工房里上吊呀！你要把工房房梁拽断了，我这酒坊可就毁了。贼驴日的！把你放家里养伤，你不感谢也就罢了，你不能总害我呀！"

孟托转身瓮声瓮气地说："不要胡球说！我就想给你打个招呼，我要走了。"

"走？你去哪儿？往哪走？哎？"

"回乌梁海。"

天亮松开了孟托的后腰："走！要走就快走。我给你匹马，骑马去。我虽然是黑肚子，但好歹也是有钱人了。从我门里出去的人，得像个样子。"

孟托说："那行。但我们之间仇是仇恩是恩！我不能谢你。"

天亮说："爱谢不谢。谁稀罕！你走的时候别给我丢人就行。等你出了古城子，哪怕在路上成了叫花子，也不关我鸟事！"

两人刚刚说定，外面却又枪炮声大作。新更夫艾山江又敲着锣满街喊："快上城喽，快上城喽，马刀兵又打来了！"

艾山江的汉语不好，腔调也怪，人们听不清，但能知道意思。子归城的更夫都这样，发音不准。

4

钟爷去世，孟托跟着忙完了丧事，又穿戴整齐，要走人。

天亮正守灵，也不挽留，只无言地朝院门口挥了挥手，意思是说：走吧。

云朵不放心，给孟托备了一些锅盔、熟肉等食物，还装了两壶酒。

孟托只剩一只眼了，但那只眼里却流下了泪。他望着云朵，半晌不语。

云朵头上还戴着孝，心里悲痛，也就不想说啥，只指了指马号，说了句："把马牵上。路远。"

孟托以手抚胸，给云朵深深地鞠了一躬。然后站起来，瞪了一眼天亮，点了点头，就牵了匹马走了。

二锅头送孟托到院门口，看他背影消失在弥漫的沙尘之中。转身走回院里，疑惑地问天亮："这孟托走的时候，朝你瞪了一眼，又点了点头，啥意思？"

天亮说："唉？这……两个意思。要么是说，我记下你了，再见面时报仇。要么是说，行了，我们的恩怨到此为止。"

云朵听了，急忙问："到底是哪个意思呢？"

天亮说："管球他哪个意思！先看看老天啥意思吧——没见过这种风！爷说的对咹，老天爷这是要把古城子埋掉咧！"

话音刚落，门外又是枪声大作。天亮听了一下，说："唉，这贼狲货，又走不成了！"

5

皮斯特尔之死惹得契阔夫大怒，子归城战火再起，孟托当然走不了。

后来，蛇年飓风又来了，孟托更走不了了。

孟托走不了，就拼命地清理沙子。酒坊房没湮，井没被填，就跟他把沙子都及时扬到了林公渠有关。

孟托很孤独，除了干活，就是在房间里愁苦地唱歌：

我的钦察汗国马呀，

我们走吧，回家！

再不走，你吃过的青草就要黄了，

再不走，我心爱的姑娘就要老了。

……

孟托唱歌，跟哥萨克人一样好，有股子男人的体汗味儿。惹得云朵想爷爷，想迎儿，常常垂泪。

孟托唱歌，甚至还让二锅头都想起了赵银儿，觉得丝绸店的女裁缝咋说都不如赵银儿。赵银儿让人稀罕，心疼。

第二节

1

杨干头自从看了凤娇的信后，就一直装病，拟伺机溜走。可马刀兵虽说已是溃军流寇了，正规军的规矩却还在。驻地四周，纪律严明。尤其是他们从骨子里喜爱马，故而对马的喂养和看管异常严密严格。杨干头有伺机溜出的机会，却没有伺机盗马的机会。风沙弥漫的季节，没马没车，是很难走长路的。

杨干头只能等待时机。等得眼珠子黄了，心也凉了，终于等到天赐良机，契阔夫死了。但他没想到自己的干头，却让自己丧了命。

2

契阔夫死后，群龙无首。老白俄和谢尔盖诺夫就假传圣旨，说契阔夫下过命令：全体撤军，返回科布多。

没想到马刀兵闻讯一下就乱了。那些家在河中地区的马刀兵，多是丙辰年新入伍的，思乡心切，当时就闹了分裂。在一位阿訇和一位原部落酋长的带领下，明目张胆地拔营西去，踏上了回乡之路。而那些不想去科布多也不想去河中的马刀兵见状，也就随便拥戴个小头目，开始自行流窜，一股一群地逃离了老北城。

剩下的二三百马刀兵，都是追随契阔夫多年的核心骨干，可到了这时候，也闹起了内讧：老白俄等人打起行装要走，但库力·热西丁不干，还在分裂者都走了的情况下，往路口要道上放了警戒哨。声言凡是哥萨克人，敢走就开枪。

杨干头看有机可乘，想借机逃跑，但他行动晚了一天，被主战的热西丁抓住了。

杨干头不知道哪来的胆子，为彻底攻占还是离开子归城的问题，居然跟热西丁争执了起来。热西丁嘴笨，说不过他。一着急，转身打掉杨干头的帽子，捏住了杨干头的干头。

热西丁人高马大，力气大，手劲也大。一下竟把杨干头拎了起来，引得马刀兵们笑声四起，一片欢腾。结果还引发了一场比武竞赛——好几个人都争着想去捏杨干头的秃头。

可是杨干头机灵，不是谁都能捏上的。人家捏他，他嘴里还不干不净地嚷叫，连骂带恐吓。

后来巴克洛夫为了显示自己的力气，一手捏着杨干头的头，一手捂住了他的嘴。这时便有人打湿了一张上坟用的黄表纸，捂到了杨干头的嘴上。

可是杨干头大叫不止，把那张纸迅速弄破了。

巴克洛夫就又捂了一张湿纸。可是，杨干头又挣扎着伸手把那张纸拨拉掉了。

巴克洛夫一生气，便抓住杨干头的一条胳臂，使劲一拧，拧脱臼了。

大家就解下杨干头的裤腰带，把他绑了起来。

杨干头疼得叫声杀猪般响。巴克洛夫听得心烦，就又拿了包装茶叶的桑皮纸来，打湿，细心地一层层贴到杨干头的嘴上。直到后来杨干头的声音轻微得像蚊子叫，巴克洛夫这才开始单手捏着杨干头的干头，尝试着把他提起来。

但杨干头人虽干瘪却还是有分量的，巴克洛夫也只有那么两三个瞬间提起了杨干头。其他的人也都想试试，于是轮流捏杨干头的干秃头，试图单手提起。

提着提着大家发现谁也提不起来了，仔细一看，杨干头嘴脸青紫，死了。死了的人都很沉。

众多马刀兵在比武中失败，只能臣服于热西丁。

主战的热西丁就发一声喊，说老北城快被沙子埋掉了，不能住人。命令大家各自上马，立刻开始攻击城里的抵抗者，占领全城。

3

杨修谢绝诸葛白的提议，坚持把自己乔装打扮成老秦，核心目的是想趁其不备，枪杀杨干头。

还有一个人也是耿耿于怀要杀杨干头的，这便是小头李鬼。李鬼爷爷的棺材被杨干头指挥马刀兵放火烧掉后，李鬼被娘骂了一句：羞先人呢。

从此李鬼就提了杆打鸟的老铳枪，城里城外地溜达，期望能碰上杨干头，一枪把他的干头打成漏勺。

李鬼的爷爷是被大火烧死的。全身焦黑，还曝出了骨头。用白布裹了一天，肉身就有了腐味儿。当时满城巷战，打得难解难分。家人着急入殓，没棺材，就用了草席子。

卖棺材的，没棺材给自己的先人入殓，李鬼和他的朋友都认定这是奇耻大辱。为此，李鬼发誓要杀了杨干头。

杨干头其实是被憋死的，全身乌青，肉体有股怪味。秃鹫不吃，尸体就一直在荒滩上扔着。

小头李鬼找到杨干头的尸体，举着老铳枪好半天不知道该咋办，后来就愤然点了把火。

"你烧了我爷爷的棺材。老子今天烧了你！"他叉着腰，看着黑烟红火，狠狠地说。

有人过来，看了，说："嘿，你这是火葬了他嘛。"

李鬼听了一愣，用脚踢了几脚土，似乎想灭火。但随后又改了主意："行了，日他妈的，就算我积阴德哩，今天就给你下葬。"

他说着，就又往火里加了点红柳柴。

杨干头头干，人也干，油脂少，烧得很慢，火还常常有奄奄一息的势头。李鬼就不敢离开，不断地往火里添柴。一直到把杨干头烧成了灰，才直起腰，擦了把脸上的汗，骂骂咧咧地看了看天。

他看到了天上飘翔的独木舟，像浮在水里的一口新棺材，就突然悲伤地大喊了一声："爷啊！孙儿对不起您——"随后，就跪倒在地，哭了起来。

4

杨修的枪比小头李鬼的好，可是也没派上用场。

杨修赶到荒滩上时，杨干头已经让李鬼烧成了一堆灰。

正像凤娇说的那样，杨修只能是对着杨干头"挫骨扬灰"。那时候，天上的独木舟已经消失，但李鬼还在。

李鬼说："天上出了独木舟，地上就要刮大风。这是我爷爷说的。"

杨修就把杨干头的骨灰都堆好，等风来了扬撒。

风还没来，凤娇却带着苦豆豆来了。

凤娇扛着把铁锨，也不和杨修说话。就一铲一铲地挖了个坑，把杨干头的骨灰收拢进去，一铲一铲地埋……

杨修看着凤娇的动作，心里忽然怪怪的有了种羞愧感，身上还有些燥热难当。

苦豆豆很倔强，不嚎，但满眼是泪。他走过来，对杨修说："我没爹了，你当我爹吧？"

这次杨修没发火，他无声地咬了咬牙，转身走了。

"我没爹了，你当我爹吧？"那孩子跟在他身后，又喊了一声。

杨修没回答，撩开腿就跑。

这时候，大风又来了！

第三节

1

子归城已经面目全非。热西丁却还满街奔跑着吆喝散兵游勇——他又从城里集合起了一些马刀兵，扬言要彻底占领古城子。

那几天暴风似乎有了规律，每日午后，独木舟就会出现。北沙窝便会涌起一堵黑色大幕，随后狂风扑向子归城。到了次日黎明过后，渐渐停息。

而每到暴风停息，热西丁就会带着一帮马刀兵四处呐喊奔走，召集各处的散兵游勇，袭击民宅官邸。还常常越过林公渠，向西城的残余抵抗力量发动小规模进攻。那时候，山西会馆寂然无声，县衙里也没多少靖安兵了，城里的抵抗者根本不可能组织起一支有力的武装消灭马刀兵。

热西丁让全城的人都惴惴不安。天亮更是焦虑，就和云朵商议："眼瞅着快立秋了。六月二十一要给马四海送货，这马刀兵不走，咋办？"

云朵还沉浸在爷爷去世的悲伤中，和被刀柄打过的天亮一样，头脑昏沉，想不出办法，只能妄议。

云朵说："我咋觉得不对呀，马刀兵到处乱跑乱窜，咋没人打了？"

天亮说："咋没打，那不是南岸的老户儿家、县衙里都在打吗？"

云朵说："那就是山西会馆那边没动静？"

"就是，这贼狲山西王，咋不打哩？我去看看！"

云朵反对，说风沙大。

天亮说："不去不行。这山西王和县长不对劲，弄不好，背后捅刀子呢。"

云朵听了，就把毛瑟枪递给了天亮，叮咛说："看看就回！"

天亮答应："看看就回。"

那时候，满城沙土，人走在上面，像在雪地里跋涉。还能闻到各种刺鼻的怪味道。

黄昏时，天亮回来了，说："完了，山西会馆的人都跑了。"

云朵疑惑："山西王也是个儿子娃娃，咋干这种丢人现眼羞祖宗的事儿呢？"

天亮说："那狲货倒没跑，死在屋里呢。唉，还有个女的，就是那个姚麻子的老婆，也死在院子里，让我一脚给踏上了……"

"咋？那女人不是去苦水庄子了吗？"

"唉？——就不兴人家回来报个仇吗？"

"到底咋回事儿呀？"

天亮说："咋回事儿？唉，山西会馆的高房子还在，两根柱子撑着呢。我就把那个姚夫人，拖进房子，拿杠子把那两根撑的立柱敲掉，房子就倒了。算是把两个人合葬了。"

"啥事儿你就合葬？"

"这么热，不埋，人就臭了！"

"我说的是东门上的楼子，你说的是西门上的猴子。这两人是个啥名分嘛？你就合葬！——行了，咱俩说不到一块去。"云朵摇头，又说："你给我说说，山西会馆那么多人，咋说走就走了？啥时候的事儿？"

"那咋不走？贼驴日的，挖了那么些地道呢。那地道肯定通城外，咳，早跑了！"

云朵轻叹了一声，竟然眼泪汪汪了："这么说，古城子真的是还得打仗呢。——咱得想办法呢！"

她说着，还咬了咬牙，就侧耳听起了孟托唱歌。

2

钟爷的炕大。钟爷去世后，云朵就让孟托住进了钟爷原先的屋子。孟托人高体大，别处不好安置。

住进钟爷屋子的孟托，也染了钟爷的毛病，除了清理沙子，就深居简出，闷了便唱歌。女愁哭，男愁唱，天下人都这样。

孟托嘴笨人笨，说话声音像从火墙里传出来的，嗡嗡的，听不清，但唱歌却异常清晰动人。后来人们才知道，他是乌梁海地区的呼麦传人。

孟托的歌声凄苦，忧伤，催人泪下。不仅是云朵，就是二锅头也常常被唱得想哭。后来大家在哀悼钟爷的日子里，就再没制止他歌唱。

不仅如此，云朵还常常请求孟托唱歌。

我的钦察汗国马呀，

我们走吧，回家！

再不走，你吃过的青草就要黄了，

再不走，我心爱的姑娘就要老了。

……

子归城

云朵坚信，孟托的歌唱得好极了，和哥萨克人唱的如出一辙。每天暴风来临，天昏地暗，大家都躲在房子里点着马灯听风吼。云朵害怕，就求孟托唱歌。

孟托在酒坊里，就听云朵的话，有求必应。云朵让唱他就唱，还边唱边喝酒，越唱越投入：

我来自遥远的黑森林，

我的命运注定流浪奔波。

……

孟托的歌儿，是酒泡过的荷尔蒙。云朵听着听着，就来了灵感。

钟爷的"三七"过后，云朵去了披麻孝衣，正巧谢尔盖诺夫拄着拐棍来吊唁。云朵就问谢尔盖诺夫："你听听这歌儿唱的啥？"

谢尔盖诺夫说："这是哥萨克人唱的歌。"

"那就是说，哪里有这歌声，哪里就有哥萨克了？"

谢尔盖诺夫说："一般是这样子。"

云朵就给谢尔盖诺夫说了想法：马刀兵这么打下去不是办法，现在老白俄他们都收拾东西喊着要走。可是这个热西丁还要打。天天在街上骑着马跑来跑去招呼人。我想把他叫到酒坊里来谈一下。让他明白，咱要的是和平过日子，不是打仗死人。

谢尔盖诺夫认为，云朵和热西丁是谈不成的。他疯了！

云朵说谈不成，那就把他一绳子捆了，塞到地窖里去。其他人群龙无首，不也就散了吗？

谢尔盖诺夫点头，承认这是个办法。

云朵又说："你听，孟托唱得像哥萨克不？"

谢尔盖诺夫说："像。我在哥萨克队伍里待过。"

"热西丁听到了，会来不？"

"应该会来。他到处抓逃兵呢。"

云朵就不语了，只拿大眼睛看谢尔盖诺夫。

谢尔盖诺夫不好意思，便说："我懂。我去把库力·热西丁骗来。"

云朵说："酒坊里没啥人……"

谢尔盖诺夫说："我懂。我陪热西丁来。尽量不让别人跟着。"

3

我来自遥远的黑森林，

我的命运注定流浪奔波……

循着孟托的歌声，库力·热西丁来了。

按预案，热西丁在院外大呼小叫的时候，天亮、二锅头等人全钻进了地窖。

院子里只有云朵一人带着儿子刘新坤。她低头抚弄孩子，闻到了热西丁的脚臭味儿从靴子里出来，觉得骚臭、恶心。

热西丁带了三个马刀兵。他一进院子，根本不听谢尔盖诺夫说什么，就挥手让三个马刀兵冲进了钟爷的屋子。

孟托正在屋子里忧郁地唱：

跨过无边的大地和草原，

我看见刀锋上迎来的荣耀，

像血染的夕阳，

正在黯淡远去……

谢尔盖诺夫急忙解释：孟托不是哥萨克。他是个粮贩子。还是个眼睛有伤的半瞎子。

后来是热西丁自己亲自看过了孟托后，事情才算平息。

子 归 城

库力·热西丁对孟托唱歌很不满，但没要求停止。

库力·热西丁转身要走时，云朵用一碗酒拦住了他——她双手捧着酒碗，说："小女子想跟大尉先生说句话。"

谢尔盖诺夫把这句话重复了三遍后，库力·热西丁笑了。他坐下来，挥手让三个马刀兵走人。云朵就示意三人，让一人抱走了一壶酒。

云朵劝热西丁："沙皇没了，契阔夫也没了，你在古城子待不住的。"

热西丁浑身散发着体臭，他已经很久没洗澡了。他说，他是土库曼人，沙皇没了，他依然没有祖国，没有地方去。

云朵把身边的刘新坤揽进怀里，说："人从丝路上来，苦着呢。不都是想着到古城子来做个买卖，赚个钱，过平安日子吗？你看看现在成啥了？天天打仗，杀人像宰羊一样。"

库力·热西丁说："我们是职业军人，不打仗没饭吃。"

云朵说："古城子人善着呢！只要你不再杀人，谁都愿意给你们一口饭吃。"

库力·热西丁说："我们要像主人一样吃饭，而不是像主人的狗那样吃食。"

云朵闻到热西丁的身上有股狗毛味道，知道他是个爱狗的人，就叹口气，说："天天看着死人，饿狗都不吃人肉了！你心里不难受？"

库力·热西丁笑了笑说："我觉得其乐无穷。"

云朵一看没办法，只好把怀里的刘新坤狠狠地掐了一把。刘新坤立刻大哭着满院子乱窜乱跑。

地窖里的人闻讯而出。一路直奔院门口，锁门。一路冲向库力·热西丁，抓人。

锁门的很顺利。抓人的却出了问题：天亮和二锅头冲出来，却绑不了热西丁。

天亮冲出来，抱住了热西丁的后腰。可热西丁一声吼，一个旋腰转，竟把天亮凌空甩了起来。幸亏天亮有力气，像个捆在他腰上的麻袋，才没被甩出去。

二锅头倒是把绳子甩到了热西丁身上。可热西丁出刀极快，只用了一刀柄砸在二锅头的后背上，二锅头就踉踉跄跄收不住脚步，朝井台方向，趔趄着晃荡过去了……

谢尔盖诺夫想帮忙，可他裆部刀伤未好，一伸拐棍，自己先摔倒在了地上。而且因此疼得在地上打滚，咝咝吸冷气。

库力·热西丁目赤口沸，他对谢尔盖诺夫的背叛行径愤怒至极，拖着沉重的天亮，一步一挪，却还是拼上洪荒之力，想要刀劈脚踏谢尔盖诺夫。

谢尔盖诺夫在地上翻滚着，躲避着，最终还是被逼到了由一口大酒缸和院墙组成的死角。热西丁想踩踏谢尔盖诺夫，没踩踏上。但他还是哈哈大笑，得意地一翻手，端平军刀，就要刺向谢尔盖诺夫。

就在这时，云朵抓起桌上的一碗酒，准确而轻柔地泼到了热西丁的脸上。

库力·热西丁在生命攸关时，还分散了精力去舔舐满脸的烧酒滴。他不但停止了动作，还吧唧着嘴，很满意地冲云朵绽开了一个微笑。

天亮趁机就捏住了热西丁拿刀的手腕。

天亮个头小，但力气大，两人围绕着军刀缠斗不休，把狗剩和跟三都看呆了，不知道该咋办。后来，还是狗剩聪明，扑过去抱住了热西丁的一条腿。跟三恍然大悟，扑到地上，也抱住热西丁的另一条腿。

热西丁是汗脚，还有脚气，臭味呛人。但生死攸关，两人全然不顾。

热西丁狂吼乱叫，可是甩不掉身上的三个人。

突然，一个巨型大手捏住了热西丁的后脑勺——巨人孟托像从地上冒出来的一样，把热西丁的脑袋按向了酒缸。

孟托缓慢而从容地揭开酒缸盖，一用力，就把热西丁的脑袋按进了酒缸中……

随着酒缸里的气泡翻滚，热西丁抽搐着身躯，还使劲蹬了一阵腿。有一回，差点儿把跟三甩出去。

后来，一切就平静了。

4

热西丁被闷死在酒缸里后，大家才发现二锅头没了。

天亮认为二锅头又犯了遇事就逃的毛病，愤怒地说了声："不管球他了！"就吆喝着让大家把库力·热西丁往驴车上装。

库力·热西丁的遗体酒气熏天，倒是掩盖住了脚臭。

天亮为了让马刀兵死心塌地离开子归城。把热西丁放上驴车后，就拉出酒坊院子，满城游街。一路还吆喝："酒鬼热西丁，喝酒喝死了！你们没头儿了，赶紧走人吧！"

这是一件极其危险的工作，但天亮义无反顾地就这样赶着驴车，一直把热西丁的遗体送到了东门外。

三四个马刀兵围上来，跟天亮移交了尸体后，他们也像得了传染病，赶着驴车往老北城走，一路也吆喝：

"热西丁先生去世了！他生前是个好酒鬼，死后依然是个好酒鬼。我们失去了最后一个带领我们的好酒鬼，我们只能回家了。"

后来人都说，天亮的这个行为，九死一生，是个儿子娃娃。

因为那时候马刀兵已经没了逻辑，杀人不讲道理。

第四节

1

我没想到，新的写作开始后，我总是噩梦联翩，天天失眠。您也看到了，《子归城》里这阵子天天死人。死人是件让人痛心疾首的事，很痛苦。为了不让您也跟着太伤心，我有意把这事儿写得轻松简单，甚至有点搞笑。其实这些人的死去离世，常常让我悲痛得夜不能寐。——就算能寐了，也常常被噩梦惊醒，在床上暗自落泪。

可我没办法，我写的是史诗。写史诗，就得懂得尊重历史。历史的真实就是这一阵子子归城里天天在死人，而且有些人还是我们刘氏家族的至爱亲朋，比如独眼龙、罗阿满等人。又比如现在，就在我写天亮去东门外送库力·热西丁遗体的时候，他最后一个把兄弟就很意外地死了，这个人就是二锅头，他是天亮磕过头的二哥。

我发现刘家老先人的兄弟们死起来都离奇古怪，不是缺乏真实感，就是缺乏逻辑性。二锅头之死就缺乏逻辑性，他是死在酒坊的水井里的。

二锅头从榆树窝子逃回后，借口脖子扭伤了，要养伤。天一黑就往墨兰迪的女裁缝家跑，跑去了就夜不归宿。结果，两人就有了真感情。二锅头的脖子好了后，也就听了云朵的话，准备明媒正娶女裁缝。——云朵还给他在酒坊腾出了一间房，准备做他们的婚房。可吊诡的是：当云朵托了汪妈去给女裁缝送彩礼时，女裁缝闻讯却冒着生命危险逃出城，跑了！

这事儿让二锅头备受打击，甚至开始怀疑人生。幸亏云朵会劝人，信誓旦旦地说，她早就看好了N个人家的若干姑娘，只要二锅头愿意，等马刀兵一走，她就八抬大轿给他娶房不比赵银儿差的好媳妇！

失恋的二锅头这才重拾了生活的信心。可就在这时，命运却把二锅头一把推到了井里……

2

我躺着，眼泪流到耳朵眼里。坐起来，眼泪又流到嘴角边。我品了品，它跟海水一样咸。

可人死不能复活，谁哭也没用。二锅头爷爷命苦。

二锅头留给天亮的最后记忆是：热西丁用灌了铅的刀柄砸过二锅头后背后，他就踉踉跄跄止不住脚步，朝井台方向趔趄着跌过去了……

这个记忆一个时辰后，天亮才慢慢回想起来的。那时他已经赶着驴车，拉着库力·热西丁的尸体，像更夫郝大头那样满城转悠，把热西丁去世的消息传遍了古城内外。

这事儿天亮爷爷说想起来也后怕。因为当时马刀兵满街奔跑，就是一个正常的人，也随时会被人家一枪打碎脑袋，或者砍断脖子——两者过程不同，结果相同，就是一个字：死。——何况天亮还是一个杀了他们头领的刽子手！当时城内城外还有二三百个愤怒的马刀兵呢！

可天亮那天平安地把库力·热西丁的尸体移交给了三四个马刀兵，又平安地回到了酒坊。

　　那是个沙尘弥漫的黄昏。

　　让他始料不及的是，他当了一回真正的儿子娃娃，没死。而他的把兄弟或者叫二哥的二锅头却没干啥，就死了。死在那个黄昏。

3

　　二锅头一直怀疑地窖里面有酒，他那天藏到地窖后终于看到了好酒——那是独眼龙酿造出的勺娃子酒"古城春"，还有天亮给马四海预备的三花酒。二锅头潜伏的时候，就折了根芦苇管，戳破封油纸，一直偷偷啜吸。结果从地窖出来时，他就已经喝多了。热西丁一刀柄——包了鹰头灌了铅的——把他打向井口，他在趔趄中便哇哇地呕吐起来，吐了没几口就失足落水，栽进了井里。

　　这事儿缺乏逻辑性，酒坊那么大院子，他却偏偏栽进了井里？太小概率了，所以最初谁也没想到。

　　天亮去送库力·热西丁的尸体后，云朵就喊着让酒工们清理现场，打扫院子。在这个过程中，酒工孬娃子渴了，想喝口水，就跑到井边去打水。突然，他就恶心地叫了起来。

　　云朵闻着气味不对，跑过去便发现二锅头淹死在了井中。

　　二锅头的尸体很奇怪，仅仅半个时辰便泡得膨胀起来，浮浮囊囊，像一块新鲜豆腐。大家本想七手八脚把他打捞上来，可发现井中充满了他的呕吐物，还有绯红色的血泡。

　　因为井里臭气熏天，酒气滔滔，酒工们谁都不愿意下去打捞。后来狗剩便在井绳上拴了个铁钩子，不断地去勾。

　　勾了一遍又一遍，后来，终于把二锅头勾上来了，可他的躯体已经被划得稀里哗啦，浑身血污……

　　二锅头的死让云朵哭得很伤心，说她刚给二哥说好了一门亲事，可惜了。

　　天亮回来，看了情况，一滴泪没落，反而暴跳如雷，气得手握拳头，使劲砸井台：

"狗日的二锅头啊，你毁了咱的丼啊！完了，咳！完了。这回咱的酒，彻底完了！"

丼，为古汉字，音义皆同"井"。您可以这样理解：中间的那个点儿就是二锅头。

云朵发现，自她认识天亮以来，这是她真正看到天亮彻底绝望。

事实上，二锅头毁了那口丼，也毁了天亮的酿酒事业。自此以后，天亮一辈子再没有烧过一锅酒。他说天下最好的井水，已经让二锅头祸害了。

那天，为了盖住二锅头的气味，云朵往井里倒了好几篮子的沙枣花。——那时候井里已经没了二锅头，所以我写的这个"井"字不带中间的点儿。

第十七章

暴风过后

第一节

1

二锅头之死，让天亮的心态发生了微妙变化，三兄弟里两兄弟殁了，天亮深深感到了光阴是把杀猪刀，冷酷无情还专捅人的心窝子。他拆了几间工房的门板，给二锅头做了个粗笨的棺材（没办法，城里没郝大头那样的专业木匠了），和独眼龙葬到了一起。

丧事办完，他就把酬谢宴和"散伙饭"一块儿办了。大伙儿吃饱喝足，天亮就在院子里主持了酒坊最后一次分红，连股子票都兑成银子，分了。然后，让酒工们能东归的东归，想西迁的西迁。

天亮不喜欢跟人告别的场面，说了句"兄弟一场，有缘再聚"，就朝后摆摆手，要回自己房间。就在这时，失踪已久的朵朵忽然推开院门进来了。

天亮就像当初看见林拐子回来一样，很惊讶："狗日的，跑哪去了？以为你死了呢！"

众人心情都不好，有人就把朵朵往外推："行了！酒坊的钱都分完了，要散伙了。你走吧，走吧。"

杂杂却沟子坠下不走，说："我不要钱。我知道酒坊没了。我是觉得以前偷奸耍滑，把这儿的活儿欠下了！"

"咋着？来补活干儿来了？"

杂杂使劲点头。

"你个狗日的，没听说过这种事儿！"天亮嘴上骂着，手却就亲切地搭到了杂杂的背上，"吃了没？"说着就喊云朵给杂杂弄吃的。

杂杂的出现，让酒坊的一些伙计又心酸了，跟三、狗剩就嚷嚷，说自己没啥事儿，等把酒坊收拾利索了再走。

"狗日的，杂杂，啥球名字！这时候跑来了……"天亮边骂，边就领着不肯走的剩余酒工伙计们开始归置家财。

2

天亮把酒坊的财物，挑值钱又好带的，装了三马车。还有五堆，没车，就堆在院里。

那时候，诸葛白已经让人吆喝着组织了一拨又一拨的人出城逃亡，对此，马刀兵不管，还默许。天亮就想让云朵带了财物也走。但看车马不够，就想分出些骆驼来，驮堆放的财物。

云朵一看，光给马四海送三花酒，少说就得四十峰骆驼，酒坊能找到的骆驼加起来也只有二十七峰，再分出些骆驼，货就没法送了。便对天亮说："说好的买卖比天大。送货的骆驼不能减！现在满城人都在逃荒，最缺的就是车马骆驼。你再分出骆驼马，那货咋送？"

天亮说："把他家的！没办法，现在花多少钱，城里城外都买不上骆驼车马，谁家都紧缺呢。"

"说好的买卖，拆房子卖地，赔上老婆孩子，都得兑现呢。这是古城子几百年的规矩。"

"那咋办？——我把你赔上？"

"嘿！你说啥呢？有正形没有？！都啥时候了，还有心思扯淡！"云朵说着就去翻检车上地下的财物，最终坚决淘汰出了三大堆。还说天亮秦州呆的毛病不改，舍命不舍财。

天亮看一眼那三堆财物，一弯腰从中抽出了一个沉重的大匾额，却是刘家酒坊院门上的招牌。

天亮拿手指抠着招牌上的三个枪眼，良久抬眼，冷眼诘问云朵："这，不带？唉？"

云朵眼眶就湿润了，"带！这咋能不带？把啥都丢了，这也不能丢嘛！"说着伸手试图把招牌抱起来放到马车上。

可她抱不动，尜尜等伙计又不敢搭手，她只得讨好地冲天亮笑，"我刚才没看见它嘛，你生啥气呢！"

天亮就把招牌抱起来，放到了马车上。然后，瓮声瓮气地对云朵说："快去做饭！我吃了饭，带几个人去大南山。"

"啥？这兵荒马乱的，你去大南山干啥？"

"找驼老大。看能不能弄些骆驼来。"

"哦，这倒是个办法。可这时候……山里也不安全吧？"

"有啥不安全的？马刀兵又没进山。"狗剩等赶紧说。

"那你得快去快回。这城里一日三变，谁知道出啥事儿呢？"

"知道。你快去弄些干粮。"天亮说罢，就去屋里开银柜了。

从屋里出来，天亮啥也没说，给尜尜塞了张银票，就把剩余的全塞进挽裆裤里，接过云朵递给的干粮包袱，说声"走哩"，就带着狗剩、尜尜，翻过南门沙梁子，从干沟进了大南山。

3

子归城里该走的，能走的，都走了。

剩下的就是三种人了：一是卒吏，就是当兵打仗的和一些吃公家饭的衙役差吏及其家眷；二是一些老户儿家，他们都是八百军户或者金妻之后，在城里不知道多少代了，热爱自己的身份，不走；三是其他闲杂人等，多是一些下了决心与子归城共存亡的下九流，他们多是死脑筋，成分复杂。

前一种人的代表里就有诸葛白。但他却认为后两种人该走，"城没了，人嘛，能活一个是一个。"他给大家训话，就这么说。他还让马福山、葱头这类吃公家饭的人组织家眷出门，动员街坊邻居都走，西迁也好，东归也行，各奔东西。

"这风沙，一来就埋掉了河滩上的涝坝和水井。现在你看，北门没了，南门也没了，都成了沙梁子。这城里的涝坝也被埋了，井也快没了。接下来就要埋人呢。"诸葛白让把这句话四处传扬，同时还让人传谣说：老轮台、绥水驿都有官家和民间慈善者接应。

结果，这些公家人的家眷就带动起了子归城最后一批老弱病残幼，也有上千人。他们中要去老轮台和绥水驿的，诸葛白就让艾山江一家人带队当大把头——他们路熟。但艾山江说自己虽然是个邮驿站养马的，但兼了更夫，就相当于参公人员，算是吃公家饭的，不能先走。就让老伴和回来探家的儿子小艾山江带着大家走了。

可想东归的，就没人带。诸葛白就想让杨修带："你不是一直想东归吗？"

杨修屡次三番拒绝诸葛白要他带人出城的命令，是一心一意要找杨干头复仇。现在杨干头死了，杨修再装老秦，再拒绝出城，意义就轻如鸿毛了。

可杨修还是不肯走，说他老家没人了，没处去。

诸葛白就把杨修拉到鼻子底下悄悄教育："你跟着我，杨都督要治罪。咋办？"

杨修泫然欲涕，说："我哪儿都不去。就在古城子等着死。"

诸葛白无奈，便在人群里挑了个兰州人潘二爷，让他当大把头，带着东归者上路了。

4

杨修不愿走，诸葛白就让他再去扫街，挨家挨户做动员，说城里的涝坝都干了，井也天天在干，水一天比一天少了，不走是找死。

杨修依令而行，带着张富贵满街吆喝："这风沙，不光埋城，还埋人呢。不想死的，快收拾东西，东门集合，赶紧走人！"

杨修做事认真，不但吆喝，看到开门敞户的、有些烟火气的店铺院落，还探头进去，连喊带叫："有人吗？听到招呼了吗？"

结果，他就看到了正在做爱的黄大牙和汪妈。

这两人就在临街的那间香胰子铺里，开门敞户，光溜溜一丝不挂地嚎叫、扭动，动作连续不断。弄得浑身汗水四溅，珠光闪耀，一副活力四射的样子。

杨修和张富贵不明就里，还以为两人打架，探头瞪眼看了半天，才知道事情相反。张富贵就骂了起来："这时候了，还干这事？还他妈的连窗户门都不关！"

黄大牙呲着大牙，笑。对杨修说："咋，你也要走？"边说边还继续动作，只是不太走心而已。

杨修有些难堪地说："没。县长让我招呼人。——咋了你们不走啊？快些吧，完事了，去东门集合。"

张富贵看不下去，冲两人喊："停下！别干了。跟县上的人说话，不能这么没礼貌！"

没想到汪妈一挺身子，从炕上翻起来，晃荡着两个奶子，跑到窗户跟前，对着杨修说："不走了！老先人都埋在这里了，还走啥呢！"

其实，黄大牙是军户之后，算老户儿家。汪妈是后来的，没先人埋在城内外，连老住户都算不上。

杨修被她臊得脸通红，赶紧转身就走。

而汪妈却还探出身子，朝他们招手："路上走好！"

"噢，哦，好。"张富贵看杨修不回头，只得回头招手，"行了。以后干这事儿，好歹避个人！"

但以后的日子里，黄大牙和汪妈依然不避人，也不关门，几乎天天就在光天化日下做爱。有次，被诸葛白撞见，骂他们是"一对狗男女"。

这对狗男女，见了县长倒有礼貌，没再继续动作。只是喃喃地说："梦春院你不让开，烟馆也不让开！我们能干啥？只能临死了，欢喜一天是一天嘛！"

诸葛白听了这娱乐至死的说法，也笑了，"一对狗男女！不要脸，说得还挺可怜！"他摇头笑骂着，命令他们以后干这种事儿要关上门窗。

可是，这对狗男女置若罔闻，依然如故。还说：人都快死了，还那么讲究干啥？

5

风停了没一天，独木舟再次出现了。这次它不再缓缓飘移，而是就悬浮在子归城上空，像谁画在天空上的一尾鱼。许多人不明真相，看到灰暗的天空上，无声无息地挂着一条独木舟，还透着明度很高的尸骨白，就张着嘴，驻足仰望。

结果，就在独木舟缓缓隐去后，天上落下了烫人的沙子，当场就烫伤了好几个人的眼睛和舌头。

独木舟没带来大风，却带来了烫沙子。这事儿一传就神，有人说，这是干旱缺水，沙漠里的地裂了，喷出了黑油[y]。黑油燃起了熊熊大火，把北沙窝的沙子烧红了……

诸葛白借机就让艾山江四处敲锣吆喝：烫沙子还会来！而且会越来越烫！快走吧，烫死的人起水泡，流脓水。胡狼不吃，秃鹫不叼，要暴尸荒野！

让艾山江吆喝这么复杂的词儿，当然很难吐字清楚。他只能用声调的抑扬顿挫来弥补，结果声音听上去就很瘆人，很恐怖。那些被马福山、杨修、葱头拿枪吓唬依然犹豫不决的老户儿家，听了艾山江的吆喝，就一串三，三串九，九九相串八十一，自己开始成群结队地提上包包蛋蛋，跑出院子，到了东门。

诸葛白一看人多，黑压压乌沉沉，就让杨修、马福山给大家做分工：西迁的，跟着艾山江出城向左，先去绥水驿、老轮台。东归的，跟着张富贵，去木垒驿、镇西府、哈密，从阳关、嘉峪关东归故里。

但西迁的人多，艾山江只会管马，敲锣，不会管人。自己审来审去，越管越

---

[y] 链接 这说法不是空穴来风。几十年后，在子归城的北部沙漠里，专家们就寻着这些黑油的踪迹，打出了油田。

乱。诸葛白一眼看见谢尔盖诺夫——他个儿高，模样又显眼，就指着他问："你去哪里？"

谢尔盖诺夫说他去迪化。

"好！现在，我宣布谢尔盖诺夫为西迁人马的掌事大把头！艾山江为向导把头。你们马上整理人马，赶紧出发！把西迁的人带到绥水驿、老轮台。"

诸葛白的这一命令，空前绝后，想象力空前。谢尔盖诺夫愣了："我？我在等人。等杨耳……"

谢尔盖诺夫自从亲眼所见了契阔夫、热西丁之死后，就想走了。他裆部有伤，走路不便。为此他高价买了辆马车，雇了车户。但就在他收拾好了行李，准备出发时，却遇上了杨耳，计划一下子被打乱了。

当时，他去老李杂碎汤店吃了饭准备上路，忽然看到杨耳像一只泥猴，从隔壁的房顶上爬下来，跪在流沙中大张着嘴喘息。

谢尔盖诺夫就拦住杨耳，问："你在干什么？"

"你管不着。"杨耳说着拔出了牛耳刀，"让开！"

"你？你现在还想杀我吗？"

杨耳一听，犹豫了，看着风尘弥漫的远处说："我谁也不想杀。就想找到我弟弟。"

谢尔盖诺夫说："这么多天了，还没找着？……你弟弟可能已经跟着你父母走了，去了另一个世界。"

"乌鸦嘴！"杨耳声音很低，但寒气逼人。说罢，收起牛耳刀，转身欲走。

"你去哪儿？城里快没人了。我买了辆车，你跟我走吧？去老轮台，去绥水驿，去迪化，去哪儿都行……"谢尔盖诺夫喊。

少年杨耳听了这话，却疯狂地跑了起来。

从此，这个少年就失踪了。

自此，谢尔盖诺夫看到有流民出城，就跑去打听杨耳的下落。他怕这个少年误会了自己的意思，盲目乱跑，发生意外。

诸葛白听了谢尔盖诺夫的陈述，苦笑了："老谢啊，你们安集延人做买卖脑子比猴还精！遇上这种事咋就成了一根筋？你不想想，这孩子是在躲你。你走了，他不就出来了？"

谢尔盖诺夫一听，恍然大悟，张着嘴看诸葛白，像看到了能掐会算的诸葛亮。

"行了，老谢！你待在这儿，这勺娃就永远没影了。快！把西迁的人马集合好，念完了禁采禁伐令，快上路！"

"哦，噢。"谢尔盖诺夫点头称诺，转身就举起手杖，呐喊着让人向他靠拢，排成长蛇阵，都围到东城门下，跟读禁采禁伐令。

于是，马福山领头，大家就在城门下，朗读禁采禁伐令：

凡我城民，无分主客，植树活一，奖银五两。活二奖十，余类推。伐树者，一株罚牛，二株罚马，三株罚驼，四株入监。十株斩监候。纵火焚林，斩立决。滥开矿山，挖煤掘矿，罚没所有。……

人多势众，声音沉闷而巨大，震得山川大地嗡嗡作响。

领诵毕，艾山江敲一声锣，大家抓土的抓土，撒尿的撒尿。之后，陆续上路。

诸葛白、杨修、马福山站在路边，跟众人话别、告辞。

出城队伍中出现了凤娇和苦豆豆。

其时，谢尔盖诺夫正跟杨修告别，还拜托杨修："若见了杨耳，一定帮我解释一下。我想带他走，只是想补偿自己枉杀张福的罪过……"

谢尔盖诺夫正说着，杨修忽然闻到了一股苦艾草的味道。一抬眼，却看到了凤娇。凤娇的身上，总有一股青草的味道。

凤娇和杨修四目相对，便站着不动了。接着，她松开了抓苦豆豆的手。

苦豆豆畏畏缩缩地跑向杨修。却又在一丈远的地方犹豫地站住，不敢向前。他双手捧着一个小瓦盆，里面种满了太阳花，也叫掐掐花。

杨修看见了苦豆豆，悲欣交集。

凤娇见杨修默然地盯着苦豆豆看，怕出意外，便急忙赶了上来。而苦豆豆显然是因了母亲在身后，勇敢了许多，居然就捧着小瓦盆跑到杨修跟前，双手举起来，要递给杨修。

杨修不明其意，挥手一划拉，打掉了那盆掐掐花。

瓦盆烂了，苦豆豆吓得一激灵，想哭却没哭，他不顾一切地趴在地上，把散开的掐掐花往自己的怀里收拢。

他不吭不哈，不哭不闹。

瓦盆摔地的那一瞬间，凤娇激动地叫了起来："杨修！你咋这样？这是娃娃听了孟医官说，掐掐花能消除你脸上的疤痕，就让我特意给你养的。为了这盆花，他每天起来第一件事就是喊着要浇水，晚上临睡前的最后一件事也是喊着给花浇水……"

凤娇的话让谢尔盖诺夫欲言又止。而几个过路的人，听了也都默然不语，冲杨修摇头叹息。

杨修也愣了，一会儿看凤娇，一会儿看苦豆豆。

凤娇却还没完，把手上的一个包袱打开，摊在沙地上，抹着泪，对杨修说：

"孟医官说，每天三次，把掐掐花汁抹在疤痕上，再贴上姜片，能除疤。从此，我们母子就再没吃过姜。苦豆豆不让吃，让我把所有的生姜都切成片，给你留着。"

杨修听了，便蹲下身，帮苦豆豆整理掐掐花。

掐掐花，又名太阳花，能祛痕除疤。

苦豆豆笑了，突然冲杨修喊了声："爹！"

刹那间杨修热泪盈眶，把苦豆豆搂到了怀里。

那一刻苦豆豆放声大哭，哭得哽咽，上气不接下气，咳嗽得脸红嘴紫。以至于凤娇慌了手脚，急忙抢过苦豆豆，给他拍背，擦泪……

这一幕，被远远看着的诸葛白尽收眼底。他走过去，扯掉了杨修的胡子，对大堆的人马说："大家听着！我现在发布最新县长令：杨修为东归队伍的大把头，张富贵为副把头！你们，跟着杨修，出发上路！"

众人一片欢呼，凤娇破涕而笑，苦豆豆更是欢呼雀跃。

杨修心有不甘，还想对诸葛白说什么。

诸葛白却大喊一声："杨修大把头！限你带领人马，明天傍晚前到达木垒驿，后天到达镇西府，五天后到达哈密。之后，分路出阳关、嘉峪关，东归！违令严惩不贷！现在，立即出发！"

诸葛白突如其来的故伎重演，让杨修猝不及防。他几乎是被人裹挟着到了东门下，念诵完禁采禁伐令，带队出发上路了。

诸葛白看到，在烟尘弥漫的远处，杨修还转身，在人群中朝他挥了挥手。但也只是一瞬间，他就被人推搡着，像海里的浪花一现，看不到身影了。

6

本来打算回迪化的谢尔盖诺夫，被诸葛白突然下了个"大把头"的任命后，其人生之路就发生了戏剧性变化：他坐着马车，带着众人沐黄风栉沙雨，艰难跋涉到老轮台后，发现那里根本没有什么人接应。众人大呼上当，群情激愤，吵闹不休。谢尔盖诺夫无奈，就又领着众人向北跋涉，寻水草丰茂处生活。后来找到了紫泉子后，群众都挽留他，还都是真诚的依依不舍状。谢尔盖诺夫也就从此生活在紫泉子，直到终生。他后来取了个汉人名字：谢二盖。

而东归大把头杨修带的这一路人马，要比谢尔盖诺夫他们的西迁人数少得多。他们勉强走到镇西府后，人马就散去了一半。到了哈密，甚至连杨修本人都下落不明了。最后，东出阳关、嘉峪关的到底有多少人，就不得而知了。

这件事证明了杨修不是个当官的料儿，他把一支队伍带散了不说，还从历史上带丢了。

也许正是因为杨修把队伍带丢了，史学界就产生了混乱：他们普遍把杨修、谢尔盖诺夫带人离开子归城的这次行动和次日——就是杨修他们走后的第二天——马刀兵撤兵北去，当成了一件事儿。

刘壮志在他的著作中就这样记述：

子归城

契阔夫和热西丁死后，哥萨克人便在老白俄的带领下，出城向东，走榆树窝子、将军戈壁、一棵树、可可托海，远去科布多。

而古城子人里想回内地的人，则在杨修、张富贵的带领下，出城向东，逶迤而行，去了阳关、嘉峪关。

刘壮志甚至还说：

东归的人除了杨修、张富贵，还有典当行的武二、焦大，原姚记珠宝店伙计马三六。他们带着妻子儿女，在官道上走着走着，就跟哥萨克的队伍搅和在了一起。而面对肆虐的风沙，大家则被迫相互协助，相互帮助，跟风沙抗争着往前走。许多人，便在与风沙抗争的过程中相互增进了了解和友谊，甚至有了感情，相互搭救、帮忙。也相互解释着在古城子战斗中，各自的所作所为，请求对方原谅理解。甚至还出现了舍己救人的英雄事迹，生动而感人。据说还有古城子的几个姑娘，一路跟哥萨克人走出了感情，便随着这支队伍踏进了将军戈壁。不过这些人最终有没有到达科布多或者蒙古，不得而知……

我不知道刘壮志为何要这么写历史？诸葛白的《北丝路记考》和杨增青的《补过斋文牍》都能证明：一、杨修的东归队伍里根本没有哥萨克；二、哥萨克人是第二天才走的，他们的队伍里也没有东归者。

历史是胜利者写的，靠不住。靠不住的还有刘壮志。

事实上，真实的历史远非后来的史学家所说的那么简单，至少对于当年的亲历者来说，可谓一波三折，步步惊心。就像一部好小说的情节一样，跌宕起伏，意外不断，剧情总是反转。

第二节

1

现在，我来告诉你，在杨修、谢尔盖诺夫他们走后，第二天子归城发生了什么。

我想你还记得巴克洛夫这个杀人恶魔吧？在热西丁死后，他突然变得胆怯起来。他听说小螳螂的土匪在喊着报仇，怕在途中遭遇不测，就鼓动了一些人，跟老白俄在老北城纠缠磨蹭，不走。

那时候的老北城已经成了一个连绵起伏的浩大沙丘，除了岳王庙和靠近官道一侧的房子还能住人，其他地方都被黄沙埋掉了。可就是这样，巴克洛夫还在城的东西两侧设了门岗，把个土墙豁口当城门，不许人随意进出。

诸葛白闻讯去劝说，却被巴克洛夫抢了青铜剑，扣了人。巴克洛夫说库力·热西丁已经让人杀掉了，他们没了头目，成了乌合之众，已经失去了战斗力，走在路上很容易被人杀。再说，他们都习惯了跟着库力·热西丁的脚臭味行军，现在没有了这个味道，全军就会失去方向，一路上会掉队丢人，队伍会走散。故而要求县长保证他们的安全。

诸葛白很生气，说：“我身为一县之长，是保护全县民众平安的。不是保障你们安全的。”

双方就在老北城僵持了起来。

2

诸葛白被扣的时候，云朵正在院门口给刘新坤改马甲。她把《如匠酒经》缝进了儿子的马甲。看着天热，怕孩子起痱子，就给前后襟挖了几个透气的洞。缝合时一想要背井离乡了，东西两院的地契、房契很重要，就找出来，也缝了进去。云朵和那时的妇女一样，把孩子当命，金贵的东西都爱带在孩子身上。

云朵正做针线活儿，听到街上有几个人议论：马刀兵又反了！这回把诸葛县长也扣了。说是热西丁不能白死……

云朵心想："热西丁是死在我手上的。没县长的事儿。"就扔下针线，把马甲套到刘新坤身上，急忙出去凑进了人伙里。

云朵听了没几句，手心就急得出汗了。一拍大腿，去了老北城。

刘新坤看母亲走了，没带他，就哭。

孟托头脑简单，就扛上刘新坤，去寻云朵。

当时，老北城东面的破城门口，马刀兵乌泱乌泱的。

诸葛白个头高，云朵透过风沙一眼就看到了。他，还有老白俄，正被马刀兵围在中间，推推搡搡，吵来吵去。他们在为是谁杀了热西丁、为什么要杀热西丁而争吵不休。气氛剑拔弩张。

云朵一看诸葛白被反剪双手，就急了，尖声呐喊："人是我杀的！不关县长的事儿。"

云朵的出现使争吵的人群骤然肃静，这让云朵也感到了吃惊和不适应。半晌，诸葛白才打破寂静，一边朝众人摇头，一边冲云朵喊："这是男人的事！快回去快回去！这里没你的事儿。"

但马刀兵不干，有几个人哗啦啦拔出了马刀。巴克洛夫更是高声大叫："这个女人承认她杀了热西丁先生。那就应该让她说清楚：为什么要杀热西丁先生，她是怎么杀的？"

面对马刀兵的吼喊，云朵反倒镇定了："没错，人是我杀的！为啥要杀了他呢？就是为了你们不再流血，不再打仗！"

"对，热西丁就是个疯子，该杀！"老白俄梗着脖子叫了起来。他的叫声虽然嘶哑，分贝很低，但身边的人还是听到了。有两个马刀兵立刻把枪口指向了老白俄。

云朵急得满脸桃红，大喊："不能开枪！你们难道还要杀自己人吗？他的年龄和你们的爹妈一样大。"

看那两个人慢慢放下了枪，云朵才一边吐着嘴里的沙土（沙霾大，话说多了，谁嘴里都是沙土），一边掷地有声地说（我没加引号，大意如此）：

你们还嫌这城里城外死的人少吗？流多少血你们才能明白这个道理：靠杀人流血，是啥问题都解决不了的！大家活着，最需要的是啥？是和平！所有破坏和平的人，都应该受到惩罚。这个叫热西丁的人，是我让人把他按在酒缸里闷死的。大家想想，他不死，大家还得死多少人？大家打得一地一地血沫子，到底是为了啥嘛？谁的命不是命？！

巴克洛夫说：我们也不想打了。可就这么走？路上碰上土匪怎么办？听说，花花沟的小螳螂就叫喊着要复仇。我们现在缺医少药，弹药不足。走在路上，别人要杀我们怎么办？我们的路还长着呢，要去榆树窝子，上烽火台，进将军戈壁，过一棵树，出破城子，一路上有多少人想杀我们啊？谁能向他们证明我们是放下屠刀、立地成佛的人？

此时，孟托扛着刘新坤到了。他的左眼没瞎，但视力很差，走得慢。他挤进人群，说："我回乌梁海！"那意思是说他带路，送马刀兵走。

马刀兵们更不放心了，看着孟托，像看一个魔鬼。他长得那么巨大，还伤残着一只眼，面目丑陋，本身就像妖魔鬼怪。

就在这时，一个鬼哭狼嚎的声音划破烟尘，骤然而至："县长！你咋跑到这哒儿来了？我的大大呀，你让我这顿好找。"葱头寡喊着从沙地里跌跌撞撞地跑过来，不管不顾，冲进人群就往诸葛白跟前挤。结果一个彪悍的马刀兵顺手抓住他的脖领子，就把他提了起来。

"放下！把我放下。我给你们当向导。"葱头聪明，四肢乱舞地这么一喊，那个彪悍的马刀兵立刻把他小心翼翼地放到地上，还欣赏地拍了拍他的脸。

此时诸葛白忽然想到了烽火台是个三岔路口，他担心马刀兵走错路，再祸害别处。就问葱头："你行吗？"

葱头急切地说："行呢。县长，我真的行哩。"

3

可巴克洛夫不放心，有了葱头当向导，他还要带了诸葛县长一块儿走。

葱头大怒，拉着哭腔，跳着脚要拿头撞巴克洛夫，说这形同强盗绑架。老白俄也认为，这种要求很无耻，法理上说不过去。

双方正争执不下。突然，城东门附近传出了枪声、呐喊声。

片刻工夫，尘烟滚滚中出现了一队愤怒的民兵武装。个个形容憔悴，衣衫褴褛。却精神抖擞，生龙活虎。他们一边喊着"杀马刀兵！血债血还！"，一边还喊着"放了县长！放了酒坊的娃娃！放了刘家嫂子！"

这支队伍还称不上一彪人马，因为这帮青壮男人，都是徒步，并无马匹。但他们情绪激昂地挥舞着手中的刀枪，杀气腾腾。而且人数越聚越多，迅速对破城门形成了一个半圆形包围圈。

马刀兵出于职业军人的本性，立刻滚鞍上马，有的抽刀，有的拉开了枪栓。巴克洛夫更是一边喊着："哥萨克勇士们！我们中计了。准备战斗啊！"一边就拔出马刀，一马当先冲到了沙堆高处。

那边的民兵，像土匪，又像乞丐，但斗志昂扬，一腔怒火，完全不在乎马刀兵的战斗准备。领头的两个人朝后一看，觉得身后也聚集了有二三百人，情绪便陡然一振，高呼起来："儿子娃娃们，马刀兵抓了县长！还抓了酒坊的女人娃娃。我喊三声，再不放人，大家就冲杀过去啊！"

他们的话音刚落，人群中便有人控制不住，大喊着"杀啊"，又打枪，又舞刀地冲了起来。

就在这时，云朵突然站了出来："跟三！尕娃子！你俩这是干啥呢？啊？！"

被点了名的两人一愣："嫂子！你还活着呢，县长呢？"

"都活着呢！停下！快都停下！有话慢慢说。"

4

原来，尕娃子听说县长和云朵都被扣在了老北城，就跑回酒坊报告。跟三一看，云朵母子果然不在，就激动地抓起天亮的毛瑟枪，冲到了大街上。

跟三正巧碰上警察谢三娃。谢三娃听说县长被扣，也急了，趟着沙子满大街跑着喊："儿子娃娃们，快救人啊，诸葛县长让马刀兵抓了！他们还抓了酒坊的女人娃娃……"

卖杂碎汤的小乔一听，就拉住跟三问。一问，路过的陈之花听见了，就给黄大牙说。黄大牙听了，顺嘴给汪妈一说，汪妈就寡叫了起来："儿子娃娃们！拿刀拿枪！去救人啊，马刀兵抓了县长，要在老北城砍头！刘家酒坊的女人娃娃，也让马刀兵抓了！要砍头示众，满门抄斩呢！快啊！那娃娃才刚会走路，小鸡鸡还没长大哪！"

正牵着条狗寻找神拳杨遗体的武二一听，就松开狗链子，取下肩上的长枪，高举着朝身边的人大喊："儿子娃娃们，马刀兵抓了县长，还要拿女人娃娃砍头示众。大家走！都去救人！"

结果一传十，十传百，两三袋烟工夫，便有二三百人，挥刀弄枪，扛着梭镖、铁叉、坎土曼，涌出了东门……

跟三和谢三娃，两个子归城最难看的人，突然间便成了群众领袖。

他们一想到马刀兵没头儿了，要走了，还抓人杀人。新仇旧恨就一起往心头上涌。一涌，就目眦欲裂，按捺不住复仇的火焰。

5

愣锤子跟三和孬娃子听了云朵的话，停下了脚步，朝云朵喊："嫂子！那大哥、二哥的仇，就不报了吗？"

"仇……谁说不报？报！"葱头直着脖子应了一声。

云朵急忙拨开葱头，劝两人："冤冤相报何时了？都啥时候了，风沙都要埋城了！你们还有完没完啊？"

谢三娃不是酒工，又刚当了群众领袖，感觉良好，心有不甘，大喊："你家的仇不报，行！别人家的仇呢？你看看，古城子这阵子死了多少人？血海深仇啊！"

"就是。我家掌柜的，如今活不见人，死不见尸！"武二举着长枪，也跟着喊。

"那你看看，马刀兵自己死没死人？又死了多少人？他们的头领契阔夫、热西丁，都死了！他们有仇没仇，要不要报？"云朵红着脸质问。

谢三娃不服气:"他——他们走就走,为啥还要杀县长?"

云朵尖声回应:"谁说他们要杀县长了?县长这不好好的吗?亏你还是个警察,说话就血口喷人,羞不羞?你要当了警察局长,还不滥杀无辜?"

诸葛白听了,就在人群里高声大喊:"谢三娃!我好好的。不要胡闹!"

谢三娃无言以对,只好说:"那行。我们等着他们放人。"

6

可巴克洛夫不放人,依然坚持要诸葛白跟他们一块儿走。

他说,跟三、谢三娃等人,鼻歪眼斜,面目可憎,一看就是土匪样儿。而且还眼含杀气,贼心不死,随时都有可能尾随追击他们。如果再遇上花花沟的土匪,前后夹击,他们会死无葬身之地。

诸葛白心想:自己就是匪,还说别人的样子像匪。这都什么鬼呀?但嘴上也只能强调:"你们放心走!我在林公桥上拦着他们。他们非要追,那就从我的身子上踏过去!"

巴克洛夫说:"你一个人,怎么能拦得住一群人?这沙子把地都填平了,他们从四面八方,都可以尾随我们,为什么非要从桥上走?"

葱头急忙说:"还有我。我也帮着拦。"

结果,那个曾把他拎起来的马刀兵,微笑着伸手抓着他手腕一拧,葱头就吱哇乱叫地喊着"胳膊断了",人也成了反弓形。

"放开!你把他放开!"正蹲在地上哄孩子的云朵猛然站了起来,厉声高喊。

那个彪悍的马刀兵闻声一愣,松开了手。

云朵伸手把刘新坤抱起来,对巴克洛夫说:"我带你们去。"

马刀兵全都愕然。只有一个人欢叫了起来:

丹柯的心,

开始照亮我的灵魂。

乌拉!在风沙中,

贞德将为我们指引方向……

你可能已经猜到了，欢叫的正是那位哥萨克文艺青年，他本来有望成为小资诗人中的翘楚，在有格调的沙龙里侃侃而谈。但现在他已经疯癫了。一个疯子的欢叫，即便是诗，也不可能得到响应。人群陷入了沉默。

巴克洛夫有些难堪地说："这个，我同意的。你是酒坊的老板娘。有你在，土匪是不会开枪的。"

可他的话还是引起了老白俄等一伙马刀兵的愤怒。他们指责巴克洛夫："你是个懦夫！让一个女人来护送。这是对哥萨克名誉的玷污，是哥萨克的奇耻大辱！"

巴克洛夫说："你们不知道！这个女人是刘老大的老婆。刘老大是土匪小螳螂的把兄弟。有她在，土匪就不会袭击我们。"

"什么？英勇的哥萨克还怕一个小螳螂吗？"马刀兵们开始冷嘲热讽巴克洛夫。

巴克洛夫老羞成怒，再次拔出军刀，激动地冲老白俄吼叫："好吧，你不是懦夫，那你就跟着我。我们杀出这两个丑男人组织的包围圈，去科布多！"

"对！我们不要女人的保护。我们自己杀开一条血路，离开这里。乌拉！"马刀兵们有点群情激昂了，他们挥刀舞枪准备冲锋了。

对面，尘土飞扬中，两个丑男人领导的民兵队伍，注意到了这边的骚动，立刻开始咒骂，呐喊，挥舞刀枪，又酝酿出了新的腾腾杀气。

一场血战迫在眉睫。

老白俄急得眼珠子发红，嘴唇青紫，他伸着双臂边喊边阻拦。可他的声带充血，声音太微弱了。

云朵涨红着脸，再次说话了："我不是护送。我是做个向导带路，把你们带到一棵树，我就不管了！"

气氛再次缓和。马刀兵觉得自己有了面子，有些人甚至下了马。

诸葛白却觉得自己没了面子。他故意大声对云朵说："热西丁是我下令处死的，跟你没关系。快抱着孩子回去。男人的事别掺和，这儿有我！"

云朵执拗地摇了摇头，指了指跟三、谢三娃他们，说："我不能回啊！县长您看，今天这阵势，不闹出几条人命来，他们能罢手吗？唉，都是贼大鬼刘天亮带出来的愣头青伙计呀！"

"狗日的！我让他们散了！"葱头说着就走出人群，想向两个最难看的男人喊话。

"民心不可散！"诸葛白瞪了一眼葱头。

诸葛白脸长眼长，三角眼里透出的眼神，怪异而坚定。葱头似懂非懂。但大致也明白了诸葛白的意思：不能让外围的民兵散伙。

葱头一成缩头乌龟，巴克洛夫便看出了端倪，立刻吼喊着让人把诸葛白往破城门跟前推搡，以图隔开他和云朵，防止两人言语沟通。老白俄大概觉得如此对待县长，太粗鲁无礼，就愤怒地骂着，把两个手指指到了巴克洛夫的鼻子尖儿上。后者大怒，高高举起了马刀……

"巴克洛夫！把刀放下！——过来！听我说。"云朵及时高喊了一声。

巴克洛夫看着云朵足有一分钟，放下了手中的刀。与此同时，两派的马刀兵也陆续收起了各自的刀枪。

云朵见状，就把巴克洛夫和老白俄叫出人群，连比带画讲道理。

后来，老白俄就默然地跟着云朵走向了沙地里的民兵队伍……

巴克洛夫不放心，让七八个马刀兵端着长长的毛瑟枪，紧张地瞄着云朵的背影。后来他看谢三娃、跟三目送云朵和老白俄回来后，就带人去了老北城的西门方向，他才让马刀兵收了枪。

云朵过来，冲巴克洛夫点点头。后者居然就一挺胸脯，做了个立正的姿势。

"把剑还给县长！"云朵对巴克洛夫说。

巴克洛夫一挥手，立刻有个马刀兵出列，捧出了青铜剑。葱头急忙出来接住了。

云朵扫一眼古剑，对葱头说："他们也是爹妈生的，也是一条命。有啥比人命更值钱的呢？"她说着，就又转过头，隔着几层人，泪眼婆娑地对诸葛白大声说："县长！就托你和葱头，给天亮捎个话：天塌了，也别耽误送货！不管他早我晚，我们夫妻在古城子见不上面，就老轮台见。"

云朵话音刚落，诸葛白还没顾上说话，老白俄就呜里哇啦叫着，让一伙马刀兵把诸葛白推进了破城门里……

云朵平静地看着诸葛白被推进老北城后，就抱起刘新坤，转身冲巴克洛夫说了声："走！"便带头踏上了官道。

哥萨克小资诗人像条欢乐的小狗，蹦跳着追上云朵，在她身边跑前跑后，嘴中诗歌不断：

天上的太阳已被风沙埋葬，

地下的太阳，

正从这里升起。

这是丹柯的心啊，

在照耀我们启程。

……

小资诗人不乏文艺青年的激情，可他的诗歌却打动不了谁。云朵听不懂他的语言，不知道他在说什么。能听懂诗人语言的马刀兵，又都心怀愧疚，没法进入诗的意境。默然跟进队伍里的孟托，有一刻，还嫌小资诗人太骚情碍事，差点儿动手打他。

马刀兵最后离开子归城的事儿就是这样，有目共睹。

第十八章

天上的独木舟

天狼生于北，

黑飙肆于南。

老阳烽火时，

胡沙漫荒城。

————钟则林遗作

第一节

1

云朵奶奶年轻时带马刀兵进沙漠的事儿，因为载入了县志等文献，长期在北丝路上广为流传。

但云朵奶奶却羞于提及此事。"臊得很。"她总这么说。她的意思是说在大庭广众一堆男人面前，她又喊又叫，是件有失礼教家教的事，她后半辈子一想起来，就汗颜，羞赧。

"人命关天，当时急了嘛，没办法。"大约在我八九岁时，云朵奶奶被我缠得没办法，就简单说了一下事情经过，然后很不好意思地这样做了总结。

我清楚地记得那是个大雪纷飞的日子。紫泉子的冬天很寒冷，云朵奶奶坐在热炕上，我躺在她的腿上，她就搂着我，一边感慨着人老了，脑子不行了，一边讲了当年她在老北城的破城门外，跟两伙子人讲理的事儿。

云朵奶奶先是给巴克洛夫和老白俄说：热西丁是我杀的，跟诸葛县长无关，你们把他绑了，还想让他去当向导，古牧地的跟三、谢三娃这几百号人肯定不答应。结果只能是双方杀得一地血沫子，对不对？而你们把县长放了，抓了我当向导，就等于是抓了凶手，他们没话说。对不对？

巴克洛夫和老白俄都点头，说：对！就怕野地里的那伙暴徒不懂这道理。

云朵就带了老白俄去野地里，把谢三娃和跟三叫出人群，对谢三娃说：你是警察，办案子的。杀人偿命，这道理你懂吧？

谢三娃说：当然懂，杀人偿命，这是王法。

云朵说：热西丁是我让人杀的。现在我将功赎罪，去给他们带趟路。他们就免了我死罪，你说划算不？

跟三似乎觉得这道理哪儿有点问题，想说什么。但自以为聪明的谢三娃急忙捂住了跟三的嘴，说：划算！划算呢。嫂子，就怕这狗日的马刀兵不同意呢。

云朵说：马刀兵怕你们泼命，倒是同意呢。就是诸葛县长可能不同意。

谢三娃和跟三说：这有啥？你让马刀兵把县长交给我们。我们抓住他，你放心走人就是。

云朵就对老白俄说：您看，就在岳王庙把诸葛县长交给他俩。行吗？

老白俄说：我看行。巴克洛夫会同意的。

云朵就又对谢三娃、跟三说：马刀兵都在东面的破城门。你们从西边进，在岳王庙等县长。

三个男人都说：行。

结果，被推搡到岳王庙的诸葛白，见了谢三娃、尕娃子，还莫名其妙呢，云朵已在城外带着马刀兵上了官道，迎着荡漾着PM2.5的风尘走了。

移交诸葛白的老白俄比较厚道。临别，手指苍天，对上帝发誓，说他一定保证云朵母子安全归来。

诸葛白这才知道一切都是云朵的安排。

谢三娃怕诸葛白生气，还把云朵讲给他的道理，又给诸葛白讲了一遍。

诸葛白听了，望着谢三娃，哭笑不得。

葱头聪明，立刻听出了里面的道理不对。"你这个猪脑子，还当警察？懂个屁道理呀。云朵嫂子这是骗你呢！"

可诸葛白担心谢三娃这伙民兵幡然醒悟，追上去和马刀兵厮杀泼命。就制止了葱头逞能说话，"好在还有个孟托。"他说。

谢三娃不解，瞪着一双求知的眼睛，看他。

"冰雪聪明，这是个奇女子啊！"诸葛白仰脸躲开谢三娃的目光，看着黄尘如雾的天地摇头感慨。

2

诸葛白从老北城里出来，哥萨克的队伍已经淹没在风尘中看不见了。

临时民兵也散去了一半，剩下的一半显得无所事事，又心有不甘。他们一见诸葛白和跟三、谢三娃，顿时振奋，一副做好了战斗准备，就等首长下令的战狼劲头。

诸葛白一看，这些人基本都是西城的老户儿家，就开始以情动人：现在马刀兵走了，大家也赶紧回去收拾家当，准备走。这时候不走，等下一波大风沙来的时候，古城子就要被埋了。那时候再想走就来不及了。

这些话，老户儿家们显然不爱听，许多人一脸厌恶或沮丧地走开了。还有一些人则打岔：县长，你说这老北城成了沙丘梁子，里面的马刀兵到底走干净了没有？说着就试试探探地要去老北城搜查。有些人则声称，城里应该还有马刀兵，应该好好查一下，要不，睡不好觉。跟三等几个人，这时则装王二傻子的聪明劲儿，非要跟诸葛白探讨：云朵说的道理到底对不对？我咋觉得哪儿有问题呀！

就在这时，城里突然传出了枪声。声音从尘霾中传出，沉闷而惊心。先是节点分明的三声，接着断续着又是两声。

"你看吧，我说城里还有马刀兵吧。"跟三呐喊一声，谢三娃跟着就吆喝："还等啥？快进城。抓马刀兵！"

结果就连诸葛白和葱头也被众人裹挟着，进了城。

城里很冷清，看不见啥人。跟三就大声问："刚才谁打的枪？马刀兵在哪儿？"

临时民兵们也就跟着虚张声势，四下里咋呼。

诸葛白发现城门上没守兵，突然想起，今天一天好像都没看见马福山。便招呼葱头："上去看看！马福山在哪儿？"

就在这时，城里又传出了一声枪响，是在县衙方向。

<h1 style="text-align:center">3</h1>

众人赫嘈嘈赶到县衙，看到严济生正默然地领着三四个老户儿家，用抬把子往外运尸体。

一问，却说是靖安兵里五个缺胳膊断腿的伤兵自杀了。他们听说马刀兵走了，觉得自己完成了任务，再痛苦地活着，没意思了。就约好了，相互开枪，自杀了。

诸葛白蒙了，木然地看着几个老户儿家把尸体抬出来，锁匠刘亮程给死者脖子上挂银锁[s]。

后来他看到跟三拦住抬把子，问要把人抬到哪儿去？

那几个老户儿家回答说："送回营房。"

他才想起来追问："不去乱坟岗子吗？"

严济生答曰："不。伤员们生前说过，活着的时候没把城守好，死了就埋在老营房，让后人记着，这古城子永远有人守哩！"

"这是烈士啊！"诸葛白听了，热泪盈眶。就招呼大伙儿一起动手，把五位烈士的遗体抬到老营房，在被沙子埋了的涝坝上，挖了个大坑，集体合葬了。

当时还是没棺材，大家就凑了一下，凑出了五床被褥，把他们像活人睡觉那样铺盖一番，埋了。

---

[s] 链接 这事儿是锁匠刘亮程硬要干的。他在马刀兵发屠城通牒时，声言要给抗敌身亡者一人送一把长命百岁银锁。后来就真有死者家属去找他，却发现那银锁只有红枣大小，不足半两，不值钱。大家就很鄙夷不屑，说人都死了还"长命百岁"？不过也都碍于他是毁家纾难，不好当面说。可他还以为自己的小银锁是勋章奖牌，随身带了一大包，都拴了细绳，见了死者，就硬往人家脖子上挂。

这天也怪了，没风。葬礼一直进行到了黄昏。诸葛白本来感慨万千，有一肚子的慷慨语词，可最终末了，却啥话也说不出来。就对着五个人的坟头，说了句："放心安息吧！这城我陪着你们守呢。"

然后三拜九叩，也不管严济生、跟三、谢三娃等众人散不散，自己踏着流沙踽踽独行，回了县衙。

4

诸葛白昏头涨脑，一腔怆然地走到八丈楼遗址，葱头就惊慌失措地从县衙迎了出来："县长！马没了！"

"马？没了？"诸葛白莫名其妙，不懂葱头在说啥。

"就是您的马，没了，让人骑走了。"葱头说着，递给了诸葛白一封信，说是马福山留在县衙大案上的。说着便要扶着诸葛白进门，怕他站立不稳。

诸葛白看了马福山的信，才明白：不是马没了，而是他的马被马福山骑走了。临走，马福山留了封信。关于这封信，诸葛白在《北丝路记考》中有记载，但没有引用原文，只说了几个字：马福山"自称马刀兵已退，其守土职责已完成。不辞而别实在是出于要赶回迪化复命之无奈"。

这就是说马福山是看着巴克洛夫、云朵他们离开老北城后才走的。但诸葛白在另一页的文字中又说："马福山走后，子归城仅余靖安兵七人，皆敢死之士。"

据此来看，马福山似乎又是在巴克洛夫离开老北城之前，就去了迪化，并且还带走了靖安兵。

诸葛白为文谨慎，很少前后矛盾，可他在此处的文字却让人相当困惑。后来有一天，我突然想起了子归城的一个传言，说马福山是杨都督在古城子的卧底，有人后来在省府看到过他，当了大官。

若此话当真，那么诸葛白的文字倒是好理解了：他投鼠忌器，有意含糊了马福山离开的时间。

马福山骑走了诸葛白的马，但给诸葛白留了一匹骆驼，白色的。这事儿在《北丝路记考》中也有记载，诸葛白还有评语：足见其确有公务，离去颇急迫。

马比骆驼跑得快，这谁都知道。诸葛白说马福山"确有公务"，所以当时他看过信后，就高声叫了一句："走了？好啊！"

之后就面带微笑，声音凄怆地对葱头说："你也走吧！"

葱头聪明，看出了诸葛白的异样，说："啥走了好？您是说马福山走了吗？"他不识字，不知道信里写的啥。

诸葛白说："是马福山走了。我让他去迪化找杨都督，现在他终于走了。"

葱头还想说什么，诸葛白却摆了摆手说："马福山走了，大事就好了。"接着就给葱头安排："你明天就告诉伺候伤病员的那几个女人，县衙里的伤员没了，让她们就别来了。以后吃喝，咱自己弄。"

原来这段时间，陈之花、汪妈等几个跟着孟长寿学了一些医疗护理知识的女人，看县衙里的伤员挈张可怜，就每天轮流来给他们换洗、做饭。诸葛白等人也就跟着这些伤员们一块儿混吃混喝。现在伤员没了，就没必要麻烦别人了。

葱头走后，诸葛白就回到大堂，坐到了大案前。

他取过书囊，掏出《北丝路记考》，吹开灰土，摊在案上。边回忆着云朵出走的情形，边就拿过砚台，倒水，研磨。取过马灯，翻开笔记簿，开始写札记：

古城有奇女子，钟则林之后，名曰云朵。为救城中黎民于水火，止息干戈，于风悲日曛之时，狂澜倾倒之际，孤身携子，深入大漠，为哥萨克人之向导。夫古城子北部之漠野，平沙无垠，浩浩连天。鸟飞不下，兽铤亡走。沙丘连绵，蓬断草枯。此女子寄身锋刃，与酋为伍，踯躅而行。且不避惊沙入面，暴风葬身，实如法兰西之贞德，俄罗斯之丹柯，当载入志史，以为永志。

写就之后，他余情难尽，就蘸着余墨，在大堂墙上写了一串龙飞凤舞的狂草：

誓扫匈奴不顾身，

五千貂锦丧胡尘。

子归城

"丧胡尘……"他惨笑着，掷笔于案，踱步，思考接下来如何写五位伤兵的壮举。想着想着他看到条几上有壶勺娃子酒"古城春"，便拎起来，大步出门，去了老营房新砌的五烈士坟冢。

这晚夕，诸葛白在五烈士坟前，自说自话，自酌自饮，最后酩酊大醉。

第二节

1

诸葛白是怎么醉睡到五烈士坟冢前的，他不知道。早饭时，葱头找到他，把他扛到一匹老劣马上时，他还迷糊着。到了县衙，他就清醒了。——"古城春"酒好，不上头，不打头。

他觉得口渴难耐，就坐在衙门的大堂上，喝了杯宿茶。之后，他听出外面有异动，就晃着身子走了出去。

衙门外的石狮子旁放着一个圆饭食屉子。一个女人远远看见他，指了指饭食屉子，就走了。

诸葛白看出她是陈之花，伺候伤兵的志愿者。

陈之花走入沙霾的样子，让他想起了云朵临走时的情形。

葱头来了，还牵来了那匹瘦骨嶙峋的老劣马，"县长咋能没马呢？！"他嘶哑着嗓子说，"可惜这马太老了。没办法，我转了一晚上，找您。早上，看见了郭瞎子，没想到，您和它有缘。马贩子就在岳王庙。我买上了它，回来，就找到了您……"

葱头是从一个盗马贼手里买的马，用了三十两银子一杆枪。那人藏在岳王庙，卖了马后，就一步一挪地徒步走了。为此，葱头颇为感慨："这贼猢狲子！偷了一辈子马，最后落手里的却是这么个倒灶马！"葱头失言说出了猴子，自己不安，就偷窥诸葛白。

诸葛白却一副闻所未闻状，看着那匹老马，若有所思。

葱头想打岔，就把圆饭食屉子提过来，也不问哪来的就摆开，喊诸葛白吃饭。

吃饭的时候诸葛白发现葱头声音嘶哑,眼睛发红,怀疑葱头病了,就想摸摸他的额头,还说要给他号个脉。

葱头不好意思,躲闪着说:"这些天,出城走的人多。我和马福山轮流领着读禁采禁伐令,让沙子迷了眼,呛了嗓子。没事儿!"

"真没事儿?"

"没事儿!县长有事儿,尽管吩咐。"其实葱头是真病了,嗓子发炎,眼睛胀疼,还发烧。

"是这,"诸葛白说,"云朵走的那阵儿,你看见天上的独木舟了吗?我琢磨着,北沙窝这两天要起风。那儿的风,比咱这儿要大几倍呢。唉,一个女人家,还带着个孩子……"

葱头没懂诸葛白的心思,说:"我去官道上哨探一下?"

"我不放心呢。"诸葛白放下碗筷,只拿眼定定地看葱头。

葱头就急忙收拾了碗筷,说:"我这就去。"

诸葛白指着门外的老马说:"骑马去!到榆树窝子,路远。"

"榆树窝子?"葱头有点吃惊。

诸葛白却平静地说:"这马老了,你跑慢些。路上小心。"

葱头不放心:"可,这马是我给您买的。备着您出城用的!"

"我有骆驼!我爱骑骆驼,舒服。再说,我是县长,骑个盗马贼的马,像啥话?"

葱头听了这话,羞愧又无奈,只得牵出老马,又背杆毛瑟枪,装了几个干馕,带了两壶水,朝诸葛白拱手作揖后,翻身上马,走了。

诸葛白把葱头送出县衙,看着他消失到了尘霾中后,就怔怔地站着,看天。

2

天上没有独木舟。

天上在落沙土。雾霾像驼色的海,遮蔽了一切。

这段时间打仗,诸葛白和士兵都在守县衙前院。伤员和马匹在后院,他就去得少。

葱头走后，诸葛白看了一会儿天，没读出凶吉。想起马福山在信上说他留下了一匹最好的骆驼，就想去看看，于是返身回大堂提了青铜剑往后院走。

后院以前是衙役们住的，比前院大。他走进去，一眼就看到了一匹白骆驼——哦，已是黄骆驼了。白骆驼是骆驼中的珍品，现在，它高大如墙的身躯上，已经落满了黄土。但它依然坚守着自己的职业道德底线：安静地待在马棚里，一边抖落着身上的沙土，一边瞪着一双温柔的大眼睛，随时等候主人的出行。

诸葛白拿了一把芨芨草扫帚，扫落了白骆驼身上的浮土。他发现马福山备的草料很多，上面已经落了厚厚的一层细沙，就仔细扫落细沙，从中抽出了一捆较为新鲜的干草，放到了骆驼脖子下面。他看到白骆驼的眼里居然流出了泪水，不禁有些感动，就抱着骆驼脖子抚摸。良久之后，他想起该给白骆驼弄点儿食盐。就离开马棚，走入了原金丁家的后庭院。

这里曾是县衙的老衙门。金丁家人走后，就空了荒了。他上任至今，也只进去过一次。

他撕了封条，走进后庭院，想找盐，发现伙房已被沙子埋了门窗，没法进，就四处随意逡巡。

于文迪当县长时的老衙门很寒碜，正南正北，过了大堂就是家属区，满打满算只有七间房。金丁上任后，嫌于氏全家在此被戕，阴气太重，就重修了衙门。新衙门修得高大堂皇，院子和房间也比原来增了两倍。新衙门调了方向，大门朝东。因此子归城便有了民间谚语：古城衙门朝东开，有理没钱别进来。

金丁让人推倒了老衙门的院墙，却听了风水先生鬼谷子的话，留下了于文迪一家被戕时的房子——在他的球形监狱没有修成之前，这四间房子被当作了临时监狱。后来张一德逃跑，烧掉了一间，还有三间留在那里。老衙门的正堂也因后来木料紧张，被金丁拆了，没了房梁檩子大门等，成了一片废墙圈子。它们和那三间房紧挨着。

诸葛白发现，原墙靠里的一扇小门还在，正好通向于文迪当年的卧室。它原来是被封死的，但大风吹倒了边墙，露出了小便门。

诸葛白推门进去，看到屋顶的天窗已经被大风刮掉，幽暗的室内漏进了昏黄的天光。天光呈锐利的圆锥形，光晕中旋转着细腻的尘埃。而就在那尘埃后面，诸葛白隐隐看到了一个全身素白的窈窕女子，高高地悬挂在半空中……

"谁？"诸葛白吓了一跳，不禁虚张声势地喊了一声。

女子高高在上，沉默不语。只有白绸旗袍的裙摆随着他的喊声微微飘拂了一下。

诸葛白吓出的一身冷汗落尽之后，才恍恍惚惚看清那是一具悬梁自尽的女尸。

女子自缢已经很久了。头顶、肩膀上落了厚厚一层沙土。但依旧美艳惊人。

赵银儿？白牡丹？诸葛白的脑海里慢慢地、但却是无比清晰地闪现出了这个传说中的女人名字。

他仗剑在手，走了过去。

百年前的县官县令们，多少都懂一点刑侦法医技术，诸葛白看赵银儿并没有口舌外露，双目圆睁的狰狞情态，便怀疑她是先喝了毒药，然后才上吊自缢的[v]。

诸葛白发现赵银儿的手里捏着一块宝葫芦形状的和田黄玉，仔细一看，上面似乎还刻着字。他伸手，试着想把那块玉从她手里抠出来，看看上面的字。可就在他轻轻捏住黄玉的一角，刚一使劲时，他便猛然听到了一阵吱吱嘎嘎木断梁折的声音。与此同时，一股强劲的热风冲入，像有魔力，一下推开了他的手。他正愕然，那女尸却随着房顶的一角塌陷，飘然落地……

随着瞬间飞起的尘埃满天飞扬，诸葛白下意识地提剑狂奔。到了院子当间后，他定神回望，透过尘烟雾幛，看到那耳房坍塌了一角，里面的女人杳无踪迹，只有淡淡的黄色尘烟经久不散。

诸葛白擦了把汗，看清房子的墙柱已经露出了墙面，就再次仗剑在手，退出后

---

[v] 链接　我猜测，赵银儿是怕自己挣扎，先喝了鸩酒葫芦里的药物再自缢的。但我翻遍了诸葛白那些被雨水打湿又晾干，字迹漫漶的记考手札，没看到这方面的只言片语。

庭院，一边回身张望，一边走向了白骆驼。

诸葛白把白骆驼牵到后庭院，等于文迪的旧居室彻底尘埃落定，就走上前，把骆驼绳子系在了裸露的墙柱上。再退后，拉起白骆驼，一声断喝，白骆驼往前一跑，拉倒了房子。

一道尘烟随着一阵沉闷的哗啦声，迅速弥漫、升空，呛得诸葛白弯腰咳嗽。良久之后，尘埃落定。他看到倒塌的残垣断壁和木头形成了巨大的废墟，它们埋葬了赵银儿。

3

有人说，子归城湮没时，城里有头有脸有名有姓的幸存者仅诸葛县长一人。他在弥漫千里的沙尘把整个子归城罩得天黑地暗、伸手不见五指的情况下，向省城发了最后一道电文："子归城，即将消失。"之后就骑着一匹白骆驼，跑出城，随风而逝了。

他的那道电文没有发完就忽然中断了[1]。据此还有人判断，他是被沙暴埋掉了。然而，数年后，有人却声称在荒山野外看到了他，那时他已浑身长满红毛，野人似的在沙丘和荆棘丛中跑来窜去，追着乌鸦、秃鹫大喊大叫："父老兄弟们，我是县长！快跟我来，打马刀兵呀……"传说，他后来被胡狼吃掉了。

传说浪漫而悲凉，且不乏真实基础。但它不是历史，至少我从《北丝路记考》中能看到这一点，从白骆驼的行踪和下落上也能看到这一点。

当然，您要看到这一点，还需要耐心读完本书后面的章节。

第三节

1

诸葛白用白骆驼拉倒房子，埋葬了赵银儿，就回到大堂，取过笔墨，在《北丝

---

[1] 链接 这道电文在史料中确有记载。但我以为，其真实性值得怀疑。即便是真实的，也只可能是电台即将没电时杨修所发。当时那部电台没电，离子归城湮没还有好长时间，诸葛白不可能去发这样的一份电文。

路记考》上奋笔疾书，记下了赵银儿的故事。

之后，他掷笔于案，站起来，望着墙上的字出神：誓扫匈奴不顾身，五千貂锦丧胡尘。

看着看着，他突然来了灵感：这阵子风大，禁采禁伐令一贴到城墙上，没一个时辰，就刮没了。应该把它写到城头上！

他这么想着，就把笔墨砚台装进书囊，挎上肩，出门骑上白骆驼，去了城东门。

东门外，正弥漫着恓惶和不安。

流民出城，已知道了马福山、葱头要轮流领读禁采禁伐令（两人都已背得滚瓜烂熟），大家跟诵。即便这两天葱头嗓子哑了，声音在风里小得厉害，得有人耳朵贴到他嘴边，听一句，念一句，逃亡的人也还是要诵读了禁采禁伐令才走。

可现在，马福山没了，诸葛白又把葱头派去找云朵。城外就乱了，一些零星逃亡的人到了城门口，看不到禁采禁伐令，又没人领诵，就摸着城墙喊叫，不知道该不该走。

大家正喊着乱着，诸葛白来了。

诸葛白把白骆驼拴到桃花树（它被烧成了一截木桩子）上，就沿着倒塌的城阙，上了城头。

诸葛白在城墙垛口上，拴了根牛毛绳，吊了个红柳大筐，自己抓着绳子下到筐里，就往子归城的石板匾额上写起了禁伐禁采令：

凡我城民，无分主客，植树活一，奖银五两。活二奖十，余类推。伐树者，一株罚牛，二株罚马，三株罚驼，四株入监。十株斩监候。纵火焚林，斩立决。滥开矿山，挖煤掘矿，罚没所有。致山崩河改道者，斩立决。掘坝毁渠者，斩监候。以上禁款，官民谨遵，违者必究，严惩不贷。

下面有人看见了，就高声念了起来。大家于是跟着念。诸葛白写一句，那人念一句，众人就跟读一句。

最后是：众人念完了，就抓土，撒尿，上路，走人。

我猜，可能就是这批人，虚构出了诸葛白骑着白骆驼随风而逝的传说。他们看见了白骆驼。

2

天亮去大南山找驼老大很顺利。

驼老大正愁山外闹兵匪、刮大风，路断人稀，没生意，闲养着一群骆驼。一看天亮带的银票够，就给了天亮十三峰骆驼，而且还帮着天亮，从附近买来了七匹好儿马。

天亮出了干沟，听说马刀兵走了，心中大喜，就让狗剩、籴籴先牵着驼队和几匹马，翻过南门沙梁子回酒坊。自己则骑着一匹高头大马到了东门外。他寻思着给马四海送货的四十峰骆驼是够了，现在的七匹马再加上酒坊还有两匹骒子马，九匹马拉八车财物，牲口是绰绰有余。可车只有三辆，还缺五辆。子归城的车马市原来就在东门外，那里被楔形龙卷风刮过后，成了一片荒滩，沙子少，闲人多。他就想去看看是不是能买上几辆车几匹马。他盘算过，要想把他的家当都拉上，得十三马车。

天亮到了东门外，就听说了云朵的事。大家七嘴八舌，越说越细。起先天亮还边听边骂云朵是个勺料子，傻女人，头让驴踢过门夹过，还是个犟板筋，欠收拾。后来看人都夸他媳妇大仁大义，敢作敢为，巾帼不让须眉。就不好意思了，咧咧嘴说："原来就说好的，她走她的，我走我的。咳，我要赶着立秋前去给马四海送酒。她的事儿，我不管。她送完了马刀兵回来，爱咋弄咋弄。"

大家就都夸天亮儿子娃娃："对着哩！说好的买卖打好的钉么。给人家送货，事儿大。"

天亮趁机就问那些望族老户儿家："我得去送货呢。咳，酒坊里要带走的家当也多。现在缺车，缺骒马。各位老少爷们，能不能给咱匀匹马，匀辆车？价格好说。"

这时候的车马贵，贵得要命。望族老户儿家，车马多，知道天亮是要去送货，事儿大，不能耽误。又知道云朵的事儿，还觉得天亮是个儿子娃娃，也就有人把东西分摊到其他车上，腾出一辆车，卖给天亮。

可骡子、马、驴，就没人卖。有些人车马成群，家大业大，可宁肯送辆驴车，也不出让一头牲口。天亮忙活半天，只匀了三辆车。

3

诸葛白爬到城门上写禁采禁伐令，天亮看见了，就过来打招呼，在下面喊："咳，县长！这禁令，写到上面也不行！大风一来，满天都是沙子。刮上几场，沙子就把字磨掉哩！"

有人就建议："石刻千秋。刻上。"

"石头上刻字，就是碑。碑上的字，千年不朽哩！"

"说球啥哩？林石匠早走了！谁刻？"

诸葛白看禁采禁伐令也写完了，就收了笔墨，站在筐里，想了想，便给天亮作揖，问他有工夫否？"鄙人想跟您刘掌柜说点事儿。"

天亮看诸葛白说着话，就从筐里出来，要下来。便慌忙拱手还礼说："县长咋这么客气！？有事您吩咐。咳，我上去！"说着就丢下手头正谈的买车生意，沿坡道赶紧跑了上去。

诸葛白急忙迎住。还请天亮就地盘腿坐好了，要给他施礼。

天亮一看，慌忙拉住诸葛白衣袖，也请他席地而坐。然后正襟危坐说："县长施这么大礼，不知是啥事儿？"

诸葛白说："云朵的事儿，不知你听说了没有？"

天亮故作轻松地说："这事儿……咳，我刚才一到城门口，大伙就给说了。说得根根梢梢都不落，清楚得很哩。——没事儿县长，我这媳妇就这么个犟板筋，到了节骨眼儿上，她主意大得很。当年在沙枣梁子，遭了土匪，她跟谁都不商量，就敢卖地。马刀兵要酒的时候，她敢烧酒坊。勻料子么，欠收拾！"

诸葛白听不下去，摆手摇头说："刘掌柜这话说得……差矣。云朵冰雪聪明，乃古城奇女子也！"

天亮听了，眼神里露着骄傲，脸却红了："嗨，县长过奖了。她就是去当个向导，带个路。没甚，没甚！"

"只是这向导……让云朵遭罪了！"诸葛白说着又要作揖。

天亮急忙摆手："没，没甚！大家都是为了古城子不再流血死人么。"

"云朵让我给你带话：天塌了，也不能耽误送货！还说，不管你早她晚，你们夫妻要在古城子见不上面，就老轮台见。"

"知道哩。记下咧。"

"唉，按说，这阵子云朵他们该过烽火台了吧？你走过汉唐老路。"

"咹。该过了。"

"唉……我早上看东边天乌沉得很，怕北沙窝起风。一早儿，就让葱头骑了匹马，赶过去了。"

天亮一听这话，就电打了一般，弹跳而起，冲着诸葛白连连拱手："县长，这种事还让您这么操心，谢谢谢谢。按说，您吩咐了，我去就行嘛！"

"你不是忙着在准备骡马车辆，要赶着点给人家送货吗？这一大摊子事儿，你咋能走得开？"诸葛白看出天亮内心其实很焦虑，他是在掩饰，装不在乎女人的儿子娃娃。

天亮听了这话，就露出了一脸的愁苦，"唉，说的是么。急着要送货呢，却摊上了这么一档子事。我这媳妇，主意大得很！不过，葱头聪明，按日子算，如果将军戈壁不起风，他们明天能回来。"

"明天能回来？"

"不起风，就能。"天亮断然地说着，却又似乎是随口撂了一句，"不过，这沙漠里刮风是常事儿！"

天亮的这句话，成了诸葛白心里隐隐的忧虑，他看了看天，没看见独木舟。

4

诸葛白和刘天亮正谈话，拐子街上响起了一阵噗噗嗤嗤的马蹄声，还伴随着人喊马叫。两人一看，却是酒坊的狗剩带着夵夵等四五个人，骑着刚从山里拉回来的儿马，还背着枪，喊喊叫叫地跑了过来，样子仿佛是要打家劫舍的土匪。

"狗剩！你个驴日的，做甚呢？"

狗剩一看是天亮，就滚鞍下马，急急忙忙地跑了上来，神情激动地说："跟三这贼狍，跟谢三娃他们做了局。让马刀兵把云朵嫂子，还有咱新坤侄子抓走了！"

"那你这是做甚？是给我来说这个事儿，还是想造反？"

"不是。跟三已经让我们一绳子绑了，拴在马号。我们出来就是想找谢三娃，还有葱头——他原本是咱酒坊的伙计，还有股子呢。云朵嫂子让马刀兵抓走了，咱不能饶这俩贼狍吧？"

诸葛白也笑了："昨天我也在场。你是不是也不饶我啊？"

"那……这个？"狗剩一副不敢的样子，拿眼看天亮。

"行了。"天亮说，"你嫂子就是去给带个路。嗯，把人送到一棵树，就回来了。你啥都不明白，就又绑人又咋呼地闹球啥？"

正说着，城门下又是一阵赫赫嘈嘈。原来是谢三娃从老北城过来，听说有人居然想抓他，就冲出来，大喊大叫："哪个狗日的找老子？不怕老子一绳子先把他捆了？"他当了回临时民兵领袖，人就牛X了许多。

夵夵闻讯，就扑上去，抓住了谢三娃的长枪，寡喊不止。夵夵干活不行，但泼命还行。

"真让云朵说对了，这就是你带出来的伙计。"诸葛白看着两人在沙土里缠斗，摇头苦笑。

"这帮驴日的！"天亮笑骂一声，就带了狗剩，一趟子跑下城，冲进了人伙里。

诸葛白知道这是一个小误会，闹不出大事儿。就站在城垛上看下面的人吵吵嚷嚷。

诸葛白发现，城下争吵的人，差不多都是昨天民兵里的年轻人。他们可能是目前子归城里为数不多的儿娃子了。但个个精力充沛抗折腾，就这么点破事儿，还一下子都跑了出来……

诸葛白看着看着，在某一个瞬间，突然感觉到了头顶上的异样。一抬头，便惊讶地看到了那只骨白色的独木舟，它又无声无息地从铁灰色的阴暗云层中飘了出来。

诸葛白大吃一惊，禁不住战栗了一下。

5

天亮制止了儿娃子们的纠纷，就让狗剩、杂杂匀出三匹马，把他刚买的三辆大车套上，赶回酒坊。

他看见谢三娃背杆长枪，很精神，脑子里灵光一闪，便有了新的心思：谢三娃！你这身行头精神得很嘛！现在马刀兵走了，城里也快没人了，你们警察干啥？

谢三娃被问得一愣："干啥？那你说干啥？"

天亮一横膀子，突然冲着一伙儿娃子们高喊起来："我说干啥？我要起场去霍尔果斯送货，有没有跟我去的？有大钱赚！"

多数人说：家里还有老婆孩子呢，还要收拾东西逃难去呢。没办法跟！

还有人说：这都啥时候了，挣钱有球用？！说着就拍着屁股上的土，转身要走。

刘天亮却又高喊一声："慢些！听我说，想跟我起场的，咱去酒坊说！"

人群里有人就喊："管酒？"

天亮说："管够！"

人群里立刻就有了起哄欢笑声："你狗日的，要早说这话，我们不就跟你去酒坊了嘛！还在这儿吃沙磨牙的。"说着就跟着狗剩、杂杂，赫赫嘈嘈往酒坊走。

而天亮则跑到城上，声称要感谢县长派葱头去迎云朵，硬是把诸葛白请到了酒坊。

6

这个下午，包括天亮在内，大家都喝多了。

天亮让伙计们宰了头大绵羊，弄了锅清炖羊肉，皮芽子拌蒜，大盘的碎馕带馒头。他就在吃喝中组建了自己的商队。他说："我起场，一路上好酒管够。到了霍尔果斯，结账，算钱，散伙。"

有人愿意去，有人不去。不去的人里却有人愿意匀给天亮一辆车。谢三娃愿意去，说他的破草料棚里有辆车，他修修，给天亮用。

孨娃子说：我家在老轮台。我娘等着我回家娶媳妇咧。

狗剩说：我家沙枣梁子也没人了，我爹他们也都去了老轮台。我是独子，出门远行，爹娘不放心呢。

天亮想起跟三也是沙枣梁子人，就问跟三："你跟不跟狗剩一搭里（一块儿）去？"

跟三说：我们家娃娃多，有我没我，爹娘不在乎。我跟谢三娃说好了，跟你去伊犁。去了就不回来了，能闯出个啥是个啥！

小头李鬼说：我家现在啥人都没了，我成了孤儿。你们去哪儿，我就跟着去哪儿！

天亮就连敬了狗剩、孨娃子三碗酒，说："到时候一搭里走。你们把老子的家财带到老轮台去。云朵到了，给她。"

孨娃子、狗剩嘴上唯唯诺诺，心里都骂：八车财物呢，这不把人累球死了嘛！

第四节

1

罡，古籍里说：四正为罡。指的是古星名，即北斗七星，或者它的柄。而罡风，则是道教称高空之风，也就是强劲的风。

大牧川上道家不多，老户儿家的先人们却创造了一个词儿：罡旋风。专指大牧川里的一种特殊的涡旋气流现象。这种气流现象，小型的可称之为旋风群，大的就是多个陆地龙卷风重叠而至了。其特点是大型高速涡旋气流多重组合发生发展，一波接着一波，持续不断，甚至长达几天几夜。

罡旋风又被当地人称之为黑飙子风，狼旋风，因为它到来时，往往是遮天蔽日，三五成群，时分时合，像狼群来了一样。

子 归 城

罡旋风的传说很神秘，说它来自天狼星，能拔树杀人。就是说其威力之大，能瞬间把大树连根拔起，把人卷入高空，随风而逝。

丁巳之夏的那个下午，罡旋风一出现，瞬间就把独木舟从天空中抹掉了。

这应该是个极大的恶兆。

可当时子归城并没出现大惊慌大逃亡。——不久前的飓风级沙尘暴、蛇年飓风，都摧枯拉朽，惊天动地，已经把人的神经整麻木了。何况，最初狂乱的大旋风骤起时，也没几个人意识到这是黑飙子风来了。——那是个乱风季，暴风、旋风、龙卷风的发生，随机而无序。

刘家酒坊的人，正吆五喝六、猜拳行令喝大酒，忽然外面就响起了各种鬼哭狼嚎的呼啸，它们划破长空，明显有一种自上而下、旋转着进入大地的感觉。接着便是天昏地暗，日夜无光。酒坊陷入了一种风在吼，马在叫，黄沙在咆哮的恐怖气氛……

十几分钟后，第一波大旋风过去，天地渐渐明朗，风也小了许多，大家便都开始跑到院子里，安顿骡马、骆驼，固定门窗草料，收拾坛坛罐罐，把家当工具往屋里搬……而多数喝酒的儿娃子，担心家里出事，也就趁此间隙，放趄子往家跑了。

诸葛白酒量平平，人都跑出去一大半了，他才从微醉中醒来，抓了根木杆子，说要出去看看。天亮劝他说："这风才刚开始，你到不了县衙，下一波就来了。"

诸葛白不听，硬是拄着木杆子，蹒跚着出了院门。结果第二波旋风如期而至。他又穿着长衫，招风，一下就被大风刮倒在了院门前。他挣扎着刚爬起来，天亮就把他的手一抓，身子一弓，背回了酒坊。

"这风，看着后劲大着呢。县长啊，你走不了。唉，咱正好，慢慢喝吧！"

诸葛白出门迎风一跟头，倒把人摔清醒了。他摆手，说："喝多了，不喝了。咱说事儿。"

但天亮还是让尕娃子把酒、肉搬到了他的居室，还让点了盏马灯，然后请"县长有事，尽管吩咐"。

诸葛白就说了，老北城已经荒了，成了沙丘梁子。古城子眼瞅着也要荒了。现在城里的人都走得差不多了。就是西城的这些老户儿家还念着祖上什么军户、金妻的，不肯走。他想等这场风停了，让天亮带上最后的这一批人，去老轮台。"老轮台那边风小，又有城圈子，挡风。还有水井……"

天亮惊异地看着诸葛白，说："带人走？我一个黑肚子，恐怕是不行哩。咳，再说，您不是知道吗？我正收拾车马，这两天准备起场咧。"

"咋？起场？"诸葛白刚酒醒，有些发蒙。

"说下的么，立秋给酒。人家是要卖到阿力麻里的么。"天亮边说边用手划拉头上的马粪。刚才他去看马号，头上粘了许多干粪渣子，它们进到头发根里，被汗黏住，很难受。

"哦，对着呢。云朵也说了，天塌了，送货不能耽误。你现在送货，人、车、牲口都够了？"

"货倒是能送，有四十峰骆驼哩。人，这不也有了么。——唉，能卖的都卖了，才雇了这些愿意舍命挣钱的。"天亮说，"这车，您不是见了吗？刚凑够。咳，可惜这酒坊还剩一大堆东西哩。贵贱都是自己的本钱噢，现在，没办法，得扔了！"

诸葛白听了这话，竟然很受伤的样子，抓过酒壶，自饮自酌，无声地喝了一杯。

天亮见状，急忙陪了一杯，说："县长，我主要怕耽误您的事儿。我立秋前要把酒送到呢，不剩几天了。那些老户儿家，要是能赶上趟，我就带上他们一搭里走么。"

"今年立秋是阳历的八月八，好日子。"诸葛白说着又倒了一杯酒，举了一下以示敬意，"难为你了。"接着就感慨："马福山要是不走，按说，这些老户儿家让他拿着枪逼着，说不定能走。"

"听说他还把靖安营的人马都带走了，把县长撇下，这贼狲咋能这么干事儿呢？"天亮愤然。

"迪化路远，他走得急。恐怕是带了几匹光身子马，轮换着骑着跑呢。靖安兵他倒没都带走，他是把部队解散了，让家在城里城外的，都回家了。他带走的也都是家在外县的……唉，那天我要不去老北城，就没云朵这档子事儿。没云朵这档子事，马福山就是接了都督的密令，要走，也得跟我商议……"

"他走，咋不把那五个伤兵安顿好？！"天亮说。

"唉，要没这风，云朵明天能回来吧？"诸葛白转了话题，说。

"看这风的架势，葱头是见不上我那个犟板筋女人了。"天亮说。

至此，两个男人开始自酌自饮，自说自话。诸葛白一个劲儿地说马福山和五位伤员。

天亮则反复自责，说他知道云朵主意大，他去大南山，咋就没想到这一层？

诸葛白酒后吐真言："云朵是奇女子，她做的事，就算你在，你也猜不到。"说着就趴在桌子上呼呼大睡了。诸葛白的酒量没法和天亮比，喝了小半坛子就醉得不省人事了。

天亮继续自责，嘴里絮叨："犟板筋！你没嫁人的时候，就主意大得很！咳，这下好了吧？赶上了这场大黑旋风。这风，在沙漠里还不知道啥样呢？你要是这下回不来，我就是把金子银子挣上一炕头，又有啥意思呢？"

后来他发现自己在悄悄地流泪，就急忙拿手抹了把脸，偷偷看一眼诸葛白，发现诸葛白还醉着，就踏实地舒了口气："狗日的！那马刀兵都是脸上长狗毛的，说翻脸就翻脸！有孟托，有老白俄，这就能成？你把人带到榆树窝子就行了，还一棵树，脑子让驴踢了吗？……你看这风，天都要刮翻哩！你咋回来？"

他边说边喝酒："回？你爱回不回！反正快立秋了，你看咋办！咳？犟板筋，你主意大得很嘛！"

外面狂风大作，天地翻覆。这个自饮自斟的男人却陷在自己的愁苦中，置若罔闻地遐想着沙漠中的那个犟板筋女人。

2

丁巳年夏天的这场罡旋风，应该属于区域性陆地龙卷风，但在整个大牧川，风起云涌，连绵不断，持续到了翌日拂晓。

它带来了更多的沙尘，最恐怖的是它把大南山北坡的积沙卷了起来，倒灌进了子归城。西城老户儿家的许多房屋因此被湮入了流沙中……

沙霾中，风沙如晦，鸡鸣不已。晨鸡报晓后，诸葛白从酒醉中醒来，吓得汗出如浆。他在朦胧中看到天亮在工坊边支了个梯子，站在上面收拾刮倒的烟囱，就推门出来，也爬上房顶，瞭望全城。

黄沙弥漫，尘霾暧薉。除了跟前的黑烟囱口，什么都看不见。

"县长，一早上大家就说呢，这是黑飙子风来了。"

"唔，听说黑飙子风过后，通常会有大罡风？"诸葛白擦了把脸上的汗泥，说。

"听说是哩。"

诸葛白叹了口，就拿手臂挡着风沙，看无形的太阳。看着看着，他就听见一个童音从那里悦耳地响起，随即传向天空：

天塌了，地陷了，

子归城里子不归……

天空像一口被烧烂的铁锅，童音回旋其中，有种狂乱的浑浊感。

诸葛白越听越心慌。就告别天亮，翻墙过河，跑到了南岸西城区。

西城的那些老户儿家这回人心动摇，有些慌了。他们中的许多人家不但院子被埋了，还倒了房子，死了人。还有些人家的鸡鸭猫狗都被活埋了，井水也让沙子填了……

"是黑飙子风。"老户儿家的士绅耆老看见诸葛白，就大胆哀叹了，"黑飙子风，就是书上写的罡旋风。这风拔树杀人哩。"

诸葛白听了这话，就顺手从一家人的柴垛上抽了根红柳棍子，挥舞着开始到处吼喊："这是黑飙子风！黑飙子风还要来呢。这风拔树杀人，说埋城就埋城。你们看，大南山的沙子还在往城里倒灌呢。大家再不走，家园被埋不说，人也活不了！"

那些老户儿家听了，更加恓恓惶惶。

诸葛白趁机就哄骗大家说：衙门的井水，有亭子，有盖子，没埋掉。但现在也干了！看情形，这么下去，老张家老李家还有隔壁老王家的井水，也陆续要干了。就是不干，沙子也会把井埋掉。到时候大家咋活？都想想，当年你们的祖宗先人在这儿开荒筑城，希图个啥？不就是想着将来人丁兴旺，把根脉传下去吗？这阳关外的土地大得很，在哪儿不能生根，开花，结果？

老户儿家们想想是这么个理儿，于是骂骂咧咧地收拾车马，做起了离城准备。

可这些人已经多是老弱病残了，窝在家里还精神，一说出门逃荒，就心慌，还有些胆怯。他们围住诸葛白，一副孽张样子，要县长带他们走。

诸葛白说："马福山去迪化报信去了。我要等马福山回来一块儿走。"

老户儿家们就提困难："那我们不知道往哪哒走啊。"

诸葛白说："往西。去老轮台，绥水驿都行。"

老户儿家有人就说："绥水驿太远了！听说桥都断了。老轮台还近些。"

诸葛白就顺着话茬赶紧骗大家："就是，就是。老轮台近。那里还有人接待。管吃管喝，还发银子。"

老户儿家们听了，也就表态："去老轮台也行。不过，要走大家一起走！当初，老先人们就是一哒哩来的么！"

诸葛白明白老户儿家的心思：他们还是舍不得走，想再看看城里家大业大的阔人们咋办。那时候，能在城里称得上老板掌柜的"阔人"，除了有病的肺痨子严济生，也就剩下刘家酒坊的刘天亮了。

诸葛白就去找天亮，想让他赶紧起场。赶在大罡风前，把最后的这些老户儿家的老弱病残带上路。

可酒坊的情形让他张不开口。酒坊一院子流沙，天亮正垂头丧气地坐在沙堆上，看伙计们清理房院。酒坊没有房倒屋塌，可工房等几间房子的门已经被沙子堵住了，流沙堆积得有窗户高。原先钟爷留下的那点儿花花草草也被沙土掩埋得无影无踪……

跟三领着几个酒工正在淘挖西院的老井。——二锅头毁了何坨子家那口井，酒坊用水，就只能用海黑子家那口老井。可一夜罡旋风，居然把老井填埋了。

天亮见诸葛白进来，就从沙堆上站了起来，脸上的表情失魂落魄。

"是黑飙子风。得抓紧走人啊。"诸葛白避开天亮的目光，说。

"酒都在工房里，得先把沙子清理了，才能拿出来。"天亮勉强做了个轻松的表情，说。

"哦哦，那就快弄。我不打搅了。"诸葛白看天亮也孽张，不知该说啥，就想告辞。

天亮却说："县长一大早就去了西城，是跟那些老户儿家都说好了吗？"

诸葛白就实话实说："说是说好了。可他们都在看你呢。你想么，那都是些老弱病残，你把城里最精壮的儿娃子都弄到了驼队里。你不送他们一程，让他们咋办？"

"知道。我走时，就一哒哩走么。"

天亮送诸葛白出门。看到了风沙吹来的一枚古银币，落在院门口，下意识地就弯腰捡了起来："银的哩！"

诸葛白看天亮捡到银币的欣喜状，苦笑了，"快收拾吧！——老户儿家都说：黑飙子风过了，会有大罡风。"这时他又想起赵银儿自缢的情形，想给天亮说，又一想自己都记在《北丝路记考》里了，就对天亮说："走的时候吱一声，我有东西要托付你。"

"知道呢。"天亮说着就转身，用大拇指和食指，捏着古银币，眼睛对着方孔，朝着太阳看。

这时的太阳一片空蒙，是个隐约的大半圆。

天亮看了一会儿古银币，扔了。

3

县衙也是满目黄沙。

诸葛白疲惫不堪地回来，发现三个着装整齐的靖安兵正在清理水井边的沙土。他很诧异，一问才知道，他们本是被马福山遣散回家了。但家都在西城，罡旋风一来，家里人不放心县衙，就让他们穿了军装，来当差。

"那家里人都走，你们不跟着走？"

三个人都说，家里兄弟姐妹多，父母（也有说爷爷奶奶的）嫌他们多余，就赶他们出来了。

诸葛白知道马福山解散靖安营的含义，但听了三人的话，还是心头一热，鼻子酸了一阵儿。

县衙的水井，有盖子，上面还有亭子。清理完了周围的积沙，就能用。

诸葛白看三个靖安兵清理完了沙土，就吩咐他们打几桶水上来，都洗洗。洗干净了，就弄饭。饭后跟他一块去巡城，看看城里都有些啥情况。

就在这时，那个叫陈之花的女人又来送饭了。

诸葛白说："这阵子，走的人多。每拨人都给县衙里送吃的，吃不完。"

陈之花没听他说完，把饭屉子放到沙堆上，就无声地走了。

第五节

1

子归城里已经基本没树了，人也不多了。拔树杀人的罡旋风除了拔掉了几十户人家的房院，卷走了一些猪羊鸡狗外，并没杀上几个人。诸葛白带着三个靖安兵，在满目疮痍、荒沙连绵的城内外巡视，除了唏嘘感慨，就是摇头叹息。城是荒了，荒到了他们既束手无策又无事可干的地步。

四个人只能踏着遍地流沙，走过空空荡荡的拐子街，到西城老户儿家聚集区，去检查吃喝了。

四个人挨家挨户地吆喝到黄昏时，诸葛白看老户儿家们都收拾得差不多了，就又想去酒坊，催问天亮何时启程。锁匠刘亮程却劝诸葛白："县长！尕阎王这是等媳妇的呢。云朵不是还没回来吗？男人家，要脸面，说不出口呀。"

　　锁匠刘亮程是金妻之后，也是老户儿。马刀兵闯进他家庭院时，他正在旱厕拉屎，提着裤子出来应对不及，被马刀捅了肚子。故而一说话就得捂着肚子，还不敢大声，怕挣裂伤口。

　　锁匠刘亮程像林黛玉那样，捏着嗓子，捂着肚子，用近乎娇喘的轻声细语刚说罢，诸葛白就挥起手，轻轻抽了自己一个耳光：这个刘天亮，人家不仅媳妇没个音讯，还有儿子也没音讯呢！

　　诸葛白这么一想，就不好意思再去酒坊，只能回到衙门，满地打转。

　　转着转着他忽然看到眼前出现了个人，背着个木匣子包袱冲他讨好地笑。定睛一看，是郝大头，木匠兼更夫郝大头。

2

　　郝大头被尤其卡救出城后，没跟着尤其卡去哈密，却一直在子归城四周的乡村野地里转悠。他听信了金丁的话，相信儿子就在某个户儿家。

　　后来他知道马刀兵走了，就跑回了城。那时候罡旋风刚过。

　　诸葛白很生气，训斥他："我为了让城里的人赶紧走，累得心力交瘁，泗皮子汗淌。你却这时候跑回城，是成心捣乱！不良示范！"

　　郝大头喃喃地说："县长大人，您明鉴，明鉴啊。我没有捣乱！我回来就是想把我的这木匣子找见。我一辈子的名声都在里面呢。"

　　"嗯？一辈子的名声，那找见了吗？"

　　"找见了！"郝大头如释重负地把背上的包袱取下，抱在怀里说，"这就是，木匣子。我挖了一天沙子，挖到了。"

　　诸葛白就假装生气地摆手："找见了，那你就赶紧走啊！跑我这干啥？"

　　郝大头说："县长，我是更夫，领了这个月的薪饷，没敲一次锣。欠衙门钱呢。"

诸葛白哭笑不得，就朝郝大头挥手："行了，那你就去敲锣吧！来！按我说的吆喝……"

很快，子归城的大街小巷就又想起了资深更夫郝大头怪声怪调的敲锣吆喝："天干物燥，沙漠起火。黑飙子风走了，大罡风要来了！大家快快收拾，搭伴结队出城逃命！"

3

郝大头的锣声很神奇，到了中午时，县衙里就又来了四个靖安兵，也都穿戴整齐，说是家里人听见锣声，怕县里有事找不到人，就把他们赶出来，让来报到。

诸葛白说：我要兵干啥？现在最大的事，就是西城的迁徙问题。你们既然都是老户儿家的子弟，是军户、金妻的后人，那就做好这件事儿吧：赶紧回去吆喝，尽量别落下谁。都收拾好，集体出城。

四个人却都说，家里人把他们赶出来时，就说好了，家里人要走咧，走了之后，就让他们四人留下来守城。

诸葛白断喝："不行！你们也得走。"

诸葛白知道马福山解散靖安营，定然是奉了密令。显然，杨都督是怕他拥兵作乱……这让他哭笑不得，细想起来还怒不可遏。此刻他就怒不可遏，不由得厉声怒吼了一声。

诸葛白吼过后，看四个人皆慌促不安，就想安慰几句。可一转眼又想起了云朵去当向导，已经四天了，音信皆无。派去找她的葱头，至今也没有消息。

于是，诸葛白就让他们把另三个人也叫来，七个人站成一排，对他们掏心掏肺地说："这刘家酒坊的云朵，去给马刀兵当向导，四天了。我派了葱头去榆树窝子，也三天了。现在都杳无音信，泥牛入海无消息啊……"

七个人齐声说："明白。县长发个话，我们去找就是了。"

县衙里迁徙者留下的吃食多，诸葛白本想和大家动手烩一锅菜，让七个人吃了抓紧时间上路。但一眼看见小乔家的小花狗跑了进来，还汪汪叫。就改了命令："事不宜迟，大家各自回家吃饭！也给家人说一声，告个别。饭后就在县衙门口集合出发。"

七个人得令而去。诸葛白就带了郝大头，跟着小花狗，一同去"老李杂碎汤"吃饭。

4

饭后，诸葛白和郝大头回来，看到七个靖安兵已等在了县衙门口。天亮和酒坊的狗剩、孬娃子也在那里。他们认识，正交头接耳地聊大罡风。

天亮看见诸葛白，便急忙迎上来，拱手作揖："县长，兄弟们不辞辛苦，但也不能徒步去啊。——我牵了七匹马过来。"

诸葛白这才想起，七人此去，路途遥远，是要有马才对。

但他更奇怪，一顿饭工夫，天亮咋就知道了他要派人去找云朵。一问，天亮脸红了，说现在城里没啥人，县长有个啥动静，传得快！

狗剩心直口快，"县长，你不知道，不见云朵嫂子回来。我哥就像热锅上的蚂蚁，心里急挖挖的，有空就跑到街上扫听消息——"

狗剩话没说完，天亮一瞪眼，他便吓得一伸舌头，闭嘴了。

诸葛白不想让天亮再难堪，就招呼七个靖安兵过来，问都给家里打好招呼没有，又叮嘱了一番出去后的注意事项等等。

诸葛白称七人为壮士。

七个人都有些不好意思，说：就是去找个人么，不大个事！

之后七人就逗天亮：咋也不给口酒喝？我们兄弟去找的可是你的女人娃娃呀！

天亮没想到酒的事儿，满脸窘迫，急忙拱手："兄弟是个黑肚子，一急就忘了礼数！哥哥们稍等，兄弟这就回去取酒——"

七人大笑，不等天亮把话说完，就喊了起来："不喝啦！让你狗日的欠着。这辈子还不上，下辈子还。"说着就背好刀枪，滚鞍上马，给诸葛白和众人敬了军礼，调转马头，吆喝着跑入了风沙细霾之中。

这是子归城最后一支武装力量，总共七个人。他们的最后结局诸葛白在《北丝路记考》中有记载，四个字：下落不明。

子 归 城

　　这事儿很奇怪，因为从当时自然的和社会的情况来看，他们无论是死了还是逃了，都不应该是下落不明。可是从他们当时给天亮说的那句话"这辈子还不上，下辈子还"来看，他们又好像是知道自己命运的结局。

　　这七个人，被诸葛白弄得有些神秘。

第十九章

子不归

第一节

1

郝大头为了不欠县衙的钱，敲锣吆喝得很努力。有人没人，每条街巷他都要走到。沙丘再高，也要上去敲一阵锣。

结果隔天日薄西山时，天亮就来找诸葛白了。

天亮一见诸葛白就低头作揖，腔调里透着告饶的无奈："县长，我明早儿就起场！您别让郝叔再在酒坊门前敲锣了。"

"哦？"诸葛白有些羞赧地说，"我这两天总做梦，总听到天上唱童谣，说'天塌了，地陷了，子归城里子不归'。"

"我知道您心里急。怕大罡风来了，人走不及。"天亮说，"您让郝叔改个词儿吧！咹，就吆喝着让大家做好准备，明天一早，我起场，大家一哒哩上路！"

2

翌日拂晓，天亮来县衙辞行，带了煮熟的肉啊风干的馒头等等。还送来了几条篓酒，说是勺娃子酒"古城春"，"我大哥独眼龙说过，这人活着，不能没酒。"

天亮抠了抠头上的十字疤，说。

除了悄悄溜走的，每拨人走的时候，都会给诸葛白留点儿吃的。

"十年都吃不完！"诸葛白望着人们给他留下的那些馍、锅盔，咸菜酸菜、腊肉，苦笑着说。

天亮也笑了："我那酒坊里东西也多，穿的用的都有。你要用，就去挑。我房门院门都没锁。"

这让诸葛白有些吃惊："听说，你那家当有八马车呢？"

"唉……我只让尕娃子、狗剩带了两车。一人管一车。"

"咋，骡马不——不够？"诸葛白猛然想起，天亮一次让七个靖安兵骑走了七匹马，他那八马车家当，肯定没马拉了。

天亮凄苦地笑了一下："不够。现在就一匹骡子一匹马么，只能拉两车。其他的，就得撂下了。我想过了，你看这满世界的沙子这么厚！陷车呢！我当过车户，我知道就这两车家当，拉到老轮台，也得把狗剩、尕娃子这俩狲货累日塌掉（累垮掉）……"

"都说你是秦州呆，舍命不舍财。这话有误啊。"

"咹？这话搁以前倒也没错。"天亮笑了，"唉，除了院门上的金字招牌，我的天锅、大柜、几房子的吃穿用具、工具设备都扔了……咋不心疼咧！"

"那这趟买卖，应该能赚回来吧？"

"赚？不敢算。大赔呢。"天亮说："咹，这时候雇人，搭的都是命，价高。驼队的骆驼、骡子、马，没人给你雇，只能买，开价都高。这才叫兵马未动，买卖先赔哩。"

"赔得厉害？"

"厉害。没办法，赔也得去。说下的么，立秋那天，霍尔果斯河上，要给酒哩。"

"好在你还有这两车家财，将来和云朵能过活。"

"也是。辛亥年，我来的时候还啥也没有哩。"天亮说着，下意识地抬头看了一眼县衙的"光明正大"匾。他不识字，却看着大匾，说："那年古城子的人，还都留着辫子。城门上写的是古城驿。哎，我那阵儿差点把命丢掉……把他家的！哎？都说走进古城子，跌倒拾银子。"

"这话倒也没错。这古城子门前的大路，两头连着海。路上天天过的都是金子银子啊。"

大堂里光线昏暗，诸葛白的青铜剑却闪着怪异的光。他收剑入鞘，背起携剑包袱，才把《北丝路记考》手稿装进书囊，跨到天亮脖子上，说："这是我半生心血。没合适的人托付了……等你从伊犁送货回来，顺路拐一下，把它送到迪化老满城诸葛家。那一带姓诸葛的，就我们一家。"

"放心。"天亮把书囊又斜挎到了肩上，笑着问："您这姓……和诸葛亮是一家吧？"

诸葛白也笑了："我这么笨，看着古城子要殁了，啥办法都没有。能是诸葛亮的后代吗？"

天亮想说你不笨，我们都崇敬你之类的话，但咧了咧嘴，又说不出这种溜须拍马的话，就说了句，"我走？"

"走！我送送你们。"

3

东门口，已经黑压压站满了老户儿家的人、车、马、骆驼、猪羊，在等着诵读禁采禁伐令。人畜多沙子大，空气中时不时就扬起股股细沙干尘。

诸葛白沿着倾颓的破城阙，缓缓走上了城头。

天亮也就跟了上去。

郝大头以为县长要训话，就提着锣也跟了上去，想敲锣静场。诸葛白却一指城下的人群，对他说："这个月的差，你都办完了，和衙门两清了。就跟着他们走人吧！"

郝大头一言不发，把锣放到城垛口上，就走下城，进了人群。

诸葛白站在城头上，怅望北沙窝。

北边，沙尘弥漫，什么也看不见。

诸葛白叹了口气，说："葱头肯定是遇上这场黑飙子风，迷路了。七位壮士应该能迎上云朵母子！"他边说边咳嗽，浮尘里有股辛辣的盐碱味儿。

"能，肯定能。七个人都是儿子娃娃么。"天亮言不由衷地说。

"老白俄这人，我看还行。还有孟托，马刀兵也惧他呢。有他们护着，他们母子能回来！"

"就是，能回来。不就带个路么。我当年也给马刀兵带过路，还抢了他们一匹红鬃马……"天亮强装笑颜，故作满不在乎状。

"看来你和云朵得在老轮台团圆了。云朵说，不管你早她晚。那意思就是说，谁先到了老轮台，谁就在那儿等着。"

"这个记下的呢。"天亮有些不好意思地应着，一眼看见吊在城垛上的红柳筐子，还有笔墨石砚袋子，急忙转移话题，"县长！别再写了！漫天黄尘，看不见啥！咹……你再想想，还是大家一哒哩走吧？城里都没人了！有你带着走，大家心里踏实啊！"

"你们走！我，我等马福山回来。"诸葛白笑笑地一摆手，示意天亮走人。

"那贼狲还能回来？"天亮知道诸葛白是在骗他，正想慷慨陈词，诸葛白却连连挥手："走吧，快走！今天六月十六了，满打满算，也就五天，你赶到霍尔果斯，日程紧张得很啊。快走，快起场！"

天亮摇头叹息，悻悻地下了破城阙。再回头向上，就看到诸葛白正朝大家挥手。

天亮想了想，就带头大声背起了禁采禁伐令——他听的遍数多了，也就记下了：凡我城民，无分主客，植树活一，奖银五两……

众老户儿家也就跟着大声地朗读。当然，他们的祖根在这儿，朗读的时候，哭了的人就多些。

天亮领着朗诵完了，再看诸葛白，依然在招手："走吧！云朵他们回来了，我让她去老轮台等你。"

天亮就应着："知道呢！——县长，您不再想想，领着我们一搭里走？"

天亮这么一说，城下的老户儿家们，就跪倒了一片，声音嗡嗡的，此起彼伏："县长！领着我们，一搭里走吧！"

"我公务在身，得等马福山回来。"诸葛白的声音有些嘶哑。

"县长，城里没人了，还是一哒哩走吧！？"有人依然不甘心，老泪纵横地作揖，请求。

"行了！不说了。你们收拾起车马，快走吧，大罢风说来就来了——"诸葛白回应着，人就没影子了。

大家再喊，诸葛白却再不露头了。

天亮一看无望，就转身吼了一声："都起来！收拾车马，起场！上路！"

众人就纷纷起来，抓土的抓土，撒尿的撒尿。末了，乱纷纷启程，上了官道。

天亮走到林公桥，蓦然回首，看见风尘弥漫中，诸葛白高大的身影影影绰绰地又出现了，在挥手。他忽然心里酸楚得厉害，嗓子眼儿也哽咽了。他怕自己扛不住心酸，失态流泪，就一清嗓子，歇斯底里地吼了起来：

出了嘉峪关呦——

两眼哪就泪不干！

往前看哎，石头滩。

往后看呀，鬼门关……

天亮横着膀子、直着脖子，红头涨脸地边走边唱。一会儿工夫，就带着老户家们消失在了浮尘沙幕中。

这是子归城最后一批流民，有八百多人。

子归城

第二节

1

老户儿家的家当多，许多人还赶着猪，牵着羊，领着狗，抱着鸡，路上积沙又厚，队伍在尘土飞扬中走得很慢。很久，才蜿蜒蠕动着隐入昏浑的沙平线……

诸葛白凝然若塑，机械地朝天边挥手。直到天亮的歌声细若游丝，在尘霾中渐渐逝去。

天地归于寂静和浮尘后，诸葛白再低头，发现东门外真的人去场空，陷入了一种沉重的荒凉。他看到有只飞鸟一闪而过，就一仰脖子，朝天吼起了《空城计》：

> 我站在城楼观山景，
>
> 耳听的城外乱纷纷。
>
> 却原来是司马发来的兵，
>
> ……

诸葛白唱着唱着，就哽咽了。他扶着城墙垛口，欲哭无泪。

他看到在日月难辨的天地间，有稀薄的光，像夕阳一般从沙霾中散射出来，让苍穹有了空蒙的亮色。就是这亮光，让整座城池凸显了出来，它看上去是一片风蚀状的光秃和涂染般的驼黄。其中的大街小巷模糊不清，流沙连绵，死气沉沉。只有盘旋的秃鹫、乌鸦翻抖出凄清的低鸣和聒噪……

这情景让他心里一阵儿凄惶，不禁又想起了神拳杨、俏红。他知道他们就"天葬"在城外，灵魂还没散去，"狗日的，你们显个灵！让我认个地方，到时候咱一块儿过下辈子光阴……"他絮叨着就下意识地瞪大眼睛，张望起了城外。

城外的古牧地朦胧虚幻，一片苍茫。虚弱的天光让它看上去平坦了许多，也简洁了许多。但人去路空，茫茫沙海岑寂阒静。只有已经成了沙丘梁子的老北城偶尔发出轻微的鸣沙声……

"唉，天地都空了……"诸葛白想到神拳杨、俏红尸首不明，只有魂魄在这空荡荡的天地间飘曳，便悔恨交加，两行浊泪禁不住潸然而下。

2

后来，有个蒙着盖头的女人上来了。诸葛白看见她，吓了一跳，"你？是人是鬼？咋还没走？"

女人不回答，撩开盖头莞尔一笑，却是陈之花。

陈之花拿了一顶草帽过来，说："天上下土着呢。——戴上帽子！好歹也是个县长咧！落得一头一脸的土，还哭？像个啥嘛！"边说边往诸葛白头上戴。

诸葛白很感动，一感动就把陈之花搂到了怀里。后来陈之花就搀扶着他，走下城垣，到了她的房院……

子归城满目荒凉，黄沙连绵，很安静。

两人吃饭喝酒，陈之花和诸葛白说闲话，问他有家室没有，家在哪里，等等。

诸葛白一一作答，说有家有室，家在迪化。上有父母，下有妻儿。好在自己还有兄弟，能够照顾年迈的父母……

陈之花就问："来了这么长时间就在衙门里干靠着，夜里也没个说话的，想女人不？"

诸葛白说："是男人，哪能不想。"

陈之花说："眼瞅着就埋在这城里了，妹妹让你畅快一回！"

说着就麻利地脱光了衣服。

诸葛白赶紧说了声谢谢，抓起青铜剑包袱，站起来开门，"我是一县之长，不能带头败坏了风气。"他说着就出了院门，上了街。

诸葛白离开陈之花的时候，听到了她在身后先是嘻嘻地浪笑，后来就轻轻地啜泣。

诸葛白没有回头，只大声喊了声："快收拾了东西，走人！这古城子再来一场风，就，就殁了！"

子 归 城

他这样喊着，就放慢了脚步。他想趁着古城子还在，再好好看看。

他看到曾经"市列珠玑，户盈罗绮"的拐子街已经面目全非。漫步其中，能星星点点地看到一些飞禽家畜的灿然皮毛和发黑的骨肉，它们散发出的恶臭气味令人窒息。而林公渠也被黄沙掩埋成了一道浅沟，河畔只有几株粗实的死树，枝叶全无，树干奇特，像一幅幅神奇的抽象画……

他没料到，就在他想去看看山西会馆时，路过那家香胰子店，他又看到了汪妈和黄大牙。

这对狗男女，一个穿得花枝招展，一个穿着绫罗绸缎。两人都端端正正地坐在方桌旁的太师椅上，正襟危坐，双目紧闭。流沙已经湮没到了他们的膝盖处。方桌上放着鸦片膏子和烧酒，显然两人是鸦片膏子就酒，服毒自杀，一命呜呼的。

跟赵银儿一样，已经破烂的天窗，透着幽幽的昏暗天光，锥形的虚光照在他们身上，使他们的样子看上去像两尊蜡像。

诸葛白想起那天，他看到这对狗男女赤身裸体的情形，就骂："狗日的！这才像个样子嘛！要不将来让儿孙知道了，咋做人？"

他一边骂着，一边就找了把烂铁锨，把房顶上的积沙从天窗里往里填。他想要把两个人用黄沙埋掉。后来他发现这么干工作量太大太辛苦，就想还是去牵白骆驼，把房子的立柱拉倒。他这样想着就扔了铁锨，走出来，拍拍身上的土，擦着汗，要去衙门。

可就在这一瞬间，他闻到了一股兀突突的油腻气味从身后传过来。他转过身，发现身后竟然是一具枯萎的人尸——那死人就守在自家店铺门前。那个店铺的招牌早已不翼而飞。但能看出，这是一家古玩瓷器店，已被黄沙掩埋了一半的厅堂里，到处是破碎的青花瓷和俗艳的珐琅粉彩碎片。诸葛白想：这家店铺迟迟没走，一定是偷偷收了许多打井抗旱时挖出的古董文物，让老板在钱跟前迈不开腿了。他就想进去看看，里面到底收藏了些啥玩意儿。可店铺的门轴已经卡死了，歪斜倒塌的墙壁把窗棂挤成怪异的菱形，像一张恐怖的巨大鹰嘴。

诸葛白站在店前，正回想这家古玩店的主人是谁，突然他发现在这冰锅冷灶、一片凄清的城里，居然有一处人家燃起了烟火。

空了的古城光线昏暗，几乎可以用风雨如晦来形容，那户人家的烟火就显得格外耀眼，映红了半条街。

诸葛白迎着火光，在沙子里深一脚浅一脚地走。走着走着才猛然发觉，那是一户人家失火了！就急忙跑了起来，"失火啦！快救火啊！"

他呐喊着跑过去了才发现，着火的是陈之花家。

"失火了！快救火……"他从街边沙堆里抓了个铜盆子，想要弄点水救火。

可是没水，跑了几处都没水。后来他看到陈家的水井在后院，就拎着铜盆，跑进了后院。

水井很深，好在井绳水桶都在。只是没有辘轳和架子，显然是让罡旋风卷走了。诸葛白费了很大劲，才从井里打上来了一桶泥水。可提着桶跑到前院，却发现火已经熄灭了。——葱头挂着根榆木杆子，站在陈之花家的废墟前，身子一抖一抖地在抽搐。

烈火烧成的废墟上，还有缕缕青烟袅袅。

"你？你咋在这……"诸葛白一脸惊愕。

"县长，我没迎上云朵嫂子。马，也不行了，死了。"葱头嘶哑着喉咙，喃喃地说。

3

和诸葛白判断的一样，葱头一路打马扬鞭，还没到榆树窝子，就遇上了罡旋风……

罡旋风过后，他死里逃生。跑进榆树窝子，找遍了七沟八梁一面坡。一无所获后，他只得昏昏沉沉往回走。途中还因疲劳过度和高烧不止晕倒过几回。而盗马贼猴子的那匹老劣马就在他某次昏迷后再醒来时，前腿一软，跌倒在沙窝里，挣扎了一会儿，累死了……

诸葛白听完了葱头断断续续的叙述，愣了半天，忽然指着陈之花家的房子，没头没脑地发问："这火，是你灭的？"

葱头看诸葛白的眼神迷迷糊糊的，也愣了，半晌才说，"不是我灭的火。是天上落下来的沙土，把火压灭了。"

诸葛白看天，啥也看不见，就又凑近了细看陈家废墟。

陈家的前墙、门窗已经被烧成了灰烬，但顶棚的大梁还在，上面曲扭着一个黑炭似的人体。很显然，陈之花是想点火自焚。但当火烧到她时，她受不了了，从火里挣扎着，想要从天窗爬出去。

可她没成功。

诸葛白看着那具黑色的曲扭的像焦炭一样的尸体，内心感到了一阵恐惧和战栗，他想起了他离开陈之花家时说的话。在这个燥热的天气里，他的那些话无疑是料峭春寒中的雪水，流到她的心里，就把她的心冰死了。

"去衙门！把我的白骆驼牵来。"

葱头还发着烧，没立刻明白诸葛白的意思，但还是摇摇晃晃地走了。

诸葛白把陈之花的尸体，从房梁上扒下来，放到室内的沙堆下，又双手捧着黄沙，一捧一捧地往上撒。最后，那个焦尸仿佛变成了黄泥塑的菩萨，看上去不再那么触目惊心了。

诸葛白看周围没人，就趴下身子，对着泥菩萨陈之花，缓慢而虔诚地磕了三个头。之后，他就坐在沙地上，看着陈之花的遗体，渐渐隐没在灰暗的天地之中……

4

葱头聪明，牵来了白骆驼，还提来了马灯。诸葛白就提着马灯照亮，让葱头把骆驼绳子拴到陈家房梁上，然后一声断喝，赶起白骆驼。陈家的房子就灰飞烟灭，悄无声息地变成了城里新的一处废墟。

废墟成了陈之花的葬身之坟。诸葛白和葱头对着废墟拜了三拜。

"她没有儿女吧？"诸葛白问葱头。

"可能没有。"

"那就不用插牌子了。"诸葛白自欺欺人地说着，就把骆驼绳子头递给了葱头，"骑上骆驼，朝霍尔果斯方向，去追刘天亮！"

"咋？"

"追上了，把这给他。"诸葛白从怀里掏出禁采禁伐令的手札草稿，递给葱头说。

"不！我得跟着你。我们啥时候出城？"

"古城子要殁了！我要等马福山来，跟他一块去迪化，给杨都督述职请罪。你能跟着去吗？你跟着去了就是个死！"

葱头又跪到了沙地上，"县长，这封信上写的啥？"葱头不识字，很怕诸葛白像杨都督一样，也写一份密杀令。

"起来！快去吧，这是我给刘天亮他们下的命令，很重要。"

看葱头依然疑惑，诸葛白又说："你不是怕知道了太多秘密，被杀头吗？你要不相信，我就告诉你这封信上的秘密。"

"不，不！"葱头急忙喊着，揣起手札，爬上了白骆驼。

"快走！从今天起，你被县衙解雇了。找到刘天亮，就不要再回来了！"

葱头疑惑，可还是坐在白骆驼上，摇摇摆摆地走了。

白骆驼的喘气声依稀可辨，但影子很快消失到了浮尘之中。诸葛白朝看不见影子、只能听见声音的方向，又喊了声："快走！"然后就坐到了沙地上。

后来，他发现自己陷在风沙如晦中，就想起马灯不知啥时候灭了。于是从身上摸出曲曲板，一下，两下，三下，终于划着了火柴，点亮了马灯。之后他就提起马灯，捡起葱头的那根榆木杆子，漫无目的地沿街彳亍。

5

诸葛白下意识地走过拐子街，来到东门时，脚碰到了半掩在沙土中的一面锣。踢出来一看，是郝木匠的，不知道啥时候被风吹下了城头。他就捡起来敲："天干物燥，小心火烛！"

晚上，轻风骤停，天上不再落沙尘了。他又走到了陈之花家的废墟前，恍惚间却又看到赵银儿的影子在眼前飘来荡去。他急忙退回原路，走向了东门……

后来，他在沙地里走得太累了，不想回县衙了，就和衣而卧，枕着青铜剑包袄，睡在了一处房倒屋塌的破院子里。院子里盈尺厚的沙子，软软的，暖暖的。他仰躺在沙窝子里，怅望夜空。天上，没有星光，没有月色，什么都没有，一片混沌的昏暗。他在这昏暗中，渐渐地觉得自己像被吸进了黑洞，变得无形，无思，无知，无觉……

6

清晨，天上出现了太阳的红晕，诸葛白被一阵轻风扬起的灰土呛醒，听到了一个童声：

雨，雨！大大地下！

蒸下的馍馍车轱辘大……

童声随着一个铿锵的金属音，清纯嘹亮，恍若天籁。

诸葛白奇怪，就站起来，拎起青铜剑，寻声迈步，随着童声出了城。

他最终走进了老北城。老北城成了一道沙丘梁子，可岳王庙却孤标尘外未被湮没，琉璃瓦的屋顶仍然依稀可辨。

到了岳王庙，他发现那个童声竟然出自郭瞎子。郭瞎子边唱童谣还边凿击着那块巨大的青石头。

第三节

1

我在小说《青铜剑》的结尾部分，描写过诸葛白和郭瞎子见面的情形：

诸葛白怀抱青铜剑，走进一个破烂的庙宇山门，看到一个驼背老人，一手扶錾子，一手拿锤，正在雕琢一块巨大的青石头。他是个瞎子，每凿一下，就要用手去摸凿痕，摆正錾子，再凿第二锤。

老人边凿边唱："雨，雨！大大地下……"

让诸葛白惊愕的是，这个耄耋老人，发出的声音居然像几岁的儿童，稚嫩而动人。

"老人家，您在刻啥呢？"

"雕龙。"

"雕龙？"

"是呀，龙管水哩。有龙则云雨至。"

"龙管水……"诸葛白似有所悟。再看那"龙"，却是牛头马面蛇身子，咋看都不像龙。而且无论雕工还是造型都笨拙幼稚，毫无可圈可点之处。

瞎子雕龙，不像。而且那块青石头裂痕斑斑，质地粗糙，再雕也是一块丑石，不会成器。诸葛白偷窥一眼老人的眼睛，说："老人家，能看见？"

"看不见。没看见我在摸着刻吗？"

"哦！以前干过石匠？"

"没有。我以前唱过花旦。"

"花旦？怪不得嗓子这么好！"

"那个俏红，我教过他师傅。他是我徒弟的徒弟——徒孙。"

诸葛白肃然起敬，"您是唱戏的，咋雕起龙来了？"

"涅槃河……干了。没水。有龙则云雨至。"

诸葛白听了，百感交集。良久，喃喃地说："涅槃河有水，就是改道了……"

"知道，我知道。"老人有些得意地点头，用粗糙的手，摸着大青石的另一面，说："石刻千秋。我记下的呢。"

诸葛白发现，老人的"龙"身上驮着字，字体歪歪扭扭，但刻得很精细：

子归城，又名古城驿，俗称古城子。林公渠穿城过，曾存有涝坝三座，水塘八处，可谓家家水井，户户杨柳。城外官道，连绵数百里，道边杨柳榆桑杂陈，绿荫浓密，若长龙蜿蜒。某某年，洋人挖煤，掏空黑沟山体。有何坨子者，为女复仇，放火烧矿。致使山体垮塌，河流改道。又有县令金丁，嗜木艺，尽伐木，周边树木至此荒芜。沙覆野，云雨枯。某

子归城

某年，飓风至，连绵不止，城将湮。

诸葛白看了，满心悲戚，对老人说："老人家，你看我这把剑如何？"

老人接过剑，弹了一下，凑到耳边听了听音，又用手摩挲半天，点头说："好剑。"

"它跟了我半辈子了！老人家！我拿这把古剑，换你这套凿石工具如何？"

"这工具……还是个德国商人传下的呢！钢好。"老人说，"行啦！反正我的龙也雕好了。"老人说着，便收起青铜剑，把褡裢递给了诸葛白。褡裢很重，里面有錾子、凿子、锤子、钢钎……

诸葛白接过褡裢，转身走向了城门。

从此，这座空城就响起了叮叮当当的凿击声，经年不息。

2

小说《青铜剑》到此结束。为了追求某种意味，我省略了三个人物：小乔、老李和杨耳。

其实，在诸葛白拿青铜剑换郭瞎子的錾子、榔头时，"老李杂碎汤"的老板娘小乔就到了岳王庙。她是赶着一辆牛车来的，车上躺着残废的老李，坐着失踪少年杨耳。

小乔静静地等诸葛白和郭瞎子交换完毕，才招呼杨耳扶郭瞎子出山门。

她见诸葛白一脸惊讶，就笑笑地说："城里没人了，我想你就在这儿。"小乔很奇怪，漫天尘霾，沉沙下落，死人活人都像泥猴，而她那个小脸盘子却依然白皙干净，仿佛一尘不染的荷花头。

"你们咋现在……才走？"诸葛白闻到了小乔笑容里的哀婉气息。

"不走咋办？城里没人了，小花狗也死了。"小乔悄然叹了口气，指着三个男人说，"你看，就剩下这老的老，小的小，还有一个残废，我不走他们咋办？"

"就是，对着呢！早该走。"诸葛白说着，帮小乔锁了山门。

"县衙的井没干吧？小花狗昨晚夕掉到干窟窿井里，让沙子埋掉了。唉，原本老李还说，把它留下给你做个陪伴呢……"小乔说着，眼圈红了。站在山门前，不动。

"嗨，我要陪伴干啥？"诸葛白想起那个精灵般的小生命，也有些伤感。但他不想表现出来，就一挥手说，"行啦！要走快走！再不走大罡风要来了。"说着就跑过去帮杨耳把郭瞎子扶上了牛车。那车却是一辆蒙古人的勒勒车，木质的车轮很大很高。

"这车走得慢，但在沙地里陷不住。县长，你跟我们一块儿走吧？"老李仰躺在车上，说。

"不啦，我要等人。"诸葛白说着，就朝牛屁股击了一掌。

车动了，小乔却又过来把牛勒住，望着诸葛白说："城里没人了。你自己给自己当县长，要照顾好自己啊。现在晚上，狼多，还有秃鹫、老鸹……你没剑了，就拿枪。狼怕枪！我家墙上就挂了一支，还有子弹。"

诸葛白点头挥手，让几个人快走。

"我把锅灶都留着呢。还有些牛肉，都在地窖里用冰块冰着呢。你想吃杂碎汤的时候，就自己做！"小乔不走，还叮咛。

诸葛白点头，挥手："走！快走！大罡风说来就来了。"

牛车动了。

小乔还一步三回头地絮叨："十三香我都分成了小包，就在锅台边放着。你一个人，每次做的时候，用一包就够了。记住啊，杂碎汤一定要熬一宿。要不然，有血腥子味儿……"

诸葛白忍不住要流泪了，就转身往城门口走。没走几步，却猛然听到杨耳冲他喊了一嗓子："县长！古城子就算没人了，你还是县长！——"

诸葛白哽咽了，想说你误会了谢尔盖诺夫什么的，却半天张不开口。

诸葛白抹了把老泪，再回头，却什么都看不见了。尘霾如烟，只有一个童音，细若游丝地从尘霾中传出：

子归城

雨，雨！大大地下！

蒸下的馍馍车轱辘大……

他突然想到了一个问题：老李，小乔，杨耳，郭瞎子，他们是啥关系呢？

想来想去，他还是觉得他们应该没啥关系，可能就因为是最后离开子归城的几个人，便坐到了同一辆车上。

他想，要是小花狗也在车上，多好。

3

城没了嘛人在呢，

人没了嘛我在呢！

诸葛白独自回到空荡荡的东门，忍不住就学着吼了两句花儿。觉得不很入调，就下意识地左右逡巡了一下，怕人听见。后来，他意识到城里没人，就放胆儿吼着花儿，爬上了东门城头。

他眯起眼看自己写在"古城驿"石匾龛里的字。那些字已经被风沙吹打模糊了，但都在。

城墙垛口上拴着的牛毛绳，还有吊着的大红柳筐，也都在。

诸葛白看了看天，就把褡裢挎到肩上，抓着绳子下到了筐里。

叮——叮，咣咣！

他取出錾子、锤子，开始试着凿刻石匾上的墨迹。这是他发布的史上最严禁采禁伐令。

自此之后，诸葛白就天天从衙门到东门，把自己吊在石匾前，往上面凿刻禁采禁伐令。

叮——叮！当——当——全城的人都走光了，空谷惜足音，那声音就显得格外空旷、悠长，扶摇直上云霄后，还经久不息地在长空里来回震荡。

几天后，独木舟再次出现，民间传说的大罡风携带着千万吨的沙土，瓢泼大雨似的降落在涅槃河流域。子归城被湮没，陷入了一片黑暗之中。但晚上，东门一带，依然有金属凿刻石头的火星子乱冒，"叮——叮——当——当"的铁锤声，时断时续，虽细若游丝，却依稀可辨……

多年以后，有几个将军来到城下，看到刻满字的石匾额，就开启了半个多世纪的植树大业。当然，这是后话。

4

翌年，一个老尼姑带着小尼姑，从沙丘间的官道上走过。

小尼姑说："师傅，我听到有人在唱戏。"

她们就停下脚步，怅望雪山、漠野。

黄色的沙海无边无涯，一直伸向烂银般的雪山。天空湛蓝如洗万里无云，一道流光溢彩神奇瑰丽的七色彩虹穿过冬日的萧瑟，在千古莽原上横空出世，让人惊心动魄、恐惧战栗。

在空旷的黄沙漠野上，有个声音的确在回荡：

> 我坐在城楼观山景，
>
> 耳听的城外乱纷纷。
>
> 却原来是司马发来的兵……

沙海中露出城阙一角。有个人就坐在垮塌的城阙角上。

老尼姑双手合十，念完了阿弥陀佛。迈步想往前走。忽然，一道清劲的凉风掠过，轰隆一声，那城阙和城上的人都成了粉齑……

> 天塌了，地陷了，
>
> 子归城里子不归……

子归城

一个童音悦耳地响起，旋即飘入大南山中。

随后又是锣声：天干地燥，小心火烛……

阿弥陀佛！老尼姑再次闭目念佛。

自此之后，子归城成了魔鬼城，没人敢去。

第二十章

劫波

劫波：梵语，印度神话中创造之神大梵天称一个昼夜为一个劫波，相当于人间的四十三亿三千二百万年。

第一节

1

巴克洛夫可能是真害怕，他不让大家在榆树窝子过夜，坚持要爬上制高点烽火台再休整。

上了烽火台已是子夜时分，人困马乏，大家只能在高台上风餐露宿。

烽火台往北也有一段汉唐路。翌日上午，拔营启程，没走一个时辰，汉唐路断了。但往北的羊肠小道，断断续续，星星点点，依稀可辨。

巴克洛夫看指北针。

老白俄看天。

巴克洛夫认定道路没错，收起指北针的时候，老白俄对他说（大意如此，我没用引号）：天气看着不好，黑云压城城欲摧，黄沙尽处天地昏。不能让女人孩子再走了。

巴克洛夫没看出什么危险，同意了，还给了云朵母子一匹骆驼。

孟托说：我也回去。

孟托的意思是要送云朵母子回去。

此言正中巴克洛夫下怀，他欣然同意。他一路上都对孟托这个妖魔鬼怪似的人心存戒备。

女神向北一指，

那里出现了一棵树，

在天狼星下闪耀着希望之光。

……

哥萨克小资诗人作诗相送。但依然没人顾得上欣赏。

呼麦传人孟托成了骆驼客，牵着骆驼，载着云朵、刘新坤掉头回返。

2

罡旋风是在云朵他们走回烽火台时骤然降临的。

罡旋风在沙漠戈壁上更具有陆地龙卷风的特性，猛烈而强大。第一波汹涌而起时，孟托没经验，骆驼已经卧下了，他却想把它拉到低洼之处，躲避风沙。结果，强劲的一股暴风，把云朵和坐在篮筐里的刘新坤全从骆驼上掀翻了下来……

云朵大叫着刘新坤的名字，伸手抓住了他的小马甲。可大风撕开马甲，把刘新坤卷走了。云朵起身要追，孟托却过来，一把拉住她，搂住。用自己宽大的身躯，想为云朵挡风。

云朵大喊大叫，猛捶孟托胸膛，大喊着让他追孩子。孟托明白了，跑入风中追孩子。

云朵挣扎着刚站起来，便被暴风从沙丘上刮下去，刹那间又扔到了另一个沙丘上……

她在狂风中像个稻草人，被风沙裹挟着时而翻上沙丘，时而滚入低谷。可她每次都挓挲着双手，呼喊着刘新坤的名字，想要站起来，在迷雾般的昏蒙中急切地摸索。结果，只是一瞬间，她又被席卷着滚向另一个沙丘。后来她已经筋疲力尽，根本站不起来了。可她手里依然死死地抓着刘新坤的马甲，仿佛这样儿子就不会离她而去。

云朵的挣扎，显然是徒劳的。实际情况是，在榆树窝子的七沟八梁中，她像是掉进了深褐色的大海，伸手不见五指，什么也看不到。而且更多的时候，惊沙扑面，狂风呼啸，她根本就睁不开眼。

她就那么昏昏沉沉，呼喊着儿子的名字，挥舞着双手，希望能碰上儿子的躯体，但她千万次的挓挲只是徒劳的挣扎。后来，她终于碰上了一棵树头断裂的老树。那一刻，她下意识地用手撑了一下，但她的努力与强风的力道相比微不足道，大风一瞬间就把她的脑袋推到了树干上。

那棵老树是空心的，内部的木质已经糟朽，它柔软而有力地回击了云朵的脑袋。云朵喊了声"妈哎"，就昏迷了。

一夜之后，云朵再醒来，罡旋风已经过去。

3

云朵醒醒，应该是拂晓。天地昏黄，太阳忽明忽暗，像风雨中一枚硕大的白荷花。

"坤儿——"她一想到儿子，就下意识地开始爬行——用食指插进砂粒中，牵引僵硬的躯体。

这时的她，已经意识到了手中的马甲不是儿子。但她还是不肯放开马甲，她记得马甲里有她缝进去的《如匠酒经》，还有房契地契。

她捏着马甲爬了很久，后来她已经爬行不出多少距离了。可还在动作，以为自己在前进。

……云朵的手指停止了微弱的机械运动。她趴在沙丘上，抬头、睁眼，焦灼的目光四处巡视。在苍天与沙漠接壤的地方，有群秃鹫飞了过来。它们像群巨型蝙蝠，在云朵的视野里盘旋，聒噪。

云朵紧张地四下张望，没看到儿子或者孟托的踪影。

欲哭无泪，她绝望了。一种苍凉的悲怆，从腿脚漫溢而上，进入心脏，随着血液开始流遍全身。

云朵想到了母亲兰氏。当年母亲带着哥哥去寻找父亲。结果，在雪原上遇上了风搅雪。天寒地冻，滴水成冰。母亲点了一堆篝火，把她哥哥放在篝火边烤火。自己去寻找柴火。

可是等她抱了梭梭柴回来，儿子不见了。

周围是一片狼嚎鬼叫，饥饿的狼在寒风中，"嗷儿——嗷儿——"地惨叫不止……

母亲兰氏丢了儿子，无颜回来。托人带话，说了她的遭遇。从此下落不明。

云朵怀疑母亲的命运是钟家命运的前定，会同样降临在自己头上。

云朵看见不远处有棵老白榆，断裂的树头斜卧在一边。外形酷似一垂垂老者。它的主干千疮百孔，孤零零地立在荒凉的漠野中。冗余的沙漠风正在吹去它的尘埃，露出它灰褐色的躯干。它的树枝已经不多，但都向天空伸出去，如同一把破雨伞。

云朵看出它正是数日前自己祭拜过的老白榆。这让她很激动，想到这是刘家酒坊的菩萨神佑树，她就有了回光返照的力气。她很快爬到了树下，同时惊愕地发现，她正是被它的空心树干撞昏过去的。但她此时已无暇去想这是不是命运前定了。她只想站起来把马甲挂到树枝上去——此时她特别想让《如匠酒经》存留于世。

但她双腿麻痹，站不起来。她只好艰难地反转身体，仰面向上，尽手臂的长度，努力把装着《如匠酒经》的马甲挂到尽可能高的树桠杈上。

她成功了。她张开干裂的嘴唇，长舒了口气。她知道自己要死了，心想，我死之后，也许会有骆驼客或者牧羊人到老白榆下歇息，会发现《如匠酒经》。这成了她死前的一个心愿。也只有到了这时，她才深深地后悔。后悔当时一着急，没想起来让诸葛县长给天亮带上一句话：赵银儿手里的那本《如匠酒经》和黑陶罐，都在。就藏在酒坊地窖里。

她有些奇怪，这些日子自己都在干啥？竟然就没想起给天亮说一下这两个宝贝。天亮也是怪了，一听说黑陶罐被烧掉了，当时那么愤怒，祭祀回来咋就再没追问这事儿？结果，时至今日就只有自己知道这两件宝贝的下落了。可自己又要死了。想到这儿，她又有点着急。担心冲她而来的秃鹫会毁坏树上的马甲和《如匠酒经》……

秃鹫们离她越来越近了，她已经咽喉肿胀，发不出声音，也无力驱赶秃鹫了。

不久，她发现秃鹫们对树上的马甲毫无兴趣，就安心地笑了，开始平静地望着它们，想看着它们把自己带到天国。她已经为了儿子拼死努力过了，现在只想等待灵魂安息。

她相信到了天国，能看见儿子。

这时，太阳已经稳定在了高远的天穹上，不再闪烁，也不再惨白，成了昏黄的一个巨大光斑。寂静的沙丘也因此镀上了一层朦胧的斑斓色彩，显得庄严而华丽。

云朵闭上了双眼，等待秃鹫的降临。可就在此时，天穹中传出了一串驼铃声，叮咚叮咚，优美而动人。云朵睁开眼，看见一个巨大的人形影子正朝自己走来。他的身后是一峰骆驼，他的怀里抱着一个孩子。他们逆光而来，像从太阳里幻化而出……

云朵闻到了一股乳臭未干的甜香味儿。

"坤儿！"她喊出了一个微弱的声音。

第二节

1

云朵接过刘新坤，抱紧，才泪流满面地慢慢站起来，张望四周。

榆树窝子树断蓬飞，已经成了一条黄沙漫漫的大沙沟。大白榆被风刮断的树头，兀然斜卧在沙坡下，像一具恐龙骨架。而它空了树心的主干，也在经历了这场罡旋风后，被掏出了巨大骇人的孔洞，像鲨鱼大张着嘴，仅剩几根断裂的树皮可能还和根须相连着……

孟托从树上取下马甲。云朵擦干泪，接过来却发现，那马甲里除了两张薄薄的地契房契，连一页《如匠酒经》也没有！

孟托不甘心，围着老白榆四处寻觅。

她却浑身僵麻，一动不能动。她傻了，懵了，望着榆树窝子怪异的天地，既困惑又恐惧。她搞不明白，《如匠酒经》是怎么被罡旋风吞噬的？在她的记忆中，她把马甲挂上老白榆时，马甲里硬硬的，是有一册书的。可现在它咋就不翼而飞了呢？

云朵摸了摸自己缠着粗纱布的脑袋，开始怀疑它的可靠性了。

云朵越想越困惑，甚至连自己是不是真的活着都开始怀疑了，她觉得现在的一切都是个幻觉，就软软地又倒了下去。

孟托大喊大叫，看叫不醒云朵，就把她抱上骆驼，拉着骆驼离开了榆树窝子。

途中，云朵有次醒来，还叮咛孟托：孟托！记住啊，《如匠酒经》和黑陶罐都在酒坊的地窖里。

她对自己的脑袋已经不放心了，怕它再出问题。

2

孟托带着云朵、刘新坤走出榆树窝子，碰到的第一个人竟然是故人，何坨子的儿子何三喜。

巴克洛夫的担忧没错，听说马刀兵要走了，花花沟的土匪和乡民们心犹不甘，都喊着马刀兵把大家祸害得太够呛了，不能让他们这么便宜地走了！于是，便有一股一股的人，拿了刀枪镖子，想要报复。可情况不明，就都派了许多斥候出去侦察，伺机复仇。

何坨子死后，何三喜哭别父亲的衣冠冢，去阿山当了兵。人一当兵，就成熟了。作为最后一批从阿山退役的骑兵，他回来后就结婚生子，进了护路所。当地人想起他父亲曾经是闸官，便公推他为闸官，管水管路。何三喜就继承了父业。

小螳螂找到何三喜说，大家都说你去做个斥候合适。一来，你是个闸官。到处乱跑，找水，被抓住了，有话说。二来嘛，你在阿山当过兵，有经验。三来嘛，更重要，你有羊角风病，一旦被抓住了，可以口吐白沫，满地打滚，人家就审讯不成你。

何三喜说："我的羊角风病早好了。"

小螳螂说："那也可以装嘛！马刀兵哪儿知道你的病好了？"

何三喜推辞不掉，只好做了斥候，骑马跑来尾随马刀兵。

可他来晚了，马刀兵已经进沙漠了。迎接他的是拔树杀人的罡旋风……

何三喜听了云朵的遭遇，确信马刀兵已在沙漠腹地了，就只能礼节性地关心云朵他们的遭遇了。

云朵感慨："遇上了这杀人的罡旋风，还说啥呢？《酒经》丢了不说，还差点跟我妈一样，把娃娃也丢了。"

何三喜突然说了一句："嫂子，您母亲姓兰吧？她在可可托海。我从阿山回来时，见过她。她在山谷里养蜂。"

那一刻，云朵激动得傻了，拉着何三喜的手，像咱老百姓遇上了八路军。

3

云朵意外地知道了母亲兰氏的下落后，激动得不知咋办。一会儿想着要去可可托海找母亲，一会儿又嚷着要去老轮台等天亮。

但接着她就发现，她哪儿也去不了——刘新坤出痘疹了！出痘疹的孩子，不能见风。

多年后，云朵奶奶给我们讲述当时的情形时，说我叔叔刘新坤是因为跟着马刀兵一块走，染上了他们的"体气"，所以才得了急性痘疹的。她还说，那种体气，一直在马刀兵身上带着，人家没事。但咱们染上了就受不了，搞不好就死人。

也是多年后，我明白了云朵奶奶所说的体气，其实就是一种痘疹病毒。百年前这种病毒相当可怕，上至皇帝，下到百姓，一旦染上，处理不当，便会死人，或者成为一个麻子。麻子孙就是出麻疹落下的一脸麻子。

那时候云朵奶奶年轻，没经验。看我叔叔刘新坤忽然浑身出疹子，还高烧不止，就吓得手足无措。何三喜扫了一眼，说："是出麻疹了，得找个房子窝着，不能见风！"

云朵奶奶当时就跪到了何三喜脚下："何先生！如不嫌弃，就让这孩子认你做干爹吧？"

何三喜的儿子刚出过麻疹，也是急性的。他知道轻重，就把云朵奶奶他们接到家中，安顿在后院一间小土屋里了。

之后，云朵奶奶就和何三喜的老婆拜了干姐妹。

云朵奶奶在何三喜家一住就是一个月。三个星期后，我叔叔刘新坤从阎王爷的裤裆下面钻出来，死里逃生。但还是因为路上着了风，落下了麻子。在后来的日子里，云朵奶奶就用凤娇的方法，往刘新坤的麻脸上抹掐掐花汁，贴姜片，抹土豆片，坚持了十多年，刘新坤脸上的麻子坑就不明显了。你不认真看，甚至都看不出来。

云朵离开何家时，无以酬报，就把手上的两个和田羊脂玉手镯，戴到了何三喜老婆的手上，还把手上的金戒指、头上的银簪子也塞给了她。

不过最打动何三喜的，还是云朵撕开马甲，从里面拿出了刘家酒坊东西两院的房契地契。

"我也知道，古城子荒了，这房契地契的，可能你也用不着。但人嘛，还得活个名声……"云朵说。

何三喜不等云朵话说完，就接过了文契，激动地抖着手说："我就在乎这个，这就是何家的名声！"

据说，当天何三喜就拿着两张房契地契，到他爹何坨子的衣冠冢上了坟。还焚香烧纸，热泪长流地絮叨："爹啊，儿子把何家大院给你拿回来了！还有你朝思暮想的海黑子家的房契地契也在这……你就安心歇息吧，咱爷俩没给祖宗丢脸！"

云朵知道此事后，当即起誓：不管百年千年，不管贫贱富贵，古城子的酒坊两院永远属于何家。刘家人绝不踏进此两院半步！

这也是我至今没有去过刘家酒坊的原因。而天亮爷爷似乎也认了这一誓言，终生没再去过酒坊遗址。

第三节

1

天亮走的时候，诸葛县长悄悄给他说了："走到能看见老轮台城的地方，赶紧走人。若不如此，你可能就走不脱了！"

天亮迷惘，问为甚。

诸葛白叹着气说："老轮台那边没人接应，更没人发银子。绥水驿也没有。我不这么说，这些老户儿家不走！"

天亮惨苦地笑，不语。他有点可怜诸葛白，还有点感动。

天亮没忘诸葛白的话。

他带着绵延两三里地的流民队伍，走到黑沟路口，一看西戈壁已经成了沙窝子，蓬断草枯，黄沙连绵不断。就让跟三、谢三娃、孕孕等人看着骆驼和货（酒），原地歇息。让狗剩、孕娃子赶上满载自己家财的两辆马车，自己则骑了匹骆驼，一驼当先，领着八百人，进了沙土盈野的西戈壁。

郝大头一路骑着骆驼、被商队照顾着，这时却说他走得肚子疼，也歇在了路口。

2

天亮带着众人艰难跋涉了一个时辰，一看自己的两车家财虽然屡次陷入沙窝子，但都能脱险过关，就笑了，指着老轮台方向，对狗剩、孕娃子说："端直子（直接的意思）走，一头攘下去就到老轮台了！到了要是没人接，就寻了自家人，找活路。"

两人就趴在地上给天亮磕头。

天亮不耐烦地一摆手："行了！都起来。快别弄这事情！"接着就指着自己的两车家财说："你俩一人赶一车。缺啥，就用。用不完，云朵回来了，就给她。唉？"

两人唯唯诺诺，爬起来告别。

狗剩说："掌柜的，到了伊犁，早回。我们就在老轮台等你。"

尕娃子也说："死活都等。"

"啥球话？你们都先把自家人寻下。把活路找好才是正事。"天亮说罢，握拳敲了敲自己的家财车，转身进了老户儿家的队伍，和严济生等几个阔商大户告辞："我去伊犁送货！赶日子呢！就不陪哩！"

3

接下来的事情比较有人情味儿，老户儿家中有人知道行程过半，就匀给了天亮一匹巴里坤马，以示对他领着大家"一哒哩走"的感谢。

天亮牵着骆驼，骑着这匹新疆名马回来，大家已经做好了热汤饭菜。野餐时，天亮发现木匠郝大头没了。

跟三说："郝大头回去了。还带走了几个后面过来的老户儿家。"

天亮问为啥。

跟三说："郝木匠说，老轮台没人接应，绥水驿也没人接应。"

天亮听了一愣："哎！那他回去干甚？"

跟三说："他没说。可能还是回去寻他儿子去了。"

谢三娃说："不对！他背个包袱。那里面可能是银子。他肯定是还债去了。"

天亮听了，就感慨了一番郝大头的不幸和孽张。催大伙儿快吃饭，饭后赶路。

没了老户儿家以及他们驱赶的猪羊家畜，驼队少了拖累，天亮就狠了个心，想赶到绥来打尖过夜。

可驼队走到绥水驿时，前头的杂杂却忽然跑过来，拱手抱拳对天亮说，他本来是想和大家一块儿走的，但突然想起来他和小艾山江约了个事儿，就不陪大家了！

那时候天已黑透了。杂杂说完，掉头就跑进了茫茫黑夜中。天亮喊都喊不住。

事情发生得太突然，大家回过神再喊，杂杂已无影无踪，像被黑夜吃掉了一样。这情形任谁都诧异、纳闷。到了绥来，安顿歇息，吃饭时天亮特意让开了三条篓酒，让大伙儿乐而忘忧。可大伙儿酒后还是猜测议论："原来说好的一哒哩去伊犁么！这事儿不对呀！绥水驿都荒掉了，撤了么。小艾山江回古城子了么。爹爹咋找他？""咋不对？前些天小艾山江不是带了那么多人过来了么？""可驿站没了。爹爹上哪儿找小艾山江？""说球啥呢！爹爹就是扯皮撂谎，不想跟咱一哒哩走……"

天亮一看，就吼了声："都闭嘴！赶紧睡！"然后带头躺倒，假装打呼噜。

爹爹的离去，出乎天亮的意料，弄得人心浮动。他怕有人效尤，也中途走人，弄垮驼队。装睡时就偷睁着一只眼，窥视每个人的动静。同时盘算着天明后咋把爹爹的事儿说圆乎。

4

跟三说的对，郝大头是回去寻他儿子了。在此后的日子里，郝大头为了寻找他儿子，在北丝路上来回游荡了至少三年。

谢三娃也没猜错。三年后，郝大头摸摸索索地到了紫泉子，身上还背着那个木匣子。他没忘记要还债。

有人就挖苦他：当年逃难的时候，你不是到了黑沟路口就跑了吗？现在咋又来了？

郝大头一点儿也不难为情地说：大家都到紫泉子了，我儿子肯定也会到紫泉子来找我。我得在这儿守着。

为此，他又做了个木盒子，把木匣子装进去，还上了锁，把钥匙成天挂在裤腰带上。而他在教徒弟手艺时，也总是留一手，怕把手艺都传给了徒弟，儿子回来后没饭吃。

他还在房前屋后，栽了几十棵桑树。说他死的时候，要是木头不够，就把它们伐了，给他做棺材。

百密还有一疏。郝大头把啥都想到了，可就是忘了一点：他是绝户，无后。

有证据表明，他在紫泉子守望儿子的那些岁月里，人们根据他对悲伤的忍耐程度，慢慢地、由浅入深告诉过他：郝娃子早在"花朝惨案"时，就吐血而死了。

面对这个噩耗，郝大头悲伤过几天。可不久，他就一如既往了。话不多，但正常说笑。还天天颠颠懂懂地忙乎，做木匠活，说要挣钱还债，还要给儿子娶媳妇……

据此有人判断，郝大头根本不相信别人的话，他至死都认为郝娃子还在人间，会来找他。

郝大头来到紫泉子，续弦娶的是个姓陈的老太太，两人生活和谐，但终生无生养。

结果，郝大头死的时候，木盒子无从寄托，只能放进他的棺材。

郝大头留下话："那债主来了，让开了棺，自己取自己的木牌子。"

可刨绝户坟的事儿，谁能干呢？

当然，这是后话前叙，您提前知道了，记住就行。

第四节

1

葱头发着烧，烧得眼睛发红，骑在白骆驼上，人都坐不稳当。可由于他和郝大头意外邂逅，知道了天亮驼队的去向，就端直子追到了绥来。

当时，驼队的伙计们正在车马店吃早饭，有人还在议论朵朵的事儿。

忽然，一匹白骆驼摇摇晃晃地闯进了车马店。

白骆驼是骆驼中的珍品，稀罕。大家就围过去看，一看就看见了驼峰上的葱头。

朵朵走了，葱头却来了，这让正泼烦的天亮骤然高兴了许多。

葱头掏出了诸葛白的手札。

谢三娃识字，一念，天亮听出是禁采禁伐令，就明白了诸葛白的用意。对葱头说："县长是救你命呢。来！把这个背上。"他说着便把诸葛白交给他的书囊从脖子上取下，挂到了葱头脖子上，叮咛："这是县长半辈子的心血，一路上给我看好！从伊犁回来，咱得把它送到迪化老满城去，千万不能丢了！"

葱头没想跟天亮去伊犁，但天亮的这个动作，一下让他知道了书囊里装着诸葛白的托付，而且是半辈子的心血，就紧紧地把书囊抱在了怀里。

天亮要起场，可葱头发着烧。天亮想起跟三说过城里有家洋诊所，就让跟三带葱头去开些洋药退烧。结果两人一去，就发现洋诊所早成了一个臭皮匠的皮革铺子。一问，却意外地发现了阿廖沙一家的悲惨下落……

——这一切，像不像一部小说的故事情节？对！生活中的许多事儿，就是小说。据此我就写了长篇小说《夜渡》，而这部小说的开篇，就是天亮他们在绥来的这一串巧合：

　

臭皮匠告诉天亮说：

有个俄罗斯医生，是个瘸子，医术高明。但在绥来栽官时，追随朱头三，杀了前县长王竹寺的老婆……

天亮问臭皮匠这个洋医生的相貌特征，姓名家庭。虽然名字对不上（尤其卡说过，阿廖沙在绥来用的是假名，怕合富洋行找他麻烦），但他确定洋医生就是阿廖沙。

臭皮匠说，这洋医生后来发现事情败露，就一夜间变卖了家产，欲回俄罗斯去。可跑到霍尔果斯的拱宸城，就被抓住了，关进了县大狱。

天亮听了这话，就喝神断鬼地吆喝起人和骆驼，赶往伊犁了。

……

　

《夜渡》是部好小说，很多人没看过。在这部小说里我还写了刘天亮一到绥来就打听阿廖沙，结果却听到了自己被土匪绑架的惊悚故事。至此他才一拍脑袋，猛然想起岽岽就是绥来人！

其实，真实的情况是，葱头听说了岽岽的事儿，就告诉了大伙儿：岽岽是绥来人，肯定是想爹妈了！

天亮就赶紧一拍脑袋，装出恍然大悟状说：对！他失踪得太久了，我也忘了他是绥来人。人家到家了，想爹妈了，是人之常情嘛！——哎，咱去伊犁，你们中间还有人……家在路上吗？

大伙都说没有。

天亮长舒口气，就露出了凶神恶煞的嘴脸，下令驼队立即起场，赶往霍尔果斯救人，送货。

2

罡旋风刚过，尘埃尚未落定，千里黄云白日曛。天亮一行人昼夜兼程，越走空气越清新，三天后到了伊犁河谷，天已经蓝得透明了。

在清水河镇打尖歇息后，天亮就分出葱头、谢三娃，让他们去拱宸城，打听阿廖沙及其家人的下落。自己则带着驼队，直奔霍尔果斯口岸。

这一天正是农历六月二十一，阳历八月八，立秋之日。口岸上芳草萋萋，隐约飘曳着薰衣草的美好气息。可天亮带着驼队一到口岸，就彻骨寒心地感到了气氛的凝重。当时对方军人已经哗变易帜，双方同时封闭了口岸，人货不能进出。对方军人狠，为防止流民携带财物、牛羊偷渡潜逃，明令：发现有人财物越境来往，不问缘由，便开枪射杀。

驼队没到边检处就被禁止前行了，使银子也没人敢收。

就在天亮悲观失望时，马四海如约而至。护送他通过口岸的是对方的一队军人，迎接他的是霍尔果斯县的陈县长，场面还不小。

"来了？"见多识广的人不容易激动。

"来了。"赔钱践约的人情绪也不高涨。

天亮和马四海就这样惜墨如金地打过招呼后，天亮从怀里掏出桃木，递给了马四海："三花酒。二百五十条篓。先验货吧。"

马四海说："古城子都没了，你们死里逃生地过来，我还验货？你就是装了二百五十条篓水来，我也当酒收。"当即就给了天亮四个铁盒子。

"货款。现在世道乱，金子保值。"马四海说。

"咹？"天亮觉得沉重，疑惑地打开一个铁盒子一看，里面满满的全是金砖。就吓了一跳，说："多了！"

"我想把你的骆驼商队，也买下来，就手把货送到阿力麻里去。"

天亮看了一眼自己的商队：四十峰骆驼，一匹巴里坤马。还是说："也多了！"

马四海说："多的是订金。明年立秋那天，五百篓酒，在哪里交货？"

天亮叹了口气，望着伊犁河上瑰丽的晚霞说："算了，这辈子我不开酒坊，不烧酒了。"说罢，就从裆裤里掏出了一个黄铜簪花的酒壶，"我大哥酿的勺娃子酒，我专门给你留的，当个念想吧。"

马四海接过酒壶，拧松盖，嗅了嗅，说声"好酒啊"，就拧紧盖，揣进了怀里，"可惜了！你这个大哥……"他说着，也长长地叹了口气。

3

天亮、葱头、跟三他们到达伊犁后的故事精彩绝伦，是《夜渡》的主体，但不是《子归城》的主体，只能从简从略，让您知道个大概：

马四海买下了天亮的驼队，但没带走伙计。顺便说一句：马四海也单独买下了葱头骑来的白骆驼，因为出价极高，大家记忆很深。这件事也证明了说诸葛白骑着白骆驼随风而逝只是个传说。

天亮把大家的工钱路费算清后，散了伙。一看，还剩一个铁盒子。眼眶就湿了，冲马四海消失的对岸，拱手低头，行了个大礼，说："马四海到底还是马四海！你不成大业，天都得瞎眼哩！"

之后他就抱着铁盒子，带着葱头跟三谢三娃等人，去了拱宸城，找阿廖沙。

可阿廖沙已经死了。

他的妻子娜塔莎一见天亮就哭得恓惶泪掉，说："你来晚了，阿廖沙死了。阿廖沙要是知道你来，他就不会死……"

原来阿廖沙一家人到了霍尔果斯后，作乱的边检官左西已被杨增青的骑兵擒获，押在县衙大牢，准备公审后处决。阿廖沙去拱宸城县衙办出国通牒，被大牢里的左西看见，就冲他大喊救命。阿廖沙没理左西，左西就转而大骂阿廖沙恩将仇报，害死了他的岳母。

陈县长一查，事出有因。绥来事变时，朱头三枪杀县长王竹寺，亦将其夫人打成重伤，阿廖沙给她做了脑部外科手术，取出了淤血囊肿。但终因伤势过重，失血过多，死了。

陈县长将阿廖沙收监入狱后，越审越感到证据不足。他当然不敢枉杀一个洋人，就想把这冤案先做成铁案再说。遂将阿廖沙随身所带药箱带到狱中，将其中的刀剪器械作为物证，让他指认。阿廖沙看到箱中有一瓶白色粉末状药品，正是他当年要毒杀刘天亮的氢化物。便趁狱卒不备，倒出来，自己吞了下去……

娜塔莎带着儿子女儿，跟着天亮，从大街上一直哭到坟头。说阿廖沙生前的最大愿望就是要回到顿河边的故乡去，"他就想埋在祖父的庄园里。"娜塔莎说。

天亮揉了把盈泪的眼睛，就给了葱头跟三两块金砖。让他们去买个上好的棺材，给阿廖沙启坟换寿棺。自己则抱着那盒金砖，去了拱宸城县衙。

4

接下来的故事不能从简从略，否则您会以为《夜渡》是个官场小说。

天亮进了县衙，把铁盒子当地一放。陈县长就笑了，挥手让衙役们退下。

天亮也笑了，说："你认识这个铁盒子？"

陈县长搓着双手，端详着铁盒子，说："认识认识。马四海马老板，给你的货款酒钱。好像是四个吧？现在就一个啦？也不少哇！"

天亮说："前些天，有个叫阿廖沙的洋医生死了，那是我的恩人。有恩不报非君子。咦？我算过了，按黑道上的行情，这盒金子能雇四拨人，轮番杀你！哪怕你跑到天涯海角牛沟子里，也会被碎尸万段！"

县长大惊失色。直起腰来，想要大喊来人。

"听着！"天亮竖起一根手指制止住了陈县长的喊叫企图，"别怕！今天来，我是要把它送给你的。咦？你给我把阿廖沙的棺材送出国界，连棺材带人送出去，还有他的老婆孩子！"

陈县长忧心忡忡地说："这做不到啊，你这跟要我的命一样啊！你也看见了，现在一针一线都过不去。对面当兵的说开枪就开枪……"

天亮把铁盒子往陈县长跟前推了推说:"口岸上两边的军人都多,要买通难。但要买通对面卡伦里几个当兵的,放一条木筏子过去,不难!哝?口岸封闭前,河上不是常年伐木放排吗?"

陈县长说:"这个……航道是有。我也认识一些卡伦里的哨兵。可放排的人……"

天亮打断他的话,说:"我要的是——棺材要过去,家属也要过去,我也要过去。哝?"

陈县长抱起金砖盒子,咬牙跺脚地说:"我豁出这条命去了!就今天晚上,夜里子时,你把棺材抬到河边去。"

天亮就反反复复地和陈县长讨论相关细节,一遍又一遍。陈县长都烦了,天亮才起身告辞。到了门口又转身撂下一句:"事成之后,一盒子金砖一块不少。哝,河对岸一把清。"

陈县长傻了。他打开盒子一看,装的是一铁盒子石头。

当晚子夜许,陈县长弄来了两个船工和一条木筏子,还买通了对岸卡伦里的哨兵。

他们用毛绳把阿廖沙的棺材绑上,拴到木筏子后面,放入河中。就静悄悄地划着木筏子,拖着棺材,顺流而下,漂流到了霍尔果斯河对岸的一个卡伦。

那个晚上,月光如水,弦月如钩。刚入伏的河面上弥漫着薰衣草的淡淡芳香。

5

弦月之夜,除了阿廖沙和他的棺材,漂流出境的人还有:娜塔莎和她的一儿两女,刘天亮,葱头,跟三,谢三娃,小头李鬼以及拱宸城的陈县长和他叫来的两个船工。

陈县长真的是豁出了命。他跟着到了对岸,拿了一盒子金砖后,独自乘着木筏子顺流而下时,被两个船工用毛绳勒死,扔进了霍尔果斯河。

天亮他们漂流出境后,泥牛入海,再无消息。

子归城

据说，当他们把阿廖沙一家和棺材护送到其家乡——顿河边的一个小村庄时，正赶上俄罗斯国内巨变，天亮差点儿被枪毙。后来他们集体入狱，再后来他们就稀里糊涂地成了苏联红军……

八年后，刘新坤已经过了十一岁。天亮才带着跟三、谢三娃出现在了紫泉子。那时候，跟他们一同出去的小头李鬼，已经作为一个苏联红军战士，战死在了费尔干纳盆地。而一同复员的葱头，却在归国的路上，与一个茨冈女人一见钟情，那女人是个葡萄庄园主，胖得像个芭比娃娃。可就是这样，葱头却一屁股坐到地上，坚决不走了。入赘到胖女人家，当了倒插门女婿[x]。

---

[x] 链接　葱头聪明过人，他干的这事儿，也只有天亮爷爷能猜出几分原因。天亮爷爷说，葱头是因为在霍尔果斯口岸把白骆驼卖给了马四海，觉得没脸回国见诸葛白，就在返乡的路上想了这么个办法，当了倒插门女婿，把一辈子交代到了异国他乡。

第二十一章

余音

第一节

1

　　孟托把云朵、刘新坤送到何三喜家后，就独自去了可可托海。那里属阿山东部，孟托说他熟，能找到云朵母亲兰氏。果然，就在刘新坤麻疹初愈没几天，他赶着一辆马车、三匹骆驼，把面黑皮糙但花容犹在的兰氏送到了何家。

　　之后，一家人就告别何三喜，赶着马车，拉着骆驼，辗转半个多月，到了老轮台。

　　据说，当时兰氏已经寡居多年，靠养蜂酿蜜为生。她带来了两个子女，大家在一块儿生活，人多嘴多，又是新落户，没底子。所以日子不富裕，只能勉强维持，但其乐融融。

　　云朵和兰氏能在老轮台其乐融融地生活，与狗剩听说云朵到了就把自己负责的那一车刘家家财连夜送过来了有关。

　　尕娃子家在老轮台的苦水庄子，也托人带话来说：过些天，要把他那一车家财给送过来。可他过了一年多也没送过来。一问，说是早去了敦煌沙州城。为这事儿，兰氏和云朵吵了架，一赌气，就去了紫泉子。云朵无奈，只得也追到了紫泉子。

多年后天亮到了紫泉子，听了这事儿，狠狠地骂了句："贼驴日的！古城子还有这号人？！"从此再不提尕娃子这个人。

"刘家酒坊"的金字招牌，当初是放在尕娃子车上的，从此也就没了下落。

2

孟托把云朵一家人送到老轮台后，给兰氏悄悄打了声招呼，就回了阿山。

这事儿也让云朵对母亲兰氏有了些不满，"你咋不给我说一声呢？就这么让人走了？！这人和天亮有仇。你看他这是仇没报上，反而救了仇人的老婆孩子……"

"咋了！这不好吗？救人一命，胜造七级浮屠。你这丫头都当娘了，不懂这道理？"兰氏年轻时是可可托海一枝花，谁都让她，连土匪都惯她。日子久了，性子就变得简单直爽，说话不饶人。

云朵说："我咋不懂？！我就是觉得孟托这人站哪里都比人高一头，为了一车粮料，被咱羞辱了，脸没处搁么。你说他这下半辈子……心里咋安生？"

"安生不安生，不是都得活吗？"

云朵听了这话，无言以对，只是叹气。

据说，回到阿山的孟托，后来成了乌梁海最著名的呼麦传人，当地的史志上都有记载。他活到了八十八岁，至于下半辈子心里安生不安生，真的没人知道。

3

天亮去给马四海送货，一去杳无音信。其中的故事我在小说《夜渡》中已写了，此处不再赘述。在此我想告诉您的是，天亮不识字，也就不知道诸葛白的《北丝路记考》写了些啥。但他答应了人家，就把信诺看得和命一样。他在比什凯克遇上乱军，生命难保，就把《北丝路记考》装进一个酒坛子，埋到了地下。后来，他先后有两次机会，抬腿迈步就能回到新疆。一次是在额尔齐斯河的出境口，一次是在科布多。但他都没过来，因为《北丝路记考》还埋在比什凯克。后来他终于找到机会从比什凯克挖出了《北丝路记考》，才从霍尔果斯入境，到了紫泉子。

那已经是八年后的事儿了。

兰氏见了天亮，怒不可遏，她对云朵当年去一棵树当向导的事儿满腔怒火，就叉着腰骂：

"你还算男人吗？让自家媳妇娃娃到沙窝子里去送死，差点儿让黑飙子风埋掉！"

天亮打了自己一个耳光，说："我这不是来——咳，找人来了吗？"

"你以为这是车马店哩吗？一走八年没音信。你要是娶不起媳妇，就别娶！"

天亮说："娶得起哩。"

"咦嘻！嘴犟得很。你娶一个我看。"

兰氏也就顺嘴一说，天亮却不含糊。第二天，就赶了一群羊来。

那是支庞大的羊群队伍，天亮把它作为彩礼，送给了兰氏，提出要娶云朵。

当时，云朵已被她的婚姻伤透了心。她当了八年寡妇，每年还要拒绝三四回提亲的媒婆。为了明示决心，她差点儿剁掉一根手指头。她申明说，她不想再为刘天亮这个贼大鬼真剁掉手指头了。

可她娘兰氏被天亮送去的五百只羊喜得语无伦次，站在院中喝神断鬼地让人把寻死觅活的云朵捆上花轿，吹吹打打地抬出紫泉子，在荒滩上转了一圈，又抬回来，拜了高堂，入了洞房。

这事儿在紫泉子传扬一时，摇了盒盒子（众所周知了）。

对此，人们都说：天亮是用一辈子的家财，娶的云朵。

云朵对此很骄傲。

第二节

1

云朵他们离开何三喜家时，正是沙枣花芳香四溢的季节。我是说，是沙枣花开的季节，但并不意味着当时花在开，芳香在四溢。事实上，大牧川刚刚经历了民间

子归城

称之为大罡风的飓风，树倒花飞是常态，一般人闻不到沙枣花香。

闻不到沙枣花香当然也没什么，对于赶路的人来说，目的地才是最重要的。

问题是：目的地是明确的，可路不行，遍地沙丘，只能绕。结果，绕来绕去，大家就被绕糊涂了。

加上当时云朵要照顾大病初愈的刘新坤，又要和失联多年的母亲沟通叙旧，还要和两个新弟妹联络感情，就没操心道路和方向问题。而赶车的孟托眼神不好，又寡言少语，只会傻卖力气，闷头走路。结果，他们的流亡之旅就走得糊里糊涂，黑白颠倒，一波三折，晕头转向。半个多月的艰难跋涉完全成了一笔糊涂账。

这就导致了多年后云朵奶奶讲述这段历史时，总会时空颠倒，莫衷一是。她说她记得，他们赶着马车，拉着骆驼，告别何三喜时，沙枣树的确是倒的倒死的死，有的被连根拔起，有的折断树头，歪七扭八，树桩子都裂开了，像人被开膛破肚了一样。树上当然没花朵，也没树叶，但她一路上还是能闻到沙枣花香（对此我坚信不疑，云朵奶奶年轻时嗅觉敏感，妇孺皆知），他们就是嗅着花香走的。后来，沙枣花香没了，她才发现孟托把车赶到了沙漠里，迷了路……

之后，云朵奶奶就更语焉不详了。一会儿说，他们到了古城子，一会儿又说是先到了沙枣梁子，还在梁子上吃了顿饭。不过，我十岁那年，云朵奶奶十分肯定地说，他们就是嗅着沙枣花香，在戈壁、沙漠中绕来绕去，绕了好几天后，绕到了一个巨大的沙丘上。结果遇上了大群的秃鹫，还有野狼。孟托驱赶野狼时，发现沙丘的背面，就是古城子。

"唉……不敢看，不能看。那阵子大罡风都过去了，天也蓝了。大风带来的沙子铺天盖地，被大南山挡住，风一停，就天天往下面的城里淌着呢。乱坟岗子，被沙子埋的根本看不见。古城子南面的城墙城门，都被山坡的沙子埋掉了。就这，山坡上的流沙还往城里倒灌着呢。沙子声，呲呲的，能听见……"

"唉……不敢看么！"虽然在以后的岁月里，云朵奶奶每当别人问起时，总是这样感慨唏嘘，摇头撇嘴，但还是陆陆续续说出了一些当时的情形：

他们没有走进子归城，但看到了。那时候，老北城到碗碗泉一带，形成了一个蜿蜒起伏的巨大沙丘带，挡住了一切。他们用了将近半天的时间，爬上了大沙丘。

大沙丘的下面就是子归城阙。

经历了笼罩着死亡阴影的大罡风，子归城在他们眼里就像个梦：夕阳光芒四射，翻旋着七彩斑斓的光波。光波中，兀然横卧着一座倒塌的城阙，曾经铁刹叮咚，飞檐高翘的城楼已荡然无存，只有一段城垣垛口，若隐若现地裸露在沙土之上……

他们就傻傻地、长久地看着那个梦一样的城。

"是……古城子。"不知过去了多久，孟托率先打破寂静，发出了一个干燥的声音。之后，他就拉起骆驼喊叫着，深一脚浅一脚地跑了下去。

可流沙越来越深，后来抵达孟托膝部时，就连骆驼也走不动了，它卧倒在了沙地上。之后，陷入沙窝子中的孟托，也颓然倒地，大张着嘴喘气。

那时候天地刚刚尘埃落定，沙子是虚的，灰土也是虚的。孟托那样的巨型人和骆驼走上去，身后立刻尘土飞扬，弥漫起了越来越大的雾霾。

天，就在这时候黑了。晚风劲吹，刮起的细沙迅速与雾霾融为一体，淹没了周围的一切。

云朵奶奶说：因为天黑得太快了，一眨眼古城子就看不清了。倒是那些嚎叫的狼，绿森森的眼睛越来越亮。还有飞在天空中的秃鹫，发出的声音也瘆人得很。大家都害怕，就赶紧从大沙丘上退了回来。

之后，兰氏就咋呼着让大家连夜去了老轮台。

2

天亮刚到紫泉子那年，也去过子归城。那时候，民间已经有人把子归城叫魔鬼城了。

天亮是带着跟三、谢三娃等几十号男人去的。他们说，去看看老先人的坟。

那年月，沙土依然不瓷实，跋涉十分艰难。他们出了西戈壁，车马就陷住了，走不动。只能徒步在沙丘间绕。

绕了一上午，到了乱坟岗子，可还是看不到先人的坟。乱坟岗子已经成了连绵起伏、一直伸向干沟的大沙坡。坡上只有一些像布条一样飘动的马兰枯叶、骆驼刺，看不到一个坟包。

他们只得在沙坡上，烧香磕头，共同祭拜了各自的祖宗先人。

之后，有人抵达有人走进了子归城。当时大部分城池已被荒沙掩埋，只有没了城楼的东门，还露着一截坍塌的城阙。他们在沙坡上走着爬着，就到了城墙上。之后他们看到或者遇到了什么，一言难尽。我所知道的是，谢三娃忽然就坐在城墙上号啕大哭起来，哭得恓惶泪掉，不能自已，人都软了。

谢三娃是警察，昔日在城里天天转，连野狗都跟他熟，见了不咬，还摇尾巴。他当时看到熟悉的街道房舍全没了影子，心就碎了一地。于是哭得死去活来，坚决不肯进城。他的哭声自然会感染众人，天亮也腿一软，就地坐下了，对跟三说："我就不进去咧！你嫂子把酒坊两院都给了何家。哎，还给人家说了誓，刘家人永辈子再不踏进那两个院子半步。这我在城里就没啥了，我就在这哒找找我两个哥哥独眼龙和二锅头的坟！"

跟三听前掌柜这么说，也就跟着说："我当年就是个酒坊打工的。掌柜的都不去酒坊，我去干啥？看了心里还难受……"他嘴上这么说着，就去劝谢三娃。没想到，劝了没两句，他也跟着谢三娃哭了起来。还哭得哽咽了，上气接不住下气，差点憋死过去。

其他人倒是有不少下去了，可满城沙子，找不到自家房院。有人找到了，又进不去。能进去的，看到的又都是房倒屋塌，一片废墟……

传说，紫泉子人自此就不大来子归城了。因为天亮他们这次"拜先人"，有三十多号人，都是紫泉子有头有脸的男人。他们回去后，都异口同声地说："以后再不去看了，看了人就活不成了！""唉，看啥看？看了，人死的心都有了。"

的确，心碎了一地，谁还愿意总跑来看地上的那些零碎儿？那些零碎儿，不光是他们的心，还是他们的梦。当然，紫泉子人不会这么说话，他们都说：一帮儿娃子去了，老少爷们也去了，费劲巴力地折腾半天，啥都没见上。连老先人的坟都没找见！咱还去干啥？

紫泉子人死了心，也就慢慢认可了民间说法，把子归城故址叫魔鬼城了——以前大家都不认，觉得魔鬼不是个好词儿。大家都说，老先人的骨头，自己的念想都埋在那儿呢，叫个"魔鬼城"也好，别人听了不敢去。那世界就清静了，自己心里也安省。

　　紫泉子人怀了这心思，当然就不肯给外人说魔鬼城的方位路径。日子久了，魔鬼城也就变得越来越神秘、越来越难觅，以至于半个世纪后，它就湮没成了大漠里的一个传说。

　　天亮爷爷当年是带队"拜先人"的把头，他也承认看了魔鬼城，人就"连死的心都有了"，但他还是偷偷地去过几次魔鬼城。比如1961年，天下人都饿得要死，他就带我去过。

　　我父亲说，你天亮爷爷在苏联当红军的时候，见的生死多，心肠比别人硬。

　　但云朵奶奶不这样看，她曾一脸深情地给我说过："你爷爷那是去看来世呢！古城子，那是你爷爷这辈子梦哈（下）的城。就算城荒了，梦碎了，他下辈子的光阴也在里头呢！"

3

　　在天亮爷爷他们"拜先人"之后，还有人去过魔鬼城。比较著名的就有罗伯特·琼斯。

　　罗伯特·琼斯离开子归城后，人生大体可以用行踪不定来形容——当然这不够确切。大萝卜这人很好玩，从他的回忆录来看，他在子归城湮没前就去了武夷山，后来又去了南洋，接着就回了印度。可很快，他就又翻越葱岭到了新疆，并从迪化出发，经子归城旧址、木垒驿、哈密、安西、西安，到了泉州港——而且过了没几年，他就又出境，经南洋进入了印度洋……罗伯特·琼斯的一生就像一个破钟表里的时针，极富意味地沿着丝绸古道和海上丝路走走停停，绕了两圈或者三圈，就把自己的一生走没了……

　　罗伯特·琼斯的回忆录连载不完整，但能看出：他大概是第二次沿着丝绸古道和海上丝路绕大圈的时候，途中被几个镇番骆驼客怂恿，拐入了古牧地——我不排

子 归 城

除他早有此心，甚至是私心，想进到城里捡个洋落，淘点什么。

结果，他差点儿把自己的命留在那里。他在回忆录中写道：

> 几天后，当我和几个从大沙暴的厄运中逃生的骆驼客已经是人形鬼面行将毙命时，我们看到了隐隐发亮的雪山。就在那天，我又昏迷了。昏迷中我突然感到地下有细如游丝的歌声传出："梦下的（嘛）都在古城子哩……"我睁开眼，发现同伴早已弃我而去。
>
> 我的身边是稀稀拉拉的人类逃亡时的遗物，远处是熟悉的雪山……我恍然大悟：原来我又回到了古城子！
>
> 我狂喜地爬上沙丘，举目四望，不禁呆若木鸡。
>
> 古城子已荡然无存，只有沙丘中偶尔出现的一些黑色的点、线，令人生疑地勾画着一座城池存在的可能……
>
> 我面前是一片大沙暴过后的死寂。莽原上只有黄沙像海一样无边无涯，一直伸向大南山。天空彻底空了，没有一朵云，没有一只飞鸟。

罗伯特·琼斯的回忆录显示，他就是在经历了这次历险后，离开中国，把自己从世界上走没了的。那地方是南洋还是印度，史无定论。我记得多年前在网络上见过一张图片，拍的就是他的墓地。但我忘了，当时的发布者说他是埋葬在什么地方了。我记得那个墓地很小，周围落满了茶叶树的枯枝败叶。可惜墓碑上没有墓志铭，好像只有一个他的名字和生卒年代。

4

现在是2016年深秋，傍晚的钟宅湾乌云密布。中央气象台正发布台风预警：今年第22号台风"海马"已经形成，即将袭击我国台湾及东南沿海。

我望着大海在沉思——围棋术语叫长考。

我想要告诉您何三喜到魔鬼城追捕小螳螂的故事，行文至此，应该是写这个桥段的时候了。我想把这个桥段写得轻松些，可心情却很沉重——很诡异的沉重。沉重得我根本不想伸手敲击键盘，只觉得身心疲惫，头脑发昏。

我后仰了一下脖颈，想闭目养神片刻，不料一闭眼竟然睡着了……

我看到武夷山下大雾弥漫，浓雾中我深一脚浅一脚的飘荡。黄发碧眼的罗伯特·琼斯从一片茶树中走过来，停下了。

他的手里牵着陈三妹。她穿着红裙子，羞涩的脸上挂着汗珠，听话地闭着眼。像海上的一枚什么花朵，飘摇不定。

我向罗伯特·琼斯问好，可是发不出声音。

但罗伯特·琼斯似乎就明白了。他对我说："我从斯里兰卡来，你知道我为什么从斯里兰卡来吗？"

我使劲挣扎着想要问他为什么？可我说不出话。

罗伯特·琼斯说："因为我继承了叔叔在印度的遗产，我不想住在印度，我想住在海上丝路，就在斯里兰卡买了庄园。"

陈三妹好像八辈子前就认识我，就像迎儿看到了天亮。她笑笑地对我说："琼斯说你今天一定会来，就跑来见你了。他真的是从斯里兰卡来的。"

可是我记得我正在家里写《子归城》呀！我在心里想。

我心里想的话，罗伯特·琼斯也听到了，他大声说：对呀，你是在写《子归城》，可你还没把我写完，就想去写自己家的亲戚了，这不公平！

他不能算亲戚吧？何三喜只是我叔叔刘新坤的干爹！

我不知道为何就挣扎着喊了起来。喊了几下，喊出了声，我也从梦境中挣脱了出来……

我知道我在这里突然插入这个梦，不合小说章法。但我觉得这个梦还是来得很及时，而且很重要：就在昨天上午，我看到林子非在网上发了篇自吹自擂的短文，说他那个写海上丝绸之路的丛书引起了东南亚诸国的学术热。有个叫朗诺的学者就考证了他书中所写的罗伯特·琼斯，说琼斯沿着海上丝绸之路走到斯里兰卡时遇上了台风。他所乘坐的那艘轮船因此触礁，沉入了大海。他的那本回忆录也就无疾而终，中途夭折，成了半部史书。

我想这个梦其实就是我日有所思、夜有所梦的结果。事实上，这一个昼夜我都内心不安，觉得罗伯特·琼斯孽张，生前受到了不公正待遇，百年后我写到了他，就有责任告诉天下人：这人被大家冤枉了，他和他叔叔不一样，他是有些乖张、不合群，但不是一个贩假烟花种子的，他的动机很高尚！

罗伯特·琼斯的回忆录叫《丝路：海上或者陆地的记忆之魂》。名字挺长，看了您就会明白，他为什么要跑到中国来，为什么要搞那些赝品大烟种子。

请注意一下罗伯特·琼斯初到子归城时的情形："我辗转到了古城子后，缺医少药的城中人提供给我的基本药品便是止疼的鸦片。"这就是说，他一到子归城就受了刺激。之后，他便持之以恒地接受了一个臭狗屎的命运：

"中国带给世界的是如此美好的茶叶饮料，而我们送给中国的却是鸦片，它让这个古老的国度如此糟糕。我想改变这个现实，就在古城子开始了研究，试图找到一种方法，让罂粟的种子在中国的大地上绝迹。可这一研究的最初成果（炒熟种子）使我成了众矢之的，差点儿被驱逐。后来，我改变研究方向，让罂粟种子逐步失去繁殖能力。结果，我就成了一只常年不敢回家的乌鸦，走到哪里都让人讨厌。他们还在背后叫我大萝卜……"

你看，虽然琼斯这个人在子归城波澜壮阔的生活画卷里总是时隐时现、若有若无，在子归城生存还是毁灭的关键时刻，还临阵脱逃，溜之大吉。但其存在价值，绝不轻如鸿毛吧？

罗伯特·琼斯的回忆录告诉我们：他就像子归城上空的那支独木舟，看着像一尾死鱼，让人讨厌。其实它在试图拯救大家的生命。

现在，您明白我为什么要把这个梦写在这里了吧？

罗伯特·琼斯先生，以后我们应该正正经经地这样称呼人家，不加"先生"也行，但至少不要再把人家叫成"拐子街上的大萝卜"。

哦，这一节有些离题，但形散神不散，不写不行。

5

在罗伯特·琼斯之后，还有一些著名或者不著名的人物，去过子归城故址魔鬼城。比如郝大头啦，曹大拿啦，甚至是黄二胆儿、麻子孙等。但我不知道详情，只能从略。

不能从略的是何三喜。何三喜后来当了绥水河劳改农场的副场长，是个大官呢。

何三喜进入魔鬼城的事迹在大牧川流传甚广，因为那是一场战斗。

当时何三喜继承父业，成了木垒驿乡警所的所长。而年老体弱的小螳螂也已经被政府军追剿得日暮途穷。有一天，何三喜何所长得到情报，说在魔鬼城有小螳螂等土匪的踪迹。何三喜就引了警察和一伙子骑兵，有近百人，长途奔袭到了魔鬼城。没想到小螳螂还真的就在城里，双方就发生了枪战。当然其情形就是契阔夫的马刀兵当年在花花沟追杀小螳螂匪徒的微型版重演，因为土匪总共也就七八个人。何三喜带的人马像群猫捉老鼠，在沙丘连绵、黄沙漫漫的街巷房舍搜查抓捕小螳螂等土匪。结果那七八个土匪不是被打死，就是被抓到了劳改农场。而何三喜则因亲手击毙了匪首小螳螂，立了功，名扬四方，被调到绥水河劳改农场当了队长，解放后又当了副场长。

何三喜当副场长一当就是八年，因为他犯过一起轻微的男女作风问题，所以至死也还是副场长。

1960年，何三喜和严济生一样，因肺病去世。由于他是我叔叔刘新坤的干爹，病重时，天亮爷爷还带着我和礼行专门去看望过他。当时我八岁，对何三喜的形象记忆很模糊，只记得他满头灰发，黄皮蜡瘦，说话声音尖细，像个老太太。

我记得那天他跟天亮爷爷说了很多话，但我记住的就两句。一句是说酒坊两院的房契地契，他都烧了。还有一句是他说，他后悔一枪把小螳螂打死了。因为当时小螳螂已经扔了枪，从一个地窝子里钻出来，举着双手投降了。可他在那个瞬间，想起了当初小螳螂绑架他、勒索银两的事，脑子就糊涂了，就开了枪。他也没想到就是那一枪，打死了小螳螂，也把自己打成了剿匪英雄……

我至今还记得那个冬天很冷，天寒地冻。我和天亮爷爷告别何三喜，坐着毛驴车回紫泉子时，他从一个洋铁皮铺子里买了个铁皮茶壶。回来后，天亮爷爷就用它天天熬茯茶，边熬边喝，边喝边跟云朵奶奶聊天：

"这个何三喜，我看活不过这个冬天了。他说他把酒坊两院的房契地契都烧了。"

"烧了好啊，这年头有房有地的，就别想长寿。"云朵奶奶边往炉子里添梭梭柴，边说，"咋？你还惦记那酒坊？给了人的东西，不能惦记。"

"谁惦记了？我是说，黑陶罐和《如匠酒经》都在酒坊的地窖里埋着呢。哎！你把酒坊送给何三喜时，没说这事？"

云朵奶奶："说这干啥？！咱爷不是说过吗？《如匠酒经》是他当年修城时从一个酒坛子里发现的。那坛子埋在城地下，被人挖出来，让你用了一把。现在又回到了古城子地下，对着呢！"

天亮爷爷就不吱声，只喝茶。云朵奶奶一看，便歪着脑袋追问："哎，你说，我说的对不对？"

"你说的要是不对，我早去挖了。咳，那个地窖，我熟哩。"

云朵奶奶就笑了："就是嘛！咱爷不是说过吗？那《如匠酒经》是八百户金妻从海边带来的。原主肯定是遇上事儿了，才把《酒经》放进坛子里埋了。对吧？咱后来运气好，得了它，烧出了勺娃子酒，把'古城春'的名声都打到天边上去了。行了，够了！用过的东西，也该给人家还回去了。"

天亮爷爷抠抠头上的十字疤，一横膀子说："不说这事儿了！赶紧弄饭去。"

"是你先说的嘛！"

天亮爷爷烦躁了："你要是不把坤儿身上的那本《酒经》给丢了，我能说这事吗？"

这是云朵奶奶的隐痛，她立刻叫了起来："你吼啥呢？去看个何三喜，回来脾气见长呢！——你不是也说老白榆树是神树，《酒经》挂上去，说不定是让树神给收走了吗？！"

"谁吼了？我说的又不是老白榆收走的那本《酒经》！我是说呀，咳，小螳螂那是啥人？土匪！何三喜又是啥人？那是何坨子的儿子。这两个人带着人，在魔鬼城里折腾了那么些天。能不馋酒？那城里沙子埋人哩，找啥不得挖？咳！要是他们跑到酒坊找不着酒，乱挖。把陶罐、《酒经》给挖着了，你咋说？"

"你吓唬谁呢？这两样都在地窖里呢。就算挖出了鬼，也挖不着它们。你要不放心，那你就去看，去挖嘛。"

"说甚呢？我就是不烧酒了，也还要在这北丝路上活人呢。你给人家何三喜说誓了：刘家人今生今世不进酒坊。我再跑去，是个啥诚信？以后还活不活人？咹？！"

云朵奶奶看天亮爷爷真发火了，就冲我撇撇嘴，悄不蔫儿地去做饭了。

天亮爷爷吵架获胜，得意，就把那碗酽酽的茯茶喝得吸溜吸溜响，还冲我轻蔑地一笑，说："你奶奶不球懂！何三喜哪敢跑到酒坊去乱挖？他没他爹那胆子！"

在紫泉子人看来，何三喜的一世光阴跟他爹何坨子比，还是暗淡。

第三节

1

您可能也意识到了，我这部卷帙浩繁的《子归城》即将接近尾声。

事实的确如此，当主要人物的命运都有了结局之后，小说就该结束了。

不过，还有一个人物，虽然早早逃离了子归城，算不上主要人物。但他是我在故乡以外唯一见过的古城子人，很重要。我认为按小说创作的基本原则，其人其事也应该有头有尾。

这个人就是您已经熟悉的林拐子，大名林闻嘉。

我最近发现钟宅村出现了一个一瘸一拐的身影，样子让人总想起林拐子。我想，这可能就是冥冥之中的林拐子在作祟，怕我忘了写他艰辛而传奇的后半生。

1972年，我和林拐子初次相见时，他说他在丁巳年眼看着洋行大火把羊脂玉枕化成粉齑，心就碎了。满心的悲伤让他痛不欲生，走到敦煌时，他甚至动了想当和尚的念头。

可寂寞沙洲冷。他受不了寂寞也受不了塞外的苦寒，最终还是骑着一头母驴离开了月牙泉。

林拐子走到阳关时，看见了自己拓在墙上的脚印，顿时呆若木鸡，挪不动步子了。

有几个安西人过来跟他搭话，问："看啥呢？"

. 林拐子说："看一个人的脚印。"

那几个人就笑了，说："好多人出阳关时都发过誓，这人踏（拓）脚印时发的啥誓？"

"他当年说过，不到古城子，不回阳关……"

那几个人就又问："你去过古城子？听说那里有个洋行，洋行里有个女人，女人手里面有个雕花玉枕，那是稀世国宝，价值连城。"

林拐子看着那几个人说："有啊，听说过。"

"没见过？"

"没见过。"

"真没见过？"

"真没见过。"

那几个人就盯着林拐子的拐腿，看了半天，又问："踏脚印的，不是这只脚吧？"

林拐子心酸地说："就是。"

"还行呢，瘸了条腿，命在呢！"领头的赞许地冲林拐子点点头，递给了他一根桑木拐棍，"我们这地方荒凉，大！那古诗上是咋说这里的？"

林拐子说："一川碎石大如斗，风吹石头满地跑。"

"对着呢。——回家的路上，能坐车骑马就坐车骑马，别舍不得钱。没办法了，就拄着拐棍慢慢走。"那人说罢就上了马，招呼着其他几个人，出关往西去了。

林拐子看到他们一人手里一把洛阳铲，猜想他们肯定是想到古城子废墟上去挖雕花玉枕，就阴冷地笑了。

林拐子回到厦门后，扔了那根拐棍。桑木，他觉得谐音不吉利。

林拐子回厦门之前的事儿，就是这样。我考证过，没错。

2

林拐子回到厦门，发现赖阿福把他家的老宅子全卖了，人也去向不明。林拐子打听赖黄脸，得到的也只是个传言：赖黄脸在外面招惹了黑社会，让人家割掉了一只耳朵，吓坏了，一到厦门就逼着父亲把所有的房地产全卖了，然后全家人下南洋了。

但没两年，林拐子就发现赖阿福根本没去南洋，而是在福州，还娶了两房漂亮的姨太太，在享受天伦之乐。第三年他又发现，在鹭江道上有家摆渡公司，最大的股东是赖阿福……

从此，林拐子就在开元路上为人代书，天天盯着那些摆渡船，一盯就是五年。看着它们由盛而衰，最后歇业。

奇怪的是，八年来赖黄脸杳无踪迹。后来，林拐子从赖水旺的遗孀嘴里知道：赖阿福立了遗嘱，其中赖黄脸两岁的儿子赖光得了很大一份财产。

可那孩子就在福州，身边没有赖黄脸。

1936年，赖阿福去世。林拐子意外发现赖黄脸就住在武夷山的一个山谷中。便花重金买通了一家茶行跑货担茶的小伙计，带他秘密进入武夷山的那条山谷。

那是个大雾天。

小伙计带林拐子上山，当晚住进了一个小庙里，说等天亮后雾散了，看清谷口，再走。

那是个荒凉的，破败的小庙。应该长期无人。但那天晚上先是来了一个樵夫，向他们兜售柴火。后来又来了一个蓑衣人借宿。

林拐子奇怪："外面没下雨，你怎么穿着蓑衣？"

那人回答不上来，支吾半天，最后，凶狠狠地说了句："知道你来了。有人就给了我件蓑衣，让我来看看。"

"谁？谁让你来看的？"

林拐子看蓑衣人不吱声，急忙给了他两块银圆。

"一个缺只耳朵的人。"蓑衣人说罢便走了。

林拐子和小伙计追出去，只见外面大雾叆叇，蓑衣人无影无踪。

两人回来，都睡不着，瞪着眼睛听外面的动静。后来就听到庙门外有人走动，还有人咳嗽。两人撑着熬到了后半夜，听不到动静了，人也困得坚持不住了，便睡着了。

林拐子从昏睡中惊醒，大雾已经散尽，天也蒙蒙亮了。他发现身边的小伙计没了，便想出门查看。刚拉开门，就觉得后脖颈上有温暖的水珠滴落。伸手一摸，再一看，吓了一跳，却是红的血。抬头一看，小伙计的头就挂在门框上，还在滴血……

林拐子吓得两腿一软，就瘫到了地上，张了半天嘴，喊不出声音。

四周阒静无人，只有淡淡的山岚，从庙门后面的山坡上转过来，拂动茶树，散发出阵阵暗香。

"老赖，我就是来看看你！想叙叙旧……"后来，林拐子能说出话来了，就这样喊了起来。

山谷中，微风和畅，寂静无人。林拐子吓得冷汗淋漓，一边喊着："老赖大哥，我就是来看你的，没别的意思！"一边东张西望左顾右盼地沿原路退出了山谷。之后，转身便朝着山下一瘸一拐地狂奔。

这件事情发生过后，林拐子再没敢找过赖黄脸。

但即便如此，那些年，他依然常常噩梦联翩。

再后来，林拐子听说赖家人丁不旺，败落了，就又动了想去找赖黄脸的念头。可日本人占了武夷山，他们知道山谷里出好茶，就特意派了士兵看管，谁去谁死。

3

1945年，日本人投降，林拐子发现赖黄脸的儿子赖光居然是在日本学的船舶制造。就写检举信，检举赖光是日本特务，可检举信石沉大海。赖光当时是国民党海军的一个轮机长。

1949年，国民党败退台湾。赖光没去，从东山岛悄悄潜回了武夷山。林拐子再次举报，称赖光是双料特务。赖光被判刑，发配新疆绥水河劳改农场服刑。

1967年，林拐子听说劳改释放犯赖光把儿子送回了武夷山老家。就不顾高龄，毅然决然地去找赖黄脸了……

接下来的故事如你所知，我在前面已经讲过了：痛苦万般的赖黄脸在林拐子规定的时间，把林子非送到武夷山长途汽车站，交给了林拐子。当年末，他吐血而亡。

同年，赖光也因被人检举犯有窝藏枪支罪[y]，再次被捕入狱。不久，死于狱中。罪证就是他在武夷山老家藏有一支锈迹斑斑的驳壳枪。

4

最后，我还想给您说说林拐子的老皇历。

当年林拐子逃离子归城后，马寡妇的院落自然空寂无人，一地黄沙。二锅头一直怀疑林拐子偷了他的裁缝剪刀并送给了马寡妇，这时就跑去找。剪刀没找上，却看到了林拐子的那些老皇历，就顺手把它们带回了酒坊，并以此证明林拐子和马寡妇有过散发着酸臭气息的不正当爱情。

云朵翻了翻老皇历说："没想到这人，心这么细呢。"便随手把它们放进了一个小书箱里。那是个上了黑红大漆的桃木小箱子，有方筒枕头大小。它是钟爷的书箱子，里面有钟爷的几本线装书，还有些有用没用的账册。

后来，酒坊的八马车家财都精减成两马车了，好多东西都扔了。但天亮说："咱爷去世的时候，书都入了殓，也没留个念想。"就把那只大漆小书箱子装上了

---

[y] 链接 这是官方说法。1972年，林拐子信誓旦旦地给我说，他从来没有检举过赖光窝藏枪支。赖光是看着"文革"骤起，吓坏了，从新疆跑回武夷山，把林子非扔给赖黄脸后，就跑到东山岛，从那里偷渡出境，从此下落不明了。至于官方为什么说他是因窝藏枪支罪再次被捕，林拐子说，可能是因为当年严控出境，有人居然能偷渡成功，说出去影响不好，官方就找了一个他被捕的托词。

我觉得林拐子言之有理。二十多年前，我去过绥水河劳改农场，当年赖光就在那里服刑。那里没有赖光再次被捕入狱甚至死于其中的记载。这就是说，赖光应该是偷渡出境，流亡海外了。

车。

这车是狗剩当车户，小书箱后来就到了紫泉子。再后来，小书箱烂了，里面的老皇历就跟《北丝路记考》一道儿传到了我手里。

至于林拐子后来让林子非转给我的那些民国历，记载的多是他在厦门的代书账目和琐事，对本书而言，用处不大。且其中牵扯到厦门岛上许多当代活人的隐私隐情，我一直就把它们束之高阁，没有采用其中内容。它们一度和林拐子的老皇历放在一起，结果鱼腥味儿就传染到了那些老皇历上。

老皇历的事情就是这样。

尾声
创世纪

第一节

1

丁巳年的大罡风过后，子归城成了没人烟的魔鬼城。当人们谈到魔鬼城时，几乎全都是惊心动魄的风沙故事。而我也因为从小听了太多风沙湮城的故事，对风沙有了一种极富灵性的敏感和恐惧。

在一个秋风萧瑟的夜晚，紫泉子的远处响起了一个哭泣般的呼啸声，它从黑暗里骤然逼近，挟着细腻的沙砾，从房顶上一掠而过，发出砂轮打磨你牙齿的声音。

一个孩子终于忍不住缩进了祖母的怀抱：奶奶，风要把房顶揭掉吗？

"不，风沙只是磨掉房子的一层皮。"

一个人被层层扒皮的想象，使孩子莫可名状的恐惧从此变得真实而具体。

——您还记得我在前面写过这样一个引子吧？事实上，在我决定重写《子归城》的时候，我就下意识地先写了这个引子。

子归城

那男孩就是我，上个世纪的我。

上个世纪的我，躺在祖母的土炕上，倾听浩荡长风掠过屋顶的啸声，心胆俱裂……

您可能也发现了，我虽然骂骂咧咧，牢骚不断，但三十多年来，还是断断续续地在写子归城。原因之一就在于大风带给我的童年记忆始终挥之不去。它在我的潜意识里隐隐作祟，使我多年来，多次放弃又多次寻找借口，重启写作。

2

我说这本书我写了三十多年，人家会很反感。曹雪芹写《红楼梦》才用了十年，加西亚·马尔克斯构思《百年孤独》也不过十五年，你动辄张口几十年，把自己说得像是在写一部经典似的……

可我该怎么说呢？说我构思了三十多年，今年才正式动笔？这种说法比较好，但不符合实际。我的确是在1977年知道拐子林闽嘉先生去世后，就开始写子归城的一些故事了，算起来有三十九年了。

不过，当时我没想着要写一部长篇小说，我就是想着把子归城里的一些人一些事写出来，让我们紫泉子人虚荣一下，觉得老先人真了不起，都让人写到书里啦。

但很快我就发现这很难，越来越难。

记得我第一次回紫泉子追问诸多细节时，紫泉子人的回答就已经远离实际了。比如说吧，我至今也不知道独眼龙、二锅头他们到底姓甚名谁？云朵奶奶，天亮爷爷健在时，我还小，不知道人是必须有姓氏名字的。后来我知道了，紫泉子却已经没人能回答我的问题了。譬如独眼龙吧，从诸葛县长到百姓，都悲恸地悼念过他，给他写过挽幛。可是，他叫什么？故乡人的回答就莫衷一是。有人说，姓赵。又有人说，姓钱。再后来，别人纠正说他姓孙，最后是一个人，十分肯定地说，他姓李。赵钱孙李，我发现他们是按照《百家姓》的顺序，在我面前冒充知情人！

还有俏红，真名叫什么？张一德到底有无妻室？赵银儿为啥要在县衙上吊？

诸如此类的问题，不胜枚举。我只好采用虚构文体写小说了。

可小说是那么容易的吗？写小说，可就是严格意义上的写作了。为此，我构思了十年《子归城》，还写了提纲，就在我以为构思成熟可以动笔时，我突然尴尬地发现：我已经成了一个画家，忙于无聊的应酬和参加各类书画大赛及展览。

再后来，我更无聊了——我无端地混入了影视圈，忙着瞎编一些连我自己都不感动的影视剧本。直到有一天，我实在受不了制片、导演们的霸凌和欺侮，愤而掷笔，回到了我二十六楼的书房。那时我几乎忘记了我有过一部长篇的宏大构思。可我发现，我最高的天赋还是写小说。

这时已经到了2016年的春天。哦，我想到了一个准确的表述方法：三十多年来，我断断续续写过一些关于子归城的文字，但正式拿它当长篇小说写是今年春天。对，就是这样。

今年春天也就是2016年的春天，我的胡子都白了，当然应该从容不迫地写。可电视里突然爆出新闻：林子非、谢琳娜等三人，私闯古牧地生态保护区，弄得警察和直升机都紧急出动了……

这事儿我不能等闲视之！您可能还不知道，林子非走了四十多个国家，就靠他那些张冠李戴的图片和随意杜撰的文字赚钱旅行！这家伙精力充沛热情高涨，文章还辞藻优美。但就是和刘壮志一个毛病，为文天马行空，很不严谨。有人捧着他的书去南非旅游，结果被困在莫桑比克的一个荒山野湖三天三夜，差点被狮子吃掉。他那几本关于"海丝"的书，更是错得离谱，把发生在暹罗国的男女故事，写到了柬埔寨的王宫里，搞得斯里兰卡的一个鞋匠要到菲律宾打官司告他！

但鞋匠告状，哪能告成？所以林子非至今没上过法庭，不知道当被告的滋味。

2016年的春天，林子非已经拍到了魔鬼城上空的海市蜃楼，还发现了酒坊祭祀老白榆的祭文碑，谁知道他由此会瞎编乱造出一堆啥东西来呢？他写书又快，一旦出版，有了问题，亵渎了紫泉子人的先人，我何以面对我的父亲和紫泉子的父老乡亲？他们可是期待了我三十九年啊！有的人等得心凉，都先死了。

我是一个有责任感的人，我不能由着别人玷污天亮爷爷们心中的城！那里搁着他们下辈子的大光阴呢。

我研究了一下我的写作大纲，发现它大体成形。我想，既然造了一条船，我就应该出海远航，能走多远是多远。

于是，我开始了孤独的航行。

幸运的是，我的这艘仓促出海的远航船，在经历了2016年的十几场台风后，没有倾覆。虽然疲惫不堪，还是抵达了彼岸。

现在，我已到岸，可以搁笔，为《子归城》画上句号了。

3

当我写完本书最后这段话，准备结束写作时，林子非来了电话，说他在中欧班列上遇上了西部学者刘壮志。刘壮志在比什凯克图书馆看到了一些资料，证明涅槃城下面的古城郭是毁于一场瘟疫而不是洪水。因为在中国的春秋时期，中亚爆发过一场波及整个大牧川的大瘟疫。涅槃河流域当时饿殍遍地，尸骨盈野。千村薜荔人遗矢，万户萧疏鬼唱歌。

林子非还说他和刘壮志已约定，要一块儿去考察子归城遗址魔鬼城。他们知道那里有很多被风沙埋了的干窟窿井，都很深。有选择的对它们进行挖掘，就能建立数学模型，找出古牧地的文化地质断裂层。根据《穆天子传汇校集释》里庄梓的记述，"乡野间阡陌交通，鸡犬相闻，人神共舞，祭坛祀舍"，他们推测在那些文化断层上，能找到古城郭瘟疫期的亡者遗骨，祭祀图腾，生产工具，劳动器物，或者先民耕种、放牧、从事简单手工艺制作的遗迹。运气好的话，或许还能发现护城河或者墓葬群的遗址，等等。

"还有吗？请继续！"我耐着性子听完了他唾沫星子四溅（我想象一定是这样）的胡扯，问。

"唉，现在看来，人类数千年来，确实曾先后三次在涅槃河流域创建过古牧地文明，又三次被毁灭啊！"他故作深沉，还感慨了一番。

我实在忍不住了："完啦？我说，你神经有病了吧？骗人骗到小说家头上来了。"我这次真被鞋壳里的这粒石子硌疼了，直接吼了，"你以为你是小说家吗？居然给我虚构起刘壮志来了！还中欧班列，还比斯凯克，还和刘壮志在火车上探讨古牧地文明？你知道刘壮志是谁吗？那就是我的曾用名！"

林子非在电话那头嘿嘿地笑了："看！露馅了吧？我就知道刘壮志就是刘岸！尽管你编造学历，说自己是'鹭生大'毕业的。鹭生大那是985名校啊！担当着国家生态经济与环境发展战略的重大课题，这样的学校您肯定考不上嘛！您还虚报年龄，把自己说成一个退休老头儿，没用啊！我照样知道刘岸就是刘壮志！您写小说，玩这些名堂干什么？您看您还大量编造子虚乌有的历史著作和文献，煞有介事地假装引经据典，考证历史。我都看出来啦，您是瞎编的！你还说我写作天马行空不靠谱，可你连民歌、史志、碑铭祭文都敢瞎编乱写哦！"

我讨厌这个当年的中学生现在总用平辈儿的口吻跟我没大没小地说话，就训斥他："啥叫瞎编乱写？没文化真可怕！这是小说写作技巧。戏说、仿写都是叙事需要！"

"好好！刘老师，您不用激动。我就是逗你玩，没恶意。知道你玩这些名堂有自己的想法，对不对？所以跟你开个玩笑。我真正碰上的这个'刘壮志'，其实就是谢琳娜！您不是知道谢琳娜吗？"

"知道呀！她不就是你的驴友嘛。"我余怒未消，揶揄他。

"驴友？那是外界的说法。其实，我们各自重任在肩，哪有空儿旅游？我告诉您，谢琳娜就是谢尔盖诺夫也就是谢二盖的孙女！她正在搞'一带一路'的考古研究，在阿拉木图大学带着一帮研究生呢……"

这些我当然知道。我还知道谢琳娜的爷爷谢尔盖诺夫因为个儿高，鹤立鸡群，当年被诸葛白伸手一指，就成了大把头……我一想象这情形，就推测谢琳娜肯定长得很高。她跟林子非、鹿晗在一起，一定跟她爷爷一样，一看就是个大把头。

可她却被林子非蛊惑，莫名其妙地私闯禁区，跑到魔鬼城去探险！

谢琳娜的行为让我不禁想起那些陷入爱情的女人，她们会智商陡然下降，干出不靠谱的傻事儿。

具有讽刺意味的是，我发现林子非这个不靠谱的家伙，有了谢琳娜后，却靠谱多了，至少他说的假说——古城郭毁于瘟疫尚未证实，只能是假说——是有学术价值的。

子 归 城

您知道，我们紫泉子人对古城郭在《穆天子传》里有记载深信不疑。但《穆天子传》本身佶屈聱牙，内容单薄八卦，加上文本残缺、异字颇多，实难卒读。并且它从出土的那天起就"疑似伪书"。而清人庄梓又是根据该书卷三的这段文字："己亥，至于瓜纑之山，三周若城。阌氏胡氏之所保。天子乃遂东征，南绝沙衍。辛丑，天子渴于沙衍，求饮未至。"对瓜纑之山和阌氏胡氏进行考证后，推定"天子渴于沙衍，求饮未至"的地方就是涅槃河流域的古牧地，并留下了一段"乡野间阡陌交通，鸡犬相闻，人神共舞，祭坛祀舍"的文字，说西周时期的古牧地就是这个样子。而对于古城郭的湮没，则突兀地写了四个字"后殁于水"。我想，他肯定是觉得古城郭位于河边，涅槃河某年山洪暴发，把城淹掉很自然。

可这么多年来，为了写子归城，我研究过当年德国人、俄国人对古城郭的勘查文献，没看到任何大水淹城的证据——英国人罗伯特·琼斯更没有。而林、谢二人却在比什凯克找到了春秋时期大牧川发生瘟疫的记载，那这瘟疫说还是可以成立的。

我和林子非的此次通话气氛算不上亲切友好，但还是积极有益的。我明白了林子非为了写那套"一带一路"的书，已经在北丝路上来回跑了N多趟，去了紫泉子、黑沟煤窑、老轮台、镇西府、绥水河劳改农场等地方。其足迹从嘉峪关、阳关一直延伸到了大马士革乃至非洲的索马里。

同时，我还听出来了，他要写的那套书跟我写的《子归城》从题材到体裁都完全不同。

这让我略感欣慰。

我想林子非接下来要做什么应该跟我没有关系。就在通话之后，收拾了故纸堆，写下了本书落款：刘岸 2016年10月定稿于钟宅湾。其时"海马"[h]台风将临。

---

[h] 链接 超强台风"海马"（英语：Super Typhoon Haima，国际编号1622，是2016年影响我国的最强一次台风。它是目前为止唯一一个三世都在中国内地登陆的台风。后来第49届台风委员会年度会议决定：鉴于"海马"给菲律宾、中国华南和华东造成巨大损失，将其除名。

4

可林子非不让我停笔。

就在我离开电脑，弄了杯咖啡喝时，他又打来了电话，兴高采烈地说他因祸得福，被当地警方推荐成了一支科学考察队的摄影师，要随队进入魔鬼城了！

我一口咖啡差点儿没喷出来！警察酒喝多了吗？林子非可是有案底的呀！

"我记得春天的时候，电视上报道你被警察抓走……这，算不算你有案底呀？"我不怀好意地说。

"不是抓走，是问询。"林子非在电话那边，急切切地纠正。

"哦，对对，是问询。我记得当时警察是坐着直升机来的，说明事态很严重嘛！"我心犹不甘。

"没啥严重的呀！就是新闻记者不懂嘛，乱报道！当时警察查明我们的情况后，就毫发无损地放了我们，连资料都没扣。我不是还给你发了图片资料吗？"

"那现在是怎么回事呢？"

"这次是当地的公安部门推荐了我，参加科考队。"林子非的语气充满傲娇。

"没有推荐谢琳娜吗？那个考古女博士。"我故作冷淡地说。

"她不在国内。"林子非没容我再挖苦他，就兴奋地挂了电话。

咖啡很苦，我的命也很苦。——《子归城》欲罢不能，我怀疑这跟我把一场台风要来写在了落款上有关。"莫兰蒂"带给我的阴影挥之不去。我顺手就干了件蠢事儿。

我不得不改变初衷。我期望《子归城》不仅是部文学经典，还应具备研究性和文献价值，不能有学术硬伤。万一将来谁兴起了子归城学呢？

我不敢再漠视林子非的存在了，开始关注他的一举一动。

第二节

1

林子非摇身一变，成为科考摄影师后，其兴奋可想而知。

子归城

众所周知，今年春天我和谢琳娜博士、鹿晗三人，进入了大牧川北部的北沙窝，结果遇上了沙漠中最可怕的黑风暴。

风暴过后，我们没死。从震惊与恐惧中醒过来后，求生的愿望使我们拖起疲惫不堪的身子，绕过塌陷的沙坑，彳亍前行。途中，我们发现了一只精巧绝伦的瓷坛子。非常明显，这是上个世纪初西部人盛酒的器皿，它现在依然色泽光润。我发现酒坛子在启封后扑出了潮气，精神一振，抬头看了一眼远方，那里没诗，但有一团遥远的灰影。后来，随着我们的步伐，那团灰影逐渐变化，在阡陌间变大，拉长，呈现出了人工建筑的齿形缺刻……

"远处……那是个城！真的是魔鬼城啊。"暮色苍茫中，谢琳娜博士最先喊叫起来了。

就这样，我们发现了梦幻般的魔鬼城！

魔鬼城本名子归城，曾用名古城驿，俗称古城子。几十年前，就有欧洲人称其为"本世纪最后一座文明城的殁落"，并试图对这座"中国的庞贝城"进行探险，但终无结果。所以当我们三个衣衫褴褛的家伙接受电视台采访的画面一播出，许多人就激动地在网上奔走相告……

在这个传播缺少门槛的自媒体时代，林子非就这样文过饰非地描绘了他在今年春天的那次"考古"，把被警察叫走说成了电视台"采访"。并且以此为引子，每隔几天就发公众号、朋友圈：

当我们终于离开雪线刺目的东天山观测站，坐着轮胎宽大的沙漠越野车，蜿蜒前进，一步步逼近目的地时，所有的人脸上和眼睛中都憋着兴奋。大家都默不作声。但我知道，每个人都充满着一种疯狂和渴望……

甚至，他还真的如愿以偿，又找到了祭文碑：

科考队穿越汉唐林走廊，进入了大牧川腹地。在古牧地的官道边上，我再次看到了祭文碑的发现地——那里已经立上了一块标志牌，还拉了圈铁丝网。

我百感交集，不禁想起了碑文里的那些动人的文字：

浩浩乎平沙无垠，地阔天长。忽有绿色入目，不见人踪，惟榆葱葱。人告余曰：此榆树窝子也。常覆千秋雪，时有神风吹。

呜呼幸哉。刘家佳酿，于风悲日曛之时，凛若霜晨之日，得君神谕，杜康护佑，历春夏秋冬，度风霜雨雪，于一夜之间，终成正果，名扬海内。

……

你看，这个林子非就是这么乖张，让人反感！钟爷的祭文，文辞华美，洋洋洒洒数百言，他能记住？他不就是把手机里储存的文件调出来，复制在这里罢了，还说是"不禁想起"！

更让人反感的是几天后，他又在公众号上公布了科考队的新动向：

离开东戈壁，地势越来越平坦。沙漠变成半是沙子半是戈壁的荒野。一望无边的莽原上长着稀稀拉拉的蒿草、星星点点的芨芨草，还有一团团干枯的骆驼刺，它们被回旋的小风吹得簌簌作响……

我们沿着涅槃河故道向魔鬼城艰难跋涉。

突然，我们看到了一具颓然萎顿于地的人骨，看上去这是一个在沙漠中突遭风暴而迷途的旅人，人骨的双手伸向前方——顺他手指的方向，我们看到了湮没已久的子归城——传说中的魔鬼城。

毋庸讳言，读这样的文字，我有一种美好家园被贼惦记的感觉。

那天，我正浸泡在这种不良的感觉中，忽然又收到了林子非的微信留言：

"我们已经在城外沙漠中搭了帐篷，安营扎寨了，明晨出发寻找罹难者。现在星斗满天，天狼星在望。我想象着您正在《子归城》里描写我此刻的情形……"

呸！我描写他？一想到他在子归城外，我就像家门口来了个盗马贼，只有心慌意乱。

翌日清晨，他又微信报告："我们找到了一具死骆驼"，并给予了描写：

在距城门不远的地方，有个坑洼遍布的大涝坝。我们在其中一个沙坑里，找到了一具
骆驼的尸骨，这匹倒毙至少一个世纪的骆驼骨骼奇大，生前一定伟岸、俊逸。可现在，它只
是散落在坑里的一副骨头架子。不可思议的是，还有一个男人的骨架，蜷缩其中。我们拍
照时，队长王博说：这个人很可能是生前或者死后，被塞进了骆驼肚子里。这一令人惊骇的
猜想，让大家都目瞪口呆，有种喘不过气来的窒息感。

我吓了一跳，这很可能就是让人虐心的神拳杨啊！神拳杨是子归城的传奇英
雄，林子非怎么能这么轻易地就撞上他？还拿他当一件考古文物，前后左右地拍
照，猜想，考证！？

我简直要控制不住愤慨给他打电话，冲他大喊：不要亵渎神灵！不要拍照！不
要触碰他！请向他三鞠躬，默哀三分钟，然后离开！

我真的拿起了手机要拨号，可再看手机屏幕，我又放下了手机。我发现，就在
我看到林子非微信的时候，他的兴趣点已经转向了那块巨大的石匾——它原本是镶
嵌在东门城头上的，现在它分为三截，躺在沙窝子里。

2

壬子年，金丁依照上级精神改县名，要把东门上的"古城驿"改成"子归
城"。他请钟爷挥毫泼墨。钟爷说石头匾额背面就有圣贤所书"子归城"三个字。

金丁就让工人搭了脚手架，拴了绳子，要把石匾撬下来看。可石匾太重，坠断
了绳子，掉下来，摔成了三大块。

金丁看到石匾背面果然刻着三个大字：子归城。

金丁让工人把石匾翻过来镶上。可那石匾竟然暗合榫卯，翻了个儿，镶不进
去。金丁就把"子归城"三个字描画成样，偷偷做了一个大木匾，照猫画虎地刻上
"子归城"三个字，装了护龛，雕刻了花卉禽兽，上了彩漆，镶进了城墙中。

后来龙卷风降临，东门城阙垮塌一大块儿，木质的"子归城"脱落，露出了石匾上"古城驿"三个字。

3

现在，林子非他们在东门外，发现了这块石匾，它摔成了三截，但相距不远。他们把它复原到了一块儿，看到上面刻的是"古城驿"三个大字。大字之间及边缘还有刻工拙陋的小字，但许多已漫漶不清了。

林子非把图片发给了我，问我石匾上的小字是不是诸葛白的禁采禁伐令？他说他在我的小说中看到过相关描写。

我一看照片，就激动了，果然是诸葛白禁采禁伐令的石刻手迹！

《北丝路记考》里有张手札，用的是子归城县衙的公文纸，上面的蝇头小楷，就是诸葛白亲笔书写的采伐禁令。它最初是诸葛白为了让葱头去追天亮爷爷的驼队，冒充公务急件交给葱头的。当时天亮爷爷把它夹进了《北丝路记考》中。后来他从苏联回来，再去迪化老满城，诸葛一家十一口人，却已东归回了天津杨柳青。天亮爷爷无所寄托，只能自行保管。后来，云朵奶奶就用针线把手札订入了《北丝路记考》第三册附录中。再后来，我爷爷上调北京，天亮爷爷听说京津相距甚近，就托我爷爷把《北丝路记考》带到天津诸葛家。但我爷爷转手就把它给了我父亲，自己一身轻松地去了北京当大官……

我抚摸着诸葛白的手札，感到气涌丹田，脚底发麻——它伤愈后，总是很任性地血脉偾张，与我的情绪很不对应。

我告诉林子非：我仔细对照过了，这是禁采禁伐令，还是诸葛白的手迹石刻。

林子非很诧异，问我拿什么对照的？怎么知道是诸葛白的手迹？

我说我有诸葛白的原文手札。是天亮爷爷给了我爷爷，我爷爷给了我父亲，我父亲又给了我。

林子非肯定懵圈了，傻乎乎地问我：你到底有几个爷爷？

子归城

第三节

1

您可能不知道，我在紫泉子有许多的爷爷奶奶，天亮爷爷和云朵奶奶是最亲的。天亮爷爷是我亲爷爷的叔伯兄弟。我爷爷当年得罪了乡村恶霸，他就扬言要去跟刘志丹"闹红"。闹没闹上，不知道。反正弄得满城风雨，三天两头县衙就来人折腾我们家。一年后，老家实在待不下去了，我奶奶就带了我父亲逃荒要饭，走了一个多月，到紫泉子投奔天亮爷爷。

天亮爷爷的院子大，他随便一指后边，说了句："行了！回头我让人扎个院墙，那儿就是你们家了。"结果，他的院子里就有了我们家的小院。

那时候，我叔叔刘新坤已经十八岁了，听了我爷爷"闹红"的故事，很激动，就跑到迪化八路军办事处站岗。后来，盛世才政变，他就下落不明了。

这事儿让我奶奶痛不欲生，觉得愧对天亮爷爷、云朵奶奶。她由此一病不起，翌年便谢世了。

我爷爷是1950年到的紫泉子。他听了我叔叔刘新坤的事儿，啥也没说，就把我父亲叫到跟前，下了个命令："你就负责给二老（天亮、云朵）养老送终吧。"

我父亲就一辈子守在紫泉子，给天亮爷爷、云朵奶奶养老、送终。而我爷爷在下过这个命令后，过了三年，就去了北京，还成了新家。

2

子归城殁没三十多年后，沧海桑田，高陵为谷，沙枣梁子成了沙漠边缘最后一块高地。1950年，新疆和平解放，一位来自闽西的罗将军带着我爷爷他们横穿准噶尔盆地，剿匪平叛后，从汉唐古道到了沙枣梁子。罗将军个头儿不高，却骑着一匹日本东洋大马。他就在马上，指着身边的大荒漠，对我爷爷说：

"刘师长，这一片戈壁，过去叫大牧川，现在成了大荒原。奶奶的！这里过去连接欧亚两大陆呢，是那个丝绸之路的核心地带，有过一个汉唐古道啊！现在沙漠把它隔断了。骆驼难走，车马更不行。这个我看呀，咱就在这里铸剑为犁！嗯，恢复绿洲，造福后代吧！"

我爷爷他们一致赞同。当天，他们就开始了对大牧川的勘察，走访，规划。

3

应该也是当天吧，罗将军就听到了大牧川上有个魔鬼城的传说，他就骑着马，带着我爷爷和几位年轻的将军、参谋，沿着涅槃河故道开始艰难上溯。

他们到达博望渡的时候天已经黑透了。当时的老北城是一道巨大的沙丘，他们刚在沙丘下扎下帐篷，外面便开始狂风大作，飞沙走石……

这一夜，罗将军听到了无数人的厮杀声，喊叫声。沉沉的，就在风里，一阵儿一阵儿，时隐时现。

拂晓，大风停歇。罗将军又听到了叮叮当当的凿石声和更夫的敲锣声。于是，他就带着我爷爷他们一行人，循着声音往前走。还都把枪压上了子弹，打开了机头。

结果，他们走到了传说中的魔鬼城。

魔鬼城一片荒凉，漫漫黄沙，连绵起伏。他们在流沙中发现了巨大的城额石匾，石匾断成了三截，相距不远。几个人来回看了一下，就发现石匾上刻着三个大字：子归城。

罗将军叉着腰说："我们这是到了子归城啊！"就提议大家拍照留念。

为了拍照，一伙子将军参谋们就齐心协力，把断成了三截的沉重石匾，抬到一块儿，拼了起来。

抬的时候，大家不约而同地发现石匾的背面还有字。

罗将军说：看看！写的啥？

大家就又把石匾反拼到一块儿，放到一个沙堆前看。

却又是三个大字：古城驿。而在大字的周围，则清晰地深刻着一百三十八个字：

凡我城民，无分主客，植树活一，奖银五两。活二奖十，余类推。伐树者，一株罚

子 归 城

牛，二株罚马，三株罚驼，四株入监。十株斩监候。纵火焚林，斩立决。滥开矿山，挖煤掘矿，罚没所有。致山崩河改道者，斩立决。掘坝毁渠者，斩监候。以上禁款，官民谨遵，违者必究，严惩无贷。

丁巳年五月子归县衙诸葛白立

当大家反复识读，终于领其纲要，明白了小字的内容后，罗将军感慨地对我爷爷说："这个诸葛白，是个人物嘞！"

"对对，是个人物。他这是一百年前就给林木矿山立了个法嘛。"我爷爷赞同，还说这种旧官吏，应该肯定。

罗将军说："不是肯定，是要向人家学习！"

我爷爷就表了态：要学。肯定学，坚决学，必须学。

罗将军当即就给我爷爷下了命令：你们师就地转业！就在这里封沙育林。搞一条绿色走廊，恢复丝路交通。为当地百姓造福，为沿线各国人民造福。

之后，几位将军就围着断裂的石匾，坐成一个半圆，让文书拍了张照。

据说，拍照之后，罗将军又看了碑文良久，说："我有个远房叔叔，叫罗阿满。当年挑着担儿去贩烟叶。后来又在丝路上开条篓铺子，从此就再没回老家。"

我爷爷说："我有个叔伯弟弟，当年是这个魔鬼城里的一代酒王。那时候，它叫子归城，人都叫它古城子。"

罗将军乐了，说："这就是说，我刚才给你下的转业命令没有错喽？"

"没错。"我爷爷说。

罗将军就擂了我爷爷一拳："其实呀，这是军党委的决定。怕你们想不通，我才给你来了个因势利导，顺水推舟。"

我爷爷也笑了，说："这是千秋大业，想不通，也得通。"

"这就对了嘛！你那个叔伯兄弟现在在哪儿？"

"应该在紫泉子。子归城撂荒时，这里的人大部分都去了老轮台。那地方没地缺水，养不活那么多人。先到的人发现了紫泉子，后到的人就陆陆续续都去了紫泉子。"

"那还等啥？走啊！去紫泉子。咱们要在这里封沙育林，恢复生态。不得先到当地群众中去做调查，做研究嘛！？"

就这样，我爷爷在这年夏天，陪着罗将军到了紫泉子，也就联系上了我们刘家人。

4

罗将军对紫泉子人说：听说你们大多都来自古城子？你们说，如果由着这片沙漠扩大，北丝路是不是就会永远中断？

众人说：就是，真的是这样。

罗将军说：我们勘探了，紫泉子有地下河，所以才有泉水涌出嘛！沙枣梁子，地下也有水。而绥水河，蒲类河，水量虽不充沛，但洪水季节，也有水，对吧？还有巴里坤草原的水。奶奶的，咱们来一个东西对接，形成一条绿色走廊，恢复丝绸之路。你们说，好不好？

看地图您就会知道，实际上这就是沿着汉唐老路，植树造林，恢复大牧川的古绿洲植被。

大家都说：好是好。这样上对得起张骞、班固这些开通西域、连通两大洲的先人们，下对得起黎民百姓。可这好几百公里的沙漠，工程大哩！当年诸葛县长一来就打井抗旱，还挖涝坝。就想保住个古城子，可最后都失败了。

罗将军说：他那是一个人，我们是一个党。我们党的事业千秋万代，是会一代一代接下去的。

紫泉子有学问的人又说：《穆天子传》上记着呢，西周时古牧地就有古城郭，后来又有涅槃城，再后来是子归城。这魔鬼城可是八百年一个轮回，就在这丝绸之路上，几度繁华，又几度湮殁……

罗将军笑了：是八百年一个涅槃吧？要不那河咋叫涅槃河呢！我看，只要我们下定决心，发扬愚公移山的精神，一定能让"一带一路"上的这片绿洲，涅槃重生！

　　紫泉子的许多人就激动得哭了，还有一些人吓得跌坐到了地上："平沙浩浩，无边无际。想要大牧川涅槃重生，可不是一天两天，也不是一年两年，八年十年就能实现的事情啊？！"

　　罗将军说："有了我们中国共产党人，有了我们中国共产党人领导下的人民，什么人间奇迹创造不出来？这可是毛主席说的。"

　　翌年春，我爷爷那个师的官兵就开进了北沙窝。他们住在地窝子里，沿着汉唐老路兴修水利，引水灌溉，植树造林。

　　沙漠里养不了那么多的人，也没有那么多的水。我爷爷的那个师，就沿着汉唐古道一字排开，分成了五个团场。涅槃河流域最缺水，团场规模也就最小，最初差不多八百人。

5

　　有史记载，这八百人转业后，就成了兵团人，依然保持着军队建制。他们领着当地人一代接一代地植树造林，一干就是六十多年。经过几代人的努力，涅槃河故道下游就出现了一条宽三四公里不等，长达上百公里的防风林带，名曰汉唐林。

　　这八百人在拓荒种树的时候，就知道南面的古牧地荒漠里有一条荒芜的老官道，官道边湮没着一个魔鬼城。这城的上空，每到春夏之际，大风过后，常常会出现海市蜃楼——一座瀚海之中的金色蜃城，城中繁华鼎盛，车水马龙……

　　这座城，成了他们劳动之余，时常憧憬的一个梦。

　　期间，有些人看见海市蜃楼，就想追过去看看。

　　听说我爷爷就曾在一场大风之后，骑着马往蜃景浮现的地方跑。跑到后来，他真看到了城楼长墙，街景市人……

　　还有人说，他们看到过城里有声有色的车马鸡犬，还有人搭台唱戏，叮叮当当的。

　　但有个规律不可抗拒：只要人马跋涉过去，不等看见魔鬼城，天上的蜃景就会消失。你最后顶多能看见沙地上的破城头，旧遗物……

　　而且之后若干年，天上的那座城，不会再出现。

后来，大家就严禁人马深入古牧地荒漠。那里的海市蜃楼，是他们的愿景和未来之梦。他们不想让人踏入他们的梦境，破坏了它的存在。

这个梦，鼓舞着他们植树造林，干了半个多世纪。

最终，他们沿汉唐古道建起了新的绿色长廊，迎来了中欧班列，让汉唐林再次连通了丝绸之路。

后来，满世界乱跑的林子非坐上了中欧班列。车到紫泉驿时，他看到了大漠蜃景。当时，他拿个望远镜乱看，看见了汉唐林后面的一抹驼黄和闪亮的雪山。接着就在一车人的惊叫声中，看到了飘浮在蜃气中的古城子！

他激动得抓起相机，冲下了列车。可古城子就在那一瞬间颤颤悠悠地消失了。他只拍到了一片缥缈的蜃气。

那是一场大风过后的第二天。正午时分。

从此，林子非就开始断断续续、偷偷摸摸地往古牧地跑。他研究了三十六颗卫星的云图，坚信他拍到的蜃景下面，就是湮没了一个世纪的子归城。

6

当初，子归城成了魔鬼城后，因为传说里面有魔有鬼，还有土匪，很快就人踪罕至，飞鸟寂灭。后来，魔鬼城在这孤寂中又经历了十几个春秋的风暴沙尘后，就彻底湮入荒沙，难以寻觅了。

但紫泉子人知道，古城子还在。每当有新的大罡风或者罡旋风过后，沙丘移动，它就会露出残破的城阙门楼，甚至完整的街道院落……而在另一场大风之后，它又可能被新的沙尘沙暴掩埋。这就是那几个来寻找"中国的庞贝城"的欧洲人，失望而去的原因。他们为了安全，都选择了大牧川没风的季节。运气又不好，找向导，碰上的尽是天亮爷爷那种不想让人去"打扰老先人"的人。

大罡风不是年年都有，子归城故址也就很多年才隐现一次。——20世纪60年代，天亮爷爷带我去"刨食"，显然正是子归城故址现身瀚海的年月。子归城故址现身的年月，往往在飓风过后，赤日炎炎时，会出现海市蜃楼，人们能看到蜃景中的古城子。

子归城故址的这种情况，曾经是个秘密，被掩盖在魔鬼城的传说中。后来，中欧班列开通，有了紫泉驿车站，来往的人多了，就连林子非这种人也知道了这秘密。

为此，林子非不管在哪里，一听说大牧川要起风暴，便会立马赶往紫泉驿。

2016年春，林子非从气象预报得知大牧川会有飓风出现，便约了谢琳娜、鹿晗，提前赶到了紫泉驿。之后三人趁大家忙于抗击风灾、无暇他顾，便悄悄越过防风林，进入了古牧地生态保护区。

他们经历了紫泉子人所说的大罡风，弄得狼狈不堪，半死不活。可没看到海市蜃楼，更没走进魔鬼城。不过，他们在沙丘连绵起伏的官道边上，找到了天亮爷爷他们百年前丢失的祭文碑。

——好在此时警察从天而降，把他们三人带走，保护了祭文碑。

之后的事情您都知道，我就不赘述了。

第四节

1

深秋的厦门还是绿的。

第22号台风"海马"已经登陆台湾，即将袭击我国东南沿海。钟宅湾在下雨，瓢泼大雨。

林子非又来了电话，说谢琳娜对禁采禁伐令也很感兴趣，问我愿不愿意让她加微信。

"什么意思？"我说，同时想起了盗马贼猴子。不知为何，我一想到林子非这厮在子归故城外摆弄石匾，就会联想到了盗马贼这个职业。

"没啥。她就是看了我的图片资料，想跟你聊聊。"

"聊啥？"

"你想想一个献身丝路考古事业，四十岁还没嫁人的女博士，能跟你聊啥？"

林子非说着就压了电话，接着给我推送了一张谢琳娜的微信名片。

我被好奇心驱使，主动加了谢琳娜。

谢琳娜很激动，根本不管我是否应答，一口气给我发了二十八条语音，说她爷爷谢二盖终老紫泉子，生前留言：子孙不得经商。她就学了考古，没想到从此就嫁给了考古专业。现在从事"一带一路"研究，其实也是自己专业的延伸……

她还说学她这个专业的女孩都跟她一样，成天和古墓废墟打交道，没机会嫁人，也就不想嫁人了。

之后她才告诉我说：近些年来她一直和国外大学合作，在搞"一带一路"的考古研究。子归城的禁采禁伐令是一份非常重要的文献，它将证明中国人在保护生态环境上的道德观，证明丝路文明是契约精神的体现，证明法典与城市的依存关系，等等。

谢琳娜还将禁采禁伐令称之为法治的、处理人与自然关系的典范。说它的严苛性正反映了当时人们生存的严酷性。它代表了百年前子归城人环保意识的觉醒和对大自然的敬畏，是凤凰涅槃前的一声带血的啼叫，意味着丝路文明将从自在形式走向自觉状态，从传统走向现代……

谢琳娜的普通话跟我一样，带着西北腔。但她说话连贯流利，激情四射。

后来她在滔滔不绝中，突然说了声"谢谢你！刘老师"。便戛然而止了我们的对话。

此时，窗外已经风停雨歇，城市的霓虹灯也鲜明起来了。

"海马"台风很像甲寅年天亮他们回城时长空里的那些惊雷，震耳欲聋，惊心动魄，但并没产生实质性的结果——至少对厦门是如此。它从菲律宾海跑到了珠江口，闹腾了三天，大有超越"莫兰蒂"之势，却在我和谢琳娜对话的工夫，忽然就崩溃了。

晚上，电视上说，"海马"台风已经成了热带气流，中央气象台停止了对其编号。

一个大台风兴亡如此之快，让人吃惊。想到它还跑进了我的落款中，我有命运多舛之感。

子归城

我突然想看看大海，"海马"台风消失后的大海。

2

空气中飘荡一股鱼腥草的味道，它是一种诱惑，亦是一种暗示，让人不禁会想起落潮后的钟宅湾海滩——风雨过后，那里总是有许多的海蛎，贝类……

不料，我刚过一个十字路口，就遇上了一条流浪狗。召之不来，驱之不去。只是利用竹林树丛、街角阴影作掩护，悄然跟随。弄得我心虚，脊背发凉。无奈中便返身迎着它，愤然疾步。

狗是逃了，而我却出了一身虚汗，脚也隐隐作痛。只好索然无味地回家。

坐到书桌前整理《子归城》打印稿，回想刚才的那条狗，我突然意识到了某种特别的不爽：我在这里写子归城的故事，而在涅槃河畔，林子非这个居心叵测的家伙，正带着一伙人，一步步向我描述的古城逼近。还边走边拍照，边记录边考证，并且还可能将来拿着有图有真相的文本，对我的《子归城》说三道四，对号入座[z]！而另一个高个子女博士——也许是矮个子——又要拿我写小说的资料，去做学术论文——论文还那么高大上，让人一听就一头雾水。

这，都叫什么事儿呀？

当然，对高个子女博士我不能计较，人家是博士。博士嘛，就得搞学术研究。搞研究嘛，就得无事生非。可林子非就让我觉得可恶了。自从知道了我在写《子归城》，他就像我刚才碰到的那条流浪狗，赶不走，招不来。总是嗅着《子归城》的味道，暗中盯梢。这厮想要弄明白自己的身世之谜可以理解，可他总盯着《子归城》不放，这就让人觉得居心叵测了。叵测，就是你猜不透他心里想干啥，就像那条流浪狗，它不扑过来咬你，而是行踪鬼祟地跟着你，你不知道它要干什么，自然心虚，害怕，觉得不安全。

---

[z] 链接 林子非不止一次地给我说过，我发在1a号上的那些章节，他都下载了。他到魔鬼城最大的兴趣就是想看看我写的是不是都是真的，都胡编乱造了些啥？我不知道他这是啥意思，是真威胁呢还是假恐吓，我不担心他揭穿我的"虚构"，但怕他把我艺术加工过的真人真事公布到网上（他爱干这个，因为有人会打赏），引起小说人物的后人对号入座，跟我打官司。我吃过这种笔墨官司，至今心有余悸。

我拿起了手机，想告诉林子非：《子归城》就是一个虚构文本，是个想象的世界。我在那里虚构了天，虚构了地，虚构了一个世纪的风马牛和人，甚至虚构了我自己！你跑到魔鬼城去考察它的真伪，那是缘木求鱼！就像一条生活中的流浪狗，再怎么居心不良也没法跑进卡夫卡的《城堡》里去咬人。

可林子非信吗？这两年他已在古牧地来回跑了不知多少趟，其所见所闻，肯定让他对《子归城》早有了明确判断：这是一本披着虚构外衣，其实无比真实的书！因为他已经详细阅读了我发在la号上的那些章节。一想到这事儿，我就脊背上起鸡皮疙瘩：林子非这厮，真不愧是林拐子的孙子，套路很深！盗马贼猴子肯定难以望其项背。

我放下了电话，感到无奈又愤懑。

3

当年，林拐子让我承诺在《子归城》里要公开林子非身世时，我没当回事儿。后来觉得很无聊，再后来就觉得这是个圈套。事实上，几十年来，就因为林拐子的圈套，林子非成了我写《子归城》的绊脚石。

我讨厌他，又怕伤害他，还拿他没办法。

现在，我就坐在二十六楼上，仇视着林子非的公众号。看着这厮像一条行动敏捷的狗，沿着沙丘蹿上了东门城头，正假装怆然，发思古幽情：

那年，中国的庞贝城闪身隐没到了沙平线下，再也看不见找不着。成了传说里的魔鬼城。

而那场摧毁了数万人家园的飓风，则把子归城人的苦痛哀乐都深埋地下，成了后世来者的考古宝藏。

今天，湮没一个世纪的古城寂然无声地撩开了它的面纱。

在连绵的沙丘中，夕阳下，我们能隐约看出整座城池的轮廓。构成轮廓的城墙像是几列散卧在驼黄流沙中的骆驼，在起伏的丘壑间隐现着驼峰。漫步其上，能星星点点地看到一些灿然白骨，还有枯棱棱的断根……盘旋的野风，从它们身边一掠而过，扬起轻微的灰土。

子 归 城

我幻想：此刻一场罢旋风从天而降，一下把林子非像两个王二麻子那样，拍到城墙上——哦，不！沙丘上吧。城墙太硬了，会把他拍死。

4

科考队选了一个无风的季节，林子非就始终安然无恙，没被拍到沙丘上。两天后，他还进城了！

现在，我已经能大致描绘出这座古城的基本面貌：它占地约有廿五万平方米，是一座品字形城市，城市用夯土和红柳筑成，有引自涅槃河的干渠从城中流过。城中房舍俨然，店铺林立，市场繁华，街道整齐。建筑布局也是寺院、官署区、商业区、居民区各归其位。城内城外还有许多蓄水池（涝坝）、天然水塘，城北有座蓄水池，看上去相当大，周围遍布粪便遗迹，显然它一次能供数百头牲畜同时饮水……有一个佛寺楣匾上用古代的佉卢文写着这样一句话："回不去的人，就在这里升天吧！"佉卢文是古印度雅利安语的一种俗语，是古代波斯人在犍陀罗推行希腊化时的产物。

佉卢文？林子非怎么会认识？显然，这支科考队背后有高人，例如季羡林的徒子徒孙之类。但这和林子非无关，不能说明他也有素质。这厮顶多就是个滥竽充数的家伙，而且这滥竽还喧宾夺主，像小资诗人一样，招摇，滥情，常常把人家的方向带偏。

陋室空堂，当年笏满床。衰草枯杨，曾为歌舞场。

昔日的繁华鼎盛已被岁月的风雨剥蚀吹散得一干二净，拥挤狭窄的街道当年或许是兴隆的集市，现在已经面目全非。有几株粗大的死树，像奇特的根雕，横倒在当街。黄沙之中，还有一些飞禽家畜的灿然白骨，让人借此凭想象去追吊往事……

不可否认，林子非滥情有术。锁匠刘亮程走的时候，给家门上锁了一枚半斤多重的大铜锁。可他忘了户枢不蠹的道理，百年之后，门柱彻底朽烂胶住，房门歪斜着露出了一个黑洞洞的三角大豁口。林子非他们打着手电一看，里面的货架子上，放着各式各样的银锁铜锁铁锁，还有造型经典或者形状离奇古怪的钥匙……

据此，林子非便大发感慨，肆意滥情，写了一千多字煽情。可就是忘了，人家锁那么大个铜锁干啥？不就是防止你等入室窥探嘛！

可林子非等人不仅入室窥探，还把刘亮程准备纳妾续弦的秘密也公布了出来：

……后院的这间大房子竟是一个女人的闺房。新炕，新被褥，新手巾，新门帘。门帘上绣着大红的牡丹，炕墙上贴了几幅供养图。一张桌案上摆着清供，旁边还搁着一只胭脂盒，脂粉气四溢。

更过分的是，林子非还站在拐子街上，自以为是，妄议故人：

当我们拉开一间店铺门，里面却填满了黄沙。流沙溢出的瞬间，尘土呛人。

经过半天的劳动，我们清理了黄沙，令人吃惊的情形就展现了出来：我们看到了一个方桌，旁边正襟危坐着一对壮年夫妻。男子衣冠楚楚，穿着带万字符的长袍马褂。女人穿了三层衣裤，层层花枝招展。他们各坐一张太师椅，身上的绫罗绸缎完好无损。两人均双目紧闭，面容肃穆，像两尊蜡像。方桌上还残留着一些鸦片膏和一个烧酒壶，两个墨玉杯。显然，这是一户殷实人家，丰衣足食，穿戴讲究，主人生前有抽大烟的嗜好。

屋里还有许多的肥皂遗迹，说明这是个士绅家庭，男女主人生前热爱清洁，讲究卫生，生活健康，积极向上。

您说这是啥狗屁呀！黄大牙和汪妈分明是鸦片膏子就酒，服毒自杀的！却被林子非说成是士绅，还生活健康，积极向上？！

还有更荒谬的。林子非他们发现了五位伤兵的坟茔——他们是被埋的浅了些，风吹百年，便露出了一些白骨遗骸。他们那个狗屁队长王博（就是姓王的博士），在进行了愚蠢的分析后，推断说，这五个骷髅缺胳膊少腿，生前一定受了酷刑。他们可能是逃兵，或者内奸。被爱国军民打成残废后，执行了枪决。之后，人们便把他们用破布烂棉花一裹，草草掩埋了。

据此，林子非就发了公众号。我气得脚底发麻——它伤愈后总爱发麻——打电话给林子非，说我想抽那个王博一记耳光。

可这厮却只是登了王博一篇似是而非的道歉声明，就想敷衍了事。

我当然不答应，正想着写篇博文骂他们，却发现这帮家伙竟然在故城遗址上打了探坑。

第一具欧罗巴人种的骷髅是在一道被焚化的石头墙边发现的。他呈跪姿，头颅向上。一双手紧紧扣进墙壁的石缝中。在他旁边，我们发现了腐锈的枪支和马刀……

甚至，我还发现，林子非他们进入了合富洋行的地下室遗址：

还有一些零散的、断裂的森森白骨，它们在黑白相间的灰烬中，形象生动逼真。然而，一碰就碎……许多人骨曲扭变形，看上去狰狞可怖，惨白中透着灰青，一遇空气便骤然变黑氧化。

我给林子非打电话，"你不是说，你们科考队只做最基本的田野调查，不对故城遗址进行挖掘吗？——你们应当对死者保持足够的尊重！"

那个王博却接过了电话，用很学术的腔调说："老师，请相信我们的职业素养！我们没打一个探方，只是许多地方自然塌陷了！我们就扒开黄沙，拍了一些照片资料，又回填了。您放心！我们的工作是在武警战士的监督下进行的。"

王博主动接电话，说明他还是有担当的。可即便如此，我依然时常感到紧张和忐忑不安。

现存遗址的西南角，显然是老城居民的住宅区。我们在一处城墙下，发现了部分肢体裸露的遗体，它们有几十具，像一个个不屈不挠的塑像，呈一字形排开，保持着战斗姿势。

在"山西会馆"这块巨大的招牌下面，我们居然发现了一眼干井。里边有一个瘦骨嶙峋的老妇人，蜷缩成一团。却大张着嘴，双目紧闭，双手抱头。

后来，我发现林子非他们已经扒开黄沙，登堂入室，赫然站到了罗将军的亲人面前：

显然，这是林公渠畔的一个条篓作坊，被挤压的大量条篓的枝条还依稀可辨。这家人的内室顶棚很特别，是柳条编的，像个巨大的簸箕。躺在里面的一具女尸，居然没有头颅……在她旁边，是个男孩。从姿态看，显然他在遭受灭顶之灾的那一瞬间，惊恐万状，紧紧地抱住了母亲的大腿。

罗阿满的家就在林公渠畔，离刘家酒坊不算很远。两家还有亲戚，他是我七舅姥爷外甥女婿的三姨父。

林子非已经走进了罗阿满家，我害怕他再走进刘家酒坊。——那里埋着我家祖上的《如匠酒经》和家族图腾黑陶罐！

第五节

1

看着林子非的文字图片，越来越接近我所描写的那些人家。就像一个刺客的脚步声，由远而近，我有步步惊心的感觉。

想想吧，你正在描写百年前的一所房子，那房子里养着盆花，有古色古香的家具。地上还铺了青砖，墙上挂着任伯年的仕女图——那是个士绅家的闺房……可是你正描写的这间房子，此刻却有一个人或者是一伙人，鬼鬼祟祟地走进来，在人家的闺房里东翻翻西看看，还拿了相机手机拍照。同时还议论着房中的女孩子年方二八，尚未出阁。判断着这女孩子是否裹足缠脚，是否面若桃花，这——这该有多么恐怖！

还有，你正活灵活现地描绘着一百年前的那个人，在炕桌上喝勺娃子酒，吃野驴肉，面前摆着碗筷和闪亮的酒坛子。可现在，林子非这伙儿人却摆弄着那个人的白骨，吱哩哇啦地在说：他生前是个酒鬼，他因酗酒而死……

更有甚者，你正在写一家人恋恋不舍地收拾炕上的铺盖，准备背井离乡远走他方。可现在几个披着科考外衣的家伙，却就在人家的炕沿下翻腾，在炕洞里寻找已经熄灭的柴火。还议论说，这家男人肾虚，夏天都得睡热炕。还拿着手电筒反复照看人家的炕席，研究上面的水渍，说这家的女人爱尿炕，水渍是透过褥子渗漏到席子上的……想想吧，这多么让人尴尬难堪！更何况，这里面还有一个居心叵测的家伙，要把这一切都记录在案，写进他那个什么考察"一带一路"的书里去。——这家伙长着一张蜡黄的脸，行为很像盗马贼！他还想对号入座，在我的《子归城》里查找失误和硬伤！

还有更让人难以忍受的。比如山西王和姚夫人是一对仇人，天亮爷爷误操作，把他们合葬了。一旦这个合葬处让林子非他们发现了，他们将会展现怎样丰富而下流的想象？一对出身、教养完全不同的男女，却在风沙湮城时，相依为命，同归于尽在黄沙之中……这该是一桩多么风流而诡秘的案子呀！——贼眉鼠眼、越长越难看的林子非，肯定会这么想象，直到把自己想象得神思昏幻，夜不能寐。然后把想象出的恶劣成果，公之于世，发在网上，写进书里。使山西王、姚夫人的灵魂永远不得安息，子孙永无宁日。

又譬如林拐子长期住在马寡妇家，他是个文化人，为人代书写字，舞文弄墨。谁能保证他没在那里写下对马寡妇不利的只言片语？比如她身体健壮，是个男人她都收留。她还大脑迟钝，有花痴病，睡觉打呼噜，患有夜游症，等等。这些要让马寡妇的后人知道了，情何以堪？马寡妇可是个好人呢，从没伤害过男人。如今事隔百年，更不能让人诟病非议！

还比如美女赵银儿，烈女陈之花，一个在县衙自缢，一个在家中自焚，都是县长诸葛白给他们料理的后事。林子非会不会瞎考证，说和田黄玉的平安扣被诸葛白私匿了，陈之花和诸葛白上过炕？如此，让受人尊敬的诸葛老人家如何摆脱干系？

还有，天亮爷爷一生爱往地下埋东西，谁能保证他没埋错点什么？比如海黑子姨太太的银簪子，金丁小妾双喜的绣花鞋，甚至某个酒客丢掉的一包沙金、落下的铜卤酒壶之类。一旦他埋的东西不合适，反证出他生前生活不够检点，人品有瑕疵，或者给我讲的某个故事，有信口雌黄之嫌怎么办？

想想极恐，再想更恐。

人不能在恐惧中生活，小说家也一样。我给谢琳娜打电话，坦言我的恐惧和担心。没想到谢二盖的孙女居然发出了一阵银铃般的笑声。——一个四十岁的女人还能发出这种笑声让我很吃惊。她说林子非的那些文字图片，就是自媒体上的自嗨自淫，不会产生任何学术影响。而他进入魔鬼城后的所作所为，明显带有吹嘘和夸张的成分。因为王博带队的这次科考，是在某国际权威学术组织的督导下进行的，不会允许任何人越轨妄为。

"刘岸老师，我很奇怪，你怎么总是那么在意林子非以及他的感受呢？既然你答应了林拐子——啊，不！林闽嘉先生，要在《子归城》里说出林、赖两家的恩怨情仇，那你就该勇敢地写出来！一诺千金，誓死不改。在古城子，咱们的先人们不就是这样的吗？"

"我已经把林子非的身世之谜写进了《子归城》。"

"哦，那么《子归城》的故事结束了？"

"结束了。只是子归城遗址上的故事好像才刚刚开始。"我嗫嚅着说，"我不放心林子非。"

谢琳娜从银铃般的笑声中滚出了一个声音："我建议您去看一下医生。林子非，是不是让您患上了强迫症？"

2

莫菲还真的跟金丝边眼镜从可可托海跑到了大牧川。

她打电话来说硬盘可能无法恢复了，我说："没关系。我已经把《子归城》写完了。"她听了，竟然也发出了和谢琳娜如出一辙的笑声，银铃般的。

一个人总被这种笑声撞击，头会疼，还会心悸，就像听到了刀客的马蹄声在窗根儿下骤响。我就告诉了她林子非的所作所为以及这段时间他带给我的恐惧和不安。

"既然不放心，那就来看看嘛。"莫菲斩钉截铁地说。

林子非可能真的让我患上了强迫症。我居然下意识的、毫不犹豫地就答应了莫菲。虽然我知道我可能根本无缘进入魔鬼城。

3

现在，还是2016年的深秋，厦门天高海阔，莫菲给我预定的航班明天应该能准点起飞。

我想再告诉你几件事，就结束《子归城》的写作。

一、巴克洛夫所带的马刀兵和云朵分手后，进入将军戈壁，也遭遇了那场罡旋风。只是罡旋风在沙漠腹地强度更高，如同惊天动地的海啸，排山倒海地过来后，他们就进入生命的末日黑暗，从此销声匿迹了。有人怀疑，这是某个高人布了个局，让他们集体葬身沙海了。

二、书中一些人物的后人是我在紫泉子的发小，同学。为避免诉讼纠纷，我给他们的先人用了化名、假名，对个别情节也用了移花接木、张冠李戴的艺术手法。同时，书中个别人物的生卒、生平、婚姻家庭、子女状况等等，由于叙述者语焉不详，时有出入，我为了尊重故人，都予以保留。这或许会使一些叙事在时空上出现无伤大雅的小颠倒，小混乱，不具唯一性。我想，真实的生活本身就是混沌不清，是非难辨的。有些人终其一生，活得就像一团乱麻，剪不断理还乱。就像云朵奶奶常说的那样："生活本身就是一笔糊涂账。"我们还是尊重它的糊涂面貌吧。

三、大家看了我的书后，不要学林子非这种人，去搞什么魔鬼城"科考"探险。古牧地的生态依然脆弱，汉唐林虽然是个世纪壮举，但还处在封沙育林期，需要严格保护。你如果实在神往心仪的话，可以坐中欧班列，在紫泉驿站下车，找我的故乡人，听他们讲述当年发生在子归城里的故事。

四、子归城里的人和事，都是我们紫泉子人祖辈、父辈的故事，非我私有。有意改编者请在我的公众号、la号留言或者发伊妹儿至418778172@qq.com，非诚勿扰。

好了，关于《子归城》，我最后要补充的就这么多。

现在，我收起写作提纲、人物年表、子归城方位图等，把《北丝路记考》《古城图志》《补过斋文牍》以及拐子林闽嘉先生发霉变质的老皇历等资料装进纸箱子，离开了电脑。

老妻在收拾我去魔鬼城的行李。我觉得自己很像海明威笔下的那个老人，虽然历经艰辛，疲惫不堪，但还是把《子归城》这艘巨轮开到了港湾。我想我应该有权休息一下，就独自走上阳台，点了支烟，远眺大海。

大海很苍茫。钟宅湾一如既往，沙滩上游人如织。

刚经历了"海马"台风的海水一片驼黄，就像一百年前的北沙窝。许多人正驾着汽艇，冲开浑浊的海面，斗志昂扬地驶向外海。

目睹他们眨眼间消失在海天尽头，我忽然就想起了那位皇帝的话：他们不是爱出海得很吗？那就让他们到离海最远的地方去！

是的，离海最远的地方……

我这样想着，就走进书画室，抓过斗笔，写下了三个大字：子归城。

明天，我要飞往这个地方。

2018年10月20日草拟

2019年6月23日初稿

2021年2月17日定稿